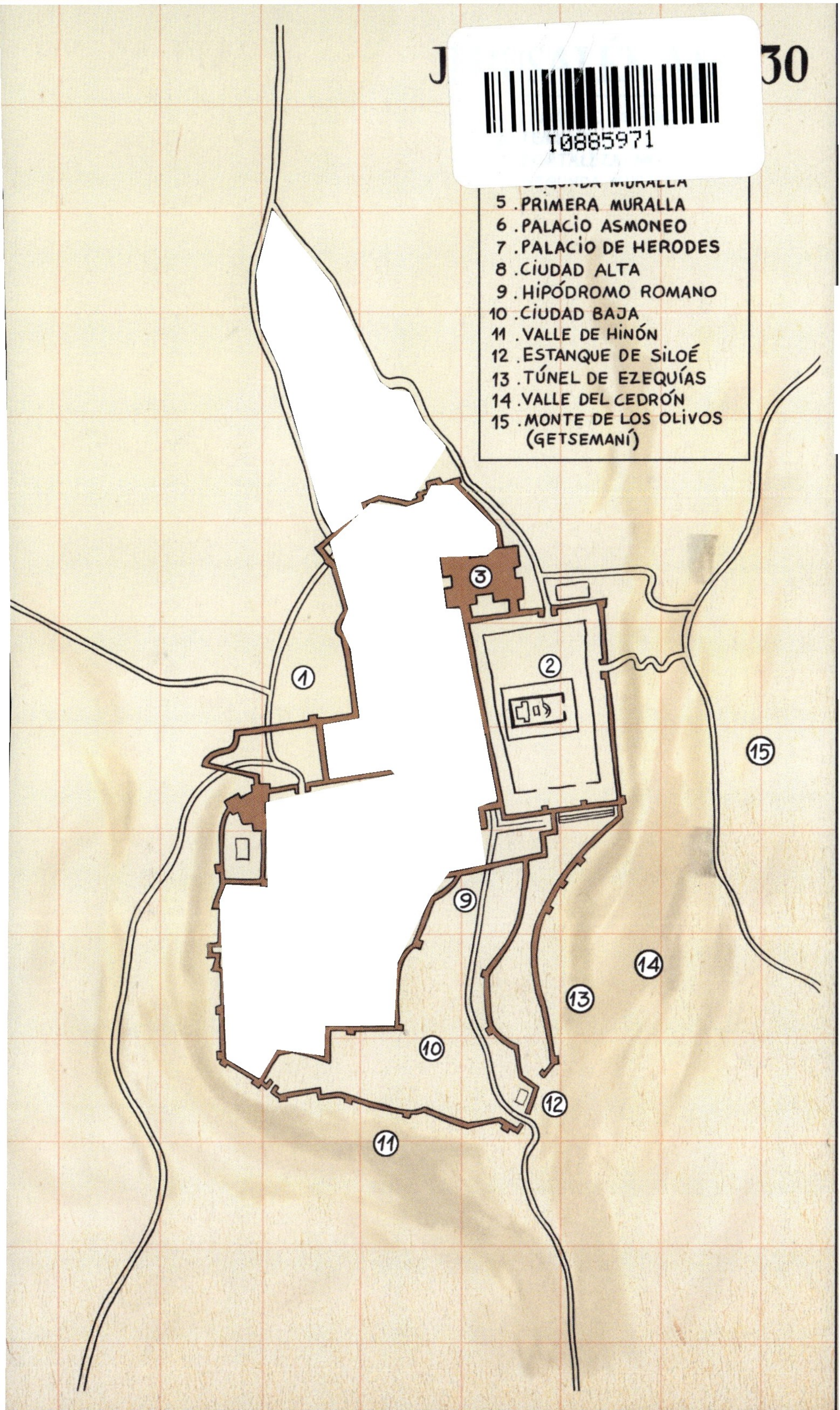
5 . PRIMERA MURALLA
6 . PALACIO ASMONEO
7 . PALACIO DE HERODES
8 . CIUDAD ALTA
9 . HIPÓDROMO ROMANO
10 . CIUDAD BAJA
11 . VALLE DE HINÓN
12 . ESTANQUE DE SILOÉ
13 . TÚNEL DE EZEQUÍAS
14 . VALLE DEL CEDRÓN
15 . MONTE DE LOS OLIVOS (GETSEMANÍ)

Te he llamado por tu nombre

Christian Gálvez

Te he llamado por tu nombre

SUMA de letras

Papel certificado por el Forest Stewardship Council®

MIXTO
Papel | Apoyando la silvicultura responsable
FSC® C117695

Penguin Random House Grupo Editorial

Primera edición: noviembre de 2024

Travessera de Gràcia, 47-49. 08021 Barcelona
Mapas de las guardas: Nacho García Benavente

Printed in Spain – Impreso en España

ISBN: 978-84-9129-439-9
Depósito legal: B-14.478-2024

Compuesto en Mirakel Studio, S. L. U.

Impreso en Rotoprint by Domingo, S. L.
Castellar del Vallès (Barcelona)

SL94399

A Patricia,
la mujer de mi vida,
porque las rosas florecieron.
En el Edén, en Galicia, en Tierra Santa
y en nuestros corazones.

A Aurora y Sofía,
porque no concibo la vida
sin vosotras a mi lado.

A Luca,
que te esperé toda la vida.
Y llegaste cuando tenías que llegar.

Sois la Luz en mi Camino.

Dejad que los niños vengan a mí y no se lo impidáis,
porque de los que son como ellos es el reino de Dios.
En verdad os digo,
el que no reciba el reino de Dios como un niño,
no entrará en él.

Lucas 18, 15-17

Nota del autor

El calendario romano se inicia tradicionalmente en el año de la fundación de Roma, conocido como «ab urbe condita» (AUC), que se estima que ocurrió en 753 a. C. según las leyendas romanas y los cálculos de historiadores antiguos como Tito Livio y Plutarco. El calendario evolucionó a lo largo de los siglos, experimentando varias reformas, la más significativa de las cuales fue la introducción del calendario juliano por Julio César en 46 a. C. que sirvió para regular los desajustes con las estaciones del año provocadas por los ciclos lunares del anterior calendario republicano romano.

El origen del calendario hebreo no está nada claro. Parece ser que comienza siendo un calendario lunar y que posteriormente toma influencias babilónicas antes del periodo del Segundo Templo. Se cuenta a partir de lo que se considera el momento de la creación del mundo según la cronología bíblica, el 7 de octubre del año 3761 a. C. en el calendario gregoriano, pero en textos como el Libro de Henoc o los textos de Qumrán se propone otro calendario judío distinto. El calendario actual parece que se estableció en tiempos del patriarca Hillel II (359 d. C. aprox.), y la relación entre los años cristianos y judíos se la debemos al cálculo que realiza Maimónides en el siglo x, que toma la Biblia hebrea (o Biblia judía) y va contando desde Adán y las generaciones de los patriarcas y se apoya en la caída de Jerusalén bajo el Imperio romano (que puede ser fechada históricamente) para llegar a esta equivalencia.

El calendario cristiano, también conocido como el calendario gregoriano en su forma actual, comienza su cuenta a partir del nacimiento de Jesucristo, un evento que se estima haber ocurrido en el año 1 *anno Domini* (A. D.), un sistema de datación que fue propuesto por el monje Dionisio el Exiguo en el siglo VI d. C., quien buscaba crear un calendario más cristocéntrico y distanciarse del calendario basado en el reinado del emperador Diocleciano, conocido por sus persecuciones cristianas. Con cierto margen de error debido a ajustes y erratas históricas, se suele aceptar que el nacimiento de Jesús de Nazaret pudo haber ocurrido entre el 6 y el 4 a. C.

Por otra parte, algunas fuentes judías o cristianas suelen hacer referencia a X años de reinado de X rey/gobernador/procurador...

Por ejemplo, citaré a Lucas 3,1:

> En el año decimoquinto del imperio del emperador Tiberio, siendo Poncio Pilato gobernador de Judea, y Herodes tetrarca de Galilea, y su hermano Filipo tetrarca de Iturea y Traconítide, y Lisanio tetrarca de Abilene...

Así pues, he optado por incluir en cada capítulo de esta novela los calendarios hebreo, romano y el *anno Domini* cristiano con el fin de situar a los lectores en el tiempo de la mejor manera posible.

1

Año 30 d. C.
3790 הנש
783 AUC
-
Jerusalén

†

La ciudad de la paz despertó.

Aquella mañana olía a injusticia, venganza y traición.

Haciendo caso omiso de las llamadas de advertencia de su padre que resonaban tras él, el niño atravesó la puerta y la luz del día impactó en su rostro. El clamor de la ciudad llenó sus oídos.

Demasiado alboroto para un crío de nueve años.

En la parte baja de Jerusalén, la gente caminaba desordenada en la misma dirección, alejándose del estanque de Siloé en dirección a la fortaleza Antonia.

«Han condenado al Nazareno».

Esas palabras obligaron al pequeño a acelerar su paso, hasta que echó a correr. Atravesó con cierta dificultad la calle del mercado, junto al hipódromo romano, poblada de carros tirados por bueyes que transportaban piedra caliza y grandes losas de mármol. A pesar de lo que acontecía, algunos comerciantes y vendedores ambulantes extranjeros no dejaban pasar la oportunidad de rapiñar algunas monedas.

Los callejones estrechos y las calles concurridas dificultaban sus maniobras, pero el niño estaba decidido. Empujó y aceleró aún más, sorteando los carros y esquivando algún puesto que otro, con el corazón acelerado por el miedo y la urgencia.

A lo lejos, gritos distantes de una multitud.

Siguió adelante, ansioso por ver qué había en el centro del tumulto.

En una de las apretadas callejuelas se deslizó entre las piernas de los curiosos. Su respiración se aceleró aún más. El pulso en sus oídos ahogaba los sonidos del gentío. Pero, en su prisa, tropezó con un adoquín irregular y se desplomó en el suelo vaciando el aliento de sus pulmones.

Mientras yacía allí boca abajo en el suelo, vio una figura que caía de bruces contra el empedrado a pocos pasos de él. El sonido del golpe de aquel hombre atravesó a los allí presentes.

Era él.

Jesús de Nazaret había sucumbido bajo el peso del *patibulum,* un pesado travesaño de madera. En ese momento, algo se removió dentro del pequeño, algo que provocó una conexión que trascendió todo aquel caos. Aquel hombre, tan lleno de luz días atrás, se presentaba ante el pueblo humillado, magullado y salpicado por su propia sangre. La maloliente túnica rojo púrpura del manto de los legionarios romanos y la humillante corona de espinas no hacían sino acrecentar la mofa sobre su figura.

Antes de que el niño pudiera comprender completamente la sangrienta situación, una mujer apareció entre la multitud con lágrimas en los ojos.

Era ella.

La madre de Jesús, con el dolor grabado profundamente en su rostro mientras se arrodillaba junto a él.

María, que había seguido a su hijo desde el principio de su ministerio sosteniendo con fe inquebrantable las profecías que anunciaban su destino, sentía en ese momento cómo el corazón se le fracturaba con cada gota de sangre que ensuciaba el rostro de Jesús. Su hijo, el niño que había amamantado, cuidado y visto crecer, cargaba con el peso del mundo sobre sus hombros, y ella no podía hacer más que observar, orar y no dejar de amarle.

Cuando las fuerzas parecían abandonar el cuerpo de Jesús, sus ojos se encontraron con los de su madre. En esa mirada densa de amor y dolor se transmitió una comunicación que rebasaba las palabras. En las pupilas de su hijo se reflejaba no solo el sufrimiento físico, sino también la inmensa carga espiritual que llevaba. Jesús, por su parte, encontró en la mirada de la Señora no solo el inmenso dolor de una madre por su hijo, sino también la profunda comprensión y aceptación de su misión.

—*Imma*...

Cuando Jesús pronunció aquella palabra, «mamá», María rompió a llorar. Aquel encuentro, en medio del caos y la desesperación del camino al Calvario, fue un breve oasis de consuelo. Jacob fue testigo de cómo la Señora, firme en su fe pero con su corazón desgarrado, ofreció a Jesús una caricia a modo de bálsamo, un recuerdo del amor puro e inquebrantable que siempre le había acompañado, desde el pesebre hasta la cruz.

Jesús, reconociendo también el sacrificio que significaba aquel momento para su madre, le regaló un leve gesto, una sonrisa efímera a modo de promesa silenciosa de que aquel sufrimiento tenía un propósito más grande, que el amor emergería victorioso incluso en la más profunda oscuridad y frente al destino más cruel.

Y el crío, al ver aquel diálogo silencioso de amor que incluso un niño de nueve años podía entender perfectamente, pensó en su madre.

La Señora limpió con ternura y manos temblorosas la sangre del rostro de su hijo para terminar inclinándose y besar su frente, un acto de bondad entre tanta humillación a su alrededor.

Jesús, frente a su madre, intentó levantarse, pero sus extremidades totalmente laceradas fallaron por completo.

Colapsó y se golpeó de nuevo contra la calzada.

María gritó.

En medio de aquella conmovedora escena, un joven e inflexible legionario romano, con un reconocible traumatismo nasal que le diferenciaba del resto, empujó a María a un lado con brusquedad, y su exceso de autoridad sorprendió a quienes le rodeaban. El niño reconoció a Juan, el más joven de los discípulos del Nazareno, cuando dio un paso adelante para encarar al romano exigiendo algo de respeto por la madre del condenado. Con la mirada, el carpintero de Galilea dio profundamente las gracias por el gesto de su amado Juan.

Tras el agradecimiento, cerró los ojos y tomó un respiro.

Fue entonces cuando la oportunidad se presentó ante él. El niño supo aprovecharla. Mientras un par de legionarios intentaban amedrentar al joven apóstol, el chiquillo, sacudido por la premura y la devoción, se abalanzó sobre Jesús. Arrodillado en el suelo, con las palmas de las manos apoyadas en la piedra, no pudo contener las lágrimas al ver la sangre en el pavimento. Miró fijamente a aquel hombre que tanto amaba. Intentó articular palabra, pero no tenía fuerzas para pronunciar voz alguna. A tan solo un paso de distancia, Jesús, el carpintero, abrió lentamente sus ojos de color miel y reconoció su cara.

El Nazareno le habló llamándole por su nombre.

—Oh, Jacob, no llores —dijo con compasión a pesar de su propio dolor—, pues en verdad te digo que llegará el día en el que tú salvarás la palabra de mi Padre.

Jesús intentó mostrarle la más cálida de sus sonrisas, ese tierno gesto de complicidad que tantas veces había compartido con el chiquillo, pero no pudo debido al dolor que le provocaban los hematomas de su rostro. El chico se quedó paralizado por la sangre en la santa faz de su amigo, la crudeza del momento y el peso de aquellas palabras.

Palabras que ya había escuchado tiempo atrás.

Los legionarios tiraron de Jesús hacia atrás con violencia mientras uno de los romanos se dirigió al pequeño.

Pero él solo tenía ojos para Jesús de Nazaret.

Sin prestar atención al romano que se aproximaba furioso a él, no podía alcanzar a comprender con tan solo nueve años que aquel encuentro pondría en marcha un viaje que cambiaría su vida para siempre.

2

Año 70 d. C.
3830 הנש
823 AUC
-
Jerusalén

El aire estaba cargado con aroma a tierra y aceitunas.

Un hombre de mediana edad, de ojos cansados, barba poblada por el paso del tiempo y envuelto en una túnica desgastada por su largo viaje, atravesó Getsemaní, el antiguo olivar cuyos árboles retorcidos daban testimonio de historias de traición. No perdía de vista la ciudad de Jerusalén, ya frente a él. Herodes Agripa había construido la tercera muralla de la urbe hacía más de veinte años, ampliando sus límites y borrando cualquier rastro de lo que en otros tiempos recordara el calvario y la crucifixión del Cristo.

«Esto que contempláis, llegarán días en que no quedará piedra sobre piedra que no sea destruida», profetizó Jesús de Nazaret.

Habían pasado cuarenta años desde el día en que la tierra tembló bajo el peso de la muerte de un hombre inocente al que no llegó a conocer. La tensión en aquella región era palpable;

los campamentos romanos allí presentes, testimonio de la expansión del poder del imperio, no eran sino un claro presagio de la inminente perdición que se cernía sobre la ciudad.

Y, sin embargo, era el lugar donde él necesitaba estar, por mucho que los tiempos de los milagros resonaran en la lejanía.

Con sus imponentes muros de piedra alzándose como centinelas eternos, Jerusalén se extendía sobre un terreno escarpado, en pleno corazón de Judea. Las calles estrechas y sinuosas, pavimentadas con cantos rodados, eran testigos silenciosos de un flujo constante de personas de todos los orígenes: comerciantes, peregrinos, rabinos, legionarios romanos y habitantes locales. Sus conversaciones en hebreo, arameo, griego y latín eran como una sinfonía de idiomas que narraban la riqueza cultural de la ciudad.

Mientras caminaba hacia Jerusalén, encontró una mezcla de emociones entre la gente. Algunos tenían hambre y los ojos vacíos por la escasez de alimentos, mientras que otros deambulaban en la incertidumbre. El asedio romano estaba a punto de cobrarse su precio y la desesperación estaba grabada en los rostros de aquellos con quienes se cruzaba.

Los miembros del cuerpo de infantería se movían de un lado a otro. El hambre y el desaliento de la gente fuera de la ciudad también se reflejaban en los ojos cansados de varios legionarios romanos. Algunos de ellos también quedaron atrapados en las garras de un conflicto inminente, y su deber para con el imperio se antepuso a sus propios deseos y temores humanos.

Finalmente, el hombre llegó a la puerta de las ovejas, junto al estanque de Betesda, al norte de la ciudad. «El lugar donde Jesús de Nazaret curó a un paralítico», recordó el viajero. Los muros de Jerusalén que alguna vez fueron un símbolo de seguridad ahora parecían alzarse sobre la ciudad como una presencia inquietante.

Tan frágiles, tan débiles.

La guardia romana estacionada en los accesos mantenía una determinación férrea mientras regulaba el flujo de personas que entraban por las puertas. La relación entre los ocupantes romanos y los judíos de Jerusalén estaba marcada por la tensión y el conflicto. La carga tributaria romana era una fuente constante de resentimiento y las diferencias culturales y religiosas exacerbaban frecuentemente las fricciones.

Aquel hombre se tornó inquieto cuando permitieron su entrada a la ciudad sitiada. La percepción de refugio en Jerusalén se vio ensombrecida por la intuición de que, una vez dentro, sería imposible salir.

Sin embargo, los habitantes de Jerusalén vivían en un frágil estado de ignorancia, pues muchos no sabían que su santuario era también su confinamiento. La sospecha flotaba en el aire como un pesado sudario, pero sus vidas transcurrían con una pátina ilusoria de normalidad. Observó el águila romana, símbolo del imperio, sobre los estandartes de la fortaleza Antonia, construida por Herodes y nombrada en honor a Marco Antonio. Aquella guarnición militar dominaba el paisaje del norte del templo recordando constantemente a los habitantes de Jerusalén el poder de Roma.

Sin embargo, el corazón de Jerusalén seguía palpitando en el Monte del Templo, donde se erigía majestuosamente el templo bajo el cuidado de los sacerdotes y levitas. Con su fachada embellecida de mármol blanco y oro, reflejaba el sol de la mañana, deslumbrando a todos los que lo contemplaban. Era el epicentro espiritual de los judíos, donde las ofrendas y sacrificios a Yavé eran realizados con gran ceremonia. Los escalones del templo se llenaban desde el amanecer con aquellos que venían a rezar, enseñar y debatir las Escrituras.

Aunque el gobierno local estaba en manos de autoridades judías como el Sanedrín, los prefectos y procuradores romanos tenían la última palabra en asuntos de seguridad y política. Rodeó el foso que circundaba la fortaleza y se dirigió al sur, hacia la gran calle del mercado, cerca del palacio de Yosef ben Caifás.

Mientras caminaba, el hombre se dejó embelesar tímidamente por las fuertes influencias romanas y helenísticas de algunas construcciones, muy de su agrado. Las casas de las clases más altas asiduamente rodeaban patios internos y estaban decoradas con mosaicos y frescos al estilo romano.

Los barrios de la ciudad eran como esos mosaicos, cada uno con su propio carácter distintivo. En el barrio judío, las *batim ha keneset*, las sinagogas, eran el centro de la vida comunitaria, donde los rabinos enseñaban y los fieles se congregaban para adorar. En los barrios griegos y romanos, se podían encontrar baños públicos, teatros y gimnasios llenos de jóvenes entrenando, discutiendo filosofía y participando en actividades deportivas.

Sin darse cuenta de la gravedad de su situación, el pueblo de Jerusalén buscaba refugio en la aparente serenidad. Las calles estrechas estaban llenas de actividad mientras los vendedores saldaban sus productos y las familias buscaban un respiro ante una inminente amenaza que acechaba más allá de sus murallas. Las risas se mezclaban con el aroma de las comidas especiadas y los habitantes de la ciudad abrazaban instantes fugaces de normalidad. Los niños jugaban en callejones polvorientos, y sus risas inocentes disipaban momentáneamente el malestar prevaleciente que pesaba sobre el hombre que acababa de acceder a una ciudad cuyo destino era demasiado incierto.

Entre las sombras de carpas improvisadas y edificios encalados, mendigos y enfermos se reunían esperando la caridad de los más afortunados. En medio de la prosperidad y la vida cotidiana, la pobreza y el sufrimiento eran también parte del paisaje urbano, pintando un cuadro de marcados contrastes.

Desde la última vez que visitó la ciudad, algo más de diez años atrás, habían cambiado muchas cosas. Otras, sin embargo, permanecían inmutables.

Las arterias principales de Jerusalén estaban llenas de comerciantes, vendedores ambulantes y predicadores. Los mercados ofrecían una variedad de productos locales e importados, desde alimentos básicos hasta lujosos textiles y especias exóticas. En medio de la multitud, una visión inesperada detuvo al hombre en seco.

Dos hombres se encontraban regateando precios a la entrada del bullicioso mercado. La mirada del viajero de la túnica los reconoció al instante y una oleada de recuerdos latentes le invadió. Había pasado una era desde la última vez que se cruzaron y el tiempo había tejido una distancia demasiado gruesa entre ellos.

Al menos, a él se lo parecía.

—¿Rufo?, ¿Alejandro? —gritó el extranjero.

Aquellos nombres brotaron de sus labios con alegría. Los dos hermanos se volvieron y, tras superar la sorpresa, sus rostros se iluminaron ante su presencia.

—¡Lucas! Nuestro griego favorito, ¿realmente eres tú? —La voz de Rufo, teñida de emoción, llenó el espacio entre ellos.

—¡Heme aquí! —respondió el viajero con júbilo—. ¡*Khaírete*! Dios os bendiga.

Los límites del tiempo parecieron retroceder momentáneamente, permitiendo a los tres hombres envolverse en un abrazo nacido de la camaradería y los ecos de los restos de un pasado compartido.

—¿Cómo están vuestras familias?

—Bien, alabado sea Dios —contestó con alivio Rufo—. Betsabé y los niños descansan en Gerasa junto con mi cuñada.

—Están más seguros en la Decápolis, Lucas —añadió Alejandro—. Por lo menos los niños juegan con sus primos. Nosotros nos quedamos aquí, pues necesitamos continuar con el negocio del aceite. Hemos intentado reunirnos con ellos, pero no es posible salir de la ciudad.

—Lo comprobé nada más acceder aquí —replicó el viajero con pesadumbre.

—¿Por qué has venido, amigo? Jerusalén se ha convertido en una trampa...

—Lo sé, pero tengo un propósito. Es aquí donde tengo que estar. —Lucas miró al cielo—. Él guía mis pasos.

Los ojos de los hermanos se iluminaron por completo, dando rienda suelta a la esperanza.

—Dinos que lo que nos llega de nuestros hermanos es cierto —preguntó Alejandro ansioso por saber—. Confírmanos que estás terminando de dar testimonio de la palabra del maestro.

Lucas miró a los dos hermanos y posó sus manos sobre sus hombros. Sonrió con fraternidad y colmó las expectativas de aquellos primeros cristianos.

—Así es, hermanos. Así es. Y necesito el último testimonio, el de Jacob, hijo de Gedeón, sobrino de nuestro hermano apóstol Simón.

Los hermanos se miraron cómplices, pues la providencia había guiado a aquel cronista sabiamente. Alejandro y Rufo conocían de sobra al hombre que buscaba. Pero no había motivo para celebraciones y tuvieron la necesidad de sincerarse con su viejo amigo.

—Lucas —avisaron con desazón—, quizá el hombre al que buscas no sea el hombre que esperas encontrar.

Lucas, que no estaba dispuesto a rendirse, los abrazó de nuevo con evidentes muestras de regocijo por su reunión y, juntos, se dirigieron al hogar de un hombre que, a pesar de haber sido testigo directo de las palabras del carpintero de Galilea años atrás, había perdido completamente la fe.

3

Año 30 d. C.
3790 הנש
783 AUC
-
Jerusalén

✝

«Un niño no debería contemplar jamás tal linchamiento».

Tal era el pensamiento de Miryam.

La madre de Jacob buscaba con ansiedad a su hijo, perdido entre la multitud. Sus pies descalzos apenas sentían la dureza del camino, pues su corazón latía con urgencia por la preocupación al no encontrarle. Sabía que su joven corazón buscaba la verdad, como ella, en la figura de aquel predicador que ahora caminaba hacia su fatal destino.

El camino era una sinfonía de gritos y suspiros, y tanto ruido casi ahogaba la voz de una madre que llamaba a su hijo. Sus ojos, llenos de ansiedad y esperanza, recorrían cada rostro, llamándole por su nombre con una voz que se quebraba entre súplicas. Temía lo peor, pero rezaba por un milagro. Y entonces, en un momento que pareció detener el caos a su alrededor, sus ojos encontraron a Jacob. Se encontraba cerca del hombre que cargaba el pedazo de la cruz, y su mirada se mantenía fija en la figura ensangrentada y fatigada de Jesús. Parecía como si el Nazareno le manifestara unas palabras únicamente a él.

Miryam estalló en cólera cuando observó cómo un legionario propinaba una patada a su hijo, alejándole bruscamente de Jesús y empotrándole contra los que allí concurrían. Aturdido, Jacob miró desconcertado al romano. Aquel hombre, con el rostro desfigurado por su abrupta desviación del tabique nasal, parecía querer esconder su deformidad a través de una exagerada violencia. Le propinó un bofetón y el niño cayó al suelo de nuevo, gimoteando. Un par de hebreos se colocaron frente al crío para que el romano no continuara ensañándose con él. Jacob, entre el sufrimiento por ver a Jesús desangrándose y el dolor del bofetón, se mantuvo ajeno a la discusión de los dos judíos con el romano. Pero, de repente, algo reclamó por completo su atención. El vínculo entre madre e hijo era de una fuerza que trascendía todo caos, y Jacob, dolorido por los golpes y aún absorto en la escena de martirio que se desplegaba ante él, percibió el sonido más claro del mundo: la llamada de una madre.

Al ver a la suya, su expresión se iluminó débilmente con una mezcla de felicidad por encontrarla y remordimiento por haber huido de casa. Corriendo entre la gente, en medio de una Jerusalén vibrante, se reunieron en un abrazo que fusionaba el miedo de la pérdida de una madre con la alegría del reencuentro de un hijo, un momento de pura emoción que eclipsaba fugazmente el bullicio de la ciudad.

Tras localizar a su hijo y comprobar que la coz del legionario no le había proferido daño mayor, las propias emociones de Miryam continuaban siendo un torbellino; la injusticia de lo que estaba aconteciendo chocaba con la serenidad con la que Jesús aceptaba su suerte, a pesar de las sacudidas de los romanos.

Jacob, impotente, no podía entender cómo hacían tanto mal a un ser tan bueno, cómo convertían en un inquietante espectáculo el periplo de un hombre que cargaba un pesado travesaño de madera con el rostro desfigurado por un apaleamiento desmedido.

—*Imma* —dijo Jacob mientras se abrían paso entre el gentío—, ¿por qué son tan crueles?, ¿dónde está mi tío?

Ella lo abrazó, desconociendo las respuestas, deseando reencontrarse con su cuñado y temiendo que en cualquier momento pudiera perder a su hijo en la marea humana de nuevo. Su respuesta fue apenas un susurro que flotaba sobre los latidos de su corazón.

—Jacob, mi amor, debemos confiar en que cada paso doloroso en este camino tiene un propósito que aún no comprendemos. Jesús transita con una carga que es más que madera; lleva las esperanzas, los dolores y los pecados del mundo.

El niño seguía sin dar crédito a lo que veía. En medio del arduo viaje de Jesús de Nazaret por las estrechas calles de Jerusalén, surgió una marcada división dentro del bullicioso mar de espectadores. La multitud era una amalgama de almas dispares, cada una de las cuales daba testimonio del desgarrador espectáculo a través del filtro de sus propios corazones.

Entre la agitada marabunta estaban intercalados aquellos que se deleitaban con el espectáculo, como algunos miembros del Sanedrín, cuyas risas insensibles y mofas burlonas servían como un contrapunto a los gemidos de dolor que dominaban el ambiente. Estos individuos, con evidente desapego antipático, encontraban diversión y desprecio en la desolación y el sufrimiento que se desplegaban ante ellos.

Hubo hebreos que, envueltos en un aura de empatía y compasión, lloraron y se lamentaron junto al malogrado salvador, con el corazón encogido por la angustiosa carga compartida.

El tormento palpable en el aire se había apoderado por completo del corazón de Jacob. A escasos pasos de él, sin pausa ni vacilación, un hombre fornido apareció entre el gentío con el fin de aliviar la carga del Nazareno. Impulsado por un apremio espontáneo, se abrió camino no solo entre la multitud, sino también a través de los legionarios que custodiaban la procesión. Sus pasos decisivos lo llevaron hasta el Nazareno que luchaba bajo el peso de la madera, inexorablemente destinada a formar parte de su cruz.

Pero, por más decididos que fueran sus pasos, los romanos eran más enérgicos. Un centurión se acercó inflexible al hombre con la mano levantada. Jacob no perdió detalle.

—¡Alto! ¡Apártate! —la voz del centurión sonó tan fría como autoritaria.

El individuo se detuvo y miró fijamente al legionario.

—Quiero ayudarle —dijo estremecido con cierto acento extranjero señalando al condenado—, ¿no ves que él no puede portarlo solo más lejos?

La mirada del romano no vaciló, en sus ojos no había piedad. El legionario del tabique desviado se acercó con la mano apoyada en la empuñadura de su *gladius* como amenaza silenciosa.

—Este no es tu lugar, extranjero. ¡Fuera!

Jacob estaba boquiabierto. Mientras Jesús trataba de levantar la enorme carga sobre sus hombros maltrechos por enésima vez, aquellos legionarios, atrincherados en su deber de hacer cumplir el decreto condenatorio, se resistían a la benevolencia de Simón. Pero uno de ellos, a pesar de su rostro severo, mostró un destello de ambigüedad y se dejó embaucar por la compasión de aquel hombre hacia el reo. Con un gesto a sus compañeros, dejó hacer.

—Cassius, sea. Al fin y al cabo, el Gólgota no está demasiado lejos.

El extranjero, agradecido, hizo suyo el peso del madero y cargó con la ardua tarea que él mismo se había impuesto, el mayor acto de compasión que podía hacer por aquel hombre. Jesús le miró con eterna gratitud, y Simón de Cirene entendió por fin las palabras del galileo cuando se conocieron. Mientras ofrecía un respiro al Nazareno, una voz resonó a través del clamor.

—¡Mira, *imma*!, ¡es Simón!

Aquel grito teñido de asombro pertenecía al joven Jacob, quien se alegró por tener cerca una presencia familiar en medio del enjambre de espectadores ansiosos por ver el desenlace de la inquebrantable pero estéril lucha del Nazareno.

En medio del mar de espectadores aprensivos, los rostros angustiados de dos jóvenes emergieron dentro de la línea de visión de Jacob. Su corazón saltó de alegría y desolación a partes iguales cuando vio a sus amigos Rufo y Alejandro, los hijos de Simón, el de Cirene.

—¡Mira, *imma*!

Aquellos niños también estaban atrapados dentro del torrente de aflicción mientras eran testigos de cómo el peso del madero, aun con la ayuda de su padre, presionaba aquel cuerpo cansado debido a la tan evidente y despiadada flagelación. Con cada paso vacilante por los adoquines, aquel lastre caía sobre sus hombros manchados de sangre, que ardían de tormento. Gritos agonizantes de angustia escaparon de sus labios resecos, como si se tratara de una melodía de sufrimiento que no dejaba de resonar en los oídos de Jacob. Aquella despiadada corona de espinas no hacía sino grabar líneas de angustia en su gentil semblante, ensuciando de sangre una y otra vez su afable rostro, mientras que el ritmo implacable de los legionarios romanos era un contrapunto disonante a los gritos de angustia que emanaban del condenado.

A medida que avanzaba en su trayecto, medio colgado de su acompañante de Cirene, su forma demacrada se iba convirtiendo poco a poco en un símbolo de fortaleza inquebrantable frente al sufrimiento para el pequeño Jacob. Los ojos del Nazareno, aunque nublados por el tormento, mostraban un destello de profunda empatía y compasión que trascendían su propio quebranto.

Jacob avanzaba con la procesión agarrando fuertemente la mano de su madre, sorteando a los que allí concurrían, buscando a su tío apóstol entre la multitud y observando cómo cada paso de Jesús era un eco de angustia sobre cada losa. Su figura, en otros días esbelta y resplandeciente, estaba encorvada, marcada por la brutalidad y el agotamiento. Aunque lo que realmente le impresionaba a Jacob era la cantidad de sangre que teñían sus ropajes.

Tan pronto como se acercaron a una estrecha curva, aquella donde las paredes parecían inclinarse para presionar a los cielos en busca de alivio, los lamentos de las mujeres se hicieron fervientes y llenaron el aire con pena: madres e hijas, viudas y esposas. Las lágrimas cortaron el polvo de sus mejillas mientras sus corazones sangraban con misericordia.

—Bendito sea el que viene en el nombre del Señor —lloraban todas ellas.

Al escuchar la seriedad de su dolor, Jesús se detuvo y Simón junto a él. Y a pesar de ser conocedor de que cada momento de descanso con el madero significaba un viaje más largo hasta la cantera con forma de calavera, la colina de la ejecución, no dudó en volver la cabeza y dirigir su mirada hacia las mujeres que le lloraban.

—Hijas de Jerusalén —habló casi susurrando—, no lloréis por mí, llorad por vosotras mismas y por vuestros hijos.

Las palabras, suaves pero trascendentes, calmaron y apagaron los gritos de lamento mientras las mujeres intentaban comprender la profundidad de su mensaje. Jesús siguió hablando a las judías, pero desde la distancia, y, en mitad del alboroto, Jacob no alcanzó a escuchar el mensaje completo del maestro. Sí observó cómo algunas de las mujeres extendieron la mano anhelando tocar el borde de la túnica rojo púrpura del Nazareno, pero los guardias romanos se adelantaron e hicieron señas para que la procesión continuara su rumbo. Empujaron bruscamente al de Cirene, que perdió momentáneamente el equilibrio con el madero.

Entonces Jesús tropezó.

La imagen de aquel hombre, cayendo de nuevo bajo el peso del *patibulum*, quedó grabada en la memoria de Jacob como un símbolo de una resistencia que iba más allá de la carne y la sangre.

Y un grito colectivo surgió de la multitud cuando sus rodillas tocaron el suelo con un golpe seco y resonante. Miryam se apretaba el corazón con el espíritu abatido una vez más ante la visión del sufrimiento de aquel hombre y de su hijo Jacob. Sus lágrimas, testimonio silencioso del amor incesante de una madre y de una creyente, no le impidieron ver cómo a pocos pasos surgió una mujer de la multitud, en cuyas manos sostenía un paño, humilde y sin adornos, pero destinado a un momento de profunda gracia. Jacob la reconoció enseguida. Era Verónica, la dulce mujer que solía encontrar en el mercado. Los romanos vacilaron ante su llegada, pero estaban concentrados en disuadir de una vez por todas a Simón el cireneo y disolver el grupo de mujeres que seguían sollozando.

Arrodillada junto a Jesús, Verónica extendió sus manos con delicadeza. Acercaron el paño a su rostro y, como hiciera su madre momentos atrás, limpiaron la sangre y el sudor que embadurnaban su santa faz.

Jacob sintió que el mundo entero se detenía y que, durante esa pausa, el abismo entre el cielo y la tierra parecía estrecharse.

Por un momento, mientras la tela absorbía la angustia del rostro del Salvador, Verónica miró a los ojos de Jesús. En ellos no se reflejaba ninguna condena para la humanidad que lo había puesto en ese camino; tan solo un amor infinito que hablaba de sacrificio y redención. Sus propios ojos se llenaron de lágrimas, porque aquella mujer se encontró contemplando el reflejo mismo de la misericordia divina. Y Jesús, una vez más, dirigió su mirada al pequeño Jacob, como si supiera dónde se ubicaba en cada momento de su tormento.

En silencio, pero sin dejar de lamentarse, Jacob había sido testigo de cada detalle, cada pequeño milagro, cada acto de humanidad de Jesús el Nazareno y los no pocos que osaban presentarse ante Él con devoción y misericordia. Pero, una vez más, Jesús giró la cabeza y se dirigió a él. El Nazareno esta vez sí logró esbozar una sonrisa casi completa, como si tratara de restar dramatismo a la tragedia que suponía su martirio delante de un niño.

Un alma inocente.

Los legionarios, ya reorganizados, expulsaron a Verónica fuera de la vía y levantaron a Jesús una vez más. Cuando ella se retiró, Jacob creyó observar que la sangre en la tela parecía dibujar la santa imagen de su rostro, un retrato fugaz del Hijo del Hombre. Sus rasgos impresos no en piedra o decreto, sino en el lino de la compasión.

Intentando dilucidar si la imagen que había visto era fruto de su imaginación, Jacob volvió a dirigir su mirada confusa al Nazareno de nuevo, y fue entonces cuando las manos nervudas de Gedeón surgieron de la multitud, agarrando a su hijo con la fuerza de cadenas ancestrales. Los ojos del líder zelote ardieron con una furia que reflejaba la animadversión que bullía dentro de los muros de la ciudad.

El guantazo de su padre le hizo caer al suelo unos pasos atrás.

—¡Ya'akov! —La voz de Gedeón fue un látigo que desgarró a su hijo—. ¡Vuelve a casa, muchacho! ¡No debes llorar a un condenado!

—Pero padre... —gimió Jacob con su vocecita perdiéndose entre el gentío mientras acariciaba su cara magullada—. ¡Él cura a los enfermos y cuida a los niños! ¡Tú lo sabes!

Antes de que Jacob pudiera protestar más, Gedeón agarró a su esposa Miryam por el brazo, propinó otra bofetada al niño y lo cargó sobre su hombro, quedando sus pequeños pies colgando impotentes mientras se alejaban de la vista de Jesús.

El Nazareno, afligido y con el madero de nuevo sobre Él, continuó su sufrimiento hacia el Calvario con una soberanía que trascendía la crueldad que se le había impuesto.

Pero Él sabía, de camino hacia su destino final, que no sería la última vez que vería al pequeño Jacob.

4

Año 70 d. C.
3830 הנש
823 AUC
-
Jerusalén

Un sonido sacó de su sueño a Jacob.

Llamaban a su puerta.

Miró a su alrededor, algo aturdido.

Se había retirado temprano a su lecho esa noche y no esperaba a nadie.

Se levantó despacio, casi sin hacer ruido. Tropezó con un viejo odre y lamentó su torpeza. «Cosas de la edad», pensó. Estaba a punto de cumplir los cincuenta, pero, a pesar de las cicatrices de su cuerpo y de su alma, aún se mantenía en una excelente condición física, fruto de tantos años de ejercicio.

El sonido en la puerta se repitió. Jacob se puso apresuradamente una túnica corta y agarró su espada como marcaba su instrucción. Navegó por la habitación a oscuras, guiado por la pálida luz de la luna creciente que se filtraba a través de su ventana, aunque tenía memorizado cada rincón de la modesta vivienda.

La soledad.

Con cautela, quitó el cerrojo, respiró hondo, calmó sus nervios, tomó la tranca y la retiró lentamente. En un movimiento brusco abrió la puerta y su acero le precedió, apuntando a la inesperada visita.

El susto fue mayúsculo.

Allí, bajo la suave luminiscencia de una pequeña lámpara de aceite, estaban Rufo y Alejandro, hijos de Simón de Cirene. Junto a sus amigos de toda la vida se encontraba un extraño de modesta estatura, cargado de bultos, barba poblada, ojos cansados y semblante amable y algo enigmático. A pesar de que era evidentemente más joven que ellos, llevaba consigo un aire de sabiduría y una indumentaria desgastada por el camino.

—¡Somos nosotros, Jacob! —tartamudeó Alejandro, espantado por la hoja de la espada.

Jacob, aún estupefacto por la sorpresa, no pronunció palabra.

—*Shalom!* —distendió el ambiente un nervioso Rufo.

—*Shalom*... —alcanzó a responder Jacob aún con la espada en la mano—. ¿Qué sucede?, ¿qué horas son estas?

Con un leve gesto de buena fe, los invitó a pasar y acomodarse en la calidez de su modesta vivienda. Rufo y Alejandro accedieron al interior de la casa que ya conocían sin miramientos, no sin antes besar su mano y acariciar la *mezuzá* que protegía el hogar de Jacob, mientras que el tercer hombre se mostraba aún tímido, sorprendido. Jacob guardó su espada y se acercó al desconocido. Su primer encuentro, tiempo atrás, fue fugaz. En aquel momento no se reconocieron. Jacob apoyó su mano derecha sobre su hombro izquierdo.

—*Shalom*, viajero. Si estás con ellos, eres bienvenido.

Lucas estaba frente a él.

Por fin.

Un Jacob más relajado se volvió a los hermanos y los tres se fundieron en un abrazo fraternal, como siempre habían hecho.

Lucas no lo sabía en un primer momento, pero dedujo que se trataba de un zelote, un guerrero al servicio de la liberación de Israel. La espada, la cautela, los músculos acentuados y la cicatriz de su ceja no dejaban lugar a dudas. Se trataba de un combatiente curtido en la guerra y, por lo que mostraba la sobria morada a base de piedra local complementada con techos de vigas de madera y una cubierta mezcla de barro y paja, curtido también en los valores modestos promovidos por la fe judía y, sobre todo, por la soledad.

Eso significaba que había abandonado el mensaje de Jesús tiempo atrás.

Malas noticias.

Tras despojarse Lucas de los bártulos del viaje, todos se pusieron cómodos y Jacob, al advertirlos hambrientos, les sirvió algo para reponer fuerzas. Un menú frugal basado en los restos de su cena: dátiles, queso, pan y frutos secos. Dispensó vino en simples copas de barro, cuyo rico aroma llenó la habitación, mezclándose con las fragancias de incienso que siempre permanecían en su casa.

Los invitados agradecieron la hospitalidad.

—¡Por la vida! —celebró Rufo.

—¡Por la vida! —se sumó Alejandro.

Tras brindar con el vino, Jacob observó al desconocido mientras ingería sus alimentos. Aquel viajero guardaba celosamente un bulto cuyo contenido no alcanzó a descifrar. Guardó silencio y dejó comer. Asió su pequeño leptón, como era su costumbre, y comenzó a acariciarlo. Aquella antigua moneda, acuñada un siglo atrás por Alejandro Canneo, rey asmoneo y sumo sacerdote de los judíos, era como una suerte de amuleto.

Rufo prestó atención a un pequeño objeto que sobresalía de un estante en la pared. Una piedra redonda y lisa.

«La piedra de la amistad».

Jacob aún la guardaba.

Junto a la piedra, un pequeño trozo de tela azul.

Rufo no esperó a acabar la cena.

—Perdónanos por la intrusión, Jacob —comenzó con tímida urgencia—, pero es un asunto que no podía esperar al canto del gallo.

—Jacob, nos encontramos con este amigo en el mercado, pues vino a nosotros fruto de una vieja amistad —se sumó Alejandro a la conversación—. Este es Lucas, médico griego. Viene con noticias de nuestros hermanos y una petición que nos involucra tanto a nosotros como a ti.

Jacob encajó de mala gana el origen del cronista, pues el germen de la revuelta judía fue un incidente en Cesarea, donde las tensiones entre hebreos, sirios y griegos sobre los derechos de ciudadanía desembocaron en violencia. La respuesta de Gesio Floro, el procurador romano de Judea que desvió plata del Templo de Jerusalén para usarla en beneficio del imperio, fue insensible y desproporcionada, pues, frente a las protestas, masacró a un gran número de ciudadanos judíos, lo que impulsó al pueblo hacia la rebelión.

Se dirigió hacia el gentil con cierto desaire.

—¿No eres tú el compañero de Pablo, el de Tarso?

—Así es, Jacob, hijo de Gedeón —respondió el griego educadamente—, como Silas o Timoteo. Y me alegro de que conozcas...

—Me han hablado mucho de vosotros. O estás loco o eres ciego, griego —interrumpió Jacob—. ¿Cómo osas entrar en Jerusalén cuando Roma está al acecho?

—¿Acaso Jesús no entró sobre un burro en Jerusalén a sabiendas del destino que le aguardaba? —respondió Lucas plenamente convencido de sus palabras—, ¿acaso Simón Pedro huyó de Nerón o se enfrentó a su trágico final en Roma para glorificar a Dios? Cuando tenemos un propósito, estamos donde debemos y queremos estar. ¿Y si Roma extermina al único testimonio que queda aún con vida en esta apasionante ciudad?

—¿Y si Roma te extermina a ti? —retó Jacob sin entender la indirecta de Lucas.

—Dios proveerá, Jacob.

El zelote respiró profundamente sin decidir si tenía frente a él a un lunático o a un visionario.

—¿Cómo le conocisteis? —preguntó Jacob desorientado.

—¿Recuerdas cuando tuvimos que marchar a Cesarea durante unos años tras...? —Rufo se detuvo cuando se dio cuenta de que aquella pregunta no era oportuna.

—Tras la muerte de mi madre —zanjó el problema Jacob con aspereza—. Sí, lo recuerdo.

—Durante esos años conocimos a Pablo y a Lucas. *Imma* les tenía mucho aprecio.

—Era como una madre para el propio Pablo —apuntó Lucas.

Tras la explicación, Jacob preparó su corazón para escuchar las sombrías verdades, pues los vientos susurraban historias, no siempre verídicas, no siempre amables.

—¿Conociste a mi tío Simón, antes zelote, después discípulo de Jesús?

—Así es —respondió el griego.

—Cuéntame, pues, Lucas, su destino y el del resto de los apóstoles elegidos. ¿Adónde los llevaron aquellas promesas de salvación?

A pesar de que planeaba cierto desaire en las palabras de Jacob, Lucas paseó rápidamente por su memoria tratando de reunir correctamente los hilos de sus recuerdos. Miró a los hermanos, como si tratara de pedir permiso a los hijos del insigne de Cirene. Ambos asintieron, instando al griego a que no omitiera ninguna circunstancia. Tras unas breves palabras de cortesía y agradecimiento, Lucas advirtió cómo los caminos de los apóstoles habían sido arduos y, a menudo, llenos de sacrificios, ya que cada uno encontró su fin dando testimonio de su fe inquebrantable entregando su propia vida.

El griego, por cercanía, resumió rápidamente los destinos de Santiago, hijo de Zebedeo, pasado a espada por el propio Herodes Agripa I en Jerusalén, siendo el primero de los doce en ponerse la corona del martirio; de Esteban, al que consideraban el primer mártir, lapidado por el Sanedrín; o Santiago, hermano del Señor, quien sirvió a Dios fervientemente y se convirtió en la cabeza de la Iglesia de Jerusalén y su fe permaneció inquebrantable ante la ira de los fariseos cuando fue martirizado.

—Pedro, el pescador de hombres, fue crucificado en Roma. A Juan, en cambio, se le confió la revelación y predica en Éfeso, aún soportando las pruebas de la persecución.

»Lucas continuó con la odisea de Andrés, que viajó por todas partes, difundiendo la buena nueva a las almas sedientas de salvación. Fue en Patras donde encontró su sino, atado a una cruz en forma de equis, sobre la cual continuó predicando hasta su último aliento. Tomás, el que dudó en los momentos más oscuros y terminó convertido en un creyente ferviente, viajó más lejos que la mayoría y fue martirizado por una lanza en la India, sellando su destino como testigo del Hijo del Hombre resucitado.

—¿Que fue del publicano Mateo? —preguntó Rufo, mucho más ávido por conocer el destino de los doce que Jacob.

—Mateo difundió la palabra hasta los confines de Etiopía. Hay quienes dicen que él también fue martirizado, pero la manera de su fallecimiento permanece, a día de hoy, oscurecida por el tiempo. Felipe evangelizó en Hierápolis, donde fue crucificado por condenar los rituales paganos. Bartolomé llevó el Evangelio a Armenia y, según algunos relatos, encontró su fin desollado y crucificado, y aun así su devoción no se vio afectada por las torturas que le infligieron. Cuentan que Santiago el Menor fue crucificado en Ostrakine, en el Bajo Egipto, aunque esto no puedo confirmarlo.

Jacob miró fijamente al griego.

—¿Por qué no me has contado aún nada sobre mi tío Simón?

Lucas no pudo suavizar el destino final del antiguo zelote.

—Tu tío Simón llevó la llama de la verdad a Persia...

—¿Y? —preguntó Jacob.

Se hizo un silencio en la vivienda.

Jacob no dudó en insistir.

—¿Y?

Lucas no tuvo más remedio que confesar.

—Simón, junto con Judas Tadeo, conoció su martirio allí.

Jacob no quiso mayor descripción, pero no ocultó su desconsuelo. Al menos Tadeo estuvo a su lado, como siempre había sido. «Siempre Tadeo». Jacob quiso saber el destino del lienzo mortuorio de Jesús, pues Judas Tadeo debía llevarlo a Edesa. Aquella pregunta reveló que Jacob poseía más información de la que se le suponía. Lucas no dudó en sacarle de la duda. Tadeo y Simón, conocedores de su condición de proscritos por parte del Sanedrín por ser distinguidos seguidores del Cristo, acudieron a otro Tadeo, Addai de Edesa, uno de los setenta y dos que había enviado Jesús anteriormente para predicar, para cumplir la misión.

Todo se había cumplido.

Jacob, algo abatido, quedó satisfecho con el destino del sudario de Cristo, pero tenía una última consulta.

—¿Qué hay de Matías?

Rufo y Alejandro miraron fijamente a Jacob. Ambos sabían por qué preguntaba por el apóstol que sustituyó a Judas, el Iscariote.

—Las últimas noticias apuntan a que sigue predicando.

Lucas quiso terminar su crónica condensando los últimos acontecimientos más allá de Israel.

—Cristianos. Así nos llamaron en Antioquía, así nos conocen a los que seguimos el Evangelio de Jesús.

—¿Evangelio? —preguntó extrañado Jacob.

—εὐαγγέλιον, el mensaje. Así lo denominó Pablo. Durante su estancia en Éfeso, redactó esas palabras a la comunidad cristiana de Corinto. Ahora en Antioquía se ha instalado allí una gran asamblea que sigue los pasos de nuestro maestro.

—Dicen que es una figura importante en la difusión de vuestro credo. ¿Qué hay de tu mentor, el de Tarso?

Lucas enmudeció, se quedó sin fuerzas para hablar de su instructor y amigo.

El silencio otorgó la respuesta.

Jerusalén, Santiago, Sanedrín, Roma y Nerón.

Jacob seguía sentado, sin levantar demasiado la mirada, acariciando su leptón. Jerusalén se consumía en su propio odio y, sin embargo, el resto del mundo recibía poco a poco el mensaje del maestro. «¿A qué precio?», se preguntaba una y otra vez.

Rufo prestó atención al leptón.

«Aún lo conserva».

Jacob se interesó por el resucitado y, sobre todo, por las mujeres, tan imprescindibles en la difusión del mensaje del Galileo.

—Lázaro, María, la de Magdala, y Verónica, la del paño milagroso, partieron a la Galia con Nicodemo y José, el de Arimatea. ¿Sabes algo?

—No tenemos noticias de sus ministerios... —lamentó Lucas.

Y tras concluir el griego su relato de las partidas terrenales de los apóstoles, Jacob, serio por la realidad de sus sacrificios, miró una vez más a sus amigos, que ya conocían el legado dejado por los seguidores de Jesús, una herencia martirizada en sangre, pero inmortal en espíritu.

Se hizo el silencio.

Rufo sirvió otra ronda de vino.

Lucas, prudente, esperó el siguiente paso.

Nadie hizo nada, salvo apurar sus vasos.

Jacob estaba convencido de que el motivo real de la presencia de Lucas en Judea no se limitaba a dar únicamente parte del pasado. Estaba en lo cierto.

—Podéis beber todo el vino que queráis —les dijo Jacob a sus amigos para luego dirigirse a Lucas—, pero tú aún no me has dicho tu propósito, griego.

El cronista no se amedrentó ante la mirada inquisitiva de Jacob y depositó gentilmente el vaso vacío sobre la mesa. Le dijo la verdad, a medias.

—Regresé a Jerusalén con una misión muy concreta: obtener la última información sobre Jesús de Nazaret para terminar mi crónica.

—¿Qué información es esa?

—La tuya, Jacob.

—¿La mía? —Jacob se puso aún más a la defensiva.

—¡Estuviste a punto de sustituir a Judas como apóstol, Jacob! ¡Allí estaban los siete!

Jacob se quedó mudo al escuchar aquello. Efectivamente surgieron muchos nombres para sustituir a Judas, entre ellos Matías, José el Justo y Esteban. Pero Jacob estaba tremendamente sorprendido.

«¿Cómo podía saber eso aquel griego?».

—Hay algunos aspectos de Judas que siguen siendo oscuros y conflictivos en mi cálamo —comenzó Lucas con respeto y cautela, sabiendo que se aventuraba en un tema delicado—. Por ejemplo, su destino. Como alguien que estuvo cerca de los acontecimientos y comprende las profundidades del espíritu humano, ¿podrías compartir tu percepción sobre lo que realmente sucedió con él después de... después de su traición?

Jacob cerró el puño y escondió su leptón. El guerrero no esperaba esa pregunta.

Volvió de nuevo su mirada a los hermanos, como si se tratara de un interrogatorio paralelo.

Ellos sabían que él lo sabía.

Ambos guardaron silencio y con un gesto le instaron a que contestara aquella pregunta.

¿Qué sucedió con Judas Iscariote?

5

Año 30 d. C.
3790 הנש
783 AUC
-
Gólgota

†

El pequeño Jacob llevaba el nombre de sus antepasados, un nombre que lo unía a un legado de ferviente nacionalismo y rebelión bajo el severo liderazgo de su padre, Gedeón, un cacique venerado entre los zelotes y algo menospreciado por los judíos más pacifistas.

Gedeón, un hombre fuerte, pelo corto, rasgos marcados y cicatrices tanto en la cara como en su cuerpo y cuyo corazón se había petrificado con cada transgresión romana, vio en un primer momento el ascenso del rabino de Nazaret como un presagio sorprendente: un faro que podía encender los fuegos de la rebelión y no sofocar la voluntad del pueblo con promesas de paz y sumisión.

Fue testigo de cómo su pequeño hijo fue atraído inexorablemente hacia el suave llamado de aquel Jesús, un tirón que lo llenó de un temor que no podía nombrar. Y toda responsabilidad y culpabilidad caía sobre su hermano Simón, otrora zelote, ahora desertor, prófugo y seguidor del falso Mesías.

—Tú eres de mi sangre, Jacob —gruñó Gedeón al oído de su hijo cautivo—, nacido para luchar, para sangrar si es necesario, por la libertad de Judea. Tu corazón pertenece a la causa de nuestro pueblo, al legado de los zelotes. Y ahora serás testigo de lo que hay que hacer con los traidores.

En el último momento, Gedeón había decidido dar un escarmiento a su hijo y, lejos de regresar a casa, se dirigió al lugar de la crucifixión.

A las afueras de Jerusalén, los pasajes conducían hacia una colina de piedra caliza, cuya forma parecía sugerir una calavera, dándole su nombre ominoso. El Gólgota se había convertido en sinónimo de muerte y sufrimiento para todos aquellos que se atrevían a desafiar al imperio. Los residentes de Jerusalén evitaban el lugar sabiendo que no había nada más que dolor y desesperación en los pasos hacia esa cuesta.

Las mañanas en el Gólgota eran particularmente perturbadoras. La luz del sol apenas lograba disipar las sombras que se aferraban a las grietas de la roca. Desde las primeras horas del día, los sonidos de martillos golpeando clavos y el crujir de maderos resonaban a través del aire, anunciando con anticipación el destino de aquellos que serían crucificados.

Los mástiles de madera, erguidos y ominosos, se alineaban en la cima y sus alrededores, testigos mortales del castigo romano. Los postes fijos al suelo rocoso esperaban con cruel paciencia a sus víctimas mientras los cuervos empezaban a congregarse en las cercanías atraídos por la macabra certeza de carne fresca. El aire, cargado de desesperación, emanaba un hedor particular, una mezcla de sangre, sudor y la amarga oscuridad de la muerte.

Alrededor de Jacob, aquel escenario era un caos, como si el mundo se tambaleara al borde de un abismo. Los miembros del *contubernium* solicitado por Pilatos, un pelotón de infantería formado por ocho legionarios, empujaban sin un ápice de simpatía a los curiosos que se acercaban demasiado. Las mujeres lloraban abiertamente y sus sollozos formaban una armonía turbadora.

El cielo sobre el Calvario era un lienzo enardecedor, cargado con la tristeza de un sol que parecía negarse a iluminar el sombrío cuadro bajo él. Tres cruces se alzaban en aquella cantera contra ese telón de fondo siniestro, pero la figura central atraía la mirada de todos los presentes y, especialmente, la de un aterrorizado Jacob: la cruz en la que habían clavado a Jesús de Nazaret.

Bajo la sombra de aquellos toscos instrumentos de tortura, los legionarios trataban de cumplir la tarea confiada de mantener el orden para garantizar que ni los miembros del Sanedrín ni los fervientes seguidores del condenado causaran disturbios.

Longinos, un veterano centurión con rostro endurecido por las crueldades del deber, miró con cautela a la multitud reunida. A su lado, Estefatón, un legionario más joven, tenía una expresión pensativa. Había oído historias sobre aquel hombre, Jesús; historias de milagros y sabiduría, y, aunque su posición requería indiferencia, su humanidad no podía evitar sentirse intrigada.

—Mantente alerta, Estefatón —pronunció el veterano—. Las emociones corren tan alto como los muros de Roma hoy, y no haría falta mucho para que esta sombría reunión estallara en caos.

La presencia del dolor era palpable incluso para un niño de nueve años como Jacob, y, mientras seguidores desconocidos de Jesús se apiñaban tímidamente con lágrimas y sollozos reprimidos al ver la sangre emanar de las muñecas y pies desgarrados por los clavos, los miembros del Sanedrín, cuyas vestiduras comparecían en marcado contraste como testimonio de su autoridad con un barniz de justicia satisfecha, se mantuvieron a través de Anás y Caifás agresivos pero distantes.

«Conviene que muera uno solo por el pueblo y no perezca toda la nación». Tal era el convencimiento del sumo sacerdote Caifás.

A pesar del dolor en sus ojos de tanto llorar, Jacob reparó en que, al pie de la cruz central, envuelta en un oscuro manto de luto, la madre del Hijo del Hombre permanecía estoicamente de pie frente a él ignorando cómo unos legionarios, entre ellos Cassius, el de la nariz maltrecha, echaban a suertes a modo de mofa la túnica rojo púrpura del Nazareno. A su lado estaba el joven apóstol Juan, a quien Jesús le había confiado el cuidado de María, con el corazón pesado por la carga de dar testimonio del martirio de su maestro. María observaba con su espíritu dividido entre el impulso maternal de proteger a su hijo y la desgarradora comprensión de la profecía que debía cumplirse. Juan, con su rostro juvenil incapaz de ocultar la tristeza dentro de él, puso una mano solidaria sobre su hombro.

Los ojos de la otra María, la de Magdala, estaban fijos en Jesús. Parecía como si colgara allí mismo el recuerdo de su propia liberación, indisolublemente ligado al sanador ahora coronado de espinas. Sus enseñanzas habían traspasado lo más profundo de su alma, liberándola de los demonios de su pasado. Ahora, mientras observaba su sufrimiento, sentía en su interior una inmensa gratitud y angustia.

Los tres, junto a otras mujeres que Jacob no alcanzó a reconocer, se convirtieron en un cuadro de inquebrantable devoción, iconos del dolor y la lealtad que se entretejieron en la narrativa de los últimos momentos terrenales de Jesús de Nazaret.

Cerca de ellos, Jacob apretaba sus pequeños puños con una ira impotente, preso de su padre. Una mano se acercó y se posó sobre el hombro de Jacob, sacándolo de sus pensamientos. Deseaba que fuera la mano de su tío, el apóstol Simón, que regresaba junto a él. Sin embargo, era Miryam, su madre, desafiando la autoridad de su marido, que la había dejado pasos atrás.

Jacob se sintió de igual manera calmado.

—*Imma*... ¿Por qué le hacen daño?

Su madre se arrodilló a su nivel, trató de suavizar aquel momento, aunque no había milagros aquella mañana que dulcificaran un ápice el dolor de aquella víspera de *shabbat*. Pero Miryam, por su hijo, hubiera hecho cualquier cosa.

—Hijo, a veces el mundo no reconoce el regalo que se le ha dado. Pero no debes olvidar esto: su dolor tiene un propósito más allá de nuestra comprensión.

—Pero no quiero que le duela —respondió Jacob, sincero e infantil.

El niño sintió de nuevo la fría presencia de la mano de su padre sobre su cuello vibrando con una violencia que sacudió su alma. El rostro de Gedeón estaba encendido por la cólera, con ganas de ajustar cuentas con su mujer cuando la ejecución acabara.

—Cállate —exhortó Gedeón a su esposa para después increpar a su hijo—. Y tú, sigue mirando.

Jacob no necesitó aquella orden, pues solo tenía ojos para su madre y para el hombre en la cruz, al que habían despojado de sus vestiduras y su dignidad, dejándole únicamente con su *perizonium*, el paño púdico. La crudeza de su flagelación era aún más evidente. Jesús mostraba por todo su cuerpo decenas de heridas aún abiertas por la inhumana y desmedida flagelación.

Jacob reparó en que, al lado de su amigo, dos bandidos compartían su destino final, aunque sus corazones habitaban lugares muy distintos. Uno de ellos, Gestas, consumido por la amargura y el dolor, se unió a las voces de escarnio que surgían de la multitud retando a Jesús a salvarse tanto a sí mismo como a ellos. Era un grito nacido del sufrimiento y la desesperanza, una última defensa contra la inmensidad de su propia vulnerabilidad.

El otro bandido, sin embargo, encontraba en sus últimos momentos una claridad que había eludido en su vida errante. Observando a Jesús con lástima, reconoció en su serenidad algo mucho más allá de la mera mortalidad.

Fue entonces cuando Jacob escuchó cómo increpó al otro bandido.

—¡Calla, Gestas! ¿Ni siquiera temes tú a Dios estando en la misma sentencia? Nosotros estamos siendo condenados justamente, pues recibimos el debido castigo por nuestros actos; pero este hombre no ha hecho nada malo —dijo Dimas cargado de un arrepentimiento sincero aceptando sus propias faltas.

Dirigiéndose a Jesús con la humildad de quien no tiene nada que perder, pronunció una súplica sin saber que terminaría resonando a través de los siglos.

—Jesús, acuérdate de mí cuando llegues a tu Reino.

Mientras Jacob dirigía la mirada a uno y otro, la respuesta de Jesús, a pesar del tormento físico y la inminencia de la muerte, fue una promesa de redención y esperanza eterna.

—En verdad te digo: hoy estarás conmigo en el Paraíso.

Por más que llevara horas crucificado, Jesús le aseguró a aquel hombre que, a pesar de los errores y las culpas del pasado, la misericordia era accesible para todos los corazones. Sin embargo, cada vez que inhalaba una bocanada de aire, debía realizar un esfuerzo titánico. En uno de ellos, levantó levemente la cabeza y pronunció un susurro entrecortado entre sus labios con un esfuerzo hercúleo.

—Tengo sed...

Mientras el cielo se encapotaba cada vez más, como si absorbiera el dolor que había debajo, Estefatón y Longinos intercambiaron una mirada, una comunicación sin palabras que solo conocen aquellos que han permanecido hombro con hombro en la sombra de la muerte.

Jacob suplicó que el quejido fuera auxiliado.

Longinos, que había visto su parte de sufrimiento y despachado a muchos de este mundo, sintió una inesperada oleada de misericordia. Estefatón también compartía ese sentimiento, pues, a pesar de su lealtad al imperio, no podía suprimir su compasión.

Alejándose de la cruz, bajo consentimiento de Longinos, Estefatón tomó una esponja que había entre sus provisiones. La remojó en un recipiente con posca, una mezcla de vinagre y agua destinada a aliviar la propia sed de los legionarios durante las insoportables horas de servicio, y lo clavó en una lanza, la única herramienta a su alcance.

Con una solemnidad que no había pretendido mostrar, Estefatón se acercó a la cruz y extendió el artefacto improvisado hacia los labios resecos del carpintero de Galilea. El olor acre y ácido del vinagre se elevó en el aire, un recordatorio agrio de la crudeza del momento. Ambos romanos sabían que aquel líquido serviría de anestésico.

«Bebe, por favor...», rezaba Jacob en silencio.

Y, como si hubiera escuchado la plegaria de aquel niño, el hombre colgado en la cruz levantó levemente la cabeza y, a pesar de la hinchazón de uno de los párpados, su mirada se encontró con la de Jacob. El niño se estremeció, pues, cada vez que aquel hombre le miraba, algo sobrenatural recorría su cuerpo.

En ese momento, una quietud cayó sobre el lugar, como si el mundo contuviera la respiración, puntuada solo por las laboriosas inhalaciones de Gestas y Dimas, los crucificados que sufrían junto a él. Jesús agradeció el vino agrio que le ofrecían, mas terminó rechazándolo mientras los ojos de Jacob y su madre Miryam se mantenían fijos en el rostro delgado y ensombrecido del hombre que amaban sin entender el porqué de ese repudio. Los guardianes de la cruz no se explicaban por qué el Nazareno tenía el deseo de permanecer plenamente consciente. Los dos legionarios dieron un paso atrás y regresaron a sus puestos con su deber cumplido, y la madre del Hijo del Hombre agradeció de igual modo el gesto fugaz de misericordia.

Algunos pasos más atrás, Gedeón se debatía entre su satisfacción provocada por el espectáculo y el remordimiento por desear el mal a aquel que sanó a su hijo.

Del mismo modo, a cierta distancia de ellos, un grupo de magistrados y altos sacerdotes observaba con rostros esculpidos de complacencia y desdén. Vestidos en sus ropajes de omnipotencia, se distinguían del tumulto de curiosos y dolientes que habían venido a presenciar el acto final de esta tragedia. Aunque las enseñanzas de amor, perdón y misericordia de Jesús habían resonado en los corazones de muchos, para estos líderes representaban una amenaza directa a su poder y tradición.

—¡Mirad! ¡Él, que destruiría el templo y lo reconstruiría en tres días! —exclamaba uno sarcásticamente mientras señalaba la figura maltrecha sobre la cruz.

—¡Sálvate a ti mismo! ¡Si eres el Hijo de Dios, desciende de la cruz! —se unía otro tratando de provocar una risa cruel de sus compañeros.

Las mofas resonaban en la tensa atmósfera de aquel lugar. A pesar de sus sufrimientos, Jesús permanecía en silencio, mirando hacia un horizonte que solo él podía ver. Su silencio, tan elocuente como sus sermones, era un testimonio de su inquebrantable propósito y la profundidad de su sacrificio. No necesitaba defenderse, pues su misión trascendía las palabras y el entendimiento de aquellos que buscaban su caída.

Entre los espectadores, algunos bajaban la mirada, incómodos ante la crueldad de las burlas, mientras que otros, seguidores fieles de Jesús, observaban con corazones desgarrados, incapaces de comprender cómo el mensaje de amor y redención había culminado en tal acto de violencia.

Algunos miembros del Sanedrín protestaban con energía por la tablilla que colgaba en el extremo superior de la cruz del Nazareno. Consideraban una blasfemia la inscripción autorizada por Pilatos. Fue entonces cuando Jacob, con los ojos fijos en la ensangrentada figura central, trató de entender aquella crispación. Por primera vez reparó en el *titulus*, aquella maldita tablilla romana escrita por Pilatos con cierta ironía. Leyó la inscripción en hebreo del hombre que estaba a punto de morir y entonces lo entendió todo.

JESÚS DE NAZARET, REY DE LOS JUDÍOS

6

Año 70 d. C.
3830 הנש
823 AUC
-
Jerusalén

—¿Qué sucedió con Judas Iscariote?

En el crepúsculo que envolvía Jerusalén, Jacob, mirando a Lucas, sintió el peso de la pregunta. Tomó un momento para ordenar sus pensamientos sin saber realmente si quería entrar en el juego de aquel cronista que sabía demasiado.

La historia de Judas era un relato teñido de profunda tristeza y desolación, además de controversia y posible tergiversación. Después de su acto de traición, las tormentas de remordimiento y desesperación no tardaron en abrumarlo. La magnitud de sus acciones, la entrega del maestro a manos de aquellos que deseaban su muerte, fue una carga demasiado pesada para su alma.

Alejandro aportó su grano de arena para apaciguar la tensión.

—Judas intentó devolver el precio de su traición, las treinta piezas de plata, buscando redimirse de alguna manera. Pero encontrar redención en los ojos de los hombres era un camino cerrado para él. Aislado en su desesperación, se quitó la vida, incapaz de vivir con el peso de su conciencia.

La honestidad y la compasión con la que Alejandro habló reflejaba el efecto perdurable que la acción de Judas tuvo sobre aquellos que lo conocieron.

Lucas, conmovido por las palabras del hijo de Cirene, sabía que aquel relato era esencial para entender no solo la naturaleza humana, sino también la misión de perdón y redención que su maestro había predicado. Agradeció a Alejandro su franqueza y sabiduría, consciente de que aquella conversación le ayudaría a presentar un testimonio más completo y compasivo de aquellos días y sus protagonistas.

Pero necesitaba más. Mucho más.

—Así que se ahorcó... —dijo Lucas dando por cerrado el asunto sin dejar de mirar intencionadamente a Jacob.

—No lo creo —respondió Jacob tajante para sorpresa de los hermanos.

Lucas quedó asombrado por la contundente respuesta, pues el suicidio del traidor era una habladuría que se promulgaba por algunas corrientes de creyentes. Guardó silencio tratando de forzar un poco más.

—El Iscariote devolvió las monedas. Los sacerdotes compraron con ellas un terreno. Dicen que allí se despeñó.

—*Haqueldamá*, «campo de sangre» —añadió Alejandro.

Jacob no entendió la minuciosa aclaración de su amigo.

Lucas extrajo un pedazo de pergamino y, con su cálamo, escribió apresurado la traducción. Fue entonces cuando Jacob descifró el verdadero significado de aquel encuentro e interrogó de manera inquisitoria a sus amigos.

—Vosotros dos, ¿qué intención tenéis al traer a este médico griego a mi casa?

Alejandro, dispuesto a sincerarse, le preguntó si recordaba a Juan Marcos, seguidor y discípulo de Simón Pedro, a lo que

Jacob, más que indignado, contestó asintiendo con la cabeza. Con un gesto breve y seco con la mano, instó a su amigo a continuar. Alejandro continuó argumentando que Marcos escribió su mensaje, su crónica, su propia versión de los hechos. En aquel momento, bajo la mismísima inspiración del propio Marcos y del apóstol de los gentiles, Pablo de Tarso, Lucas trataba de escribir su propia versión de los hechos, solo que su pesquisa, en palabras de Rufo, se manifestaba mucho más profunda. Ambos hermanos, al ser testigos directos de los últimos días del Nazareno, y representantes de Simón, el portador de la cruz del Señor, querían aportar desde el anonimato todo lo que pudieran.

Pero sabían que Jacob había estado mucho tiempo con Él.

El relato de Jacob era imprescindible.

Así lo había hecho saber Lucas, aunque se había guardado una parte de la verdad de su propósito.

El griego retomó la palabra, intentando suavizar la tensión que se estaba generando en la morada del guerrero, y precisó que, más que un evangelio como el de Marcos, lo que él intentaba manuscribir era una narración en orden cronológico. Un compendio histórico al más puro estilo de sus compatriotas griegos Heródoto y Tucídides. Al mismo tiempo, confesó que los amigos de su tío, el zelote Simón, le habían relatado con cariño infinito cómo los dos, tío y sobrino, habían conocido al Nazareno y de qué modo el zelote había dejado la lucha armada y se había dispuesto a seguir al carpintero. Esto irritó aún más a Jacob, pues aquella información no solo le hacía parecer vulnerable, sino que, además, de una u otra manera, estaba siendo obligado a recordar algo que dejó atrás hacía mucho tiempo.

—¡Deja de escribir!

Jacob, con un violento manotazo, arrancó la pluma de caña de la mano de Lucas y el pequeño pergamino cayó al suelo.

—¿Qué quieres escuchar, griego?, ¿que no fui digno de ser uno de los doce por aquel entonces y no soy digno hoy en día?, ¿que mi tío, seguidor entre los seguidores, me abandonó? Conocí a Jesús cuando tenía ocho años y le vi partir con nueve. Vi cosas que un niño no debería haber visto. Fui testigo del mayor de los milagros y del peor de los castigos. Oigo cómo mis hermanos inventan historias sobre Él y los suyos cada día. Y ¿sabes para qué?, ¡para nada!

Jacob se levantó bruscamente y agarró el odre de vino. Después de ingerir un trago prolongado, depositó el recipiente con violencia en la mesa y continuó desahogándose. Miró fijamente a Lucas a los ojos, cada vez más encrespado.

—¿Quieres que te diga qué pienso de Judas, griego? Pienso que fue necesario, que cumplió con la misión de Jesús y cargó con aquella culpa. ¡Solo uno de doce! Pero fue imprescindible que lo hiciera. Mi tío Simón me contó que Jesús especificó lo que le pasaría hasta tres veces y ninguno lo entendió. ¡Judas era indispensable! ¡Yo le vi llorar en el alto aposento y en el Calvario! ¿Traición, suicidio? Estudia la ley y los profetas, griego. ¡La traición y el suicidio corresponden a Ajitófel! Lo demás son falacias…

Lejos de amedrentarse por la ira de aquel zelote, Lucas estaba admirado por la oratoria, la cultura y la memoria de aquel guerrero enfurecido. Lamentaba no poder dar cuenta de toda la información que estaba proporcionando, pero tenía claro que Jacob era el hombre que buscaba, aunque el guerrero no deseara servir al cristianismo naciente.

—Estimado Jacob… Yo no era creyente hasta que me hablaron de él…; no necesité tenerle cara a cara para creer. Y, sin embargo, tú le conociste en persona. Fuiste testigo de sus prodigios, de su resurrección… ¿Qué te pasó?

—¿Y si todo fue una artimaña, griego?, ¿y si no hubo milagros? ¿No te lo han dicho ellos? —Jacob señaló a los hermanos agresivamente—. ¡Por culpa de los sicarios, asesinaron cruelmente a mi madre, por mucho que intentaran convencerme de que fueron los romanos! Ella estuvo junto a Jesús en la cruz, junto a su madre en el sepulcro de Arimatea para comprobar su supuesta resurrección y junto a los apóstoles en Betania cuando Él nos abandonó. ¡Y ni él ni su *abbá* hicieron nada! ¡Nada! ¿Milagros?, ¿resurrección? Hoy en día no tengo claro si resucitó o nunca llegó a morir. Perdí a quienes más quería por creer en Él. ¿Cristianos, decís? Yo solo soy un guerrero que sirve a la memoria de su madre y a Israel.

—¿No has escuchado lo que acabo de narrar?, ¿el final de cada apóstol? —preguntó algo airado el viajero, aspirando a que aquel encolerizado zelote se diera cuenta de lo egoísta que estaba siendo—. ¿Qué significan, pues, esas palabras, Jacob?

—Eso no es de tu incumbencia —replicó Jacob con firmeza.

El viajero, sorprendido ante el tono de su huésped, intentó articular una disculpa.

—Perdóname, no quise invadir tu intimidad ni los recovecos de tu alma, pero siento que tus convicciones...

—¿Mis convicciones? —Jacob le interrumpió con su paciencia desbordada—. Han sido mías desde antes de que cruzaras mi umbral, griego, y no requieren tu consideración, ni mucho menos tu escrutinio.

Rufo y Alejandro se miraron. Conocían la odisea de Jacob y sufrieron la pérdida de su madre junto a él, muchos años atrás, pero desconocían la ira y la frustración que consumían a su amigo de la infancia desde la pérdida de su madre.

Los ojos de Lucas se entristecieron y un brillo oscuro de comprensión se instauró en ellos.

—Jacob, mi curiosidad nace de la admiración, no de la injerencia. Pero, si he sobrepasado mis límites, aceptaré mi error.

Jacob respiró hondo. Necesitaba restaurar las fronteras entre el respeto y la familiaridad, pues se habían diluido demasiado.

—Te has presentado aquí con mucho valor —empezó con voz más calmada pero cargada de autoridad—, pero todos debemos guardar nuestros caminos, y parece que tu viaje y el mío no pueden compartir la misma senda por más tiempo.

El cronista griego no dijo más, entendiendo que su bienvenida se había desvanecido como la niebla ante el sol de la mañana. Recogió sus pocas pertenencias, un hatillo de ropas desgastadas y el bulto que contenía sus escritos y se dirigió hacia la puerta. Jacob invitó a sus amigos a que le dejaran solo. Rufo y Alejandro caminaron junto a él, despidiéndose cordialmente de su amigo.

Antes de cruzar el umbral, se volvió hacia Jacob.

Intentó completar su propósito, aquello que aún no había sacado a la luz, pero, si Jacob se mostraba tan violento ante su crónica, podría ser mucho peor si le confesaba la totalidad de su misión.

Respiró profundamente antes de hablar por última vez.

—Mis más sinceras disculpas por la intrusión en tus asuntos. Que tus caminos te sean propicios y lleven a la luz. Me quedaré unos días por aquí, por si llegaras a cambiar de opinión. *Shalom*.

Con esas últimas palabras, el cronista se despidió temporalmente de los hermanos y ascendió por la senda que se alejaba de la casa de Jacob, dejando un silencio reflexivo y un espacio recobrado para la meditación.

Jacob permaneció en la puerta ignorando a los hermanos y observando el camino por el que el viajero se desvanecía, lamentando la necesidad de tan brusca despedida, pero reconociendo la importancia del respeto y los límites en todas las relaciones humanas. Las palabras de aquel griego no habían sino abierto las postillas de viejas lesiones.

Esas que no terminan de cicatrizar jamás.

Las heridas del alma.

Con la salida del griego y sus amigos, Jacob había defendido el santuario interior de sus creencias, y, aunque sentía la vacuidad de la despedida, estaba tranquilo y seguro en su soledad.

Había sido abandonado demasiadas veces.

La ascensión de Jesús para cumplir su propósito, el abandono de su tío para iniciar la predicación, el asesinato de su madre por la injerencia de los sicarios y la ausencia de amor por parte de una figura paterna, más preocupada por la política que por la educación, blindaron el corazón de Jacob y juró no entregárselo nunca más a nadie.

Entró de nuevo en su humilde vivienda y, cuando cerró la puerta, el sentimiento de abandono se apoderó de su juicio como antaño.

Agarró el leptón, lo miró con una decepción abismal y lo estampó contra una pared.

7

Año 30 d. C.
3790 הנש
783 AUC
-
Jerusalén

†

JESÚS DE NAZARET, REY DE LOS JUDÍOS

Jacob lo leyó de nuevo.

No podía ser.

Igual no alcanzaba a leerlo correctamente.

¿Se trataba de una casualidad? ¿Entraba en los planes de Dios?

Pilatos, en su ironía, había cumplido la profecía.

Jesús, crucificado y calumniado bajo la inscripción de «Rey de los judíos», era proclamado Dios.

עוש ירצונה ךלמו םידוהיה.

Yeshua Hanotsri Wemelek Hayehudim.

YHWH.

Yavé.

«Yo soy».

—Yo soy… —pronunció una voz meditabunda.

Tras él se hallaba un hombre entrado en años, con buenas vestiduras. Miraba fijamente a la tablilla, como él. Compungido, trataba de desenmarañar aquella extraña coincidencia.

Se frotó los ojos.

No estaba seguro de estar viendo lo que veía.

—Dios dijo a Moisés: «Yo soy el que soy», esto dirás a los hijos de Israel: «Yo soy, me envía a vosotros». Esto dirás a los hijos de Israel: «El Señor, Dios de vuestros padres, el Dios de Abraham, Dios de Isaac, Dios de Jacob, me envía a vosotros. Este es mi nombre para siempre, así me llamaréis de generación en generación.

Jacob volvió a mirar en dirección a Jesús y, en mitad de aquellos pensamientos, cerca de la hora sexta, los cielos se oscurecieron y las nubes se acumularon para eclipsar la luz del sol, arrojando en la escena un inquietante crepúsculo. El aire se hizo más fresco y el viento susurró a través del Gólgota, llevando consigo el olor de la lluvia inminente.

Jacob sintió un escalofrío.

La voz del Nazareno brotó entre los presentes.

—«Dios mío, Dios mío. ¿Por qué me has abandonado? ¿Por qué te niegas a ayudarme y ni siquiera...?».

A lo lejos, Gedeón estaba convencido de que, para que su pueblo fuera libre, aquel embaucador de serpientes tenía que morir. Era considerado tan peligroso que incluso había sido condenado por el Sanedrín como falso profeta, además de ridiculizado a ojos del pueblo por la ocupación romana. Clavando sus ojos en su decepcionante descendiente, enfatizó cada palabra.

—Mira a aquel a quien admiras, Ya'akov. Se arrepiente de su Dios.

Una voz a sus espaldas le increpó sin mesura.

—Está rezando por todos nosotros, ignorante. ¿Es que acaso no reconoces el salmo de David? Al final es rescatado y triunfante.

Gedeón se giró para dirigir su ira al hombre que le había insultado mientras Miryam trataba de dar algo de calor a su pequeño. Aquel hombre respondía al nombre de José, natural de Arimatea, un hombre cuya fe era su manto oculto y su presencia, una silenciosa declaración de solidaridad. A su derecha, Verónica, la mujer que sostenía un paño sagrado en su mano al llevar los vestigios del sufrimiento y la compasión impresos en él, la sangre de Jesús de Nazaret. A su izquierda, Nicodemo, el adinerado fariseo que había buscado las palabras de Jesús en la oscuridad de una noche lejana y terminó reconociendo al Mesías en él.

Jacob sintió cómo aquel anciano le miraba con cariño y preocupación. Era el mismo hombre que hablaba en susurros, intentando descifrar el enigma del «Yo soy», mientras el Sanedrín seguía con su ardiente protesta. El sabio de Arimatea era consciente de que cada persona en aquel lugar, sin importar su posición o su edad, era parte de una historia más grande que de una u otra manera terminaría escribiéndose.

Al escuchar esto, Gedeón, puesto en evidencia por no conocer profundamente los salmos de David, trató de vilipendiarle, pero José de Arimatea hizo caso omiso al sermón del zelote y comenzó a recitar frente a su rostro sin interrupción:

—Y dijo Isaías: «Él soportó nuestros sufrimientos y aguantó nuestros dolores; nosotros lo estimamos leproso, herido de Dios y humillado; pero él fue traspasado por nuestras rebeliones, triturado por nuestros crímenes. Nuestro castigo saludable cayó sobre él, sus cicatrices nos curaron. Todos errábamos como ovejas, cada uno siguiendo su camino; y el Señor cargó sobre él todos nuestros crímenes. Maltratado, voluntariamente se humillaba y no abría la boca; como cordero llevado al matadero, como oveja ante el esquilador, enmudecía y no abría la boca. Sin defensa, sin justicia, se lo llevaron, ¿quién se preocupará de su estirpe? Lo arrancaron de la tierra de los vivos, por los pecados de mi pueblo lo hirieron».

Miryam miró con devoción al hombre de barba canosa, bueno y honrado, que había osado enfrentarse a su fanático marido. Y, dándose cuenta Gedeón, con su perversa decepción al ver al llamado Mesías sucumbir ante el poder del Consejo de Ancianos del pueblo, les increpó a los tres:

—Este es el destino de todos aquellos que desafían el orden de las cosas, que traicionan a los suyos y amenazan la paz de Israel.

Jacob no dejaba de observar a tres figuras que se encontraban en un drama que iba a marcar la eternidad. Jesús, mortificado, con el peso de la humanidad sobre sus hombros; María, su madre, un pilar de dolor y amor incondicional; y Juan, el discípulo amado, testigo del inmenso sacrificio.

A medida que los minutos pasaban, cada respiro de Jesús se convertía en una proclamación de fe y perdón, pero había también un momento destinado a lo personal, un intercambio final con su madre y con Juan que iba a sellar una relación eterna en medio del caos de aquella trágica escena.

Mirando hacia abajo, a través de la bruma del dolor, Jesús encontró los ojos de María. No hacían falta palabras para comunicar el dolor y el amor que compartían en aquel momento; el vínculo entre ellos trascendía el lenguaje, estaba tejido en el mismo lienzo del universo. Aun así, Jesús habló, suponiendo cada palabra un esfuerzo titánico contra el tormento que lo consumía.

—Mujer… He ahí tu hijo… —Su mirada se desplazó luego hacia Juan con una intención clara e inquebrantable—. He ahí a tu madre…

En esa fracción de eternidad, Jesús no solo encomendaba a su madre al cuidado de Juan asegurándose de que ella fuera amparada después de su partida, sino que también establecía una nueva familia, forjada no por lazos sanguíneos, sino por el espíritu de amor y unidad que él había venido a enseñar. Era un legado de cuidado mutuo, una instrucción final que destacaba la importancia de la comunidad, el amor y el sacrificio.

María, aunque desgarrada por el dolor de ver a su hijo en tal tormento, recibió las palabras de Jesús como mujer, como madre y como creyente. Su fe, aunque probada por la más cruel de las realidades, permanecía inquebrantable.

Juan, por su parte, recibió el encargo con una dignidad y una seriedad que superaban su juventud. La confianza que Jesús depositaba en él era tanto un honor como una inmensa responsabilidad; era el llamado a ser sostén, hijo y protector de María, un rol que aceptó sin vacilar comprendiendo toda la profundidad de su significado.

Jacob ya había escuchado aquellas palabras antes y, agarrando fuertemente la mano de su madre, sintió una pena dolorosa en contraposición al júbilo de su padre. Las enseñanzas que había oído proclamadas por Jesús susurraban en su mente: palabras de amor, perdón y un reino que no era de este mundo. Nada que ver sobre el gobierno del pueblo judío. ¿Cómo era posible que un mensaje así fuera recibido con tanta brutalidad?, ¿cómo podría su padre, su propia carne y sangre, encontrar alegría en aquel cruel final? El hombre en la cruz pedía a *Abbá*, su padre, que perdonara lo que las gentes habían provocado porque no eran conscientes de lo que hacían.

Gedeón miró a su hijo; su complacencia por los acontecimientos del día se vio empañada por la evidente angustia de Jacob.

—Seca tus lágrimas, niño —ordenó con una voz firme—. El mundo no es un lugar para los débiles. Muere para que Israel viva.

Pero Jacob no pudo convertir su corazón en piedra como lo había hecho su padre. Las enseñanzas de Jesús habían encontrado un terreno fértil en su joven alma en medio de la insensible burla de su padre. Vio a su madre llorar, vio a sus amigos en agonía y comprendió que aquel sufrimiento no podía servir a ninguna causa justa. Y, sin embargo, su padre Gedeón, líder al que admiraban un gran número de guerreros en armas por la libertad de Israel, le parecía un monstruo.

Jacob no dividió su corazón en aquel momento y buscó de nuevo al Nazareno. A pesar de los clavos, las espinas y el tormento escrito en el rostro de Jesús, su amor parecía intacto.

Después de lo que pareció una eternidad, una profunda calma descendió sobre Jesús y pronunció sus últimas palabras, una rendición a una voluntad más allá de la comprensión mortal. Lejos de ser un susurro de derrota, más bien se trataba de una proclamación de que su misión, la redención de la humanidad a través de su sacrificio, se había completado.

—*Abbá*... Todo se ha cumplido... En tus manos encomiendo mi espíritu...

Y Jacob, absorto, vio cómo Jesús de Nazaret inclinó la cabeza y expiró.

El silencio que siguió fue ensordecedor. Ni siquiera los miembros del Sanedrín se atrevieron a articular palabra.

De repente, la naturaleza misma pareció responder al monumental evento; el suelo pareció temblar. La primera sacudida provocó que los allí presentes miraran de un lado para otro preguntándose qué sucedía.

El cielo se había oscurecido como señal de luto y el viento soplaba con susurros de tragedia.

El firmamento lloraba y el alma de la tierra se partía en dos.

La segunda sacudida provocó algún que otro grito, y Jacob se quedó petrificado por el temblor del terreno bajo sus pies. A pesar del miedo, buscó con la mirada a quien pudiera descolgar a aquel hombre de la cruz. Sus ojos comenzaron por su madre Miryam, que contemplaba compungida cómo el hombre que había desafiado la interpretación de las leyes y había predicado el amor entregaba su último respiro. Junto a ella, el de Arimatea y Verónica se cubrían el rostro con manos temblorosas, incapaces de soportar la vista de la tragedia que se había cernido sobre el Mesías.

Después buscó en el pie de la cruz central donde la madre de Jesús estaba inmóvil por el dolor, con su corazón desgarrado entre la promesa de salvación y la desoladora pérdida de su adorado hijo. Juan, con los ojos rojos e hinchados por el llanto, se mantenía cerca de ella, ofreciendo su presencia como único consuelo. La de Magdala, cuyos sollozos brotaban con la fuerza de un torrente, yacía postrada en tierra, con su cuerpo sacudido por el suplicio.

De nuevo miró al hombre, a Jesús, a su amigo. Tan inerte. A su corta edad, Jacob no poseía demasiados conocimientos sobre la muerte, pero sintió perecer en aquel lugar junto a él.

Los legionarios romanos, habituados a la muerte y la severidad de sus deberes, observaban incómodos, sintiendo cómo el ambiente se impregnaba de un sufrimiento inquietante. Incluso ellos, en su rígida disciplina, no podían eludir completamente la tristeza colectiva que se desplegaba ante la escena final de aquel ejecutado.

Todo lo demás sucedió de una manera vertiginosa. Ante las tinieblas que se cernían sobre el lugar, los legionarios quisieron finiquitar aquel espectáculo. Dos de ellos rompieron las piernas de los bandidos, mientras que Longinos, con una lanza, certificaba la muerte del Nazareno atravesando su costado.

Jacob se violentó con aquella lanzada. Sin embargo, Gedeón veía más que justificada la ejecución, considerándola necesaria, como si de un escarmiento se tratara para desanimar a los falsos profetas. Dio media vuelta y, tras empujar al de Arimatea con el hombro, caminó firme hacia la ciudad arrastrando a su mujer y a su hijo quienes, tras unos pasos, se encontraron con una figura solitaria entre la muchedumbre, una presencia casi fantasmal mientras la luz mortecina se aferraba a los lejanos olivares. Sus ojos estaban hundidos, su rostro era el de un hombre que había visitado un lugar del que nunca podría regresar y sus manos sostenían una bolsa cuya plata no parecía menos pesada que las cadenas que ahora estaban atadas alrededor de su espíritu.

El zelote, Jacob y su madre reconocieron inmediatamente al hombre, aquel cuya traición había entregado a Jesús a manos del Sanedrín. Una sonrisa malévola cruzó los labios de Gedeón mientras se acercaba al discípulo deshonrado.

—Judas. —La voz de Gedeón tenía un tono duro de triunfo—. Has hecho bien en liberarnos de ese blasfemo. Tus acciones serán recordadas por defender la ley y preservar nuestros caminos.

La mirada de Judas se levantó para encontrarse con la de Gedeón. El corazón de Jacob se aceleró de lástima al ver a Judas, con quien había compartido algún momento, porque no vio en sus ojos la mirada de un traidor, sino la mirada inquietante de un alma perdida que buscaba una absolución que nunca llegaría. Estaba claro que el hombre que tenía delante estaba desprovisto de cualquier orgullo o satisfacción.

Judas dirigió su mirada hacia la cruz.

—Él era la luz del mundo —volvió su mirada al pequeño Jacob—, y ahora estamos en las tinieblas.

Y, llorando, se arrojó de rodillas al suelo frente a Jacob. El niño no dudó en soltarse bruscamente de su padre y abrazar a aquel hombre maldito. No era la primera vez que abrazaba a Judas, como tampoco era la primera vez que le veía llorar. Ya intentó consolarle tras terminar la última cena que compartió con Jesús y, como aquella vez, aquel ánimo tampoco serviría de nada.

Los miembros del Sanedrín, uno a uno, partieron de camino al templo. Los ejecutores terminarían encontrando el velo del templo rasgado en dos de arriba abajo, como si tratara de simbolizar el fin de una antigua barrera entre Dios y la humanidad. La muerte de Jesús abriría un nuevo camino hacia la reconciliación y la vida eterna.

Gedeón arrastró a su mujer e hijo cantera abajo hacia una de las puertas de Jerusalén. Jacob, en un último acto de rebeldía, no apartó su mirada del lugar de la crucifixión.

Al pie de la cruz, José y Nicodemo trabajaban con reverencia, desprendiendo cuidadosamente el cuerpo de Jesús de los maderos que habían sostenido su sacrificio. A pesar de la crudeza de los clavos y las marcas de sufrimiento, había una serenidad en el rostro de Jesús que resonaba con la promesa de paz que había proclamado en vida.

El descenso fue un acto de piedad y valentía llevado a cabo bajo la mirada atenta de los legionarios romanos. El cuerpo de Jesús, liberado de la cruz, estaba a punto de ser envuelto delicadamente en una sábana limpia. María, acercándose, tocó con suavidad el rostro de su hijo, una última caricia de madre que pretendía trascender la muerte.

—Mírame... —susurró Jacob esperando aquel gesto cómplice que tanto identificaba su relación con el carpintero de Nazaret.

Jacob comenzó a sentir cómo el calor fraternal y la complicidad que le ofrecía Jesús, algo que nunca le mostró su padre Gedeón, se desvanecía.

—Por favor, mírame... —volvió a suplicar el niño.

Pero Jesús, inerte sobre su madre, no abrió los ojos.

Jacob lloró desconsoladamente como nunca antes había llorado.

Y una gran espina se clavó en lo más profundo de su corazón.

8

Año 70 d. C.
3830 הנש
823 AUC
-
Jerusalén

Jacob se dirigió a la casa de su padre. Ya no era aquel niño atemorizado del Gólgota, sino un hombre cuyos hombros cargaban con algunos enfrentamientos con las autoridades romanas y sus ojos con el brillo de la sabiduría obtenida con tanto esfuerzo durante sus casi cincuenta años.

Llegaba tarde.

Aquel lugar ahora servía como fortaleza encubierta para los zelotes, facción unida por su ferviente deseo de librar a Israel del yugo de Roma. Mientras jugaba con su leptón, desfilaban en su cabeza una y otra vez las palabras de Lucas sobre el destino fatal de los apóstoles.

«¿A qué precio?».

Aquella nueva casa, que tanto se parecía al hogar de la infancia situado en la ciudad baja y que pocas veces resonó con los sonidos de risas infantiles, retumbaba con las fervientes voces de la rebelión.

Gedeón, el padre de Jacob, anciano pero aún una figura imponente a pesar de su cabello largo y canoso, se sentaba como consejero respetado entre los nuevos líderes de los zelotes. Su pasión por la liberación era mucho más fuerte que los propios muros de Jerusalén y sus cicatrices daban buena cuenta de ello.

Cuando Jacob se acercó a la puerta, su mano vaciló y guardó su moneda. Hacía lustros que los recuerdos del júbilo de su padre en medio del sufrimiento de Jesús dejaron de ser un dolor agudo en su corazón, pues había dejado de admirar al galileo mucho tiempo atrás, comprendiendo el verdadero significado de la misión de su padre.

Desde la anexión de Judea al Imperio romano hacía ya más de sesenta años, los judíos habían experimentado una serie de gobiernos romanos de varios calibres, algunos de los cuales habían sido excepcionalmente crueles y explotadores. La imposición de impuestos onerosos y la insensible profanación de tradiciones y símbolos judíos fueron avivando lentamente las llamas del descontento entre el pueblo judío. La masiva crucifixión de los guerreros hebreos que intentaban impedir el avance romano en la construcción de rampas de asedio a las afueras de la ciudad fue el motivo definitivo para dar un paso al frente.

Se fijó en la *mezuzá*.

Al menos aquel hogar, y todos bajo su techo, estaban protegidos por el Creador.

Abrió la puerta con decisión. Las bisagras chirriantes anunciaron su entrada a la cámara de la insurrección. El aire transportaba una atmósfera pesada, cargada de la tensión de los hombres que competían por el control y la influencia ante la inminente ocupación romana.

Al llegar al patio central, todas las cabezas se volvieron para contemplar la imponente figura de Jacob, con su melena suelta y su reconocible cicatriz sobre la ceja. Su padre estaba sentado a la cabecera de una improvisada mesa de madera larga y maltrecha, cargada de planos de Jerusalén desplegados, flanqueado por los hombres zelotes que se habían convertido en líderes de este movimiento de resistencia. También estaban los sicarios como aves de rapiña tratando de saquear algo de gloria. El patio estaba sumergido en la sombra de un ferviente debate y el contundente estrépito de voces, cada una compitiendo por dirigir el destino de la ciudad.

—Ya'akov —saludó bruscamente Gedeón a su hijo—, llegas tarde. Jerusalén está al borde de la subyugación o de la soberanía, y tú no ocupas tu puesto en la reunión a tiempo.

Tras la pequeña reprimenda, continuaron recapitulando los últimos acontecimientos. Las escaramuzas zelotas contra los campamentos romanos estaban dando pequeños frutos. Había quienes comentaban que el propio comandante Tito había estado a punto de sucumbir en una de esas insignificantes reyertas.

Antes de que Jacob tomara la palabra, se percató de la continua discusión de los representantes de las diferentes facciones intentando posicionarse, clanes cuyas convicciones chocaban como olas en medio de una tormenta que se avecinaba, cada una reclamando la autoridad para dictar el curso de una ciudad que se tambaleaba al borde de la destrucción.

—Estoy contigo, padre —declaró Jacob con la convicción de lograr cambios sustentando sus palabras.

Jacob sabía que la última voluntad de su padre era ver Israel libre del yugo romano, pero, cuando tomó su lugar en el consejo, encontró que su resolución flaqueaba al observar la creciente división entre aquellos hombres de ferviente voluntad, demasiado jóvenes para atesorar experiencia. Las diferentes estrategias chocaron en conflicto abiertamente, cada una clamando por dirigir el destino de Jerusalén; la unidad fue desplazada por la discordia y la disonancia de mentes en guerra.

Observaba la escena que se desarrollaba ante él, lo que provocó que su fervor decayera bajo el peso de aquella revelación desalentadora: la división. Es cierto que todos ellos, como judíos, habían soportado juntos la imposición de estatuas de Calígula en las sinagogas, la quema de textos sagrados, los continuos expolios del tesoro del templo por orden del antiguo gobernador Gesio Floro o los sacrificios de aves frente a la sinagoga por parte de los gentiles y, sin embargo, lo que debería haber sido una cámara de unidad y fuerza ahora estaba marcada por las fracturas de la ambición individual, que sangraban por la causa que tan ardientemente habían jurado defender.

Lejos quedaban las victorias tempranas significativas, incluida la conquista de la fortaleza Antonia en Jerusalén y la humillación del ejército romano en Bet-Horón, donde Jacob se consagró como guerrero después de que una legión completa fuera derrotada. Aquellos éxitos iniciales habían embriagado a los rebeldes con la esperanza de que, contra toda probabilidad, podrían realmente liberarse del yugo romano.

Y a pesar de que todos ellos compartían algunas creencias comunes, como el anhelo de la llegada del Mesías, cada grupo encarnaba distintas perspectivas e ideales acentuados por la discrepancia y el conflicto.

Jacob repasó momentáneamente la situación en la que se encontraban.

No podrían contar con la ayuda de los esenios, conocidos por su vida ascética y contemplativa alejados del bullicio de la sociedad, ni de los samaritanos, quienes desarrollaron su propia identidad religiosa marcada por el conflicto y el desdén mutuo para con los judíos.

Por otro lado, en el Sanedrín estaban representados los saduceos, aristocráticos conservadores, y los fariseos, más liberales, eruditos y expertos en la ley judía. No estaban preparados para la guerra. Desempeñaban otra labor fundamental, pero no mediante el acero. Al menos contaban con su apoyo espiritual.

Para terminar, las facciones allí reunidas en consejo: los zelotes y los sicarios, grupos de resistencia judíos que se oponían a la ocupación romana, pero con diferencias en sus enfoques y tácticas.

Los primeros, arraigados en una ferviente fe y en la lucha por la independencia judía, marchaban con decisión por las calles con el clamor por la rebelión resonando en cada paso. Su deseo de liberación se traducía en esfuerzos por expulsar a los romanos y recobrar la autonomía enfocándose en la formación de guerrillas y en tácticas militares más organizadas y a gran escala.

Jacob se había educado en esos valores.

Por otro lado, los sicarios de Jerusalén eran un grupo radical de rebeldes judíos liderados por Simón bar Giora, hijo del célebre Giora bar Abban, conocidos por su oposición feroz a la ocupación romana y su determinación por liberar a Israel de la dominación extranjera. Estaban dispuestos a recurrir a la violencia y la resistencia armada para lograr sus objetivos. Los sicarios destacaban por su uso de la violencia individual y el asesinato selectivo tanto de romanos como de judíos considerados colaboradores del gobierno imperial.

Tras la muerte de Giora bar Abban en la revuelta que promovió la expulsión de los romanos de la ciudad y la toma de la fortaleza de Masada cuatro años atrás, su hijo Bar Giora se había erigido líder indiscutible de la milicia más radical de todo Israel.

Mientras aquellos sicarios priorizaban la violencia individual, los zelotes optaban por la resistencia armada colectiva como estrategia principal para la rebelión contra el gobierno romano.

Jacob los odiaba tanto como a Roma.

Por añadidura, ni él ni el resto de los allí congregados podían olvidar a los gentiles, individuos de diversas nacionalidades, culturas y etnias que residían en la región sin ascendencia judía y no estaban sujetos a las leyes y prácticas religiosas tradicionales. Pero no dejaban de ser ciudadanos de Jerusalén y esa realidad podría inclinar la balanza a un lado o a otro, aunque todos dudaban de su participación entre diferentes deidades y culturas.

Allí, junto a la mesa de su padre, estaban los representantes de las facciones beligerantes judías más importantes repartiéndose el protagonismo de la futura independencia de Israel.

Eleazar ben Simón, uno de los líderes de los zelotes, era el descendiente de una familia noble de sacerdotes. Junto al propio Jacob, fue otro de los héroes de la batalla de Bet-Horón.

Yohanan ben Leví de Giscala era una figura importante en el seno de los zelotes. Ya combatió y eludió a Tito una vez.

Gedeón ben Ananías era hijo de un herrero de Jerusalén. Adquirió grandes conocimientos sobra la forja clandestina de armas. Se trataba de una persona imprescindible en el movimiento antirromano desde hacía décadas.

Simón bar Giora, el hijo del fundador de los sicarios, era uno de los grandes comandantes. También el más déspota y radical de todos. Venció a Yohanan ben Leví en la guerra civil años atrás, cosa que Jacob lamentó. Fue él quien habló primero apelando a las malas cosechas, la pérdida de tierras y la imposibilidad de pagar los préstamos a los aristócratas.

—Los romanos están masacrando a los pobres y a los campesinos. Han acabado con todos los árboles de Judea y con sus maderas construyen cruces para asesinar a nuestros guerreros, a todo aquel que intenta evitar que terminen de construir las rampas. Nuestros arqueros no son suficientes. ¡Debemos acabar con los colaboradores de Roma y seguir luchando contra esos *kittim* antes de que terminen de rodearnos y nuestra ciudad quede doblegada por la tiranía del imperio!

—No, hermanos —respondió Yohanan de Giscala, que sabía lo que era perder el control de Jerusalén—. Debemos ser pacientes y persuadir a todos los ciudadanos y a las diferentes facciones para que se unan en un solo ejército, con una sola estrategia y un solo líder.

Simón bar Giora le miró con desprecio. No hizo falta que le recordara que ya fue vencido una vez. No debería disentir de su palabra. Gedeón, hastiado de tanta discordia, pensaba en el otro líder de los sicarios, Eleazar ben Yair, fanático, aunque algo más sensato, pero preservaba la fortaleza de Masada en el desierto de Judea tras arrebatársela a Roma cuatro años atrás. Eleazar ben Simón y el vetusto zelote Gedeón repararon en el semblante de decepción de Jacob.

—Es verdad que nos estamos jugando demasiado. Conseguimos hacer arder algunas máquinas de asedio, pero los romanos no tienen intención de detenerse. —Eleazar sabía que el conflicto en el interior de Jerusalén era inevitable—. Sus arqueros son brillantes.

—Hermanos, ha llegado el momento —intentó arengar Gedeón—. Os necesitaremos a todos vosotros para defender las murallas. Tenéis que convertiros en los líderes que debéis ser. Hay que repeler a Roma.

Con todos los participantes reunidos en asamblea, sin dejar a un lado antiguos reproches, distribuyeron las defensas a lo largo y ancho de Jerusalén.

Eleazar ben Simón, el más experimentado de todos ellos en el campo de batalla, defendería llegado el momento la tercera muralla, la defensa más alejada del templo. Su experiencia en las escaramuzas contra los romanos más allá de las murallas le daba una utilidad extra a su conocimiento del terreno.

Jacob ben Gedeón se haría cargo de la segunda muralla con el resto de la contingencia zelota. Su conexión y su experiencia junto a Eleazar sumarían un valor añadido, y eran los dos guerreros más fuertes, más respetados y con mayor carisma.

Simón bar Giora, el más volátil de todos ellos, protegería con sus sicarios la primera muralla. Quizá su excentricidad y su imprudencia fueran de utilidad como último recurso.

Yohanan de Giscala, señalado como uno de los grandes militares fracasados, defendería desde la fortaleza Antonia hasta el sagrado templo. Era la mayor responsabilidad, pero todos sabían que, si Tito llegaba al templo, ya no quedaría nada de Jerusalén que salvar, y Yohanan no gozaba de mucha confianza tras su fracaso en la guerra civil.

Gedeón ben Ananías, debido a su longevidad, realizaría un papel casi testimonial protegiendo el cuartel zelota y desplegando armamento a las tropas a conveniencia.

La meticulosa planificación fue interrumpida por el despotismo de Simón bar Giora, cuya lengua era más rápida que su acero.

—¿Vais a confiar mi vanguardia a este bobalicón apóstata? —recriminó Bar Giora a Gedeón mientras señalaba a Jacob—. Mi padre siempre dijo de él que era un hombre de fe dispersa.

Jacob dirigió sus ojos a Simón bar Giora. El líder sicario le sostuvo la mirada, pues sabía que, a pesar de ser tan diestro con la espada como cualquiera de ellos, Jacob no era un hombre de política por convicción, sino por obligaciones del destino.

Jacob avanzó y plantó su rostro frente al sicario en actitud desafiante. Era el hijo del culpable de la muerte de su madre. Trató de ocultar su ira, mas todos los allí presentes sabían qué venía a continuación. Simón bar Giora, algo más joven que él, sonrió.

—Pilatos tendría que haber crucificado a tu padre. Mi madre murió por culpa de los actos terroristas indiscriminados de los sicarios —reprochó Jacob—. No gozáis ni de mi estimación ni de mi respeto, así que no te atrevas a retarme. Si Eleazar y yo caemos y Jerusalén depende de ti, entonces...

Gedeón se sorprendió por las palabras de su hijo. Culpaba a los sicarios de la muerte de su madre y no a los romanos, tal y como él, como padre, le había instruido una y otra vez. Aún lo recordaba. Pero, de alguna manera, la inteligencia de Jacob había dado con el verdadero origen. Evitando dar explicaciones de más y tratando de salir airoso de aquel enfrentamiento, se dispuso a poner algo de cordura en el pleno.

—Ya'akov, contención, por favor. Bar Giora no debería ser el enemigo.

El anciano zelote trató de resolver aquel enfrentamiento por la vía diplomática, evitando desenterrar conflictos y secretos del pasado, aun a pesar de que sabía perfectamente que su hijo sabía la verdad o parte de ella. Su esfuerzo fue en vano, pues no era el momento idóneo de resolver viejas rencillas entre sus credos, sus maneras y su entrega a Israel. Pero Jacob no estaba dispuesto a contestar con cortesía.

—Calla, padre —interrumpió bruscamente Jacob—. Tu pelo gris es señal de vejez, no de sabiduría. Nunca entendí cómo continuaste la relación de fraternidad con Bar Abban y los suyos después de la muerte de mi madre. Eran los guardianes celosos de Dios, ahora son sicarios mercenarios. Siempre quisieron tu cabeza.

—Para bien o para mal siempre nos hemos necesitado los unos a los otros frente a Roma —se defendió Gedeón ante la verdad de Jacob—. Y seguimos necesitándonos. Esa es la única razón. Nos guste o no, todos los que estamos dentro de las murallas de Jerusalén nos necesitamos.

—Tu madre reconoció públicamente su devoción a un falso profeta y fue una prostituta —retó el líder sicario—. Se lo merecería.

Bar Giora tensó demasiado la situación. En un acto reflejo, Jacob sacó su espada y, con un veloz movimiento, rasgó el rostro del sicario. Simón se llevó la mano a la cara y comprobó que su pómulo estaba sangrando.

Sonrió.

Ahora tenía la misma cicatriz que su padre.

Ambas provocadas por el mismo hombre con una diferencia de cuarenta años.

Bar Giora sabía que Jacob solo quería marcarle. Si hubiera querido, con esa destreza, le hubiera decapitado allí mismo. Y con una tranquilidad fuera de lo común, como si estuviera deseoso de aquel enfrentamiento, desenvainó su espada listo para el combate. Todos los allí presentes agarraron rápidamente a ambos contendientes con el fin de evitar una tragedia. Fue entonces cuando, inmovilizado, Simón bar Giora estalló en cólera y juró que haría lo que fuera hasta verle sufrir.

Tras asegurarse de que no tenía intención de seguir con la hostilidad, los zelotes soltaron a Jacob, quien decidió abandonar el patio, no sin antes dirigirse por última vez a Bar Giora.

—No vuelvas a mencionar a mi madre, hijo de mil rameras.

Jacob, en medio de una interminable y exagerada muestra de virilidad entre tanto griterío, se dirigió a la salida. Eleazar ben Simón le detuvo con aplomo.

—Jacob, yo sí confío mi retaguardia en tu saber hacer. Nunca olvidaré cómo salvaste mi vida en Bet-Horón. No te dejes llevar por él. No te conviertas en alguien que no eres.

Jacob agradeció el gesto y las palabras de su compañero en armas y salió para pasear por los muros de la ciudad preocupado por el peligro de una ocupación inminente lanzando su leptón de una mano a otra. Jerusalén era ahora un peón en un juego de ambición política amenazado por las fisuras que estallaban en el corazón mismo de aquellos que habían jurado protegerla.

En los días y noches siguientes, Jacob sabía que tendría que luchar con la certeza de que la causa que había abrazado ahora estaba fragmentada por culpa de voces discordantes y que la paz que había esperado traer a su ciudad parecía tan lejana como promesas de un nazareno que nunca se llegaron a cumplir.

Pero, sobre todo, y por encima de todo, sabía que nunca dejaría de luchar por el honor de su difunta madre.

9

Año 30 d. C.
3790 הנש
783 AUC
-
Jerusalén

†

Las mujeres comenzaron pronto aquella mañana del primer día de la semana.

María de Magdala, Miryam, madre de Jacob, y Juana, esposa del administrador Cusa, partieron temprano a la tumba de Jesús con los perfumes que habían preparado.

Miryam, al estar ocupada en el sepulcro del Señor tras el descanso del *shabbat*, había pedido a su amado cuñado Simón que encontrara a su hijo para no enfrentarse a su marido, Gedeón.

Simón el Zelote, uno de los doce apóstoles elegidos por Jesús, era un hombre de convicciones fuertes y pasión ardiente por la causa de la libertad de su pueblo. Distinguido entre los seguidores de Cristo por su fervor revolucionario, Simón provenía de aquellos que abogaban por la resistencia activa contra la ocupación romana en Judea. Sin embargo, bajo las enseñanzas de Jesús, Simón había encontrado una nueva dirección para su ardor; una revolución sin violencia, sino con amor, compasión y justicia. Transformado por el ministerio de Cristo, Simón el Zelote había decidido dedicar su vida a difundir el mensaje del Reino de Dios, mostrando un profundo compromiso con las enseñanzas de Jesús y apartándose por completo de la sed de sangre.

El apóstol aceptó con cariño el encargo de su cuñada y marchó al encuentro con Jacob. Le recogió negándose a jugar con los demás chiquillos, deambulando perdido por las calles de la ciudad sin el permiso de su padre, que se encontraba sumido en sus quehaceres políticos. El pequeño se acercó a su tío con una seriedad inusual para sus nueve años.

—Tío Simón, ¿por qué no estabas allí?

Simón miró a Jacob con intenso pesar, pues era consciente de la profunda decepción que tenía su amado sobrino.

Se fijó en el morado que cubría todo el ojo derecho del pequeño. Jacob se ruborizó.

—¿Quién te ha hecho esto? —preguntó con enfado Simón.

—*Abbá* me castigó por desobedecerle... —sollozó el niño.

En aquel momento, Simón quiso matar a su hermano.

—No me has contestado, tío. ¿Por qué no ayudaste a Jesús cuando más te necesitaba?

—Jacob, yo... No hay palabras que puedan explicar el dolor y la impotencia que siento. Fueron momentos de gran confusión y miedo para todos nosotros.

—Pero tú fuiste un guerrero valiente, tío. Siempre decías que lucharías por lo que es justo y verdadero. Jesús te enseñó eso, ¿no es así?

—Sí, mi pequeño, pero, en aquel momento, el miedo nos invadió a todos. Temía lo que podrían hacernos si nos encontraban con él, y... —el apóstol suspiró intensamente— y siento vergüenza por ello ahora.

—Jesús hablaba de amor, de cuidarnos los unos a los otros. —Jacob intentó buscar las palabras adecuadas—. Yo... yo quería que alguien lo cuidara a él también.

—Jesús no estaba solo, Jacob. —Simón trató de reconfortar al pequeño—. Estaba su madre y unas pocas personas osadas que se quedaron con él hasta el final. Tú entre ellos, mi pequeño valiente. Pero tienes razón, debimos estar allí todos. La lección más dura de aprender ha sido que, a veces, el amor también significa estar presente en los momentos más difíciles, incluso cuando tenemos miedo.

Jacob miró fijamente a su tío, al que quería como un padre que nunca tuvo.

—¿Crees que Jesús te perdonará por no estar allí?

Simón no esperaba esa pregunta. No, al menos, formulada por un niño al que quería como un hijo que nunca llegaría a tener.

—Jacob, si hay algo de lo que estoy seguro es del amor infinito de Jesús. Él nos enseñó a perdonar siempre, a amar sin condiciones. Sí, nos perdonará..., ya nos ha perdonado. Y nuestra forma de honrar su memoria y su legado a partir de ahora es vivir como él nos enseñó.

—Jesús sí fue valiente, tío. Quiero ser como él.

—Y lo serás, Jacob. Juntos aprenderemos a ser más valientes, a amar más fuerte y a nunca dejar que el miedo nos aleje de hacer lo correcto. Este es nuestro camino ahora, en memoria de Jesús.

Ambos se fundieron en un abrazo, pero los brazos de Simón alrededor de su espalda le activaron el dolor. Jacob pegó un brinco.

Mientras sus manos recorrían la espalda de Jacob, Simón sintió las protuberancias y cicatrices bajo la tela de la túnica del muchacho. Su corazón dio un vuelco de preocupación y tristeza.

—Jacob, hijo mío, ¿ha sido tu padre también?

El niño, con vergüenza, alzó la mirada hacia él.

—Padre estaba furioso, tío Simón... Dijo que estaba avergonzado de mí porque no quería seguir sus pasos. Quería que dejara de creer en Jesús.

Simón sintió una ola de ira y tristeza simultáneamente. Definitivamente, tarde o temprano ajustaría cuentas con su hermano. Acarició el rostro de su sobrino y, sin perder más tiempo, se encaminaron juntos al encuentro de los demás apóstoles.

El aire en la habitación era pesado aquella madrugada del primer día de la semana.

Los apóstoles, aquellos que días atrás recorrieron el camino de la luz, permanecían hundidos en la desesperación y la confusión después de la muerte de Jesús. Se sentían desamparados y sin rumbo, sin saber cómo continuarían su labor sin la guía de su maestro. Por vergüenza, ninguno se atrevió a pronunciarlo en público, pero todos se preguntaban si todas las enseñanzas y milagros que habían presenciado habían sido en vano.

El niño observó a todos aquellos adultos.

Simón Pedro, el que estaba destinado a ser el líder enérgico del grupo, yacía cabizbajo, incapaz de articular palabra. Pedro se encontraba solo, sumergido en un mar de remordimiento y pesar con la amargura de sus negaciones consumiéndole desde dentro. Le perseguía el eco de su propio «No le conozco», una y otra vez, un recordatorio de su debilidad y su traición.

Juan, el amado, se encontraba abrumado por un dolor silencioso, agobiado por la visión de su maestro en la cruz, recordando las últimas palabras confiándole el cuidado de María. Una responsabilidad nacida en el dolor. Un lazo forjado en el momento más oscuro.

Santiago, hermano de Juan, se debatía entre la ira y la incredulidad. Aquel que había deseado sentarse a la derecha de Jesús en su reino ahora luchaba por comprender cómo el Mesías prometido había podido ser entregado a tal sufrimiento sin un ejército de ángeles para defenderlo.

Andrés, quien primero reconoció a Jesús como el Cordero de Dios, se veía acosado por la duda. ¿Cómo había podido errar tanto en sus expectativas? ¿Cómo iba a seguir adelante sin la guía tangible de su maestro?

Tomás, el escéptico, se encontraba en un mar de incertidumbre mientras su mente racional buscaba explicaciones donde solo había misterio y pérdida. La ausencia de Jesús era un vacío que ninguna lógica podía llenar.

Felipe, cuya fe a menudo requería de signos, se sentía perdido sin los milagros de Jesús para fortalecer su creencia. En ese momento, el milagro más grande que necesitaba era el consuelo para su alma afligida, algo que parecía estar más allá de cualquier esperanza.

Bartolomé, siempre honesto en su búsqueda de la verdad, se enfrentaba ahora a la interrogante más dolorosa de su vida. La verdad que había encontrado en Jesús parecía haber sido clavada también en la cruz.

Mateo, el recaudador de impuestos redimido, reflexionaba sobre la ironía de su propia historia. Había dejado atrás una vida de riquezas por seguir a Jesús y ahora se encontraba vacío, con su tesoro en el cielo aparentemente perdido junto con su maestro.

Judas Tadeo, no menor en su confusión, se aferraba a las enseñanzas de Jesús sobre el amor y el perdón intentando comprender cómo esos principios podían hallar lugar en un mundo que había mostrado tal crueldad hacia el más puro entre ellos.

Santiago, hijo de Alfeo, como cada uno en su propia lucha, se encontraba aislado en su incapacidad de ver más allá de la tumba. Los sueños que había creído ver florecer en el ministerio de Jesús ahora yacían enterrados con Él.

Su tío Simón, en otro tiempo el zelote ferviente en su deseo de liberación para Israel, se sentía un traidor a los ojos de su sobrino. La liberación que había anhelado no había llegado como un poderoso levantamiento, amor mediante, sino como la sumisión de Jesús ante sus captores. Y, además, Jacob estaba sufriendo por ello.

Más allá de los once, alguna que otra persona de confianza del grupo servía como apoyo moral, pero Jacob no les ponía nombre.

—Y... ¿dónde se ha metido Judas? —desconfió Andrés, que se paseaba por la habitación sin rumbo, con rostro angustiado, sin entender qué había pasado, pues todo lo que creían que iba a suceder se había desmoronado por completo.

Jacob calló, pues no se sentía con la autoridad suficiente como para describir el tormento del Iscariote tras la cena y cuando le encontró en el Gólgota.

—¿Qué haremos ahora? Jesús era la esperanza del mundo —murmuró Tomás con voz entrecortada.

—Él dijo que volvería... —musitó Bartolomé.

Ninguno comentó nada. Pero Jacob miraba a los apóstoles como si participara de una conversación que nunca tendría lugar.

La duda y la turbación se mezclaban con los recuerdos de los momentos que habían compartido con Jesús. A pesar de la tristeza abrumadora, su lealtad al mensaje de amor y redención que Jesús había predicado seguía siendo fuerte. Aunque cada uno de ellos deambulaba en su propia angustia, un destello de esperanza permanecía latente en el fondo de sus corazones, recordándoles que el legado de Jesús no debía morir con su partida, por mucho que flaquearan las fuerzas y los ánimos.

A medida que pasaban las horas, la comunidad de discípulos hacía esfuerzos por reconfortarse mutuamente, reuniéndose en pequeños grupos para recordar, compartir y reflexionar.

Mientras el pesar colmaba la habitación, Simón fue consciente del error de llevar a su sobrino a aquel lugar, y mucho menos después de ser testigo de los azotes de su padre. La dicotomía del apóstol residía entre la ira de su hogar o la pesadumbre de su hermandad. Ninguno de los dos era lugar para un niño de nueve años. Con un breve gesto para no molestar al resto, le indicó a Tadeo que llevaría a su sobrino a faenar en la mar.

Al cabo de unas horas, cuando la noche dio paso a la luz, Simón y su sobrino Jacob estaban terminando de arreglar sus redes de pesca cuando Tadeo se acercó a ellos con una expresión de asombro en el rostro. Simón preguntó a su amigo a qué se debía la estupefacción en su semblante.

Tadeo respiraba agitadamente, como si estuviera lleno de una emoción indescriptible.

—¡Simón, Jacob! He venido a compartir una noticia increíble —dijo con voz temblorosa—, ¡Jesús ha resucitado!

Simón y Jacob intercambiaron una mirada de desconcierto.

—¿Resucitado? ¿Estás seguro de lo que estás diciendo, Tadeo? —preguntó Simón, incrédulo y esperanzado al mismo tiempo—. ¡Cuéntalo todo!

Tadeo asintió con firmeza y respiró profundamente antes de explicar todo lo acontecido mientras estaba con los demás apóstoles.

Según les reveló, María Magdalena había irrumpido en la estancia gritando sin poder contener su emoción que había visto al Señor resucitado. Tenía un brillo inexplicable en sus ojos.

Los apóstoles se miraron entre sí, desconcertados por las palabras de María. Algunos mostraron incredulidad, otros guardaron la esperanza de que sus sueños rotos pudieran encontrar reparación. Las declaraciones de María habían desencadenado una mezcla de emociones, desde la duda de Tomás hasta la desconfianza de Pedro y Andrés pasando por un atisbo de fe de Mateo.

María había insistido con vehemencia y les explicó cómo ella, junto a otras mujeres, se dirigió pronto aquella mañana del primer día de la semana con los aceites aromáticos que habían preparado para limpiar el cuerpo de su Señor cuando, de repente, dos hombres con ropajes fulgurantes les dijeron que Jesús había vuelto de entre los muertos. Más tarde Él mismo se apareció y les dio un mensaje de paz y les pidió que compartieran las buenas nuevas con todos los apóstoles.

—A medida que procesábamos la noticia —continuó Tadeo nervioso—, un destello de ilusión comenzó a surgir en nuestros corazones. Aunque el dolor y la incertidumbre persiste, la esperanza y la emoción se apoderó de todos los que estábamos allí presentes. Debíamos ir al sepulcro y comprobarlo por nosotros mismos. Así que nos pusimos de acuerdo y, abrumados por la noticia, nos unimos en oración y alabanza. Acto seguido, todos se lanzaron fuera de la habitación y se dirigieron rápidamente al sepulcro. Menos yo, que vine a avisaros. —Miró al pequeño con ternura—. ¡Jacob, tu madre estaba allí con ella!

Jacob estaba atónito, casi sin poder asimilar la magnitud de lo que acababa de escuchar. Simón, Tadeo y Jacob, sin tiempo que perder, se dirigieron al lugar donde había ocurrido el milagro.

El lugar donde Jesús de Nazaret había resucitado.

10

Año 70 d. C.
3830 הנש
823 AUC
-
Jerusalén

Dentro de los suntuosos salones del palacio de Herodes Agripa II se palpaba una tensión que las riquezas, el poder o la piedra caliza de sus paredes no podían disipar. Su diseño reflejaba las influencias helenísticas y romanas, mezcladas con elementos locales, creando un ambiente de opulencia y magnificencia sin igual.

Los patios del palacio eran un oasis en medio de la urbe, con jardines meticulosamente cuidados que exhibían una variedad de plantas exóticas, fuentes ornamentales y piscinas refrescantes, proporcionando un lugar para el descanso y la contemplación. Los senderos pavimentados y las terrazas ofrecían vistas impresionantes de la ciudad y del templo, subrayando la conexión entre el poder terrenal de la dinastía herodiana y el espiritual del Jerusalén religioso.

La princesa Berenice caminaba con paso decidido y firme con sus vestiduras silentes rozando los mosaicos mientras su mente trabajaba con fervor. El incienso que flotaba en la estancia, lujosamente decorada con los más finos mosaicos, tapices y muebles importados de todo el Imperio romano, no conseguía apaciguar la fragancia a preocupación.

Encontró a su hermano Agripa, bisnieto del gran arquitecto Herodes, apoyado sobre un balcón desde donde observaba la agitada ciudad de Jerusalén. La pose del rey denotaba una tranquilidad que Berenice no compartía en absoluto. Con su frente fruncida por la inquietud, se acercó.

—Hermano, debemos hablar —comenzó Berenice urgente y sin preámbulos.

Agripa se giró lentamente hacia ella con calma soberana y cierta lujuria.

—Berenice, sabes que siempre es un placer. Lástima que tu semblante no augure una conversación placentera.

Berenice replicó con vehemencia que el placer era un lujo que sus hermanos judíos no podían permitirse en aquellos días de opresión. Ambos eran conscientes de que las calles de Jerusalén se turbaban con el clamor por la libertad y la justicia.

—Y tú... —Su hermana hizo una pausa midiendo sus palabras—. Tú pareces más interesado en colmar tus placeres a corto plazo antes que escuchar a Roma.

Herodes Agripa miró hacia el horizonte, donde el sol comenzaba su descenso, proyectando una luz dorada que contrastaba con el ánimo nublado dentro del palacio.

—Roma es un gigante al que no podemos provocar abiertamente —contestó sopesando sus palabras—, y tampoco conviene desafiar al pueblo. Lo más sensato es esperar. La prudencia no es pasividad, hermana. Es supervivencia.

Berenice retó de nuevo a su hermano:

—La supervivencia es lo de menos si el precio que hay que pagar es el abandono de las negociaciones para evitar que el pueblo sufra. Me veo en la obligación, hermano —Berenice sabía cómo tensar las conversaciones hasta límites insospechados—, de recordarte que la prudencia casi te hizo caer en las redes del aquel credo de Pablo de Tarso. ¡Le dejaste libre y casi perdemos todo!

—¡No encontré cargos con los que juzgarle! —se defendió el monarca.

—¡Casi caes en su trampa! —continuó Berenice—. Nuestro bisabuelo Herodes ordenó la matanza de aquellos niños ante el peligro que le acechaba; Herodes Antipas se quitó de en medio a Juan el Bautista y nuestro padre acabó con Santiago, aquel agitador seguidor del falso mesías. Eres el único Herodes que no ha tenido el valor de hacer lo que se tenía que hacer.

Berenice se negaba a que fueran meros espectadores mientras el fuego de la revuelta seguía encendiéndose bajo sus pies.

—Lo que tú llamas valor, yo lo denomino camino a la ruina —sostuvo Agripa con una firmeza que buscaba poner fin al debate—. Los zelotes, los sicarios... ellos buscan la guerra, cada uno a su manera, una guerra que solo puede llevar a la desolación de nuestro pueblo.

—Entonces, entrégalos a todos. Que depongan sus armas. Hace cuatro años tuvimos que huir de nuestra ciudad, de nuestra Jerusalén, por culpa de las mismas milicias judías.

—¡Eso fue responsabilidad del gobernador Gesio Floro! —se excusó rápidamente Herodes.

—¿A mí me lo vas a contar, hermano? Hice más que tú por evitar la revuelta judía y la matanza de nuestros hermanos. ¿Es que no lo ves? —insistió su hermana—. Se repite la misma historia, da igual que sean los judíos, los seguidores de aquel Cristo o los romanos. ¿O acaso crees que deberíamos sentarnos y ver cómo se derrama la sangre de inocentes?, ¿no tienes la responsabilidad de proteger y guiar a quienes te han sido encomendados?, ¿de protegernos a nosotros?, ¿de proteger a tu familia?

La tensión entre ellos seguía creciendo. Agripa sostuvo la mirada de su hermana. Aquella huida a Cesarea ante la expulsión de los colaboradores de los romanos debilitó su poder y credibilidad.

—¿Qué es lo que propones, hermanita?

—Rinde la ciudad al legado Tito —contestó sin miramientos Berenice.

—¿Te has vuelto loca? —preguntó tremendamente sorprendido Herodes.

—Salvaremos miles de vidas y, lo más importante, tú y yo salvaremos todo lo que hemos construido.

Herodes Agripa II se tomó un tiempo antes de responder a la petición de su hermana. Con un suspiro que parecía arrastrar el peso del destino de su ciudad, argumentó sentenciosamente.

—¿Y que los sicarios asesinen también a los nuestros? Mi responsabilidad es evitar que nuestros hijos se conviertan en huérfanos y nuestras esposas en viudas. No creo que Roma quiera arrasar Jerusalén.

Berenice se dio cuenta de que no podía convencer a su hermano con meras palabras, pues la disputa entre los caminos de acción directa y la diplomacia sutil era un abismo que, en ese momento, ninguno de los dos podía o quería cruzar. Berenice decidió dejar a su hermano en su pasividad y puso rumbo a sus cámaras. Antes de abandonar la estancia, su hermano, desde la terraza, la increpó una vez más.

—¡Berenice!

El grito provocó que su hermana se sobresaltara. No esperaba ni aquel volumen ni el tono de voz.

—Hemos compartido demasiadas cosas, querida hermanita. Un reino, una familia, una alcoba... —Su hermana se abochornó al escuchar aquella palabra—. Te conozco bien. Tú no estás aquí para proteger a tus hermanos judíos. Tú quieres defender tus intereses, tus posesiones y quién sabe qué con

Roma. Sea lo que sea, solo te pido que al menos seas tú quien mire por el bien de la familia.

Su hermana meditó las palabras, pero su soberbia no pudo contener el veneno de su lengua.

—Querido hermanito —replicó Berenice con el mismo tono despectivo que utilizaba Herodes cada vez que pronunciaba su parentesco—, pertenezco a la dinastía herodiana tanto como tú. Lo que busco es sobrevivir y pasar a la historia. Cueste lo que cueste. Por eso me llamo Berenice.

«Portadora de la victoria», tradujo Herodes el nombre de su hermana.

Tras confesar sus intenciones, Berenice se retiró. Ya en soledad, se permitió un momento para que sus propias lágrimas fluyeran, unas lágrimas por Jerusalén, por los errores del pasado y por la tormenta que sentía avecinarse. Era un idilio cerrado en su conversación, pero la historia de Jerusalén estaba lejos de concluir.

Se repuso y pasó a la acción.

Dejó atrás las lujosas cortinas y los mármoles fríos del palacio y le pareció como si abandonara un mundo y entrara en otro completamente distinto. Berenice, tras cambiar hábilmente sus atavíos reales por los de una comerciante común, avanzó con determinación a través del laberinto de calles de Jerusalén con su preciado salvoconducto en la mano. Su corazón, aunque confundido por la disputa con su hermano Herodes Agripa, latía fuerte con el propósito de terminar con la profunda crisis que asediaba su bienestar.

Costara lo que costase.

Mientras se abría camino con paso discreto pero seguro, Berenice observaba el miedo dibujado en las caras de las mujeres al regatear en el mercado y la rigidez de los hombres al hablar en susurros de conspiración y derrota. Ninguno sospecharía que la figura envuelta en telas modestas que pasaba junto a ellos era la mismísima princesa. En cada esquina, en cada sombra de los estrechos callejones, se palpaba la desolación. La Jerusalén que ella conocía se ahogaba en el miedo y la opresión.

Su pertenencia a la familia real tenía sus ventajas; los centuriones habían recibido órdenes estrictas de permitirle ciertas libertades, y, en caso de tener algún problema, le sería suficiente con enseñar su *tessera* romana, un salvoconducto que le permitía libre circulación.

Los legionarios romanos, reconocibles tanto por su armadura como por su disciplina, patrullaban las arterias principales de la zona alta de la ciudad y salvaguardaban las entradas y prohibían las salidas de Jerusalén, pero con Berenice hicieron una excepción y le permitieron ausentarse de la ciudad.

Una breve partida con un claro objetivo.

Al salir de los confines de las murallas, donde los promontorios naturales daban paso a los campos de olivos que la rodeaban, Berenice pudo ver los cuarteles romanos, las legiones acampadas en formaciones meticulosas preparadas para el asalto final. El campamento del comandante Tito, dispuesto con la precisión de una maquinaria de guerra bien engrasada, brotaba de la tierra como una ciudadela de lona y acero.

El campamento se presentaba ante Berenice con una precisión casi arquitectónica, con calles dispuestas en una cuadrícula que dividía el espacio en secciones ordenadas. Las tiendas de la legión se erigían en filas cuidadosamente alineadas, mientras que las tiendas del comandante, el *praetorium*, y los altos oficiales se ubicaban en el centro del campamento, en un lugar de fácil acceso y con la mejor protección posible.

Haciendo uso de la seguridad que le proporcionaba su tésera, Berenice se acercó por el terraplén a las líneas externas del campamento como una peregrina más, dejando atrás el pequeño foso y la empalizada de estacas. Varios legionarios iban y venían, centrados en sus tareas, y los centinelas se mantenían alerta en busca de amenazas evidentes.

El *tesserarius*, principal encargado de la seguridad del campamento, dio el visto bueno a la credencial. Al portar el sello del mismísimo comandante, acompañó personalmente a Berenice para personarse ante el segundo al mando.

En el vasto campamento romano, un lugar usualmente dominado por el rigor y la disciplina de la vida militar, el tribuno *laticlavius* Tiberio Julio Alejandro se encontraba sumergido en sus deberes cuando, de repente, la estricta atmósfera se vio interrumpida por la presencia de una figura que caminaba destacando con una gracia y con una dignidad inquebrantable pese a la adversidad del ambiente militar.

Al principio, la sorpresa nubló su reconocimiento, pero, cuando sus ojos finalmente comprendieron a quién veían, su mente quedó inundada por el recuerdo y la incredulidad. Era Berenice, la viuda de su hermano Marco, avanzando con arrojo entre las tiendas acompañada por el *tesserarius*. No había duda de que su visita tenía un solo objetivo: el comandante, con quien se decía que mantenía una relación íntima y controvertida.

La presencia de Berenice en el campamento buscando a su amante no solo atestiguaba la complejidad de las relaciones personales entre los altos rangos del poder tanto romano como judío, sino también la influencia y el valor que Berenice debía poseer para atravesar aquel dominio de hombres armados ya fuera por amor o por política.

Aquel encuentro inesperado evocaba memorias de un intrincado pasado familiar. También presagiaba la posible convergencia de asuntos personales y administrativos, todos centrados en la figura de Berenice.

El apóstata Tiberio, sobrino del filósofo judío Filón de Alejandría, recordó unas palabras del emperador Julio César. «Preferiría estar el primero en una aldea que el segundo en Roma». Ese no era el caso de la princesa. Estaba convencido de que ser segunda en Roma era mucho más de lo que podría haber aspirado en toda su vida y haría cualquier cosa para conseguirlo.

Berenice actuó con el refinamiento y la discreción aprendidos en el palacio, donde cada paso podía desafiar la diferencia entre el respeto y la indiscreción, la influencia y el desaire.

Finalmente, junto con Tiberio Julio Alejandro, se encontró ante el epicentro del poder romano en Judea: las tiendas del mismísimo *legatus Augusti pro praetore*, el comandante en jefe de todas las fuerzas militares estacionadas en la provincia. Su presencia se anunciaba con estandartes que flameaban al viento con su símbolo, el águila de Roma, majestuosa y amenazante.

Una voz provocó que Tiberio Julio Alejandro abandonara el lugar tan pronto como había llegado.

La voz.

—Yo me encargo.

Berenice ni siquiera le dirigió la mirada.

A los pocos momentos, la figura del comandante Tito, mucho más joven que ella, emergió de entre las sombras de las tiendas de campaña, acercándose con la seguridad de alguien cuyas victorias eran incontables. Tito, cuya presencia imponía con tanta facilidad como el estandarte de su legión a pesar de rondar la treintena, asintió como reconocimiento de la alianza que estaba a punto de cimentarse en la penumbra.

—Princesa Berenice —saludó Tito en un tono bajo, consciente de los ojos y oídos que nunca descansaban dentro de un campamento militar.

—General Tito —respondió ella aún temblorosa, aunque el título resonaba con un eco de proximidad personal—. He venido, tal y como acordamos, para finalizar nuestros designios para la ciudad irreverente de Jerusalén.

El comandante romano observó a su alrededor antes de continuar, asegurándose de que la privacidad tan cuidadosamente buscada no estuviera comprometida.

—Princesa, tu cooperación es inestimable. Roma no olvida a aquellos que facilitan sus conquistas.

—Dejemos las formalidades a un lado —replicó Berenice deseando pasar a la acción.

Bajo un crepúsculo que proponía el escenario para su encuentro, un rincón aislado en la tienda del comandante se convirtió en un lugar de revelaciones, adulterios y alianzas.

Ríos de sudor, gemidos de placer.

Un concordato perfecto.

Tras refrescarse y uniformarse de nuevo, Tito se dirigió con firmeza a su amante, no sin antes esperar a que la princesa estuviera completamente acicalada.

—El imperio no busca derramamiento de sangre innecesario, Berenice —dijo con expresión seria y meditativa—, pero la insurrección será aplacada. La ley y el orden deben ser restaurados. Sitiaré Jerusalén.

—Mi hermano no claudicará. Teme demasiado a las milicias fanáticas. Y yo prefiero la paz que nos trae el imperio a la aniquilación total en la lucha contra él.

Tito contempló a Berenice con un nuevo respeto, comprendiendo no solo la posición delicada en la que ella se encontraba, sino también el coraje que implicaba.

—El asedio será implacable y brutal, me temo —reveló con solemnidad—. Se ha dispuesto un perímetro alrededor de la ciudad. Nuestras legiones están listas para cortar el suministro y ejercer la presión necesaria sobre aquellos que resisten dentro de las murallas. Tu conocimiento de las defensas de la ciudad es de especial utilidad para nosotros.

—Entregaré los planos detallados de los puntos más débiles —replicó Berenice confirmando su papel como aliada—, pero a cambio espero protección para mi familia y para aquellos leales a mí. Deben ser eximidos de represalias, y sus propiedades, resguardadas, si es que queda algo en pie.

—¿Tu hermano también?

—No quiero pasar a la historia como la mujer de la dinastía herodiana que traicionó a su familia.

—Sea —asintió Tito con la aparente frialdad de un hombre acostumbrado a tales trueques, pero asombrado por la determinación de la mujer que compartía su lecho—. Recuérdales que, hasta que no asestemos el primer golpe con las máquinas de asedio, pueden rendirse.

Berenice esbozó una sonrisa pícara. Haciendo una reverencia casi burlesca, se despidió de su amante.

—Berenice —dijo en último lugar Tito—, Roma nunca olvida a sus aliados. El emperador Vespasiano te recuerda con gratitud.

La penumbra se acentuó sobre ellos, envolviendo la promesa dual de protección y devastación bajo la misma manta de sombra.

A pesar de la gravedad del intercambio, había un brillo de alivio en los ojos de Berenice: no solo había logrado asegurar un futuro menos sangriento para los suyos, también mantener la llama del deseo del que pronto podría convertirse en emperador.

Tito extendió su mano en señal de acuerdo y Berenice la recibió firmemente. Ambos se atrajeron y se fundieron en un apasionado beso. Sus lenguas sellaron otra alianza. La oscuridad en los alrededores parecía susurrar con las voces de los miles que desconocían la traición que se fraguaba en su contra, pero para Berenice y Tito su conversación no era sinónimo de traición, sino una necesaria maniobra de supervivencia y de amor clandestino.

—Roma será testigo de tu grandeza y te recibirá con los honores que mereces —profetizó Berenice con admiración.

—Vuelve mañana —exigió el hijo del emperador.

El destino de Jerusalén colgaba en el equilibrio de su pacto secreto, acuerdo tan potente como las legiones que esperaban la señal para comenzar su inexorable victoria.

Y, mientras ambos retomaban sus caminos por separado, el mismo cielo que presenció gemidos instantes atrás ahora guardaba silencio ante el acuerdo que se había forjado entre una princesa judía y el hijo del emperador de Roma.

Entregar Jerusalén para su completa destrucción.

11

Año 30 d. C.
3790 הנש
783 AUC
-
Jerusalén

Los apóstoles, junto a María de Magdala, llegaron al sepulcro donde habían depositado el cuerpo de Jesús. A medida que se acercaban, una mezcla de asombro y temor los envolvía, pues desconocían qué encontrarían. En aquel lugar, como si de un potente imán se tratara, convergieron muchos de los que habían amado a Jesús en vida.

Simón, Jacob y Tadeo se unieron a los apóstoles, mientras que, a cierta distancia, María, la madre de Jesús, y Miryam, la madre de Jacob, se aproximaban junto a José de Arimatea, Nicodemo, Verónica y Juana, esposa del administrador Cusa, una mujer que Jacob no había conocido hasta el momento.

El niño se abrazó fuertemente a su madre. Ella evitó rozar su espalda. Miryam y su cuñado se miraron cómplices con lástima.

Ambos sabían.

Al llegar a la cantera, todos encontraron la piedra circular removida de la entrada de la tumba tallada en la piedra, un hecho que dejó perplejos a todos los allí presentes. Ni rastro de la guardia romana. El desconcierto y la asombrosa realidad de lo que Tadeo les había contado comenzaron a hundirse en el corazón de Jacob, intentando procesar lo que estaba presenciando.

Los apóstoles se miraron mutuamente, asimilando lentamente el significado de lo que acababan de contemplar. Un momento de silencio solemne los envolvió mientras la realidad de la resurrección de Jesús comenzaba a arraigar en sus almas.

Pedro, con corazón agitado, junto con María, la madre del resucitado, fueron los primeros en entrar en la tumba. Lo que vieron los dejó sin aliento: el banco donde depositaron el cadáver estaba vacío y tan solo el sudario que había cubierto el cuerpo de Jesús yacía allí, en silencio. Juan y Santiago se acercaron a ellos mostrando incredulidad y confusión.

—¿Cómo puede ser posible? —murmuró el joven Juan, examinando detenidamente el lugar.

Mateo, que se encontraba observando a poca distancia, notó algo que le llamó la atención. Instó a sus compañeros a que se fijaran en la extraña posición del sudario, pues no estaba desplegado de manera irregular como si alguien hubiera retirado el cuerpo apresuradamente. Al contrario, la sábana estaba doblada con cuidado, como si el cuerpo simplemente hubiera desaparecido de su interior. Al percatarse de ello, una sensación sobrecogedora se apoderó de los apóstoles mientras trataban de comprender la extraña realidad ante sus ojos.

—No puede haber otra explicación: ¡Jesús ha resucitado! —exclamó Andrés atónito.

Los apóstoles se miraron unos a otros con la certeza de que sus vidas habían sido transformadas para siempre. Simón se acercó a Jacob y le acarició y, con un breve gesto, le empujó cariñosamente de nuevo hacia su madre allí presente junto a la de Magdala, pues él no podía estrecharla entre sus brazos, por mucho que lo deseara. El niño no apreció las miradas de su tío y su madre y tampoco se atrevió a inspeccionar el interior del sepulcro. Estaba atónito y no pronunció palabra. Miryam, consciente de su desconcierto, le arrulló con un beso en la frente.

José de Arimatea, el fariseo propietario del sepulcro, examinó cuidadosamente el sudario. Al estirarlo completamente se percató de que otro milagro se había materializado frente a ellos. Al igual que el pequeño paño de Verónica, en aquel sudario se advertía de manera velada la imagen del Nazareno. Tembló de emoción, pero su fe le proporcionó la capacidad de reacción. Con disimulo llamó a Nicodemo y a la madre del que horas atrás fue enterrado en aquel lugar. María nunca agradecería lo suficiente lo que aquellos hombres hicieron por su hijo, reclamando el cuerpo ante Pilatos y dándole un lugar de reposo, aunque solo fuera por unas horas. Cuando María se acercó a él, este les susurró algo al oído. Los ojos de María y Nicodemo se abrieron como platos para después relajar las facciones de sus rostros y comprender la grandeza de la situación en su conjunto. María miró al de Arimatea fijamente y asintió con una expresión de serenidad impropia de una madre que ha perdido a su hijo.

Después de mucha reflexión, José tomó la decisión de confiar la sábana a alguien que entendiera su significado, alguien cuya fe y lealtad hacia las enseñanzas del Señor fueran incuestionables. Su elección recayó en Judas Tadeo, discípulo conocido por su fervor y dedicación al mensaje de Jesús.

Jacob se percató de cómo José se acercaba a Tadeo con determinación y, tras apartarle a una distancia prudente del bullicio, le comunicó su decisión.

—Tadeo, necesito tu ayuda con algo de extrema importancia —dijo José con urgencia—, eres conocido entre tus hermanos por tu firme fe y tu corazón valiente. Ha llegado el momento de confiarte una tarea que va más allá de nuestra comprensión, una tarea que llevará la imagen de nuestro Señor a generaciones futuras.

Tadeo levantó la mirada; sorprendido por la seriedad en la voz de José, preguntó con curiosidad en qué podría ayudarle. José tomó el lienzo en sus manos y lo presentó ante Tadeo. Aquella sábana cubrió el cuerpo de Jesús después de su partida, y José estaba convencido de que había resucitado. Por lo tanto, perseveró el de Arimatea con convicción, aquel lino debía ser preservado como un testimonio de ese milagro. Tadeo observó el lienzo con asombro, reconociendo en la imagen allí imprimida la importancia de las palabras de José.

—¿Por qué yo? —preguntó Tadeo ruborizado—. No soy más firme en la fe que cualquiera de mis hermanos...

—Porque todo el mundo recordará el nombre de Judas como el nombre del traidor, tanto si lo fue como si no, pero compartir su nombre no implica compartir su carga —explicó con benevolencia el anciano—. Tú, Judas Tadeo, cargarás sobre tus hombros el peso del lino con la imagen de nuestro Señor.

Jacob, a la distancia suficiente como para poder escuchar la conversación, no alcanzaba a entender qué sucedía entre aquellos hombres, pero sí pudo contemplar a un Tadeo sorprendido por el razonamiento, pero sintiendo la responsabilidad que se le imponía, escuchando atentamente mientras José le hablaba de la sábana, explicando su significado y por qué había sido elegido para esta sagrada custodia.

—¿Qué es lo que queréis que haga, José? —preguntó con seriedad.

José y Nicodemo miraron a Tadeo fijamente. Le instaron a que compartiera tan delicada información con sus hermanos los apóstoles para después sacar el lienzo de la ciudad. Era necesario que lo guardara en su poder, pues aquel testimonio de lino debía ser preservado y compartido con todos aquellos que necesitaran creer en la resurrección de Jesús.

—Debes proteger esta sábana con tu vida, pues ella es un testimonio de la pasión del Señor y un símbolo de la esperanza que él nos ha dado. Su presencia será un consuelo para aquellos que busquen la luz en momentos de oscuridad y un recordatorio del sacrificio hecho por amor a nosotros.

Con el corazón lleno de humildad y honor, Judas Tadeo aceptó la santa sábana, comprometiéndose a su protección y preservación, consciente de que este no era solo un acto de fe, sino un servicio a la memoria del maestro y a las futuras generaciones de creyentes. José de Arimatea, tranquilo en su elección, y su colega Nicodemo sabían que el sudario estaba en manos seguras y que la fe y la valentía de Judas Tadeo serían su mayor defensa.

Jacob se encontraba apabullado mientras dirigía la mirada de uno a otro, intentando entender qué sucedía realmente en aquel lugar. Pensamientos demasiado maduros, como la interpretación de la resurrección, se mezclaban con otros más infantiles al darse cuenta de que tres de las mujeres allí presentes compartían el mismo nombre: la madre del Señor, la de Magdala y su propia madre Miryam. Salió de aquel ingenuo pensamiento cuando el de Arimatea se dirigió a los discípulos. Confesó que la noticia ya había llegado al Sanedrín y estaban convencidos de que los culpables eran los apóstoles. Nicodemo proporcionó más información, señalando a Caifás como el responsable de haber sobornado a los romanos para que difundieran que los discípulos habían robado el cuerpo del maestro con el fin de que se cumplieran los salmos de David sobre el Mesías.

Mientras ponderaban las dificultades que podrían llegar a presentarse, un sonido de cascos de caballos y el tintineo de armaduras a lo lejos rompió el júbilo de la mañana. Los apóstoles se miraron con horror al darse cuenta de que un grupo de legionarios romanos, acompañados por miembros del Sanedrín, se aproximaban hacia ellos. Comprendieron que estaban en peligro de ser apresados por su conexión con Jesús.

Sin vacilar, Pedro instó a los demás apóstoles a huir en diferentes direcciones para evitar la captura.

—¡Marchad, corred y no os detengáis! —ordenó con urgencia—. Nos reuniremos en un lugar seguro más adelante.

José y Tadeo se miraron un momento en silencio, conscientes del significado de sus acciones. Con decisión, Tadeo agarró fuertemente el lienzo y se dispuso a salvaguardarlo, llevando consigo un testimonio monumental del regreso de Jesús.

Juan y Santiago, los hijos del trueno, algo versados en las confrontaciones, dividieron el grupo y protegieron a las mujeres en su fuga, separando a Miryam de su hijo. Miryam miró a su cuñado y se sintió aliviada, pues Jacob quedaría a buen recaudo con el único guerrero experimentado del grupo, el antiguo zelote Simón.

Con el corazón lleno de temor, pero con una intrepidez feroz, los apóstoles se dispersaron en la mañana, cada uno corriendo hacia la salvación. El sonido de sus pasos resonaba en la cantera mientras se alejaban del sepulcro, dejando atrás el peligro inminente.

Sin embargo, Simón no tuvo tiempo de salir corriendo con Jacob. El pequeño de nueve años estaba absorto, inmóvil, intentando comprender los misterios de la muerte y, más aún, los enigmas de la resurrección. Y en ese momento, además, presa del miedo a ver a todos correr en diferentes direcciones. Simón, al comprender que el sepulcro del Señor no estaba terminado y no contaba con depósito de osarios en la zona posterior, miró a su alrededor. A pocos metros había otro sepulcro abierto a medio hacer. Aprovechando unos segundos en los cuales perdieron de vista a los romanos y los miembros del Sanedrín en un ángulo muerto de la cantera, Simón aupó al pequeño y lo introdujo sin pensar dentro del desconocido sepulcro.

Una vez en el interior, y tras recuperarse de la petrificación que le había causado el miedo y el alboroto de la huida, los pasos del pequeño pretendían ser sigilosos, replicando el caminar cauteloso de su tío Simón, un hombre que había visto demasiadas almas jóvenes perecer en la inquietud de aquellos tiempos. El Sanedrín había enviado a sus esbirros en busca de aquellos que consideraban traidores y agitadores para denunciarlos a las autoridades romanas, y las legiones, por su parte, estaban igualmente dispuestas a extinguir cualquier chispa de rebeldía que pudiera surgir dentro de sus dominios.

Dejaron a su derecha la piedra donde tarde o temprano alguien depositaría un cadáver y se adentraron a la parte más alejada de la entrada, los osarios. El aire en la tumba era fresco y olía a mineral y tierra, un cambio bienvenido del calor y el polvo del exterior. Aún no se había usado. Una vez en el fondo, se recostaron contra las paredes frías de piedra de uno de los nichos, permitiéndose un momento de respiro.

Jacob tuvo que recostarse apoyando el hombro, pues la roca rozaba su espalda y le provocaba dolor.

—¿Por qué nos escondemos, tío? —susurró Jacob con ingenuidad.

Simón posó una mano en el hombro de Jacob, acercándolo.

—El Sanedrín está cegado por sus propias leyes, y los romanos no distinguen el grano de la paja cuando la hoz cae.

Jacob, con el corazón todavía latiendo al ritmo de su huida, asintió, encontrando consuelo en la firmeza de la voz de su tío.

—Y, si nos encuentran, ¿qué será de nosotros?

Al fin y al cabo, Jacob era un niño de tan solo nueve años, pero había visto y soportado más cosas que cientos de hombres que él había conocido.

—Entonces, mi querido Jacob, enfrentaremos nuestro destino como hombres que no renuncian a la verdad. Pero, esta mañana, rezaremos en silencio.

Mientras tanto, los legionarios y los miembros del Sanedrín llegaron al sepulcro de Jesús de Nazaret solo para encontrarlo vacío. Confundidos, comenzaron a discutir sobre qué dirección tomar, pues, desde la lejanía, fueron testigos de la dispersión de todos ellos.

El Sanedrín quería pruebas que involucraran tanto a Nicodemo como a José con el movimiento revolucionario de Jesús. Los romanos, bajo soborno, deseaban que aquel circo acabara cuanto antes, pero la huida precipitada de los apóstoles los había mantenido fuera del alcance de las autoridades. A pesar de estar aterrorizados, lograron eludir la captura y preservar su misión de compartir el mensaje de Jesús.

Dentro del osario del sepulcro cercano, se oían voces ininteligibles en la lejanía que se pisaban unas a otras fuera del sepulcro. Pero Simón escuchó perfectamente las palabras que susurró su pequeño sobrino.

—¿Por qué nunca tuviste un hijo, tío?

Simón miró con asombro al pequeño. En aquel momento, en aquel lugar, esperaba cualquier cosa, estaba preparado para casi todo, incluso un enfrentamiento con los romanos si tuviera que proteger al pequeño. Lo que menos esperaba el apóstol fue aquella pregunta formulada por la persona que más quería en el mundo, aquel crío de nueve años.

Respiró profundamente. No apartó la vista de la entrada, a lo lejos, de aquel osario. Meditó en segundos qué era lo mejor y lo peor que les podría pasar en aquel lugar.

Quizá, aquella fuera la última pregunta de Jacob.

Quizá, aquella podría ser su última respuesta.

Decidido, Simón el Zelote confesó.

—Ya tengo al hijo que siempre quise tener —le respondió mirándole directamente a los ojos a Jacob.

—Pero yo no soy tu hijo, tío, soy tu sobrino —contestó Jacob sin comprender completamente el mensaje de Simón.

—Lo sé, pequeño, pero te amo como si fueras mi propio hijo.

A Jacob le gustaron mucho las palabras de su tío y, acurrucado, le abrazó fuertemente evitando las laceraciones de su espalda.

Simón le rodeó con sus brazos y juró que le protegería pasara lo que pasara en aquel osario.

Pasaron unos minutos.

Los secuaces, ansiosos de calmar su sed de justicia y venganza contra los seguidores de un falso profeta cuyo cuerpo intuían que habían secuestrado, no repararon en el interior de los osarios de un sepulcro cercano a la tumba de Jesús de Nazaret donde un antiguo guerrero y un niño de nueve años rezaban para ver salir el sol un día más.

12

Año 70 d. C.
3830 הנש
823 AUC
-
Jerusalén

En una pequeña habitación iluminada solo por el parpadeo de las lámparas de aceite, Jacob, Rufo y Alejandro, tras haberse disculpado, se reunían como lo habían hecho innumerables veces en el pasado, pero aquella noche estaba excesivamente impregnada de nostalgia.

Aunque los años habían transformado a aquellos hombres, evocando responsabilidades y cargas que solo los adultos deberían soportar, en aquel anochecer intentaron dejar a un lado el peso del mundo exterior y sumergirse en los recuerdos de una infancia compartida en las polvorientas calles y mercados vibrantes de Jerusalén.

Durante los últimos días, sus diferencias y disputas del pasado habían creado un abismo silencioso entre ellos, una barrera construida con algo de orgullo y muchos malentendidos. Pero las adversidades compartidas desde la infancia y las reflexiones de la madurez les habían enseñado que la fuerza de su unión era vital no solo para su supervivencia, sino también para el logro de sus nobles propósitos.

Rufo, tratando de dar paso a la mediación, fue el primero en hablar.

—Hermanos, el tiempo que pasamos en discordia es tiempo que robamos a la amistad que nos une —comenzó cargado de empatía—. Las circunstancias nos han demostrado que nuestras diferencias, cuando se abordan con respeto y comprensión, pueden convertirse en nuestras mayores fortalezas.

Jacob, cuyo temperamento ardiente a menudo había sido el catalizador de las rencillas, asintió, reconociendo la verdad en las palabras de Rufo.

—He permitido que mi orgullo nuble mi juicio más de una vez —admitió mirando a sus compañeros a los ojos—. Pido perdón si mis últimas acciones o palabras os lastimaron. El valor que encuentro en cada uno de vosotros y en nuestra amistad supera cualquier rencor.

Alejandro, cuya experiencia a menudo servía de puente entre la pasión de Rufo y el orgullo de Jacob, sonrió levemente, aceptando las palabras de ambos.

—Desde que éramos pequeños, nos hemos enfrentado juntos a situaciones que nos han vuelto más fuertes, no solo como individuos, sino como hermanos —dijo—. Dejemos que nuestras desavenencias pasadas se disuelvan bajo este techo que nos cobija a todos por igual y avancemos como los amigos que verdaderamente somos.

En el silencio que siguió, los tres hombres se acercaron y se unieron en un abrazo fraterno, sellando su reconfortada amistad y compromiso mutuo.

Y así, en la tranquilidad de la noche, Jacob, Rufo y Alejandro se recordaron a sí mismos y al mundo que, aunque las rencillas pudieran surgir, la fuerza de la amistad verdadera tenía el poder de superarlas, y, como tantas veces hicieran, brindaron con vino y recordaron viejas batallas infantiles.

—¿Recordáis —comenzó Rufo con una sonrisa cálida— aquel verano cuando nos aventuramos más allá de las puertas de la ciudad, convencidos de que podríamos encontrar un tesoro escondido en las colinas cercanas?

Su pregunta despertó risas entre ellos mientras los recuerdos afloraban con una claridad sorprendente.

—¡Cómo olvidarlo! Acabamos encontrando una vieja moneda romana y pasasteis toda la semana convencidos de que éramos ricos.

La voz de Jacob revelaba un atisbo de la inocencia perdida, una reminiscencia de tiempos más simples cuando la imaginación era su mayor tesoro.

Alejandro se unió a la conversación.

—Y las carreras en el mercado... esquivando a los vendedores y provocando más de un lío mientras competíamos para ver quién era el más rápido.

La mención de esas carreras desencadenó una serie de anécdotas, cada una destacando la audacia y la libertad que solo los niños podrían experimentar en su totalidad sin miedo al mañana.

Muy hábilmente, los hermanos habían pactado previamente no sacar a relucir dos temas demasiado sensibles para Jacob. El primero de ellos, el momento en el que se conocieron, con Jesús de Nazaret como nexo entre ellos, y lo importante que aquel hombre había sido para los tres. El segundo, la desolación que se apoderó de ellos cuando asesinaron a la madre de Jacob.

Tuvieron que partir con su padre a Cesarea para volver años después y descubrir a un Jacob distinto, sin luz en su mirada.

Mientras ellos emprendieron un negocio con un molino para prensa de olivas y la obtención de aceite, Jacob emuló a su padre en la forja mientras se iba transformando poco a poco en el guerrero que Gedeón necesitaba.

A medida que la noche avanzaba, vino mediante, los tres hombres compartían historias de sus escapadas juveniles, desde las lecciones de oficios que habían observado fascinados hasta las festividades que marcaban el calendario de la ciudad, donde las diferencias se desvanecían en la alegría compartida. Hablaron de cómo, en esa Jerusalén de su juventud, no solo habían forjado una amistad inquebrantable, sino también de cómo habían aprendido las lecciones que conformarían la esencia de sus vidas adultas.

Mientras el tiempo iba pasando, el vínculo que compartían se fortalecía aún más, lazo tejido a través de risas y sueños compartidos. Aunque el amanecer eventualmente los devolvería a la realidad de sus vidas adultas, esa noche en Jerusalén, Jacob, Rufo y Alejandro redescubrieron la alegría y la esperanza que habían conocido en su juventud, un tesoro más valioso que cualquier otro que hubieran imaginado encontrar en sus aventuras infantiles.

—Pero lo más importante —apuntó Jacob mirándolos a ambos con una profundidad nacida de años de amistad y lucha— es que esos momentos nos enseñaron que, sin importar a lo que nos enfrentáramos, la fuerza residiría en estar juntos, en compartir tanto las cargas como las alegrías.

Rufo y Alejandro asintieron, reconociendo la verdad en sus palabras. Los recuerdos de su infancia en Jerusalén no solo eran evocaciones de un pasado feliz, sino pilares sobre los cuales habían construido sus vidas, tan diferentes, guiándolos a través de tiempos de incertidumbre y cambio.

Rufo, siempre el más directo, no vaciló en compartir la razón de su disimulada preocupación.

—Jacob... Hablando de alegrías y cargas... Me gustaría compartir contigo nuestra carga...

En aquel momento de la noche, las palabras empezaron a sentirse demasiado pesadas en el ambiente.

—¿Qué sucede, amigos míos? —demandó Jacob, incapaz de ocultar su inquietud temiendo que volvieran a mencionar al griego.

Sus temores se hicieron realidad.

—Lucas está en peligro, Jacob. Debemos sacarlo de la ciudad antes de que sea tarde. Juntos.

Jacob frunció el ceño. Era la segunda vez que aquellos dos hermanos, temerarios a más no poder, se jugaban su amistad por una causa noble y justa para ellos. No importaba en qué dios creyeran. Ellos defendían una fe que a él le hubiera gustado mantener, pero no tenía intención de discutir con ellos. No esa noche donde la sinceridad y el vino habían colmado sus ansias de perdón.

Jacob escuchó con intensa seriedad a Rufo y Alejandro mientras su mente corría sorprendida a toda velocidad evaluando las implicaciones de tal acción.

—Ya lo sabéis. También lo sabe el griego desde el momento en el que entró —replicó intentando medir la seriedad de la situación—. Los *kittim* no nos dejan salir de Jerusalén.

Rufo y Alejandro nunca se acostumbraron a aquella palabra, *kittim,* una forma despectiva de llamar a los invasores romanos.

—Estamos cautivos en nuestra propia ciudad —continuó Jacob con agobio—. ¿Cómo creíais que podríais hacer eso?

Alejandro intervino con calma, aportando un tono de esperanza a la sombría conversación.

—Hemos encontrado una ruta a través de los túneles de Ezequías, desde el estanque de Siloé. Con la cobertura de la noche y nuestra ayuda, podríamos sacar a Lucas sin que los guardias se dieran cuenta.

Jacob se negó en redondo, pues, sin darles demasiados detalles, les explicó las posiciones de los campamentos romanos en el exterior y las rutas de las patrullas. Además, estaba su compromiso con el despliegue zelote para la defensa de la ciudad y dudaba mucho que pudieran atravesar dichos túneles en mitad de la noche y con los *kittim* rodeando la ciudad.

—Jacob —comenzó Rufo con voz vibrante—, debemos recordarte el momento en que... cuando fue necesario que te llevaran lejos de las garras de aquellos que no compartían tu amor por Jesús...

Su mirada se cruzó con la de Jacob, evocando recuerdos de una noche en la que la oscuridad había sido tanto su enemiga como su aliada, permitiéndoles esquivar un destino que les había sido impuesto sin razón.

—Aquella vez, tú y tu madre estabais en peligro y lograron llevaros a un lugar seguro. Ahora, Lucas está en la misma precaria posición. Él y su relato merecen sobrevivir.

Alejandro, quien hasta entonces había permanecido en silencio, asintió, sumando peso a las palabras de Rufo.

—La ciudad ya no es segura, no para nosotros, pero especialmente para Lucas. La sombra del peligro acecha en cada rincón, y ya sabes que no exageramos. Como una vez hicieron por ti, debemos hacerlo por él. ¿Recuerdas nuestras palabras de aquella noche, cuando solo teníamos nueve años?

En el semblante de Jacob, las sombras de la sala parecían jugar, revelando destellos de emociones que luchaban entre sí. El recuerdo de su propia huida, tan vívido en ese momento como en aquel entonces, se entrelazaba con el pesar de saber que el cronista se enfrentaba a un peligro similar. La ironía de la situación, un eco del pasado, resonaba con fuerza en su corazón.

—Claro que me acuerdo. Fueron palabras de Rufo. «Jesús nos unió y Jesús nos volverá a unir».

Rufo asintió, orgulloso de la memoria de su amigo. Jacob negó con la cabeza.

—Sabemos que abandonaste el camino de la fe. Sabemos que tu espada está manchada con sangre romana. No aprobamos algunas cosas que has hecho durante todo este tiempo. Y, aunque no lo compartimos, entendemos perfectamente por qué tomaste ese camino. Nosotros no perdimos a nuestra madre como la perdiste tú. Y por ello nunca te hemos pedido nada ni te pediremos ahora que creas de nuevo en Jesús. Ni siquiera que ayudes a Lucas con su crónica. Solo te suplicamos que salves a Lucas y a su evangelio, así como los apóstoles hicieron contigo y con Miryam.

—Además, iremos con vosotros, Jacob. Queremos volver con nuestras familias —terminó suplicando Alejandro.

Jacob los observó en silencio, sopesando sus palabras. Conocía bien los riesgos, pero también sabía que la seguridad de Lucas era primordial para sus amigos, pero lo que pellizcó su corazón fue que expresaran abiertamente el anhelo de reencontrarse con sus seres más queridos.

—Aún la tienes —le dijo Rufo.

—¿Qué? —preguntó sin entender Jacob.

—Nuestra piedra de la amistad —contestó Rufo señalando al estante de la pared—, junto al trozo de tela azul.

Jacob dirigió la mirada hacia aquel lugar.

Demasiados recuerdos. Ninguno amable.

Durante unos instantes, eternos para los hermanos, Jacob permaneció en silencio. Luego, con un suspiro que pareció liberar toda duda y temor, asintió.

—Las noticias que nos llegan es que los *kittim* no atacarán pronto, pero no podemos fiarnos. Los romanos están a punto de terminar las rampas en la muralla oeste. Intentaré hacerlo esta semana —sucumbió, poniendo en marcha los engranajes de un plan furtivo que requeriría de toda su habilidad y coraje, pese a la tormenta de sentimientos que lo embargaba—. Así que intentaré sacarle y, si lo consigo, volveré a mi deber en la defensa de la ciudad.

Los hermanos estallaron en júbilo y se lanzaron a por Jacob. Tras zafarse torpemente del abrazo de los hermanos, tuvo la necesidad de justificar su compromiso.

Miró el trozo de tela azul del estante.

Se volvió hacia los hermanos.

—Lo hago por vosotros dos, ¿me oís? Pero, sobre todo, lo hago por vuestras familias y por la memoria de mi madre. —Miró fijamente a los hermanos y, tras una pausa, continuó—. Será peligroso... Y no os prometo nada.

Los hermanos asintieron.

Rufo y Alejandro esperarían cuanto fuera necesario y estudiarían cómo avanzar en el terreno.

Movidos no solo por la urgencia del momento, sino también por la fuerza de un pasado compartido, se embarcaron en una carrera contra el tiempo para proteger lo que aquellos hermanos consideraban invaluable, demostrando la fuerza y el poder de la solidaridad en tiempos de adversidad.

Y así, bajo el manto protector de la noche, y con un apretón de manos y un juramento de lealtad, Rufo, Alejandro y Jacob se dispusieron a llevar a cabo una misión tan crucial como imprudente: salvaguardar un mensaje de esperanza y salvación en medio del peligro que se cernía sobre ellos.

13

Año 30 d. C.
3790 הנש
783 AUC
-
Jerusalén

†

El sol se ponía sobre las murallas de Jerusalén tiñendo el cielo de tonos dorados y carmesíes.

Simón, el Zelote, se disponía a encontrarse con su hermano Gedeón en el umbral de la antigua casa familiar situado en una modesta calle adoquinada en la parte baja de la ciudad. Las tensiones del día se disipaban lentamente, pero el corazón de Simón latía con la urgencia de una petición que llevaba mucho tiempo reflexionando.

Miró la mezuzá, aquel pequeño estuche que contenía versículos de la Torá, colocada en la jamba derecha de la puerta. Tiempo atrás, le sirvió como un recordatorio diario de la fe y las obligaciones religiosas del hogar. Ahora, sin embargo, servía al Padre de Jesús de Nazaret.

Gedeón portaba con orgullo el nombre de uno de los jueces del pueblo judío y el guerrero que acabó con los madianitas bajo la protección de Yavé para gobernar Israel, y ahora estaba dispuesto a honrar su nombre y todo aquello que inspiraba.

Junto a Gedeón se encontraba Jacob, expectante, ajeno a la intensidad del momento que se avecinaba. Se dirigieron al patio central. Su madre contemplaba la escena desde la cercana cocina, intentando disimular la admiración que profesaba a su cuñado.

Simón tragó saliva.

No podía olvidar el maltrato de su hermano a aquel pequeño indefenso, pero la estrategia pasaba por la cordialidad.

—Querido hermano —comenzó Simón con voz firme—, mi sobrino ha crecido bajo tu tutela a la espera de aprender el arte de la guerra y la pasión por nuestra liberación. Sin embargo, deseo para él un camino diferente. Te ruego consideres la posibilidad de permitirme tomar a tu hijo como aprendiz y brindarle una educación que no solo abarque el manejo de las armas, sino también englobe la sabiduría, la compasión y el conocimiento de Dios.

Un silencio tenso se apoderó del lugar, solo roto por el crepitar del fuego central que iluminaba la estancia. Un par de seguidores de Gedeón, guardia personal del cacique acostumbrados a discursos de batalla y planes de revuelta, se acercaron para observar la escena en el patio. Uno de ellos sentía demasiada animadversión por el apóstol, considerado traidor entre sus filas. Jugaba con el filo de su arma, como si buscara amedrentar a aquel guerrero, ahora siervo de Dios. Su nombre era Giora bar Abban. La frustración se acabaría apoderando del zelote. Simón tenía demasiada seguridad en sí mismo.

Gedeón, con las cicatrices y los rasgos labrados por los años y la experiencia, contempló a su hermano impasible, sereno, sin ocultar la gravedad de la situación. Caminó lentamente hacia Simón, con su envergadura imponente proyectando sombras sobre las paredes de piedra. Simón no estaba dispuesto a dar un paso atrás.

—Comprendo tu deseo, hermano, pero temo que no puedo permitirte asumir tal responsabilidad —replicó Gedeón—. Mi vida está marcada por el deber que implica la fidelidad a nuestra causa y a las leyes de Moisés, como también lo estuvo la tuya hasta que conociste a aquel predicador. Caminar junto a un hombre como tú, que sigue a falsos profetas, no podría brindar a mi hijo la estabilidad que necesita. Además, no recuerdo haberte dado mi permiso para llevar a Ya'akov a la tumba de vuestro falso profeta.

Las palabras de su hermano cayeron sobre Simón, Jacob y su madre como una losa, y un sentimiento de desolación invadió al apóstol.

—Yo tampoco recuerdo en qué momento mi hermano decidió azotar a un niño de nueve años —replicó desafiante Simón sin poder evitar pasar a la ofensiva.

—No tienes derecho alguno a intervenir en cómo crío a mi hijo. Ya'akov necesita aprender a luchar, a ser fuerte. No puede seguir las palabras de ese Nazareno y esperar que el imperio le conceda la libertad.

Simón se irguió y fijó su mirada en Gedeón, llena de determinación y rabia.

—Hermano, el camino de la violencia solo engendra más sufrimiento. Jacob ha encontrado esperanza y fuerza en su fe. Castigarlo por eso no hará más que enterrar el espíritu que podría llevarnos a todos a un futuro mejor.

Gedeón rechinó los dientes, reacio a aceptar la perspectiva de su hermano.

—Gedeón… —titubeó Simón, tratando de exprimir todos los argumentos—, ¿y si te dijera que la profecía se ha cumplido?, ¿que Jesús es el descendiente de David que mencionaron Isaías y Zacarías, el renuevo justo que traerá seguridad a Judá según Jeremías? Daniel habló de un «Hijo del Hombre» que vendría en las nubes del cielo para recibir un reino eterno. Es Él, hermano.

El líder zelote le miró con arrogancia y expectación, cuya posición era demasiado favorable frente al guerrero convertido en discípulo.

—¿Y si te dijera que ha resucitado? —insistió Simón—, ¿que Jesús no está en su sepulcro?

De repente, los allí presentes se acercaron estallando en una carcajada. Simón miró con desprecio a Giora bar Abban, aquella moneda de intercambio ante la cobardía de Pilatos.

—¿Tú de qué te ríes, Barrabás?

—Es Bar Abban, analfabeto —contestó el zelote.

Gedeón terminó aquella disputa burlándose de su hermano y sus palabras y le hizo saber que en las calles ya corría el rumor de que fueron los propios seguidores del Nazareno los que expoliaron su sepultura. Nadie creería la resurrección del falso profeta. Miryam estaba deseosa de hablar, pero desautorizar a su marido le acarrearía consecuencias.

—¡Es verdad! —gritó el niño lleno de impotencia—. ¡*Imma* estaba allí!

—¡Cállate! —regañó Gedeón a su vástago—. Tu madre está en todas partes menos donde tiene que estar, ¡aquí en su casa! No deberíais haber ido allí. Tuve que dar demasiadas explicaciones al Sanedrín y a nuestros hermanos.

Gedeón levantó el brazo, amenazando a su hijo por lo que él consideraba un desacato a la autoridad. Cuando lanzó su mano a la cara de Jacob, Simón se abalanzó sobre él y agarró su brazo con fuerza para detener el impacto. Bar Abban y el otro escolta zelote se llevaron las manos a las empuñaduras. Gedeón, a pesar de su envergadura, sabía que su hermano era más fuerte que él, pero Simón aflojó la tensión de sus dedos y le liberó rápidamente tratando de mostrar algo de cordialidad. El apóstol, casi sin argumentos, lo intentó una vez más con desesperación.

—Por favor, Gedeón —insistió soltando el brazo de su hermano—, mi anhelo más profundo es que Jacob se aleje del camino de la guerra, que pueda crecer en un entorno de sosiego, paz y hermandad.

Gedeón lo miró con aires de superioridad, pues, para el cacique zelote, su deber estaba por encima de todo y todos, y no podría comprometer esa lealtad por más noble que fuera la súplica de su hermano.

—No, querido hermano, tu anhelo más profundo —reveló Gedeón para sorpresa de Simón— es fornicar con mi esposa. Afortunadamente, ni tu dios y ni el mío aprueban el adulterio. ¿O lo has hecho ya? ¡¿Acaso Ya'akov es hijo tuyo?!

Simón se ruborizó como nunca antes lo había hecho. Miryam no supo dónde esconderse. No se atrevieron a mirarse el uno al otro. Jacob no entendía nada.

—Mírame, hermano... —instó Gedeón—. ¡Que me mires a la cara! Si pudieras llevarte a alguien, ¿a quién te llevarías?, ¿a mi mujer o a mi hijo?

Y Simón, desenmascarado, no tuvo más remedio que mirar a Miryam con los ojos repletos de un amor tan sincero como prohibido. Ella sabía qué estaba a punto de contestar su cuñado.

—A Jacob, pues, aunque no es hijo mío, lo amo como si lo fuera.

—No me vas a seducir con esas palabras de amor de tu querido Nazareno, hermano. Una vez me dejé embaucar por las palabras de tu maestro, Simón, pero yo nunca pondría la otra mejilla —sentenció Gedeón—. No necesitamos ni más falsos profetas ni cruces más altas. Requerimos voluntad y acero. No necesitáis a otro predicador, precisaréis más guerreros. Deseas a Ya'akov y a mi mujer, pero... ¡nosotros te necesitamos a ti!

Gedeón era consciente de que esas palabras caían en saco roto. No trataba de convencer a su hermano desertor. Tan solo trataba de restregarle su deslealtad en la cara y frente a los suyos. Para el zelote, su sucesor debería encontrar su destino entre los suyos, en la senda de sus ancestros, en algo real y tangible, en la encomienda sagrada de la liberación de Jerusalén, Judea y todo Israel.

La negativa de su hermano sacudió a Simón como un golpe certero, dejando únicamente devastación en su corazón. Con un susurro quedo, se despidió de Jacob, Miryam y Gedeón y, con el paso cargado de pesar, dejó tras de sí el desconsuelo de un ruego no concedido por la mujer y el niño que tanto amaba.

Ante la violencia de su padre y el fracaso de su tío, Jacob sintió cómo otra espina se clavaba en su corazón.

Las estrellas colgaban sobre Jerusalén como testigos centelleantes de los dramas terrenales. Pasaron unas horas y Simón, sacudido por el anhelo de ofrecer a su amada cuñada y su querido sobrino un destino más allá del odio y la guerra, se encontró con una convicción que no podía ignorar. El deseo de alejar a Jacob y a Miryam del conflicto formaba una tormenta interna que clamaba por ser apaciguada.

Después de largas consideraciones, Simón decidió que era hora de llevar a cabo una insensatez.

Y no podía hacerlo solo.

14

Año 70 d. C.
3830 הנש
823 AUC
-
Jerusalén

Los ecos de la invasión resonaban con fuerza contra los muros de piedra de Jerusalén, y no había quien no conociera el nombre de Yosef ben Matityahu, el caudillo judío acusado de traición por su rendición ante los romanos en Yodfat, Jotapata, y a quien ahora llamaban Tito Flavio Josefo, «el colaborador del enemigo».

Josefo había fracasado en su intento de ofrecer una rendición al pueblo judío en favor de Tito. De nada había servido recorrer la muralla de Jerusalén tratando de desmoralizar a las tropas hebreas.

—El pueblo de Israel no ha recibido el don de las armas y hacer la guerra acarreará forzosamente ser vencido en ella —alegó el historiador a sus antiguos compatriotas a favor de los invasores.

Como respuesta recibió un flechazo y tuvo que ser atendido en su campamento romano.

El destino de Jerusalén se selló con aquella negativa.

Simón bar Giora era la viva imagen de su padre Giora bar Abban, el fundador de los sicarios. Liderando ahora una de las facciones más feroces y resueltas durante aquellos tiempos convulsos, había decidido unánimemente que era momento de responder al insulto y a la traición de una manera que resonara no solo en los oídos de los traidores, sino en los de todos aquellos tentados a flaquear en su fidelidad a la causa.

En las primeras horas de una mañana de inquietudes, una fuerza de sicarios armados con ferocidad y convicción irrumpieron en la casa donde los padres de Josefo vivían sus días en una digna ancianidad, distanciados de los actos de su hijo, ahora cronista del comandante Tito.

El horror quedó pintado en los rostros de los ancianos, quienes apenas comprendían cómo la vida de su hijo, pocos años atrás llena de promesa y fervor por la libertad judía, había girado hacia un destino tan oscuro y repudiado por su propio pueblo.

La madre de Josefo imploró piedad con manos temblorosas, pues, se excusó, su hijo eligió su propio camino, pero ellos se presentaban como hermanos judíos que no habían cometido delito alguno contra su pueblo.

Bar Giora la miró con sus ojos imperturbables, tan oscuros como la noche sin estrellas, ante la súplica de una madre. El traidor le había dado una buena razón para que la captura de sus progenitores fuera un mensaje alto y claro.

Los padres de Josefo fueron conducidos fuera de su hogar prisioneros, utilizados como un peón en la sanguinaria partida que se jugaba más allá de las murallas de Jerusalén. Simón bar Giora los retuvo, no tanto por el precio que los ancianos podían tener en sí mismos, sino por el valor simbólico de su captura y cómo esto podría minar aún más la moral de aquellos que tuvieran en mente aliarse con los romanos.

Sobre todo si terminaba ejecutándolos.

Horas más tarde, Jacob caminaba con preocupación y paso firme por las calles ardientes de Jerusalén, una ciudad cada día más desgarrada por las divisiones internas y la proximidad de la guerra. La noticia de que los padres de Josefo habían sido tomados como rehenes por Simón bar Giora había llegado a sus oídos, un acto motivado por la traición de Josefo al aliarse con el mayor de los enemigos, el Imperio romano.

Con la misión de extraer a Lucas de la ciudad todavía rondando en su cabeza, estaba dispuesto a enfrentarse al sicario Simón al no estar de acuerdo con la toma de rehenes israelitas como daños colaterales de la guerra. Jacob sabía que se encontraría no solo con la firmeza de un líder radical en tiempos de guerra, sino con la indomable convicción de quien se consideraba guardián de la resistencia y del destino del pueblo judío frente a la invasión romana.

Aun así, su deber para con su pueblo pasaba por mediar por su liberación frente a los líderes de las facciones hebreas.

—¡Simón, lo sabes perfectamente! Los padres de Yosef…

—Flavio Josefo —interrumpió bruscamente el líder sicario—, ahora es tan romano como Vespasiano.

—Flavio Josefo —corrigió Jacob para destensar la negociación—, sus padres son inocentes en esta contienda. Castigarlos por las acciones de su hijo es injusto. ¡No aporta nada a nuestra causa!

Simón, cuya decisión había blindado detrás de un muro de sinrazón y resentimiento, se mantuvo inflexible.

—¡La alianza de Josefo con los *kittim* nos ha traicionado a todos! No podemos permitir que la deslealtad quede sin castigo, Jacob. En estos tiempos, los actos de uno recaen sobre toda su familia. Es la única manera de mantener la integridad y la determinación de nuestro pueblo. ¡Exijo su sangre!

Jacob, desesperado, intentó apelar al sentido de la humanidad y compasión de Bar Giora. Sin embargo, la realidad de la guerra había endurecido demasiado el corazón del líder sicario, para quien cada decisión estaba teñida por el deseo de resistencia y venganza a cualquier coste.

—¿Ahora apelas a mi humanidad? —le reprochó el líder de los sicarios acariciando la cicatriz que le dejó Jacob en el pómulo la última vez que se vieron—. Mi paciencia contigo se acabó, al igual que mi humanidad con los traidores a Israel. Solo busco la satisfacción de saber que la historia de nuestro tiempo será contada con verdad y justicia. Eso es lo que me enseñó mi padre.

Al salir del lugar, el rostro de Jacob era el reflejo del dolor de un hombre que veía cómo la guerra desgarraba no solo las ciudades, sino también las almas humanas. La negativa de Simón bar Giora a liberar a los padres de Josefo no era solo una tragedia personal para una familia inocente más allá de la traición de un hijo, sino un funesto recordatorio de cómo las guerras obligaban a las personas a tomar decisiones que en tiempos de paz serían inimaginables.

«Al menos —ponderó Jacob—, siguen con vida».

En una Jerusalén acosada, los padres de Josefo estaban a punto de convertirse en el estandarte de advertencia de Simón bar Giora.

Un emblema con una única finalidad: no habría perdón para la traición. No habría misericordia para los que no defendieran la ciudad con su último aliento y su última gota de sangre.

La noticia de su aprehensión se extendería rápidamente. Cada acción, cada decisión tomada en aquellos días, se convertía en reflejos de un único momento y en latidos desesperados de un pueblo que veía acercarse a todo un imperio implacable y un final que se pintaba cada vez más con los colores del inminente desastre.

Jacob decidió utilizar algo de lo que Simón bar Giora carecía.

Inteligencia y diplomacia.

15

Año 30 d. C.
3790 הנש
783 AUC
-
Jerusalén

†

En la casa de Gedeón, las sombras se convirtieron en cómplices de una oscura trama, pues Simón estaba decidido a llevarse a su sobrino Jacob lejos de las influencias y decisiones que su padre había tomado.

El hogar del zelote estaba inmerso en una falsa calma. A pesar del silencio, las paredes parecían resonar con los fervientes ideales del zelote y los susurros de las patrullas romanas fuertemente designadas para evitar cualquier tipo de altercado civil o religioso.

Ni rastro de Giora bar Abban ni de ningún otro zelote.

Con una capa oscura cubriendo su presencia y un febril plan trazado en su mente, el apóstol escudriñó los alrededores de la vivienda. Eligió ese momento, justo cuando el cambio de guardia le permitía un instante de descuido, para actuar. Habían sido demasiados años de entrenamiento con el ejército zelota y conocía de sobra el lugar.

Simón presionó suavemente la puerta de la casa. Miryam había dejado convenientemente abierto el pestillo de la puerta la noche anterior. El niño había estado deseando aquella liberación con un corazón dividido entre la lealtad a su progenitor y la creencia profunda de que el camino que su padre había elegido era erróneo. La actitud de su tío estaba marcada por la urgencia, pero se tomó un momento para lanzar una mirada significativa hacia Jacob, un recordatorio de que no había tiempo para demora ni duda.

En el silencio de la noche, Simón se aproximó con seriedad a su sobrino, cuyos ojos resplandecían con una claridad que reflejaba su anhelo por una vida más allá del conflicto.

—Querido Jacob —comenzó el apóstol con cariño—, ha llegado el momento de un nuevo viaje. Juntos nos encaminaremos hacia Cafarnaúm, donde encontrarás un mundo alejado del peso de la discordia. ¿En verdad deseas eso?

Jacob escuchó con atención. Su corazón palpitaba de la emoción con la aventura que se avecinaba.

—Tío, estoy listo para seguirte, te seguiría a cualquier parte —dijo asumiendo con valentía el destino que se presentaba ante él—. Yo también quiero ver a Jesús.

Gedeón yacía en su lecho creyendo que su hijo dormía en su habitación, ignorando la traición que se gestaba bajo su propio techo. Había inculcado en Jacob la fuerza del deber y la importancia de defender su hogar y su fe contra los invasores, pero había subestimado la perseverancia de su tío Simón y la fuerza del llamado de Jesús de Nazaret en el corazón de su hijo.

Moviendo con ligereza sus cuerpos a través de la densa oscuridad, Simón y Jacob se abrieron paso silenciosamente entre las sombras del mobiliario y otros arreglos de una vida que estaba a punto de abandonar. Cada paso era un eco suave en el compás del latido del corazón de Jacob, cada uno conteniendo no demasiados años de enseñanzas y memorias.

Finalmente llegaron a la puerta delantera, donde Simón sabía que debían ser más audaces en su partida. Con una mano firme, abrió la puerta y dio paso al aire fresco de la noche, un sutil aliado en su huida. Comprobó que no había nadie por allí.

«Demasiada laxitud», pensó.

Jacob, de manera espontánea, le frenó en seco tirando de su túnica.

—Tío… ¿Dónde está *imma*? —preguntó melancólico.

Simón, benevolente, le hizo un gesto con la mano y señaló en una dirección, más allá de la casa de Gedeón. Jacob le siguió con la mirada. Allí, entre las sombras, esperaba su madre con los ojos vidriosos por el orgullo y la valentía de su pequeño de nueve años.

Jacob, con toda la prudencia que pudo desplegar, se abalanzó corriendo a los ojos de su madre. Miryam, con cierto sentimiento de culpabilidad, observó desde la distancia lo que había sido su hogar, pero la fe que tenía en el poderoso mensaje de Jesús y el amor desmedido que profesaba a su hijo iban más allá de todo sometimiento. Simón también tenía mucho que ver, y, aunque quiso abalanzarse sobre él, evitó pensamientos impuros.

—No hay marcha atrás —advirtió Simón.

Miryam asintió con la cabeza.

La ciudad se extendía ante ellos como un mapa de caminos que llevaban hacia el misterio y el peligro, pero también hacia la esperanza. Mientras la puerta se mantenía cerrada y silenciosa tras ellos, Simón, Miryam y Jacob se fundieron con la noche; tres figuras decididas a encontrar una nueva senda en la encrucijada de su tiempo, lejos de la cólera de Gedeón hacia un futuro incierto.

En medio de la oscuridad que envolvía las callejuelas polvorientas de la ciudad, Tadeo, cuyo rostro reflejaba la misma determinación y anhelo cargado de urgencia, se reunió con ellos. Jacob le miró con cariño, lleno de inquietud y deseo por la partida.

—Tadeo, gracias por tu ayuda —comenzó Simón con tono grave—, es hora de sacar a Jacob y Miryam de esta ciudad, lejos del alcance del Sanedrín y de los zelotes.

Tadeo asintió con una solidaridad inquebrantable. Arregló el carro con el que había preparado la huida y sacó una sábana para cubrir a Jacob y Miryam entre la paja. Simón reparó en aquel lienzo. Miró preocupado a Tadeo. Aquella tela era la misma que había envuelto a su señor Jesús de Nazaret y que José de Arimatea había encargado proteger.

—Tengo que llevarla a Edesa. Cafarnaúm está de paso —dijo Tadeo con convicción.

—¿Qué pasa, *imma*? —preguntó Jacob con la curiosidad de un niño de su edad.

—No pasa nada, Jacob —se adelantó Simón—. Tadeo es sabio.

—Jesús nos la dejó por algo —sentenció Tadeo sonriendo con complicidad al pequeño Jacob.

Envolvieron al crío y a su madre en el sudario y se introdujeron en el carro, entre paja y falsos enseres de un comerciante que nunca haría negocio. Tadeo se giró a Simón y, con una mano sobre su hombro, tranquilizó a su amigo.

—Estoy contigo en esto —respondió tratando de calmar a su amigo.

Juntos habían tramado un plan meticuloso evitando encontronazos molestos con las patrullas romanas y circulando por las sombras mientras la ciudad dormía. Decididos a emprender aquel nuevo camino, un niño, una mujer y dos apóstoles forjaron el pacto y la complicidad que los llevaría a Cafarnaúm, un lugar que prometía un horizonte distinto de nuevas oportunidades. Entre susurros y pasos cuidadosos, alcanzaron la puerta de la fuente, al sur de la ciudad, la menos defendida de todas las salidas. Un par de zelotes con los que aún mantenía respeto y amistad harían el resto si fuera necesario.

Simón no preguntaría.

Sin embargo, allí aguardaban dos sombras furtivas muy distintas a lo que podrían esperar encontrar. Simón, nervioso, se llevó la mano bajo la túnica a la empuñadura de su espada. Una voz infantil destensó la situación. Escondidos en la penumbra, Rufo y Alejandro trataban de despedirse desde la distancia de su amigo Jacob, quien miraba con tristeza a sus amigos mientras el miedo se reflejaba en sus ojos. Simón interrogó con la mirada a Tadeo.

—El de Cirene me ayudó con los preparativos. Son sus hijos. Supongo que nos oirían... —se excusó Tadeo.

—Sé quiénes son, Tadeo. Deberías ser más cauteloso —respondió Simón con aire militar a modo de leve reprimenda.

—¡No queremos que te vayas, Jacob! ¿Por qué tienes que huir? —preguntó Rufo con voz entrecortada por la pena.

Jacob no escondió su tristeza y bajó del carro.

—Mi tío dice que debemos irnos para estar a salvo, Rufo. No podemos quedarnos aquí.

Alejandro, con un nudo en la garganta, se sumó a la despedida.

—Nos volveremos a ver. Mi padre dice que vamos a buscar un lugar seguro donde podamos reunirnos de nuevo con otros seguidores de Jesús.

—Jesús nos unió y Jesús nos volverá a unir —profetizó Rufo.

Los tres niños se abrazaron sintiendo el peso de la despedida y el temor de lo desconocido por delante. Prometieron reunirse de nuevo algún día, cuando todo hubiera pasado. Se despidieron con un sentimiento agridulce, manteniendo la esperanza de que un día, en un mundo donde su fe y su amor no fueran perseguidos, se juntarían de nuevo en paz y libertad.

Simón subió a Jacob de nuevo al carro junto a su madre y Tadeo les colocó la sagrada sábana encima cubriéndolos y pidiendo perdón a Dios de nuevo.

El viaje fue un trance silencioso, marcado por el sigilo y la prudencia, con Tadeo y Simón manteniendo una vigilancia constante en su esfuerzo por garantizar la libertad de Miryam y su hijo Jacob. Emergieron de las sombras de la ciudad con el horizonte de Cafarnaúm brillando a lo lejos como un faro de esperanza.

—Jacob, ven conmigo aquí delante, deja que tío Simón descanse un rato.

El antiguo zelote miró sorprendido a su amigo Tadeo, quien sonrió cómplice, como siempre hacía.

Tenía un plan.

Y, aunque Tadeo sabía que aquello no estaría bien visto por la Torá, también era consciente de que ni Simón ni Miryam se deseaban ni cometerían adulterio. Su amor trascendía toda ley.

A Jacob le pareció divertido. Seguro que Tadeo le dejaría guiar al burro un rato. El pequeño se deshizo con cuidado del lienzo y, tras besar a su madre, se sentó en la parte delantera del carruaje junto a Tadeo.

Simón se acomodó en la parte trasera del carro ante una ruborizada Miryam.

Se miraron.

No dijeron nada.

Simón se recostó junto a la mujer que amaba y con su brazo abierto le ofreció su pecho como refugio nocturno donde poder recostar sus sueños imposibles.

El viaje marcó el comienzo de una nueva travesía, resaltando la compasión y solidaridad entre ambos apóstoles, hermanos de corazón y espíritu, y ofreciendo a Jacob y Miryam un sendero hacia la libertad y la promesa de un futuro libre de las ataduras de la hostilidad zelota.

Juntos, Simón, Tadeo, Miryam y Jacob se encaminaron hacia un nuevo amanecer alimentando la esperanza de un reencuentro más allá del dolor y la duda que una vez, como al resto de los apóstoles, los había consumido.

Sin saberlo, con aquel viaje, el apóstol Simón arrancó una espina del corazón de Jacob.

Y juntos rezaron por ver de nuevo a Jesús de Nazaret.

16

Año 70 d. C.
3830 הנש
823 AUC
-
Jerusalén

En el consejo requerido por el zelote, Simón bar Giora esperaba con ira. Ver a Jacob entrar en el patio central del cuartel, sin armas y solo ataviado con su convicción, provocó en él y sus hombres una ola de murmullos y miradas de desprecio. Sin embargo, Jacob no se intimidó ante los líderes Eleazar ben Simón, Yohanan ben Leví de Giscala, su padre Gedeón ben Ananías y el comandante sicario.

Al fin y al cabo, la mayoría de los súbditos zelotes admiraban su heroicidad en Bet-Horón, tan solo cuatro años atrás. El líder Eleazar ben Simón más que ninguno, como así le había hecho saber.

El consejo se celebraría inspirado en las sesiones del Sanedrín, el principal cuerpo de gobierno y tribunal supremo judío. Atendida la acusación presentada por Simón bar Giora, debatirían la propuesta de libertad de Jacob con respeto tratando de reconocer la sabiduría colectiva del consejo.

El líder sicario exigía la pena de muerte de los padres de Josefo amparado en blasfemia y proselitismo de otra religión como imputación. Jacob defendería su inocencia.

Una vez escuchada la defensa, los más jóvenes hablarían primero, seguidos por los más experimentados, asegurando que las voces frescas no fueran influenciadas o acalladas por el peso de la tradición. Esto se realizaría con el fin de mostrar el alto valor que se le daban a la justicia y la equidad en el proceso deliberativo. La votación se llevaría a cabo con solemnidad, cada miembro ofreciendo su voto en voz alta, permitiendo así un recuento claro y transparente.

—Bastará con mayoría simple —proclamó Eleazar ben Simón.

Jacob comenzó su discurso con firmeza, apelando primero a los valores comunes que compartían como pueblo. Habló de la crónica de Israel, de sus luchas y victorias y de cómo cada persona presente en esa sala era portadora de ese legado. Su voz no se quebraba; su mirada no vacilaba.

Luego, trasladó el foco hacia la humanidad compartida, destacando cómo la guerra y el odio habían erosionado la capacidad de ver al otro como hermano.

—En toda la historia se entrelazan relatos de perdón y redención que han resonado a lo largo de los siglos, mostrando la poderosa fuerza transformadora que se encuentra en el entendimiento mutuo. En la crónica judía, encontramos ejemplos vívidos de cómo el perdón puede trascender la amargura y el resentimiento, abriendo camino hacia la reconciliación. En el relato de José y sus hermanos en Egipto, extraído del Génesis, descubrimos la historia de un hombre que, a pesar de haber sido traicionado y vendido por sus propios hermanos, elige perdonar y acoger a aquellos que alguna vez le hicieron daño. En lugar de buscar venganza, José extiende la mano de la gracia y la compasión mostrando que el perdón puede liberar a ambos, al que perdona y al perdonado, de las cadenas del pasado. Del mismo modo, en el relato del Libro de Jonás y el pueblo de Nínive, presenciamos el poder transformador de la misericordia divina. A través de la deliberada negación de su deber profético, Jonás experimenta en carne propia las consecuencias de la falta de perdón y comprensión. Sin embargo, al final, la voluntad de Dios se revela como una fuerza de redención y perdón, permitiendo que incluso aquellos considerados perdidos encuentren una segunda oportunidad a través del arrepentimiento y la reconciliación. En estas historias antiguas, vemos el reflejo de nuestra propia humanidad, la capacidad de causar daño y cometer errores, pero también la capacidad de perdonar y ser perdonado. En un mundo marcado por conflictos y divisiones, la misericordia y el entendimiento mutuo entre nosotros se convierten en herramientas poderosas que pueden sanar heridas profundas. Que estas narraciones de perdón y redención nos inspiren a buscar la paz y la armonía en un mundo tan necesitado de compasión y comprensión. En el perdón, encontramos la llave que puede abrir las puertas hacia un futuro lleno de esperanza y renovación, donde la fuerza de la misericordia y el amor prevalecen sobre cualquier otra consideración.

El corazón de su discurso, sin embargo, se centró en el destino de los padres de Flavio Josefo. Describió la angustia de su cautiverio no en términos políticos, sino humanos, recordando a Simón y sus hombres el dolor de la separación y la incertidumbre que sus propias familias podrían enfrentar en circunstancias alteradas por las decisiones ajenas de uno de ellos.

—Entiendo los motivos que te han llevado a considerar una sentencia tan definitiva ante la opresión inminente de los romanos —dijo Jacob pausadamente eligiendo cada palabra con cuidado—. Pero ¿has meditado plenamente sobre las consecuencias de un asesinato?, ¿es ese el único camino que tu fe, nuestra historia y nuestro Dios te permiten ver?

Simón bar Giora respiró hondo, sin apartar la mirada hacia Jacob, mientras todos los allí presentes escuchaban sin perder detalle.

—No es una decisión que haya tomado a la ligera. He luchado con las implicaciones de nuestra elección —replicó Bar Giora tratando de mantener la calma y disimulando el odio contenido en todo su ser—. Pero, ante la esclavitud, la humillación y la pérdida de nuestra autonomía y fe, ¿qué otra opción nos queda que mantener nuestra justicia en nuestras propias manos?

—Pero... ¿y nuestra creencia en la sacralidad de la vida, otorgada por el mismo Creador? —insistió Jacob con fervor—. ¿No es la vida el don más precioso? Deberíamos luchar hasta el último aliento, sí, pero tomar activamente las vidas de nuestros hermanos, nuestros semejantes... ¿No contradice esto los mandamientos que hemos jurado mantener?

Bar Giora miró a su alrededor, a los rostros de aquellos que habían optado por seguirlo hasta este irrevocable precipicio. Esperaban que su líder fuera más contundente.

—La vida es sagrada, sí. Pero también lo es nuestra libertad, nuestra dignidad, nuestra capacidad de elegir. En este juicio, no vemos solamente el fin, sino una afirmación última de esos principios, una manera de vivir —y morir— en nuestros propios términos, sin que el enemigo dicte nuestra deshonra.

Jacob, inspirado por el recuerdo de su madre, no iba a permitir que la ira de los sicarios acabara con ninguna vida inocente más. Concluyó con un llamado apasionado a la compasión y al reconocimiento del poder que tiene un acto de bondad para cambiar el curso de la historia. Pidió la liberación de los cautivos no colaboracionistas no como un acto de derrota, sino como una victoria del espíritu humano sobre el odio y la división.

—Si los cargos de blasfemia y proselitismo de otra religión que se presentan como acusación contra los padres de Flavio

Josefo desembocan en pena de muerte, entonces Simón bar Giora es culpable de secuestro, y tal y como marca la ley debería ser condenado a muerte. Así lo dice la ley: «El que secuestre a un hombre, para venderlo o para retenerlo, es reo de muerte».

—Así está escrito —apoyó espontáneamente Eleazar ben Simón—. «Si descubren que uno ha secuestrado a un hermano suyo de los hijos de Israel, para explotarlo o venderlo, el secuestrador morirá. Así extirparás el mal de en medio de ti».

El patio quedó sumido en un silencio denso tras el final de su alocución. Bar Giora apretó los labios. Gedeón, visiblemente conmovido, miró a los ojos de Jacob viendo a un hombre de profunda convicción, pues no toda batalla se libraba y ganaba mediante el acero.

La palabra, en ocasiones, también era un arma poderosa.

Después de lo que pareció una eternidad, todos asintieron levemente, excepto Simón bar Giora y los sicarios. Tras los comentarios y la votación en voz alta, condujeron a los padres de Josefo al centro del patio.

—Que Dios nos perdone y nos guíe —murmuró finalmente Gedeón—. Y que la historia recuerde nuestra elección no como una debilidad, sino como un testimonio de nuestra inquebrantable voluntad frente a la destrucción de todo lo que valoramos. Simón bar Giora, no permitiremos que mates a los padres de Yosef.

—¡Ahora se llama Flavio Josefo! ¿No lo entendéis? ¡Es un romano! —objetó el líder sicario ardiendo en cólera.

—Pero sus padres no. Matityahu y su esposa son tan judíos como tú y como yo —concluyó Jacob.

Aquella sentencia se convirtió en un gesto tan simple como cargado de significado: la liberación de dos ciudadanos jerosolimitanos inocentes.

Bar Giora se hallaba mortificado por el peso aplastante de aquella decisión fruto de la firmeza inquebrantable de las palabras de Jacob. Pero en él solo habían aumentado la chispa de ira y frustración. El sicario veía aquel acto de compasión como una afrenta a su liderazgo y a la lucha por la que había sacrificado tanto. Con su orgullo herido y su autoridad cuestionada, Simón no pudo contener su desdén. Lanzó una mirada cargada de desprecio hacia Jacob y abandonó la sala sin pronunciar una sola sílaba más. Su retirada no solo marcaba su derrota en la disputa verbal y en la jerarquía de la rebelión, sino también un profundo conflicto interno, donde la ira hacia Jacob escondía una lucha aún más grande con sus propias convicciones y elecciones.

La salida del consejo de Bar Giora dejó una atmósfera de incertidumbre, con el eco de sus pasos resonando como presagio de futuras tormentas internas.

Y Jacob, sin saberlo, había pronunciado un discurso cuyo resultado, la liberación de los padres de Flavio Josefo, cambiaría el curso de su propia historia.

17

Año 30 d. C.
3790 הנש
783 AUC
-
Cafarnaúm

†

Cafarnaúm era un tapiz tejido con los hilos de la rutina diaria situada a la orilla del vasto y sereno mar de Galilea, que convivía cada día con el suave murmullo de las olas y el bullicioso clamor de las redes cargadas de peces.

Las viviendas de basalto, distintivas por su robustez, se apilaban unas cerca de otras y en sus calles adoquinadas predominaba el perfume de higos y olivos.

Tiempo atrás, el rumor de milagros había comenzado a extenderse por Cafarnaúm como una marea incontenible. Los relatos de un profeta, un sanador, un maestro llamado Jesús, comenzaron a llenar las conversaciones nocturnas. Su presencia había convertido aquel poblado pesquero en un escenario de profundas transformaciones personales y colectivas, un lugar donde lo ordinario se teñía de lo extraordinario.

Pero esa luz se había apagado.

El aire estaba cargado de tensión en la estancia donde los apóstoles y demás seguidores se reunían en Cafarnaúm, villa que había sido testigo de tantos de los milagros y enseñanzas de Jesús. El crepúsculo invadía el espacio con su luz mortecina, un reflejo del estado de ánimo que dominaba la reunión. La comunidad de seguidores de Jesús aún estaba tambaleante tras la crucifixión y las preguntas sobre la fe, la lealtad y el coraje bullían bajo la superficie del debate.

Las mujeres que seguían al Nazareno, sus apóstoles y el grupo de ayudantes formado por Esteban, Felipe, Prócoro, Nicanor, Timón, Parmenas, Nicolás, José el Justo y Matías, entre otros, barruntaban sobre el futuro próximo.

Mientras su madre le acariciaba la cabeza y su tío Simón le instaba a que comiera un par de dátiles, el corazón de Jacob, cargado de pesar y confusión desde la ejecución de Jesús, estaba ahora intentando sobreponerse a un acontecimiento que desafiaba la razón: que Jesús había resucitado de entre los muertos, algo que no terminaba de entender muy bien, por mucho que se lo explicara con paciencia una y otra vez su madre.

Se preguntaba dónde estaría la Señora, la madre de Jesús, tan ausente esos días.

Las cercanas aguas del mar de Galilea reflejaban la alborotada mezcla de luz y sombra que resonaba en el alma de cada uno de los apóstoles. Pedro, siempre el primero en hablar, trataba de exponer con una mezcla de desesperación y esperanza los testimonios que había escuchado, increpando a la de Magdala con sus manos grandes y callosas abiertas como si tratara de sostener la fragilidad de la esperanza.

—María, viniste a nosotros con palabras sobre el sepulcro vacío y que habías visto al Señor —dijo con la voz temblorosa—. Nosotros no hemos sido testigos de su resurrección. No sé qué pensar; mi corazón se siente como una barca en mitad de una tormenta sin viento.

La de Magdala quiso guardar silencio por respuesta. No tenía ninguna explicación, pero tampoco la necesitaba. Se sentía una humilde privilegiada. Pero María repitió su historia por última vez.

—Pedro, te lo explicaré una última vez. Fuimos al sepulcro llevando los aromas que habíamos preparado. Encontramos corrida la piedra del sepulcro y al entrar en él no encontramos el cuerpo de Jesús. Estábamos totalmente desconcertadas, cuando se nos presentaron dos hombres con vestidos refulgentes. Quedamos despavoridas mirando al suelo y ellos nos dijeron: «¿Por qué buscáis entre los muertos al que vive? No está aquí. Ha resucitado. Recordad cómo os habló estando todavía en Galilea, cuando dijo que el Hijo del Hombre tiene que ser entregado en manos de hombres pecadores, ser crucificado y al tercer día resucitar». Tras aquellas palabras, corrimos a vuestro lado. ¿Qué más quieres que te cuente?

Juana y Miryam, la madre de Jacob, cómplices de la Magdalena, trataron de calmar a María. Sabían que Pedro dudaba solo por el mero hecho de ser mujeres. El apóstol, en su sufrimiento, no podía olvidar cómo su suegra fue milagrosamente curada en aquel lugar. Mateo recordó cómo, en otra vida, cobraba impuestos colaborando con el imperio a escasos metros del lugar donde se refugiaban. Tomás, con el ceño fruncido en su eterna búsqueda de la verdad tangible, se levantó y caminó hacia la ventana, con su mirada perdida en la distancia. Necesita ver para creer. Hasta que no viera en sus muñecas la señal de los clavos y pusiera su dedo en su costado, no recuperaría completamente su fe.

El grupo cayó en un debate introspectivo, cada uno reflexionando sobre los eventos recientes y lo poco que comprendían sobre los misterios de la fe. Andrés, que estuvo presente cuando el Nazareno expulsó a un espíritu maligno que poseía a un hombre en la sinagoga de la ciudad, se levantó y se dirigió a sus hermanos con solemnidad.

—El profeta Jonás estuvo tres días en el vientre de un gran pez, así como el Hijo del Hombre dijo que estaría tres días en el corazón de la tierra. ¿Nunca habéis considerado que sus palabras eran más que metáforas?

Mateo Levi, quien en otro tiempo hizo de recaudador de impuestos en la rica Cafarnaúm, gracias a la ruta comercial de los filisteos, y fue testigo de cómo Jesús curó en la distancia a un hijo ilegítimo, disimulado como siervo, de un centurión, tuvo la necesidad de corregir a Andrés.

—No dijo eso, Andrés —precisó el apóstol—. Dijo que al tercer día resucitaría. No a los tres días.

Todos miraron confusos a Mateo, tan versado en matemáticas. Jacob empezó a contar con los dedos de la mano. La habitación se llenó de un murmullo que recordaba las veces que Jesús había hablado en parábolas y enigmas que ahora se tejían con la realidad de una manera que nunca habían imaginado.

El niño miraba de un lado a otro tratando de entender las palabras de Mateo y la trascendencia de la situación.

Fue entonces cuando Santiago el Menor, hijo de Alfeo, compartió las noticias que llegaban de Emaús. Al parecer Cleofás, uno de los discípulos menos conocidos, contaba que, en el camino a Emaús, mientras discutía aquellos eventos confusos con un compañero, un forastero se unió a ellos. Su comprensión de las Escrituras y su familiaridad encendieron algo dentro de ellos. No fue sino hasta que partió el pan durante un almuerzo que sus ojos se abrieron y lo reconocieron.

Era Jesús de Nazaret, vivo.

Jacob y su tío Simón se miraron.

El aire en la sala se hizo espeso con asombro ante la posibilidad de tal milagro. Los rostros eran un reflejo de aquellas noticias que superaban la lógica pero que encendían una antigua chispa de esperanza que siempre había ardido en sus corazones. Pero la mayoría se preguntaba por qué se había presentado frente al padre de Santiago y no se les había aparecido a ellos. Incluso Jacob se atrevió a preguntar a su tío por qué Jesús no venía con ellos.

Obtuvo silencio por respuesta.

Juan, que se asombró tanto como los demás en la cercana Tabgha la tarde en la que Jesús dio de comer a toda una multitud con cinco panes y dos peces, tomó la palabra con una serenidad que contrastaba con la severidad de Tomás.

—¿Acaso no hemos visto ya el poder de Dios a través de Jesús?, ¿no es posible que Él, quien calmó el mar y dio vista a los ciegos, tenga poder sobre la muerte misma?, ¿que tenga un plan más allá de nuestra comprensión?

Mientras los apóstoles discutían sobre cómo proceder tras la resurrección y las apariciones que algunos habían sido bendecidos con Su presencia, Jacob no dejaba de escuchar junto a su tío y su madre. Las voces se elevaban y criticaban a Juan y señalaban celosamente a la de Magdala y a las demás mujeres, incluida su madre. La tensión iba en aumento y los reproches se tornaron desmedidos.

Jacob, harto, se encontró lleno de una claridad desgarradora que demandaba ser liberada con la rabia, la transparencia y la espontaneidad de un niño.

—¡Dejadlos en paz! —exigió Jacob como si de un adulto se tratara.

Su voz rasgó las reprimendas como un cuchillo. Las conversaciones cesaron y todas las miradas se clavaron en él. Era conocido por ser un niño tímido, observador pero reflexivo, pero esta vez había algo distinto y ardiente en su tono y en la fiereza de su mirada.

Allí estaba el pequeño, de pie, frente a todos ellos.

—Solo ellos se quedaron con Jesús hasta el final —testificó señalando al joven Juan y a la elegida por Jesús—. Solo ellos fueron valientes. Y el *abbá* de Rufo y Alejandro. ¡Incluso Judas estaba allí! ¡Ninguno más! ¡Ni siquiera mi tío!

Jacob rompió a llorar de impotencia. Las palabras cayeron entre los presentes como un golpe, el más duro de ellos para Simón. Tan pronto como el crío expulsó el aire de sus pulmones, los rostros de los allí presentes palidecieron, no tanto por la acusación en sí, sino por aquella verdad que no podía negarse. Miryam trató de calmar a su hijo. Simón le miró tremendamente sorprendido, pues sabía que su propio sobrino había sido testigo directo de los trágicos últimos momentos de Jesús de Nazaret en la cruz y celebró en su fuero interno aquella valentía.

Las miradas de Miryam y de un abochornado Simón se cruzaron.

Tan cercanas, tan lejanas.

Tan prendadas.

Tan prohibidas.

Juan y María, la de Magdala, bajaron sus cabezas y sus corazones, apesadumbrados por el peso de ese día. Se veían incapaces de borrar el recuerdo de la agonía que habían presenciado y de la soledad compartida al pie de la cruz con la madre del Nazareno, a pesar de la buena nueva que reinaba entre ellos.

El impulsivo Simón Pedro, tratando de llenar aquel vacío, se encontró luchando con un remolino de defensas y arrepentimientos frente a un niño de nueve años.

—Jacob —comenzó con la voz cargada de dolor—, todos nosotros...

Pero Miryam, la madre de Jacob, levantó una mano para detenerle.

—Detente, Simón Pedro. No creo que mi hijo señale este hecho para avergonzaros —dijo con suavidad—, tiene tan solo nueve años. Pero, si un niño no va a permitir que nos humilléis de esa manera, tampoco lo hará su madre. Debemos, todos juntos, enfrentarnos a nuestra propia fragilidad. Todos vosotros estuvisteis atrapados en el miedo y la incertidumbre, es cierto. Pero, ahora, ¿no deberíais encontrar la fuerza en esa misma fragilidad? Jesús enseñó con el ejemplo y, en su ausencia, nos corresponde a nosotros vivir esos ejemplos.

Los discípulos, confrontados con su vulnerabilidad, se miraron unos a otros. En sus ojos moraban destellos de aflicción, pero también de resolución. Santiago el Zebedeo, el hijo del trueno, habló entonces con una voz quebrada por la emoción.

—La vergüenza que siento por ausentarme en aquel momento es una espina clavada profundamente en el alma. Pero acogeré esta espina como recordatorio de la fe sin fisuras que debo portar a partir de ahora.

Y así, en medio de la penumbra, la honestidad sin filtro de un niño actuó como catalizador para un reconocimiento colectivo de sus fallas y un compromiso renovado de honrar el sacrificio de Jesús con acciones valientes y palabras verdaderas. La vergüenza que había invadido el espacio entre ellos se transformó paso a paso y palabra por palabra en una visión compartida de un futuro basado en la fe y la redención.

Con corazones desnudos frente a la verdad, se fueron a descansar como hermanos, unificados en su propósito y fortalecidos por la certidumbre que solo puede nacer de la adversidad. Sabían que el camino que tenían por delante estaría lleno de desafíos, pero estaban dispuestos a enfrentarlos juntos, llevando cada uno la cruz de su testimonio al mundo.

En un rincón austero, donde los tímidos destellos de la lámpara de aceite no se atrevían a escudriñar, el pequeño Jacob se acurrucaba, preso del enfado, intentando no tener pesadillas con aquella tarde fatídica en el Gólgota.

La tarde en la que Jesús de Nazaret murió.

18

Año 70 d. C.
3830 הנש
823 AUC
-
Jerusalén

El amanecer rompía sobre la vastedad de las tierras adyacentes a Jerusalén, testigo silenciosa de los albores del destino. En el campamento militar romano, la actividad estaba ya en pleno bullicio cuando el comandante Tito salió de su tienda con la presunción tallada en su semblante.

En su interior quedaba Berenice, satisfecha tanto por la premura del asalto como por la intensidad de sus encuentros íntimos, rebosantes de gemidos y sudores, como tantas otras veces desde que le visitó por primera vez en el campamento un mes atrás.

Tras hacer caso omiso a Tito y no advertir de la posibilidad de una rendición pacífica a los fanáticos de Jerusalén, estaba deseando partir triunfante a Roma. En vez de ello, acababa de confesarle a su amado que había propagado la falsa información de que el hijo del emperador atacaría no antes de un mes, esperando unos falsos refuerzos.

La luz temprana revelaba filas de tiendas dispuestas en una meticulosa exactitud, ahora ubicadas al oeste de la ciudad. Las empinadas pendientes del lado este de la ciudad, en el valle del Cedrón, imposibilitaban el asalto desde esa posición. Una vez movilizadas las legiones al valle de Hinón, al occidente, las centurias se movían en conjunción perfecta y un sembrado de estandartes ondeaban al viento, señales de la venidera tempestad. Los generales, tribunos y el propio Flavio Josefo habían comenzado a congregarse en el campamento.

El historiador, con la tranquilidad de saber que, gracias a un zelote, sus padres se habían librado sorprendentemente del cautiverio sicario evitando así una muerte segura, se encontraba dispuesto para transcribir todo cuanto viera.

La misma Berenice le había transmitido el mensaje que pululaba por las calles de Jerusalén.

Con pasos firmes, Tito se dirigió hacia el punto central del campamento.

—Señores —comenzaba su voz atravesando la brisa fresca, llamando la atención de los presentes—, el momento de la pacificación de Judea se aproxima. Nuestra misión ha sido clara desde que partimos de Roma: restaurar el orden bajo el principio de autoridad del emperador. El ofrecimiento de una rendición pacífica ha llegado a oídos sordos. Hemos aguantado las escaramuzas judías y hemos sobrevivido a su ira, a sus flechas y a su fuego. Las rampas están listas para los arietes. No hay nada ya que nos detenga para cumplir con nuestro objetivo.

Los oficiales, ataviados con armaduras que reflejaban la luz del amanecer como un presagio de guerra, asintieron ante las palabras del comandante. Tito desplegó un vasto pergamino sobre una mesa robusta, señalando los detalles del cerco que ya estaba formándose como una garra alrededor de la ciudad.

Flavio Josefo, convertido en historiador e intérprete para Tito, se hallaba en una posición única. Su transformación de combatiente a cronista le había otorgado un punto de vista privilegiado sobre los preparativos para el cercano asedio de la ciudad santa.

En aquella etapa crucial de la campaña, Josefo se había convertido en la sombra del general romano, documentando sus estrategias, deliberaciones y, más crucialmente, las órdenes emitidas previas al asalto. Con cálamo en mano y un rollo de papiro desplegado ante él, Josefo se dedicó a registrar meticulosamente cada directriz de Tito, consciente de que sus apuntes serían fundamentales para la historia militar romana.

Tito trazó líneas con su dedo sobre el plano que representaba los muros de Jerusalén y las posiciones romanas indicando qué legiones protegerían cada punto de entrada y de salida con el fin de evitar la posible fuga de las facciones rebeldes. En el lado occidental de Jerusalén, la legión V *Macedonica* con sus torres de asedio; en el norte, las legiones XII *Apollinaris* y la XII *Fulminata*, que estaba en el deber de recuperar su águila perdida bajo el mando de Galo, bombardearían la zona norte de la ciudad con balistas y catapultas evitando el incómodo terreno del valle del Cedrón, mientras que una cuarta legión, la X *Fretensis*, haría lo propio por el este desde el norte del monte de los Olivos.

El objetivo era derribar todas las murallas de Jerusalén con ataques aéreos y torres de asedio.

Un joven tribuno *angusticlavis*, observando el plan, inquirió sobre los detalles de la logística del prolongado asedio. Necesitaba comprobar si los suministros estaban asegurados por el tiempo que fuera necesario. El veterano tribuno *laticlavius* Tiberio Julio Alejandro, segundo al mando después de Tito, asintió con impasible confianza ante la osadía del novato, pues se habían tomado posiciones estratégicas en el campo, con todos los recursos asegurados, y su control en las rutas comerciales era férreo.

Tiberio Julio Alejandro y Flavio Josefo se miraron un instante. Ambos nacieron judíos y, al ser considerados por los romanos apostatas tras abandonar a su dios, se habían convertido en actores principales de los acontecimientos que estaban a punto de destruir Jerusalén.

Josefo volvió la mirada a sus escritos, donde tenía registrado aquel meticuloso asedio económico planificado para debilitar la resistencia de la ciudad. Tito había ordenado cortes de los suministros de agua y alimentos hacia Jerusalén, estrategia destinada a forzar una rendición rápida sin necesidad de un derramamiento de sangre masivo. No había surgido el efecto deseado. En ese momento, trataba de escribir con afán el enfoque de Tito hacia sus propias tropas, instándolas a la disciplina y el respeto por el enemigo derrotado, una postura que revelaba el deseo del general de obtener una victoria no solo en términos militares, sino también morales.

—Que nuestras acciones reflejen la grandeza de Roma, no solo en la fuerza, sino también en la justicia. —Fue una de las directrices.

Tito reveló que era conocedor de las divisiones internas y que todas sus tácticas estaban estudiadas. Estaba convencido de que la disidencia interna sería su propia ruina, y allí estaría Roma para aprovecharla. Por si acaso, si llegara la necesidad de acelerar la conquista, ya había puesto en marcha la construcción de las rampas con las que sus arietes harían añicos las murallas de Jerusalén. Estaba decidido a hacer temblar a miles de almas.

Capturando cada palabra, Josefo se sumergió en el desafío de plasmar la compleja humanidad de este momento histórico: la grandeza y la tragedia, la estrategia y el sufrimiento. Su rol como intermediario entre dos culturas y como testigo de una campaña que cambiaría el curso de la historia le pesaba, pero también le dotaba de un propósito: documentar la verdad en todas sus facetas para que las futuras generaciones pudieran aprender de los errores y los triunfos de aquellos que forjaron el pasado.

Al menos, la verdad romana.

Sin embargo, Josefo solo necesitaba una certidumbre: el nombre del salvador de sus padres.

Mientras los detalles se afinaban y cada comandante se retiraba con órdenes específicas, impidió que Tiberio Julio Alejandro abandonara su puesto. Tito le susurró algo al oído.

—Ya corrió la voz y llegó a oídos de los rebeldes. Creen que atacaremos no antes de un mes, por mucho que estén terminadas las rampas —confesó el hijo del emperador.

—Los cogeremos desprevenidos… —replicó el segundo al mando con una leve sonrisa.

—Lucharán hasta el final, no me cabe duda. Solo intento hacerlo más fácil, más rápido. Que comiencen los arietes.

Tiberio Julio Alejandro se despidió de su comandante y regresó a su puesto. Tito permaneció un momento más contemplando las maquetas y mapas que representaban la próxima caída de un mundo y el nacimiento de otro.

Estaba deseando volver a casa.

Su resolución era firme; Jerusalén caería y la gloria de la victoria sería un paso más en su largo camino para sustituir a su padre y convertirse en el *Imperator Caesar* del Imperio romano.

19

Año 30 d. C.
3790 הנש
783 AUC
-
Cafarnaúm

†

La oscuridad de la noche había cedido ante los primeros rayos del alba cuando los apóstoles, llevando en sus hombros el peso del día anterior, decidieron regresar a las aguas familiares del mar de Galilea. Las mujeres se encargarían de preparar algunas viandas y administrar junto a Mateo la escasa economía que sustentaba a la pequeña y desorientada comunidad.

Ansiosos por encontrar consuelo en la familiaridad del pasado, partieron hacia el gran lago de Tiberíades buscando en las profundidades no solo pescado, sino también la paz que el trabajo manual podía otorgarles.

Pedro, el primero en alzar la voz aquella mañana, llamó a sus hermanos.

—Voy a pescar —dijo, terminando con el incómodo silencio.

A su llamado, los demás se unieron, cada uno de ellos aún envuelto en la bruma de la inquietud ante una realidad que se presentaba demasiado extraña.

Esteban, el ayudante de Simón, le recomendó que se llevara a su sobrino con ellos, como tantas otras veces había hecho.

Simón agradeció el gesto.

Las aguas del mar de Cafarnaúm eran notoriamente claras y frescas, alimentadas por fuentes subterráneas, y, en los días tranquilos, el mar podía parecer una enorme extensión de cristal sin una sola arruga en su superficie. En los momentos de calma, la transparencia del agua permitía ver hasta las profundidades, donde pequeños peces nadaban perezosamente entre las algas. El sonido suave de pequeñas olas lamiendo la orilla creaba una melodía constante y tranquila, que proporcionaba un telón de fondo perfecto para la reflexión y la meditación.

En la orilla, pequeñas embarcaciones se mecían suavemente, atadas a postes firmemente clavados en la arena. Los remos, apoyados sobre las barcas, esperaban el momento de agitar el agua y propulsar a los pescadores hacia lugares más profundos, donde las promesas ocultas reposaban.

Las aves marinas merodeaban por las aguas poco profundas buscando alimento desde Cafarnaúm hasta Tabgha. Sus alas cortaban el aire con gracia, reflejándose en el agua en un ballet aéreo constante. El mar, con su capacidad para sustentar tanto la vida como las enseñanzas espirituales, era un símbolo recurrente de abundancia y renovación.

Al borde del mar, los pescadores ya estaban en movimiento. Sus siluetas se perfilaban contra la luz progresiva del día mientras empujaban suavemente sus botes de madera al agua. Las redes lanzadas al mar, con destreza practicada, caían con un susurro, formando patrones intrincados en la superficie antes de hundirse en las profundidades. El ambiente estaba lleno de saludo amistoso y la promesa de una nueva captura de peces.

Durante horas, lanzaron sus redes una y otra vez, pero las corrientes, como si compartieran la pesadumbre de los hombres, permanecían obstinadamente vacías. El hastío se apoderó de ellos perdiendo la esperanza de poder capturar algo más que la desazón.

Al presentarse por completo el amanecer, un desconocido llamó desde la orilla. Su figura se presentaba apenas como un boceto bajo la nueva luz.

—Pescadores, ¿ha ido bien la faena? —Su voz llevaba la calidez y suavidad de la brisa matutina.

Sin reconocer al hombre, los discípulos respondieron con la desilusión pesada en sus corazones. «No», se limitaron a contestar, y sintieron el peso de esa palabra como un símbolo de su propia vacuidad.

—¡Echad la red a la derecha de la barca y allí encontraréis! —exclamó el recién llegado.

Por alguna razón, obedecieron, guiados quizá por la necesidad. Cuando la red ascendió, estaba milagrosamente llena, salpicando de plata la superficie del agua con una abundancia imposible.

En ese instante, el aletargamiento que nublaba sus mentes se disipó, pues ya habían vivido ese momento, años atrás; Juan giró su cabeza hacia la orilla, miró al hombre y reconoció la luz que emanaba de su ser.

—¡Es el Señor! —exclamó.

Sin reconocer aún al hombre que hablaba desde la orilla, Pedro, impulsado por el corazón que siempre latía al ritmo de la pasión más que del razonamiento, se lanzó al agua sin dudarlo al escuchar a Juan y nadó torpemente hacia la orilla para encontrarse con Jesús.

—¡Jesús! —gritó nervioso y excitado desde su barca.

Los demás le siguieron, llevando la barca hasta tierra, compartiendo todos el asombro del milagro. Allí en la playa, Jesús los esperaba junto a su madre María, con un fuego preparado y pescado sobre las brasas, invitándolos a compartir un desayuno en comunión junto a él, al lado de las aguas que tantos secretos guardaban. Jacob estaba ojiplático, como el resto de los allí presentes.

—¡La paz sea con vosotros! Venid a desayunar —les dijo Jesús con los brazos abiertos y el tono amable y colectivo del anfitrión y maestro que siempre había sido.

Los discípulos se acercaron, algunos todavía temerosos y confundidos, otros con lágrimas sin vergüenza brotando de sus ojos.

—¿Por qué os alarmáis?, ¿por qué surgen dudas en vuestro corazón? Mirad mis manos y mis pies: soy yo en persona. Palpadme y daos cuenta de que no soy un espíritu, tengo carne y huesos.

Ante el pasmo de sus seguidores, Jesús se dispuso a servirles pan y pescado para nutrir sus cuerpos y sus espíritus. Era un desayuno sencillo, pero imbuido de una profundidad y significado que sobrepasaban la sencillez de sus ingredientes. Jacob, a pesar del hambre, no se atrevió a probar bocado.

—¡Hoy no va a hacer falta multiplicar nada! —bromeó Jesús con los suyos.

Ante la jovialidad del Nazareno, ninguno de los apóstoles se atrevió a preguntarle si era realmente Jesús; su madre estaba junto a él.

Todos entendieron el porqué de la ausencia de la Señora aquellos días.

Ella sabía.

Y poco a poco tomaron asiento junto a la familia.

—Tomás —Jesús, con una sonrisa cómplice, le enseño las llagas de sus muñecas y sus pies—, si es necesario...

El niño vio cómo el apóstol se avergonzaba, pues parecía que el Nazareno había leído su mente, y Tomás no tuvo valor de introducir sus dedos en las llagas. Jesús giró la cabeza hacia el más pequeño.

—¡Jacob! Mi pequeño Santiago —llamó al niño por su nombre—, tan inocente, tan valiente.

Simón le empujó suavemente hacia él. Tímidamente se acercó con pasitos muy pequeños, con una sonrisa sincera de oreja a oreja, hasta que estuvo frente al Nazareno. Jesús le pidió que extendiera la palma de su mano. Jacob extendió su brazo y el resucitado le regaló un pequeño leptón. Jacob recordó la importancia que tenía para Jesús el episodio de la dádiva de la viuda y apretó fuertemente la mano para nunca perder aquel regalo del galileo. Le sonrió con ojos humedecidos de la emoción y el Nazareno le devolvió la sonrisa como solo él sabía.

—Pequeño, aparta la espina que se alojó en tu corazón. Al partir de la casa de tu padre junto a tu madre, demostraste más fe que algunos de los que están sentados alrededor de este fuego —le dijo al niño con predilección antes de dirigirse al antiguo zelote—. Gracias, Simón.

Simón se sonrojó por la gratitud de su maestro y todos comprendieron el mensaje. Algunos se sonrojaron por la indirecta, mientras que Jacob recordó, con ese gesto, el momento en el que Jesús obró uno de sus tantos milagros en el mismo lugar donde se les había reaparecido.

Una tarde, mientras Jesús caminaba por las calles de Cafarnaúm, la multitud se apretujaba a su alrededor buscando escuchar sus palabras y ser testigo de sus hechos. Un hombre se abrió paso entre ellos con firmeza. Su porte y vestimenta lo identificaban como centurión romano, un comandante al servicio del imperio que se había instalado en Judea.

El centurión, acostumbrado a impartir órdenes y a ser obedecido sin ser cuestionado, se encontraba ahora en una posición de vulnerabilidad. Su criado, a quien estimaba profundamente, yacía en casa paralítico, sufriendo terribles tormentos. Ante aquella impotencia, el centurión había escuchado hablar de Jesús, de sus enseñanzas y de sus curaciones, y algo en su corazón le decía que aquel hombre poseía una autoridad que no era de este mundo.

Al alcanzar a Jesús, el centurión se detuvo y con voz firme pero cargada de una súplica sincera le explicó que su esclavo yacía en casa paralítico, sufriendo mucho. Jacob recordaba cómo la multitud se quedó en silencio observando este inusual encuentro entre la autoridad romana y el maestro judío. Jesús, mirando al centurión con compasión, respondió: «Iré y lo sanaré».

La respuesta, que Jacob recibió con alegría, fue inmediata, reflejo de la disposición de Jesús a extender su misericordia a todos, sin distinción, a pesar del recelo de algunos de los apóstoles.

El centurión, consciente de las barreras culturales y religiosas que su petición implicaba, y reconociendo la autoridad divina de Jesús, le replicó con modestia que no era digno de que Jesús entrara en su casa.

—Solo di la palabra, y mi criado será sanado.

Su humildad y fe dejaron atónitos a todos e impresionaron profundamente a Jesús, quien elogió al centurión ante todos los presentes.

—En verdad les digo que no he encontrado en Israel a nadie con tanta fe.

Entonces, Jesús pronunció las palabras que cambiarían el destino del criado y dejarían una marca eterna en los corazones de los testigos.

—Ve, y que te sea hecho según has creído.

Y, en ese mismo instante, el criado fue sanado.

Y tras recordar aquel episodio, en la suave brisa marina, Jacob escuchó a Jesús cómo hablaba con ellos para que renovaran su fe y confirmaran su propósito siguiendo las palabras del resucitado, pues había cumplido todas las promesas que había pronunciado.

—Pero maestro... —llamó la atención Santiago el Menor, hijo de Alfeo.

—¿Qué te preocupa? —le preguntó cálidamente Jesús.

—Entonces... —titubeó Santiago—, Cleofás, las noticias que nos llegaron de Emaús... No... No te reconocieron.

—Como ninguno de vosotros me reconocisteis mientras pescabais hace un rato. Salvo Juan.

Jesús miró con fraternidad a Juan. El joven apóstol enrojeció.

—¿A qué se debe eso, maestro? —preguntó Simón entorpeciendo el momento.

—A que Juan supo mirar con el corazón. Por eso me reconoció.

La madre de Jesús acarició a Juan, quien terminó por ruborizarse aún más mientras Simón Pedro se avergonzaba por la inoportuna pregunta.

Jesús, con voz serena y sus gestos compasivos, impartía palabras de aliento y guía a sus discípulos instándolos a vivir en la verdad, la compasión y el amor incondicional. Los apóstoles, atentos a sus enseñanzas, absorbían cada palabra con reverencia y humildad.

De vez en cuando, Jacob se dejaba embelesar por María, que observaba con amor y ternura a su hijo Jesús resucitado mientras este hablaba con sus apóstoles, compartiendo enseñanzas de sabiduría y amor. Sus ojos reflejaban una mezcla de orgullo y reverencia al presenciar la profunda conexión que existía entre él y aquellos que le seguían con devoción, a pesar de las dudas.

En medio de aquella escena de profunda espiritualidad, María no podía evitar sentir gratitud por el destino que había sido encomendado a su hijo. Verlo rodeado de aquellos que lo seguían con fe y devoción la llenaba de paz y esperanza, sabiendo que el mensaje de amor y redención que Jesús transmitía perduraría mucho más allá de su tiempo entre ellos.

Los ojos de María se encontraron con los de Jesús en un instante de conexión silenciosa, donde el amor materno y filial trascendía las palabras. En aquel momento, en medio de la serena presencia de los apóstoles y de los allí presentes, madre e hijo compartieron un instante de profunda comunión espiritual que habría de perdurar por siempre en sus corazones.

Y Jesús, cómplice, mostró la mejor de sus sonrisas a su madre.

Con un cariño sereno en sus rostros, ambos continuaron compartiendo aquel momento de enseñanzas y aprendizaje con sus seguidores, sabiendo que juntos estaban cumpliendo con un propósito divino que trascendía el tiempo y el espacio.

Jacob, inocente espectador de aquella conmovedora escena, se acordó de su madre, pues se encontraba realizando tareas del hogar en el pueblo con las demás mujeres. Cabizbajo, sintió cómo, de repente, un profundo sentimiento de nostalgia se apoderaba de su corazón. En medio de aquel torrente de melancolía, percibió cómo una mirada poderosa recaía sobre él. Al alzar la cabeza comprobó cómo dos ojos de color miel atravesaban su alma. Y, con una sonrisa profunda cargada de solidaridad, elevó el espíritu afligido de Jacob y le colmó de sosiego.

Tal era el poder de la mirada de aquel hombre llamado Yeshúa bar Yosef.

O, como le conocían, Jesús, hijo de José.

Pero, sobre todo, hijo de María.

Se acercó al pequeño, se arrodilló ante él y acarició suavemente su cabello.

—Tranquilo, pequeño Jacob. No tengas prisa por entenderlo todo ahora. Conocerás la verdad, y, llegado el momento, la verdad te hará libre.

Al finalizar el desayuno, los rostros que antes estaban surcados por la duda y la derrota irradiaban ahora una luz rejuvenecida gracias al reflejo del amor incandescente que Jesús les profesaba. Aquel encuentro en el mar de Galilea, a la luz de una nueva mañana, quedaría grabado en el corazón de Jacob como la confirmación de que la muerte no tiene la última palabra y de que la esperanza se levanta con el sol, incluso después de la noche más oscura.

Jesús, con su serenidad desbordante de amor y comprensión, propuso regresar a la aldea. La noticia del encuentro se extendió rápidamente, y las mujeres que habían sido parte integral de su ministerio, sosteniéndolo con su fe, servicios y amor incondicional, esperaban en la casa que tantas veces había servido de refugio y hogar para el grupo. María de Magdala y Miryam, madre de Jacob, junto a los ayudantes de los apóstoles prepararon el espacio con reverencia disponiendo todo para recibir a Jesús y a sus discípulos.

Cuando Jesús, María y los once llegaron, el aire se llenó de un silencio expectante, roto apenas por el murmullo de las vestiduras y los suaves pasos en el caminar.

—Soy yo, *imma*. ¡Jacob!

Aquella llamada al otro lado de la puerta provocó que Miryam abriera. Sus ojos se iluminaron al ver al pequeño tan feliz. Pero algo le llamó la atención.

Las manos sobre sus hombros no eran las de su tío Simón. Las conocía a la perfección. Eran unas manos firmes, seguras y con el poder de sanar a quienes tocaran.

Eran las manos de Jesús de Nazaret.

Levantó la mirada por completo y allí estaba Él, sonriendo, como siempre, como nunca.

La luz del exterior iluminó sus figuras revelando la diversidad de emociones reflejadas en sus rostros: asombro, alegría, devoción y un atisbo de alivio por el reencuentro en unas circunstancias que desafiaban toda lógica humana.

Jacob saltó a los brazos de su madre y Jesús, con una mirada que abarcaba a cada uno de los presentes, les habló. Su voz, tranquila pero resonante, llenó el espacio.

—La paz sea con vosotras —dijo dirigiéndose a las mujeres—. Gracias por vuestra constancia, por la fe y por el amor demostrado, incluso en los momentos más oscuros.

Las mujeres se ruborizaron. María, la de Magdala, no pudo reprimir el llanto al ver a Jesús de nuevo frente a ella.

Aquel encuentro en Cafarnaúm se iba a convertir en una comisión renovada para todos los presentes. Jesús les habló del Reino de Dios con un fervor y una claridad que encendía los corazones. Les explicó que la resurrección no era solamente su triunfo sobre la muerte, sino una demostración palpable de que el amor y la vida verdadera trascienden todos los límites humanos.

A los apóstoles les recordó la importancia de la fe y el perdón, subrayando que la misión que tenían por delante requería de unidad y comprensión más allá de las diferencias y errores pasados.

La reunión transcurrió entre relatos compartidos, enseñanzas profundas y un sentido de propósito reavivado. Era evidente que, aunque Jesús eventualmente ascendería al Padre, no los dejaría desamparados. El Espíritu Santo vendría para guiarlos y consolarlos en la travesía que los esperaba.

Y asiendo fuertemente su leptón, y con el cansancio del día entremezclándose con las pesadillas recientes y la incomprensible realidad de la resurrección, Jacob terminó entregando su conciencia al sueño gracias a las interminables caricias de su madre, y allí, en el silencio de la noche, el descanso le llevó a soñar con una viuda y dos monedas.

Algo tan insignificante y a la vez importante para el ministerio de Jesús.

20

Año 70 d. C.
3830 הנש
823 AUC
-
Jerusalén

En medio de la agitación, donde los ciudadanos judíos se apresuraban con inquietud por las preocupaciones del mañana, algunos rezando, otros ya planeando sus estériles defensas antes de que la redada comenzara al mes siguiente, Jacob, cuyas fibras del corazón estaban enredadas con el destino de la ciudad sagrada, buscaba ajeno a la resolución de Tito a su objetivo entre la multitud en la parte nueva de la ciudad, entre la tercera y la segunda muralla que en algún momento tendría que defender.

Aquel hombre era Lucas, el compañero de viaje de Pablo, el cronista cuyas palabras habían comenzado a tejer una historia que prometía extenderse más allá de los límites de una era. En una Jerusalén aterrada, donde solo unas pocas voces de la esperanza parecían mantener la cordura, corría la voz de que los romanos habían terminado de construir rampas de asedio al norte de la ciudad.

Jacob sabía que partía con desventaja. Su fe no estaba en un óptimo momento, pero no tuvo el valor de negarse a la petición de sus amigos de infancia, Rufo y Alejandro. Los hermanos, fervientes seguidores de la fe cristiana en Jerusalén, se encontraban sumamente preocupados tanto por la seguridad de sus familias como por Lucas y su evangelio en medio de los crecientes rumores de la inminente invasión de Tito. Convencidos de la importancia de preservar el mensaje de Lucas, habían buscado a Jacob para discutir la delicada situación y estaban escudriñando el terreno para testar la viabilidad de la evasión. Necesitaban su valentía y destreza para llevar a Lucas y su crónica a un lugar seguro fuera de la ciudad antes de que fuera demasiado tarde, y aún quedaban semanas antes del asedio de Tito. Así habían informado los espías sicarios.

«Confiamos demasiado en esos incompetentes», pensaba una y otra vez Jacob, ajeno al golpeteo constante de los arietes en el muro oeste de la ciudad.

El guerrero había escuchado atentamente las palabras de Rufo y Alejandro, reflexionando sobre la importancia de tomar medidas para proteger aquello que consideraba sagrado. Se había mostrado reacio, pero las palabras de Rufo cambiaron el curso de la historia.

«Sabemos que abandonaste el camino de la fe. No te pedimos que creas en Jesús. Te rogamos que salves a Lucas y a su evangelio, así como los apóstoles hicieron contigo y con Miryam».

El médico griego había encontrado paradero en una posada discreta, oculta en una de las tantas callejuelas tortuosas al noreste, en la zona nueva de la ciudad, cerca del estanque de Betesda y lejos de los campamentos romanos situados al otro lado de Jerusalén. Había caído la noche y la cena quedaba lejos ya. Solo un par de gentiles amigos del vino permanecían en aquel lugar, como si trataran de disfrutar de unos últimos tragos ante un destino inevitable.

De repente, una moneda cayó en la mesa de Lucas. El griego la observó con detenimiento. Le hizo recordar vagamente un incidente en el pasado, pero no supo dilucidar con claridad de qué se trataba. Se fijó en la moneda. Parecía tener una especie de sol con ocho rayos rodeado por una diadema. «Quizá es una rueda», reflexionó. Lucas levantó la mirada y comprobó que el dueño de aquel leptón era Jacob. Sus ojos se encontraron, y en ellos se leyó el peso compartido de un mundo que se desmoronaba a su alrededor. Jacob se sentó junto a él y no tardó en hacerle comprender la urgencia de la situación.

—Griego —dijo Jacob con un tono alarmante—, la ira de Roma se acerca como una tormenta. ¿Cómo es que sigues escribiendo cuando el mundo a nuestro alrededor se prepara para la guerra?

Lucas ofreció una sonrisa diplomática, colocó su cálamo a un lado y devolvió la moneda.

—Precisamente porque el mundo se inclina hacia la guerra es crucial que continúe. La verdad debe ser documentada, y más aún las historias de esperanza frente a la incertidumbre. No sé qué será de mí, pero tengo fe en que este pergamino sobreviva.

A través de la ventana, los destellos lejanos de antorchas que iluminaban los preparativos judíos provocaban una danza de sombras sobre los muros de piedra de la habitación. La imagen creaba un mural viviente del combate que se avecinaba.

Jacob no entendió aquel vaivén.

Se quedó pensativo, tratando de convencerse de que era aquel el lugar en el que debía estar y no en los preparativos de la defensa de la segunda muralla. «Hay tiempo». Trató de relajarse, aún quedaban semanas. Se recuperó del pequeño aturdimiento y se inclinó hacia delante con cierta curiosidad.

—No sé si sabes griego, guerrero. Te ahorraré el esfuerzo —explicó Lucas con serenidad en su voz—. No solo escribo sobre Jesús. También escribo sobre los hechos de los apóstoles, sobre los actos de valentía en los momentos más oscuros y sobre la fe que debe prevalecer incluso cuando estamos a punto de ser devorados por las llamas. Estoy escribiendo para aquellos que vendrán después de nosotros, para que sepan que hubo luz incluso en la más profunda oscuridad.

Jacob conocía el griego, pero se mantuvo en silencio considerando las palabras del escriba. Él probó las llamas años atrás y fue devorado por el dolor de la pérdida y del abandono. Deambuló por momentos demasiado oscuros y prescindió de aquello que le insufló vida cuando era tan solo un niño: la fe. Y allí estaba aquel griego, en otro tiempo un gentil, convertido a lo que algunos empezaban a llamar cristianismo, con absoluta dedicación transcribiendo las palabras del Nazareno en mitad de una guerra a punto de estallar. Si Jerusalén era la profunda oscuridad a la que el cronista se refería, el propio historiador se presentaba como uno de los rayos de luz de su leptón para todos los que seguían creyendo en Jesús. Y comprendió que la tarea del narrador era tan importante como la de aquellos que levantaban los muros y preparaban las defensas.

—Cada uno de nosotros tiene un papel en los días venideros —afirmó Lucas recogiendo nuevamente su pluma—. Algunos se aferrarán a la espada; otros, como yo, al cálamo. Pero juntos formaremos el cuerpo de un testimonio que sobrevivirá a la destrucción y al tiempo. Lo más importante en esta vida, Jacob, es tener un *telos*, un fin, un propósito.

Ambos hombres se permitieron un momento de silencio, reflexionando sobre las elecciones que los habían llevado hasta este punto y los caminos que estaban a punto de sufrir una irrevocable unión por la mano del destino. Jacob ya no quería creer en los milagros, pero Lucas estaba allí para dar testimonio de ellos.

Propósitos.

Tan necesarios.

Tan cercanos.

Tan lejanos.

Jacob había enterrado su propósito.

El griego miró fijamente al guerrero.

Dudó si era propicio aquel instante, si era el momento oportuno de contarle la totalidad de su objetivo.

Puso a prueba a Jacob.

—Solo una vez, zelote. Tan solo una. Estuviste cara a cara con Jesús de Nazaret. Regala a mis oídos aquellas palabras que más hicieron vibrar tu corazón.

Jacob miró con condescendencia al cronista. Bajó la mirada y se quedó momentáneamente pensativo frente al pergamino, tratando de encontrar un recuerdo, un propósito.

Regresó a los ojos del cronista.

Súbitamente, un sonido atronador rompió el silencio de la noche, cortando abruptamente su conversación. El retumbar, tan fuerte y cercano, hizo vibrar el suelo bajo sus pies y llenó el aire con una urgencia palpable. Sin necesidad de intercambiar palabras, ambos comprendieron al instante que permanecer allí no era una opción.

Lamentó por un momento que el tiempo empleado en el rescate de los padres de Josefo hubiera retrasado demasiado la extracción de Lucas.

Al parecer las fuentes de los espías judíos no eran demasiado certeras.

Alguien les había tendido una trampa.

Los dos gentiles embriagados salieron corriendo. Con miradas de temor, Jacob y Lucas decidieron huir del lugar impulsados por el instinto de supervivencia. El estruendo había sido una advertencia clara: el peligro estaba demasiado cerca y lo único prudente era alejarse lo más rápido posible.

—No es el momento, griego. Recoge tus cosas. Nos vamos de aquí. Ha comenzado la guerra.

Jacob se dispuso a ejecutar el plan: salvar a Lucas y su evangelio.

El posadero recogió la calderilla, una daga y abandonó la fonda a su suerte.

En el exterior, el aire nocturno recibía los ecos de la tensión: los pasos firmes pero todavía lejanos de las patrullas, las plegarias de los piadosos, los últimos gritos de las familias antes de que las puertas de cada casa de la ciudad se cerraran.

La legión X *Fratensis*, desde el monte de los Olivos, comenzó su implacable ataque con catapultas.

Jacob y Lucas estaban a punto de enfrentarse a la prueba más grande de su generación.

El inminente asedio de Tito prometía cambiar Israel para siempre.

El fin del mundo había comenzado antes de tiempo.

21

Año 30 d. C.
3790 הנש
783 AUC
-
Cafarnaúm

†

Bajo la luz de una solitaria vela, el pequeño Jacob se encontraba reclinado en una austera cama, en la modesta morada a las afueras de Cafarnaúm.

En su sueño, se hallaba de nuevo en el Templo de Jerusalén, aquel que tanto había presenciado los actos fervorosos de Jesús. En su visión onírica, reviviendo momentos en los que él mismo había estado presente semanas atrás, se hallaba sentado junto a su madre frente al Nazareno, quien observaba atentamente la multitud que se congregaba en aquel lugar sagrado. El murmullo de las conversaciones y el choque de las monedas en las arcas del tesoro llenaban el aire con una sinfonía que mezclaba devoción y obligación.

Jesús, cuya llegada a la ciudad había sido recibida tanto con hosannas como con murmullos de descontento, caminaba por los patios del templo seguido por sus discípulos y una creciente multitud de curiosos.

A pesar de que se palpaba cierta tensión en el aire, los discípulos le preguntaron acerca del futuro de Jerusalén. En respuesta a sus inquietudes, Jesús los instruyó sobre los inminentes tiempos de aflicción que se avecinaban.

Con palabras cargadas de simbolismo, Jesús profetizó sobre la venida de falsos mesías, guerras, terremotos y pestes que precederían a la destrucción de la ciudad santa. Advirtió sobre la persecución de sus seguidores y la necesidad de permanecer firmes en la fe a pesar de los desafíos a los que se enfrentarían.

El pequeño, en su sueño, se asustó.

Una mano amiga sacó a Jacob de su angustia.

Al abrir los ojos, se desperezó y vio a su tío Simón. Al verle atemorizado, su tío había decidido sacarle de su pesadilla. Jacob le sonrió y Simón le invitó a salir con él al patio. Era de noche, pero los apóstoles charlaban en la esquina opuesta del patio con Jesús, pues eran incapaces de pegar ojo.

Simón se acomodó en el suelo y Jacob se sentó junto a él.

Al preguntarle por lo que soñaba, Jacob le contó que recordaba el momento en el que Jesús instaba a los apóstoles a huir de Jerusalén en el momento en que vieran que estaba rodeada por ejércitos, pues sería una señal de la cercanía de su desolación. Les recordó que esos días serían de angustia y que muchos caerían, pero les aseguró que él estaría con ellos, dándoles fuerza y sabiduría para enfrentar la adversidad.

—¿No te aliviaron esas palabras?

Jacob respondió afirmativamente, recordando que, ante aquellas intuitivas palabras, los discípulos se sintieron sobrecogidos por la gravedad de lo que escuchaban, pero también encontraron consuelo en la promesa de la presencia divina en medio de la calamidad.

Jacob, durante su sueño, había vuelto a experimentar cómo, entre las columnatas y los pórticos, los sumos sacerdotes y los ancianos del pueblo, guardianes de la ley y la tradición, observaban con desdén y sospecha. La presencia de aquel galileo, que enseñaba con una autoridad desconcertante y desafiaba abiertamente sus interpretaciones de la ley, era percibida como una amenaza directa a su poder y posición.

Fue entonces cuando se acercaron a él, rodeándolo con la seguridad de quienes se saben en posesión de la verdad absoluta.

—Recuerdo cómo me abrazaste, tío. Tadeo se colocó detrás de ti y Judas se sentó a mi lado y me acarició el pelo y me dijo que me protegería.

Simón recordaba perfectamente aquel momento que Jacob, por un motivo u otro, acababa de recordar en un sueño. Fue un momento de máxima tensión cuando uno de los miembros del Sanedrín cuestionó desafiante con qué potestad hacía Jesús, hijo de José, las cosas que hacía. Exigían saber quién le había otorgado tal autoridad.

Tío y sobrino charlaron sobre la multitud expectante que se acercó aún más, ansiosa por escuchar la respuesta del maestro. Jacob había sabido interpretar el ambiente de hostilidad y Simón le recordó cómo se acurrucó en el regazo de su madre, fruto del agobio. El Nazareno, mirando a los ojos a los miembros del Sanedrín con tranquilidad y firmeza, les hizo una pregunta que reflejaba su sabiduría siempre presente.

De repente, una voz interrumpió el diálogo entre Jacob y Simón citándose a sí mismo.

—Yo también les haré una pregunta: díganme, el bautismo de Juan el Bautista, ¿era del cielo o de los hombres?

Jacob y Simón se giraron y miraron hacia arriba.

Aquella voz era inconfundible.

Frente a ellos, de pie, estaba Jesús, que se había apartado del grupo y había decidido charlar un rato con ellos. Tomó asiento, se puso cómodo y los animó a que continuaran.

—Los sumos sacerdotes y ancianos se encontraron en un dilema. Y, en voz baja, mantuvieron un corto pero intenso debate —siguió narrando Simón sin saber muy bien dónde desembocaría aquella charla—. Un sacerdote consultó que, si respondían «del cielo», les preguntaría por qué no creyeron en él. Y otro de los ancianos replicó que decir «de los hombres» provocaría la ira de la multitud, que consideraba a ese Juan como un profeta. Tras un breve y tenso concilio entre ellos, no tuvieron más remedio que responder que no lo sabían.

—«Entonces, tampoco yo les diré con qué autoridad hago estas cosas» —sentenció Jesús.

—Maestro, fueron tan incapaces de atraparte en sus palabras que se retiraron frustrados por su incompetencia para desacreditarte ante el pueblo.

Simón se refería a cómo, tras el encontronazo desafortunado con los miembros del Sanedrín, Jesús continuó enseñando en el templo, compartiendo parábolas y verdades eternas con aquellos que tenían oídos para escuchar. A través de aquel enfrentamiento, había demostrado una vez más que su autoridad no provenía del reconocimiento de las estructuras de poder terrenal, sino de un origen mucho más elevado.

—¿Por qué habláis de aquel encuentro? —preguntó con curiosidad y amabilidad Jesús.

—Jacob tenía una pesadilla. Me vi en la necesidad de despertarle y me contó qué estaba soñando —explicó Simón.

Jesús miró a Jacob con ternura y le llamó por su nombre.

—Pequeño Jacob…, ¿dónde querías llegar?

Jacob abrió su mano y enseñó el pequeño leptón que le había entregado el mismo maestro horas atrás, tan pronto como se hizo realidad su resurrección.

—Me acuerdo mucho de aquella señora… —dijo infantil Jacob.

—La viuda… —musitó Jesús.

Al Nazareno le agradó mucho cómo el pequeño recordaba aquel acontecimiento, un suceso que podría aparentar ser nimio en un primer momento, pero con un mensaje profundo sobre la generosidad, la devoción y la voluntad.

Algo llamó la atención del galileo. Giró momentáneamente su mirada para encontrar a Miryam, que se había despertado y, a lo lejos, disfrutaba de una vista maravillosa: su querido Simón, su amado Jacob y su venerado Jesús.

Con un breve gesto, la madre les dejó hacer y Jesús aceptó su decisión. Ella sería una mera observadora de la ternura que desprendían los tres reunidos.

El Nazareno volvió a mirar a Jacob invitándole a desahogarse con ellos.

—Recuerdo —comenzó Jacob— a mucha gente rica echando mucho dinero en el arca del tesoro del templo.

—Con aquellos ropajes finos y movimientos casi teatrales —se sumó su tío Simón—, deseosos de que cada ojo los viera, que cada susurro de admiración les llegara a los oídos.

—No me gustaba nada esa gente —replicó Jacob a su tío para después dirigirse a Jesús— . Pero tú no los mirabas a ellos.

—Ah, ¿no? —jugueteó Jesús.

—No, vi cómo mirabas a una mujer que andaba muy despacio.

—Eso es, una figura humilde que apenas lograba abrirse paso entre los otros fieles —añadió Jesús—. Una viuda.

—¿Una viuda? —preguntó Jacob sin conocer aún el significado de la palabra.

—Una mujer que había perdido a su marido, Jacob —le aclaró con cariño Simón.

—En su discreta pureza se aproximó con dos pequeñas monedas de cobre —continuó solemne Jesús—. Era todo lo que tenía para vivir. Y, con una gracia que solo puede nacer del corazón más puro, aquella viuda dejó caer sus escasas monedas en la caja del tesoro. ¿Escuchaste algo, Jacob?

—No, no escuché el ruido de las monedas al caer —contestó el crío.

—¿Lo ves, pequeño? Aquel fue un acto sin pretensiones, sin anuncios previos, el único acto digno de mención en toda la sala. Jacob, ¿recuerdas las palabras que les dije a mis discípulos?

—Un poco... —respondió ingenuo Jacob sin querer confesar la verdad.

—«En verdad os digo que esta viuda pobre ha echado más que todos —Jesús le recordó las palabras—. Porque todos ellos, desde su abundancia, han echado en las ofrendas de Dios; pero ella, de su pobreza, echó todo el sustento que tenía».

Junto a su tío, Jacob escuchaba acariciando su pequeño leptón, impresionado por la serenidad y la verdad en las simples palabras que le repitió su adorado maestro.

Jesús le recordó un mensaje profundo a su alma: la verdadera ofrenda no se medía por la cantidad, sino por la sinceridad, por el sacrificio, por el amor puro incondicional que impulsaba un acto de dar.

Y Jesús, mirándole con aquellos ojos color ambarino, le sonrió como era su costumbre, se levantó, puso su mano sobre el hombro de Simón como símbolo de confraternidad y partió para encontrarse con Esteban, José el Justo, Matías y el resto de los ayudantes de los discípulos que le esperaban al otro lado de la vivienda.

Cuando los primeros resquicios de luz se filtraban a través de las rendijas de las ventanas y comenzaba a iluminar el patio, Jacob sintió una frescura en su alma. Las palabras de Jesús en aquella nocturna conversación, idénticas al momento en el que semanas atrás él mismo fue testigo, resonaban aún en su ser, ejemplificando una enseñanza que iba más allá de los rituales y las riquezas, que hablaba del verdadero significado de la entrega y de la fe.

Y, mientras se preparaba para el nuevo día, era evidente que Jacob llevaría consigo esa moneda, símbolo de la verdad eterna que cobraba vida en su mente y en su corazón. En la ofrenda de la viuda, en la simpleza de su contribución, encontró una guía para su propia vida: la plenitud del dar no se medía en el peso de las monedas, sino en el valor y la plenitud del propósito.

Y al tratar el peso de las monedas, no pudo evitar dedicar un pensamiento a Judas Iscariote.

22

Año 70 d. C.
3830 הנש
823 AUC
-
Jerusalén

El asedio de Jerusalén había comenzado antes de tiempo con la lenta y calculada aproximación de las legiones romanas.

El legado Tito, comandante de los ejércitos de su padre, el emperador Vespasiano, dirigía la operación con precisión, paciencia y fuerza bruta. La ciudad, sitiada y hambrienta, se había convertido en un animal acorralado, a punto de morder salvajemente en su agonía. Pero la fuerza de Roma no era menos determinada ni sus ingenios de guerra menos implacables.

Tito dispuso hábilmente sus campamentos desde el oeste al norte, rodeando la atalaya que defendía la zona de Gareb y Bezeta, la parte nueva de la ciudad, cerrando así los caminos a las próximas Emaús, Jope y Samaria.

En medio de la madrugada, mientras la oscuridad aún envolvía la tierra, se dio la orden de avanzar sobre la tercera muralla que protegía el exterior de la ciudad, ignorando las informaciones falsas que habían dejado correr sobre los tiempos del asedio. Las máquinas de guerra romanas, escorpiones, ballestas y arietes vestidos de hierro y fuego comenzaron su labor mortal.

Rocas de cuarenta y cinco kilos comenzaron a volar desde el norte y el oeste con solo un objetivo: aniquilar. En ese preciso instante, un guerrero y un cronista trataban de escapar de la posada demasiado cercana al lugar de los primeros impactos que venían desde el monte de los Olivos.

El sonido era ensordecedor: el estrépito del metal y la madera, el crujir de las piedras, los gritos de hombres que peleaban y morían tanto en la defensa como en el ataque. Las murallas, que habían resistido pequeñas embestidas durante semanas, comenzaron a mostrar signos del inminente colapso.

Tito no miraba desde lejos; su presencia en la línea de fuego era tan inquebrantable como su obsesión de ver caer Jerusalén. Rodeado de sus oficiales, observaba cada impacto del ariete, cada piedra que se desprendía de la muralla que había resistido hasta ahora.

—¡Adelante! —gritaba a sus hombres con voz tan poderosa como cualquier arma en manos de un general romano—. ¡Roma exige la destrucción de Jerusalén! *Fatum fatis ego perea.*

Al grito de «Hágase el destino, aunque yo perezca», las tropas respondieron con vigor. Su disciplina férrea ya no requería de más aliento adicional para mantener la presión. Y entonces, bajo el clamor y la violencia, en el alba del nuevo día, un estruendo final retumbó como un trueno en una tormenta sin lluvia; la tercera muralla había cedido.

El polvo y la ceniza se elevaban como un aciago fénix del colapso, y los defensores judíos, desamparados al perder su primer bastión, sabían que los días venideros serían de sangre y fuego. Algunos dejaron caer sus armas demasiado pronto, despojados del último vestigio de esperanza, mientras que otros se replegaban profundamente en la ciudad, bajo la defensa de la segunda muralla, destinados a luchar en las calles y las casas que conocían desde sus infancias.

Para ser la primera oleada, la batalla por Jerusalén había entrado en una fase demasiado brutal y sangrienta. Las callejas y plazas del norte de la ciudad santa resonaban con el clamor del acero, los gritos del combate y los llantos de los caídos.

Mujeres y niños no quedaron exentos.

Los ciudadanos de Jerusalén corrían sin rumbo, presas del terror, conscientes de que no podían abandonar la ciudad.

Los zelotes que montaban guardia en sus posiciones lo vieron venir casi cuando los tenían encima. A sus líderes, algo más apartados del núcleo del ataque, los cogió completamente por sorpresa, demasiado confiados en sus informadores sicarios.

Raudos a sus armas, emprendieron una carrera hacia sus posiciones. Atendiendo a la distribución de los cabecillas en las murallas, Eleazar ben Simón, el líder que arrebató la vida de seis mil legionarios que estaban a las órdenes del gobernador de Siria Cayo Cestio Galo en la batalla de Bet-Horón junto a Jacob, corrió desde las proximidades de la fortaleza Antonia con un puñado de zelotes hacia el oeste, en dirección a la tercera muralla, el punto más lejano del Templo de Jerusalén.

En el inicio de su carrera hacia el norte, la providencia quiso que se topara de bruces con Jacob, que arrastraba a un hombre joven, algo deslucido, en dirección contraria desde el estanque de Betesda.

—¡Jacob! ¡Ha comenzado antes de tiempo! —gritó Eleazar—. ¡Tratamos de tomar posiciones!

—¡Lo sé, Eleazar! Nos ha cogido a todos por sorpresa. ¡Malditos sicarios!

Eleazar interrogó a Jacob con la mirada, pidiendo explicaciones ante su inercia.

—Eleazar... Debo salvar a este hombre —terminó por explicar Jacob.

Eleazar miró al griego. Portaba un bulto al que se aferraba con firmeza. Ben Simón no lo entendió, pero sabía que, si Jacob se proponía algo, lo conseguiría, y tendría un buen motivo para ello. Estuvo a punto de reprochar a Jacob sus intenciones, pero recordó que, gracias a ignorar las órdenes en Bet-Horón, el mismo Eleazar seguía con vida por la valentía de su compañero de armas Jacob.

Parecía como si el tiempo se hubiera detenido unos segundos para ellos. Algo más calmado, Eleazar abrazó a Jacob para después coger su rostro con ambas manos.

—Hermano, no creo que salgamos de esta. Lo que tengas que hacer hazlo pronto.

—Ven con nosotros, Eleazar —suplicó Jacob—. Podríamos resistir un tiempo, pero no sobrevivir.

—No, hermano. Aquí es donde tengo que estar. Mi propósito es defender este lugar. Si el tuyo es salvar a ese hombre... ¡Corre!

Eleazar le propinó un fuerte empujón y se separaron. Jacob y Lucas emprendieron la carrera en dirección a la incertidumbre, entre decenas de personas que salían de sus casas entre gritos y rezos.

Eleazar se dirigió a sus seguidores con palabras cargadas de valor.

—Valientes hijos de Israel —comenzó haciendo resonar su voz con fuerza y claridad—, hemos vivido aquí en Jerusalén, no solo como hombres, mujeres y niños, sino como símbolo viviente de resistencia y fe. Hemos defendido nuestra ciudad con valor, sabiendo que cada día de lucha era un testimonio de nuestra determinación frente a la opresión.

La multitud, tanto zelotes como ciudadanos desesperados que no tenían dónde ir, escuchaba cada palabra de Eleazar, que calaba hondo en sus corazones, reforzando la resolución que los había mantenido unidos frente a la adversidad inimaginable, fueran guerreros o ciudadanos de a pie.

—Ahora, ante nosotros —continuó— se presenta una elección definitiva, una decisión que definirá no solo nuestro destino, sino también la esencia misma de nuestro ser. Podemos rendirnos y caer en manos de nuestros enemigos, renunciando a todo aquello por lo que hemos luchado con tanto fervor, o podemos elegir un camino diferente, un camino que nos permita mantener nuestra esperanza, incluso en la muerte. Dichoso tú, Israel, ¿quién como tú, pueblo salvado por el Señor, tu escudo protector, tu espada victoriosa? Tus enemigos se someterán ante ti y tú pisarás sus espaldas.

Cuando se hubieron alejado unos pasos, un grito unánime provocó que Jacob echara la vista atrás. Allí estaba Eleazar ben Simón, en medio del caos, luchando ya con la ferocidad de un león acorralado con los primeros legionarios romanos que habían conseguido superar la pequeña brecha en la muralla y comenzaban a ocupar las calles. Su espíritu indómito aún creía en una victoria milagrosa contra las legiones que ahora estaban a punto de invadir como una marea de hierro y muerte su tierra prometida.

No estaba solo.

Tras él, una legión.

Zelotes y ciudadanos.

Todos luchando por lo mismo.

La libertad de Jerusalén.

Jacob sabía que aquel guerrero nunca abandonaría su cometido: defender la zona norte de la ciudad.

Vencer o conseguir algo de tiempo para sus camaradas.

Para ellos.

Para sus propósitos.

Los hombres de Eleazar, inspirados por su bravura, combatían con un desesperado coraje mientras sus corazones latían al ritmo de sus sueños de libertad. Pero Roma no era un enemigo al que se disuadiera fácilmente y con cada momento que pasaba las fuerzas invasoras penetraban más profundamente en las arterias de Jerusalén.

Mientras tanto, Jacob y Lucas se batían en retirada. Jacob deseaba avanzar más rápido, pero el griego no era un hombre versado en aptitudes físicas.

Jacob, adelantado unos pasos, gritaba al cronista para que se esforzara un poco más a la vez que Lucas trataba torpemente de sortear a los que corrían en dirección a ninguna parte.

De repente, un sonido les perforó los tímpanos.

El guerrero no tuvo tiempo para reaccionar.

Una roca impactó demasiado cerca de un pequeño edificio que terminó derrumbándose sobre el grupo de ciudadanos que tenía frente a él. En un suspiro, decenas de personas y el griego desaparecieron de su vista.

Jacob quedó petrificado.

23

Año 30 d. C.
3790 הנש
783 AUC
-
Cafarnaúm

Los apóstoles habían permanecido despiertos a lo largo de la noche, una más, sumidos en una vigilia que ninguno desearía que acabase. Jesús, en su forma resucitada, había estado con ellos desde el ocaso hasta el alba, con palabras fluyendo entre ellos como un arroyo de sabiduría tranquila pero incesante.

Jacob prestó atención a las velas que parpadeaban y luchaban contra las sombras mientras las últimas palabras del Nazareno impregnaban cada rincón del aposento y cada recoveco de sus corazones.

Jesús había hablado durante toda la noche, no solo de los misterios del Reino de Dios, sino de las cosas sencillas y cotidianas que marcaban la esencia de lo divino: el amor por el prójimo, el perdón, la fe y la humildad. Sus enseñanzas, ofrecidas como perlas preciosas en la quietud de la espera, eran alimento para sus almas desgastadas.

El niño curioseaba lo que hacía Mateo, el publicano empleado del gobierno convertido en escriba del evangelio, con su pluma y pergamino a mano, quien había registrado las palabras de Jesús febrilmente sabiendo que cada instrucción, cada parábola y cada consuelo eran un tesoro para las generaciones venideras. Mateo, generoso, permitió que Jacob fisgoneara sus escritos.

—Como mi *abbá* me ha amado, así también yo os he amado —había dicho Jesús suavemente, con su mirada pasando por cada uno de sus amigos y seguidores y deteniéndose en Jacob—. Permaneced en mi amor. Si guardáis mis mandamientos, permaneceréis en mi amor, así como yo he guardado los mandamientos de mi Padre y permanezco en Su amor.

Pedro, cuya lealtad había sido puesta a prueba y cuya fe había resucitado más fuerte tras fracasar en esas pruebas, escuchaba con una gracia redentora. Aún se recordaba a sí mismo negando a Jesús tres veces, y cada palabra que ahora escuchaba era una oportunidad para reafirmar aquel amor restaurado, un pacto que ya nunca más rompería.

—Maestro, nos dejarás con un vacío imposible de llenar —dijo avergonzado en voz baja, deseando no interrumpir, pero necesitando expresar su angustia—. ¿Cómo haremos para regocijarnos en nuestra misión sin tu guía directa?

Jesús se giró hacia él, una leve sonrisa de comprensión se esbozó en su rostro.

—No os dejaré desamparados; vendré a vosotros. El mundo no me verá más; pero vosotros me veréis. Porque yo vivo, también vosotros viviréis. Recuerda, Simón Pedro, pescador de hombres, tuyas serán las llaves del Reino de los Cielos.

El alba apenas despuntaba, rompiendo la unión entre el cielo y el mar con un estallido de colores que recordaba a los apóstoles la promesa de un nuevo comienzo. Jesús, cuya presencia entre ellos era ahora como el resplandor del sol naciente, los convocó para emprender un viaje desde las tranquilas aguas de Cafarnaúm hacia las colinas floridas de Betania.

Los discípulos y las mujeres que siempre los acompañaban, aún navegando en las aguas tumultuosas del asombro ante los eventos de la resurrección, se unieron al maestro.

Jacob, junto a Simón y su madre Miryam, observaba a Jesús a cierta distancia, que vestía solo una túnica sencilla y unas sandalias, marchando adelante con la certeza de aquel que conoce el destino final de todos los caminos. Cada paso que daba era un testimonio de la promesa de vida eterna. Cada palabra y sonrisa contagiosa se convertía en una confirmación del amor inquebrantable de su Padre.

La peregrinación era una oportunidad para la reflexión profunda. Juan, siempre atento y reflexivo, observaba cómo la luz jugueteaba a través de las hojas de los olivos y las higueras a lo largo del camino. Todo reverberaba con el eco silencioso del milagro de la vida.

—Maestro —preguntó Juan—, en Cafarnaúm curaste a los enfermos y enseñaste a multitudes junto al mar; ahora, en estos días tras tu resurrección, ¿cuál es el mensaje que debemos llevar con nosotros a Betania y más allá?

Jesús detuvo su marcha y se volvió hacia ellos.

—El mensaje, querido Juan, es siempre el mismo: el Reino de Dios está al alcance de la mano, no solo en los milagros ni en las multitudes que buscan señales —y, tras detenerse en cada uno de ellos, de repente sus ojos se dirigieron a Jacob—, sino en el amor que mostramos, en la misericordia que otorgamos y en la fe que vivimos cada día.

El camino hacia Betania los llevó a través de prados y pequeños valles, por pueblos y comunidades donde la noticia de la presencia de Jesús se esparcía como el aroma de los lirios cuando florecían.

Magdala, Tiberíades, Escitópolis, Enón, Arquelais, Jericó…

Los apóstoles compartían entre sí y con Jesús las enseñanzas y parábolas que habían moldeado su caminar, fortaleciendo su entendimiento y su compromiso.

—Y, cuando lleguemos a Betania —les advirtió Jesús—, veréis cómo todos los caminos de mi ministerio se entrelazan como las ramas de la vid que da fruto. Betania es solo una parada en nuestro viaje. El verdadero destino es cada corazón que todavía no conoce el amor de Dios, cada alma que aún no ha encontrado el camino hacia la luz.

Al pasar por un campo, un grupo de niños corrió hacia ellos, risueños y sin preocupaciones, recordándoles a los discípulos las enseñanzas de Jesús sobre recibir el Reino de Dios como un niño. En el rostro de cada pequeño veían pintada la esperanza de un mañana lleno de promesas y posibilidades. Jacob disfrutó como lo que era, un niño, y se llenó de luz al ver reír a carcajadas a Jesús con los zagales. Ese momento le recordó al día en el cual conoció a Jesús.

Finalmente, al descender el sol, cuando las sombras comenzaban a acariciar la tierra, llegaron a las afueras de Betania, un pequeño enclave de paz esculpido en la tranquila campiña de Judea. Oculto entre suaves colinas y perfumados olivares, el pueblo se desplegaba discretamente, como un secreto bien guardado, reservado para aquellos que buscaban refugio del frenesí de la ciudad.

Pero fue un milagro en particular, la resurrección de Lázaro por parte de Jesús, lo que marcó a Betania como un lugar de esperanza renovada y fe profunda. Aquel episodio, que desafió toda comprensión al trascender los límites de la muerte, infundió a la comunidad local y a los peregrinos, que llegaban con historias de asombro, una sensación palpable de estar caminando en terreno sagrado.

La acogida que recibieron fue una de gozo y maravilla, y la casa de Lázaro, donde a menudo Jesús había hallado resguardo, se convirtió en el punto de reunión para aquellos deseosos de escuchar la voz del Resucitado.

Jacob se sorprendió al comprobar que la familia de Lázaro no había dudado en ningún momento de la resurrección de

Jesús y, lejos de dejarse llevar por la incredulidad o el asombro, celebraron la llegada del Nazareno y los suyos como siempre habían hecho en el pasado: con lágrimas de alegría en su rostro.

Marta, siempre diligente, se dispuso a preparar un festín modesto pero lleno de amor para sus visitantes mientras María, con su típica actitud contemplativa, se perdía en las palabras de Jesús.

Allí, en la intimidad de aquel lugar amado por Jesús, los apóstoles y todos los que le seguían escucharon las últimas enseñanzas de aquel que los había guiado desde la oscuridad hacia la luz. En su corazón, cada hombre y mujer sabía que la historia de Jesús no terminaría en Betania ni en el Gólgota ni en la tumba vacía. Su historia estaba apenas comenzando dentro de cada uno de ellos y en todos los actos de amor y servicio que realizarían en su nombre.

Todos ellos se estaban convirtiendo, con cada enseñanza y cada gesto de Jesús, en los portadores de una verdad eterna, y Jacob recordaría Betania no solo como un lugar de bienvenida y confort, sino como el lugar donde se afianzó el mandato de llevar el mensaje del Resucitado al mundo entero.

Lo que no sabía Jacob en aquel momento era lo importante que sería la casa de Lázaro para el resto de su vida.

24

Año 70 d. C.
3830 הנש
823 AUC
-
Jerusalén

El cielo se había tornado en un lienzo de tristes presagios, oscurecido por la humareda que se elevaba de las estructuras quemadas, tapando el sol y rociando ceniza sobre la ciudad como una silenciosa maldición. Las calles, alguna vez llenas de mercaderes, estaban desgarradas por los gritos de los inocentes heridos y el derramamiento de sangre de sus defensores caídos.

En mitad de la conflagración que consumía las calles del norte de Jerusalén, entre el tumulto de la lucha y los persistentes golpes de las máquinas de asedio, dos figuras exhaustas se escondían casi fantasmales, en un desesperado intento de salvación entre el caos. En el desorden que envolvía a Jerusalén, un rincón olvidado entre escombros y sombras ofrecía un breve respiro a Jacob, con la urgencia reflejada en cada respiración, que trataba de curar con manos firmes pero temblorosas a un Lucas herido y desorientado, buscando refugio en el torbellino de la destrucción.

El derrumbe de un pequeño edificio ante el impacto de una gran roca cerca del griego dos días atrás, tras despedirse de Eleazar ben Simón, provocó que se vieran en la obligación de buscar un lugar donde esconderse, reposar y sanar. Los escombros le habían fracturado su pierna izquierda. Algunos no tuvieron la misma suerte y murieron aplastados. El escaso alimento entre los cascotes mermaba aún más sus fuerzas, pero, con la ayuda de un aturdido Lucas y los pocos conocimientos de primeros auxilios de Jacob, poco a poco iba recuperando las fuerzas.

—Un médico, por sí mismo, vale como muchos panes —le llegó a decir Lucas citando la griega *Ilíada*.

Jacob no dejaba de darle vueltas a cómo había podido suceder de aquella manera. Todos esperaban que el asedio, inevitable, se produjera días más tarde. Si bien es cierto que las rampas de asedio estaban finiquitadas, el exceso de confianza provocó que el ataque cogiera a muchos de ellos, judíos y gentiles, dentro de la ciudad, completamente por sorpresa. Por si aquello fuera poco, él mismo, zelote, se encontraba ausente de su puesto militar en la segunda muralla.

El griego yacía postrado contra un muro derruido, con su rostro pálido bajo la luz incierta del atardecer, una fractura en su pierna y alguna herida supurando a través de los vendajes improvisados. Daba gracias a Dios de que su padre le hubiera instruido en medicina y que le hubiera facilitado el acceso a los textos de Hipócrates y sus estudios sobre las férulas.

Sabía perfectamente cómo tratar las fracturas, aunque nunca lo había practicado sobre sí mismo. Un mañoso y aplicado Jacob había seguido paso a paso de manera meticulosa todo lo que le había dictado Lucas. Una improvisada férula de madera repararía poco a poco su integridad anatómica reduciendo e inmovilizando la parte afectada.

Lucas solo tenía un problema.

No tenía tiempo para reposar.

Jacob evaluaba la situación con un pragmatismo forjado por la necesidad de huir, tratando de ocultar el temor que lo invadía.

—Lucas, han pasado demasiadas horas. Debemos movernos —susurró Jacob.

Lucas, con la respiración entrecortada y el dolor dibujado en cada línea de su rostro, apenas asintió, consciente de la verdad en las palabras de su amigo. Con sus vivaces ojos nublados por el dolor y el cansancio, insufló ánimos a su salvador.

—La mano del Señor nos guiará, Jacob, como siempre lo ha hecho —musitó apoyando su mano en el hombro de su compañero—. Él tiene un propósito.

Y el griego, cuyo ministerio de palabras y curación había sido interrumpido por una gran ola de violencia, trató de apoyarse en su amigo, confiando en su guía a través de la tormenta de piedra, hierro y fuego en la que se estaba convirtiendo Jerusalén.

A su alrededor, algunos ciudadanos inocentes trataban de sobrevivir. La mayoría no llegaría a ver de nuevo el amanecer.

Jacob pensó en Rufo y Alejandro.

El asedio comenzaba a reducir la majestuosa Jerusalén a un laberinto de desesperación, pero ambos sabían que permanecer allí significaba resignarse a una muerte segura. Los gritos en el exterior no invitaban a peregrinar, pero quedarse no era una opción.

—Recuerda que sobrevives por preservar no solo tu vida, Lucas, sino la esperanza de aquellos que dependen de lo que has escrito —añadió Jacob como gesto de apoyo inquebrantable.

—Pero, Jacob, tú ya no tienes fe… —lamentó el griego.

—Eso no es cierto, griego. Tengo fe en ti.

Tras esas palabras, los ojos de Lucas se humedecieron. Terminó de ponerse en pie con un esfuerzo sobrehumano con la ayuda de Jacob. Juntos, comenzaron a avanzar lentamente, escribiendo con cada paso sobre el suelo de Jerusalén un testimonio de resistencia frente a la adversidad. El aire vibraba con el sonido cercano de la batalla, una sinfonía grotesca que recordaba el poco tiempo que tenían.

Cada pocos pasos encontraban hombres que portaban improvisados instrumentos de defensa o mujeres tratando de salvar la vida de sus hijos. La ciudad que una vez llamaron hogar ahora era un territorio hostil y cada esquina podría albergar una nueva amenaza. Sin embargo, la fuerza y la certeza de su misión los guiaba a través del peligro. Jacob, con Lucas a su lado, trataba de sortear a una velocidad humillantemente pausada el laberinto de ruinas y la marea de sus semejantes, movido por su instinto y la luz tenue de la esperanza que se negaba a extinguirse.

A medida que la noche comenzaba a apoderarse definitivamente de Jerusalén, envolviéndola en una densa oscuridad, Lucas y Jacob compartieron la convicción y la fuerza necesarias para enfrentar el camino incierto que quedaba por recorrer. Cada paso suponía estar más cerca de la salvación o, al menos, de encontrar la paz en el intento de alcanzarla.

Esquivando cuerpos y escombros, Jacob localizó una entrada estrecha, un pasadizo apenas visible tachonado de enredaderas y desechos. Sosteniendo a Lucas con cuidado, pero con decisión, se adentraron en el oscuro vientre de Jerusalén. Bajaron por un conjunto de escalones desgastados sintiendo cómo las sombras los envolvían como un manto. Llegaron a una cámara pequeña, vacía, aparentemente olvidada por todos.

Excepto por las ratas y las arañas.

El médico necesitaba descansar. Su pierna no aguantaría mucho más.

Se desplomó contra la pared sin dejar de aferrar el bulto que protegía su pergamino. Su respiración no era más que un siseo rítmico de dolor. Jacob rápidamente revisó sus heridas desgarrando partes de su propia túnica para usarla como nuevas vendas limpias e improvisadas. La férula aguantaría un par de días como mucho.

Sabiendo que necesitaban más que un paño rasgado para detener la sangre, susurró una oración por el consuelo divino y la ayuda humana.

Hizo uso de la mandrágora, tan frecuente en el valle del Jordán, tal y como le había aconsejado el griego.

—Resiste, Lucas —rogaba Jacob—, este no es el final de tu historia.

A pesar de la desesperanza que se cernía sobre ellos, Jacob no iba a permitir que el miedo lo paralizara. Confiando en los conocimientos bélicos de resistencia zelota que había obtenido a través de su padre y de las pocas pero intensas enseñanzas de la medicina que había aprendido de Lucas durante las últimas horas, se preparó para aventurarse nuevamente en dos mundos desconocidos en busca de auxilio.

El mundo de la medicina.

Y otro, mucho más recóndito, distante y peligroso para él.

El mundo de la oración.

El silencio en la cámara se rompía solo por el lejano clamor de la batalla y los murmullos del moribundo que clamaban por una paz que parecía más ilusoria a cada momento.

Mientras tanto, afuera, las fuerzas de Tito continuaban su inexorable avance. Jacob tuvo un pensamiento misericordioso para sus hermanos judíos dispuestos en la muralla a la vez que era consciente de que el tiempo era un lujo que ya no podían permitirse y, con una mirada piadosa al cronista que había predicado amor entre la tormenta de odio y tras curar una vez más sus heridas y revisar la tabla que fijaba su pierna, salió de la sombría seguridad hacia la luz incierta, decidido a traer salvación a su hermano en espíritu.

Y, antes de salir de aquella cámara en busca de agua, Jacob rezó al Dios de Jesús de Nazaret por su amigo.

El griego era su *telos*.
Lucas era su propósito.

Dos días después, tras los asaltos, escaramuzas y refriegas, la suerte de Eleazar ben Simón se decidió en los estrechos confines del barrio norte de la ciudad. Los romanos, liderados por legados con voluntades de acero, habían aprendido a adaptarse al desconcierto del combate urbano. En un brutal enfrentamiento, Eleazar y sus seguidores se encararon a una cohorte que avanzaba inquebrantable con sus escudos entrelazados formando una muralla móvil contra la cual chocaban las armas judías.

El sonido de sus armaduras resonaba como un ominoso presagio de la victoria por venir. Sin embargo, Eleazar no mostraba temor; si algo había en su corazón era la inexpugnable convicción de luchar por su tierra y su gente hasta el último aliento. Con el peso de la confianza de su gente sobre sus hombros, Eleazar contendía con su hombría brillando fuertemente como el acero de su espada.

El choque entre ambos bandos fue titánico, una tormenta de acero y coraje donde cada golpe llevaba consigo años de conflictos y disputas. Eleazar se enfrentaba a sus enemigos moviendo su espada en armonía letal. Cada uno de sus movimientos no solo desafiaba a la muerte, sino que continuaba inspirando a sus compañeros, infundiéndoles una valentía que iba más allá de la lógica humana.

A medida que la batalla se prolongaba, el número abrumador de legionarios comenzó a pesar sobre Eleazar y sus hombres. A cada caída de un camarada, un atisbo de desesperación se cernía sobre los valientes judíos, pero, lejos de vacilar, se sostenían por la fuerza de voluntad de su líder.

Los combates eran viscerales. Los hombres peleaban cara a cara y el olor de la sangre y el sudor se mezclaba con el polvo y la ceniza del fuego que ya comenzaba a consumir parte de la ciudad. Eleazar, espada en alto, se abalanzaba contra los legionarios con una furia que le otorgaba el amor por su tierra. Sus ojos no dejaban de arder con una luz que anunciaba su disposición a darlo todo, a vivir y morir por su causa.

En el momento culminante, cuando el desenlace parecía inevitable, Eleazar y sus hombres se encontraron rodeados. Con un último esfuerzo heroico, se enfrentó a sus adversarios con su espada cantando una canción de orgullo, rebeldía y justicia.

Pero, al final, el implacable acero romano encontró su lugar.

Un *gladius*, extensión fría y sin piedad del imperio que reclamaba Jerusalén, encontró su camino a través de la guardia de Eleazar y la hoja se adentró cruelmente en su carne. A medida que caía, su espada se deslizó de su mano, resonando contra el suelo con el sonido hueco de los sueños que se rompen.

Mientras sus seguidores clamaban su nombre, tratando de proteger su cuerpo incluso en su último aliento, Eleazar ben Simón miró hacia el cielo de Jerusalén por última vez. En sus ojos moribundos se reflejaba un fuego que no podía apagar y una ciudad que no podía salvar.

El líder caído se convirtió en uno más en las calles que tanto había jurado defender.

Su lucha terrenal había terminado.

Los legionarios continuaron su avance implacable por un camino pavimentado con la sangre de escribas, fariseos y campesinos por igual tratando de llegar a las puertas occidentales de la ciudad y permitir el acceso del grueso del ejército.

Tito, parado donde antes se alzaba la muralla, donde la división entre el sometimiento y la libertad se había fragmentado, contemplaba la inminente ruina. A pocos pasos de él, el cadáver de Ben Simón. El rostro de Tito reflejaba júbilo y celebración; había caído la tercera muralla y uno de los líderes de los zelotes. Junto al legado, dos de sus tribunos de mayor confianza.

El hijo del emperador señaló al cadáver de Eleazar ben Simón.

—Crucificadle donde todos puedan verle —ordenó Tito a Domicio Sabino para después dirigirse a Tiberio Julio Alejandro—. Ataquemos enseguida la segunda muralla.

Tito había triunfado con su estrategia; la tercera muralla había caído y un líder zelote yacía desangrado en los primeros escombros de Jerusalén. La noticia viajaría como vientos de invierno, llegando a los oídos de aquellos atrincherados en Jerusalén. Para ellos, no sería una noticia lo que se esparcía, sino una lamentación, una elegía para una ciudad que había sido, que ya no sería.

—Vuestro Dios os ha abandonado —susurró Tito.

No eran solo piedras y murallas lo que habían demolido, sino el final de una era, el derrumbe de un mundo que, una vez que el polvo se asentara, solo viviría en las páginas de la historia.

Y nadie podía escapar de la ciudad.

Solo cabía esperar la aniquilación.

25

Año 30 d. C.
3790 הנש
783 AUC
-
Betania

†

Jesús se alzó.

Mientras la noche transcurría y el alba aún no había anunciado su llegada en la casa de la familia Lázaro, todos sintieron que el momento de despedida estaba cerca. No había sueño entre ellos, solo una vigilia de corazones absortos en la presencia que pronto les sería arrebatada.

De uno en uno, Jesús fue llamando a cada uno de los allí presentes con el fin de entregarles un último mensaje.

Juan, el apóstol que había reposado su cabeza contra el pecho de Jesús en su última cena, contenía en ese momento su propia aflicción y fue el primero en abalanzarse sobre Él.

—Maestro, dime que todo esto, nuestra espera, nuestro dolor, nuestra lucha, ha tenido un propósito.

Con el horizonte a punto de teñirse de naranja y rosa, Jesús se acercó y puso su mano en el hombro de Juan. Tras abrazarle, se lo llevó en silencio al patio.

Los demás permanecían callados y solo Miryam, la de Magdala, las hermanas de Lázaro, Andrés y Santiago Zebedeo se dispusieron a preparar el desayuno.

Pasaban los minutos, y, cada vez que regresaba cada uno de los que ya habían tenido la oportunidad de estar cara a cara con Jesús, los demás intentaban sonsacar algo de información. Pero, como si de un pacto secreto se tratara, era unánime el compromiso de confidencialidad de cada uno de los que acababan de estar con el maestro.

Jacob trató de sonsacar el mensaje de Jesús a su tío Simón, pero el antiguo zelote, convencido de su propósito, pero con la tristeza asomando en su rostro, se negó cariñosamente en redondo. No debía, no podía confesar al pequeño qué destino los esperaba a ambos. Por mucho que ardiera en deseos de compartirlo con Jacob con el fin de que pudiera preparar con valor el futuro que estaba por venir.

Las mujeres allí presentes también tuvieron su protagonismo.

En el turno de Miryam, la madre de Jacob se dispuso a escuchar las palabras del maestro. Jacob esperó tenso, nervioso. Demasiado secretismo para un niño de nueve años. Intentó despistarse con su moneda, pero el anhelo de saber le impidió evadirse, aunque fuera por unos momentos. A los pocos minutos su madre regresó tratando de limpiar las lágrimas de su rostro. Jacob esperaba que su madre volviera radiante, pero le sorprendió la aflicción que traía. Jacob se abalanzó sobre ella y Miryam le abrazó tratando de dar alguna explicación absurda al pequeño Jacob. Miró a Simón, su cuñado, y entre ellos no hizo falta palabra alguna.

Entendían su propósito.

Sería un acto de fe.

Miryam empujó cariñosamente a Jacob y le condujo hasta donde esperaba Jesús.

Era su turno.

El niño se detuvo. No entendía qué tenía que ver él con el mensaje de los adultos. Pero Jesús no hacía distinciones.

El Nazareno estaba tranquilo, recibiendo con gratitud los primeros rayos de luz de la mañana en su rostro.

Frente a él, Jacob. Nervioso, dubitativo, expectante. Era la primera vez que se encontraba con el Nazareno a solas. No terminaba de entender muchas de las cosas que habían sucedido las últimas semanas. Tan solo estaba seguro del cariño que profesaba al maestro, de lo que sufrió al ver su agonía y de lo que disfrutó al verle de nuevo desayunar con su madre.

Jesús le recibió con una gran sonrisa y le llamó por su nombre.

—Pequeño Jacob... Ahora sí te vuelvo a mirar —le dijo el Nazareno en clara alusión a aquella tarde en el Gólgota.

Jacob dio dos pasitos para colocarse a su alcance. Su puño cerrado guardaba su mayor tesoro. El leptón que el galileo le había entregado días atrás.

—Sé que tienes un mar de dudas... —le dijo cariñosamente el maestro.

Jesús se sentó en el suelo e invitó a Jacob a que hiciera lo mismo. El pequeño se relajó y tomo asiento. El Nazareno, al ver que el crío no tomaba la iniciativa, provocó la conversación.

—Dime, Jacob, ¿qué quieres saber?

—¿Cómo puedo resucitar? —respondió improvisadamente el pequeño.

La inocente pregunta provocó una carcajada al carpintero. Gozaba en la compañía de los niños y jamás lo ocultó durante su ministerio.

—Pues, si quieres que te diga la verdad, se lo tendré que preguntar a mi *abbá* —respondió Jesús señalando al cielo.

—¿Tu padre vive en el cielo?

—Así podríamos decirlo.

—¿No tuviste un *abbá* aquí con nosotros?

Jesús comenzó a disfrutar mucho con aquella conversación. Más allá de las escrituras, de las parábolas y enseñanzas, del propósito del Padre, un niño de nueve años estaba comenzando a fabricar el interrogatorio más divertido que Jesús jamás había tenido.

—Claro que tuve un padre. Se llamaba José, y trató muy bien a mi madre. Fue él quien me puso el nombre de Jesús y fue él quien me enseñó mi profesión.

—¿Tu padre era médico?

—¿Médico?

—Como curas a la gente...

Jesús, a carcajada limpia, trató de enmendar la confusión de Jacob.

—¡No! ¡Mi padre era carpintero! Sabía hacer muchas cosas con madera. Fue un hombre justo que supo amar y guardar un secreto muy grande.

—¿Qué secreto? —preguntó Jacob comenzando a disfrutar también de aquel encuentro.

—Que mi madre estaba embarazada gracias a Dios.

—No lo entiendo. —Jacob se encogió de hombros.

—¿Qué no entiendes, pequeño?

—¿Curas a la gente y no eres médico?

Jesús estalló en otra carcajada ante la espontaneidad de aquel crío. Sin embargo, la risa se detuvo al instante ante la nueva pregunta del pequeño custodio del leptón. Esa vez fue el pequeño el que le llamó por su nombre a él.

—Jesús... ¿Te vas a ir otra vez? —le preguntó mirándole fijamente a los ojos.

El Nazareno mantuvo la mirada. Respiró tranquilo, con paz, como si las siguientes palabras requirieran una liturgia especial.

—Sí, Jacob, me voy con mi Padre. Todo se ha cumplido, y ahora os tengo que dejar hacer a vosotros. Pero algún día volveré.

—Pues yo no quiero que te vayas. —Jacob bajó la cabeza para mirar su leptón con melancolía.

Jesús puso su mano sobre la cabeza de Jacob y le acarició el pelo.

—Jacob, necesito que te prepares. Vendrán tiempos difíciles y tendrás que acostumbrarte a las despedidas. Tarde o temprano, algunas de las personas que más quieres se separarán de ti, y eso te hará más débil y más fuerte al mismo tiempo. Mi Padre tiene un plan. En el futuro, cuando ya no recuerdes nada de lo que has vivido todo este tiempo, te necesitaré más que nunca. Cuando las tinieblas inunden tu camino, yo seré tu luz. Y en verdad te digo que llegará el día, Jacob, en el que tú salvarás la palabra de mi Padre.

—Eso ya me lo has dicho dos veces.

Jesús, recuperando la sonrisa de nuevo, le replicó.

—Y te lo repetiría no siete veces, sino setenta veces siete.

Con esas palabras, Jesús tomó a Jacob de la mano y lo introdujo de nuevo en la vivienda. Dentro, todos estaban expectantes, pues habían escuchado las carcajadas de Jesús y no entendían qué había pasado. Jacob venía con un semblante inconsciente, sin terminar de descifrar el verdadero significado de las palabras de su adorado maestro.

Cuando llegaron al grupo, Jacob sorprendió una vez más a todos los presentes con su frescura descarada.

—Jesús, me olvidé de hacer una pregunta.

—Adelante, Jacob —Jesús le invitó a continuar.

—¿Por qué lloraba Judas después de vuestra cena?

Se hizo un silencio en la casa de Lázaro.

Todos quedaron estupefactos. Algunos apóstoles se miraron incrédulos, pues un niño de nueve años acababa de poner el nombre del traidor encima de la mesa, algo que ninguno de los once había osado hacer hasta ese momento.

Simón, estupefacto, dirigió su mirada a Miryam. Ella se encogió de hombros.

Jesús observó las reacciones de sus seguidores. Todos esperaban unas palabras grandilocuentes, una parábola, un sermón sentencioso acerca del apóstol corrompido.

Sin embargo, Jesús bajó la mirada hacia Jacob, que estaba a la espera de una explicación.

—Jacob, ninguno de ellos lo entendió, y en los tiempos venideros tampoco lo entenderán. Solo recuerda que mi Padre tuvo, tiene y tendrá un plan. —Y concluyó así su testimonio sonriendo de nuevo y acariciando el pelo del niño.

El pequeño se encogió de hombros y Jesús los instó a todos a prepararse para salir a caminar. Cuando todos ellos estuvieron listos, el maestro los llevó a la colina del monte de los Olivos. Habían transcurrido cuarenta días desde la resurrección del Nazareno y en aquel momento todos caminaban con pesadez, como si quisieran retrasar voluntaria o involuntariamente el inevitable final de esa última caminata.

«El monte de los Olivos», pensaban los apóstoles.

El lugar donde quedaron dormidos mientras Jesús rezaba preparándose para su final. El lugar donde iban a volver a despertar.

El lugar donde fue arrestado. El lugar donde estaba a punto de triunfar hasta el fin de los tiempos.

Llegado el momento, se volvió hacia ellos, levantó las manos y los bendijo a todos.

—En el mundo tendréis aflicción; pero confiad, yo he vencido al mundo. Id y enseñad a todas las naciones, bautizándolos en el nombre del Padre, del Hijo y del Espíritu Santo. Y he aquí que yo estaré con vosotros todos los días hasta el fin del mundo.

Y, con esas palabras, miró a todos detenidamente hasta posarse en Miryam y Jacob, a quien, una vez más, sonrió ampliamente, y se alejó de ellos.

Tras caminar un centenar de pasos colina arriba, cuando empezó el descenso por la otra cara del montículo, su figura comenzó a disolverse en la luz ya plena del amanecer, dejándolos con una impronta que se grabaría en sus almas y en sus acciones por el resto de sus días.

Jacob fue el único que no se quedó contemplativo.

Salió a la carrera hacia el lugar en el que Jesús había descendido.

Cuando llegó a la parte más elevada de la colina, desde donde podría ver todo el paisaje a su alrededor, su decepción fue mayúscula.

Allí no había nadie.

Ni rastro de Jesús.

Había desaparecido por completo.

Jacob dio media vuelta y miró a todos los que se habían congregado junto a él.

Negó con la cabeza.

Jacob, sin entender muy bien lo que acababa de suceder, asió fuertemente su pequeña moneda y se abrazó a su madre, que lloraba desconsolada.

Simón se unió al abrazo y los tres quedaron convertidos en una antorcha viva del amor y la voluntad que el Nazareno les había encargado.

Tadeo los miró con profunda compasión.

A medida que el sol ascendía, los apóstoles, fortalecidos en espíritu y unidos en propósito, se prepararon para llevar adelante la misión encomendada, no sin lágrimas en sus ojos.

Simón, el antiguo zelote, miró a Miryam.

Jesús ya no estaba entre ellos y, de repente, la imagen de Gedeón se presentó en su cabeza.

No sabían nada de él. La ausencia de noticias podría ser algo bueno o todo lo contrario.

Betania se encontraba demasiado cerca de Jerusalén.

Meditó partir enseguida, pero recordó las palabras de su maestro.

Dios tenía un plan, aunque no fuera de su agrado.

Y Jacob, que ignoraba las palabras de Jesús hacia su tío Simón y su madre Miryam, pensó que nunca nada ni nadie los separaría.

No sabía cuán equivocado estaba.

26

Año 70 d.C.
3830 הנש
823 AUC
-
Jerusalén

Jerusalén estaba envuelta en una nube de polvo y desesperación tras el comienzo del asedio de Tito días atrás. Sus legiones continuaban lenta pero inexorablemente hacia el corazón de la ciudad sagrada.

Los cadáveres esculpían un nuevo empedrado en los suelos de la ciudad.

Los que continuaban con vida evidenciaban su inanición.

Con valentía en el corazón y entereza en los ojos, y una vez Lucas estuvo parcialmente recuperado de sus heridas en la pierna jornadas después, Jacob se deslizaba junto a él entre los callejones angostos, esquivando los estragos de la batalla que se desataba sin fin en las inmediaciones.

Su oración había sido escuchada.

Las curas habían funcionado.

Los viejos odres cargados de agua en las casas colindantes habían evitado la deshidratación del griego.

La férula de madera había sido convenientemente saneada. Su objetivo, tras reconocer que nada podría salvar la segunda muralla, seguía siendo claro: escapar por el estanque de Siloé, el lugar donde tanto tiempo atrás Jesús devolvió la vista a un ciego. Parecía inalcanzable, pero, en realidad, estaba mucho más cerca de lo que parecía. El asedio y la cojera de Lucas habían dificultado y prolongado demasiado la huida.

Jacob, a pesar de que su espíritu fue tallado para la guerra, anhelaba la paz en una tierra desgarrada por el conflicto. Su corazón, a diferencia del de su padre, no podía soportar el peso del odio y la hostilidad. El hijo de Gedeón encontró de niño consuelo en las enseñanzas del Nazareno, un rabino cuyas palabras de amor y perdón contrastaban marcadamente con el llamado a la revolución y al derramamiento de sangre y, a pesar de que las circunstancias de la vida le habían apartado del verdadero camino, encontró en Lucas la luz suficiente para recuperar la humildad de las plegarias.

Su ausencia en la filas zelotas encargadas de defender la segunda muralla llamó la atención de Simón bar Giora. Su aparente deserción, una deslealtad silenciosa a la causa de su padre, no pasó desapercibida. El líder sicario, en mitad del asedio, había reunido a un grupo de compatriotas dignos de su mayor confianza, hombres cuyo celo igualaba el fuego en sus propios ojos. Ya que la línea defensiva supuestamente liderada por el hijo de Gedeón debería proteger a los sicarios afincados en la muralla cercana al templo, se propusieron recuperar al hijo descarriado con indignación.

En una pequeña escaramuza, mientras las legiones de Tito se preparaban para abordar la segunda muralla de la ciudad, detectaron la presencia de Jacob y Lucas dentro del perímetro de la segunda muralla, entre las sombras cercanas a la fortaleza Antonia, y los rodearon con apremio, con sus armas relucientes a la luz de las llamas que engullían parte de la ciudad.

—¡Detente, traidor! —vociferó uno de los sicarios con el eco del conflicto resonando en cada sílaba.

Jacob, sumergido en su lucha interna entre el deseo de salvar a su amigo y la certeza de la inevitable confrontación que se avecinaba, se vio acorralado.

—¡Solo trato de rescatar a este hombre, no busco rivalidad con vosotros! —proclamó con voz firme, pero cargada de desesperación, mientras trataba de desenvainar su espada.

Los sicarios, sin embargo, no estaban dispuestos a escuchar excusas en medio del caos del asedio. Con movimientos rápidos y precisos, avanzaron hacia Jacob reduciéndolo con una ferocidad ansiosa por imponer su ley en aquellos tiempos turbulentos. Así, en mitad del fragor de la batalla, Jacob fue apresado por los sicarios. Su intento de salvar a Lucas quedó frustrado por las cadenas de la cautividad. Mientras otros sicarios amordazaban al cronista griego, Simón bar Giora se presentó frente a él.

—Hola, hijo de mil rameras.

Sin que Jacob tuviera tiempo de articular palabra, Bar Giora comenzó a golpearle con violencia, provocándole una brecha en la frente, la cual sangró copiosamente. La tremenda paliza provocó que Jacob perdiera el conocimiento en momentos.

El líder sicario no pensaba parar.

Quería terminar con la vida de Jacob.

El griego sería el siguiente.

Bar Giora, satisfecho, cogió su espada.

Como si se tratara de una intervención divina en el último suspiro, la remesa zelote liderada por Yohanan de Giscala que venía a apoyar la defensa sicaria de la muralla antes de colocarse defensivamente en el templo impidió que Bar Giora acabara allí mismo con la vida de Jacob.

—¡Deteneos! Esto no es lo que nuestro pueblo necesita en este momento tan desesperado. —Yohanan no quería permitir que Bar Giora tomara la justicia por su cuenta—. Derramar más sangre judía no hará sino debilitarnos frente a nuestro verdadero enemigo.

El líder de los sicarios respondió con desdén sin bajar la espada que presionaba contra la garganta del prisionero.

—Yohanan, tu compasión no tiene lugar aquí —replicó con desprecio Bar Giora—. Este hombre es un traidor, y la traición se paga con la vida.

—No discuto la gravedad de una traición, pero la justicia de nuestro pueblo no la ejecutan los sicarios. —Yohanan sabía cómo combatir dialécticamente a Bar Giora—. Nosotros, zelotes, no ajusticiamos a los nuestros. Estamos en guerra. Llevémoslos al cuartel.

Un murmullo de aprobación se elevó entre los zelotes. La reputación de Yohanan como defensor incansable de Jerusalén aún le otorgaba una voz que no podía ser ignorada fácilmente.

Se hizo un tenso silencio antes de que Bar Giora se pronunciara, pero el clamor de la batalla y los gritos colindantes de desesperación los empujaban a tomar una decisión.

—Sea, Yohanan. Pero que quede claro: si este hombre es hallado culpable, su sangre caerá sobre tus manos también.

Simón bar Giora indicó a sus hombres que bajaran sus armas permitiendo que Yohanan y su grupo de zelotes escoltaran rápidamente a Jacob y a Lucas lejos de la batalla.

Mientras tanto, el asedio de Tito avanzaba lento pero inexorable, envolviendo a Jerusalén en un manto de incertidumbre y dolor, donde la esperanza se desvanecía ante la cruel realidad de la guerra.

Jacob abrió los ojos, desorientado.

Estaba tumbado.

No reconocía el lugar.

No sabía cuánto tiempo había estado inconsciente.

¿Horas?, ¿días?

Recordó la conversación con Rufo y Alejandro. En una semana estaría junto a ellos tratando de huir por los túneles de Ezequías. Estaba convencido de que había pasado mucho más tiempo desde que recogió a Lucas en aquella posada, cuando todo estalló.

¿Dónde estarían ellos?

¿Estarían vivos?

¿Seguirían esperando?

Antes de que las palabras pudieran escapar de sus labios, sintió una fuerza sobre él: la ira de la convicción de un padre. Las manos de Gedeón, callosas e implacables a pesar de los años, agarraron a Jacob con fuerza.

—Ya'akov, hijo mío —la voz de Gedeón era un gruñido perturbador—, ¿abandonas a tu pueblo, tu sangre, por los engaños de un profeta condenado como tu descarrilado tío?

Jacob miró a su padre a los ojos. No estaba en posición de revertir la situación, pero no le importó. A su alrededor había mucha gente.

Demasiada.

—No, padre —imploró sin aliento—, solo busco rescatar a una persona para que alcance la paz.

Con un gruñido, Gedeón, con la ayuda de dos zelotes, arrojó a Jacob al suelo con violencia.

—¿Paz? —escupió, cerniéndose sobre su hijo tendido—. La paz es un bien demasiado preciado que solo se gana con la espada.

Caras sombrías como máscaras de juicio observaban a Jacob. Gedeón se volvió hacia ellos, alzando la voz para ordenar que lo encadenaran.

—¡Atadlo! Aprenderá a obedecer, no es momento de apostasía. Se aferrará al dogma de sus antepasados o perecerá al igual que su madre a manos de los *kittim* como lección para todos nosotros. ¡Y traed al griego!

Cuando los zelotes agarraron a Jacob, asegurándole las muñecas con cuerdas ásperas, el cielo adquirió el color del acero pulido, un testigo silencioso de la fractura definitiva de una familia, la separación de un padre y un hijo. Los gritos de misericordia de Jacob quedaron sin respuesta cuando los sicarios reclamaron un sacrificio a la causa que exigía no solo carne y sangre, sino el alma misma de sus seguidores.

Y mientras Jacob barruntaba lo que podría haber acontecido con el cronista y su evangelio, una pregunta se originó para quedarse en su cabeza. «¿Fue realmente el derramamiento de sangre, la pérdida y la guerra interminable la voluntad del Dios de Abraham, Isaac y Jacob?».

Lo último que vio fue a Lucas siendo arrastrado con violencia acercándose hasta él.

Con un jarro de agua, sacaron a Jacob de su incómodo descanso. Le sentaron aún amarrado. A su lado, al momento, obligaron a Lucas a tomar asiento junto a su amigo. El movimiento brusco provocó que Lucas se resintiera de su pierna.

Frente a ellos, se imponía el herrero Gedeón.

—Ya'akov —dijo el anciano sin titubeos—, Jerusalén está al borde de la gloria o de la derrota y debemos inclinarla de una vez por todas hacia la gloria.

Jacob encontró en la mirada de su padre una mezcla de respeto y una reserva de desafío bien escondida detrás de sus ojos. Sin embargo, algo no terminaba de cuadrar a Jacob. Detrás de Gedeón, demasiado movimiento. Zelotes y sicarios se armaban a la carrera de un lado a otro con el fin de enfrentarse al destino.

Demasiado descontrol en aquel cuartel improvisado entre la segunda y la primera muralla de la ciudad.

Ni rastro de Yohanan de Giscala. Quizá ya estaba en su puesto, en la línea defensiva del templo.

Por la largura de sus barbas desaliñadas y las heridas de aquellos guerreros, se dio cuenta de que llevaban más tiempo en aquel cuartel del que suponía. Uno de los militares se acercó a Gedeón y hablaron unos momentos. El zelote, de un sobresalto, abandonó la estancia dejando a Lucas y Jacob solos en mitad del estruendo.

Al parecer, Tito había construido su campamento dentro de la tercera muralla, tras conquistar la zona norte de la ciudad en pocos días, y parte de su ejército había comenzado a construir una muralla alrededor de Jerusalén para evitar cualquier intento de evasión, sellando así el destino de todas y cada una de las almas que pisaban Jerusalén.

No había lugar para la misericordia.

Ni para la rendición.

Ni para el perdón.

Ni para la salvación.

Pasaron los minutos.

Demasiados.

Los dos permanecieron en un absoluto mutismo, tratando de descifrar qué sucedía fuera de esas estancias. Alboroto a lo lejos, griterío demasiado cerca. De repente, silencio. Y de nuevo el fragor. Los minutos se convirtieron en horas, y, en un momento determinado, perdieron la noción del tiempo.

El hambre y, sobre todo, la sed eran insoportables.

Se miraron.

Desaliñados, con una incipiente barba por el paso del tiempo.

Con las ojeras marcadas por la ausencia de sueño.

Jacob, además, tenía las marcas de la ira de Bar Giora.

Quizá estaban frente a la peor versión de cada uno de ellos.

Fue Lucas quien no aguantó más.

—Jacob —susurró Lucas—, me debes una palabra. Una pequeña historia. Lo que sea. Si este es el fin, regálame los oídos.

Jacob no quiso perder el tiempo ante la súplica del griego. Trataba de zafarse de las correas que le ataban, mas se antojaba imposible.

—No es el momento, Lucas —respondió Jacob rendido—. ¿Cómo tienes esa pierna?

—¿Qué más da la pierna? Es el único momento que tenemos, amigo mío. —Lucas no pensaba desviar la conversación—. ¿Y si no hay más ocasiones?

Y entonces Jacob se percató de una realidad más que certera. Quizá nunca tuvieran otra oportunidad. Quizá, aquel era el último momento.

Quizá los sicarios.

Quizá los *kittim,* los invasores romanos.

Quizá.

Sonrió, miró a Lucas complaciente y decidido, intentó realizar con su mente un peligroso viaje en el tiempo.

A Jacob le sobrevinieron visiones del pasado; recuerdos de sus momentos con Jesús, tan olvidados en lugares recónditos de su memoria, ahora tan vívidos que parecían bordear lo real y milagroso.

El aire vibraba con la frescura de aquellos días cuando las palabras y promesas de Jesús aún resonaban en las plazas y colinas de Jerusalén. Jacob cerró los ojos, y las imágenes lo inundaron con una claridad asombrosa. Podía ver al carpintero de Nazaret moviéndose entre las multitudes, extendiendo sus manos con gestos de paz y proyectando su voz con invocaciones de amor y unidad mientras entraba triunfalmente en Jerusalén y él iba de la mano de su madre y su tío Simón.

Su mente confusa iba del pasado al futuro y viceversa, recordando sin orden fragmentos de recuerdos algo confusos en su mente.

Las curaciones a leprosos y ciegos.

Sus momentos con Judas.

El despertar de Lázaro.

La resurrección de Jesús.

Estuvo tentado de contarle el origen de su moneda, pero se contuvo. No sabía dónde la había perdido y no era el momento de dar detalles de la resurrección.

Pero, en todas aquellas situaciones, él no había sido el único testigo. Más allá de los apóstoles, siempre había estado en compañía de su tío o de su madre.

Tenía que ser algo que marcara la diferencia.

El zumbido del mundo presente se desvaneció y Jacob se encontró transportado a una mañana bañada por el dorado sol de Judea. Se vio a sí mismo de niño, con sus ojos fijos en el malogrado Jesús, que portaba un travesaño de madera. Las piedras del camino retenían el calor del día mientras Jesús se estampaba de bruces contra ellas.

—Un par de legionarios intentaban amedrentar a Juan, el joven apóstol, y yo, impulsado por un inexplicable sentido de urgencia y devoción, me abalancé sobre Jesús. Arrodillado en el suelo, con las palmas de las manos apoyadas en la piedra, no pude contener las lágrimas. Miré fijamente a aquel hombre que tanto amaba. Intenté articular palabra, pero no tenía fuerzas para pronunciar voz alguna. A tan solo un paso de distancia, Jesús abrió lentamente los ojos, reconoció mi cara y me llamó por mi nombre. «Oh, Jacob, no llores —me dijo con compasión a pesar de su propio dolor—, pues en verdad te digo que llegará el día en el que tú salvarás la palabra de mi Padre».

Con los ojos todavía cerrados y su corazón latiendo al compás de la visión, Jacob se sintió abrumado por la presencia de una comprensión que trascendía el tiempo, un amor que había estado presente en las enseñanzas de Jesús y que, a pesar de la inminencia de la guerra, aún pululaba alrededor de las viejas murallas de Jerusalén.

Aquel recuerdo fue el rayo de luz que necesitaba para encauzar su camino.

Lo vio todo claro.

Su *telos*.

Su propósito.

Surgió de su visión espiritual fortalecido, con el conocimiento de que, sin importar el bullicio de los asaltos de Tito, de la furia del acero romano y del odio de los sicarios y zelotes, la esencia de lo que Jesús había enseñado volvía a vivir en él y en todos aquellos que guardaran esas palabras en su corazón.

Jacob esperaba una señal.

Entonces no comprendió.

Necesitó cuarenta años para entender el verdadero significado de aquel compromiso con Jesús de Nazaret.

Y la señal llegó.

La tenía junto a él.

Su camino se llenó de luz de nuevo en el peor de los momentos.

Abrazó su propósito.

Abrió los ojos.

Frente a él, el griego lloraba de emoción.

Tenía frente a él a un nuevo cristiano.

Acababa de resucitar en espíritu.

Armado con aquel nuevo vigor, Jacob decidió terminar de cumplir con el deseo del galileo, comprendiendo por fin que el verdadero refugio no se encontraba detrás de los muros de piedra, sino dentro de la fortaleza de su recuperada fe.

Intentó con todas sus fuerzas arrancar las sogas que le amordazaban. Gedeón regresó a la cámara.

No venía solo.

Tras él, los zelotes.

Tras Simón bar Giora, los sicarios.

Todos se situaron frente a Jacob y Lucas.

Solos.

Indefensos.

O eso creían los radicales.

Tras el guerrero y el griego, una legión.

El peso de la fe de cientos de almas que los precedieron defendiendo el mismo propósito que ellos.

Difundir un mensaje de amor, perdón y salvación.

27

Año 30 d. C.
3790 הנש
783 AUC
-
Betania

†

Al día siguiente de la ascensión de Jesús, en la cálida luz del amanecer, María, la madre de Jesús, se encontraba sentada en silencio en el patio tranquilo de la casa familiar de Marta, María y Lázaro, rodeada de flores y pájaros cantores. Parecía irradiar una luz única, vestida de lino con un manto azul y una serenidad en el rostro que contagiaba paz.

Un apocado Jacob y su madre Miryam se acercaron con reverencia con el fin de reconfortar a la madre del Hijo del Hombre, sintiendo la presencia y la paz que emanaban de aquella mujer cuya vida había estado entrelazada con la historia misma.

Con una sonrisa serena, María acogió a Jacob y a su madre con cariño. Sus ojos reflejaban sabiduría y compasión mientras dirigía unas palabras llenas de amor y consuelo hacia ellos.

—Madre mía, Jacob, qué guapo estás... —dijo cariñosamente la madre de Jesús.

Jacob sonrió tímidamente por el cumplido.

—Señora, ¿podemos sentarnos contigo un momento?

—Por supuesto, Miryam.

Miryam se sentó junto a María mientras el pequeño se disponía a dejarse seducir por el canto de los pájaros en el patio que conocía a la perfección.

—María, me he sentido inspirada por tu fuerza y fe, especialmente estos días. Toda Jerusalén habla del regreso de tu hijo al Padre.

—Gracias, Miryam. Sí, ha sido un camino largo y a veces doloroso, pero también lleno de amor y revelaciones maravillosas.

Miryam miró a Jacob, pendiente de él para que no se alejara demasiado.

—No puedo siquiera imaginar lo que sientes ahora. Como madre, mi corazón se llena de miedo solo de pensar en perder a Jacob, incluso por un momento.

—Ya sabes lo que dice el viejo proverbio, Miryam: «Dios no puede estar en todas partes, por eso creó a las madres».

Miryam estuvo a punto de soltar una carcajada, pero se contuvo. No era el momento de reír. María se dio cuenta de su prudencia.

—Ríe cuanto puedas, Miryam. Jesús nunca dejó de hacerlo. Es lo que más me gustaba de mi hijo. Cuánto reía. Nunca sabes cuándo reirás por última vez.

—¿Cómo... cómo encuentras paz después de todo lo que ha sucedido?

La Señora depositó sus manos sobre las rodillas de Miryam para tranquilizarla.

—La paz llega cuando comprendemos que no estamos solos en nuestros miedos y esperanzas. Cada uno de nosotros juega un papel en este vasto diseño creado por Dios. Aceptar que Jesús tenía una misión más grande que cualquier amor terrenal era difícil, pero me llena de paz saber que cumplió su propósito. —Tras estas palabras, María se puso seria y triste—. Como tú deberás cumplir el tuyo.

En ese mismo instante, Miryam supo que María conocía las palabras de su Hijo y su destino. Tragó saliva antes de responder a la Señora.

—Me maravilla tu fe, María. ¿Cómo puedo enseñarle a Jacob a tener esa misma fe y fuerza?

—Miryam, la fe es un camino que se recorre en cada pequeño acto de amor, esperanza y confianza en que Dios está con nosotros, incluso en la adversidad. Enséñale a Jacob a ver la belleza en lo cotidiano, a encontrar la bondad en las personas y a tener el corazón abierto a la guía de Dios durante el tiempo que estés con él.

—Gracias, María. Hay tanto que no comprendo, pero deseo que Jacob viva en un mundo lleno de ese amor que Jesús enseñó.

—Y así será. Cada corazón tocado por su mensaje es una semilla de cambio. Tu amor por Jacob es el inicio. Enseña con el ejemplo, como intenté hacerlo yo. Después, más pronto que tarde, deberá volar solo.

El niño pretendía capturar a uno de los pájaros, pero le resultaba imposible, tan imposible como abarcar todo el mar de Galilea en sus manos. Pero aquel chiquillo no dejó de intentarlo, pues había sido testigo de lo imposible.

—Me siento afortunada de poder compartir este momento contigo —dijo Miryam con profunda devoción—. Gracias por tus palabras.

—Gracias por tu compañía. Recuerda, no estamos solas —concluyó elevando un dedo al cielo.

Jacob se acercó para apremiar a su madre, pues el olor a pan recién horneado empezó a inundar el patio y el hambre comenzaba a hacer mella en el estómago del pequeño.

—Hijos míos, en este momento de transición y cambio, recordad que el amor de mi hijo Jesús os guiará siempre —dijo

María con voz suave—. En su ascensión, nos dejó un legado de esperanza y paz que debemos llevar en nuestros corazones.

Jacob y su madre escucharon con atención, sintiendo la calidez y la serenidad que irradiaba María, pues al final era ella quien estaba reconfortándolos a ellos. Con un gesto de afecto, María tomó las manos de Jacob y su madre infundiendo en ellos una sensación de paz y fortaleza. Les recordó que, aunque el camino pudiera parecer difícil, nunca estarían solos, ya que el amor y la guía de Jesús los acompañarían en cada paso del camino. Sus palabras, impregnadas de sabiduría y consuelo, resonaron en sus corazones.

—¿Creías en Él? —preguntó María al pequeño Jacob.

—Sí... —dijo entre sollozos enseñando el leptón que Él le había regalado.

—Eso es bueno, porque Él creía en ti. —Le mostró una gran sonrisa al pequeño.

Ese gesto, tan significativo y familiar para aquel niño de nueve años, que tanto le recordaba a Jesús de Nazaret, le hizo algo más feliz. Mirando a su madre y a la Señora se sintió protegido por el arma más poderosa que existía, el amor.

Y así, en aquel tranquilo patio iluminado por la presencia cariñosa de María, Jacob y su madre sintieron que, a pesar de la ausencia física de Jesús, su espíritu y su amor perdurarían por siempre.

Madre e hijo partieron bajo una promesa de un generoso trozo de pan para saciar el apetito del pequeño, mientras que, rodeada de calma en el jardín, María observaba sentada cómo se alejaba aquella madre y su pequeño.

«Ella caerá para que él se levante», profetizó Jesús en Betania.

«Él salvará la palabra de *abbá*, el Padre», le dijo Jesús en Cafarnaúm mientras desayunaban pescado en su reencuentro con los apóstoles.

Y allí estaba Miryam, alejándose, dando todo el calor del mundo a su hijo, que jugaba con su leptón mientras se relamía pensando en ese pan recién horneado que le regalaría el panadero Noah.

Jacob.

Tan pequeño.

Tan ignorante.

Tan importante.

28

Año 70 d. C.
3830 הנש
823 AUC
-
Jerusalén

Mientras Roma avanzaba con paso lento pero firme y decidido hacia el corazón de una Jerusalén desangrada, un grupo de sicarios y zelotes esperaba con ansia el desenlace de la captura de Jacob como si de una guerra civil interna a menor escala se tratara.

Simón bar Giora deseaba un baño de sangre.

Gedeón ben Ananías esperaba una explicación.

—¡Padre, escúchame! —imploró Jacob—. No derramaré más sangre por una libertad, la del espíritu, que solo se puede ganar con amor y sacrificio, no con la espada. ¡Necesitamos escapar de aquí!

Los murmullos se extendieron por la estancia mientras las palabras de Jacob flotaban como una nube sobre los hombres allí presentes. Vio en sus rostros el mismo fervor que había llevado a su padre a aplaudir la muerte de un hombre en la cruz tantos años atrás.

—Este no es tiempo para la predicación de aquel Nazareno que admirabas de niño, Ya'akov —replicó Gedeón cuyo celo era como una mecha encendida—. ¡Han pasado cuarenta años! ¡Roma no se rendirá poniendo la otra mejilla!

—Padre, ¿qué pasa con lo que tú y yo vivimos a su lado? —lo desafió Jacob, con voz firme, tratando de hacerle recordar—. ¿Nuestra causa no merece el mismo autoexamen? ¡Luchamos por el alma de Jerusalén, no solo por sus piedras y calles!

Gedeón, a pesar de su ancianidad, se agigantó; los años y sus convicciones agregaron peso a su estatura. Parecía un Goliat a punto de engullir a un David sin honda. Estaba convencido de que Jacob había enterrado aquellos pensamientos impuros muchos años atrás, pero por alguna extraña razón, vinculada al griego al que acompañaba, habían resurgido con más fuerza que nunca.

—Recordamos las lecciones como mejor nos parezca, Ya'akov. Nuestro pueblo ha sufrido durante mucho tiempo bajo la bota del opresor. Son muchos los predicadores que han hablado de paz, sí, pero nosotros somos los que empuñamos la espada para abrir un camino hacia esa paz.

—¡Abrimos un camino hacia más muerte! —replicó Jacob con el corazón ardiendo con una verdad que trascendía la bravuconería de los hombres que buscaban únicamente una victoria terrenal—. Me temo que confundís la fe con la obstinación. Vais a morir todos aquí.

Un tenso silencio invadió la sala mientras padre e hijo permanecían enzarzados en una batalla ideológica tan antigua como la humanidad misma. Simón bar Giora miraba con atención. No había tiempo para rencillas familiares. El futuro de todo un pueblo estaba en juego. Un guerrero judío entró para sacudir aún más aquel tenso momento.

—¡Los *kittim* se están acercando demasiado! ¡Necesitamos más hombres!

Y, en aquel maremágnum, la postura de Jacob era la de la fuerza silenciosa que había obtenido del hombre en la cruz, una fuerza que no flaqueó bajo el escrutinio de los zelotes.

—Dejadnos solos —ordenó Gedeón.

Nadie se movió.

—¡He dicho que nos dejéis solos! —vociferó escupiendo saliva por la boca.

Hubo un sobresalto. Gedeón no era el máximo responsable del movimiento zelota, pero tantos años al servicio de Israel le granjearon una autoridad que muchos continuaban respetando.

Los zelotes se dispusieron a salir de la estancia para ofrecer algo de apoyo a las milicias hebreas. Simón bar Giora se resistió, desafiando al anciano. Tras él, un pequeño grupo de sicarios le protegían, amenazantes. De repente, se vieron rodeados por los seguidores de Gedeón que no habían terminado de abandonar la sala y se dieron cuenta de la provocación. Poco a poco, los zelotes más aguerridos se situaron en posición defensiva flanqueando a Gedeón, creando un muro férreo entre Simón bar Giora y Jacob.

—El enemigo está ahí fuera, derribando nuestras murallas. No aquí dentro —dijo solemne Gedeón.

Bar Giora, dándose cuenta de su inferioridad numérica, dio un paso atrás y, con un gesto, ordenó a sus lugartenientes sicarios que rompieran filas y abandonaran el cuartel para plantar cara a los legionarios. El líder sicario escupió en el suelo, como oprobio a Gedeón. El anciano zelote no se amedrentó.

—¡Escúchame, hijo de Giora bar Abban! —increpó Gedeón a Bar Giora—. Somos tan defensores de Israel como lo sois vosotros. Posiblemente igual de radicales, pero, a diferencia de vosotros, nosotros no asesinamos a nuestros hermanos judíos. Tu padre se desvió de todo lo que construimos y eso nos ha traído hasta aquí.

Ante esa acusación, tan cierta como que el sol asomaba por el horizonte cada mañana, Simón bar Giora avanzó en actitud desafiante hacia el zelote. Encaró a Gedeón y los zelotas tras él desenvainaron sus espadas.

Gedeón miró a los ojos al déspota.

—Si vuelves a escupir, te mato aquí mismo.

Los ojos de Simón bar Giora fueron de Gedeón a Jacob y volvieron al anciano. Dio media vuelta y, antes de abandonar el lugar con un portazo, se dirigió a su compatriota Gedeón citando la ley de Moisés.

—«No te postrarás ante ellos ni les darás culto; porque yo, el Señor, tu Dios, soy un Dios celoso, que castigo el pecado de los padres en los hijos, hasta la tercera y la cuarta generación de los que me odian». No lo hagas, Gedeón. No flaquees. No ahora.

El sonido de la puerta retumbó en la estancia cuando el sicario partió.

—Salid todos y acabad con esos malditos romanos —insistió Gedeón.

Los zelotes no titubearon. Uno tras otro, se marcharon por la misma puerta que Simón bar Giora hubiera derribado para acabar con todos allí mismo. Cuando los guerreros terminaron de marchar, el líder zelote, lentamente, dio media vuelta en dirección a su hijo, postrado en una silla.

Se detuvo el tiempo entre ellos.

Gedeón deambuló por la habitación con la flaqueza de un anciano, pero Lucas, absorto en aquella situación, le percibió con la fortaleza de diez zelotes. El vetusto guerrero se detuvo con delicadeza y miró a Jacob. En su cara aún se asomaban las heridas de los golpes de Bar Giora, con la frente todavía ensangrentada.

Eran muchos los recuerdos que guardaba.

No todos buenos, pero no había sido mal muchacho. Recordó cuando estuvo tan enfermo, debido a la mordedura de una serpiente, a punto de morir.

Cómo jugaba y correteaba por las calles de la Jerusalén que tanto amaban.

Cómo consiguió que superara el asesinato de su madre Miryam mintiendo y culpando a los romanos a pesar de que todo sucedió por culpa de sus celos con la ayuda de los sicarios.

Y allí estaba el padre frente al hijo, el anciano frente al hombre. Un varón rondando los cincuenta, convertido en guerrero bajo la doctrina zelota, de nuevo atrapado, cuarenta años después, por la majestuosidad de aquel hombre de la cruz.

Inspirado por Lucas, supo que era el momento.

—Padre, me educaste bien. Demasiado bien. No hay que ser muy listo para saber que si su padre, Bar Abban, lanzó la primera piedra, fue él el que levantó falso testimonio contra madre ante el Sanedrín, ¿verdad? —Jacob trató de sacarse una espina de su corazón.

Gedeón no pudo articular palabra. Terminó asintiendo.

—¿Por qué Giora bar Abban sacrificó a mi madre?

—Aquel hombre fue puesto en libertad para que el Nazareno muriera. Giora, cada día más radicalizado, no soportaba ver cómo tu madre rezaba a un dios que no era el nuestro. Y fue testigo de la complicidad de tu madre y tu tío...

—Eso es una falacia, padre.

—Puede ser...

Gedeón nunca supo qué sucedió en realidad entre su esposa y su hermano. Ella murió y su tío huyó. Y él nunca se puso del lado de su esposa. No quiso mostrar debilidad. Él soñaba con liberar a Israel y ella sería un estorbo. Ante la pasividad de su padre en el pasado, Jacob no pensaba detenerse.

—Si Bar Abban hizo eso, tú tuviste que permitirlo. ¿Por qué me convenciste de que fueron los romanos cuando en realidad estabais en mitad de una guerra interna para mantener el poder?

—Porque era la única manera de evitar que te lapidaran a ti también si te descubrían predicando las palabras de aquel Jesús. Ella había sellado su propio destino. Yo necesitaba continuar con el legado. Tu madre era un estorbo y tú tenías que odiar a los invasores tanto como yo. Debías olvidar a aquel profeta que solo trajo división a nuestro pueblo, preocuparte por tus hermanos judíos y continuar con mi legado para que los sicarios no tomaran el control de Jerusalén.

—Aquel profeta trajo muchas más cosas, padre. Lo sabes perfectamente. Y el estorbo fuiste tú. Mi madre fue un ejemplo a seguir. Ella, al menos, supo lo que significaba amar.

Gedeón se tomó unos segundos antes de continuar. Ya no había marcha atrás.

—Yo te amé, hijo mío. A mi manera...

—Amar significa dar, no quitar. Y tu amor me arrebató a mi madre.

Gedeón, avergonzado, se sorprendió ante la tranquilidad y serenidad de su hijo. El poder redentor del Cristo había calado hondo en él.

—¿Qué pretendes hacer, hijo mío? —preguntó Gedeón con una compleja variedad de emociones parpadeando en sus ojos.

—Serviré a Jerusalén y a su pueblo no con la espada, sino con la palabra, manteniendo vivas las enseñanzas que traen la verdadera salvación —declaró Jacob con firmeza.

—¿Merecerá la pena?

—Cada gota de sangre. Tú fuiste testigo, padre. En el fondo de tu corazón lo sabes, pero siempre te negaste a creer. Él ya te lo advirtió.

—Y este griego que te acompaña, ¿también merece la pena?

Jacob y Lucas cruzaron sus miradas.

—Cada gota de tinta —aseveró el guerrero de la fe sin apartar su mirada del cronista.

Lucas agradeció aquellas palabras. Gedeón miró fijamente a su hijo y no pudo evitar cierto orgullo como padre. Recordaba con nitidez cómo se hizo la cicatriz en la ceja. Pero, en ese momento, Jacob ya no era el héroe de Bet-Horón ni el guerrero que habría querido dirigir en batalla, pero sí el hijo que hubiera deseado disfrutar en vida.

Él, anciano ya, fiel devoto de la política y la guerra.

Él, adulto, leal incondicional de la paz y la misericordia.

Ambos, fieles fervorosos de su Dios. Dos visiones tan antiguas como las tablas de Moisés. Un debate moral que resonaría a través de los tiempos.

—Los padres les enseñan a los hijos a hablar, y los hijos les enseñan a los padres a guardar silencio.

Gedeón hizo una pausa y se retiró un momento. Enseguida volvió con un bulto que contenía un valioso pergamino.

Extrajo un pedazo suelto de pergamino.

—¿Quién es ella? —preguntó Gedeón.

Jacob observó aquel rostro dibujado en el pergamino.

Un rostro de una mujer bella, llena de pesar y paz al mismo tiempo.

Sin duda se trataba de María, madre de Jesús.

Jacob miró a Lucas.

El griego contestó.

—Es María, la madre del Señor... —dijo con tono humilde.

Gedeón observó el retrato durante un momento.

Lucas, además de médico y cronista, era un excelente ilustrador.

Gedeón introdujo con cuidado el pergamino en el bulto de Lucas y se dirigió al griego.

—No sé qué contienen los demás rollos que portas, griego. Pero, si mi hijo está dispuesto a dar la vida para que tú y tu crónica salgáis enteros de esta ciudad, entonces todo esto es tuyo.

Con la diestra desenvainó su espada y con sendos movimientos cortó las ataduras de su hijo, que cayeron pesadas sobre el empedrado. Tras entregar el paquete a Lucas, su legítimo propietario, se dirigió a su hijo una vez más.

—Hijo mío, eres igual que tu madre.

—¿Sabes, padre? Eso es lo más hermoso que me has dicho en tu vida —sentenció Jacob.

Frente a frente, mirándose a los ojos, se dijeron todo lo demás sin articular palabra.

Y los ojos de Jacob se humedecieron porque su padre reveló que conocía en el fondo de su corazón, a pesar de la ausencia de fe, el verdadero significado de una de las palabras que más utilizó Jesús de Nazaret.

Misericordia.

Gedeón se acercó a la puerta para invitarlos a salir. Antes de entornar la puerta, se giró y, en su silencio, le lanzó un pequeño objeto a su hijo. Jacob lo agarró raudo en el aire y, al abrir su puño, ahí estaba su pequeño y preciado leptón.

Miró a Gedeón y sonrió como símbolo de gratitud.

Su padre no tuvo tiempo de devolverle la sonrisa cómplice.

La puerta voló por los aires.

De una patada, Simón bar Giora entró con violencia a la sala. Frente a él, desprevenido, Gedeón trató de desenvainar la espada intentando hacer frente a la inminente ocupación romana.

No eran romanos.

Era el hijo de Bar Abban, miembro de su guardia personal tiempo atrás.

No tuvo tiempo de defenderse.

En cuestión de segundos, se vio atravesado por el acero del líder de los sicarios.

Con la hoja atravesándole aún los intestinos, Bar Giora se encaró con el anciano ensartado con una sonrisa malévola de oreja a oreja.

—Así tratamos a los traidores.

Gedeón se desplomó en el suelo.

29

Año 30 d. C.
3790 הנש
783 AUC
-
Betania

✝

Después del sacrificio de su amado maestro, el carpintero de Nazaret, José de Arimatea sintió la llamada de la libertad y la necesidad de alejarse de las intrigas del Sanedrín, pues su corazón y su espíritu pertenecían a otro credo. Junto a su compañero Nicodemo, a la valiente Verónica con su preciado tesoro y el resucitado Lázaro, al que todos conocían, decidieron emprender un viaje en busca de paz y redención más allá de Israel, lejos de las sombras de la traición y el poder corrupto.

Tras la ascensión de Jesús, su madre, los apóstoles y los seguidores más cercanos se encontraban reunidos en Betania, un lugar que había sido testigo de momentos de profunda unidad y enseñanza espiritual durante la ascensión de Jesús. Allí recibieron a los antiguos miembros del concilio con los brazos abiertos. Lázaro decidió que fuera en su casa donde José de Arimatea se reuniera con los apóstoles para comunicarles una noticia urgente.

Con seriedad en su rostro, miró a cada uno de ellos antes de hablar y compartió su decisión con los apóstoles restantes: partir a través del gran mar con Nicodemo, Verónica y el propio Lázaro en busca de una nueva vida lejos de las cadenas del pasado.

A Jacob le parecía una aventura maravillosa. Surcar los mares y predicar las palabras de su amado Jesús. Pero lo que más le llamaba la atención era Lázaro. Él estuvo presente cuando el Nazareno le llamó.

Jacob recordaba perfectamente cómo la multitud que se congregaba en torno a la tumba del recién fallecido Lázaro capturó su imaginación y lo llenó de un miedo y expectativa indescriptibles.

Se acordaba de cómo Marta se movía por su hogar en Betania con resignación palpable en cada paso, pues su fe en Jesús se enfrentaba en aquel momento a la más dura de las pruebas: la muerte de su hermano Lázaro.

Jacob se enteró de que habían pasado cuatro días desde que la esperanza se desvaneció bajo la losa del sepulcro, y, aunque el corazón de Marta albergaba el recuerdo de las promesas de Jesús, el dolor y la duda tejían una capa fría sobre su ánimo.

Pero el niño fue testigo de cómo la llegada de Jesús al cuarto día postergó el duelo en favor de una incomprensible expectativa. Las hermanas Marta y María recibieron a la comitiva de Jesús, incluyéndole a él, expresando su dolor y su fe en el mismo aliento con el poderoso.

Jacob rememoró las palabras de Marta al Nazareno sin prolegómenos, echándole en cara que, si hubiera estado allí, su hermano no habría muerto. Pero se excusó diciéndole al maestro que sabía que todo lo que le pidiera a Dios se lo daría.

El niño, atento, no pestañeó cuando Jesús, con tanta calma que parecía desafiar la desolación de Marta, le hizo una promesa.

—Tu hermano resucitará.

Al escuchar estas palabras, Jacob recordó sentir confusión, al igual que Marta, su hermana y el resto de los presentes. Miró a la hermana de Lázaro quien, con humildad, respondió que era consciente de que su hermano resucitaría en el último día, como si tratara de encontrar esperanza en la promesa futura.

—Querida Marta, ¡cuánto te costó creer! Yo soy la resurrección y la vida.

Pasos atrás, Jacob escuchaba fascinado y temeroso de la mano de su madre y su tío.

Nadie le había preparado para lo que estaba por presenciar.

Juntos, Jesús, Marta y María, la otra hermana, se dirigieron a la tumba de Lázaro. La multitud de amigos y vecinos que habían llegado a consolarlas los seguía. Todos formaban un mosaico de escepticismo y esperanza.

Jacob evocó la orden de Jesús con voz serena pero firme.

—Quitad la piedra.

El pequeño se acordó de cómo la tensión aumentaba a su alrededor. Todos murmuraban. Su joven mente luchaba por entender qué estaba sucediendo. ¿Cómo podía alguien, incluso Jesús, interrumpir el descanso eterno de Lázaro?

A medida que los hombres quitaban la piedra que sellaba la entrada del sepulcro, Jacob vio a las hermanas de Lázaro, Marta y María, con lágrimas en sus ojos. La realidad de la muerte se hizo palpable una vez más ante Marta, pues, ante el olor que salía del sepulcro, su fe vacilaba ante la perspectiva de enfrentar la manifestación más definitiva de la muerte.

Entonces Jacob rememoró cómo, asombrado, observaba a Jesús levantar la vista al cielo y rezar. Aunque no podía escuchar las palabras exactas de su oración, algo en el aire cambió; era como si una paz incomprensible descendiera sobre todos los presentes.

—¡Lázaro, ven fuera! —clamó con voz potente.

No había sido un sueño. Él estuvo allí presente. El tiempo pareció detenerse. Jacob contuvo el aliento con los ojos fijos en la oscura entrada de la tumba, medio esperando, medio temiendo lo que vendría.

Y, entonces, sucedió.

En ese momento, lo imposible se materializó.

Lázaro, vestido con las vendas de su sepultura, salió tambaleante de la tumba.

Vivo.

Un murmullo de asombro y exclamaciones de fe se elevaron de entre la multitud. Jacob, con los ojos como platos y la boca abierta de la sorpresa, sintió que su corazón era invadido por una alegría y un asombro inconmensurables. Presenciar un milagro de tal magnitud le mostró un aspecto del mundo y de la divinidad que nunca había imaginado posible.

Jacob, testigo de lo inconcebible, vio cómo Marta se encontró a sí misma en el epicentro de un milagro que superaba toda expectativa. El dolor, la duda y el miedo se disolvieron en el aire de Betania.

Para Jacob, aquel día, Jesús se convirtió en la fuente de la vida misma, capaz de transformar la tristeza en gozo y la muerte en vida.

No había pasado mucho tiempo desde aquel milagro y, de repente, Jacob tenía a Lázaro de nuevo junto a él, junto a todos.

Mientras tanto, los apóstoles, sorprendidos por la noticia, pero comprendiendo la llamada de su hermano en la fe, escucharon con respeto mientras José y Nicodemo compartían su visión de un futuro marcado por la esperanza y la fe renovada. Pedro, levantando la mirada con intensidad, extendió su mano hacia José.

—Hermanos, os apoyamos en vuestra búsqueda de la verdad y oramos por vuestra seguridad y éxito en esta travesía.

Vuestras acciones hablan de valentía y determinación, y sabemos que vuestra luz brillará incluso en las aguas más oscuras del Mediterráneo.

Santiago, con una sonrisa serena, se unió al gesto y se dirigió al resucitado.

—Que el Señor guíe tus pasos hacia la paz y la redención, querido Lázaro. Verónica, Nicodemo y José encontrarán refugio en tu cuidado, y juntos encontraréis una nueva tierra prometida de amor y esperanza.

—Gracias, Santiago —respondió complacido Lázaro—. Cuidad de mis hermanas, por favor.

Miryam, la madre de Jacob, con un gesto de solidaridad, se acercó a la portadora de la verdadera imagen del señor y le propinó un abrazo inolvidable.

—Estaremos contigo en espíritu, Verónica. Que Dios te proteja en tu viaje y te guíe en tu camino.

Jacob y su madre se fijaron en María, la madre del Señor, que aguardaba paciente y dejaba hacer. Fue la última en despedirse de José de Arimatea y Nicodemo, como era habitual en ella, tan agradecida por la generosidad y el apoyo que aquellos hombres habían brindado a su familia en momentos de dificultad. Con el corazón lleno de gratitud, se acercó a ellos con una mirada serena y cálida.

—José, Nicodemo, hijos míos —comenzó María con voz suave—, no hay palabras suficientes para expresar la gratitud que siento hacia vosotros por vuestra bondad y vuestro amor en estos tiempos turbulentos.

Sus ojos reflejaban la sinceridad de sus sentimientos mientras hablaba. José y Nicodemo escuchaban atentamente con humildad y respeto por aquella mujer, madre de Jesús. Sabían la importancia de su papel en la vida de la familia de Nazaret y en la difusión de la enseñanza de su hijo.

—Vuestra hospitalidad y vuestra ayuda han sido un bálsamo en medio de nuestras angustias. Acompañasteis a Jesús en su sacrificio final y ahora, en mi corazón, guardo un profundo agradecimiento por todo lo que habéis hecho por nosotros.

José, con los ojos humedecidos y gesto de respeto, trató de estar a la altura de aquellas palabras.

—María, madre llena de gracia, ha sido un honor para nosotros poder servir y acompañar a tu familia en este camino. Nuestro hogar siempre estará abierto para ti y para quienes sigan los pasos de tu hijo.

Con un abrazo lleno de cariño y gratitud, María se despidió del sabio de Arimatea, de Nicodemo, de Verónica y de Lázaro llevando consigo en su corazón el recuerdo de su generosidad y amor. Sabía que, a pesar de la separación física, sus senderos seguirían entrelazados por el vínculo de la fe y la esperanza en un futuro mejor.

Los apóstoles y todos los allí presentes rodearon a los peregrinos, expresando sus mejores deseos y entregándoles su apoyo en aquel difícil momento. Con un último adiós, José de Arimatea miró a Tadeo, preocupado por el futuro del lienzo de Jesús. Tadeo asintió con confianza, proporcionando sosiego al anciano errante.

Lázaro se despidió de sus hermanas entre sollozos. Para Jacob fue conmovedor ver cómo los tres hermanos se abrazaban fuertemente. Si tiempo atrás fue testigo de cómo Lázaro volvió a la vida, en ese momento fue testigo de cómo tanto él como sus hermanas plañían como nunca antes.

Pero aquella separación, sabían, era necesaria.

Y el grupo partió de la casa de Lázaro dejando atrás a sus amigos con la esperanza de que algún día se reunirían de nuevo con el mismo amor y fe que los había unido en esa causa común.

Y así, con la bendición de los apóstoles y el Espíritu Santo en sus corazones, José de Arimatea, Nicodemo, Verónica y Lázaro se prepararon para partir en busca de un nuevo amanecer en las aguas del Mediterráneo, llevando consigo la fe como su brújula y la promesa de una vida llena de amor y perdón.

El antiguo zelote Simón no pudo evitar sentir algo de envidia ante ese peregrinaje. Si no fuera por las palabras de Jesús, él mismo hubiera arrastrado a Miryam y a Jacob junto a la expedición de Arimatea.

Su inquietud ante la proximidad de Gedeón le consumía por dentro.

Pero, al parecer, Dios tenía un plan.

Por otro lado, entre los presentes sobrevolaba la ausencia de Judas Iscariote, quien se había apartado de ellos supuestamente por el camino de la traición, dejando una vacante entre los doce. Tan solo el pequeño Jacob había tenido la osadía de preguntar al maestro por él, pero la respuesta de Jesús los dejó aún más perplejos. Los apóstoles sentían la necesidad imperante de restaurar su número a doce, como las doce tribus de Israel, como los cimientos de la nueva Jerusalén.

Pedro, asumiendo su rol natural de liderazgo dentro del grupo y aún con la amargura de ver partir al grupo liderado por el de Arimatea, se puso de pie con solemnidad. El aire estaba cargado de expectativa y de la conciencia de estar viviendo en el umbral de una nueva era para la fe que Jesús había sembrado en sus corazones.

—Hermanos —comenzó Pedro con autoridad—, el Señor Jesús, que nos convocó desde el principio y nos envió a proclamar el Reino de Dios, nos ha dejado la tarea de continuar su obra. Judas, quien fue uno de nosotros y tenía parte en este ministerio, se ha alejado por caminos de oscuridad. Así como David había profetizado, debemos elegir a uno que tome su lugar de apóstol.

Los presentes escuchaban en silencio, cada uno reflexionando sobre la magnitud de la responsabilidad que compartían y la importancia de la decisión que estaban a punto de tomar.

Pedro continuó.

—Es menester, pues, que, de entre los hombres que han compartido nuestro camino y han sido testigos de la resurrección de Jesús, elijamos a uno para que se una a nosotros en este ministerio y apostolado.

En medio de las conversaciones sobre cómo llevar adelante el ministerio que Jesús les había encomendado, surgió una pregunta inesperada de entre los presentes, una incógnita que había estado latente, pero sin ser abordada abiertamente.

La voz de una mujer devota y valiente se alzó por encima de los allí presentes. Una pregunta al aire, una demanda ineludible, una duda necesaria.

Era la voz de Miryam, que llegó nítida a todos los oídos, la que provocó un gran revuelo entre los apóstoles y demás seguidores de Jesús de Nazaret.

Todos la miraron con estupefacción.

Nadie quiso dar el primer paso.

Nadie tenía una explicación para semejante cuestión.

Y la pregunta quedó flotando en el aire.

«¿Por qué un niño no puede ser apóstol?».

30

Año 70 d. C.
3830 שנה
823 AUC
-
Jerusalén

Gedeón se desplomó en el suelo.

—¡No!

Aquel grito desgarrador retumbó en toda la estancia. Jacob estaba siendo testigo del asesinato de su padre. Lucas quedó paralizado por aquel despropósito. Fuera del cuartel, zelotes y sicarios mantenían una trifulca enfrascados en reproches mientras Roma devoraba los cimientos de su civilización.

Jacob se adelantó como un animal rabioso y, espada en mano, se abalanzó sobre el líder sicario desarmándole con violencia. Le arrojó al suelo con un golpazo bestial con el pomo de la empuñadura, destrozándole la nariz. Simón bar Giora, en el suelo, se llevó la mano a la cara para comprobar que estaba bañado en sangre. A la cicatriz de su pómulo se sumaba la nariz rota. Desarmado frente al colérico hijo de Gedeón, supo que su destino estaba sellado.

Jacob, furioso, se acercó a él espada en mano. A su lado, el cuerpo inmóvil de su padre, redimido por la misericordia en un charco de sangre. Fuera, el alboroto entre sicarios y zelotes había desaparecido, como si algo les hubiese provocado huir de aquel lugar. Avanzó dos pasos más y se irguió frente a Bar Giora como un gigante a punto de aplastar a un insecto. Clavó su mirada en el rostro del sicario, que no mostraba ningún síntoma de arrepentimiento y alardeaba narcisista de ser el verdugo de un gran traidor.

—Tu padre mató a mi madre y ahora... ¡Tú has matado a mi padre!

Jacob levantó el arma con la intención de asestar el golpe mortal. Apretó la mandíbula hasta provocarse daño.

—Hazlo, cobarde —retó Bar Giora con una sonrisa maliciosa—. Por primera vez en tu vida, demuestra que eres un hombre.

—¡No! —gritó Lucas desesperado unos pasos atrás—. ¡No lo hagas, Jacob!

El hijo de Gedeón deseaba acabar con la vida de aquel miserable, y, mientras el mundo se derrumbaba en el exterior de aquel cuartel, en aquel interior solo se respiraba ira, resentimiento y venganza.

Lucas lo intentó una vez más.

—¡Jacob, recuerda! «Todos los que tomen la espada...».

Jacob se quedó helado por un momento. Esas palabras le hicieron recordar fugazmente el primer encuentro con Jesús. Se las dijo el Nazareno a su padre, y terminó cumpliéndose aquella profecía.

—«... a espada perecerán» —cerró la cita Jacob.

Con misericordia, y aún con el deseo de cumplir con la ley del talión, tan alejada de sus principios, bajó el arma. Miró con eterna absolución a su padre, frío y desangrado en el pavimento, para después dirigirse al asesino de su padre, que yacía estático con la nariz fracturada, con unas últimas palabras.

—No... Ya perdí el camino una vez por culpa de los sicarios. No volveré a hacerlo. Sois asesinos sin escrúpulos, meros terroristas. Creéis que con vuestros actos nos honráis como judíos, pero en realidad nos humilláis tanto como hacen los romanos. No eres digno del Dios de Abraham, Isaac y Jacob.

Jacob le asestó un duro golpe en la cabeza y Bar Giora quedó inconsciente.

Se acercó a su padre, inerte en el suelo, y se arrodilló ante él. Acarició brevemente el rostro de Gedeón agradeciendo su generosidad final.

Gedeón tosió de repente. Abrió débilmente los ojos, respirando con dificultad. Jacob sintió algo de alivio, pero no le quedaba mucho tiempo a su padre. Gedeón, con ojos humedecidos por la vergüenza y su destino final, le dedicó lentamente unas últimas palabras a su hijo.

—Tenías razón, hijo mío. Aquel nazareno decía la verdad, y su profecía se cumplió.

Ambos, por última vez, estuvieron de acuerdo.

—Padre...

—Ya'akov, siento mucho no haber estado a la altura. Nunca me perdoné lo que le hice a tu madre. —A Gedeón le costaba cada vez más articular palabra—. Por eso siempre fui un zelote. Fueron los celos, la envidia que me provocaba ver cómo tu tío, tu madre y tú formabais una familia de verdad lo que me cegó. Nunca conseguí vuestro amor y vuestra admiración. Lo siento mucho, hijo mío... Te quise, a mi manera, pero te quise.

—Madre fue siempre mejor que tú. Leal, generosa y fiel. Pero tu arrepentimiento te ennoblece, padre.

—Quise ser el mejor padre para ti, pero nunca fui el padre que necesitaste... Ya'akov, esta vez, termina lo que has empezado. —Gedeón sonrió por última vez a su hijo—. Y ten cuidado... ten cuidado con las serpientes.

Gedeón cerró los ojos para no abrirlos nunca más.

Otra espina se clavó en el corazón de Jacob.

Jacob derramó dos lágrimas.

Una por su padre.

Otra por su madre.

No tenía tiempo para más.

Se dio la vuelta, sujetó a Lucas por el brazo y le instó a salir de aquel lugar con olor a muerte. Torpemente, el cronista agarró fuertemente su fardo con sus valiosos pergaminos y acompañó a Jacob, dejando atrás al zelote redimido y al sicario inconsciente.

O eso creían ellos.

Embriagado de cólera, recobrado el sentido, Bar Giora extrajo bajo su túnica su daga curva con un sutil movimiento. El sicario, que nunca tuvo en mente salir acompañado del cuartel zelote, corrió como un diablo con su puñal afalcatado en dirección a la espalda de Jacob. Cuando estuvo a punto de propinar la punzada letal, el mundo voló por los aires.

Las legiones de Tito avanzaban como una marea imparable, arrasando todo a su paso en su cerco férreo a Jerusalén. A medida que los días avanzaban, los romanos aumentaron la intensidad de su asedio, probando la fortaleza de la segunda muralla con una combinación de fuerza bruta y astucia. Sin embargo, los defensores de Jerusalén no permanecieron pasivos; utilizaron la muralla como plataforma desde la cual lanzar contraataques, arrojando proyectiles y aceite hirviendo sobre las tropas invasoras que se atrevían a acercarse demasiado.

Tras intensas jornadas de asedio, en la que las tropas romanas probaron la convicción de los defensores judíos, el momento crítico llegó cuando las máquinas de asedio romanas se alinearon frente a la segunda muralla de la ciudad sagrada. El estruendo de las catapultas resonaba en los corazones de los defensores, un eco sordo de la inevitable devastación que se avecinaba.

En las almenas de la muralla, los centinelas judíos observaban con una mezcla de temor y ruego, sabiendo que la caída de esta defensa supondría un golpe letal para la resistencia de Jerusalén. El aire estaba cargado tanto de tensión como de un presentimiento opresivo de que el destino de la ciudad estaba sellado.

Las catapultas romanas lanzaron sus proyectiles con precisión devastadora, rompiendo la calma tensa con ruidos ensordecedores y el fragor de la destrucción inminente. Las piedras y los proyectiles llovieron sobre los edificios y sobre la muralla, causando grietas en la fortificación que había resistido durante tanto tiempo y que tan bien habían sabido defender los judíos.

En un instante fatídico, una de las catapultas romanas alcanzó el cuartel improvisado donde se hallaban Lucas, Jacob, Bar Giora y el cadáver de Gedeón, desencadenando un torbellino de caos y destrucción. El estrépito atronador de la explosión llenó el aire, sepultando cualquier esperanza bajo un manto de desesperación.

El humo y el polvo ascendieron en espiral, velando la terrible escena que se revelaba detrás de la cortina de destrucción. Entre los escombros y la conmoción, Jacob se aferraba a la conciencia entre la bruma de la confusión, buscando a Lucas con urgencia y temor.

El cuerpo de Gedeón yacía inerte, sin vida por la brutalidad del sicario. Jacob se arrastró y, con el dolor aún desgarrándole el alma y la tristeza abrazándole con sus garras heladas, besó la frente de su padre caído, lamentando no poder ofrecerle una sepultura digna, con una nueva lágrima solitaria deslizándose por su mejilla como tributo silencioso a la valentía y la pérdida que ahora le embargaban.

Volvió a pensar en su madre.

Tampoco tuvo una sepultura digna.

El sonido de las lamentaciones se unió al disonante coro de la batalla que aún rugía fuera de los muros del cuartel y le hizo apresurarse.

Se dispuso a encontrar al cronista.

No lejos de allí, con un estridente reventón, un tramo de la segunda muralla colapsó definitivamente bajo el constante asedio de las máquinas romanas. El estrépito fue seguido por las exclamaciones de los legionarios romanos, que avanzaron con ferocidad hacia la brecha recién creada, impetuosos por el sabor de la victoria.

La segunda muralla.

El lugar donde debería estar.

Sus compatriotas judíos se enfrentaron con valentía a la embestida romana, pero la desventaja numérica y la precaria situación de la muralla debilitada sellaron el destino de la resistencia. En la confusión y el caos de la batalla, las legiones de Tito irrumpieron a través de la brecha, abriéndose paso con cólera hasta el corazón de la ciudad.

El eco de la destrucción se desvaneció en el aire, reemplazado por el clamor de los romanos victoriosos y los lamentos de los caídos en la defensa de Jerusalén. La caída de la segunda muralla marcó un punto de inflexión en el asedio, un momento oscuro que presagiaba la inevitable caída de la ciudad santa ante la fuerza arrolladora del ejército romano.

Era cuestión de tiempo.

Así, entre el estrépito de la guerra y el reflejo de la tragedia, Jacob recogió su espada de entre los escombros.

Algo llamó su atención a escasos pasos de él. Como si de algo misterioso se tratara, una pequeña lámpara de aceite había sobrevivido al derrumbe. Su luz aún bailaba, tenue pero imperecedera, con un propósito. Alumbraba débilmente un pequeño objeto redondo de cobre.

Jacob se acercó lentamente.

Sonrió.

La luz marcaba el camino.

Allí estaba su preciada moneda.

El leptón de Jesús.

El último «regalo» de su padre.

Recogió su moneda y se alzó con su cuerpo y su espíritu magullados por el duelo y la pérdida. Con los ecos de la catapulta resonando en sus oídos, y sin rastro del cuerpo de Simón bar Giora, juró enfrentarse al destino que la guerra le había impuesto, con la fuerza y el coraje que Gedeón había encarnado en vida, no solo con la espada, sino con la pluma también.

La de su protegido, Lucas, el cronista.

Agarró fuertemente su leptón.

Y rezó.

Rezó para que el griego siguiera con vida.

31

Año 30 d. C.
3790 הנש
783 AUC
-
Betania

†

«¿Por qué un niño no puede ser apóstol?».

La pregunta, planteada por Miryam, madre de Jacob, hizo que el lugar se sumiera en un profundo silencio, pues todos sabían el cariño que su maestro profesaba a los más pequeños y, en especial, al propio Jacob. Incluso el crío se angustió ante semejante planteamiento, pues no sabía qué implicaba ser un enviado del Señor.

Las hermanas de Lázaro observaban expectantes y las miradas de todos los allí presentes se dirigieron hacia Pedro, quien había asumido naturalmente un papel de liderazgo entre ellos.

Pedro, después de una pausa contemplativa, comenzó a compartir sus pensamientos con Miryam.

—Los niños poseen una pureza y una capacidad de asombro que los acercan al Reino de los Cielos de una manera única —dijo recordando la relación entre Jesús y los niños—, pero…

Juan, quien siempre había estado particularmente sintonizado con los aspectos más profundos y personales del amor de Jesús, intervino mirando directamente a Jacob sin rechazar completamente la propuesta de su madre.

—¿Pero qué, Pedro? Jesús dijo «dejad que los niños vengan a mí y no se lo impidáis, porque de ellos es el Reino de los Cielos». Los niños llevan en sí una sabiduría que va más allá del entendimiento, una fe que no está atada por la duda o el miedo.

—Sin embargo —agregó Andrés defendiendo a su hermano Pedro—, el camino del apostolado requiere también una resistencia y una madurez para afrontar los conflictos, las persecuciones y las cargas del ministerio. No es tanto una cuestión de edad, sino de la preparación del corazón y del espíritu para llevar a cabo la obra que nos ha sido encomendada.

Jacob no entendió la totalidad de las palabras del apóstol, pero no le gustaron.

—¿Por qué limitáis el apostolado a los varones? ¿Por qué no un niño? ¿Por qué no una de nosotras? —agregó belicosa la de Magdala—. ¿Creéis que sois resistentes? ¿Creéis que sois maduros? ¿Creéis que estáis preparados?

Todos palidecieron.

Aquella cuestión era impensable.

Pero Tomás, conocido por su necesidad de entenderlo todo desde un punto de análisis, quiso añadir sus pensamientos a la conversación replicando a María.

—El espíritu de un niño es un modelo para nuestra fe, pero el servicio apostólico lleva consigo responsabilidades y desafíos que demandan una cierta experiencia y fortaleza. Fortaleza que quizá vosotras no tendréis.

—¿Pero tú quién te crees? —gritó María de Magdala enfurecida ante aquella respuesta—. ¿Acaso tuviste tú la fortaleza de estar frente a él durante su martirio?

—María... —Trató de detener Bartolomé la disputa.

—No me callaré, Bartolomé. ¿Quiénes sois vosotros para decidir eso? ¿Por qué no puede ser la propia Miryam una apóstol? Ella es tan discípula como todos vosotros y, además, estuvo en el Calvario.

La madre de Jacob se sonrojó y agradeció el halago de la Magdalena, pero ella en realidad quería que el elegido fuera Jacob.

María, la Señora, observaba en silencio la primera trifulca entre los elegidos de su hijo.

La discusión tomó un rumbo que llevó a los presentes a intentar reflexionar pacíficamente sobre el verdadero significado de ser apóstol. Miryam y Jacob miraron a Simón, pero el don de la palabra no era uno de sus fuertes. En su fuero interior, el que fuera zelote no tenía muy claro el porvenir de su sobrino con ellos más allá de Israel, tal y como se estaban poniendo las cosas contra la comunidad de los recientes evangelizadores. Al recordar las palabras del maestro en su último encuentro, quizá no era el momento para Jacob, y dejó que fuera la Providencia la que se manifestara a través de los demás apóstoles. Miryam preguntó cuáles eran los requisitos para convertirse en uno de los elegidos. Los preceptos vagamente establecidos deberían excluir a muchos de los seguidores del Cristo.

—Ser testigo de los milagros de Jesús —comenzó Simón tratando de romper una lanza en favor de su sobrino, pues había sido testigo directo de los prodigios del Nazareno.

Ante la declaración del apóstol Simón, que se posicionaba tímidamente para justificarse ante Miryam, los demás se vieron en la obligación de contestar.

—¿Ser testigo de su resurrección? —añadió Santiago el Menor.

—Estar presente junto al maestro hasta su ascensión —dijo Felipe sumándose a la enumeración, añadiendo un atisbo de esperanza para el pequeño Jacob.

Aquellos tres requisitos estaban cubiertos por Jacob, y todos los allí presentes eran conscientes. Necesitaban al menos un requerimiento para que Jacob quedara totalmente excluido del sufragio.

—¿Ser elegido por el Señor? —añadió Pedro intentando sentenciar las cláusulas.

Todos miraron al pescador con recriminación.

—Te recuerdo, Pedro —dijo María de Magdala con antipatía—, que Jesús ya no está con nosotros y estamos reunidos en cónclave para sustituir a Judas.

Todos miraron al pescador con recriminación ante su torpeza.

Andrés, el primero de los apóstoles, con la intención de sacar a su hermano Pedro del embrollo en el que se había metido una vez más, resumió el sentir común para zanjar de una vez por todas el pueril debate.

—Ser apóstol abarca imitar la inocencia y la integridad de un niño en nuestro acercamiento a Dios, pero también abrazar la madurez necesaria para enseñar, guiar y soportar las pruebas en nombre de Cristo.

Jacob calló, sin entender parte del discurso de los adultos, y se sumió en la más absoluta tristeza. Él había sido elegido por Jesús de Nazaret en su trayecto al Gólgota. Le pidió que cuidara de la palabra de su Padre, pero ni siquiera tenía como testigo a su madre, y, como nunca terminó de descifrar el verdadero significado de la petición de su maestro, enmudeció y dejó que los adultos continuaran con su deber.

—No hay ni un solo motivo de todos los que habéis enumerado que excluya a las mujeres.

—Yo estoy de acuerdo con María —declaró Mateo.

María agradeció el gesto.

—Yo también —se sumó Santiago apoyando a Mateo y a su hermano Juan.

—¡Pero si aún no tiene ni edad para leer la Torá en público! —exclamó Pedro ante el devenir de la conversación.

Todos se dieron cuenta de que la de Magdala competiría hasta el final para ver quién de los dos era más testarudo. En medio de la incertidumbre sobre quién tomaría su lugar entre los doce, Juan se acercó con respeto a María, la madre de Jesús, en busca de consejo y guía.

—Madre María, sabemos que has sido testigo de los caminos de Dios y que tu corazón alberga sabiduría celestial —expresó el apóstol con humildad—. Nos encontramos ante la ausencia de uno de nuestros hermanos y nos preguntamos quién podría ocupar su puesto en nuestra misión.

María, con su semblante sereno y sus ojos llenos de comprensión, guardó un momento de silencio antes de responder. Con la mirada puesta primero en aquella madre y después en sus discípulos, les transmitió con su presencia la certeza de que, en medio de la incertidumbre, la voluntad de Dios se manifestaría de la manera más perfecta y oportuna.

—Queridos hijos —comenzó María con voz firme y tranquila—, confiad en que Dios tiene un plan divino para cada uno de vosotros y para la misión que habéis sido llamados a cumplir. En la espera y en la fe, sois vosotros los que debéis encontrar la fortaleza para seguir adelante y dejar que Su voluntad se revele en su debido tiempo.

Los apóstoles, con humildad, recibieron las palabras de María con reverencia, reconociendo en ellas la guía y la sabiduría que solo una madre tan cercana al corazón de Dios podría brindar. En aquel momento de silenciosa comunión, todos comprendieron que la respuesta que buscaban estaba más allá de sus expectativas humanas, confiando plenamente en la Providencia.

María, la de Magdala, calló.

Dios tendría un plan.

La cuestión del niño apóstol les enseñó que cada seguidor de Jesús tenía un papel que desempeñar en la misión de Cristo, sin importar la edad. Sin embargo, la discusión se selló en el caso de Jacob, con una negativa única y exclusivamente por falta de madurez y oratoria. En el caso de Miryam y María, recordando cómo serían juzgadas en su sociedad.

Y, con una plegaria colectiva, pidieron sabiduría para reconocer y nutrir los dones únicos que cada individuo, niño o adulto, podría traer a la vasta y diversa familia de la fe.

Finalmente, de entre todos los allí presentes, entre ellos el griego Esteban, Felipe, Prócoro, Nicanor, Timón, Parmenas y Nicolás de Antioquía, dos nombres fueron propuestos, aquellos que habían caminado cercanamente con Jesús y habían demostrado fidelidad y devoción: José bar Sabás, también conocido como el Justo, y Matías, que pertenecía a los setenta y dos que designó Jesús para expandir su mensaje.

La comunidad se sumió en oración buscando la guía divina para su elección, sabiendo que, más allá de las cualidades humanas, era el Espíritu quien debía señalar al elegido.

—Señor —oró Pedro—, tú conoces los corazones de todos. Muestra cuál de estos dos has escogido para tomar el lugar en este ministerio y apostolado, del cual Judas se desvió para ir a su propio lugar.

Entonces, echaron suertes, una práctica antigua de buscar la voluntad divina, y la fortuna cayó sobre Matías. La decisión fue acogida con paz, una confirmación de que el Espíritu ya estaba operando entre ellos.

Sin embargo, paz no era lo que sentía aquel niño.

Jacob sentía envida.

Tanta como solo un niño de nueve años puede sentir cuando sabe que le han arrebatado algo suyo. Ni siquiera las suaves caricias de su madre pudieron calmar su disgusto.

Matías, sobrecogido por la pesadez y el honor de su llamado, se puso de pie. Aceptó su nueva responsabilidad no con palabras de orgullo, sino con un compromiso silencioso de servir, sabiendo que la verdadera grandeza en el Reino de Dios venía del ser siervo de todos.

La elección fue un testimonio de la continuidad del ministerio de Jesús con la restauración de los doce. Para ellos, una señal de que, a pesar de las traiciones y las pérdidas, la obra de Dios avanzaba inquebrantable a través de sus corazones.

Pedro, sintiendo la necesidad de guiar la conversación hacia un terreno más productivo, rompió el silencio.

—Hermanos, nos ha sido dada una gran comisión: ir y hacer discípulos en todas las naciones. La pregunta que debemos responder ahora es: ¿cómo dividiremos esta inmensa tarea entre nosotros?

La pregunta de Pedro puso en relieve la profundidad de su misión. Ante ellos se extendía un mundo tanto conocido como desconocido, abarcando tierras y culturas más allá de lo que muchos de ellos habían imaginado. La trascendencia del mensaje que portaban requería una estrategia y una fortaleza que podría llegar a rebasar sus limitaciones humanas.

La conversación se desplegó y cada apóstol, movido por el amor y el compromiso, ofreció su perspectiva. Mateo habló de dirigirse a los recaudadores de impuestos y pecadores, recordando su propio llamado; Felipe expresó su deseo de ir más allá de las fronteras judías.

—Debemos llevar el mensaje de amor, perdón y salvación primero a los confines de nuestra tierra conocida —sugirió Juan—, y, desde allí, dejar que el Espíritu nos guíe hacia dónde debemos ir.

Su propuesta reconoció la guía divina como el mejor de los mapas. Simón quiso sumarse.

—Juan tiene razón. Jerusalén, el resto de Judea y Samaria fueron mencionadas por el Señor. Empecemos por ahí, luego nos extenderemos.

Su pensamiento táctico ofrecía un esquema por el cual podrían comenzar, una estructura que se arraigaba en las últimas instrucciones que Jesús les había dado.

Santiago el Zebedeo sugirió que cada uno de ellos debería llevar el mensaje siguiendo las huellas del maestro, pero también deberían considerar sus propias fuerzas y llamados, ya que algunos podrían ser más efectivos llevando el mensaje a los gentiles y otros entre sus hermanos judíos.

Y, mientras los adultos debatían, Jacob recordaba los mapas de su padre, aquellos dibujos que se extendían más allá de la Tierra Prometida. Sin tener grandes conocimientos de geografía, traspasar fronteras siempre evocaba aventuras exentas de peligro para la mente de un niño de nueve años.

Al final, entendieron que no era un plan que pudiera trazarse completamente en un mapa o confinarse a estrategias humanas. Era una misión guiada por una fuerza mayor, una comisión divina que los llevaría por caminos imprevistos y a veces peligrosos.

Y así, con corazones unidos en oración y con la certeza de que el Espíritu Santo les proveería claridad y coraje, los apóstoles comenzaron a esbozar su estrategia misional. Desde Jerusalén hasta los rincones más remotos del Imperio romano y más allá, se comprometieron a ser los portadores de las buenas nuevas, esparciendo la semilla del evangelio que Jesús había plantado en ellos.

Como faros de luz en una noche oscura, saldrían cada uno a su destino designado confiando en que, aunque el camino fuera arduo y la separación dolorosa, la verdad y el amor que predicarían serían eternos y transformadores.

María, la madre del Señor, se acercó con disimulo a Simón, el antiguo zelote.

—Sabes que, por mucho que lo desearais, no podía ser. ¿Estás preparado para lo que sucederá pronto?

Simón miró a la Señora cara a cara. Era evidente, por la dulzura de su voz, que ella conocía el mensaje que Jesús entregó a cada uno de sus seguidores en Betania.

—No lo sé, Señora... No lo sé.

—Lo sabrás en su momento, querido Simón. A veces, hay que dejar ir para que se cumpla el plan de Dios.

Nadie mejor que ella para transmitir aquel mensaje. Simón agradeció el consejo y miró a su sobrino. Se acercó a él y, mediante carantoñas, intentó animar su espíritu.

Sin embargo, y con la moneda como único testimonio de su verdad, Jacob no consiguió recuperarse de una profunda decepción.

Una nueva espina se clavó en su corazón.

La última conversación con Jesús sería el último instante plenamente feliz que Jacob viviría y, a partir de la negación de su apostolado, desde ese momento comenzaría a vivir una serie de catastróficas tragedias que cambiarían el espíritu y su destino para siempre.

32

Año 70 d. C.
3830 הנש
823 AUC
-
Jerusalén

Las cenizas del antiguo esplendor de Jerusalén aún flotaban en el aire, testimonio mudo de la devastación que las legiones romanas de Tito habían traído a sus puertas. El sol, una bola de fuego roja y pesada, se alzaba sobre los restos de la ciudad, lanzando una luz implacable sobre el escenario del asedio final.

El destino de Gedeón había sido mucho peor.

Cerca de lo que tiempo atrás había sido el refugio de los zelotes, dentro de uno de esos edificios medio derruidos que alguna vez pudo haber sido un hogar vibrante o un taller bullicioso pero que ahora solo ofrecía la sombra de su gloria pasada, Jacob había buscado refugio para curar las heridas de Lucas.

Tras hallar los restos de algunos compañeros zelotes que no habían sobrevivido al desmoronamiento del cuartel, había encontrado al griego bajo algunos escombros poco pesados y, con cuidado, le había sacado de aquellas ruinas. Era la segunda vez que Lucas estaba herido de cierta gravedad.

El médico, reclinado contra una pared aún firme, con sus instrumentos médicos dispersos a su lado, mostraba su inquebrantable dedicación a sanar y cuidar de otros, y, en determinadas ocasiones, incluso a él mismo.

—Con cuidado… —reprendió Jacob suavemente, tratando de ayudar al griego a fijar la férula que inmovilizaba su pierna maltrecha.

Su corazón latía aliviado al ver al amigo aún con vida. Lucas, alzando la mirada, esbozó una sonrisa cansada pero genuina para agradecer la labor del guerrero.

Jacob había empezado a acostumbrarse a la presencia de aquel hombre de historias y saberes que un día apareció frente su puerta buscando conocimiento. La compañía del extranjero había sido, en un primer momento, un viento impetuoso y molesto. Pero, conforme pasaban aquellos días, la curiosidad del viajero por las convicciones de Jacob en sus momentos de lucidez se convirtió en una brisa fresca que agitaba las cortinas de una habitación cerrada por mucho tiempo, a pesar del desastre que se cernía a su alrededor, a escasos pasos de ellos.

—Jacob, gracias a Dios estás a mi lado.

—El mérito lo tienes tú, griego. Eres más fuerte que un toro.

El guerrero se arrodilló junto al griego examinando rápidamente las vendas improvisadas que trataban de cubrir una herida en su brazo, producto de un encuentro demasiado cercano con la artillería del Imperio romano.

—Eres la oveja descarriada… —susurró Lucas mientras Jacob le inspeccionaba.

—¿Qué dices, griego? Estás delirando…

—No, amigo, estoy perfectamente lúcido. Solo estoy cansado.

—Deberías descansar, hay que reponer fuerzas.

—Jesús les dijo a sus apóstoles: «Si alguno de vosotros tiene cien ovejas y se le extravía una de ellas, ¿no deja las noventa y nueve en el campo y va tras la extraviada hasta que la encuentra? Y, cuando la encuentra, la pone sobre sus hombros gozoso y, al llegar a casa, reúne a sus amigos y vecinos, diciéndoles: "Alegraos conmigo, porque he encontrado a mi oveja que se había perdido". Os digo que de la misma manera habrá más gozo en el cielo por un pecador que se arrepiente que por noventa y nueve justos que no necesitan arrepentimiento». Esta parábola ilustra el amor incondicional de Dios y su deseo de buscar a aquellos que se han alejado de él. Cada alma tiene un valor inmenso ante los ojos de Dios, y su deseo es que todos encuentren el camino de regreso a su redil. Tú eres esa oveja perdida.

Jacob agradeció las palabras de Lucas, pero se vio en la urgencia de instar al cronista a que descansara. Aún quedaba mucho por recorrer.

—Duerme, Lucas. Voy a necesitar todas tus fuerzas.

Mientras Lucas se sumía en un profundo sueño, Jacob, cauteloso, inspeccionó los alrededores para encontrar alguna vianda que les permitiera aguantar un día más.

Lucas despertó sobresaltado.

Frente a él, descansando, Jacob hacía guardia.

—¿Cuánto tiempo llevamos aquí? —preguntó desorientado Lucas.

—Demasiado. Debemos sacarte de este antro, encontrar un lugar más seguro —insistió Jacob mientras su mirada buscaba una ruta de escape entre los escombros y las sombras crecientes—. Los romanos se tomaron un descanso, pero no sé si aguantarás una tercera embestida.

Lucas agarró suavemente el brazo sano del protector con urgencia, contradiciendo su aparente debilidad. Su condición física era solo un obstáculo temporal tras las graves magulladuras en su pierna y brazo, pero la tarea que tenían entre manos se antojaba eterna. Mientras tuviera aliento y fuerza, seguiría llevando la buena nueva.

Tras recoger el fardo que contenía el bendito pergamino, comenzaron a navegar con determinación por el pequeño laberinto de ruinas. Aunque el camino estaba lleno de peligro, se movían con la certeza de que no estaban solos.

Aquel edificio medio derrumbado no había sido solo un refugio temporal para Lucas, sino un santuario sagrado donde la resiliencia de su espíritu y su inquebrantable fe en Jesús brillaban incluso entre los escombros. Y así, con cada paso, Jacob y Lucas continuaron su jornada, fortalecidos por su indestructible esperanza.

La fortaleza Antonia, última defensa y símbolo de la resistencia judía, se erguía aún desafiante a pesar de las semanas de asedio, pero herida y sin la magnificencia de antaño, con sus muros marcados por la furia de los arietes y las catapultas romanas. Tiempo atrás, aquel lugar había sido testigo del juicio de Jesús de Nazaret, así como del discurso de defensa de Pablo de Tarso. Dentro de la fortificación, los defensores, una combinación de guerreros valientes y ciudadanos desesperados, se preparaban para su más que probable último enfrentamiento.

Los túneles proporcionaban a los hebreos alguna pequeña victoria, pero no tenían demasiado tiempo para saborearlas.

Tito, desde su posición, observaba la fortaleza con mente calculadora. Había ordenado a sus hombres construir terraplenes y fortificaciones alrededor de Jerusalén, estrangulando lentamente la vida de la ciudad, preparándose para el golpe decisivo. A su lado, sus legados aguardaban en silencio, sabiendo que el destino de Jerusalén se había decidido bajo la espada.

A una señal de Tito al amanecer, el aire se llenó con el estruendo de las máquinas de asedio romanas entrando en acción. Las trompetas romanas sonaron como un lamento metálico que terminó por elevarse por encima del murmullo de los judíos, y tanto piedras como proyectiles ardientes surcaron el cielo, trazando arcos de destrucción hacia sus objetivos. El sonido de los impactos resonaba en toda Judea, un sombrío recordatorio del poderío que el Imperio romano estaba decidido a demostrar cuantas veces fuera necesario.

Dentro de la fortaleza Antonia, los defensores judíos se apresuraban a buscar refugio y a protegerse de la lluvia de proyectiles. A pesar de la sorpresa inicial, su respuesta fue rápida y organizada, demostrando la resiliencia que habían mantenido como resistencia frente al asedio romano. Sabían que su lucha iba más allá de la supervivencia física; era una batalla por la preservación de su identidad y sus creencias.

A lo largo de la noche, el bombardeo continuó sin cesar, una estrategia romana diseñada para desmoralizar a los sitiados y erosionar su capacidad de resistencia. Aun así, la obstinación de los defensores de la fortaleza Antonia no flaqueaba. Yohanan de Giscala alentaba a su gente recordándoles las hazañas de sus ancestros y la importancia de mantenerse fieles a sus principios, incluso ante la adversidad más devastadora.

Con cada proyectil que golpeaba las murallas de la fortaleza, el compromiso de sus habitantes se fortalecía, unidos en la adversidad y resueltos a enfrentar juntos su destino. El bombardeo, lejos de quebrantar su espíritu, se convirtió en un crisol que forjaba aún más su resolución de resistir hasta el final, cualquiera que este fuese.

Los defensores de la fortaleza respondieron con una lluvia de flechas, piedras y aceite hirviendo. Cada proyectil se lanzaba con la furia de los condenados. Pero los romanos avanzaban implacables, formando muros de escudos escarlata, gracias a su disciplina y estrategia y con la certidumbre de quienes han sido moldeados por innumerables batallas, cortando a través de la defensa como un cuchillo afilado.

Jacob entendió la quietud de los últimos días.

Roma preparaba el asalto a la fortaleza y concentró todos sus efectivos en la toma de aquel bastión. Los habitantes de Jerusalén habían huido del norte de la ciudad y se amontonaban en dirección al oeste y al sur, lejos de la fortaleza y el área del templo.

Comenzó a llover.

En medio del caos y del chaparrón, mientras continuaba recorriendo lentamente, paso a paso, la caótica Jerusalén con Lucas cojeando a su cargo, miró cómo un joven empapado observaba desde una azotea cercana. Seguramente era un hijo de Jerusalén, que habría crecido con las historias de la gloria de su pueblo y ahora presenciaba su más que evidente final. Sus ojos, desbordantes de rabia y lágrimas que se mezclaban con la lluvia, parecían negarse a apartarse del espectáculo de valentía y desesperación que se desplegaba ante él.

Sus lamentos, caviló Jacob en mitad de la locura, representaban a todos los hebreos sometidos no solo por las fuerzas romanas de ocupación, sino también por los ideales sectarios de los zelotes y sicarios, que no representaban a los judíos, verdaderos defensores de la nobleza de Jerusalén, de Israel, de Abraham, de Isaac, de Jacob y de Moisés.

El clímax de la batalla llegó cuando una sección del muro de la fortaleza, debilitado por los constantes ataques y la fragilidad adquirida por los túneles de los judíos, finalmente cedió bajo el empuje de un gran ariete. El ruido del derrumbe fue un rugido de muerte y, por un momento, el tiempo pareció detenerse.

Cerca de siete mil legionarios, aprovechando la brecha, entraron como una marea enfurecida. La lucha dentro de los muros de la fortaleza Antonia se intensificó, y cada pasillo y cada sala se convirtieron en un campo de batalla.

Jacob fue testigo de cómo aquel joven, incapaz de permanecer como mero espectador, corrió hacia la fortaleza, uniéndose a los defensores en su lucha final. Seguramente, con cada golpe, con cada grito, rendiría homenaje a su ciudad, a su familia y a cualquiera que fuera su fe.

Cuando el sol se puso rojo sangre en el amanecer del día siguiente, la batalla por la fortaleza Antonia había terminado. Tito había reclamado su victoria más amarga; Jerusalén yacía herida de muerte, sin su belleza y con su gente perdida entre las sombras de la guerra, tratando de abandonar el Gareb para adentrarse en la parte alta de la antigua ciudad y esconderse en el palacio de Herodes o en algunas de las otrora suntuosas residencias de las familias de los sumos sacerdotes y de la aristocracia local.

Jacob y Lucas continuaban con su lento caminar entre las ruinas, sigilosamente, tratando de evadir la atención de las patrullas romanas que recorrían la ciudad de norte a sur en busca de rebeldes, en los alrededores de la primera muralla, cerca del templo. Sus espíritus, algo heridos, pero no derrotados, celebraban cada paso recorrido. La cojera de Lucas entorpecía cada vez más y le costaba sortear los cadáveres que se amontonaban en el pavimento de la ciudad.

La crueldad del asalto superaba las atrocidades de Herodes o Sodoma y Gomorra.

La ciudad olía a sangre, rapiña y destrucción.

Aun así, sabían que Jerusalén resurgiría de sus cenizas, porque el corazón de su pueblo era indomable. Aunque la fortaleza había caído y la libertad parecía un sueño lejano, la esperanza de redención permanecía ardiente en los corazones de aquellos dispuestos a recordar.

La incesante guerra había transformado la ciudad en un laberinto de ruinas y dolor, un testimonio mudo del coste devastador del conflicto. Con la respiración contenida y el paso medido, se desplazaban esquivando a ciudadanos demacrados y hambrientos hacia el sur en un intento de escapar de la opresión que asfixiaba Jerusalén. Su único objetivo: encontrar refugio en las colinas circundantes, donde la red de creyentes en el camino de Jesús les podría ofrecer una promesa de seguridad y continuidad.

Aunque fuera por unas horas.

A medida que el día declinaba, la preocupación de ser descubiertos crecía. A pesar del cansancio que pesaba sobre sus hombros, el deber de protegerse mutuamente les infundía una energía casi sobrenatural. Lucas, aunque herido y débil por la falta de alimento y descanso, seguía siendo una fuente de sabiduría y calma para Jacob.

La resistencia de aquel griego era increíble.

De repente, el crepitar de pasos sobre los cascotes rotos en un cruce desértico irrumpió en el precario silencio. Jacob, cuyos sentidos se habían agudizado tras semanas de constante vigilancia, percibió la cercanía de un peligro inminente: una patrulla romana. Instintivamente, colocó su cuerpo en una posición defensiva frente a Lucas escudándolo con su propia presencia. Los romanos, como figuras de hierro forjado, barrían la zona con un escrutinio sistemático que no dejaba lugar a dudas de su eficacia militar. La patrulla, una tropa auxiliar compuesta por cuatro legionarios, apareció de entre las sombras, cuyas armaduras y armas destacaban temiblemente bajo los últimos rayos del sol.

«Medio contubernio», analizó Jacob. Sabía que tarde o temprano aparecerían otros cuatro legionarios.

Lucas, cuyas heridas en el brazo no cesaban de supurar y su pierna maltrecha no le permitiría escapar a la carrera, miró a Jacob con aprensión.

—Tal vez debamos buscar otra vía —susurró preocupado.

—No, Lucas. Si retrocedemos ahora, nos encontrarán. No sabía que habían llegado tan lejos, pero no podemos desandar lo recorrido. El norte de Jerusalén ya no existe y, por lo que veo, están atacando el oeste también. Este es nuestro camino, tenemos que despistarlos para que podamos pasar.

Sin embargo, una pareja ataviada con túnicas raídas, desnutridos y sin nada que perder, apareció en aquel lugar. El peor en el que se podrían encontrar. Los romanos se percataron de su presencia y, con un grito, indicaron que se detuvieran. La pareja no tenía fuerzas para escapar corriendo. La mujer se llevó las manos a un bulto que colgaba de su pecho, oculto por un mantón desgastado.

Jacob y Lucas observaron desde una distancia prudencial.

El hombre se situó delante de la mujer intentando pedir clemencia. Su acento era extraño. Lucas adivinó que aquel pobre hombre era griego. Una familia de gentiles, como él. Fue en aquel momento cuando Jacob supo que el valiente individuo trataba de proteger a su mujer y a su bebé recién nacido.

Su plegarias recibieron el acero como respuesta.

El *gladius* de un legionario atravesó sus intestinos y cayó inerte en cuestión de segundos.

Aquel hombre no tuvo siquiera la oportunidad de pedir clemencia.

La mujer comenzó a gritar desesperada, presa del horror.

Otro de los invasores se acercó a la mujer e intentó arrancarle el mantón que protegía a su cría.

Jacob, observando la determinación implacable de los romanos, sintió un ardor creciente en su pecho, una valentía nacida de la desesperación. Su mente batallaba entre la enseñanza de Jesús sobre el perdón y la urgencia de proteger a Lucas y defender a aquella pobre mujer aterrorizada.

Sintió el peso de la espada.

El arma, un frío instrumento de hierro, simbolizaba la antítesis de todo lo que Jesús había enseñado, pero en aquel momento representaba también la posibilidad de supervivencia.

Antes de que Lucas pudiera protestar, Jacob recogió un *gladius* caído, un remanente de los incontables enfrentamientos que habían plagado las calles, y se lo entregó a Lucas. A pesar de su falta de experiencia en combate, Jacob esperaba que la necesidad de sobrevivir insuflara en sus brazos una fuerza desconocida si llegara el momento.

Lucas tembló con el acero en sus manos, pero no le dio tiempo a más.

Mirando al cronista, cuyos ojos reflejaban una mezcla de comprensión y tristeza, Jacob sintió una pesadez en su corazón. «Perdóname, maestro», murmuró hacia el cielo antes de asumir una postura ofensiva, actitud que había jurado no volver a adoptar nunca más.

Jacob sabía que los legionarios estaban entrenados para la batalla en formaciones, pero ignoraba si estaban lo suficientemente preparados para enfrentamientos individuales en terrenos irregulares desconocidos, así que procuró no descubrirlo en ese momento y pensó cómo provocar que se encontraran en desventaja.

Consciente de sus limitaciones en un enfrentamiento directo, Jacob empleó las ruinas a su favor, moviéndose con astucia entre las sombras y la desolación para confundir y dividir a sus enemigos. Su primer movimiento fue una distracción, arrojando piedras para simular un ataque más numeroso. Cuando los legionarios se dispersaron instintivamente para cubrir más terreno tratando de localizar el origen del ruido, abandonando momentáneamente a la mujer, Jacob aprovechó el momento de confusión.

Usando la velocidad y la sorpresa a su favor, logró desarmar al primer legionario con un ágil movimiento, utilizando el propio peso y desplazamiento del romano contra él mismo. Repitiendo la hazaña con una mezcla de valor y desesperación, enfrentó a cada legionario con una táctica diferente, confiando en su profundo conocimiento de las calles y pasajes secretos de la ciudad. Uno tras otro, fueron desarmados por Jacob, quien demostró ser un formidable adversario en aquel laberinto de destrucción.

El combate frente al último de ellos fue tanto un baile de destinos como un choque de voluntades. Jacob manejaba la espada con una destreza que le sorprendía a él mismo, guiado por una fuerza que parecía provenir más allá de su ser. Cada estocada y cada parada nacían del recuerdo de Gedeón, quien había enfrentado su propio destino con coraje, y del amor por Jesús de Nazaret, quien había encarado su propia fatalidad con entereza.

El *gladius* del legionario descendió en un arco mortal, pero Jacob, con una rapidez sobrenatural, se lanzó a un lado esquivando el golpe.

En un movimiento de reflejo, Jacob rodó por el suelo de piedra y se levantó casi instantáneamente, cerrando la distancia entre él y el legionario. Con precisión quirúrgica, alzó su espada y la llevó hacia la mano del romano, donde los dedos se agarraban firmemente a la empuñadura de su *gladius*. Con un corte limpio y decidido, Jacob desarmó al legionario cortándole los dedos de la mano.

El legionario gritó de dolor.

El *gladius* cayó al suelo, resonando contra las piedras con un sonido metálico. El legionario, ahora desarmado y herido, comprendió demasiado tarde la determinación del hombre que había subestimado.

Jacob, aprovechando la oportunidad, dio un puntapié al *gladius* alejándolo de su legítimo propietario y dirigió la punta de su espada hacia el pecho del legionario asegurándose de mantener la distancia adecuada.

Milagrosamente, y casi a sus cincuenta años, Jacob logró desarmar y neutralizar a los legionarios sin causarles daños mortales. Pero la sangre se asomaba orgullosa en el filo de su espada. Su respiración era errática, y su cuerpo temblaba no por el esfuerzo físico, sino por el tormento interno de haber empuñado el acero contra otro ser humano.

El legionario, con la mano ensangrentada y los ojos llenos de odio y respeto forzado, retrocedió, todavía en estado de shock por la rapidez del ataque y la pérdida de sus dedos.

—¿Quién eres, judío?, ¿qué clase de hombre pelea con esa convicción?

—Soy Jacob, hijo de Gedeón. Escucha y entiende, legionario —dijo Jacob.

—¡Mi nombre es Cneo Bíbulo!

—Me da igual tu nombre, romano —replicó Jacob—. No mancharé más mis manos con tu sangre, pero debes saber que no retrocederemos. ¡Marchad!

Al final, los cuatro legionarios indefensos miraron incrédulos a aquel hombre que los había desafiado y vencido con nada más que su coraje y astucia. Reconociendo el valor inherente en la misericordia, Jacob les permitió retirarse, enviándolos de vuelta a sus líneas con un mensaje tácito de advertencia sobre subestimar el espíritu de aquellos dispuestos a defender su hogar con toda esperanza.

Dejó caer la espada, y sus manos temblaron ante el recuerdo de las palabras de Jesús.

«Vuelve tu espada a su lugar, porque todos los que tomen la espada a espada perecerán».

Lucas se acercó como pudo para poner una mano sobre el hombro de Jacob en un gesto de gratitud y admiración.

—No sé cómo lo has hecho, Jacob, pero has peleado con la fuerza de una legión.

Jacob, mirando hacia atrás, en dirección al cuartel zelota que ahora estaba derruido, con la respiración aún entrecortada, solo pudo susurrar unas palabras.

—No estuve solo. Mi padre luchaba conmigo.

Con lágrimas mezclándose con el polvo de su rostro, Jacob ayudó a Lucas a ponerse de pie.

—¿Creerá el maestro que hice lo correcto? —preguntó con la duda mellando su espíritu.

Lucas respondió con gentileza señalando a la viuda y su bebé, que le miraba con gratitud agazapada en unos escombros con lágrimas en los ojos.

—Tu corazón buscó proteger, no destruir. Jesús conoce los corazones, Jacob. Y, en este mundo rendido, a veces nos enfrentamos a pruebas que parecen contradecir su mensaje. Pero recuerda: la mayor batalla es contra el odio y la oscuridad en nuestros propios corazones. Hoy, has elegido el amor.

Jacob se acercó a la mujer que, arrodillada y envuelta en llanto, lamentaba la muerte de su marido abrazando fuertemente a su bebé.

Recordó las palabras del profeta Isaías: «Aprended a hacer el bien; buscad el juicio, socorred al oprimido; haced justicia al huérfano, amparad a la viuda».

Le costó separarla, pero al final la viuda cedió. Se puso en pie y le miro agradecida con los ojos aún irritados.

—Gracias... —susurró la mujer con acento griego.

—Siento... —trató de hablar Jacob a pesar del nudo en la garganta—, siento no haber llegado antes.

La mujer, que no dejaba de llorar, se arrodilló de nuevo junto a su amado. Jacob, consciente de que el contubernio podría volver de nuevo y en formación completa a aquel lugar, urgió a la viuda.

—¿Cómo te llamas? —le preguntó.

—Eos, señor —contestó la mujer.

—Aurora... —susurró el significado Lucas.

Recogiendo la traducción de su amigo, Jacob se dirigió a la mujer.

—Haz honor a tu nombre, Eos. Vive para ver un nuevo amanecer.

Jacob intentó animar a aquella mujer a que abandonara el lugar con ellos. Recordó unas palabras llenas de ternura y compasión que le marcaron dos veces en su vida. Con su tío Simón y frente a la crucifixión del Nazareno.

—Madre, he ahí a tu hija.

La mujer observó a su bebé, volvió su cabeza y miró por última vez a su marido.

—Jasón, te amo...

La viuda se dirigió a su hija.

—Vamos a luchar por tus auroras, Sofía.

Jacob se dispuso a escoltar a la viuda con su bebé y al griego a través de un pequeño y secreto túnel que les habilitaría para sortear la primera muralla. El mismo que utilizarían las últimas defensas judías para quemas las torres de asedio romanas tan pronto como llegaran al último bastión defensivo de la ciudad.

Los cuatro, juntos, continuaron su camino llevando Jacob consigo la muy pesada carga del conflicto interno, pero también la luz de la comprensión y el perdón, tanto humano como divino.

Y así, en medio de ruinas y cadáveres, Jacob aprendió que la verdadera batalla no siempre se libraba contra los ejércitos que se podían ver, sino también contra las sombras que acechaban en el alma.

Y la suya volvía a estar iluminada.

Lucas y Jacob sabían que siempre se encontrarían guiados por una luz indestructible sin importar la oscuridad del camino.

Lo que estaban a punto de descubrir era que la luz que iluminaría su camino sería el fulgor de las llamas del lugar más sagrado de todo Israel.

33

Año 30 d. C.
3790 הנש
783 AUC
-
Betania

†

La luna colgaba baja sobre las estribaciones del monte de los Olivos.

Aunque alejada del bullicioso Jerusalén, Betania no estaba ajena a la agitación que se fermentaba en el corazón de Judea. Allí, como en muchos otros lugares, las palabras del predicador galileo habían echado raíces en corazones dispuestos. Pero, a pesar de que la noticia de su resurrección había alentado más corazones, también había alimentado la ira de aquellos que veían en esta nueva fe una farsa y una amenaza para las tradiciones establecidas.

Para los nacientes zelotes, fervientes defensores de la ley mosaica y de la autonomía judía frente a los romanos, cualquier desviación de la rigurosa observancia de la ley y de la espera del Mesías guerrero era una distorsión imperdonable, una traición a lo que consideraban más sagrado. Pequeñas partidas de los guerreros celosos de Dios buscaban por Judea a los blasfemos.

En una casa modesta, casi al borde del camino que llevaba hacia el desierto, se reunían los seguidores de Jesús. La resurrección y la despedida de Jesús fueron unos sucesos que dejaron a todos en un estado de asombro y reflexión profunda.

Jacob siempre había mirado el mundo con ojos llenos de curiosidad e inocencia. Su joven corazón palpitaba con el deseo de comprender todo lo que ocurría a su alrededor, incluidas las complejidades y misterios de la vida y la muerte. Por eso, descansando junto a su madre y su tío apóstol en aquel hogar, no pudo evitar recordar con viveza el día en que Jesús llegó a Betania.

Su madre Miryam le sacó con cariño de la ensoñación.

En el interior de la vivienda, la luna iluminaba suavemente la habitación donde se habían reunido algunas de las mujeres seguidoras de Jesús: María, la madre del Señor, Miryam, María de Magdala, Marta y María de Betania estaban alrededor de la mesa compartiendo sus emociones y reflexiones después de la ascensión.

A Jacob no le permitieron estar en el improvisado cónclave masculino que tenía lugar a escasos metros de ellos, en el patio, y se vio obligado a quedarse junto a su madre. Tampoco le hubiera hecho mucha gracia ver a Matías en el lugar que él mismo podría haber ocupado.

Fue Marta, la hermana de Lázaro, quien invitó al diálogo.

—Todavía me cuesta creer lo que vimos. Su resurrección y ahora su marcha… —lamentaba Marta—. Todo parece un sueño.

—Su misión no ha terminado —recordó su madre—, nos dejó con una gran responsabilidad. Cada una de nosotras debe ser un faro de su amor y enseñanza. Da igual cómo lo interpreten ellos.

—Así es, Señora. Como mujeres, también jugamos un papel crucial —se enorgulleció la de Magdala—. Hemos presenciado sus milagros y hemos entendido su mensaje quizá de una forma más íntima. Debemos compartir esa verdad con todos, independientemente de lo que el mundo piense de nosotras.

—Tienes razón, María —apuntilló Miryam—. La sociedad a menudo subestima nuestro papel, pero Jesús nunca lo hizo. Nos valoró, nos enseñó y nos incluyó. Esa es la base de nuestra convicción.

Marta dudaba, estaba nerviosa, como cada vez que entraba por la puerta de su casa el Nazareno. Al principio, dudó de aquel carpintero, pero terminó por rendirse espiritualmente a sus pies. Sin embargo, ahora sin él, se encontraba indefensa, insegura, sin un faro que la guiara en mitad de la oscuridad.

—Pero ¿cómo llevar adelante su mensaje en un mundo tan hostil? —preguntó Marta—. Ya sabemos cómo reaccionan los líderes religiosos y políticos ante cualquier cosa que desafíe su autoridad.

—Con valentía y verdad, Marta —tranquilizó a su hermana María—. Nuestra fuerza radica en nuestro testimonio. Es posible que nos enfrentemos a desafíos, pero debemos recordar las palabras de Jesús sobre la importancia de perseverar.

—Tenemos que apoyarnos mutuamente —animó la de Magdala—. Podemos cuidar a los enfermos, compartir su mensaje de amor y compasión y demostrar con nuestras vidas el cambio que Jesús ha provocado en nuestros corazones.

—La comunidad está llena de quienes buscan esperanza. Nosotras podemos ser esa luz —dijo Miryam mirando a un Jacob ausente.

La Señora las observó detenidamente con orgullo. Su hijo también las había elegido a ellas y jugarían, sin lugar a dudas, un papel fundamental en la difusión del mensaje de Jesús. Sabía de la dificultad del apostolado de los doce, pero ellas lo tendrían aún más complicado. Sin embargo, frente a ella, un grupo de mujeres valientes debatían cómo harían aún más grande la figura de su hijo.

—El hecho de que seáis mujeres no disminuye vuestra capacidad de influir y enseñar —añadió la madre de Jesús—. Lo que cuenta es la profundidad de vuestra fe y vuestro amor. Ahora más que nunca debemos orar juntas pidiendo fortaleza y guía para cumplir con esta misión.

Las mujeres se arrodillaron y elevaron sus corazones en oración. Sabían que enfrentarían tiempos difíciles, pero también sabían que no estaban solas.

Pedro, Juan, Santiago, Andrés, Felipe, Tomás, Bartolomé, Mateo, Santiago de Alfeo, Simón el Zelote, Judas Tadeo y Matías se encontraban en el patio, junto a los demás ayudantes, compartiendo pan y vino en recuerdo de su maestro, sentados en un círculo, sumidos en pensamientos y emociones encontradas.

—Hermanos —comenzó Simón Pedro—, nunca imaginé que llegaría este día. Ver por última vez a nuestro maestro ascender fue una visión gloriosa, pero también nos deja con un gran peso sobre nuestros hombros.

—Su ausencia física es algo que debemos aprender a aceptar —lamentó Tadeo—. Nos dejó con una misión monumental.

—Pero ¿qué diremos a los que dudan y a los que temen a las autoridades? —preguntó Felipe—. Sabemos que los fariseos y saduceos están decididos a silenciar cualquier cosa que desafíe su poder.

Nadie se atrevió a hablar, lo que evidenciaba aún más el pavor que provocaba la persecución del Sanedrín. Fue Santiago quien rompió el incómodo silencio:

—Hermanos, recordemos lo que Jesús nos enseñó —apostilló—. No debemos temer a aquellos que pueden matar el cuerpo, pero no el espíritu.

Demasiadas dudas revoloteaban en aquel patio de Betania. Afortunadamente, como hermandad, se sentían libres de compartir sus pesares con sus compañeros.

—Muchas personas buscarán señales y milagros como pruebas de nuestra fe —añadió Bartolomé—. ¿Cómo responderemos a esa necesidad?

—Debemos enseñarles a ver con el corazón y la mente, Bartolomé —replicó Mateo—, como él nos enseñó. No es solo cuestión de milagros, se trata de la transformación interna y el amor que se refleja en nuestras acciones.

Bartolomé se quedó meditando las palabras de Mateo, el más práctico de los doce. Sin embargo, no todos estaban preocupados por el ministerio. Uno de los doce, el apóstol de sangre guerrera, estaba intranquilo ante el futuro más inmediato.

—Hermanos, debemos estar preparados para el conflicto —añadió con preocupación el antiguo zelote Simón—. Sabemos que tendremos oposición, pero también sabemos que nuestra causa es justa y que estamos del lado de la verdad.

Tadeo, junto a él, entendió rápidamente la inquietud de su amigo. Betania estaba demasiado próxima de Jerusalén, extremadamente cerca del Sanedrín, de Gedeón y de sus zelotes. Y allí, en una sala contigua al patio donde los apóstoles debatían el porvenir, descansaban Jacob y Miryam, a quienes Simón había arrebatado al padre de familia.

—El camino no será fácil —trató de calmar Tadeo a su compañero—, pero recordemos sus palabras: «Yo estaré con vosotros todos los días hasta el fin del mundo». Esa es nuestra fuerza y nuestro consuelo.

—Nuestra unidad será nuestra fortaleza —animó Pedro.

Mientras, Matías y los ayudantes escuchaban sin intención de intervenir. Prestaban atención y observaban la debilidad y la fortaleza de cada uno de los enviados del Señor tratando de aprender lo más rápido posible.

De repente, un ruido rompió la calma de la noche. La puerta fue sacudida con fuerza y, antes de que pudieran reaccionar, cuatro robustos hombres irrumpieron en la habitación.

—¡Abran en nombre del Sanedrín! —la voz ronca y autoritaria retumbó a través de la madera.

Si el Sanedrín llamaba a su puerta, solo podía significar que la tranquila Betania se había convertido en otro frente en la batalla espiritual que se libraba en el corazón de Judea.

Simón no pudo evitar mirar con preocupación a Jacob y Miryam, unos pasos atrás.

Era cuestión de tiempo que Gedeón los encontrara.

34

Año 70 d. C.
3830 הנש
823 AUC
-
Jerusalén

Mientras el sol se ocultaba tras las colinas de Judea, bañando la ciudad de Jerusalén con sus últimos destellos dorados, una tensión palpable se cernía sobre el templo, la joya más preciada de la ciudad que durante siglos había sido el corazón espiritual de todo un pueblo. Los defensores de Jerusalén, exhaustos pero resueltos a proteger su sagrado recinto, se preparaban para otro asalto sin saber que aquel atardecer traería una tragedia de magnitudes inimaginables.

Las legiones de Tito, habiendo cercado la ciudad, decidieron dar el golpe definitivo. Entre ellos, un joven legionario romano llamado Aulus, recién unido a las filas del ejército destinado a la XII *Fulminata* y llevando en su corazón el peso de la lealtad y la obediencia, era consciente del papel que estaba a punto de desempeñar. No obstante, la incertidumbre y el temor a lo desconocido también le acompañaban.

Rescatado de entre los escombros, Bar Giora se convirtió en un espectador de excepción. Atrozmente encadenado, ya formaba parte del cortejo exhibicionista de Tito. Si hubiera sabido lo que le esperaba, el sicario hubiera preferido sucumbir bajo los restos del cuartel zelota o acabar crucificado como Eleazar.

El Templo de Jerusalén, reverenciado como el lugar más sagrado para el pueblo judío, se elevaba majestuoso sobre las estructuras circundantes. En su interior, un grupo de personas se había refugiado en un intento desesperado por protegerse del asedio y el caos que envolvían la ciudad mientras otros trataban de huir a través del atrio regio, por la gran escalinata del sur del recinto.

Entre las sombras de los pasillos, los almacenes y los patios sagrados, el eco de susurros y rezos se entrelazaba con el zumbido distante de la batalla allende los muros del santuario. La energía era tensa, impregnada de miedo y esperanza, mientras los refugiados anhelaban un respiro de la implacable brutalidad que los rodeaba.

Sin embargo, su seguridad se vio abruptamente interrumpida cuando las tropas romanas se abalanzaron sobre el santuario desde el sector septentrional del gran atrio, custodiando los accesos y negando cualquier intento de fuga a quienes allí se resguardaban. Las órdenes resonaron con frialdad e infalibilidad, sello de la fuerza militar que había dado inicio al sitio de Jerusalén.

Los invasores romanos, con espadas desenvainadas, bloquearon impasibles las puertas y las escalinatas impidiendo cualquier salida de los refugiados. Sus rostros inescrutables y su presencia imponente proyectaban una sombra sobre aquellos que habían buscado seguridad en el seno del templo.

El choque entre los dos bandos fue feroz y caótico.

Los romanos, disciplinados y bien entrenados, avanzaban con fuerza bruta y decisión, mientras que los defensores judíos, motivados por un salvaje deseo de proteger su hogar y su fe, se aferraban tenazmente a cada piedra del templo mientras al otro lado de los muros las calles resonaban con el choque de espadas, el estruendo de las catapultas y los gritos de guerra que llenaban el aire.

En medio del caos de la batalla, el templo se convirtió en un escenario de lucha desesperada. Los defensores, superados en número pero no en agallas, combatían encarnizadamente para evitar la caída de su santuario más sagrado. Cada rincón del templo se convirtió en un campo de batalla independiente, con combates cuerpo a cuerpo y un derramamiento de sangre que teñía de rojo los suelos que pisaban.

A medida que la batalla se prolongaba, la devastación y el sufrimiento se intensificaban. Los sacrificios desesperados se entremezclaban con actos de valentía y desafío. Cada bando luchaba con una intensidad ardiente por sus respectivas causas. A pesar de la tenacidad de los defensores judíos, la superioridad militar romana comenzó a hacer mella en las filas de los protectores.

Rebeldes y civiles solo conservaban el vestíbulo, el santuario y el sanctasanctórum. Los lamentos se alzaron en el aire mezclándose con el aroma de incienso y madera en la atmósfera, cargada de eco y reverberación. Los refugiados, ahora atrapados entre la devoción y la desesperación, enfrentaban una realidad implacable: su santuario sagrado había sido profanado por la brutalidad y el flagelo de la guerra.

Así, en el corazón del Templo de Jerusalén, el destino de aquellos que habían buscado refugio dentro estaba amenazado por la opresión extranjera. La presencia de los romanos marcaba un nuevo capítulo en la tragedia que envolvía a la ciudad santa. No habían realizado esfuerzo alguno por distinguir entre rebeldes y civiles.

Seguirían sin hacerlo, a no ser que el trofeo mereciera la pena.

La orden de Tito había sido clara y lapidaria: tomar el templo a cualquier precio.

Pero lo que comenzó como un asalto destinado a capturar el símbolo más sagrado de la resistencia judía se transformó en una catástrofe cuando, en medio del caos y la confusión de la batalla, las llamas comenzaron a devorar el recinto con parte del pueblo judío en su interior.

Aulus, siguiendo las órdenes de sus superiores, se encontró arrojando antorchas sobre los pórticos del templo. El fuego, alimentado por la madera seca y los tejidos almacenados, creció rápidamente, consumiendo todo a su paso. Mientras observaba las llamas ascender hacia el cielo, el joven legionario sintió un profundo orgullo, a pesar de que una simple orden militar se había convertido en la destrucción de un santuario de fe y en la aniquilación de vidas, algunas de ellas, posiblemente, inocentes.

El templo, símbolo de la devoción y el espíritu inquebrantable de un pueblo, ahora no era más que un pilar de fuego, reduciendo su belleza y su historia a cenizas ante sus ojos. Los gritos del pueblo judío inundaban el aire mezclándose con el sonido aterrador del crepitar del templo siendo consumido por las llamas.

El crujido de las llamas engullendo parte del templo comenzó a resonar en los oídos de Lucas, Jacob, la viuda y su bebé tan pronto como abandonaron el túnel cerca del palacio asmoneo.

Lucas se detuvo un momento. Necesitaba descansar su pierna. Su rostro sombrío reflejaba la incredulidad ante la devastación que se extendía frente a ellos. El templo, comienzo y final de su evangelio, estaba a punto de desaparecer. El olor a cenizas y destrucción se entremezclaba con el viento que soplaba entre las ruinas humeantes, un presagio de desolación que se cernía sobre la ciudad antigua como un manto lúgubre y pesado.

—¿Cómo pudo suceder esto?, ¿cómo pudimos haber permitido tal destrucción? —murmuró la viuda en medio del caos recordando a su difunto marido, con la vista fija en las ruinas del templo que se alzaban como un fantasma ardiente en el horizonte.

Jacob, con la mandíbula tensa y los ojos entrecerrados, apretó el paso junto a sus compañeros, con su mente aturdida por el espectáculo desolador que se desplegaba a su alrededor. Mientras dejaban atrás los escombros humeantes próximos al hipódromo, cada paso parecía resonar con el eco de un pasado glorioso que yacía sepultado bajo toneladas de ruina y ceniza. El quebrar de las estructuras tras ellos era abrumador, un recordatorio constante de la fragilidad de las estructuras que los hombres habían erigido en su lucha por la fe y la eternidad.

Las llamas finalmente comenzaron a menguar, dejando solo la pétrea silueta humeante de lo que una vez fue un lugar de encuentro entre lo humano y lo divino. Tanto Aulus como sus compañeros, instrumentos de un imperio que buscaba someter a través del poder y el miedo, habían marcado indeleblemente el curso de la historia.

Yohanan de Giscala sobrevivió solo para unirse a Bar Giora como trofeo de Tito.

Mientras algún que otro ciudadano vagaba en busca de su inevitable final, el humo oscurecía el cielo envolviendo las ruinas de lo que alguna vez fue un símbolo de esplendor y devoción. Alrededor de Jacob, las calles estaban sembradas de escombros y desolación, testigos mudos de la tragedia que había caído sobre la ciudad sagrada. Restos de animales que una vez sirvieron de mascotas no hacían sino revelar el hambre extrema que habían padecido los ciudadanos de Jerusalén.

La destrucción del Templo de Jerusalén no solo significaba el fin de un asalto, sino también el inicio de un largo y doloroso periodo de reflexión sobre el significado de la fe, la resistencia y la memoria de un pueblo que, a pesar de la adversidad, seguiría luchando por preservar su identidad y sus creencias en los siglos venideros.

Jacob trataba de convencer a las pocas almas que aún mantenían un hálito de vida de que se dirigieran al estanque de Siloé. Algunos hacían caso omiso, otros dudaban, otros pensaban que no tenían nada que perder si hacían caso al hombre fornido que acompañaba a un gentil cojo y una mujer con un bebé.

Fue en las sombras de un callejón apartado, cerca del estanque de Siloé, donde Rufo y Alejandro los alcanzaron, dos compañeros cuyas miradas reflejaban el mismo deseo de escape que latía en el corazón de Jacob y Lucas.

No había duda.

Los hermanos, hijos del héroe de Cirene, se mantuvieron firmes y esperaron durante todas aquellas semanas.

—¿Qué hacéis aquí? —Jacob reprendió a sus amigos jadeando.

—Cumplir el plan, Jacob —respondió Rufo.

—Pero... ¿cuánto tiempo ha pasado? —preguntó Lucas totalmente desorientado.

—Varias semanas, querido amigo...

—Demasiadas —aclaró Alejandro.

—¡Podríamos haber muerto! ¡Podríais haber muerto!

A pesar de sus palabras, Jacob estaba profundamente agradecido por la paciencia de sus amigos.

«Otro milagro», pensó.

—Pero estamos aquí, Jacob. Los cuatro, juntos de nuevo. Bueno, los seis —aclaró Rufo mirando a la mujer y a su bebé.

—Son nuestras invitadas, os lo contaré en otro momento. —Jacob quería salir de allí cuanto antes.

—¿Cómo lo habéis conseguido, hermanos? —preguntó con cariño Lucas.

—Es nuestro barrio, y afortunadamente el asedio comenzó al norte de la ciudad —relató Alejandro—. Lo más complicado fue conseguir agua y alimentos. La gente estaba fuera de sí y se peleaban unos con otros.

—Y, además, nunca perdimos la fe —añadió con cariño Rufo señalando al cielo.

Tras un intercambio de miradas cargadas de gratitud, los cuatro hombres debatieron qué hacer. Alejandro acogió a Lucas, aún renqueante, y se aseguró de que el bulto que contenía el pergamino estuviera a buen recaudo. Jacob se ocupó de Eos, la viuda, y su bebé.

—Jacob, las puertas continúan impracticables como esperábamos —dijo Alejandro con nerviosismo y celeridad—. Pero no hay rastro de tropas en ellas.

—El norte esta arrasado, ha caído el palacio de Herodes, la fortaleza Antonia y el templo. Nuestros hermanos... —titubeó Jacob con pesar— han sido masacrados.

Se hizo un silencio momentáneo. Un homenaje por sus hermanos judíos caídos.

—Salgamos de aquí —apremió Rufo—. Primero, estanque de Siloé, después los túneles de Ezequías, como habíamos planeado.

—¿No encontraremos a una de las legiones, la que estaba en el monte de los Olivos? —preguntó sin conocimiento el griego.

—La legión X *Fratensis*... Estarán todos dentro saqueando lo que queda del templo... —lamentó Jacob.

—Si queda algún romano, estará algo más al norte, frente al estanque de Betesda. Rufo hizo una incursión más allá de la muralla. No sabemos qué encontraremos con seguridad, pero, si conseguimos llegar a Betania, estaremos salvados, al menos por el momento —narró Alejandro—. Luego podremos continuar por Jericó.

Definitivamente, Rufo y Alejandro habían cumplido con su parte del plan. Eran hijos del héroe de Cirene. Les debía mucho.

Y, entonces, Jacob recordó que un pedazo físico de aquella amistad quedó enterrado en las ruinas de Jerusalén.

—Rufo...

—¿Qué sucede, Jacob?

—Nuestra piedra especial... Se quedó en la casa.

—No pasa nada, Jacob. Aquella piedra solo tenía valor si estábamos separados. Estamos juntos, eso es lo que importa. —Le sonrió Rufo.

Jacob le devolvió la sonrisa. Habían perdido casi todo, pero mantenían lo más importante, la vida.

—Si los romanos estarán demasiado ocupados expoliando el templo —lamentó Alejandro—, debemos aprovechar y salir de aquí cuanto antes.

Sin poder dejar de pensar qué sucedería con sus hermanos judíos y el destino incierto de los símbolos judíos desde los tiempos de Moisés, como la menorá, aceptaron el riesgo de escapar a través de los túneles, a pesar de las incertidumbres y los peligros que la ruta hacia Betania implicaba, incluyendo la oscuridad, el confinamiento y la posibilidad de encontrar los túneles bloqueados o derrumbados. La alternativa, quedarse y ser capturados o perecer en el fuego o bajo el acero, no era una opción.

Armados solo con su fe y una determinación inquebrantable, se dirigieron hacia una entrada oculta conocida solamente por unos pocos. Aquellos hebreos que conocían el secreto se envalentonaron al ver cómo el grupo de Jacob se disponía a enfrentarse a lo desconocido.

Jacob, con su conocimiento de las construcciones de la ciudad, tomó la delantera protegiendo a Eos y su bebé, seguido de cerca por Rufo, preparado para enfrentar lo desconocido. Alejandro, cuya mente siempre estaba lista para capturar la esencia de la humanidad en sus momentos más dramáticos, memorizaba cada detalle de su huida mientras cargaba con Lucas, que caminaba cerrando la marcha con el dolor de su maltrecha pierna y la calma que le proporcionaba su fe profunda ofreciendo palabras silenciosas de oración por la seguridad de todos ellos.

El trayecto por los canales fue una odisea marcada por la oscuridad casi total, rota solo por la exigua luz de una pequeña antorcha tras haber producido algo de fuego por fricción. Las aguas, que una vez fluían claras y puras, ahora estaban estancadas por el asedio romano, obligándolos a avanzar con cautela y asumiendo el riesgo de perderse en el pestilente y estrecho laberinto subterráneo.

Tras horas que parecían eternas, con el cansancio invadiendo cada músculo y la esperanza comenzando a desvanecerse como la luz de su antorcha, vislumbraron lo que parecía ser el resplandor de la salida del túnel de Ezequías, próxima a la fuente Gihón. Con las últimas fuerzas que les quedaban, emergieron de las oscuras entrañas de Jerusalén a las frescas colinas circundantes del valle del Cedrón, justo cuando los primeros rayos del amanecer comenzaban a iluminar el cielo.

Allí, bajo el cielo que prometía un nuevo comienzo, los cuatro hombres y la mujer se abrazaron, superados por una mezcla de alivio y melancolía. Habían escapado de Jerusalén, pero dejaban atrás un pedazo de sus corazones en la ciudad santa ahora devastada.

No todo estaba perdido. Poco a poco, decenas de almas comenzaron a emerger por el mismo túnel. No importaba quién de todos ellos pudiera ser gentil, zelota o un inocente jerosolimitano. Todos ellos trataban de mantenerse con vida.

Jacob, en mitad de todo aquel cataclismo, esbozó una leve sonrisa ante una visión esperanzadora. A escasos pasos de su posición, una figura esbelta y ensangrentada caminaba entre lamentos.

Se trataba del hijo de Jerusalén, aquel joven que divisó en una azotea y se dirigió a defender la fortaleza Antonia. No había tenido éxito en su tarea, pero había salvaguardado lo más importante, su vida.

—¡Eh, joven! —le gritó Jacob—. ¿Cómo te llamas?

El hijo de Jerusalén se detuvo y le miró con aflicción.

Dudó.

Miró a su alrededor, mas no vio nada más que hermanos convalecientes tratando de abandonar el genocidio romano. Supo reconocer en aquel hombre al que hablaba su mismo espíritu, el espíritu de un guerrero.

—Rubén, señor —contestó el hijo de Jerusalén con respeto—. Yavé os bendiga.

Rubén, como el primogénito del patriarca Jacob. Re'uben, «ved ahí al hijo». No había significado mejor para el nombre de aquel muchacho.

—Que Dios te proteja, Rubén —respondió cortésmente Jacob—. Cuando el corazón llora, sonreír es de héroes. Y tú te has ganado el derecho a sonreír, aunque sea mañana.

Y Rubén, brevemente, sonrió agradeciendo el cumplido, aunque su esfuerzo no hubiera servido para nada. Adivinando su pensamiento, Jacob le señaló a todos sus conciudadanos que trataban, con mayor o menor fortuna, de huir del horror.

—Nos vendría bien algo de ayuda —le pidió con amabilidad Jacob señalando a la viuda y a su bebé.

El hijo de Jerusalén captó el mensaje al momento. La fortaleza Antonia y, por ende, Jerusalén habían caído, pero todavía quedaba mucho por hacer. Rubén le tendió la mano a Eos. La mujer griega con nombre de aurora, con lágrimas en los ojos, agradeció una vez más a Jacob que salvara sus vidas.

Nunca dejaría de sentirse en deuda con aquel hombre.

—¿Cómo puedo agradecértelo? —preguntó Eos.

Jacob miró a Sofía, su bebé.

—Cuídala mucho, ámala y cuéntale lo valiente que fue su padre Jasón.

—Amén —contestó la madre.

—Que Dios os proteja —se despidió Rubén con cortesía.

—Hasta que nos volvamos a ver —replicó Jacob con admiración.

Tras la despedida, Jacob y su compañía comprobaron que no quedaban legionarios en algún que otro *castellum* romano de la nueva muralla de Tito en el macizo montañoso y continuaron su camino.

Jacob, ya en lo alto del monte de los Olivos, observó en silencio el panorama desolador que se desplegaba ante él. Frente a él, Jerusalén se extendía en ruinas, con sus calles y edificios envueltos en las sombras de la devastación. El humo se elevaba en espirales en el aire, testamento de la tragedia que había caído sobre la ciudad sagrada.

No solo había perdido la piedra de la amistad.

También había perdido el pequeño trozo de tela azul.

Sus ojos se posaron en el templo, el corazón y el alma de Jerusalén, que yacía en llamas voraces que consumían todo a su paso. El resplandor de las llamas proyectaba un brillo infernal que desgarraba la oscuridad de la noche, una visión de destrucción que cortaba como una daga afilada en el alma de Jacob.

El sonido lejano de los lamentos y gritos de los ciudadanos judíos resonaba todavía en la distancia, como si de un coro de dolor y desesperación que se alzaba como un lamento colectivo de una ciudad herida de muerte se tratara. Las lágrimas se agolparon en los ojos de Jacob mientras su pecho se oprimía con la angustia de presenciar la caída de su amado hogar.

La única muralla que quedaba en pie estaba al borde del colapso.

Jerusalén estaba a punto de capitular.

En silencio, con el corazón pesado y la vista fija en la ciudad envuelta en llamas, Jacob hizo una plegaria silenciosa por aquellos que sufrían, por los inocentes arrastrados por el torbellino de la guerra y la destrucción, por su padre Gedeón y otra para Eleazar Ben Simón. Su espíritu se llenó de un profundo duelo y un anhelo imposible de reparar el daño infligido a la ciudad que había sido el centro de su mundo. Y recordó las palabras de su amado Jesús de camino al lugar donde él se encontraba cuarenta años atrás.

«¿Veis todo esto? En verdad os digo, llegarán días en que no quedará piedra sobre piedra que no sea destruida. Y, cuando veáis a Jerusalén sitiada por ejércitos, sabed que entonces está cerca su destrucción. Entonces los que estén en Judea, que huyan a los montes; los que estén en medio de Jerusalén, que se alejen; los que estén en los campos, que no entren en ella; porque estos son días de venganza para que se cumpla todo lo que está escrito».

La profecía de Jesús de Nazaret se había cumplido.

Años atrás, el Nazareno los instó a huir de Jerusalén en el momento en que vieran que estaba rodeada por ejércitos, pues sería una señal de la cercanía de su desolación. Les recordó que esos días serían de angustia y que muchos caerían, pero les aseguró que Él estaría con ellos, dándoles fuerza y sabiduría para enfrentar la adversidad.

La noche, tétrica y cargada de penumbra, envolvía al testigo solitario en el monte de los Olivos mientras Jerusalén ardía en la penumbra del horizonte. Con el corazón roto y el alma atormentada, Jacob presenció en silencio la fatalidad de un destino que había sellado la tragedia de una ciudad y el sufrimiento de su pueblo, y, junto con los hombres que había jurado proteger, caminaron a través de Betfagé hacia Betania, morada del hombre que venció a la muerte, se levantó y caminó.

El hogar del hombre que resucitó respondiendo al llamado de Jesús de Nazaret.

El lugar donde vio por última vez a su tío, el apóstol Simón.

35

Año 30 d. C.
3790 הנש
783 AUC
-
Betania

†

Los rostros de los congregados palidecieron. Simón abandonó el patio y entre las mujeres se acercó con cautela a la puerta. Su mano temblaba ligeramente, no por miedo, sino por el esfuerzo de reprimir el guerrero que aún vivía en sus entrañas. Tras él, los hijos del trueno Juan y Santiago prepararon sus armas.

—¿Quién demanda entrada a esta hora? —preguntó con firmeza el apóstol al otro lado de la puerta temiendo lo peor.

—Somos enviados por el consejo del templo para disolver cualquier asamblea de blasfemos y traidores a la fe de nuestros padres —dijo otro hombre desde fuera con prepotencia.

Al parecer, los zelotes, enviados o no por el Sanedrín, estaban barriendo Jerusalén y los alrededores. Simón abrió la puerta con suspicacia. Ante él se encontraban varios zelotes, cada uno con el ceño marcado por la convicción de su causa.

Su líder, la mano derecha de Gedeón, fue el primero en sorprenderse.

—¡Vaya, si es el traidor Simón Cananeo! —se sorprendió Giora bar Abban acercando con la zurda su antorcha al rostro del apóstol.

—¡Los hemos encontrado! —gritó otro de ellos, pasos atrás.

—Te desviaste de la verdad siguiendo a ese impostor que osó llamarse Hijo del Hombre. —Bar Abban dio un paso adelante con su diestra acariciando la empuñadura de la espada—. Debes renunciar a estas falsedades y volver al redil de los verdaderos hijos de Israel o enfrentarte a las consecuencias.

Las mujeres, tras el zelote reconvertido, observaban la escena con pavor. Tras ellas se acercaron los apóstoles. Pedro, Juan y Santiago se colocaron tras Simón. Jacob, asustado, se aferraba a su madre, pero vio cómo su tío se mantuvo firme. Era consciente de los peligros a los que se enfrentaba por seguir el camino que Jesús había marcado, pero su fe era inquebrantable.

—Lo que nosotros seguimos no es falsedad, Giora —respondió Simón con una calma que sorprendió incluso a sus compañeros—. Seguimos el camino del perdón y la misericordia, enseñanzas que nuestro maestro nos dejó.

—¡Blasfemia! —escupió otro de los zelotes, un joven cuyo fervor parecía consumirle más que alimentarle—. ¡Traidor!

Se adelantó, pero el líder Giora le detuvo con un gesto. Los zelotes se miraron unos a otros, con la ira y la confusión enfrascadas en sus ojos. No esperaban encontrar tal firmeza, menos aún venida de uno que había sido uno de los suyos.

No era el momento de utilizar la violencia.

De momento.

Santiago frenó a Pedro de manera reservada cuando le vio desenvainar la espada.

—¡Ese maestro está muerto! —rugió Bar Abban—. ¿Qué significa este desafío a la ley de nuestros padres?

—No desafiamos a la ley —respondió Simón todavía firme—, sino que seguimos al profeta de Nazaret y jamás volveremos a la violencia ni al odio, aunque eso nos cueste la vida. ¿Dónde está mi hermano?

Simón lanzó la pregunta con toda la intención del mundo.

—Tu hermanito está cerca, Simón. Te busca en Betfagé. No tardará en llegar.

Betfagé era la única aldea que separaba Betania del monte de los Olivos. Gedeón estaba demasiado cerca. Simón comprendió que aquello iba más allá de las leyes del templo y miró a Bar Abban fijamente.

—Esto no tiene nada que ver con el Sanedrín, ¿verdad?

—Esto tiene que ver con la justicia —replicó Bar Abban—. Vuestras palabras insultan la ley que Yavé nos entregó por mano de Moisés. Todo aquello que enseñáis corrompe la tierra prometida a nuestros antepasados. ¡Debéis renunciar ya a ese engaño!

Marta, que hasta entonces había permanecido en la sombra, intervino. Aunque sus dudas respecto al movimiento cristiano todavía eran patentes, la violencia contra invitados en su casa la llenaba de horror.

—Estos hombres son mis invitados y bajo mi techo se les debe respeto —dijo con una autoridad que sorprendió incluso a los intrusos.

El líder de los zelotes la miró con desprecio, pero algo llamó su atención. Al fondo, tras los apóstoles, estaba la esposa y el hijo de Gedeón.

Ya tenía su premio. Señaló rápidamente la salida a sus hombres.

—No hemos terminado aquí, Simón —advirtió antes de marchar—. La ley prevalecerá.

Giora bar Abban giró sobre sus talones y, con un gesto, indicó a los zelotes que lo siguieran.

La puerta se cerró con un eco sordo, dejando a los primeros cristianos con el alma aturdida en el silencio que se extendió por la habitación como una niebla espesa. Los apóstoles, la madre del Señor, Miryam, María de Magdala y las hermanas de Lázaro se miraron sabiendo que, aunque esa noche habían evitado el conflicto, la lucha apenas comenzaba.

Betfagé estaba demasiado cerca y la injerencia de Bar Abban no tenía nada que ver con el Sanedrín.

Los estaban buscando para saldar cuentas.

Tras la partida de Jesús, habían tentado demasiado a la suerte.

Cafarnaúm estaba lejos, pero Betania se encontraba a tiro de piedra de Jerusalén.

Antes de abandonar completamente el lugar, Bar Abban le dio órdenes a un joven astuto llamado Saulo, uno de los informantes tanto del Sanedrín como de los zelotes, de espiar los alrededores de la casa de Marta y María de Betania.

Bar Abban tenía su propio plan y esperaba lograr dos objetivos de una sola vez: destruir el naciente cristianismo, tan perjudicial para su causa, y debilitar al pusilánime Gedeón, un líder sin agallas.

A la orden, sigiloso como un gato en la oscuridad, Saulo esperó.

Su paciencia tuvo recompensa.

Al cabo de un rato, Miryam salió de la casa hasta una pequeña y oculta arboleda, un lugar donde los murmullos del viento solían ahogar cualquier conversación.

Allí, a la luz de la luna que se filtraba por las ramas, Saulo observó una escena que le dejó sin aliento. Miryam estaba acompañada por Simón, el apóstol que se había enfrentado a Bar Abban, conocido también por su fervorosa defensa de la causa judía antes de seguir a aquel predicador nazareno. Los dos se encontraban en una actitud que no dejaba lugar a dudas sobre la naturaleza de su relación.

Simón, con su semblante sereno, sostenía las manos de Miryam, acariciándolas con devoción. Ambos susurraban promesas y palabras que trazaban un lienzo de amor prohibido.

Se respiraba tensión entre ellos, mas ninguno dio el paso definitivo. Era un deseo contenido y cuya finalidad era proteger el futuro de un niño al que ambos adoraban.

Aquellas caricias olían a despedida.

Pero en aquel lugar, lejos de un adiós, se urdía una traición, una felonía.

Al menos así debía interpretarlo Saulo.

Esa era la orden.

Adulterio.

No necesitaba más.

Saulo, con el corazón acelerado, aguardó en silencio cerca de la entrada principal esperando el regreso de los zelotes.

Mientras, Gedeón se reunía en mitad del camino entre Betfagé y Betania con sus compañeros y recibía la información de su guardia personal Bar Abban.

La luna llena continuaba iluminando las colinas circundantes con una pálida luz azulada, dándole a ambos poblados un aire fantasmagórico.

Dentro de la casa, los apóstoles estaban reunidos en una intensa conversación, discutiendo sobre los próximos pasos de su misión tras ser descubiertos por los zelotes. Debían abandonar Betania tan pronto como fuera posible.

—Esta misma noche —sugirió Pedro no sin razón.

En una habitación alejada, al otro lado del patio, Marta y María, la madre del Señor, cuidaban de Jacob. La hermana de Marta y la de Magdala intentaban organizar algunos bultos, ya que el momento de partir se antojaba presentarse antes de lo previsto.

Mientras tanto, en la penumbra de la noche, Gedeón y sus zelotes se acercaron con la seguridad silenciosa de un vendaval fuera de la casa. Sus ojos brillaban con furia mientras lideraba a sus hombres hacia la casa de Marta. Gedeón estaba decidido a recuperar a su hijo, convencido de que las enseñanzas de Jesús lo alejaban de la verdadera lucha por la libertad de su pueblo.

—Nuestro objetivo es claro. Rescatamos a Ya'akov y nos retiramos rápidamente —ordenó Gedeón ante el temor de represalias romanas—. Evitad un enfrentamiento directo, pero no dudéis en usar la fuerza si es necesario. No podemos fallar.

Los zelotes asintieron, firmes en su resolución. Gedeón era más que un líder, era una fuerza de la naturaleza impulsada por una mezcla de amor paterno y fervor ideológico.

Con precisión militar, los zelotes se acercaron a la casa, rodeándola y asegurando cada punto de entrada sin percatarse de que en la entrada principal, agazapado, esperaba Saulo con información demoledora. Silenciosamente, forzaron la puerta trasera, adentrándose en aquel refugio de paz y luz. La tranquilidad de la noche se rompió cuando un fragor sordo resonó en el interior de la casa.

Santiago fue el primero en notar algo extraño, y su instinto guerrero lo llevó a desenvainar su espada, corriendo hacia el origen del ruido.

—¡Estamos siendo atacados! —gritó el hijo de Zebedeo—. ¡Defended la casa y proteged a todos!

El grito de Santiago alertó a todos los presentes. Los apóstoles se armaron rápidamente, dispuestos a defender su refugio sagrado. Sin embargo, los zelotes, escudriñando las habitaciones circundantes alrededor del patio principal, habían localizado la habitación donde dormía Jacob. Con un gesto rápido, Gedeón indicó a sus hombres que aseguraran el área.

—¡Miryam! ¡Ya'akov! —gritaba el líder zelote tratando de localizar a su familia.

Marta y María, que estaban a punto de acostar a Jacob, escucharon los gritos de Gedeón y supieron de inmediato lo que estaba sucediendo. Sus corazones latían frenéticamente mientras levantaban al pequeño Jacob de la cama y lo escondían detrás de ellas.

—Jacob, quédate atrás —dijo Marta con voz temblorosa—, estarás a salvo.

La puerta se abrió de golpe y Gedeón entró. Sus ojos buscaron a su hijo. Empujó a Marta a un lado y, al ver a María y a Jacob, su expresión se suavizó apenas un momento.

—Mujer, a pesar de ser la madre del falso predicador, no te lastimaré —dijo Gedeón—. Vengo por mi hijo. Ya'akov, ven conmigo. Es hora de que regreses a donde perteneces.

—Pero padre... No quiero irme... —contestó el crío entre sollozos.

Antes de que María pudiera decir algo, los zelotes avanzaron, separando a Jacob de sus cuidadoras con una fuerza insuperable. Gedeón levantó al niño sujetándolo firmemente a su lado.

—Perdóname, hijo. Este no es un lugar para ti. Nuestro pueblo te necesita, y no puedo permitir que sigas siendo influenciado por estos ideales.

Santiago y los otros apóstoles llegaron armados a la estancia, sus armas listas y sus corazones henchidos de valor.

—¡Gedeón, suelta al niño! —gritó el hijo del trueno—. No tienes derecho a arrancarlo de los brazos de su familia aquí.

Gedeón, sin soltar a Jacob, miró a Santiago desafiante.

—Hacemos lo que debemos para proteger a quienes amamos. No permitiré que mi hijo sea alejado del camino de la lucha por nuestra libertad, por vagas esperanzas. ¿Dónde está mi mujer y mi hermano? —gritó desesperado Gedeón.

Antes de que Santiago pudiera responder, Bar Abban indicó a los zelotes que se movieran con precisión, creando una barrera protectora alrededor de Gedeón y Jacob. A empujones, todos salieron al patio exterior. Los apóstoles, aunque valientes, sabían que una confrontación física pondría al niño en peligro. La madre del Señor, María de Magdala, y las hermanas, ya reunidas, se mantuvieron unos pasos atrás. Fue el joven Juan el que, viendo que se encontraban en un callejón sin salida y tratando de evitar un derramamiento de sangre como cuando capturaron a Jesús en Getsemaní, tomó la mejor y única decisión posible.

Dejar marchar al muchacho.

—Llévate a Jacob si insistes, Gedeón —dijo Juan con voz firme—. Pero recuerda que la lucha por la libertad es más que violencia y rebelión. Un día, él decidirá por sí mismo qué camino seguir.

Sin más, Gedeón lideró a los suyos y a su hijo fuera de la casa por la entrada principal. La promesa de una retirada rápida y su convicción hicieron que la misión fuera un éxito.

Al verlos salir, el paciente Saulo, que había escuchado la refriega desde su zona de seguridad, se dirigió sin perder tiempo directamente a Gedeón. Su rostro no auguraba buenas noticias.

Gedeón, que había planificado una extracción rauda y limpia, ni se imaginaba lo que estaba a punto de suceder.

—Siento no haber llegado antes. No sabía del plan de ataque.

—¡Ahórrate las disculpas! ¿Qué es lo que quieres ahora? —preguntó un colérico Gedeón.

—Hay algo que debes saber —dijo Saulo sin ocultar la gravedad del asunto—, no puede esperar. Se trata de tu mujer y de tu hermano.

Gedeón cerró los puños, apretó la mandíbula y frunció el ceño.

La confirmación de sus sospechas estaba a punto de presentarse ante él.

Bar Abban sonrió.

Su ego creía estar a punto de convertirse en el único adalid de la libertad de Israel.

36

Año 70 d. C.
3830 הנש
823 AUC
-
Betania

Después de su corto pero peligroso viaje desde Jerusalén y las experiencias que habían compartido por el camino, Jacob, Lucas, Rufo y Alejandro encontraron refugio y descanso en Betania, en la casa de Marta, hermana de Lázaro. Aquel pequeño pueblo, con su belleza inalterada y su serenidad eterna, permanecía a pesar de los años como un santuario para aquellos que buscaban la paz. Cada piedra y cada camino parecía susurrar historias de milagros y mensajes divinos, haciendo de aquel pequeño pueblo uno de los escenarios cruciales en la narrativa más grande de amor, sacrificio y redención que jamás se había contado.

Mediante aquellos que momentáneamente tomaban un respiro en el zaguán de la casa, Marta había conocido los últimos movimientos de los romanos en toda Judea. No había sucedido aún, pues las riquezas estaban en el interior de Jerusalén, pero los romanos no tardarían en tomar represalias con los pueblos colindantes. A través de la destrucción del templo, el mensaje había llegado nítidamente. El expolio y los cientos de judíos inocentes crucificados alrededor de los restos de la muralla de la urbe no hicieron sino acrecentar el miedo al imperio. El humo del gran incendio de la ciudad era visible desde Betania.

Rufo, tomando la palabra mientras accedía al hogar, inició las expresiones de gratitud.

—Querida hermana, nuestro corazón desborda de agradecimiento hacia ti —dijo lleno de sinceridad—. En un mundo que a menudo parece haber olvidado el camino del amor, tu hogar es un claro recordatorio de que el Reino de Dios está entre nosotros.

Para Jacob, no era cómodo regresar a aquel hogar después de tantos años. Quería muchísimo a la familia de Lázaro, pero el lugar significaba la destrucción de todo lo que él amó de niño. El recuerdo de la irrupción de su padre, arrancándole de los brazos de Marta y María, pesaba y dolía como una corona de espinas sobre su cabeza.

Allí fue donde, por última vez, vio a su tío Simón.

Aun así, el hogar que una vez fue dolor y desunión se presentaba en ese momento como un baluarte necesario para continuar con su propósito.

Jacob, cuya mirada reflejaba la profundidad de su gratitud y emoción a pesar del dolor, se sumó al reconocimiento evocando tiempos pasados.

—En los momentos que compartimos en el pasado, siempre vi la valentía y la gentileza en ti. Marta, en tu hospitalidad, en tu servicio y en tu fe inquebrantable, has seguido siendo una mensajera de nuestro Señor entre nosotros. Muchas gracias.

Marta respondió con los ojos húmedos por las lágrimas contenidas.

—¡Oh, Jacob! Cómo ha pasado el tiempo. Te conocimos siendo un niño y ahora... Mírate... —Marta hizo una pausa, intentó secar sus lágrimas, respiró profundamente y continuó—: Soy bendecida por teneros conmigo y por compartir lo que Dios nos ha dado. En esta casa nunca dejamos de extrañar a tu madre…

Con una sonrisa lastimera, Jacob agradeció las palabras de Marta y la abrazó fuertemente.

Las horas que siguieron a su llegada estuvieron llenas de trabajo y preparación. Los cuatro amigos, al igual que la hermana de Lázaro, se dedicaron a organizar la dispersión de las enseñanzas del maestro, hallando en el servicio mutuo una forma de perseverar en la fe. La casa de Lázaro se convirtió transitoriamente en un centro de acogida, no solo para los fatigados y los necesitados, sino también para aquellos hambrientos de la palabra de Jesús.

Para todos, aunque fuera una nimiedad, habría un poco de agua y un trozo de pan. Para Lucas, un lecho donde descansar.

La primera noche, cuando las estrellas comenzaban a salpicar el cielo y el frescor aromático de los jardines se mezclaba con el olor a pan recién horneado, Jacob, Lucas, Rufo y Alejandro se reunieron con la hermana de Lázaro para compartir una comida y expresar de nuevo su gratitud por la hospitalidad recibida.

Marta, siempre diligente, había preparado una mesa con los mejores manjares que sus manos podían ofrecer y que aquellos tiempos podían proporcionar. Echaron de menos a su hermana María, cuya devoción por las enseñanzas de Jesús no había tenido parangón. Marta intentó crear un ambiente de tranquilidad y sagrada comunión para hacer olvidar momentáneamente los horrores de la guerra y la pérdida de su hermana.

Después de la cena, subieron a la azotea para compartir historias y oraciones hasta que las estrellas alcanzaron su cenit. Aquella noche en Betania fue un testimonio del vínculo indestructible que el amor de Cristo tejía entre los corazones, uniendo a los discípulos y seguidores en una familia que trascendía la sangre y el tiempo.

Bajo el dosel de un cielo estrellado, Lucas, todavía con la pierna inmóvil pero ya recuperado casi por completo de sus heridas, y Jacob, con una nueva cicatriz en su frente, compartían el calor de una pequeña hoguera aún con la tensión en sus cuerpos. La noche había caído completamente con su manto de silencio invitando a momentos de reflexión y enseñanza. Marta, Rufo y Alejandro trataron de conciliar el sueño, mientras que Jacob había decidido montar guardia ante la cercanía del peligro romano. Lucas, celebrando aún en su interior la heroicidad de su huida de Jerusalén, sintió que era el momento.

—Todavía no te he dado las gracias como mereces, Jacob —comenzó hablando el griego desde lo más profundo de su corazón.

—No tienes que agradecerme nada, Lucas. Lo que en un principio era una burda promesa que debía cumplir terminó convirtiéndose en el mayor de los honores. Gracias a ti, Lucas, por no perder la fe.

—Entonces —le respondió Lucas— te daré la enhorabuena a ti por haberla encontrado de nuevo.

Ambos se dedicaron una sonrisa de gratitud y admiración. Lucas procedió a abrir un rollo de papiro que había mantenido cuidadosamente resguardado entre sus pertenencias. El bulto que le acompañaba desde el día que ingresó en Jerusalén era mudo superviviente del horror, pero había cumplido con creces su tarea.

—Jacob —continuó Lucas tranquilo pero imbuido de una profunda emoción—, he pasado incontables días y noches, desde la ascensión del Señor, recogiendo los relatos de aquellos que caminaron a su lado, que presenciaron sus milagros, que escucharon sus palabras. He compilado esas verdades en un relato para todos aquellos que busquen conocer la profundidad del amor de Dios.

Jacob se inclinó hacia delante mientras sus ojos brillaban con cierta ansiedad.

—¿Cómo encontraste la dirección para esta tarea tan inmensa?

Lucas sonrió recordando los días de incertidumbre y oración que finalmente lo llevaron a su misión.

—Fue el Espíritu Santo quien me guio a cada uno de los protagonistas de cada historia, cada parábola, cada curación... Todo ello me fue revelado no solo como un evento histórico, Jacob, sino como una manifestación del corazón de Dios hacia nosotros a través de sus hijos, los que fueron testigos del paso del Hijo del Hombre sobre nuestra tierra.

A la tenue luz del fuego, Jacob comenzó a leer pasajes de su crónica. Hablaba de la anunciación del nacimiento de Jesús a María, de su bautismo en el Jordán, de las tentaciones en el desierto y de los incontables actos de compasión y enseñanza que definieron su ministerio y de cómo gracias a Juana, la mujer de Cusa, el administrador de Herodes, supo cómo el tetrarca ansiaba un milagro o una demostración de poder, pero Jesús ofreció solo la dignidad del silencio durante su juicio.

Jacob escuchaba con el aliento contenido cada palabra de Lucas tallando una imagen vívida de Jesús en su mente y corazón. Las historias de los milagros, como la multiplicación de los panes y los peces, y las profundas curaciones, no solo del cuerpo, sino del alma, le recordaban los momentos en los que, junto a su madre y su tío Simón, descubría poco a poco el Reino de Dios.

—Y, en su sacrificio último en la cruz, encontramos la más profunda expresión de amor —continuó Lucas con voz temblorosa por la emoción del relato de la pasión—. Jesús entregó todo, hasta su último aliento, para que pudiéramos ser libres del pecado y reunirnos nuevamente con el Padre.

Cuando Lucas concluyó su lectura, llegando al relato de la resurrección y la promesa de la vida eterna, el silencio que los rodeaba parecía sagrado.

Jacob, profundamente conmovido, repasó los sacrificios que habían delineado su vida: el abandono forzado por parte de su tío, la muerte cruel de su madre, la separación de sus amigos, su obligado camino mediante el acero, las vidas tomadas con él...

Todas aquellas personas que amaba, ¿eran conocedoras de sus destinos?

Si Jesús de Nazaret vaticinó en varias ocasiones su trágico final y lo afrontó sin dudas ni vacilaciones, ¿inspiró a todos los demás?

Si hubiera sido así, ¿con qué propósito?

Su madre siempre le dijo que Dios tenía un plan, un propósito mayor.

¿Qué les diría el carpintero de Galilea la última noche que pasó en la intimidad con cada uno de los allí presentes?

Y, con aquellas preguntas revoloteando en su cabeza, Jacob terminó apostillando las palabras del griego.

—Lucas, yo mismo estuve allí frente a la cruz, pero es admirable la pasión y devoción que destilan tus palabras, aun sin haber conocido al maestro en persona. Tu crónica es un faro de esperanza —dijo Jacob finalmente—. A través de tus palabras, Jesús y su mensaje siguen entre nosotros. Si me lo permites, puedo aportarte algo de información única en algunos hechos, pero es un gran trabajo. Por cierto, nunca me dijiste nada sobre el retrato de la Señora.

Lucas sonrió enigmáticamente.

—Aún no he contado todo lo que deberías saber.

Jacob le miró sorprendido, pero no le presionó.

Sabía que, llegado el momento, Lucas hablaría.

La noche avanzaba sin que ellos lo notaran, envueltos en una comunión de espíritus. Aquella velada, bajo el testimonio silente de las estrellas, se convirtió en un bastión de fe para ambos: para Lucas, una confirmación de su misión de compartir su crónica y, para Jacob, una renovación de su compromiso de seguir el camino de Jesús, armado con la sabiduría y la comprensión que surgían de la necesidad de contar su historia, su historia personal, para que Lucas ultimara su obra.

La aurora apenas comenzaba a despuntar sobre el horizonte tiñendo el cielo de tenues matices rosados y anaranjados cuando Jacob, Marta, Rufo, Alejandro y Lucas se reunieron a las afueras de Betania, la aldea eternamente bañada en la luz del recuerdo, la esperanza y las enseñanzas inolvidables de Jesús de Nazaret.

Todos ellos se encontraban allí, en el umbral del alba, listos para emprender caminos distintos. Betania representaba el punto de partida hacia las misiones que tenían por delante, cada una guiada por el mismo propósito, pero llamada a iluminar distintas partes del mundo conocido.

Rufo y Alejandro habían convencido a la hermana de Lázaro de que los acompañara a la Decápolis, junto a sus familias, lejos de la guerra. Era de las pocas mujeres que habían evitado acceder a Jerusalén desde la llegada de los romanos. No tentaría a la suerte una vez más. No con su avanzada edad.

Marta dedicaría los últimos años de su vida a predicar el poder de Jesús como testigo viviente de la resurrección de su hermano.

Rufo y Alejandro se prepararon para llevar el mensaje de paz con el espíritu de la curiosidad e inquietud de un niño. Cuando todo hubiera pasado, los hijos de Simón de Cirene se comprometieron a difundir las palabras del galileo más allá de Egipto, en la Libia natal de su padre.

Lucas, el compañero fiel y cronista de la vida de Jesús, se enfrentaba a su propia misión con una mezcla de sobriedad y esperanza, consciente del valor de cada palabra escrita en su evangelio. Se dirigiría a Éfeso desde Sidón, más allá de Galilea, en la costa mediterránea.

Jacob, cuyo corazón ardía ahora con una sed insaciable de verdad y redención, se sentía fortalecido por las enseñanzas de Lucas y la compañía de sus amigos. Escoltaría al cronista, sin terminar de decidir sus planes más allá de Éfeso.

La carga de sus corazones era pesada, pues sabían que el camino que ahora emprendían estaba pavimentado de desafíos, pero también estaban llenos de una esperanza inquebrantable sembrada por el mismo Nazareno.

Unieron sus almas en oración.

—Padre, santificado sea tu nombre, venga tu reino, danos cada día nuestro pan cotidiano, perdónanos nuestros pecados, porque también nosotros perdonamos a todo el que nos debe, y no nos dejes caer en tentación —recitaron al unísono.

—Amén —añadió espontáneamente Jacob.

—¿Amén? —preguntó el curioso griego.

—«Así sea» en hebreo, griego —explicó Jacob jocoso—. Aún no dominas del todo nuestra lengua.

—Por eso escribo en griego, fanfarrón.

Y juntos rieron.

Jacob, Lucas, Marta, Rufo y Alejandro compartieron palabras de despedida, no como un adiós, sino como un «hasta que nos volvamos a ver», sabiendo en lo más profundo de sus seres que su unión en la fe los mantendría inseparablemente conectados.

—Jacob, cuando nos encontramos en el barrio, antes de escapar por los túneles, nos preguntaste qué hacíamos allí. Aguantamos semanas porque, como te dije, mantuvimos la fe. —Rufo hizo una breve pausa—. No solo nos referíamos al Señor. También nos referíamos a ti, amigo. Nunca dejamos de creer en ti. Sabíamos que traerías a Lucas sano y salvo. ¡Lo que no sabíamos es que enviábamos a un guerrero y volvería un cristiano!

Todos rieron.

Jacob miró a los hermanos con una evidente gratitud.

Sin ellos, Lucas no estaría con vida y él nunca habría recuperado la fe. O, lo que es peor, hubiera caído bajo el acero romano como Eleazar. No dijo nada, pero las lágrimas eran su testimonio más sincero. Marta, mirando a Jacob con una profunda admiración tras escuchar los elogios de los hermanos, concluyó la despedida. Extrajo una pequeña talega de lino y se la entregó. El sonido en su interior reveló su contenido.

—Jacob... Todos sabemos que tu corona también está llena de espinas. No creo que haya muchas personas que puedan alcanzar a entender lo que tú has sufrido, pero ahora, al igual que yo, vuelves a ser testimonio viviente de la resurrección y, a través de ti, su luz continuará brillando.

Jacob agradeció profundamente las palabras de Marta, pero, negándose a recibir aquella más que generosa donación, preguntó el porqué de aquella dádiva.

—Es parte del dinero con que nos obsequiaban los peregrinos que deseaban conocer el lugar del sepulcro de mi hermano Lázaro —explicó la mujer—. Es un dinero que se consiguió gracias a la magnificencia de Jesús. Yo no necesito tanto, y qué mejor que usarlo en vuestro viaje para su mayor gloria.

Jacob volvió a negarse en redondo, pero Marta insistió y ganó la pequeña contienda.

Con sus palabras y su gesto, extrajo una espina desde lo más profundo del corazón de Jacob.

Con la despedida sellada en el amanecer de Betania, los cinco tomaron sus respectivos caminos, llevando en sus corazones y en sus pasos el mensaje eterno de Jesús.

Pero en la mente de Jacob, además de la esperanza, solo había sitio para un término.

Una palabra que unía, material o espiritualmente, las vidas de Lázaro, Jesús y el propio Jacob.

Resurrección.

37

Año 30 d. C.
3790 הנש
783 AUC
-
Betania

†

La expresión de Gedeón se ensombreció, pero confiaba en el juicio de Saulo. A pocos pasos de ellos, ante el alboroto, Simón y Miryam llegaban corriendo a la hacienda. La cara de Gedeón se tornó de furia al ver venir de la oscuridad a su esposa junto a Simón, un hombre que conocía y respetaba. Sintió la traición de su hermano como un puñal caliente en su pecho.

—¡Miryam! ¡Simón! —gritó Gedeón encolerizado—. ¿Cómo osáis traicionarme de esta manera?

Simón y Miryam se separaron abruptamente.

—Gedeón, esto no es lo que parece… —intentó explicarse Simón—. Más bien todo lo contrario… Mi amor por Miryam es sincero, pero nunca pensamos ninguno de los dos traicionar tu confianza…

—¡Blasfemia! —gritó uno de los zelotes.

Miryam trató de articular palabra, pero la furia de Gedeón nubló su juicio y, antes de que pudiera intervenir, desenvainó su espada avanzando hacia Simón con rabia y dolor en sus ojos. Los otros zelotes bajo el mando de Bar Abban, aunque dudosos, no se interpusieron. A Saulo, joven pero no carente de experiencia, le sorprendió que Bar Abban quisiera respetar el derecho de Gedeón a tomar justicia por su traición personal. La sonrisa hipócrita de aquel hombre le hizo comprender a Saulo por qué había sido ordenado espiar a aquella pareja.

Frente a Gedeón, un siempre armado Simón desenvainó con el fin de protegerse. Mientras los demás apóstoles permanecían impávidos ante el desconcierto, Tadeo se acercó a su amigo preparado para lo que fuera necesario.

—¡Simón, eres mi hermano!—profirió Gedeón con ira—. ¡No puedo permitir esta traición en mi propia casa!

Pero, antes de que Gedeón pudiera alcanzar a su hermano, Saulo, consciente de la gravedad de la ruptura que podría causar entre sus filas aquel enfrentamiento, intervino socorrido por otros zelotes. Había más en juego que sentimientos personales, y aquel joven lo sabía. Aquel duelo, juzgado ante un consejo del Sanedrín o las enmarañadas leyes romanas supondría debilitar, sobre todo, las filas zelotes. La ausencia de Gedeón despejaría el camino al fanatismo extremo de Bar Abban. Y Saulo conjeturó sobre las terribles consecuencias que podría tener para el pueblo judío.

—¡Gedeón, detente! ¡Esta decisión no solo te afecta a ti, sino a todos nosotros!

El corazón de Gedeón latía con rabia y fuerza, pero sus compañeros sostuvieron su brazo con firmeza y respeto. La traición parecía real, pero la respuesta debía ser meditada. Miró a los ojos de Saulo. Solo encontró firmeza y seguridad, como si quisiera protegerle de algo. La causa de la libertad de Judea no podía ser comprometida por una sola noche de pasión y error. Debían denunciar la traición ante el consejo de ancianos.

—Está bien, está bien. ¡Suéltame, Saulo!

Ante la atenta mirada de Jacob, el joven espía zelote y los otros zelotes le liberaron. El crío vio cómo, con un suspiro pesado, su padre Gedeón se zafó de sus agarres y bajó su espada. Saulo había doblegado la ira de su padre solo con palabras. Aquel joven poseía un gran poder de convicción.

—Este asunto será juzgado por el Sanedrín, en el templo, como corresponde. Pero que quede claro —dijo Gedeón al apóstol—, Simón, ya no eres mi hermano.

Gedeón se dirigió a los suyos y señaló a su esposa Miryam.

—Apresadla.

Miryam y Simón se miraron y asintieron sabiendo que las consecuencias de sus acciones tergiversadas resonarían en cada rincón de su comunidad.

Solo ellos sabrían que en la oscuridad de Betania pactaron no cometer adulterio y seguir el camino que Jesús les había marcado, sacrificando su amor para siempre.

Solo ellos sabrían cuál fue el mensaje del rabí de Nazaret para ambos. El destino de Jacob y de la palabra de su Padre dependía de ellos.

Con solo una mirada se dijeron todo.

El último parpadeo supo a amarga despedida.

Simón envainó su espada.

Pero cuando sus dedos acariciaron débilmente el acero algo cambió.

Fue entonces cuando Simón dudó.

Era el amor tan intenso que sentía Miryam y por Jacob que sucumbió.

Como hiciera Pedro.

Como hiciera Tomás.

Como hiciera Judas.

Trató al menos de salvar al crío una última vez.

—Gedeón, por favor —suplicó Simón—. Jacob es solo un niño. Merece crecer en un ambiente de amor, no en medio de la guerra y el odio. Hazlo por él, no por nosotros.

Tadeo apretó el brazo de Simón, recordándole hasta dónde podía tensar esa situación. Miryam miró al apóstol sorprendida por aquel último arrebato. Admiró aún más a aquel hombre que nunca volvería a ver. Pero Gedeón no estaba dispuesto a escuchar.

—Serás juzgado por el Sanedrín por secuestrar a mi familia —le dijo dejándose llevar por el odio apelando a la ley de Moisés.

—Así está escrito —apoyó Bar Abban con el fin de no ser descubierto—. «Si descubren que uno ha secuestrado a un hermano suyo de los hijos de Israel, para explotarlo o venderlo, el secuestrador morirá. Así extirparás el mal de en medio de ti».

Miryam decidió salvar a Simón con el único arma que tenía.

La palabra.

—Me fui por voluntad propia. Simón es inocente. Así declararé frente al Sanedrín.

Las miradas de Gedeón, Bar Abban y Saulo se dirigieron a la mujer. Aquella confesión frente al Sanedrín eximiría de culpabilidad a Simón, pero inexorablemente se condenaría a ella.

Sin embargo, ella era consciente de que ya estaba condenada.

Con un gesto, ordenó a sus hombres abandonar el lugar.

—¡Tío Simón! ¡No quiero irme! —gimoteó Jacob a su tío—. ¡Por favor, no dejes que me lleven!

Con un tirón imprevisto, Jacob se liberó momentáneamente de su padre para correr a los brazos del apóstol.

Miryam comenzó a llorar desconsolada.

Tadeo dio un paso atrás, regalando una fugaz intimidad.

Simón se arrodilló ante su sobrino, con el corazón desgarrado de dolor. Sin poder contener las lágrimas, le habló al oído del niño.

—Jacob, escucha. Siempre estaré contigo, en tu corazón. Recuerda las enseñanzas de Jesús, mantén tu fe y ama siempre, no importa dónde estés. Nunca olvides que te quiero. Eres el hijo que siempre quise tener.

Gedeón, agresivo e impaciente, se acercó y con violencia tiró del brazo de Jacob.

—¡Ya es suficiente, Simón!

El fuego comenzó a consumir su espíritu. El guerrero dormido que habitaba en el corazón de Simón no pudo quedarse parado. Su mano se deslizó hasta encontrar la vaina de su espada. Al acariciarla, los vellos de sus brazos se pusieron de punta.

Asió la empuñadura con disimulo.

El recato no fue suficiente.

Su ángel de la guarda intervino.

Tadeo agarró su mano y la separó lentamente de la espada.

Simón le miró, implorando que le diera permiso para desatar su ira.

Tadeo negó con la cabeza.

Terminó de apartar la mano de su amigo.

Simón aceptó la tregua.

Miró al líder zelote.

Sabía que perdía al hijo que siempre quiso tener.

Sabía que perdía al amor de su vida.

Sabía que perdía lo que nunca tuvo.

Su plan divino discurría por senderos diferentes.

Solo le quedaba la palabra.

—Gedeón —le increpó sosteniendo la mirada sin parpadear—, nunca mereciste a esa extraordinaria mujer. Y, no lo olvides, hace mucho tiempo que dejamos de ser hermanos.

Sin contestar a su hermano, el herrero zelote arrastró a su mujer y al niño hacia Jerusalén mientras sus gritos continuaban resonando como lamentos de un alma perdida. Simón trató de seguirlos unos pasos, pero los zelotes lo mantuvieron a distancia, bloqueando su camino. La desesperación y la impotencia lo consumían mientras veía cómo su sobrino y la mujer que amaba desaparecían en la oscuridad de la noche.

—¡Jacob, no me olvides! ¡Te quiero!

Simón cayó de rodillas, y las lágrimas corrieron libremente por su rostro. Tadeo salió corriendo hacia su amigo para intentar sostenerle. Santiago y Juan soltaron sus armas y se acercaron para tratar de consolarle con manos temblorosas.

A lo lejos, en la oscuridad, Gedeón y los zelotes avanzaban con Miryam y Jacob desapareciendo en la distancia. El niño, arrancado de los brazos de la única familia que conocía, llevaba consigo las enseñanzas y los abrazos de su tío, aunque no podía comprender plenamente el peso de lo que dejaba atrás.

Y, de nuevo, una gran espina se clavó en su corazón.

Con cada paso, Gedeón se enfrentaba su propia lucha interna. Decepcionado por su mujer, amaba a su hijo a su manera y creía que lo estaba protegiendo, pero el grito desesperado de Simón y el llanto desconsolado de Jacob resonarían en sus pensamientos como un eco perpetuo.

Estaba convencido de que el camino correcto era el que marcaba él, por mucho que la fe y el amor que Simón había sembrado en el joven Jacob siguieran vivos.

Aunque separados por el destino, tío y sobrino estarían eternamente unidos por un hilo invisible de esperanza y memoria.

O, al menos, eso deseaba el apóstol.

La despedida era definitiva, sí, pero el amor no conocía fronteras, ni siquiera aquellas que teje el tiempo. La lección de aquella jornada fue despiadada, recordando a todos que la lucha por la salvación requería no solo valentía, sino también una fe inquebrantable en el plan de Dios.

Esa noche, el viento frío llevó consigo la promesa de más desafíos mientras las colinas de Betania guardaban el eco de decisiones difíciles y futuros inciertos. La casa de Marta, que una vez fue un refugio de amor y esperanza, ahora estaba impregnada de una tristeza insondable.

Los apóstoles se unieron tratando de fortalecer a Simón con su presencia y sus oraciones. Sabían que la lucha por Jacob no había terminado, aunque nunca volvieran a verle. La promesa de una reunión en un futuro distante, en esta vida o más allá, sostenía sus corazones.

Los primeros rayos de luz encontraron a Simón sentado solo en un rincón de la estancia principal, con los codos sobre las rodillas y el rostro ojeroso enterrado entre sus manos. Los demás apóstoles, conscientes de su estado anímico, lo habían dejado a solas con su dolor sabiendo que cada hombre debe enfrentar su angustia de la manera más íntima y personal.

—Permítele un momento —le susurró Juan a Pedro—. Perder a Jacob así… es un golpe fuerte para todos nosotros, pero especialmente para él.

—Lo sé. Pero no podemos quedarnos en el dolor. Nuestra misión sigue adelante —asintió Pedro con terquedad.

—A veces eres insoportable —le reprendió Santiago sin miramientos.

Mientras Pedro, Santiago y Juan intercambiaban algo más que palabras, Tadeo entró en la habitación con una taza de agua fresca. Se acercó lentamente a Simón, sentándose a su lado con delicadeza. Solo la presencia de alguien que compartía su pena parecía ser suficiente para iniciar una conexión.

—Simón, sé que el dolor es profundo —comenzó suavemente Tadeo—. Ver a Jacob arrebatado de esta casa, de nuestras vidas, es una herida que todos sentimos. Pero él es fuerte y aprenderá lo que le hemos enseñado.

Simón alzó la vista. Sus ojos enrojecidos reflejaban un océano de tristeza. El apóstol no había pegado ojo en toda la noche.

—Tadeo, la verdad es que siento que les he fallado —susurró con la voz quebrada—. Prometí a Miryam que cuidaría de

Jacob, que lo protegería del peligro. Y ahora... se los han llevado a la oscuridad de una lucha que no elegimos.

Tadeo colocó una mano consoladora sobre el hombro de Simón.

—No has fallado, Simón. Hiciste todo lo que pudiste, y el amor y las enseñanzas que le diste a Jacob siguen dentro de él. No sabemos qué le deparará el futuro, pero debemos mantener la fe en que encontrará, en algún momento, el camino de vuelta.

Entonces entró María, la Señora, con una calma solemne que irradiaba una especie de fuerza espiritual. Se arrodilló frente a Simón y tomó sus manos entre las suyas.

—Simón, ten fe, este no es el final. Jacob es joven y su espíritu es fuerte. Debemos confiar en que las semillas de amor y verdad que plantó Jesús en su corazón terminarán floreciendo, incluso en medio de la oscuridad. Debemos orar por su futuro y prepararnos para el día en que nos reunamos con él nuevamente. Dios tiene un plan. Fíjate en ti. Antes eras un guerrero, ahora eres un enviado de mi hijo.

Simón apretó las manos de María sintiendo un pequeño resquicio de esperanza empezar a asomarse entre las grietas de su dolor. Sabía que sus palabras eran verdad, aunque el camino por delante parecía lleno de momentos dolorosos.

—Gracias, María. Gracias, Tadeo —dijo Simón—. No tengo más opciones que seguir adelante, tal y como me vaticinó el maestro. Jacob es valiente, al igual que su madre. Si esta es la voluntad del Padre, que se cumpla.

—Nos queda mucho camino que recorrer juntos, Simón —intentó animar Tadeo por última vez—. Estaré a tu lado a cada paso que des.

Tadeo, con expresión tierna y compasiva, abandonó en primer lugar la estancia principal dejando a la Señora frente a Simón.

Se hizo un largo silencio entre ambos.

Él no sabía qué decir.

Ella lo dijo todo.

—Ha comenzado —le dijo la Señora.

Simón aguantó su mirada, tan dulce, tan dura, tan inquebrantable, tan admirable.

—Creo... Creo que estoy preparado —dijo finalmente el antiguo zelote.

Los días venideros serían oscuros y desafiantes, pero la casa de Marta y María permanecería como un símbolo de esperanza, un bastión en medio de la tormenta, aguardando el día en que el retorno de Jacob llenara nuevamente sus pasillos, con abrazos cálidos y la fe restaurada en su vida.

Sin embargo, un apóstol con sangre de guerrero no terminaría de olvidar jamás la herida de su corazón.

En silencio, se alejó de la casa, con su dolor y su decisión de partir forjando un nuevo destino para él. Sabía que debía seguir adelante y encontrar su propio camino en lugar de intentar recuperar lo que una vez tuvo, el cariño y el amor de su sobrino Jacob.

Con el corazón lleno de amargura, pero también de resignación, Simón abandonó la ciudad de Jerusalén. Mientras se alejaba, llevaba consigo las memorias del pasado y la determinación de construir un futuro propio, lejos de las sombras de lo que podría haber sido.

Pensó también en Miryam.

El amor de su vida, prohibido, pero amor al fin y al cabo.

Y caminó.

Raudo.

Caminó para olvidar.

Caminó para predicar.

Caminó para recordar.

Caminó para dejar de llorar.

Le esperaba en el futuro la difusión de la palabra.

Y, una vez más, el hombro de su amigo Tadeo para sostenerle.

Y, como última y única oportunidad, ordenó a su ayudante Esteban a que fuera testigo del destino de la mujer que amaba.

Aunque aquella orden, sin saberlo, condenara a aquel joven griego de por vida.

38

Año 71 d. C.
3831 הנש
824 AUC
-
Mar Mediterráneo

La mañana amanecía con un oro suave sobre el puerto de Cesarea, donde el bullicio de mercaderes y marineros llenaba el aire salino con una sinfonía de voces y pasos apresurados.

En el muelle, un navío romano abrazaba los preparativos para su travesía; una modesta pero fiable nave oneraria que zarparía con la intención de embarcarse en el astuto arte del cabotaje, navegando junto a la costa, en una danza de cercanía y seguridad.

El capitán, un hombre de mirada aguda y piel curtida por años de sol y viento, supervisaba a su tripulación mientras cargaban las últimas ánforas de vino, aceite y grano. Su destino: Éfeso, la joya de Asia Menor. Aquel hombre tenía más de quince años de experiencia navegando por las costas del Mare Nostrum, desde la Baética hasta la Judea, y sabía correctamente leer las señales que emitían el cielo y el mar.

Jacob y Lucas habían tomado pasaje en aquella nave oneraria romana, tan funcional, resistente y con capacidad y mercancías a lo largo de toda la costa mediterránea. Llegaron a un acuerdo con el patrón para que les permitiera subir a bordo a cambio de unas monedas.

El navío se deslizaría como una serpiente marina, bordeando la costa, con los farallones y calas ofreciendo refugio y orientación. Los marinos, expertos en la navegación costera, conocían los secretos de cada bahía, cada puerto natural donde podían anclar y aprovisionarse. Aterrizaban en Tiro y Sidón, donde los fenicios ofrecían bienes exóticos y relatos de tierras lejanas. Los aromas de especias y maderas llenaban el aire, y los intercambios comerciales se realizaban con un trasfondo de promesas y pactos.

Cada atardecer traía consigo la tarea de buscar refugio en alguna cala tranquila, evitando los peligros de la navegación nocturna en costas desconocidas. Dormían bajo el resplandor de las estrellas protegiendo sus mercancías y reparando cualquier desperfecto que las jornadas pudieran haber causado en el navío. El capitán aprovechaba esos momentos de aparente calma para dar instrucciones precisas a su timonel y revisar las cartas náuticas que había recopilado con esmero durante sus viajes.

Las islas de Chipre y Rodas proveían no solo de descanso, sino de oportunidades para reparar y reencontrarse con otros navegantes. En Chipre, los marineros se encontraron con una hermosa y próspera ciudad portuaria, donde templos y edificaciones adornadas con esculturas de mármol destacaban en el paisaje arquitectónico. Aquí podían saludar y comerciar con griegos y sirios, recoger historias y advertencias sobre los vientos y las corrientes que encontrarían más adelante.

La travesía a cabotaje de Cesarea a Éfeso no era solo un viaje de puerto en puerto, sino un constante navegar entre la audacia y la cautela, en una laboriosa misión de unir continentes y culturas bajo el brillante y disciplinado estandarte de Roma, forjando enlaces que se extenderían más allá de los confines del tiempo y la memoria.

Lucas, que se había convertido en una especie de mentor y guía para Jacob, confiaba en su amigo para llevar las verdades contenidas en sus escritos a aquellos que hablaban la lengua aramea. La responsabilidad de ampliar el Evangelio de Lucas era enorme, y Jacob, consciente de la magnitud de su tarea, procedía con un respeto y cuidado meticulosos.

—¿Sabes griego? —le había preguntado el médico heleno.

—*Koiné*. Estudié años atrás. Casi todos lo hacemos.

La luz de una lámpara de aceite arrojaba un brillo tenue sobre el papiro antiguo permitiéndole apenas distinguir las letras griegas que, para él, habían llegado a representar la voz misma de la redención.

Sin embargo, una noche, mientras la fatiga comenzaba a nublar su juicio y su conocimiento del griego era puesto a prueba, Jacob encontró un verso específico, crucial para la comprensión del mensaje de Jesús. El versículo era simple pero profundo, una invitación a la fe y la confianza en Dios. Pero, en manos de un Jacob exhausto, las palabras se torcieron.

«Es más fácil que un camello pase por el ojo de una aguja que el que un rico entre en el Reino de Dios».

Y Jacob no pudo evitar el día en que conoció a Jesús de Nazaret.

Pensó en su padre Gedeón, en su madre Miryam y en su tío Simón.

Aquellas palabras de Jesús se referían a las pequeñas puertas incrustadas en los grandes portones que permitían el acceso a la ciudad a los viandantes, pero no al ganado. Cuando los camellos venían cargados durante la noche y el portón se encontraba cerrado, había que aliviar la carga del animal para que pudiera pasar a duras penas, arrodillado, por la pequeña cancela.

La analogía era perfecta. El camello dejaba su carga y accedía a través de la puerta arrodillado. Así pues, los ricos deberían deshacerse de sus riquezas y arrodillarse ante Dios para entrar en el Reino de los Cielos.

Quizá era el momento de servir al propósito de Lucas y proporcionarle todo cuanto necesitara para dar fin a su crónica.

Fue el cronista el que intentó espabilarle.

—Jacob..., descansa la vista. Siéntate a mi lado, toma algo de vino y regálame los oídos.

Jacob le hizo caso. Sirvió un líquido que pretendía hacer las veces de un mal vino en un par de vasos desgastados y apuraron un par de sorbos. Jacob, tras torcer el gesto ante el agrio sabor, abrió las puertas de su corazón.

—¿Qué quieres saber, amigo?

—Tengo tantas cosas que preguntar... Pero empezaré por Judas, si te parece. ¿Qué sucedió con él?

Jacob le miró pensativo. Aquella misma pregunta fue formulada la primera vez que se encontraron.

Sin embargo, nunca hubo respuesta.

Aquel no era el momento.

En aquella nave surcando el Mediterráneo, era la oportunidad idónea de satisfacer la curiosidad del cronista.

Habían vivido muchas cosas juntos y no tenía motivos para ocultarle lo que él presenció. Se sirvió algo de aquel líquido que pretendía hacerse pasar por vino y se sentó junto a su amigo. Tras un par de sorbos generosos, se dispuso a saciar la curiosidad del griego. Repasando su memoria, recordó cómo Judas salió del Alto Aposento.

—Fue mi tío el que me contó qué pasó durante su última cena. Jesús le dijo que lo que tuviera que hacer lo hiciera pronto. Entonces Judas se levantó de la mesa abruptamente. Evitó el contacto visual con los otros, avergonzado, y tomó su manto que estaba colgado en un rincón oscuro de la habitación.

Pero nadie dijo una palabra; la atmósfera estaba demasiado cargada. Fue entonces cuando le vi salir. Alejandro, Rufo y yo habíamos salido con el permiso de nuestros padres con la promesa de que jugaríamos cerca, pero fuimos donde se reunirían Jesús y los doce. El cielo estaba despejado, estrellado, una hermosa vista que en cualquier otra noche le habría ofrecido algo de consuelo. Pero aquella noche, las estrellas parecían acusadoras, cada una de ellas un testigo silencioso de su traición. El aire fresco de la noche golpeó el rostro de Judas al salir al estrecho callejón. Parecía atormentado, abrumado por el miedo y el remordimiento.

Lucas, intrigado por la historia de Jacob, se inclinó hacia delante para no perder detalle.

—¿Se detuvo en algún momento?, ¿llegó a verte? —preguntó curioso el griego.

—No, en ningún momento. Sus pies no dejaban de moverse, llevándolo hacia aquel lugar donde los sacerdotes lo esperaban, donde las treinta piezas de plata cambiarían de manos y donde su destino quedaría sellado. Al parecer, Judas había arreglado encontrarse con los principales sacerdotes en un lugar secreto, lejos de las miradas curiosas de los peregrinos que llenaban la ciudad para el *Pésaj*. Al llegar, fue recibido con miradas de desprecio veladas por cortesía, una bienvenida que encajaba con la traición que estaba cometiendo. Los sacerdotes, con sus túnicas finas y sus voces suaves, le presentaron el precio de su traición. Días más tarde supe que se trataba de treinta piezas de plata. El sonido del metal resonando en la pequeña bolsa de tela parecía increíblemente alto en el silencio de la noche. «Esto es necesario, Judas. Lo que haces salvaguarda nuestras tradiciones y nuestra fe», le susurró uno de los sacerdotes intentando vestir el acto con una pátina de justicia.

Jacob tomó otro trago del vino para evitar que se le secara la boca. Lucas no pensaba darle tregua.

—¿Judas fue contratado? —preguntó extrañado Lucas.

—No, amigo. La plata servía para limpiar la conciencia. Los servicios se pagaban con oro.

Lucas asintió asimilando aquella información.

—¿Qué hizo Judas, entonces?

—Judas apenas asintió, tomando la bolsa sin mirar a los hombres a los ojos. Sabía que no había justicia en lo que estaba haciendo; solo miedo, confusión y, en lo más profundo, una traición a todo lo que había creído alguna vez ser verdad. Después de la reunión, Judas vagó sin rumbo por las calles vacías. El peso de las monedas en su mano era un cruel recordatorio de su acto. Observaba a la gente pasar, a las familias reunidas en las puertas de las casas, apurando la cena, a los niños jugando bajo la luz de las lámparas. Vidas que seguían adelante, inconscientes del drama que se desplegaba en las sombras de su sagrada ciudad. Y, así, la figura solitaria de aquel hombre condenado por su propia mano deambuló por la oscura Jerusalén, perseguido no por los romanos o los sacerdotes, sino por su propia sombra traicionera.

—Demasiado tormento para un traidor, ¿no crees? Además, algunos consideraban que Judas no era simplemente un seguidor desencantado. Algunos sugirieron que pudo haber sido parte de los sicarios…, que su traición fue motivada no solo por el dinero, sino por un complejo entramado de lealtades políticas. ¿Qué piensas?

Jacob repasó las palabras del cronista. Lucas mencionó «sicarios», y aquella palabra solo le provocaba urticaria.

—¿Un sicario? Es una acusación grave y audaz, Lucas. Los sicarios son asesinos despiadados, obreros de la violencia y el caos. Judas, por lo que se cuenta, era un hombre de Keriot. No hay evidencia directa de tal vinculación, aunque recuerdo que mi padre interactuó con él en el Gólgota como si le conociera.

Jacob quedó pensativo. Lucas no dejaba de darle vueltas una y otra vez. Necesitaba algo que fuera diferente, que marcara la diferencia. Insistió un poco más.

—Pero considera esto, Jacob: su acto final fue de traición, entregando a Jesús por treinta piezas de plata. Los sicarios, en su fervor por la libertad de Israel del yugo romano, a menudo recurrieron a la traición y al asesinato para avanzar en sus causas. ¿No podría ser que Judas actuara bajo un mandato similar?

—Especular sobre esa teoría es peligroso. El acto de Judas podría interpretarse de muchas maneras: desesperación, codicia, un malentendido de las profecías o el propio deseo de Jesús. Su entrega y despedida fue mediante un beso. Vincularlo sin más a los sicarios podría llevarnos a conclusiones erradas sobre su carácter y sus motivaciones. No olvidemos que Judas, después de su acto, se llenó de remordimiento y terminó su vida en desesperación. Tal es el peso de la traición.

Esta vez fue Lucas quien apuró el vino de su vaso tomando plena conciencia de las palabras de su amigo.

—Cierto, su fin fue trágico —concluyó Lucas—. Tal vez nunca conozcamos completamente sus razones. Pero debatir estas posibilidades nos ayuda a entender mejor la complejidad de esos tiempos y los hombres que los vivieron.

—Así es, Lucas. ¿Qué podríamos pensar entonces de Pedro, que negó tres veces al maestro? ¿O de Tomás, que dudó hasta el final? Que cada uno de nosotros siga buscando la verdad, pero con un espíritu cargado de humildad y respeto por el misterio de las vidas ajenas. Y que esta conversación nos recuerde la precaución que debemos tener al juzgar las acciones de los demás. —Jacob miró con seriedad a Lucas—. Y al escribirlas.

—¿Por qué no me lo contaste la primera vez que nos conocimos? —preguntó el griego.

—Lucas, la primera vez que nos vimos no era la misma persona que soy hoy. Era mi vida, mi historia, mi intimidad... —resopló Jacob—. En aquel momento no tenía claro si el acto de Judas fue una traición o parte del plan divino. A día de hoy no tengo ninguna duda.

—Entonces tengo que corregir la crónica. Judas no es traidor.

—Déjalo como está —replicó Jacob.

Lucas se sorprendió ante sus palabras. Por un momento creyó que el relato de Jacob serviría para, de una u otra manera, exculpar a Judas.

—¿Qué quieres decir, Jacob?

—Quiero decir —continuó con firmeza— que Judas aceptó ese rol. No lo superó, pero, al ser todo un plan divino, él mismo aceptó ser el traidor. Tenía y tiene que ser así.

—¿Quieres decir que aceptó ser el compañero más odiado de Jesús?

—Así es, griego, así es. Lo hizo para que todo se cumpliera.

—¿Entonces?

—Déjalo como está. Judas pasará a la historia así porque aquel era su propósito.

Lucas terminó su vaso y quedó pensativo. Quizá su pequeña mención sobre Judas no haría justicia, pero, si era el propósito de Judas, de Jesús y de *abbá*, así tenía que ser.

—¿Sabes qué, griego? —preguntó jocoso Jacob.

Lucas calló esperando a que su amigo continuara.

—Creo que estás buscando algo que diferencie tu relato de cualquier otro.

Lucas sonrió como un niño pícaro, como si Jacob acabara de descubrir sus inocentes intenciones.

—Saca la pluma, griego. Permíteme contarte algunas de las cosas que hicieron aún más grande a Jesús de Nazaret. Pero, sobre todo, sobre la importancia de las mujeres en su mensaje.

39

Año 30 d. C.
3790 הנש
783 AUC
-
Jerusalén

Las primeras luces del amanecer despuntaban sobre Jerusalén arrojando un tenue resplandor sobre los muros de la ciudad y las estrechas calles empedradas.

El aire era fresco, pero estaba cargado de una expectación palpable. En una de las plazas más apartadas de la ciudad, una multitud, cuyos susurros llenaban el ambiente, comenzaba a reunirse. En el centro del gentío, una mujer escoltada por guardias del Sanedrín caminaba con las manos atadas y el rostro cubierto de lágrimas. Todos la conocían como Miryam, la esposa del herrero Gedeón, y ese día estaba a punto de enfrentarse al juicio más severo.

El consejo de ancianos se encontraba en el Salón de las Piedras Talladas. Entre ellos, el gran sacerdote Caifás, conocido por su ortodoxia y mano firme, se presentaba como la figura de autoridad máxima. A su lado, su suegro Anás procedió a leer las acusaciones con voz firme y resonante.

—Miryam, hija de Caleb —comenzó Anás—, has sido acusada de blasfemia y adulterio según la ley de Moisés. Los testimonios contra ti son contundentes y suficientes, pues hay quienes aseguran que crees en la resurrección de ese Nazareno. Según nuestra santa ley, este delito, si es confirmado, es castigado con la lapidación. ¿Tienes algo que decir en tu defensa antes de que se dicte sentencia?

Miryam levantó la mirada. Sus ojos se encontraron con los del público, pero no vio ni una chispa de compasión. Aquel joven delator, Saulo, acompañaba a Gedeón entre la multitud. La ira causada por la traición era evidente en su rostro. Ni rastro de Jacob. No conseguía localizarle. Respiró algo aliviada. Miryam sabía que tanto su cuñado Simón como ella eran inocentes, al menos en cuanto al pecado de la carne. Pero también tenía presente cuánto había sufrido los abusos y la falta de amor en su matrimonio, una verdad que nadie en la muchedumbre parecía considerar. Además, no estaba dispuesta a dar un paso atrás y renegar de su fe.

De repente, y ante la ausencia de defensa alguna de la acusada, una figura emergió de la multitud. Miryam le reconoció enseguida. Era Esteban, el joven judío converso de origen griego, el que ayudaba en las tareas de su cuñado Simón. De vez en cuando se reunía con los apóstoles para repartir comida entre los más pobres. También estuvo presente en la elección de Matías como sustituto de Judas.

Aquel joven impetuoso, para sorpresa de Miryam, comenzó a hablar en su lugar.

—Pido hablar en favor de Miryam para recordar que, aunque nuestras leyes son justas, deben ser aplicadas con compasión. El castigo puede ser severo, pero la misericordia divina no debe ser olvidada.

Caifás, aunque reacio, permitió a Esteban hablar como alegato en su defensa. El joven comenzó su proclama por el honor de aquella mujer y su instructor Simón.

—Miryam supuestamente ha cometido un pecado, solo amparado por la declaración de unos zelotes, sin testigos imparciales. Por lo tanto, también es víctima de un esposo que no la ha tratado con la confianza, el respeto y la dignidad que nuestra fe manda. Debemos buscar también justicia para ella.

Algunos abuchearon el alegato de la defensa. Gedeón miró a aquel joven con rabia. Bar Abban instó a Saulo que tomara nota del hombre que se estaba encarando con el Sanedrín y que ponía en tela de juicio el testimonio de los zelotes. Pagaría su insolencia más adelante. Los más radicales empezaron a empujarse con el fin de alcanzar al joven griego que osaba entorpecer la sentencia del consejo de ancianos.

Miryam no quería que aquel chico, que por voluntad propia al servicio de Dios salió en su defensa, sufriera los ataques de ira de un circense consejo que ya la había condenado anticipadamente sin juicio previo. Alzó la voz por encima del griterío y pidió su turno.

Anás levantó la mano para que los presentes callaran. Caifás acarició impaciente su barba. Al fin y al cabo, el testigo imparcial, Saulo, era también confidente del Sanedrín.

—A pesar de que la vida en mi hogar se volvió insostenible tiempo atrás —dijo en voz alta Miryam—, soy inocente en cuanto a la acusación de adulterio. Jamás traicioné a mi marido ni conocí a otro varón. Si lo que pedís es que me retracte de mi devoción hacia Jesús de Nazaret, no hallaréis en mí tal arrepentimiento. Sí, yo creo que es el Cristo, el Hijo de Dios, que vino al mundo para redimirnos de nuestros pecados, muerto en la cruz, resucitado al tercer día y ascendido al cielo junto a su Padre.

Como saduceo, Caifás, que no creía en la inmortalidad del alma ni en la resurrección, estaba a punto de estallar de ira. Los murmullos aumentaron, algún miembro del Sanedrín se rasgó las vestiduras y Anás se vio obligado a levantar la mano para pedir silencio.

—La ley es clara y no admite interpretaciones según las circunstancias del corazón humano —dijo Anás—. Nuestra tarea es guardar la santidad de nuestras tradiciones.

El Sanedrín murmuró entre sí, pero la decisión era inevitable bajo las leyes de Moisés. La madre de Jacob sabía que estaba sentenciada nada más caer en manos de Gedeón.

—Miryam, hija de Caleb —dijo finalmente Caifás—, por tus actos de adulterio y blasfemia, según nuestras santas escrituras, eres sentenciada a la lapidación. Que esta acción amoneste a todos sobre la pureza de la vida que debemos sostener.

El silencio cayó nuevamente mientras Caifás daba la orden.

Miryam cerró los ojos y lloró. Recordó las palabras en su último encuentro con Jesús, pero no sabía que sería tan pronto. Buscó a su muchacho entre los allí presentes, pero seguía sin encontrarle.

Su corazón se debatía entre evitarle la agonía de ser testigo del castigo y sonreírle por última vez.

Pensó en las últimas palabras que le dedicó Simón, el hombre que amaba en silencio.

—Yo habría arrancado sin rechistar el Templo de Jerusalén a cambio de un «contigo».

La multitud se dirigió solemnemente fuera de las murallas al sur de la ciudad, al valle de Hinón, una depresión amarga en el paisaje que fuera lugar de sacrificios oscuros, en aquel momento el escenario para el cumplimiento de una cruel justicia.

Miryam, rodeada por los guardias, fue conducida al centro del valle. En un vistazo rápido al gentío que se congregaba vio por primera vez a Jacob, llorando desconsolado, agarrado fuertemente por su padre, que no mostraba signos de tristeza.

—¡Barrabás! —mandó llamar Caifás.

—¡Es Bar Abban! —corrigió sin reparo el propio Giora.

—Sea. Giora bar Abban, siguiendo la tradición, el acusador principal lanzará la primera piedra.

Jacob, desesperado, no escuchó la orden de Caifás mientras trataba de zafarse de los brazos de su padre entre el griterío de la gente. Era la segunda vez en tan poco tiempo que se veía obligado a ser testigo de una ejecución.

Solo que, en aquella ocasión, se trataba de su madre.

En un acto desesperado, como si de repente el tiempo se hubiera detenido, Jacob miró a su alrededor pidiendo clemencia, esperando un milagro.

—¡Jesús! —gritó fuertemente.

Un bofetón le recordó que no era el momento de montar dramas innecesarios.

Pero Jacob no pudo evitar recordar otro tiempo, otro lugar.

En el bullicioso y polvoriento Templo de Jerusalén, una multitud se agolpaba en torno a un grupo de hombres que sostenían piedras en sus manos mientras una mujer, temblorosa y avergonzada, permanecía en el centro de la plaza mirando al suelo con los ojos llenos de lágrimas. Se trataba de una mujer acusada de adulterio, traída ante Jesús por los escribas y fariseos, quienes la acusaban con furia de haber violado la ley de Moisés.

Jesús, rodeado por la multitud expectante, se mantenía en silencio escribiendo en la tierra con el dedo, como si ignorara las acusaciones que se le dirigían. Los cargos resonaban en el aire denso. La ira y la hipocresía se mezclaban en el ambiente mientras Jacob mantenía su atención en la acusada, que buscaba desesperadamente una chispa de compasión en los ojos de aquel hombre que la miraba con ternura.

Finalmente, Jesús alzó la mirada y se dirigió a la multitud con voz serena y firme.

—Aquel de vosotros que esté libre de pecado, que tire la primera piedra.

Un silencio sepulcral se apoderó del lugar. Los acusadores, cegados por su propia hipocresía, sintieron el peso de sus propias faltas y se retiraron uno a uno dejando la plaza vacía, dejando atrás a Jacob, los apóstoles, Jesús y la mujer acusada.

—Mujer, ¿dónde están los que te acusaban? —preguntó el de Nazaret mientras caminaba hacia ella—. ¿Ninguno te condenó?

La mujer, aún temblando, contestó como pudo sin mirar a los ojos a su salvador.

—Ninguno, Señor...

—Entonces yo tampoco te condenaré.

Con una ternura infinita, Jesús se acercó aún más a la adúltera, levantando su rostro con delicadeza y susurrándole al oído palabras de misericordia.

—Ve y no peques más —fueron las palabras que resonaron en el corazón quebrantado de la mujer.

Para aquella mujer, no eran simples palabras, pues traían consigo la mismísima redención.

Así, la plaza se quedó en silencio. Solo el suave murmullo del viento rompió la quietud de aquel momento, un instante de compasión en medio del tumulto y la injusticia del mundo. La mujer partió hacia un nuevo amanecer, llevando consigo el perdón de aquel hombre que había traído luz a su oscuridad.

El pequeño Jacob, frente a Jesús y aquella mujer, tuvo la certeza de que, en medio de la condena y el juicio, la misericordia y el amor siempre prevalecerían.

No en aquel momento frente a su madre.

Bar Abban llevaba consigo una gran piedra, facciones endurecidas y mirada helada. Mientras se acercaba, las palabras de odio y juicios de la multitud eran como un zumbido constante en sus oídos.

Miró levemente a Gedeón.

Este apenas asintió.

Bar Abban miró a la mujer.

Miryam miró a Jacob. Tan pequeño, tan indefenso, tan lleno de dudas. Jesús le confesó el propósito de su hijo.

Dios tenía un plan.

Jacob lloraba como nunca antes lo había hecho.

Había perdido a Jesús, había perdido a su tío Simón y estaba a punto de ver morir a su madre.

Miryam, con lágrimas y los ojos inyectados en sangre, esbozó una gran sonrisa dedicada a su hijo.

—Te quiero... —susurró levemente y haciendo énfasis en cada sílaba para que Jacob pudiera leer sus labios.

—¡Te quiero, *imma*! —proclamó Jacob fuertemente.

—¿Qué hace un niño aquí? —gritó Anás enfurecido.

Miryam abrió los brazos y extendió las palmas de sus manos al cielo. Cerró los ojos y levantó la cabeza.

Comenzó a rezar.

—Que este acto lave tu traición —profirió Bar Abban.

No hubo tiempo para más.

El impacto de la piedra resonó en el valle y Miryam soltó un grito desgarrador que se perdió rápidamente en el siguiente aluvión de piedras. Los miembros de la multitud, uno tras otro, lanzaban sus rocas con una mezcla de ira, deber y resignación. Gedeón no apartó la mirada, pero permitió al pequeño que cerrara los ojos. No era un predicador el que estaba siendo ajusticiado. Era la madre apóstata de su hijo. No se cebó en su crueldad.

El acto pronto se transformó en una cacofonía de impacto y silencio hasta que Miryam no pudo más.

Su cuerpo cayó inmóvil bajo el aluvión pétreo.

Su espíritu, liberado.

Desde una corta distancia, donde las sombras y la luz del sol se mezclaban, una figura observaba la escena con ojos llorosos y el rostro marcado por la tristeza. Era testigo de cómo un niño gritaba desgarrado por el dolor mientras un padre permanecía inmóvil, severo e inflexible.

El griego Esteban, ante la impotencia y la imposibilidad de acercarse a Jacob, se dio la vuelta y comenzó a alejarse con paso lento. En su mente cristiana, las palabras de los profetas y de las escrituras resonaban en contraste con la brutalidad del acto que acababa de presenciar sin saber que, años más tarde, sufriría el mismo tormento que la mujer que intentó salvar. Inconsciente de ello, solo sacó en claro que la justicia era una cosa para los hombres, pero la misericordia y el amor eran divinos. Mientras la multitud se disolvía, dejando tras de sí solo silencio y ruinas, Esteban sabía que las memorias de Miryam y su injusto final quedarían grabadas no solo en el corazón de Jacob, sino también en el de Simón.

Tardaría tiempo en encontrar las palabras exactas para pronunciar ante el apóstol guerrero.

La ciudad de Jerusalén, eterna y sacra, había presenciado otra vez el cruel balance entre la ley humana y la misericordia divina.

Gedeón tuvo que usar toda su fuerza para arrancar a Jacob de aquel lugar. El crío hizo todo lo posible por ir al encuentro de su madre, pero no pudo alcanzarla.

Entre gritos y sollozos se encaminó, en contra de su voluntad, hacia una nueva vida.

En aquella ocasión fue una corona entera de espinas lo que se clavó en su corazón.

El sol siguió su curso y, antes de la caída de la noche, las sombras comenzaron a alargarse lentamente, envolviendo la ciudad en un manto silencioso.

Pero, en algún rincón perdido, el alma de Miryam finalmente encontró la paz, más allá del juicio de los hombres, en los brazos eternos de su misericordioso Dios.

40

Año 71 d. C.
3831 הנש
824 AUC
-
Mar Mediterráneo

Las olas del mar Egeo golpeaban suavemente el casco de la embarcación mientras esta avanzaba hacia Éfeso. La noche estaba despejada y la luna iluminaba débilmente las aguas azules creando pequeños destellos de luz que reflejaban la grandiosidad del viaje.

Lucas y Jacob se encontraban en la cubierta del barco disfrutando de la brisa marina y la tranquilidad del momento.

—Es curioso que menciones eso, Jacob, pues como bien sabes nos dirigimos a Éfeso. Allí, las mujeres tienen roles significativos, especialmente religiosos —comenzó a explicar Lucas—. Me viene a la mente Artemisa y su séquito de mujeres. No puedo evitar preguntarme cómo ese enfoque se compara con nuestro propio mensaje y la comunidad que estamos construyendo. Quiero escuchar tu perspectiva sobre la importancia de las mujeres en el ministerio de Jesús de Nazaret.

Tras hablar, Lucas se inclinó hacia delante con la intención de prestar atención a cada palabra de su amigo. Jacob se quedó pensativo por un momento, como si tratara de colocar sus pensamientos antes de hablar. Dejó a un lado el pésimo vino que tan cortésmente les había ofrecido el capitán del barco y se dispuso a revelar una evidencia.

—Lucas, es una cuestión de vital importancia. Jesús revolucionó nuestra cultura con sus acciones y enseñanzas. Déjame contarte brevemente lo que vi y oí. Desde el inicio, Jesús incluyó a las mujeres en su ministerio de una manera sin precedentes. En una sociedad donde las mujeres son frecuentemente invisibles o relegadas a roles secundarios, Jesús vio y valoró a las mujeres de una manera profunda y radical. Recuerdo bien a María de Magdala. No era simplemente una seguidora. Fue la primera persona a quien Jesús se apareció después de su resurrección, alentándola para que compartiera la buena nueva con los demás discípulos. Aquel acto de confiar la resurrección a una mujer fue profundamente simbólico y desafió las convenciones de nuestra sociedad.

Lucas abrió un pedazo de pergamino para captar la esencia del testimonio de Jacob. Iba anotando ideas, palabras sueltas que más tarde terminaría de hilar con su prosa.

—Marta y María, las hermanas de Lázaro —continuó Jacob—, eran amigas cercanas de Jesús, como bien sabes. Su hogar en Betania era un refugio para él y sus discípulos. Incluso para mí, en algún momento. El ejemplo de Marta nos muestra la importancia del servicio y la hospitalidad, mientras que el ejemplo de María, al sentarse a los pies de Jesús, nos enseña que las mujeres también deben ser discípulas y estudiantes de la palabra. Ellas representaron dos caras de servir al Señor.

Lucas absorbía la información con avidez. Lamentaba que algún pequeño detalle se le escapara, pero eran tales la firmeza y la pasión con las que Jacob hablaba que no quería interrumpir bajo ningún concepto su relato.

—Jesús rompió barreras sociales y religiosas al dirigirse a mujeres en público, enseñándolas y empleándolas en roles cruciales —continuó Jacob—. Fotina, la samaritana en el pozo de Jacob, una perfecta desconocida, fue la primera en escuchar directamente a Jesús hablar sobre el agua de la vida. Después llevó esa verdad a su pueblo, convirtiéndose en la primera evangelista, si queremos verlo de esa manera.

Los ojos de Jacob estaban iluminados por una luz especial, como si su único propósito en aquel lugar, en aquel momento, fuera devolver la dignidad a un colectivo que una vez fue olvidado.

—Y no olvidemos a las mujeres que apoyaban el ministerio de Jesús con sus recursos —añadió Jacob—. Mujeres como Juana, esposa de Cusa, a quien ya entrevistaste, así como muchas otras. Ellas no solo seguían a Jesús; también sostenían su misión de manera material. Pero dime tú, Lucas, ¿acaso no hay nada que me puedas contar sobre las mujeres en nuestras comunidades actuales?

El griego repasó mentalmente sus escritos.

—Sí, claro, por supuesto. Compartí un tiempo con Prisca. Junto con su esposo Aquila, ambos fabricantes de tiendas de campaña, no solo acogió a Pablo, sino que también enseñó el evangelio e instruyó a fieles como Apolos, un judío erudito —respondió Lucas con entusiasmo—. Febe, por otro lado, fue una diaconisa en la comunidad cristiana de Céncreas. Pablo mismo la recomendó con gran estima y la encomendó para llevar su carta a los romanos.

—¿Lo ves? Eso demuestra que las mujeres no solo participan, sino que lideran y forman parte esencial de la creciente comunidad cristiana.

Tras terminar de apuntar las últimas palabras de Jacob, Lucas levantó la vista de su pergamino.

—Entonces, Jacob, ¿cómo deberían entender su papel los que difundirán el mensaje de Jesús en el futuro? —preguntó Lucas, lleno de responsabilidad.

—Entender y reconocer el papel vital de las mujeres es esencial, Lucas. Las mujeres no solo fueron seguidoras pasivas; eran faros de luz y esperanza. Fueron testigos y mensajeras, anfitrionas y líderes. Jesús les otorgó un lugar de honor, demostrando así que en el Reino de Dios todos somos iguales y cada uno tiene un papel único y fundamental para desempeñar. La fe y la comunidad de creyentes se cimentaron sobre la dedicación y el espíritu de hombres y mujeres por igual. Y así debería seguir siendo.

Lucas reflexionó sobre las palabras de Jacob sintiendo que se abría una nueva perspectiva ante él. Miró hacia el horizonte reflexionando sobre lo que había aprendido. Había tanto que contar en tan poco tiempo.

Lucas cerró su pergamino y miró a Jacob con gratitud.

—Gracias, Jacob. Nunca había pensado en lo importante que fue el papel de las mujeres en la transmisión del mensaje. Tu testimonio va a cambiar cómo el mundo verá a las mujeres en el ministerio de Jesús.

Jacob le sonrió con orgullo.

—No, Lucas. Será tu testimonio. Esa será la esencia de tu Evangelio. Un mensaje para todos, sin distinción, lleno de misericordia. Tú mismo eres gentil. Si recordamos eso, siempre seguiremos en el camino correcto.

Y así, con la luz de la luna alumbrando sus corazones, Jacob y un agradecido Lucas se sumergieron en otra noche de aprendizaje y reflexión, comprendiendo un poco más el vasto y profundo mensaje que habían sido llamados a compartir.

—Por cierto, Lucas —apuntó Jacob antes de retirarse a dormir—. Corrige el nombre de Bar Abbás. En arameo significa «el hijo del padre». El Hijo del Padre era Jesús. El que provocó la revuelta y fue acusado de asesinato se llamaba Bar Abban. Giora, «hijo del maestro».

—Espero acordarme de todo... —respondió bostezando Lucas—. Está casi acabado, Jacob. No sé si es un error dar por terminada la investigación.

Jacob esperó unos segundos.

—Lucas, el error es no empezar por si se acaba. Ya empezaste. Acábalo.

Y, entre las sombras y la luz, Lucas y Jacob, tras experimentar la fuerza transformadora de las experiencias compartidas, y con el cansancio apoderándose de sus párpados, se dirigieron a sus respectivos lechos con el fin de prepararse para un nuevo día.

Un nuevo día marcado por una reunión inesperada.

Una reunión que Jacob jamás hubiera esperado cuarenta años atrás.

41

Año 30 d. C.
3790 הנש
783 AUC
-
Jerusalén

†

El sol comenzaba a ocultarse detrás de las colinas de Jerusalén arrojando largas e inquietantes sombras sobre la ciudad. Las calles polvorientas estaban inusualmente tranquilas, como si la misma Jerusalén contuviera la respiración ante la oscuridad inminente. Un *contubernium* formado por ocho legionarios avanzaba en su patrulla con sus armaduras brillando débilmente con la luz que quedaba.

El líder del grupo, el conocido centurión llamado Longinos, tenía una expresión inusualmente dura. Había oído rumores de un incidente grave.

Cuando llegaron a su destino al sur de la ciudad, al comienzo del valle de Hinón, lo que presenciaron fue un espectáculo desconcertante y brutal. Había un cuerpo inerte, cubierto de polvo y sangre seca. A su alrededor, cubiertas por dispersas manchas carmesí, yacían piedras de diversos tamaños, el crudo testamento de un acto de justicia popular que se había llevado a cabo con violencia implacable. El aire todavía estaba cargado con los ecos del caos y la furia desatada.

—¡Por Júpiter! ¡Qué carnicería! —dijo con voz grave el centurión Longinos—. ¿Quién fue víctima de esta barbarie?

Abenadar, uno de los legionarios que se encontraba examinando el cuerpo, se levantó y se dirigió a Longinos.

—Es una mujer, mi centurión. Pero no puedo decir quién era ni por qué fue lapidada. La gente del lugar se ha dispersado, y ninguno de ellos estará dispuesto a hablar.

Longinos miró a su alrededor escudriñando el lugar. Se antojaba complicado descubrir qué había pasado realmente en aquel lugar. A lo lejos, un joven se acercaba corriendo a su posición.

—Sabemos que el Sanedrín impone la lapidación en ciertos casos —le comentó Longinos a Estefatón—, pero debemos asegurarnos de que esto se ha hecho dentro de la ley, no por un linchamiento popular.

En ese momento, el joven llegó apresuradamente a la escena. A pesar de las miradas de desconfianza de los legionarios, Longinos tranquilizó a su *contubernium.* Al fin y al cabo, era un joven desarmado.

—¡Alto! ¿Quién eres?—dijo sin rodeos el centurión.

—Mi nombre es Esteban —contestó aún jadeando el joven.

—¿Qué haces aquí? —preguntó Estefatón.

—Dar testimonio de lo ocurrido, si me lo permitís.

—¿Quién era esta mujer y por qué fue lapidada? —inquirió Longinos señalando el cuerpo—. Necesitamos evitar que actos como este desaten más violencia en la ciudad.

Esteban no pudo evitar mirar el cuerpo con una expresión de profunda tristeza y desánimo.

—Su nombre era Miryam. Fue acusada de adulterio por su propio esposo, un zelote, que presentó testigos al Sanedrín, y la ley mosaica es clara en este tipo de situaciones. Sin embargo, no dejaron presentar alegatos en su defensa. Fue condenada por unanimidad, pero nuestra ley exige la puesta en libertad en caso de que todos los miembros del consejo lleguen a la misma decisión, pues se supone que en tal caso no han respetado las garantías que debían sentar las bases del juicio.

—¿Tú eres judío? —intercedió con celo Cassius, el legionario de la nariz con un traumatismo nasal exagerado.

Esteban se incomodó al encontrar serias dificultades para explicar que, siendo griego, había sido instruido en el judaísmo, pero que había optado por seguir el credo de Jesús de Nazaret. Además, reconocía al romano con la nariz deforme. Todo habitante de Jerusalén sabía de su odio a los judíos, pues era más que manifiesto.

Optó por la prudencia.

—No, pero vivo aquí, con mis hermanos.

Esteban prefirió evitar cualquier mención sobre sus verdaderas creencias.

Longinos se acercó y movió el cadáver para observar su rostro. Reconoció a aquella mujer. Estaba en la crucifixión del Nazareno junto a su hijo. Miró a su compañero Estefatón, quien también reconoció a la mujer lapidada. Longinos frunció el ceño irritado mientras el cansancio se comenzaba a dibujar en su rostro. Las tensiones en Jerusalén estaban en un punto álgido y este era solo otro ejemplo del frágil equilibrio que intentaban mantener.

—No entiendo muy bien vuestras leyes. Pero por muy clara que sea, extranjero, saben que la justicia no puede ser tomada por las manos del populacho. Esto pone en peligro el control y la paz que todos queremos mantener.

—Esto parece el acto de una turba, fuera del ritual y orden que la ley de Moisés exige. Hicieron lo mismo con Jesús de Nazaret, solo que esta vez no contaron con la autoridad de Roma. El Sanedrín no goza del *ius gladii* —aquellas últimas palabras, haciendo referencia al derecho a la pena capital, fueron pronunciadas como un arma de doble filo—, no le gustará a Poncio Pilatos.

—Eso no es de tu incumbencia, griego —le recriminó Cassius a la defensiva.

Con aquella insinuación, Esteban quiso así vengar a Miryam. Si el Sanedrín tuviera el poder de dar pena de muerte a un reo, Jesús de Nazaret hubiera muerto apedreado, como marcaba la Torá. Sin embargo, en el caso de Miryam, se habían saltado la jurisprudencia romana. Si Esteban sembraba la desconfianza en aquel centurión, tal vez el Sanedrín tuviera su merecido.

—Debéis restaurar el orden y aseguraros de que esto no vuelva a ocurrir —suplicó el joven griego.

—Así se hará. Gracias por tu declaración —concluyó Longinos.

Mientras Esteban se alejaba, Longinos dirigió a sus hombres a reunir más testimonios entre los vecinos en los barrios circundantes próximos a las murallas. Debían encontrar a los instigadores de este acto, no solo para castigarlos, sino para enviar un mensaje claro de que la justicia, ya fuera romana o judía, no permitiría tales atropellos.

—¡Registrad la zona y traedme a quienquiera que hayáis encontrado! ¡Quiero a todos los implicados! —ordenó Longinos.

La noche avanzaba y Jerusalén quedó en penumbra. Las llamas de las antorchas iluminaban cada sector, reflejando el compromiso de los romanos de mantener un frágil orden en una ciudad repleta de tensiones religiosas y políticas.

La lapidación de Miryam no solo era un acto de justicia tribal, sino un recordatorio doloroso de los desafíos que Roma enfrentaba para imponer sus leyes en lugares como Jerusalén.

El destacamento se movió con una disciplina implacable durante toda la noche, que se cernía como un manto negro sobre las calles estrechas y sinuosas de Jerusalén.

Las ventanas cerradas y las puertas selladas daban testimonio del toque de queda impuesto por los romanos, un recordatorio constante del poderío imperial que sofocaba los susurros de libertad. Pero, en esas mismas sombras, se movía un hombre con la determinación y la furia de toda una nación oprimida. Giora bar Abban, el zelote comprometido con la liberación de su pueblo, pensaba como siempre sacar provecho por partida doble aquella jornada, aunque fuera en contra de las consignas zelotas.

Un viento helado de la noche susurraba entre las piedras antiguas mientras Bar Abban se deslizaba por las callejuelas envuelto en un manto oscuro que parecía fundirse con las sombras. En su cinto, escondida, pero al alcance de su mano, descansaba su sica afalcatada, su daga curva, forjada por Gedeón para ser rápida y letal. Aquella sica estaba a punto de convertirse en un símbolo de resistencia y una promesa de libertades por venir.

En medio de su recorrido, Bar Abban divisó su objetivo: un romano llamado Cassius, conocido no solo por su brutalidad, sino también por su desprecio hacia los judíos. Su nariz deformada era famosa en Jerusalén. Había llegado el momento de hacerle pagar por su crueldad y los abusos que habían alimentado el fuego de la resistencia.

Cassius, confiado y algo descuidado por la rutina de la ronda nocturna de su patrulla, caminaba lentamente por una desierta callejuela. Sus pasos resonaban en la noche tranquila, ajeno a la sombra que se cernía sobre él. Bar Abban se posicionó, oculto entre un arco de piedra y una bodega vacía, esperando el momento preciso.

—¡Cassius! —gritó Estefatón en una calle contigua.

—¡Ya voy! —replicó Cassius resoplando.

Cuando Cassius se acercó lo suficiente, Bar Abban se movió en silencio, como un depredador en la jungla oscura de la ciudad. Con un movimiento casi imperceptible, se colocó tras su objetivo y desenfundó su sica en un destello de acero bajo la luz de la luna. En un único y fluido movimiento, Bar Abban cubrió la boca de Cassius con una mano y, con la precisión nacida del entrenamiento y la convicción, clavó la daga en el costado del romano, apuntando al corazón.

Cassius intentó gritar, pero solo un gorgoteo ahogado escapó de sus labios. La mirada de shock y dolor en sus ojos se encontró brevemente con la resolución inquebrantable de Bar Abban. La daga giró una vez en la herida antes de ser retirada, asegurando que el efecto fuera inmediato y fatal.

—¡Maldito seas...! —susurró Cassius.

—Malditos seáis vosotros, *kittim* —escupió Giora.

Bar Abban lo dejó caer lentamente al suelo sosteniéndolo hasta que los espasmos cesaron y la vida abandonó su cuerpo. La misión había sido un éxito, pero Bar Abban sabía que no había tiempo para regodearse en la victoria. La represalia vendría rápida y furiosa si los romanos se enteraban de lo sucedido demasiado pronto.

—¡Cassius! —gritó Estefatón de nuevo, cada vez más cerca.

Con el corazón aún acelerado, Bar Abban limpió rápidamente su sica con el manto de Cassius y se fundió nuevamente en la noche, desapareciendo entre las sombras. Su camino lo llevó a un pequeño refugio en el corazón de la ciudad baja de Jerusalén, donde otros zelotes esperaban con fervor noticias de la misión.

—¿Está hecho? —preguntó uno de sus leales.

—Cassius no volverá a atormentar a nadie más —replicó orgulloso Bar Abban.

Gedeón negó con la cabeza. Aquella pequeña escaramuza no cambiaba nada, y ya no quedaban profetas nazarenos que crucificar en su lugar en caso de que Bar Abban fuera arrestado de nuevo.

La noticia fue recibida con exultante aprobación entre los más radicales. La lucha por la libertad era oscura y peligrosa, pero cada paso, cada acción, acercaba más a su pueblo a la liberación.

O eso pensaban ellos.

El viento seguía susurrando entre las piedras, llevando consigo la promesa de cambio. Jerusalén, con todas sus tensiones y luchas, era testigo de la convicción de aquellos que, como Bar Abban, estaban dispuestos a manchar sus manos con la sangre de los opresores para liberar a su tierra.

Pero no todos los zelotes pensaban de la misma manera y se amparaban en la misma ansia de libertad de Gedeón, pero también en su prudencia.

La noche avanzaba y, mientras la ciudad dormía, los ecos de la resistencia resonaban en las sombras. La sica de Bar Abban, aún templada por la sangre reciente, ahora era un símbolo de la batalla continua por la libertad, una batalla alimentada por la esperanza y la justicia en las calles ocultas de una ciudad que ansiaba la libertad.

Sin embargo, tan pronto como llegó el amanecer, los vítores de la escaramuza dieron paso a una tensión desmedida.

Cerca del cuartel, en un callejón de la parte baja de la ciudad, un altercado había estallado entre un grupo de zelotes fanáticos de Bar Abban y un grupo de recaudadores de impuestos al servicio de Roma. La patrulla romana liderada por Longinos, tras fracasar en su intento de investigar el posible desacato a la autoridad, llegó rauda. La confrontación se intensificó rápidamente, con insultos, golpes y gritos que rasgaban la normalidad de aquella mañana.

Con reflejos entrenados y una disciplina férrea, los legionarios actuaron con rapidez para contener la situación. Abriéndose paso entre la multitud, lograron reducir a los fanáticos rebeldes utilizando técnicas de disuasión eficientes y su superioridad táctica y numérica. A pesar de la resistencia inicial de los rebeldes, la fuerza militar romana les recordó rápidamente la realidad de su poderío y control sobre la ciudad.

No iban a permitir otro error como la muerte de Cassius.

Entre empujones y forcejeos, los zelotes fueron finalmente apresados y llevados bajo custodia romana, silenciando la confrontación y restaurando momentáneamente la calma en las calles. Los ciudadanos observaban en silencio, conscientes de las consecuencias de desafiar la autoridad romana y del precio que se pagaba por resistirse a la ocupación.

El pesar reinaba entre los seguidores de Gedeón. Los romanos, en un intento de aplacar rápida y violentamente la revuelta, habían hecho prisioneros no solo a los zelotes, sino también a ciudadanos judíos que nada tenían que ver con la revuelta.

Aquellos inocentes serían ejecutados como instigadores de violencia contra el imperio. Colgarían de la cruz como terroristas.

Gedeón nunca dio la orden de instigar a los cobradores de impuestos y nunca estuvo de acuerdo con sacrificar civiles inocentes.

Sin embargo, Giora bar Abban estaba dispuesto a ir hasta el final. Cayera quien cayera.

El incidente con los recaudadores provocó que la tensión en Judea alcanzara un punto álgido y que cada día la vida bajo el yugo romano se volviera para algunos cada vez más insoportable. Las calles hervían con el resentimiento y el fervor patriótico de aquellos que ansiaban la libertad de su nación. En el corazón de este torbellino emergió una figura que estaba dispuesta a cambiar el curso de la resistencia judía: Bar Abban, un hombre cuyo nombre comenzaba a evocar miedo y esperanza a la vez, en contraposición al medroso Gedeón.

Su escapatoria de la crucifixión no había disminuido su convicción; por el contrario, había reforzado su dedicación a la lucha contra la tiranía romana.

En una noche sin luna, Bar Abban convocó una reunión secreta en una cueva oculta en las afueras de Jerusalén. El lugar, apenas iluminado por unas pocas antorchas, estaba lleno de hombres marcados por la desesperación. Entre ellos se encontraban campesinos empobrecidos, artesanos, zelotes y algunos fariseos disidentes que compartían un odio común por la ocupación extranjera.

Bar Abban se levantó y, con voz firme, comenzó a hablar.

—Hermanos y hermanas, hemos sufrido demasiado. Vivimos bajo el yugo de Roma y cada día nuestras tradiciones y nuestra fe son pisoteadas. Pero no más. Es hora de levantarnos. No podemos enfrentarlos con fuerza bruta, no tenemos ejércitos ni armas suficientes. No podemos ni debemos seguir a Gedeón. Pero tenemos algo más poderoso: el elemento de la sorpresa y la voluntad invencible de un pueblo que se niega a ser esclavizado.

Un hombre entre la multitud, de rostro severo y ojos ardientes, se adelantó.

—¿Cómo podemos resistir, Barrabás? Los romanos tienen todas las ventajas. ¿Qué podemos hacer contra sus legiones?

Bar Abban tenía todo calculado. Sabía que ni podía atacar a plena luz del día ni a grandes grupos entrenados en el arte de la guerra.

—No los enfrentaremos en campo abierto como pretenden los zelotes —explicó Bar Abban—. Les golpearemos donde menos lo esperen. Nos moveremos en la sombra, atacaremos y desapareceremos antes de que puedan reaccionar. Atacaremos solo a los líderes y colaboradores, ya sean romanos, gentiles o judíos, a todos aquellos cuya muerte debilitará la máquina opresora romana. Cada hombre presente aquí será una daga en la oscuridad, un destello de libertad inextinguible. Si nuestra esperanza es la sica, nos convertiremos en *sicarii*, asesinos implacables en defensa de nuestra patria.

—¡Sicarios! —gritaron al unísono.

Bar Abban alzó su arma corta y letal, perfectamente adecuada para las emboscadas y los ataques rápidos en las estrechas calles de las ciudades. Los presentes aplaudieron y celebraron el símbolo. Giora exigió que el nuevo grupo operara bajo un estricto código de silencio y lealtad absolutos. La clandestinidad sería su protectora, y la sorpresa su arma principal.

El plan era tanto audaz como peligroso. Bar Abban y sus seguidores comenzaron su entrenamiento y preparación refinando sus habilidades de combate y aprendiendo a moverse en las sombras. Reclutarían a más disidentes, extendiendo su red de resistencia a través de Judea. Sus ataques iniciales debían ser efectivos e impactantes, eliminando a varios oficiales romanos y colaboradores judíos, sembrando el miedo y la incertidumbre en las filas enemigas.

Bar Abban deseaba que la aparición de los sicarios marcara una nueva era en la resistencia judía. Mientras que otros grupos luchaban por la libertad mediante revueltas abiertas, como los zelotes de Gedeón, los sicarios se convertirían en los espías y asesinos de Judea, una fuerza invisible pero mortal.

Bar Abban, el hombre salvado de la cruz, se postuló para dirigir aquella letal campaña con una ferocidad que solo la desesperación y el amor profundo por su patria podían alimentar.

Así, en la oscuridad de la opresión, nació una luz de esperanza y venganza: los sicarios de Judea, dispuestos a sacrificar todo por la libertad de su nación.

Incluso a los suyos.

Gedeón estaba a punto de ser relegado como líder de la revuelta contra los romanos.

Solo tenía una oportunidad.

Convencer y entrenar a su hijo para que se erigiera un líder entre los zelotes para las futuras generaciones.

Un niño de nueve años que todavía lamentaba la despedida de Jesús, el abandono de su tío y la muerte de su madre.

Un espíritu débil.

Un niño sin fe.

El títere perfecto.

42

Año 71 d. C.
3831 הנש
824 AUC
-
Éfeso

El puerto de Éfeso se alzaba como una joya en las aguas del mar Egeo, donde la riqueza y la diversidad se entretejían en una danza constante de barcos, comerciantes y viajeros de todos los rincones del mundo conocido. Las murallas del puerto resplandecían bajo el cálido sol mediterráneo mientras el bullicio de las calles empedradas resonaba entre los navíos que atracaban en sus muelles de madera crujiente.

En los muelles, las grúas chirriaban mientras descargaban cajas de mercancías preciosas: sedas de oriente, ánforas de vino griego y esculturas de mármol talladas por hábiles artesanos. Los marineros, curtidos por el sol y el salitre, compartían relatos de sus travesías mientras comerciantes ambiciosos regateaban precios y tejían alianzas comerciales que trascendían fronteras y culturas. El aroma de incienso se mezclaba con el olor del pescado fresco y el pan caliente, creando un perfume que era la esencia misma de Éfeso.

Aquel lugar se alzaba como la puerta de entrada a una ciudad cosmopolita y vibrante, donde la mercancía exótica se intercambiaba en animados mercados y los aromas de especias y perfumes embriagaban los sentidos. Los navegantes, con sus historias de tierras lejanas y mares tormentosos, llenaban las tabernas con risas y canciones de ultramar mientras el vaivén de las olas mecía los barcos anclados en la bahía en una danza eterna.

La ciudad despertaba bajo el abrasador sol del Egeo, extendiéndose majestuosa desde las colinas verdes hasta el mar brillante que tocaba sus pies. La urbe no era solo un punto neurálgico del comercio y la cultura del Imperio romano, sino también un hervidero de ideas, donde la antigua tradición y el nuevo pensamiento se entrelazaban en un vibrante tapiz de vida cotidiana.

Era en la Éfeso de Heráclito donde el mármol blanco de sus grandiosas estructuras brillaba intensamente bajo el sol, reflejando la opulencia y el poderío de una ciudad que se había ganado el favor de emperadores y dioses.

Aquella era la Éfeso que el apóstol Pablo de Tarso encontró en sus viajes: excitante, diversa y abierta a las palabras de salvación que él predicaba. En esta ciudad, el mensaje cristiano encontró tanto acogida como rechazo, reflejo de la encrucijada de pensamientos y creencias que era aquella ciudad. Los disturbios en el teatro, provocados por aquellos que veían en el nuevo credo una amenaza a sus tradiciones y negocios, eran tan parte de la ciudad como los debates filosóficos en las columnatas del ágora.

En sus callejuelas polvorientas, una figura venerable y misteriosa se deslizaba como una sombra entre los habitantes de la ciudad: el anciano apóstol Juan. Sus cabellos plateados ondeaban al viento como un estandarte de sabiduría y sus ojos profundos parecían contener los secretos del universo. Envuelto en un manto sencillo, pero radiante de paz y serenidad,

Juan era tanto una leyenda viviente como un pastor humilde para la comunidad cristiana que lo rodeaba.

Atracados minutos atrás, mientras Jacob y Lucas paseaban por los muelles, contemplando el ir y venir de los barcos y los tratos comerciales que tenían lugar, una figura conocida captó su atención.

Allí, entre la multitud de marineros y comerciantes, se encontraba el rostro sereno y venerable del apóstol Juan, cuyo porte imponía respeto y devoción.

—¡Queridos amigos! —exclamó el anciano apóstol con una sonrisa cálida al ver a Jacob y Lucas acercarse a él.

Lucas y Juan se abrazaron con afecto sintiendo la conexión espiritual que había sido forjada en aquellos primeros encuentros en su hogar, en compañía de Pablo.

Jacob quedó mudo. No entendió el abrazo entre ellos y tampoco entendió que los saludara de aquella manera. Interrogó a Lucas con la mirada.

—¿No le conoces? —pregunto pícaro Lucas.

Jacob miró al desconocido, que le recibía con una sonrisa familiar.

—Pequeño Jacob...

—¿Juan? —preguntó Jacob sorprendido, pero comprendiendo que no se trataba de una casualidad.

El vetusto apóstol asintió y ambos se fundieron en un abrazo interminable.

—¿Qué le ha pasado a tu pierna, amigo mío? —preguntó Juan señalando la cojera del médico griego.

—Un rasguño. Podría haber sido peor, ¿verdad, Jacob? —Lucas le quitó hierro al asunto buscando la complicidad de su salvador.

—No te preocupes por él, Juan, ¡Lucas es más fuerte que un toro! —bromeó Jacob con cariño.

El sol del mediodía brillaba sobre sus cabezas cuando decidieron sentarse en una posada apartada del ajetreo del puerto, ansiosos por escuchar las palabras de sabiduría y amor del venerable discípulo de Jesús.

Con el gentil murmullo del mar como telón de fondo, mientras degustaban un austero banquete a base pescado y *pulmentum*, cereales empapados en leche y agua, la tarde transcurrió en conversaciones profundas y espirituales, en las cuales el apóstol Juan impartió sabiduría divina y consuelo a aquellos peregrinos y Lucas narraba con todo tipo de detalles la valentía de Jacob en mitad del asedio de Jerusalén.

El apóstol Juan habló con ternura y serenidad compartiendo reflexiones sobre su vida en Éfeso, la fe, la esperanza y el camino del amor.

En las plazas atestadas y en los callejones estrechos, corrían rumores sobre los milagros atribuidos al anciano apóstol. Se decía que sus oraciones tenían el poder de sanar enfermedades incurables y de calmar tormentas violentas en el mar. Muchos acudían a él en busca de consuelo, sabiendo que su presencia irradiaba una calidez divina que reconfortaba los corazones más atribulados.

A pesar de su avanzada edad, Juan era una figura enérgica y llena de vida, siempre dispuesto a escuchar las preocupaciones de los fieles y a compartir sus profundas visiones sobre el amor y la fe. Sus palabras eran como un manantial de sabiduría, inundando los corazones con la esperanza y el consuelo que solo la fe verdadera puede brindar.

Pero no todo era tranquilidad en la vida del apóstol Juan en Éfeso. Los enemigos de la fe acechaban en las sombras, ansiosos por poner fin a su influencia y a su mensaje de amor y perdón. Intrigas se tejían a su alrededor desafiando su autoridad espiritual y poniendo a prueba su fe hasta sus límites más profundos.

En medio de esta atmósfera cargada de misterio y peligro, el apóstol Juan se había convertido en un faro de luz en la oscuridad, recordando a todos que, incluso en tiempos de adversidad, la fe y el amor eran las fuerzas más poderosas que existían en aquel mundo turbulento.

Recordó momentos compartidos con el maestro, lecciones aprendidas y milagros presenciados. Pero a Jacob, por un instante, todo aquello le recordaba la presencia y la pérdida de su tío Simón el Zelote y su madre Miryam.

Lejos de continuar con el discurso de Juan, mientras jugaba con su reconocible leptón, alzó la vista mirando al apóstol con ojos llenos de curiosidad y anhelo espiritual.

—Maestro Juan —comenzó Jacob tímidamente—, durante muchos años me negué a buscar respuestas y, sin embargo, Lucas se convirtió en mi guía durante este peregrinaje, pero ahora, una vez cumplido mi propósito, me siento algo perdido en un mar de dudas. ¿Cómo puedo descubrir uno nuevo?, ¿mi misión en esta vida?

El apóstol Juan reparó en su moneda y le dedicó una mirada compasiva.

Lucas le dejó hacer.

Era un momento único, irrepetible. Para el griego, aquellos dos hombres habían compartido momentos con Jesús de Nazaret y allí estaban, cara a cara frente a él, hablando de lo humano y lo divino.

Maestro y alumno.

Y él, mero espectador, disfrutaba como nunca.

—Querido Jacob —empezó Juan con calma—, tu camino se revelará a medida que camines con fe y confianza en la voluntad de Dios. Yo mismo, desde hace semanas, tengo visiones: un ángel con siete estrellas en su diestra me visita. Necesito tiempo para interpretarlas y saber por qué y qué hacer con ellas. Observa a tu alrededor y presta atención a las necesidades de los demás. Sé la luz y el consuelo en un mundo lleno de oscuridad y sufrimiento. No temas compartir la verdad y la esperanza que habitan en tu corazón, pues tu misión es ser un reflejo del amor divino en todo lo que hagas. «Si solo yo doy testimonio de mí mismo, mi testimonio no es verdadero», dijo Jesús de Nazaret. Lucas ha terminado su testimonio. Yo, a mi manera, predico aquí, en Éfeso. Ya salvaste Su palabra. Difúndela ahora pues.

Jacob escuchó atentamente sintiendo una calidez reconfortante. Durante horas, tanto él como Lucas enriquecieron sus almas con las palabras del anciano apóstol, cuya fe inquebrantable y amor por el maestro se evidenciaban aún más en cada historia compartida.

Por otra parte, Lucas le confesó a Juan todo lo que le había contado Jacob durante la travesía: las parábolas del buen samaritano, del rico insensato, del hijo pródigo, de la moneda perdida y un largo etcétera.

Todo aquello que haría del Evangelio de Lucas un texto único.

Juan se maravilló ante la memoria prodigiosa de Jacob. Ni él mismo recordaba cada parábola con tanto detalle.

«Debería hacer sido uno de los nuestros», pensó Juan en lo más profundo de su ser.

Cuando el cansancio se apoderó de ellos, el apóstol los invitó a descansar en su humilde hogar, en el extrarradio de Éfeso, con el fin de recuperar las fuerzas y continuar al día siguiente.

Tras aquel encuentro con Juan, el discípulo amado, en la mente de Jacob comenzó a germinar una idea inspirada por las palabras del apóstol mientras trataba inútilmente de conciliar el sueño.

¿Y si su *telos*, su propósito, no hubiera terminado?

¿Y si el destino final de su peregrinaje no acababa en Éfeso?

¿Y si la palabra de *abbá* no estaba segura del todo?

Y con todas aquellas dudas, mientras sus párpados comenzaban a pedir permiso para descansar, Jacob comenzó a trazar un plan.

Difundir Su palabra en el lugar más peligroso del mundo conocido.

43

Año 30 d.C.
3791 הנש
783 AUC
-
Jerusalén

†

El sol se alzaba despacio sobre Jerusalén, bañando la ciudad santa con su típica luz dorada. Pero para Jacob, de diez años, la mañana no traía promesas. Había perdido a su madre apenas unas semanas atrás y cada rincón de la ciudad parecía cubrirse con la sombra de su ausencia. Como si buscara respuestas en las estrechas calles y plazas, Jacob deambulaba sin rumbo fijo llevando en su interior un dolor profundo y una soledad aplastante tras pasar el peor cumpleaños de su vida.

A medida que avanzaba, el bullicio de la ciudad parecía un eco lejano. El ajetreo de los mercaderes, los niños jugando y las conversaciones animadas pasaban ante sus ojos como escenas de una obra de teatro a la que ya no pertenecía. Sin embargo, en su recorrido, comenzaba a encontrarse inevitablemente con figuras conocidas que traían a su mente recuerdos del pasado, alusiones a un tiempo que ahora parecía demasiado distante.

Jacob se detuvo frente a la panadería de Noah, el robusto panadero que siempre le regalaba un panecillo caliente cuando pasaba por ahí con su madre. Sintió una punzada de nostalgia al recordar la última vez que estuvieron allí juntos, después de ver a la Señora tras la ascensión de Jesús. Como si pudiera leer sus pensamientos, Noah notó la presencia del niño y se acercó con una sonrisa triste.

—Jacob, pequeño —dijo con voz suave—, ¿cómo estás?

—Estoy... —Jacob hizo una pausa buscando las palabras—. No sé cómo estoy...

Noah asintió condescendiente, con la sabiduría de alguien que había visto demasiada tristeza en su vida.

—Si alguna vez necesitas hablar o simplemente un lugar donde estar, mi puerta siempre está abierta para ti. Si quieres, te puedo enseñar a hacer pan.

Jacob asintió sintiendo un poco de consuelo en la amabilidad del panadero.

—No sé si mi padre me dejará..., pero gracias.

Con una leve sonrisa casi forzada, volvió a caminar, dejando atrás el olor reconfortante del pan recién horneado.

Unas calles más adelante, Jacob se encontró con Rafael, el anciano ciego que solía sentarse en la entrada del templo hablando de las Sagradas Escrituras a cualquiera que quisiera escucharle.

Rafael no podía ver, pero su percepción del mundo era profunda y clara. Al escuchar los pasos jóvenes pero pesados de Jacob, supo inmediatamente quién era.

—¿Jacob?, ¿eres tú? Hijo —llamó Rafael con su voz temblorosa pero llena de cariño—, ven aquí. Soy ciego, pero no sordo... ¿Cómo estás?

Jacob se acercó para sentir el calor de la compañía del anciano conocido.

—Rafael, estoy tan perdido sin ella —dijo Jacob casi susurrando.

Rafael extendió su mano y Jacob la tomó sintiendo la firmeza tranquilizadora del anciano.

—A menudo, los caminos de Dios no son fáciles de entender —dijo Rafael—. Pero tu madre siempre estará contigo, en tu corazón y en tus recuerdos. Y la tristeza que sientes ahora, con el tiempo, se convertirá en fuerza.

Jacob cerró los ojos dejándose reconfortar solo por un momento antes de seguir adelante, con las palabras de Rafael resonando en su mente.

Mientras atravesaba el mercado, Jacob vio a Josefina, una cariñosa mujer de sonrisa cálida que vendía telas. Su madre solía comprarle paños de colores para sus vestidos y mantos. Cuando Josefina lo vio, sus ojos se llenaron de tristeza al percibir el vacío en los ojos del niño.

—Hola, Jacob —dijo dulcemente—. Mira lo que tengo. He guardado un retazo de la última tela que tu madre eligió.

Josefina se retiró un momento para volver con el regalo entre las manos. Le entregó un pequeño trozo de tela azul, suave al tacto. Jacob lo tomó con manos temblorosas sintiendo la conexión con su madre a través del simple recuerdo de un paño.

—Gracias, Josefina —susurró apretándolo contra su pecho.

Finalmente, Jacob pasó por delante de la casa de Carmela, la partera que había ayudado a traerlo al mundo. Ella había sido amiga cercana de su madre y, al verlo desde lejos, intuyó su dolor. Salió a recibirlo abriendo los brazos en un gesto acogedor.

—Jacob, querido mío —dijo con ternura—. Ven, vamos a sentarnos y hablar un poco.

Jacob permitió que Carmela lo guiara hasta la entrada, donde se sentaron juntos. Ella no necesitó palabras para que el niño sintiera el calor de su presencia y el cariño de su madre reflejado en su amiga.

—Tu madre siempre hablaba de lo fuerte, valiente y listo que eres —dijo Carmela—. Y, aunque ahora te sientas perdido, nunca estarás solo. Hay mucha gente aquí para apoyarte y cuidarte.

Por primera vez en mucho tiempo, Jacob se permitió llorar abiertamente sintiendo las lágrimas deslizarse por sus mejillas. Carmela lo sostuvo, dándole el espacio y el tiempo para liberar sus emociones.

Mientras el calor del día se iba moderando en Jerusalén, Jacob se dio cuenta de que, aunque había perdido a su madre, no estaba completamente solo. En cada persona que encontraba, veía una parte de su madre reflejada y sentía una conexión estimulante con la vida que seguía adelante. Y así, con cada paso, aprendía a caminar su camino de duelo, rodeado de la gente y los recuerdos que le daban la fuerza para seguir adelante.

El sol se ponía lentamente sobre Jerusalén, tiñendo el cielo de tonos cálidos y dorados mientras la ciudad antigua se preparaba para la noche. Entre las calles empedradas, Jacob volvía a caminar solo, de camino a casa, con el peso del dolor. Sus ojos estaban enrojecidos por las lágrimas derramadas y su corazón, a pesar del calor que había recibido, lleno de tristeza y desconsuelo.

Mientras vagaba por las callejuelas familiares, Jacob notó una figura que se acercaba a él con una suave luz brillando a su alrededor. Con un nudo en la garganta, levantó la mirada y vio a una mujer de belleza serena y radiante, emanando una presencia de paz y consuelo que le resultaba familiar y reconfortante.

—Pequeño Jacob, no estás solo en tu dolor —dijo la mujer con voz suave y compasiva, sus ojos reflejando una ternura maternal—. He venido para estar contigo en este momento difícil y ofrecerte consuelo.

Era María, la madre de Jesús. Jacob se detuvo, sintiendo una mezcla de rechazo y gratitud ante la presencia de la mujer que le hablaba. Sus lágrimas se detuvieron por un instante mientras escuchaba las palabras de María, sintiendo un extraño consuelo que le abrazaba el corazón en medio de su dolor.

Aunque, de repente, le entraron ganas de salir corriendo.

María le sonrió con gentileza y le llamó por su nombre.

—Querido Jacob, siento tu pena y tu sufrimiento. Y también entendería que salieras corriendo. Pero déjame decirte que, cuando Jesús ascendió al cielo, me encomendó la tarea de consolar a los afligidos y brindar esperanza a los desconsolados. Tu dolor también es un dolor en mi corazón.

Jacob, en un gesto de confianza y vulnerabilidad, se acercó a María y se dejó abrazar por ella. En ese acto de compasión y conexión, sintió una sensación de alivio y calma que abrazaba todo su ser. Sus lágrimas se convirtieron en un baño de consuelo.

—Gracias, María —murmuró Jacob sintiendo un destello de esperanza en su tristeza—. Pero me siento solo sabiendo que mi *imma* no está aquí conmigo.

María le acarició el cabello con ternura transmitiéndole una reconfortante sensación de amor maternal. Jacob levantó la mirada mientras sus ojos se llenaban de lágrimas a punto de no poder ser contenidas por más tiempo.

—No entiendo por qué tuvo que irse. Yo... Yo la necesitaba. —Su voz se quebró en sollozos ahogados.

María extendió su mano y la apoyó suavemente sobre el hombro de Jacob brindándole un contacto físico en medio de su tormenta emocional.

—Jacob, cuando Jesús se fue —dijo con voz serena—, sentí un dolor inexpresable. Se supone que un hijo no debería irse antes que su madre. Pero aprendí que los caminos de Dios no siempre son fáciles de entender con nuestro corazón humano. Lo que sí sabemos es que el amor de Dios está con nosotros, y, en medio de nuestras pérdidas, su consuelo y su amor nos sostienen.

El niño tragó saliva asimilando las palabras mientras su mente luchaba entre el dolor y la aceptación. No conocía la magnitud del sufrimiento de María, pero, en esos momentos, empezaba a entender que no estaba solo en su pena.

—No entiendo eso que dicen, que hay un propósito en todo —confesó sintiéndose vulnerable—. Esa es la palabra que utilizaban *imma* y mi tío Simón.

María sonrió con dulzura y asintió mirando al horizonte.

—Lo es, Jacob. Y es normal no comprenderlo todo. El amor que sentimos por quienes hemos perdido nunca desaparece. Pero ellos siempre viven en nuestros corazones y nos acompañan en cada paso que damos. Nunca estarás solo, Jacob. Si te apoyas en aquellos que te aman, y en la fe que tu madre te enseñó, poco a poco sentirás paz. Ella está contigo, aunque de una manera diferente ahora. Tu *imma* y Jesús siempre caminarán a tu lado, guiándote y sosteniéndote en cada paso del camino. Encuentra consuelo en el amor y la memoria de tu madre, y yo estaré aquí para ti cuando lo necesites.

El niño asintió en silencio sintiendo por un momento el abrazo invisible de su madre en las palabras de María. Mientras ella se alejaba, Jacob se permitió cerrar los ojos e imaginar a su madre sonriendo, ya no como una figura distante de dolor, sino como un ser querido que vivía en su memoria y en su corazón. Así, en el atardecer tranquilo de Jerusalén, el niño Jacob encontró un rayo de luz en medio de su oscuridad, en la forma de María, una presencia maternal que lo acompañaría en su duelo y le recordaría que, incluso en los momentos más difíciles, el amor y la esperanza pueden florecer.

Y, en esa pequeña chispa de consuelo, el camino de su curación había comenzado.

Eso creía él.

44

Año 71 d.C.
3831 הנש
824 AUC
-
Éfeso

Durante noches, el sueño no fue demasiado placentero para Jacob, pues no dejaban de resonar en su cabeza las palabras de Juan.

«Ya salvaste Su palabra. Difúndela ahora pues».

No fueron pocas las jornadas en las que estuvo dándole vueltas a una idea ingenua, una quimera, pero, tras dialogar día tras día con Juan y escuchar cómo Lucas narraba con tanta pasión la gesta que consiguieron juntos en Jerusalén, terminó por entender que su propósito y su misión no solo residían en grandes gestas o hazañas, sino también en las pequeñas acciones cotidianas cargadas de amor, bondad y compasión.

Pero aquellos valores no necesitaban un propósito.

Eran el propósito en sí.

Necesitaba algo más.

Y la respuesta terminó por llegar.

Mientras acariciaba su pequeño leptón, una de aquellas tardes en Éfeso, observó cómo Lucas rozaba con delicadeza su pergamino.

Allí, en su pedazo de cobre, en aquel manuscrito, se encontraba la respuesta a su pregunta. Una pregunta que, desde que salió de Jerusalén, se había formulado de manera errónea.

La pregunta no era «¿Cuál es mi propósito?».

La cuestión era «¿Qué necesita mi propósito?».

Lo tenía claro.

Una moneda.

Un papiro.

Una iluminación.

Una respuesta.

El propósito necesitaba perpetuidad.

En una mañana serena en Éfeso, Jacob se encontraba en presencia del anciano apóstol Juan y de su fiel compañero Lucas caminando cerca de la puerta de Mazeo y Mitrídates en dirección al pritaneo, sede del poder ejecutivo de la ciudad. La brisa marina de Éfeso acariciaba suavemente sus cabellos mientras paseaban bajo el cielo vespertino y el resplandeciente sol iluminaba sus rostros, acentuando la serenidad que emanaba de Juan y la devoción que nunca dejaba de brillar en los ojos de Lucas.

Con emoción y convicción palpables en su corazón, Jacob tomó aliento y se dirigió a aquellos hombres con respeto.

—Queridos hermanos, he tomado una decisión que quiero compartir con vosotros. Sé que Flavio Josefo partió a Roma junto con Tito para escribir sobre la guerra, así como la historia, del pueblo judío. Me dirigiré pues hacia Roma con el propósito de convencerle de que incluya en sus escritos la existencia de Jesús de Nazaret.

El apóstol y el cronista se miraron atónitos.

—¿Cómo has dicho? —le inquirió Lucas—. ¿Te has vuelto loco?

—Tú ya has escrito tu crónica, Lucas. Marcos también. Se divulgará entre tus hermanos gentiles y nuestros hermanos hebreos. Pero falta algo...

—Jacob —insistió Lucas—, tu peregrinaje a Roma puede significar el final...

—O el principio... —sentenció Juan con firmeza.

Jacob y Lucas se miraron de nuevo. Aquel hombre era pura convicción. Estaba dispuesto a continuar la siembra de la palabra del Hijo del Hombre fuera donde fuera, aunque supusiera caminar a través del centro del imperio.

—Jacob, ¿estás dispuesto a seguir los pasos de Simón Pedro y Pablo? —Juan midió la valentía de aquel hombre.

—Así es —contestó rotundo Jacob para después mirar fijamente a su amigo Lucas—. ¿Acaso Jesús no entró sobre un burro en Jerusalén a sabiendas del destino que le aguardaba?, ¿acaso Simón Pedro huyó de Nerón o se enfrentó a su trágico final en Roma para glorificar a Dios? Cuando tenemos un propósito, estamos donde debemos y queremos estar.

Lucas, a pesar de la pesadumbre que se cernía sobre él, sonrió. Era asombrosa la memoria de Jacob. Esas mismas palabras fueron pronunciadas por el griego en el primer encuentro con el guerrero en su casa, junto a Rufo y Alejandro.

Juan se vio en la necesidad de compartir sus inquietudes y temores.

—Jacob, has de saber que la difusión de las palabras de Jesús no resulta tan fácil como pudiera parecer. Muchos se quedaron anclados en «No vengo a traer la paz, sino la espada», y hoy en día tienen un carácter beligerante que no beneficia al apostolado. Son aquellos que no llegaron a entender el simbolismo del mensaje de Jesús.

Jacob entendió al instante a qué se refería Juan. El propio apóstol veía peligrar la misión, pues era observado y señalado en algunos círculos en Éfeso, y temía que, de una manera u otra, terminara en el exilio.

—Además —continuó Juan—, Simón Pedro, antes de morir, no dejó de predicar que el fin estaba próximo, lo que avivó más a los más combatientes.

—¿Por qué me cuentas todo esto, querido Juan? —preguntó Jacob.

—Porque vas a Roma —contestó Juan con severidad—. Desde hace siete años odian a los cristianos por encima de todas las cosas. Cuentan que el emperador Nerón nos acusó y culpó de incendiar la ciudad. Ten mucho cuidado.

Quedaron pensativos durante un rato. Fue Lucas quien, al cabo de unos minutos, propuso galantear la decisión de Jacob.

—¿Sabéis qué fue el caballo de Troya? —preguntó el griego.

Jacob y Juan negaron con la cabeza.

—Hace muchos siglos —comenzó Lucas con una voz impostada añadiendo dramatismo a su relato—, durante la décima y última fase de la guerra de Troya, los griegos, tras años de infructuoso asedio, idearon un ardid que se convertiría en leyenda. Construyeron un colosal caballo de madera, hueco en su interior, y, fingiendo una retirada desesperada, dejaron la estructura a las puertas de la ciudad con la intención de hacer creer a los troyanos que era una ofrenda a los dioses para asegurarse un regreso seguro. Los troyanos, derrotados por la curiosidad y el deseo de un final a su larga agonía, ingresaron el caballo dentro de sus muros sin sospechar que en su vientre se ocultaban algunos de los más valientes guerreros griegos. Esa noche, mientras la ciudad dormía agotada por la celebración, los griegos surgieron de su escondite, abrieron las puertas a su ejército y desataron una destrucción que terminaría con la grandeza de Troya. Así fue cómo la astucia venció al valor y la traición selló el destino de una civilización.

Juan y Jacob se miraron desconcertados. Dirigieron su mirada a Lucas, expectantes.

—Jacob será nuestro caballo de Troya en Roma —le confesó el griego a Juan.

El viejo apóstol y el antiguo zelote continuaron sin entender a Lucas. Sin embargo, el cronista heleno, alejado de la pantomima y con seriedad en su tono, se dirigió a Juan una vez más buscando su participación en la conversación.

—Jacob me recuerda a él.

En esa ocasión, Juan sabía a quién se refería y le miró cómplice.

—A Pablo, ¿verdad?

—Así es. —Quedó pensativo Lucas.

—¿De qué habláis? —preguntó extrañado Jacob.

Tras unos pasos, Lucas les convidó a que probaran unos vinos griegos, como si tratara de postergar un poco más la conversación. Tras tomar asiento, el griego pidió la especialidad de la casa.

—No hay nada como el *kykeon*. Jamás encontrarás esto en Judea, Jacob. Vino pramnio mezclado con sémola de cebada y queso de cabra rallado. ¡Una delicia!

—¿A qué viene todo esto, griego? —Jacob empezaba a impacientarse.

Juan invitó al cronista a que le sacara de dudas.

—Hablamos de mi compañero Pablo, el de Tarso.

—He oído hablar de Pablo, Lucas. Rufo y Alejandro me contaron que alguna vez persiguió a los seguidores de Jesús.

El rostro de Lucas adquirió una expresión reflexiva mientras comenzaba su relato.

—Sí, es cierto. Al principio, Pablo era un ferviente perseguidor de los cristianos. Creía que estaba defendiendo la fe de sus ancestros. Era un fariseo, educado en las leyes judías desde muy joven. Conocedor de la Torá y ferviente defensor de las tradiciones, coqueteó con los zelotes y consideraba que los seguidores de Jesús eran una amenaza. Participaba activamente en la persecución de los cristianos, incluso estuvo presente en el martirio de Esteban.

Jacob se estremeció pensando en la intensidad de aquel conflicto.

—¿Y cómo cambió alguien tan implacable, Lucas?

—Sucedió en el camino a Damasco —continuó Lucas, visiblemente emocionado—. Pablo viajaba con cartas del sumo sacerdote que le autorizaban a arrestar a los seguidores de Jesús. Pero algo increíble ocurrió. Una luz brillante le rodeó y cayó al suelo. Allí escuchó una voz que decía: «Pablo, Pablo, ¿por qué me persigues?». Era la voz de Jesús.

Jacob se sentía asombrado por la historia. Las palabras de Lucas le hacían visualizar aquellos momentos como si estuviera allí mismo. El apóstol Juan, que había estado escuchando en silencio, intervino en ese momento.

—Fue una experiencia profundamente transformadora para él. Recuerdo que se nos apareció después de aquel suceso, ciego y necesitado de curación.

—Así es —continuó Lucas—. Pablo estuvo ciego durante tres días hasta que un hombre llamado Ananías, siguiendo la instrucción divina, lo visitó. Puso sus manos sobre Pablo y algo parecido a escamas cayeron de sus ojos, devolviéndole la vista. Fue entonces cuando se bautizó y tomó el nombre de Pablo.

Jacob quedó extrañado. Algo no encajaba en aquella extraña conversación.

—¿Se bautizó y cambió de nombre? ¿Cuál era su nombre original?

Juan y Lucas se miraron. Jacob notó la complicidad.

—¿Qué sucede? —Jacob empezó a perder la paciencia ante tanto rodeo.

Juan se dispuso a revelar el nombre real del apóstol de los gentiles, como era conocido Pablo de Tarso. Con un breve gesto, Lucas agradeció el impulso de Juan, pero sentía que era él quien debía contarle el origen de Pablo.

—Su nombre real fue Saulo.

Lucas no dijo más.

El tiempo se detuvo momentáneamente para Jacob.

Recordaba ese nombre.

Saulo.

El joven espía de su padre.

Aquella noche en Betania.

El adiós a su tío Simón.

El inicio del fin de su madre.

El último suspiro de Esteban.

Todo formaba parte del plan.

Del propósito de Jesús.

Del plan de Dios.

Se tomó un tiempo antes de pronunciar palabra.

Apuró aquel extraño vino griego.

—Entonces —arrancó a decir Jacob—, ¿Saulo cambió de perseguidor a seguidor de Jesús en un instante?

—En solo un instante, Jacob —asintió Lucas—. Del mismo modo que hiciste tú cuando estuvimos cautivos. Solo hizo falta una pregunta, un recuerdo. Un haz de luz.

Jacob miró al griego condescendiente. Él había sido su candil. Por fin entendió el propósito de aquella conversación.

—Recuerdo cuando Pablo visitó Éfeso —añadió Juan—. Sus enseñanzas y debates en la sinagoga fueron poderosos. La forma en que enfrentó la adversidad y llevó adelante su misión, incluso en medio de la oposición y el peligro, fue inspiradora para todos nosotros. Escribió muchas cartas a las comunidades cristianas, cartas que guían y fortalecen nuestra fe aún hoy.

—Jacob, la historia de Pablo es un recordatorio de que no importa cuán lejos podamos sentirnos de Dios, siempre hay un camino de vuelta. La redención está disponible para todos, sin importar su pasado. Salvando las distancias, por eso tú nos recuerdas a él.

Jacob, conmovido por aquella historia de redención, miró a Lucas y luego a Juan. Sentía que las palabras de estos hombres de fe eran como un bálsamo para su alma inquieta.

—Además, Jacob —se dispuso a sincerarse el griego—, no te conté toda la verdad de mi propósito en Jerusalén...

—¿Quieres decir que no viniste buscando mi información? —preguntó extrañado Jacob.

—Claro que sí, esa parte era fundamental. Pero hay algo más...

—¿De qué se trata?

Había llegado el momento. Era la oportunidad de cumplir definitivamente con la totalidad de su misión.

—Pablo me pidió que te transmitiera un mensaje de perdón —dijo Lucas con una voz más baja y solemne—. Cuando él era Saulo, causó mucho dolor, y tu madre fue una de las víctimas de sus persecuciones. Él lamentaba profundamente sus acciones pasadas y quería que supieras que, desde su conversión, cargó con ese pesar en su corazón. Su última voluntad fue que te dijera todo esto en persona, ya que consideraba que debía pedir tu perdón por aquel sufrimiento.

Jacob permaneció en silencio por un momento, sus ojos llenos de recuerdos y emociones.

—Por eso —agregó Lucas—, me sorprendió que no destacaras el papel de tu madre en el ministerio de Jesús...

Jacob le miró fijamente.

Lucas lo sabía.

Pablo se lo habría contado.

Su madre.

Tan fuerte, tan valiente, tan lista.

La primera mártir cristiana.

Finalmente, habló con voz suave pero firme.

—He escuchado de la transformación de Saulo, ahora Pablo. El Señor ha trabajado poderosamente en su vida. He aprendido a dejar atrás el odio y el rencor y a confiar en la justicia y el perdón de Dios. Si el Señor lo ha perdonado y lo ha hecho su instrumento, ¿quién soy yo para no hacerlo? Acepto su perdón y rezaré por él.

Lucas sonrió sintiendo la palpable liberación de una carga antigua y transmitió a Jacob la gratitud de Pablo.

Todo se había cumplido.

—Gracias, Lucas. Gracias, Juan. Vuestra sinceridad completa el círculo. Todo forma parte de un plan divino. Todo se está cumpliendo.

Lucas y Juan intercambiaron una mirada llena de orgullo y esperanza. Sabían que Jacob se había convertido en otro faro de luz y verdad.

—Solo hay una cosa en la que no te pareces a él —dijo Lucas agarrando un mechón del largo cabello de Jacob—, a Pablo no le gustaba el pelo largo.

Juan rio prudente ante la ocurrencia del cronista. Al viejo apóstol, Lucas le recordaba a Jesús, que gustaba de decir chascarrillos para que sus discípulos rieran. Un toque de humor nunca estaba de más en conversaciones tan profundas.

—Jacob —añadió Lucas con la voz cargada de un significado profundo—, antes de seguir nuestros caminos, hay algo que debo decirte. Cumpliste el deseo de Jesús, nuestro Señor. Salvaste la palabra de su Padre. Has demostrado ser alguien especial desde el primer momento en que decidiste seguir la senda del maestro.

Jacob le miró, expectante. Lucas tomó una pausa tratando de elegir sus palabras con delicadeza.

—*Theophilos* —dijo finalmente.

La palabra resonó entre ellos con la fuerza de una gran revelación.

—¿*Theophilos*? —repitió Jacob.

—Así lo decimos en griego y eso es lo que eres, Jacob —explicó Lucas—. Un teófilo, alguien amado por Dios.

El hijo de Gedeón quedó inmóvil, pues aquella designación le llenó de asombro y humildad al mismo tiempo.

—¿Amado por Dios? —repitió Jacob con la frase aún vibrando en su pecho como una nueva melodía.

—Sí —confirmó Lucas con una sonrisa irradiando certeza—. Desde el momento en que abrazaste de nuevo la fe en Jesús, desde cada acto de bondad y cada palabra de verdad que has compartido, tus pasos han sido guiados por la luz de su presencia.

Jacob, conmovido hasta el fondo de su ser, sintió cómo el título, aunque inmerecido en su mente, le confería una responsabilidad aún mayor. La idea de ser considerado «amado por Dios» por aquel hombre con quien tanto había compartido era un honor que superaba cualquier reconocimiento terrenal, llenándole de una renovada determinación de vivir de acuerdo con esa estimada relación.

Lucas, admitiendo el desenlace de aquella amistad, pronunció las palabras que nadie querría verbalizar.

—No creo que nos volvamos a ver —se dirigió a Jacob con suma tristeza.

—Yo creo que sí —contestó Jacob esbozando una gran sonrisa llevando su índice al cielo.

El apóstol Juan, con la mirada llena de comprensión y cariño, asintió suavemente.

—Hijo mío, parece ser que en tu corazón arde la llama de una misión que te ha sido encomendada. Que la luz de la fe y la guía del Espíritu Santo te acompañen en este viaje. Ya que amamos a Jesús porque él nos amó primero, que la verdad y el amor que encontraste en Jesús guíen tus pasos y ablanden los corazones de aquellos que necesitan escuchar su mensaje.

—Jacob, tu valentía y convicción son admirables —agregó Lucas con admiración y respeto—. Que tu viaje sea fructífero y tu voz sea llevada lejos, como un eco de esperanza y redención en medio de la vasta ciudad de Roma. Que la semilla que plantes en el corazón de Flavio Josefo otorgue frutos de verdad y luz para aquellos que buscan respuestas.

Con el apoyo y las bendiciones de Juan y Lucas, Jacob se preparó para su travesía hacia Roma sabiendo que su misión estaba guiada por un propósito divino.

Quizá, pensó en su soledad, no era la palabra del Señor lo que debía difundir.

El mensaje, en bocas desacertadas, podría ser manipulado.

Quizá el propósito de Jacob residía en dejar constancia y hacer perpetuo el propio paso de Jesús de Nazaret entre los hombres.

Y Jacob rezó.

Rezó para que el plan de Dios pasara por la *caput mundi*.

La cabeza del mundo.

Roma.

Estaba a punto de convertirse en el caballo de Troya.

45

Año 31 d. C.
3791 הנש
784 AUC
-
Jerusalén

✝

El sol de la mañana iluminaba suavemente las estrechas calles de Jerusalén.

En una modesta casa del barrio del monte Sion, en uno de los márgenes de la ciudad, lejos del escrutinio de las autoridades romanas y judías, la pequeña comunidad de seguidores de Jesús de Nazaret se reunía en secreto. Eran tiempos peligrosos para todos ellos; las autoridades religiosas y romanas apenas toleraban su presencia, lo que los obligaba a practicar su fe con discreción. La ansiedad y el miedo llenaban a veces la atmósfera, pero también lo hacía una esperanza vibrante y un amor profundo que emanaba de su fe compartida.

Simón de Cirene, quien había cargado la cruz de Jesús aquel fatídico día, ahora era un hombre transformado. Su encuentro con el hombre que muchos llamaban el Mesías había dejado una huella profunda en su alma. Aquella nueva fe lo había llevado, poco a poco y junto con sus hijos Alejandro y

Rufo, a buscar a otros que compartían su convicción y esperanza. Simón, con sus hijos a su lado, fue recibido calurosamente por el grupo.

Pedro, erigido líder natural entre ellos, se levantó para hablar. La sala donde Jesús había celebrado su última cena estaba llena de hombres y mujeres, todos unidos por la experiencia transformadora de seguir difundiendo el mensaje de Jesús.

—Hermanos y hermanas —comenzó Pedro con voz solemne—, sabemos que el camino que seguimos no es fácil. Hemos sido perseguidos y nuestras vidas están y estarán constantemente en peligro. Pero el Señor nos dio una misión clara: llevar su mensaje de salvación hasta los confines de la tierra.

Hubo un murmullo de acuerdo en la sala. Cada rostro reflejaba tanto convicción como algo de temor. La misión era al mismo tiempo un honor y una carga pesada en aquellos días tan comprometidos.

—Sabemos que Él es la verdad y la vida —continuó Pedro—. Nos ha mostrado el camino que seguir, un camino de amor, sacrificio y redención. ¿No es apropiado, entonces, que quienes seguimos este camino seamos conocidos como aquellos que recorren el Camino?

El joven Juan, otro de los discípulos cercanos a Jesús, tomó la palabra.

—Sí, Pedro, es muy acertado. Debemos recordar que no todos entenderán. Para muchos, simplemente somos una secta problemática. Debemos ser sabios y cuidadosos. Sin embargo, el nombre «el Camino» refleja perfectamente nuestra jornada y nuestra fe.

Se hizo el silencio, como si nadie quisiera rasgar la solemnidad de aquel momento.

—¿Cómo podemos mantenernos fieles al Camino en medio de tanta oposición y persecución? —preguntó uno de los nuevos conversos, su voz llena de dudas y miedo.

Todos le miraron.

Juan habló con una calma que solo su convicción profunda podía proporcionar.

—El Camino que seguimos es difícil, pero es el verdadero camino a la vida eterna —respondió el discípulo amado—. Jesús nunca nos prometió que sería fácil, pero sí prometió estar con nosotros en cada paso. Recordad sus palabras: «Yo soy el camino, la verdad y la vida. Nadie viene al Padre sino por mí».

La sala se llenó de un murmullo de aprobación. Era claro para todos que, aunque el camino era arduo y lleno de desafíos, también estaba lleno de esperanza y la promesa de la redención.

Alejandro y Rufo, observando con ojos llenos de admiración, escuchaban atentamente cada palabra. Después de un rato, los hombres y mujeres comenzaron a compartir sus propias experiencias y visiones. La pequeña casa estaba llena de una energía casi palpable, una mezcla de sufrimiento y gozo, resistencia y anticipación.

Simón se sintió alentado por el coraje y la devoción de aquellos primeros cristianos. Decidió compartir su propia experiencia.

—Yo cargué la cruz de Jesús aquel día —comenzó, atrayendo la atención inmediata de todos los presentes—. Sentí el peso de su sufrimiento y la profundidad de su amor. Su mirada, incluso en su dolor, estaba llena de compasión y perdón. Desde entonces, he sentido una llamada en mi corazón para seguir sus pasos y compartir su mensaje.

Pedro asintió, sus ojos brillando con reconocimiento y gratitud.

—Simón, tu testimonio es poderoso. Todos hemos sido tocados por Él de maneras únicas y profundas. Es nuestro deber unirnos y fortalecernos mutuamente en esta misión.

El grupo se animó aún más por las historias y la presencia de nuevos miembros como Simón y sus hijos.

María de Magdala, tan comprometida con el grupo como cualquiera de los discípulos varones, intervino con plena convicción.

—Llamarnos a nosotros mismos seguidores del Camino nos da un propósito y una dirección. Este camino, el de Jesús, es el sendero que nos guía a través de la oscuridad hacia la luz de Dios.

Hubo un asentimiento unánime. Así, desde aquel día en Jerusalén, los seguidores de Jesús se adoptaron como «el Camino», un nombre que les proporcionaba identidad y conexión con la misión que les encomendó su maestro. Aquel nombre no solo los diferenciaba de otras sectas y movimientos, sino que describía perfectamente el nuevo modo de vida que habían adoptado bajo las enseñanzas de Jesús.

Después de la reunión, Pedro se acercó a Simón.

—Nos dirigimos a Cesarea en unos días —le dijo el apóstol—. Ahí también hay hermanos y hermanas que necesitan fortaleza y guía. ¿Querrás venir con nosotros?

Simón miró a sus hijos. Creyó ver un destino claro en sus corazones.

—Sí, Pedro —le respondió con convicción—. Vamos a Cesarea. Llevaremos el mensaje de Jesús a donde sea necesario.

Así, los primeros seguidores del Camino, con corazones llenos de fe y cuerpos llenos de la energía del propósito compartido, se prepararon para salir a un nuevo camino, uno que no solo definiría sus vidas, sino que también encendería llamas de esperanza y redención en todos los rincones del mundo conocido. En cada paso, esperaban sentir la presencia de su maestro, guiándolos y sosteniéndolos, impulsándolos a ser las manos y la voz del amor divino en la tierra.

El sol se alzó a la mañana siguiente sobre Jerusalén bañando la ciudad santa con una luz dorada que parecía prometer un nuevo comienzo.

Al menos para una familia.

Simón de Cirene había llegado a Jerusalén tiempo atrás. Sin embargo, su vida había cambiado para siempre cuando, por un extraño giro del destino, cargó la cruz de un hombre llamado Jesús hacia el Gólgota.

Sus encuentros con Jesús, aunque breves, habían dejado una marca indeleble en su alma. Simón se había convertido en un seguidor silencioso de las enseñanzas de aquel Nazareno, encontrando en ellas una esperanza y una verdad que no había conocido antes. Con el tiempo, comenzó a sentir que era momento de seguir el llamado de su corazón y empezar una nueva vida lejos de Jerusalén. Junto a él estaban sus hijos, Alejandro y Rufo, jóvenes llenos de vida y curiosidad por el mundo, ansiosos por lo que les deparaba el futuro.

—Padre, ¿de verdad vamos a dejar Jerusalén? —preguntó Rufo, el más joven, sus ojos oscilando entre la tristeza y la emoción.

Simón puso una mano sobre el hombro de su hijo y le sonrió con ternura.

—Sí, hijo mío. Jerusalén siempre tendrá un lugar especial en nuestros corazones, pero hay un mundo más allá que necesita escuchar sobre el amor y la compasión que aprendimos aquí.

Alejandro asintió en silencio comprendiendo las palabras de su padre. Había visto cómo el encuentro con Jesús había transformado a su padre, dándole una serenidad y una misión que antes parecía no poseer. Él también sentía la creciente necesidad de compartir esa luz con los demás.

Esperaron al atardecer.

El sol comenzaba a descender tras las almenas de Jerusalén proyectando sombras largas y melancólicas sobre los adoquines. En una esquina discreta de la bulliciosa ciudad, tres niños se encontraban reunidos en un silencio cargado de emociones: Alejandro y Rufo, los hijos de Simón de Cirene, y su amigo Jacob, que había perdido a su madre recientemente.

Alejandro y Rufo contemplaban a su pequeño amigo con preocupación. Jacob se veía extremadamente frágil, con sus ojitos enrojecidos por el llanto y el peso del dolor reflejado en su semblante infantil. La tristeza los golpeaba con fuerza, sabiendo que tenían que despedirse de su amigo antes de partir hacia Cesarea junto con su padre.

Jacob levantó la mirada hacia sus amigos.

—Voy a echaros mucho de menos —susurró con voz temblorosa—, y echo de menos a mi *imma*. No sé cómo estaré sin ella... ni sin vosotros.

Alejandro se acercó más y puso su brazo alrededor de Jacob.

—Jacob, eres muy fuerte, más fuerte de lo que piensas. Tu *imma* siempre estará contigo, en tu corazón.

Rufo sacó un pequeño objeto de su bolsillo: una piedra redonda y lisa que habían encontrado juntos en sus aventuras por las colinas de Jerusalén.

—Quiero que tengas esto, Jacob. Es nuestra piedra especial de la amistad. Siempre que la mires, recuerda que somos amigos, no importa lo lejos que estemos.

Jacob tomó la piedra con manos temblorosas y la sostuvo.

—Gracias, Rufo. La cuidaré siempre.

El sonido de la multitud y el bullicio de la ciudad parecían desvanecerse, dejando solo un momento puro entre los tres amigos. Era casi como si el mundo entero hubiera detenido su respiración, respetando la solemnidad de la despedida.

Simón de Cirene, esperando cerca con los últimos preparativos para el viaje a Cesarea, observaba a sus hijos y a Jacob con compasión. Sabía que esta separación era necesaria, pero también entendía el dolor de los niños.

—Jacob —dijo Simón suavemente mientras se acercaba—, quiero que sepas que tienes un lugar con nosotros siempre. Cuando estés listo, Cesarea te recibirá con los brazos abiertos. Alejandro, Rufo y yo siempre pensaremos en ti como en uno de los nuestros.

Jacob asintió lentamente sintiendo el cálido apoyo de Simón y comprendiendo que no estaba tan solo como imaginaba, aunque aquello no evitara el mar de lágrimas. Simón le acarició el cabello con ternura antes de regresar a ultimar los detalles del viaje. Alejandro y Rufo se arrodillaron ante Jacob, abrazándolo con fuerza una vez más.

—Mantente valiente, Jacob —dijo Alejandro.

—Recuerda jugar, reír y ser tú mismo. Eso es lo que tu *imma* querría para ti —susurró Simón de Cirene con lágrimas en los ojos.

Finalmente, sabiendo que el tiempo de partir había llegado, Alejandro y Rufo se levantaron diciendo un último adiós antes de unirse a su padre en el camino. Jacob los observó alejarse, sujetó con mucha tristeza y poca esperanza con una mano el pequeño leptón que le había entregado Jesús y, con la otra, la piedra de la amistad de Rufo.

A medida que los tres se alejaban del bullicio de Jerusalén, los lazos que habían forjado y las promesas que se habían hecho los mantenían unidos. Sabían que, aunque la distancia los separara físicamente, su amistad y su amor fraternal nunca se desvanecerían.

Pero Simón de Cirene estaba convencido de que, cuando regresaran a Jerusalén, no encontrarían al mismo Jacob.

Con un último vistazo hacia su amigo, Alejandro y Rufo emprendieron su viaje hacia Cesarea junto con su padre, llevando consigo la convicción de volver a reunirse algún día y la misión de llevar consigo la luz y el cariño compartidos en Jerusalén.

Jacob miró en dirección a su casa.

Allí esperaba Gedeón.

El hombre que, poco a poco, destruiría su inocencia.

46

Año 71 d. C.
3831 הנש
824 AUC
-
Éfeso

En el atardecer, el puerto de Éfeso se sumía en una atmósfera mágica, con las últimas luces del día tiñendo el horizonte de tonos dorados y anaranjados. Las velas de los barcos ondeaban al viento, listas para zarpar hacia nuevos destinos, mientras el rumor de las olas y el canto de las gaviotas creaban una sinfonía natural que envolvía al puerto en un manto de serenidad y misterio.

Durante las últimas semanas Lucas y Jacob habían compartido con Juan recuerdos del pasado y visiones del futuro.

El griego y el apóstol habían tratado de frenar el ímpetu de Jacob, pero este era demasiado obstinado como para ceder a sus ruegos. Tenía claro cuál era la necesidad de su propósito y no iba a detenerse hasta conseguirlo.

Tal era su fe.

Mientras caminaban lentamente hacia el embarcadero de Éfeso, disfrutando de la tranquilidad de la última tarde juntos,

Jacob rompió el silencio que los envolvía. Su voz revelaba una lucha interna que había enfrentado durante las últimas semanas antes de tomar esta decisión.

—Lucas, hermano mío en la fe —comenzó Jacob deteniéndose para mirar a Lucas a los ojos, buscando en ellos la comprensión que siempre había encontrado—. Sabes cuánto valoro la obra que estás ultimando, recogiendo las enseñanzas y las vivencias del Señor para compartirlas con el mundo. Pero tengo una petición que hacerte...

Lucas le observó curioso y preocupado. Le recordó a su último momento con Pablo. Juan no quiso intervenir y dejó hacer. Jacob tomó una profunda bocanada de aire, armándose de valor.

—Cuando termines de escribir tu relato, tu testimonio de las buenas nuevas, tu crónica, te pido... te ruego que no me incluyas en él. Ni a mí ni a mi madre. Que nuestro nombre, nuestra presencia, permanezca fuera de las páginas de tu evangelio.

La petición tomó por sorpresa a Lucas, quien parpadeó intentando comprender la razón detrás de tal solicitud.

—Pero ¿por qué, Jacob? Tu fe, tu viaje, tu caída y tu resurrección de fe son testimonios del poder transformador del amor de Cristo. Al igual que el sacrificio de tu madre.

Jacob bajó la mirada mientras jugueteaba con su pequeño leptón y trataba de encontrar las palabras correctas.

—Creo, querido griego, que la gloria y la revelación de Jesús no necesitan ser contadas a través de mis humildes experiencias. Mi vida es una de tantas que han sido tocadas y transformadas, y prefiero que la luz brille sobre Él, no sobre mí. Deseo servir en silencio, llevar su mensaje adelante sin que mi nombre esté ligado a su relato. Así hubiera querido mi madre también.

Lucas, al oír la profunda humildad y amor auténtico en la voz de Jacob, sintió un profundo respeto por su amigo. Después de una pausa, y aunque no estaba de acuerdo con aquel guerrero que salvó su vida, asintió con solemnidad.

—Si esa es tu voluntad, Jacob, la respetaré. Y, aunque para este pobre griego y para todos los que te conocemos tu fe y tu dedicación deberían permanecer como un faro de luz en mis escritos, honraré tu demanda.

Una tierna sonrisa, mezcla de alivio y gratitud, iluminó el rostro de Jacob. No solo por la generosidad de Lucas, sino también por el honor y la humildad de sus amigos de infancia.

—Gracias, griego. Esta decisión no es por falsa modestia, sino por un deseo sincero de que seamos todos uno en Jesús, sin destacar ninguno más que otro. Cada uno cargamos con nuestra cruz y con nuestras espinas.

Los dos hombres sellaron la promesa con el fuerte lazo de la fraternidad que compartían. Se dispusieron a despedirse, sabiendo que, a pesar de que Jacob no sería mencionado por su nombre en el Evangelio según Lucas, su espíritu, su fe y el impacto de su vida resonarían en cada palabra escrita sobre la historia de salvación que Lucas se disponía a contar.

Jacob miró al anciano Juan. Atrás quedaban los años de plenitud y juventud de aquel apóstol cuando le vio defender a la Señora en el Calvario, pero a su avanzada edad se erigía igual de valiente, igual de sabio, igual de generoso.

—Las espinas de una vida son las arrugas del alma —dijo Juan con sabiduría.

Jacob agradeció aquellas palabras. Hablaban de sabiduría, de experiencia, de madurez.

—No será fácil encontrar a Josefo en Roma —advirtió Juan—. Comienza por los *ludus*.

Jacob le miró sin entender el significado de aquella palabra.

—Las escuelas de gladiadores —añadió Lucas—. En aquellos lugares se intercambian todo tipo de informaciones. Es cronista, seguro que hay algo de interés para él.

Jacob asintió, sorprendido ante la sabiduría de aquellos hombres.

El apóstol se acercó a un saco roto que había derramado algo de tierra sobre la madera del puerto. Con un puntapié deshizo el pequeño montículo y esparció la arena.

Sobre ella dibujó una figura.

Jacob miró con detenimiento la silueta delineada.

—¿Es un pez? —preguntó Jacob sin entender las intenciones de Juan.

—No somos bienvenidos en muchos lugares. Dibujo una línea, tú completas la imagen. Así reconocemos a los nuestros.

—¿A los nuestros?

—¡A los cristianos, Jacob! —intervino Lucas—. ¡Recuerda!

El griego tenía razón. Lucas le hizo partícipe de aquella información la primera vez que le conoció, junto a Rufo y Alejandro, antes de que Jerusalén se consumiera en las llamas.

«Cristianos».

Así los llamaron en Antioquía, así conocían a quienes seguían el mensaje de Jesús.

—*Ἰχθύς* —agregó Lucas.

—*Ichthys*, pez —replicó Jacob.

Lucas quiso retar a Jacob tratando de retrasar lo máximo posible su inminente partida. Deletreó las letras que componían la palabra griega dotándolas de mayor significado.

—Ἰησοῦς Χρῖστός, Θεοῦ Υἱός, Σωτήρ —retó Lucas.

—Jesús el Cristo, Hijo de Dios, Salvador —tradujo al instante Jacob con emoción.

—¡Cada hombre es un abismo y el de Jacob es inmenso! —celebró Lucas con Juan haciendo entender que cada persona tenía una vida interior que muy pocos llegaban a conocer—. Te echaré mucho de menos, amigo mío.

—Yo también, Lucas. Yo también. No dejes de pintar nunca.

Los tres se miraron unos segundos en silencio para después unir sus almas en oración.

—Padre, santificado sea tu nombre, venga tu reino, danos cada día nuestro pan cotidiano, perdónanos nuestros pecados, porque también nosotros perdonamos a todo el que nos debe, y no nos dejes caer en tentación —recitaron al unísono.

—Amén —añadió Lucas con sorpresa.

Juan le miró con impresión. Le gustó mucho cómo terminó la oración en honor al Nazareno. Jacob sonrió. Al fin y al cabo, durante bastante tiempo, habían aprendido mucho el uno del otro.

—Hasta que nos volvamos a ver, hijo del trueno —se despidió Jacob de Juan—. Nunca olvidaré cómo defendiste mi apostolado cuando era tan solo un niño.

—No fueron justos contigo, valiente Jacob. Que la paz sea contigo —sentenció el anciano Juan con agradecimiento.

No hicieron falta más palabras.

Aquellas facciones, por mucho que Juan hubiera envejecido, le recordaban inexorablemente a Jacob el rostro de su tío apóstol Simón.

Juan, creyendo adivinar el pensamiento de aquel hombre que conoció siendo tan solo un niño, sonrió y asintió brevemente con la cabeza.

Todo se había cumplido.

—*Χαῖρε*, amigo mío —se despidió Jacob de Lucas—. Adiós.

Jacob subió a la nave oneraria que le llevaría a Roma. Antes de que iniciara su travesía, Jacob, desde el barco y en silencio, le lanzó un pequeño objeto. Lucas lo agarró con torpeza en el aire y, al abrir su puño, ahí estaba el pequeño y preciado leptón. Miró a Jacob y sonrió como símbolo de gratitud.

—¡De amado por Dios a amado por Dios! —le gritó Jacob.

Y, tras refrescarse con un viejo odre de agua, Jacob, *Theophilos*, partió desde el puerto de Éfeso en peregrinación hacia Roma.

Juan y Lucas esperaron unos minutos sin moverse del puerto.

El sabor de la despedida era tan dulce como amargo.

Lucas sabía qué significaba llegar a un lugar y no saber con certeza si partiría de nuevo.

Le ocurrió en Jerusalén.

Cuando Jacob y la nave se perdieron en el horizonte, el apóstol terminó con el enigma para el griego.

—Era de Jesús —le reveló Juan recordando cómo el propio Nazareno le entregó la moneda a Jacob en las orillas del mar de Galilea tras su resurrección.

Lucas miró aquel pequeño leptón. Le parecía increíble cómo una moneda tan insignificante hubiese tenido tanta importancia en la vida de Jacob y Jesús de Nazaret. La viuda, el guerrero y, en aquel mismo momento, el cronista.

—¿Sabes, Juan? Su gesto solo puede significar una cosa: ya no la necesita. Esta moneda solo simboliza el hecho de que nunca abandonó a Jesús del todo. Seguía vivo dentro de él, a pesar de su crisis de fe. Pero ahora, de nuevo, Jacob es luz. Ya no le quedan espinas en su corona.

—Amén, hermano —apostilló Juan—, amén.

Lucas miró al apóstol fijamente.

—Deberías hacer lo mismo, querido Juan. Deberías escribir una crónica sobre Jesús de Nazaret.

—¿Y si te dijera que me puse manos a la obra? —le contestó el discípulo amado con complicidad.

—¡Vaya! Otro hombre con un gran abismo —le dijo Lucas con tono jocoso—. Entonces, querido Juan, escribe sobre todas esas visiones que te atormentan.

En aquel momento, Juan quedó pensativo, sopesando si sería pertinente escribir sobre las revelaciones que estaba atesorando.

Para Jacob, Éfeso quedó atrás, no como un recuerdo, sino como el umbral hacia el mundo que esperaba ser transformado por el testimonio de su fe.

Jacob, con paso decidido, marchó a Roma.

Como Pedro, el primero entre los apóstoles.

Como Pablo, el apóstol de los gentiles.

Un nuevo propósito.

Dejar constancia del paso de Jesús de Nazaret en el mundo.

Un objetivo.

El traidor de Judea.

El cronista de Roma.

Flavio Josefo.

47

Año 32 d. C.
3792 הנש
785 AUC
-
Jerusalén

†

Aquella mañana, antes de que el sol comenzara a calentar con su intensidad el suelo de Judea, Gedeón se encontraba en el espacio abierto que servía como patio de entrenamiento para los zelotes.

A su lado, el disidente y ahora líder sicario Giora bar Abban dudaba del plan del que fuera tiempo atrás su hermano en armas. Necesitaba que Gedeón diera un paso más, se requería más agresividad.

Gedeón observaba a Jacob, de once años, cuya vida se había visto marcada por la tragedia. La violenta muerte de su madre dos años atrás a manos del Sanedrín, instigado por los sicarios, había dejado una profunda herida en su corazón.

Pero Gedeón estaba convencido de que se había hecho lo correcto.

Además, veía en su hijo el potencial para convertirse en un valiente guerrero, a pesar de sus ya débiles creencias. Había asumido la responsabilidad de entrenar a Jacob en el arte de la guerra con el fin de prepararle para enfrentarse a los desafíos que les deparaba el futuro frente a la ocupación del imperio y el creciente fervor descontrolado de los sicarios, utilizando la venganza de la muerte de su madre como motivación.

Con paciencia y sabiduría, Gedeón enseñaría a Jacob las habilidades de combate, la astucia y la valentía necesarias para resistir y luchar contra la opresión romana que tanto les había arrebatado a ellos y a su pueblo.

Pero, sobre todo, poco a poco conduciría la ira y la rabia de Jacob para que la volcara sobre Roma y se erigiera por encima de los sicarios.

—¿Dónde estaba Jesús? —se preguntaba sin cesar.

—Simplemente no estaba, Ya'akov. —Gedeón aprovechaba cada momento de duda para beneficio de su propia causa—. Si era cierto todo aquello que predicaba, todo aquello que realizó milagrosamente, hubiera salvado a tu madre.

—Pero él era inocente —perseveró Jacob.

—Si fuera inocente, Giora no estaría con nosotros hoy aquí. Y estamos contentos porque Bar Abban esté aquí, ¿verdad? —Gedeón trató de contener al muchacho utilizando la ironía y la mentira.

Jacob optó por el silencio como respuesta, pues no quedó satisfecho con la respuesta de su padre. Miró a Bar Abban con rabia.

—¿Verdad? —insistió Gedeón mientras Bar Abban observaba callado disfrutando del desafío.

—¡Pero Él resucitó! —argumentó Jacob mirando de nuevo a su padre.

—Ya'akov, todos sabemos que Jesús no murió. Sus seguidores se lo llevaron la primera noche, cuando no había guardia romana, y le curaron.

—Montaron todo aquel teatro para que se difundiera el milagro —añadió Bar Abban desde cierta distancia para divertirse un poco más—. Y, tiempo después, os abandonó. Como hizo tu tío contigo.

—¡Pero mi tío no me abandonó! —gritó Jacob ante aquella injusticia.

—¿Crees de verdad que tu tío hizo todo lo posible por quedarse contigo? —continuó ladino Gedeón aliándose momentáneamente con su rival.

Jacob se detuvo un momento y no halló respuesta. Pero su obcecación le hizo insistir.

—¿Por qué mataron a *imma*? —continuó Jacob desconsolado dirigiéndose al líder sicario—. ¿Por qué lanzaste aquella piedra?

Giora bar Abban jamás confesaría su implicación en la denuncia.

—Fue el Sanedrín quien me obligó —mintió Bar Abban—. Ella estaba condenada. Si me hubiera negado, hubieran culpado a tu padre y a todos nosotros.

Gedeón se veía en serios problemas para explicar a su hijo qué suponía el adulterio, la idolatría a un falso profeta con su falso dios y quién fue el artífice de la confesión.

Ni siquiera él mismo sabría decir a ciencia cierta si aquellos rumores eran infundados o verdaderamente hubo algo entre su esposa Miryam y su hermano Simón. Sabía perfectamente que se admiraban, que se querían, pero su credo no les permitía nada más.

Y dudaba mucho de que el predicador de Nazaret lo hubiera aplaudido.

Pero su mujer se había convertido en una carga.

No había amor, no había deseo. No había nada.

Y, para colmo, la mujer del forjador zelote se había unido a las filas de Jesús de Nazaret.

Pero, sobre todo, se veía incapaz de confesar que él tenía mucho que ver en la lapidación de su mujer por adorar a un dios fraudulento y no tenía el valor de confesar que odiaba a su hermano por haber conseguido algo que él nunca consiguió: que su familia le amara.

—Los romanos no podían permitir otro altercado como el de Jesús. Ella se había convertido con los demás apóstoles en un enemigo de la paz de Israel. Era una traidora. —Bar Abban saboreó aquellas palabras.

—¡Padre! No fueron los romanos, fueron nuestras leyes.

—Pero la acusación fue romana —añadió malintencionadamente Gedeón para reconducir el odio de su hijo—. Ellos son los verdaderos culpables.

—Los romanos... —se quedó murmurando Jacob—. Pero...

Poco a poco, las semillas de la duda que iba sembrando Gedeón en su hijo de manera muy planificada terminaron dando pequeños frutos hasta que Jacob sucumbió a la argucia.

—Padre, enséñame a manejar la espada. Juntos vengaremos a *imma*.

Gedeón prometió a su hijo convertirle en un guerrero formidable sin revelar lo poco que le importaba vengar la muerte de su esposa.

Él, zelote, solo tenía dos objetivos.

La supervivencia de los zelotes frente a los sicarios y la libertad de Judea.

Pero nunca a costa de los suyos.

48

Año 71 d. C.
3831 הנש
824 AUC
-
Roma

En un esplendoroso día bajo el cielo azul que cubría la ciudad que dominaba el orbe, donde las piedras milenarias susurraban historias de grandeza y traición, Flavio Josefo era testigo de cómo se realizaría el desfile triunfal que quedaría grabado en la memoria histórica de Roma en honor a Vespasiano, el emperador que había logrado someter la revuelta en Judea culminando con la destrucción de Jerusalén.

La procesión comenzó en la puerta más oriental de Roma, avanzando por las calles amplias y meticulosamente pavimentadas, cuyo diseño había resistido el paso del tiempo y presenciado innumerables festividades. Sin embargo, pocos eventos podían compararse con la magnificencia de ese día, pues le acompañaban sus hijos Tito, el general victorioso en la campaña de Judea, y su hermano Domiciano. Las trompetas sonaban alegremente y las banderas ondeaban en el viento, anunciando la celebración que se avecinaba.

Vespasiano, montado en un carruaje refinadamente ornamentado tirado por cuatro caballos blancos de pura estirpe, llevaba encima el pesado ropaje de triunfo, teñido de púrpura y bordado con hilo de oro, símbolo de la victoria y del favor de los dioses. La muchedumbre, que se congregaba en ambos lados de las calles, vitoreaba y arrojaban pétalos de flores a su paso agitando ramas de olivo en señal de paz y victoria, en reconocimiento de las conquistas que habían traído gloria a Roma y prosperidad al imperio.

Josefo apuntó cómo delante de Vespasiano marchaban sus legionarios en perfecta formación, con sus armaduras relucientes bajo el sol y sus rostros reflejando la orgullosa satisfacción del deber cumplido. Portaban los despojos de la guerra, incluyendo la menorá, el candelabro de Yavé, uno de los símbolos más antiguos del judaísmo, así como las trompetas y otros símbolos sagrados de Jerusalén, objetos de valor incalculable tanto material como espiritual, ahora trofeos de la victoria romana. Los prisioneros de guerra marchaban en fila detrás de las legiones victoriosas, como últimas piltrafas, observando con horror la exhibición del saqueo de su templo.

Un pequeño remordimiento sacudió a Josefo.

Siguiendo a los legionarios, una serie de carros exhibían panoramas meticulosamente construidos de los momentos clave del asedio y la captura de Jerusalén. Estas representaciones, aunque maravillas de la artesanía, eran recordatorios sombríos de la destrucción y el sufrimiento.

Cerrando el cortejo, tras el emperador, un esclavo sostenía un corona de laurel recordando al emperador entre susurros: «Recuerda que eres mortal».

Memento mori.

A lo largo del camino se erguían arcos de triunfo temporalmente construidos para la ocasión, cada uno más espléndido que el anterior, grabados con escenas de la campaña y dedicados a la victoria de Vespasiano y de Roma. El recorrido culminaría en el Foro Romano, donde Tito ofrecería sacrificios a los dioses reafirmando su agradecimiento y devoción y solidificando su lugar en la historia de Roma.

Capturados por las fuerzas romanas al término del asedio, Yohanan ben Leví de Giscala y Simón bar Giora fueron llevados ante Tito. El general, entendiendo el valor simbólico de aquellos hombres como trofeos de guerra, decidió que serían exhibidos en el triunfo que celebraría la victoria romana sobre Judea. Así, en una procesión que destacaba los logros militares de Roma y subrayaba la derrota de sus enemigos, el zelote y el sicario fueron presentados ante el pueblo romano encadenados y con sogas al cuello, evidenciando la completa subyugación de la rebelión judía. Tras el desfile triunfal, los destinos de Yohanan de Giscala y Simón bar Giora estarían sellados.

«Fatalidades completamente contradictorias».

Flavio Josefo lamentó la ironía del destino.

Divide et impera.

Tito recordó las palabras de Julio César.

A pesar de ser uno de los líderes de la resistencia judía y un formidable adversario para los intereses de Roma, el destino del zelote Yohanan no sería la muerte, sino una forma de castigo que serviría tanto como un ejemplo de la justicia romana como un testimonio de la magnanimidad de Tito. Fue condenado a prisión de por vida, un final humillante para alguien que una vez tuvo en sus manos la suerte y el destino de muchos. Aquella sentencia no solo reflejaba el desprecio de Roma hacia aquellos que desafiaron su autoridad, sino que también tenía la intención de disuadir futuras insurrecciones, mostrando la futilidad de oponerse al poder imperial.

El castigo del sicario Simón bar Giora fue instantáneo.

En lo alto de la colina Capitolina en Roma, una multitud se congregaba para presenciar la ejecución de Bar Giora, el sanguinario líder judío que desafió la supremacía romana durante la guerra en Judea. Las legiones romanas rodeaban la plataforma de ejecución, manteniendo la disciplina y el orden mientras se preparaban para cumplir con la sentencia dictada por las autoridades.

Josefo no era partidario del exhibicionismo, pero nada se podía hacer por el malogrado líder sicario. Solo escribir el final de su historia.

Simón bar Giora, con la nariz rota, las manos atadas y la mirada desafiante, se mantenía erguido frente a sus captores romanos. Sus ojos reflejaban la determinación y el orgullo de un guerrero que había luchado con valentía por la libertad de su pueblo, a pesar de la inexorable maquinaria militar romana.

Un centurión se adelantó y repitió la sentencia con voz firme y autoritaria, acusando a Simón bar Giora de asesinato, traición y rebelión contra el Imperio romano. La multitud observaba en silencio conteniendo la respiración en anticipación al desenlace inevitable de la ejecución.

Con un gesto rápido y preciso, los verdugos romanos llevaron a cabo la decapitación de Simón bar Giora cumpliendo con la sentencia impartida por las autoridades romanas. La cabeza del líder sicario cayó rodando desde lo alto de la roca Tarpeya en silencio, marcando el trágico cierre de su historia de resistencia y lucha en medio de la opresión romana.

Josefo cerró los ojos por un momento.

No entraría en detalles en su relato.

La multitud disfrutó de la ejecución y los alrededores se llenaron de cánticos y aclamaciones, y de un sentimiento de júbilo a la muerte de Simón bar Giora, pues Roma no solo celebraba la eliminación de una amenaza, sino la afirmación de su poderío y la promesa de una era de paz y seguridad bajo el gobierno de Vespasiano y su hijo Tito.

El Senado, reunido en el foro, esperaba ansioso para rendir homenaje a Tito y otorgarle los más altos honores por sus triunfos en el extranjero, especialmente en Judea. Los elogios resonaban en el aire y las coronas de laureles se alzaban como símbolos de reconocimiento por su valentía y liderazgo excepcional en el campo de batalla.

Tito, con humildad y gratitud, recibió los elogios y honores de sus compatriotas reconociendo el trabajo arduo y la dedicación de sus tropas en cada victoria alcanzada. Miró hacia el horizonte recordando los sacrificios realizados y los desafíos superados en su camino hacia la gloria y el reconocimiento.

Tras una larga jornada de celebraciones y honores en Roma, el general Tito terminó por presentarse frente al Senado, rodeado de dignatarios que se preparaban para ofrecerle la corona de la victoria en reconocimiento a sus conquistas en tierras extranjeras. Sin embargo, en un gesto inesperado, Tito alzó la mano en señal de detenimiento interrumpiendo el ritual protocolar.

—Senadores, compatriotas romanos —comenzó Tito con voz firme y decidida—, agradezco sinceramente el reconocimiento y los honores que me habéis otorgado. Sin embargo, debo declinar la corona de la victoria que se me ofrece en este momento.

El murmullo de sorpresa se extendió entre los presentes mientras Tito continuaba explicando su inusual decisión.

—Mi victoria en el campo de batalla fue rápida y aparentemente fácil —continuó—, pero, en su ligereza y celeridad, también yace una sombra de duda y autocrítica. Una verdadera victoria se forja en la adversidad, en la superación de los mayores desafíos y en la unidad de propósito contra la adversidad más feroz. No hay mérito en derrotar a un pueblo abandonado por su propio Dios.

El Senado escuchaba atentamente las palabras de Tito, sorprendidos por su humildad y su autoexigencia inquebrantable.

El general prosiguió.

—Por tanto —su discurso estaba a punto de terminar—, no sería apropiado aceptar esta corona como símbolo de una victoria que considero incompleta. Roma merece líderes y generales que aspiren siempre a lo más alto, que busquen desafíos aún mayores para demostrar su valía y su lealtad a la grandeza de nuestro imperio.

En silencio y con gesto sereno, Tito se inclinó ante el Senado y depositó la corona de laureles a los pies de los senadores en un acto de renuncia y humildad que resonaría en la historia como ejemplo de verdadero liderazgo y sacrificio por el bien común.

Flavio Josefo, testigo de estas celebraciones, grababa con sus palabras no solo el esplendor y la magnificencia de la procesión triunfal, sino también la complejidad emotiva del triunfo: la gloria combinada con la tristeza por los caídos y la exaltación de la victoria junto con el peso de la responsabilidad que implicaba regir bajo el manto del poder y la autoridad de Roma.

Pero él sabía la verdad. La capitulación de Jerusalén no había sido tan fácil. Más allá de los zelotes, más allá de los sicarios, el pueblo judío plantó cara y demostró su coraje, su resistencia, su valor y su fe.

En aquellos días de celebración, Josefo meditaba las consecuencias de sus palabras, consciente de que lo que plasmara en su pluma ilustraría a las generaciones venideras.

Dudó en varios momentos, pero no podía desafiar el poder y la autoridad de Roma. Debía elogiar, engrandecer a sus protectores romanos.

Pero ¿cómo evitar ultrajar a su pueblo, al linaje de su familia?

¿Cómo descubrir qué fue lo que realmente pasó con sus padres?

¿Cómo hacerlo sin poner en peligro su vida?

Decidió enfrentarse a un fantasma de su pasado.

El aire en los pasillos oscuros del Tullianum, la antigua y temida prisión de Roma, era denso y casi irrespirable. La cárcel subterránea, ubicada en la ladera de la colina Capitolina, servía como una sombría advertencia del lado más cruel del poder romano. Construida en piedra y diseñada para ser una mazmorra impenetrable, el Tullianum albergaba a los prisioneros más desafortunados, aquellos considerados enemigos del imperio que debían enfrentar una justicia implacable.

Yohanan de Giscala, un hombre endurecido por la guerra y la traición, estaba en la celda subterránea.

Había evitado la decapitación, pero el castigo de la cárcel subterránea de por vida era aún peor. Cuando fue transferido a la misma sala que Josefo, la atmósfera se cargó inmediatamente de una tensión palpable. Los guardias romanos observaban con una indiferencia cruel, conscientes de la ponzoña que envenenaba el aire entre ellos.

—Yosef ben Matityahu… Así que finalmente estamos cara a cara en este pozo inmundo —increpó el antiguo zelote—. Tú, con tus vestiduras impecables, y yo, a punto de ser devorado por las ratas, pero… ¿qué puedo esperar de un traidor como tú?

Hacía mucho tiempo que Josefo no escuchaba su verdadero nombre, pero, aunque consciente de la aversión justificada en la mirada de Yohanan, trató de mantener su calma. Sabía que cualquier palabra debía ser medida con cuidado.

—Yohanan, este no es lugar para debate —le respondió cortésmente Josefo—. Estamos en la misma lucha, incluso en nuestras diferencias. No sirve de nada agravar nuestras penas con odio.

Yohanan se abalanzó hacia él, deteniéndose apenas cuando las cadenas le impidieron avanzar.

—¡Tú hablas de lucha, Josefo! Pero te entregaste a los romanos escribiendo para ellos y ofreciendo tus servicios como si estuvieras en un banquete. Mientras tanto, los que verdaderamente luchaban por nuestra libertad acabaron aquí, sufriendo las consecuencias de tu traición.

La furia en la voz de Juan resonó en la mazmorra, despertando ecos y atrayendo la atención de otros prisioneros y guardias.

—No fue traición, Yohanan. Fue una elección difícil, buscar la supervivencia y la esperanza en lugar de una extinción total —trató de justificarse Josefo—. Mis escritos son un testimonio para el futuro, para que nuestro sufrimiento y nuestras enseñanzas no se pierdan en la oscuridad.

Juan escupió en el suelo y soltó una carcajada amarga.

—Testimonio, dices. Cuando Jerusalén ardía y nuestros hermanos morían en las calles, tú estabas brindando con tus nuevos señores. No eres más que un lacayo vendiendo nuestra historia por un plato de comida.

Josefo sufrió cada palabra como una daga en su costado, puesto que la acusación estaba impregnada de verdad. Sabía que, en muchos sentidos, no podía justificar su posición ante alguien como Yohanan, cuya devoción a la causa era absoluta.

—¿A qué has venido, romano?

Esa palabra atravesó el corazón de Josefo, pero no le impidió intentar conseguir su objetivo.

—¿Quién salvó a mis padres de los sicarios? —preguntó sin rodeos.

—¿Has venido solo para eso? —Estalló Yohanan en una carcajada—. Vaya, tienes un ápice de valentía.

Josefo espero una respuesta. El de Giscala se hizo de rogar.

—¿Sabes, romano? Sé que nada ni nadie me sacará de aquí, pero no me llevaré el nombre del salvador a la tumba porque, al final, Yavé mirará nuestros corazones, y ten por seguro, Yosef ben Matityahu, que no hallará similitudes entre el tuyo y el mío. «No te fijes en su apariencia ni en lo elevado de su estatura, porque lo he descartado. No se trata de lo que vea el hombre. Pues el hombre mira a los ojos, mas el Señor mira el corazón».

Josefo conocía aquel pasaje.

—Samuel... —fue todo lo que alcanzó a decir.

—Jacob, hijo de Gedeón —confesó Yohanan—. Fue la persona que nos convenció a todos de soltar a tus padres. Al final se convirtió en otro traidor como tú y nos abandonó al acero romano. Así que, si ya tienes lo que venías a buscar, márchate con tus justificaciones a otro lugar.

—No estoy aquí para justificarme ante ti, sino para continuar mi misión de preservar nuestra historia —se defendió con seriedad Josefo—. Puedo haber fallado a tus ojos, pero busco redimirme a través de mi trabajo asegurando que el mundo conozca nuestro sacrificio.

Yohanan se volvió, sin poder evitar una carcajada, para después pronunciar unas palabras llenas de profunda tristeza.

—Las palabras no pueden redimir lo que has hecho, Josefo —continuó el de Giscala—. Has perdido el derecho a llamar «nuestro» al sacrificio que realizamos y el precio que pagamos por ello. Para ser un héroe deberías haber muerto en Jotapata. Los hocicos de Roma te han corrompido y cualquier cosa que escribas llevará la marca de esa corrupción. Serás la vergüenza de Israel toda tu vida.

El silencio que siguió fue pesado, cargado con la historia y el dolor de una tierra devastada por la guerra y la traición. Ambos hombres, atados por su pasado común y por sus elecciones contrapuestas, sabían que la distancia entre ellos era un abismo imposible de cerrar.

Para Yohanan de Giscala, la corrupción y la traición de Josefo seguían como una mancha permanente en su lucha. Para Josefo, las palabras hirientes eran un recordatorio de las pesadas decisiones que había tomado.

Y, al mismo tiempo que la escolta romana devolvía a Yohanan a su caverna, Josefo se dirigió al foro sumido en la incertidumbre admitiendo que, aunque ahora tenía un nombre, no había sido una buena idea presentarse ante el zelote.

Y, mientras sus remordimientos le angustiaban por dentro, no podía imaginar que pronto otro fantasma de su pasado judío le perseguiría hasta cumplir su propósito.

49

Año 33 d. C.
3793 הנש
786 AUC
-
Jerusalén

El sol ardía implacable sobre las colinas de Judea mientras el viento del desierto levantaba turbulentas nubes de polvo bajo la vastedad del cielo.

La figura imponente de Gedeón se recortaba contra el cielo, analizando con paciencia a su pupilo más joven, Jacob, una vez convencido y cuyo espíritu indomable y su necesidad por aprender el arte de la lucha en pos de la venganza lo habían convertido en un aprendiz entusiasta durante el último año.

—¡Ya'akov! —llamó Gedeón viendo al muchacho acercarse corriendo, con los ojos brillantes de ira y emoción—. Hoy, pondremos a prueba tu agilidad y tu fuerza. Pero, recuerda, la disciplina es tan importante como el coraje. Sin control, la fuerza es solo caos.

La formación comenzó con ejercicios de calentamiento, seguidos de prácticas con la espada. Gedeón enseñaba con paciencia pero sin ceder, corrigiendo la postura de Jacob, mostrándole cómo anticipar los movimientos del adversario y cómo la astucia podía vencer a la fuerza pura.

A lo lejos, los zelotes seguidores de Gedeón observaban el entrenamiento del herrero y su hijo. A tan solo unos pasos de ellos, Giora bar Abban entrenaba a un grupo de jóvenes sicarios.

A medida que avanzaba la mañana, el calor y el esfuerzo comenzaron a hacer mella en Jacob, pero su determinación no flaqueó. Movido por un deseo ardiente de hacerse fuerte, de proteger a los suyos, de vengar a su madre y de no defraudar a su mentor, Jacob se empeñaba más allá de sus límites.

—Fíjate bien, Ya'akov —instruyó Gedeón—, ataca con decisión, pero defiende con sabiduría. Utiliza el entorno.

En un ejercicio destinado a simular un ataque sorpresa, Jacob debía bloquear el golpe de Gedeón y contraatacar. Sin embargo, en un giro inesperado, el acero rozó la ceja de Jacob, dejando un corte superficial pero inmediato. El dolor fue breve, pero la sangre comenzó a fluir marcando su piel con lo que sería una cicatriz perdurable.

Jacob, sorprendido, llevó su mano a la ceja sintiendo el calor húmedo de la sangre entre sus dedos. Gedeón, preocupado y orgulloso, se acercó rápidamente.

—Te lo he dicho muchas veces: las lecciones más importantes vienen acompañadas de un recuerdo físico —dijo mientras limpiaba cuidadosamente la herida—. Esta cicatriz será un recordatorio de que, en la batalla, la prudencia es tan valiosa como el valor.

A pesar del dolor, la concentración se volvió a dibujar en el rostro de Jacob. La cicatriz no era un signo de derrota, sino un símbolo de honor, una insignia de su compromiso y aprendizaje. Desde ese día, cada vez que Jacob se reflejara en algún estanque y viera la cicatriz en su ceja, recordaría las valiosas lecciones impartidas por Gedeón: la importancia de la disciplina, el coraje y la sabiduría y el verdadero motivo por el cual abandonó la fe y abrazó el camino del guerrero, su madre.

Aquel día, el entrenamiento de los sicarios consistía en duelos con espadas de madera y ejercicios intensivos de combate cuerpo a cuerpo. Giora bar Abban observaba con ojos calculadores los progresos y errores de sus pupilos, corrigiendo con gruñidos o palabras secas. Sin embargo, no perdía detalle de los movimientos de Jacob, a unos pasos de él. Aquel niño rehusó el uso de la madera y ya manejaba el acero con fluidez.

—¡Más rápido, Jacob! —gritó desde la distancia al ver la cicatriz en su ceja—. ¡Tu enemigo no te dará una segunda oportunidad!

Jacob, sucio de sudor y polvo, no respondió, pero la queja burbujeaba en su interior. Su orgullo herido y el constante desprecio de Bar Abban alimentaban un fuego peligroso que amenazaba con consumir su juicio.

No dejaba de pensar en su madre.

Finalmente, Giora bar Abban, ante el desprecio y la ignorancia del joven pupilo, decidió que era hora de un combate de muestra para alentar a sus jóvenes sicarios. Tomando una espada de madera en sus manos, llamó a Jacob para que se pusiera en guardia.

—Ven, joven —le dijo con sonrisa ladeada y desafiante—. Llevas entrenando un año. Muéstrame ahora si tienes la habilidad para respaldar tu valentía.

La tensión se palpaba en el aire mientras los dos se enfrentaban en el centro del patio, rodeados por los otros jóvenes zelotes y sicarios que observaban con respeto y temor.

—Coge la de verdad —le instó Jacob.

Bar Abban se rio, pues le estaba desafiando un mocoso a punto de cumplir doce años. Como si de un juego de niños se tratara, Giora tomó la espada y se dispuso para el duelo.

—¡Ya'akov! —gritó Gedeón unos pasos atrás.

Jacob miró a su padre.

—Imagina que es un romano —sugirió su padre perseverante con su plan.

El niño hizo caso omiso.

No quería pelear con un romano.

Por mucho que su padre le explicara que la culpa final fuera romana, Jacob solo tenía una obsesión.

Luchar contra el hombre que lanzó la primera piedra a su madre.

50

Año 72 d. C.
3832 הנש
825 AUC
-
Roma

Roma, la capital indomable del imperio más vasto y poderoso que el mundo haya conocido, era una urbe rebosante de vida, contradicciones y grandeza. Desde sus colinas hasta el Tíber, la ciudad vibraba al ritmo de sus habitantes: ciudadanos, senadores, esclavos, mercaderes y legionarios. Todos contribuían al mosaico de una metrópolis que era a la vez el corazón palpitante de un emporio y un testimonio viviente de su gloria.

Allí se presentó un hombre ataviado con vestimentas griegas, un quitón, la clámide y un zurrón. La túnica le llegaba hasta las rodillas y la capa se sostenía con una fíbula. Junto con las sandalias atadas a los tobillos, la indumentaria no delataría a aquel judeocristiano.

Las vías de Roma estaban llenas de actividad, desde el amanecer hasta más allá del anochecer. Los ojos de un Jacob recién llegado se abrían con asombro al contemplar los imponentes monumentos romanos que dominaban el panorama. Caminando por las calles adoquinadas, Jacob sintió la fuerza y la magnificencia de la ciudad imperial. A su alrededor, el bullicio de mercaderes, patrullas de las cohortes urbanas y esclavos creaba un tapiz de sonidos y olores que impregnaban el aire. Los vendedores vociferaban sus productos en los mercados abarrotados, donde los olores de especias exóticas, frutas frescas y carne recién asada se mezclaban en el aire denso y cálido. El ruido de las ruedas de los carros, el tintineo de las monedas y el rechinar de las tabernas se mezclaban con el murmullo de voces en una sinfonía urbana que emanaba vida y movimiento.

El Foro Romano, epicentro de la vida pública y política, estaba siempre en movimiento. Senadores envueltos en togas blancas conversaban en corrillos, discutiendo leyes y decretos mientras los ciudadanos presentaban sus quejas y peticiones. Dominando el foro, la Curia Julia acogía las asambleas del Senado, las decisiones cruciales de un imperio que abarcaba desde Britania hasta Egipto y más allá.

El monte Palatino, la colina más central de las famosas siete colinas de Roma, se erguía majestuoso y repleto de palacios. El Palatino había sido el hogar de emperadores y aristócratas desde los días de Augusto. La reconstrucción y el embellecimiento de la ciudad eran una de las prioridades del emperador Vespasiano, después del caos y la destrucción que siguieron al gran incendio de Nerón y los tumultuosos meses de sucesiones de emperadores.

Alrededor del Palatino, los hombres y mujeres de Roma vivían sus vidas cotidianas. Las ínsulas, bloques de apartamentos de varios pisos, albergaban desde las clases trabajadoras hasta la creciente población de inmigrantes. Mientras tanto, las *domus*, residencias de los ricos y poderosos, estaban adornadas con mosaicos coloridos y frescos intrincados, siendo verdaderos oasis de lujo y opulencia.

Más al sur, el Circo Máximo se extendía en toda su magnitud como el mayor estadio de la ciudad. Capaz de albergar hasta doscientos cincuenta mil espectadores, el circo era el centro del entretenimiento, donde las carreras de cuadrigas y las festividades cautivaban a las multitudes con una emoción frenética. No muy lejos, las Termas de Agripa ofrecían un refugio de descanso y socialización, donde ciudadanos de todas las clases se reunían para bañarse, hacer ejercicio y discutir los acontecimientos del día.

El Tíber, con sus imponentes puentes de piedra, fluía sereno a través de la ciudad, siendo la arteria vital y comercial de Roma. A lo largo de sus orillas, los muelles y almacenes siempre estaban llenos de actividad, ya que los barcos transportaban mercancías desde las provincias más lejanas del imperio hasta el mercado de Roma.

Emergiendo entre las nubes de polvo, las primeras piedras del anfiteatro de los césares se alzaban como testigos mudos de la grandeza de Roma. Obreros y esclavos se afanaban en la construcción de la imponente estructura, donde los tesoros y despojos de Judea alimentaban la ambición y la vanidad del Imperio romano. El monumental anfiteatro prometía convertirse en un símbolo de poder y entretenimiento para las masas sedientas de espectáculos y gloria.

Mientras contemplaba la magnitud de la obra, Jacob sintió un nudo en la garganta y una profunda tristeza en su corazón. Ni siquiera la majestuosidad de la colosal estatua del dios Sol-Helios apartó la nostalgia de su alma. Recordó las historias de su tierra natal, Judea, y la trágica pérdida de Jerusalén a manos de las legiones romanas. Las lágrimas se agolparon en sus ojos al evocar la destrucción y el sufrimiento de su pueblo, cuyos tesoros y riquezas ahora eran utilizados para enaltecer la grandeza de Roma, y realizó una plegaria silenciosa en su corazón.

En contraste con la grandeza y el vigor de Roma, también había un lado oscuro. Las calles estaban llenas de peligros para aquellos que osaban desafiar la autoridad imperial o se encontraban en el lado equivocado de la ley. Las ejecuciones públicas y los castigos eran comunes, recordatorios crudos del poder absoluto de Roma y su implacable sentido de la justicia.

Sin embargo, entre el ruido y la algarabía, para algunos, aquel día en la ciudad de Rómulo y Remo traería consigo ecos del pasado y consecuencias inesperadas.

Jacob prosiguió su peregrinaje por las calles de Roma en busca de algún *ludus* llevando consigo la carga de un propósito y una fe que lo guiaba en un mundo marcado por la brutalidad y la opulencia del Imperio romano.

Juan le proporcionó la información que necesitaba. Josefo, bajo la protección del imperio, era conocido por frecuentar lugares poco usuales para alguien de su estatus, incluidas las escuelas de gladiadores. Con aquella pista, Jacob se dirigió a los dos *ludi* más conocidos de Roma, ubicados en la periferia de la ciudad.

El primero, gobernado por Nepote, no dio ningún resultado.

Probó con el segundo.

Aquel *ludus* era una construcción imponente, con altas murallas que resguardaban el rugido de los entrenamientos de los gladiadores. Mientras Jacob se acercaba levantando algo de polvo en la arena, los sonidos de las espadas chocando y los gritos de esfuerzo llenaban el aire. Había dos guardias en la entrada, pero Jacob no se sintió intimidado. Reuniendo su valor, se acercó a uno de ellos.

—¿Qué te trae aquí, forastero? —le dijo el guardia con desdén al observar sus ropajes griegos—. Este no es un lugar para curiosos.

—Estoy buscando al cronista imperial Flavio Josefo. Me han dicho que a veces visita estos lugares. Tengo asuntos importantes que necesito discutir con él.

El guardia que llevaba la voz cantante, visiblemente sorprendido, levantó una ceja. No era común que alguien viniera a buscar a un cronista en un lugar como la escuela de gladiadores.

—¡Largo de aquí! No queremos fisgones —le increpó.

Jacob metió la mano en el zurrón y extrajo una pequeña bolsa. El sonido de las monedas despertó el interés del guardia. Jacob le lanzó la bolsa. El guardia atrapó el saquito en el aire sopesando su interior.

—No es mucho —se adelantó Jacob—, pero te dará para otra ronda de vino.

Con eso fue suficiente.

—Flavio Josefo, decías... No le he visto aquí en algún tiempo. Pero, si esperas, podría preguntar a alguien que tal vez sepa más. ¡Llama a Crotón! —le indicó a su compañero de guardia.

Aquel guardia le miró con detenimiento. Algo en el porte de aquel hombre le llamó la atención. Quizá la seguridad en sí mismo, quizá la paz que portaba sobre sus hombros. Podría ser su determinación, pues por su actitud era obvio que no se movería sin obtener algo de información.

—Por tu vestimenta no eres romano. Vistes como un griego, pero no pareces heleno. ¿Judío?

Jacob no dijo palabra.

—Tranquilo, amigo. Hay libertad de culto mientras respetes las tradiciones romanas.

Jacob permaneció hermético.

El guardia del *ludus* se acercó y, con su espada, realizó un dibujo incompleto en el suelo.

Jacob se sorprendió, nervioso.

Juan le había prevenido.

El guardia esperó un gesto, una respuesta.

Jacob se agachó y, con el índice, completó aquel boceto.

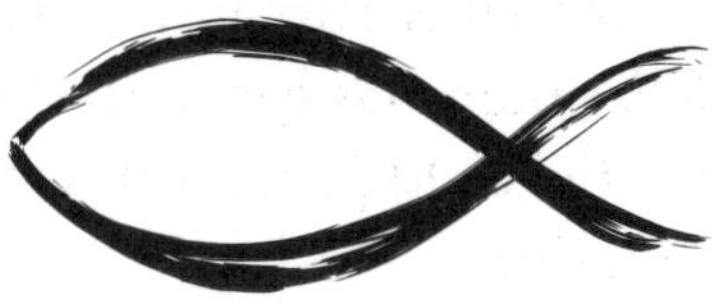

El guardia le sonrió, cómplice.

—Ten cuidado, hermano. Cuentan que ese Josefo traicionó a los suyos en las guerras de Israel y se pasó al bando de Tito.

—Lo sé, gracias —contestó escuetamente Jacob.

El guardia cristiano le devolvió la bolsa de monedas como símbolo de fraternidad.

—Tómate tú el vino a mi salud, hermano —le dijo.

—Amén —replicó agradecido Jacob.

Después de lo que pareció una eternidad, el otro guardia regresó acompañado por un hombre cuyo rostro y musculatura imponían un fuerte respeto. Se trataba claramente de una figura de autoridad en la escuela.

El guardia cristiano borró de un puntapié el dibujo en el suelo.

El grandullón se presentó.

—Soy Crotón, lanista de este *ludus*. Me han dicho que buscas a Flavio Josefo. ¿Por qué? ¿Qué asuntos tiene contigo?

Jacob respetuosamente inclinó la cabeza antes de hablar.

—Mi nombre es Jacob, hijo de Gedeón. Busco a Flavio Josefo porque necesito información y orientación sobre la situación de mi gente. Creo que él puede ayudarme a entender mejor y quizá encontrar un camino en medio del caos.

Crotón miró a Jacob con interés antes de asentir lentamente.

—Josefo es un hombre con muchos contactos y conocimiento. Solía venir aquí para observar, hablar y documentarse con los gladiadores. No ha estado aquí en algún tiempo, pero sus visitas solían ser regulares.

—Entonces... ¿no tienes idea de dónde podría estar ahora?

—Sé que tiene una casa cerca del Foro Romano —reflexionó Crotón—. Si realmente necesitas encontrarle, te sugeriría empezar por ahí. También podrías intentarlo en el Templo de la Paz, a veces se reúne allí con otros estudiosos para perder el tiempo.

Jacob sintió una chispa de esperanza. Tenía pistas nuevas y lugares concretos para buscar. Aunque no había encontrado a Flavio Josefo en el *ludus*, había logrado dar un paso importante en su búsqueda.

—Gracias, Crotón. Agradezco tu ayuda. Se ve que este lugar entrena no solo cuerpos fuertes, sino también almas valientes.

Crotón sonrió ligeramente asintiendo con un respeto tácito. Le contempló por un momento. A pesar de la edad, la constitución de Jacob no dejaba lugar a dudas.

—Por lo que observo, esos músculos han sudado en la guerra y esas manos han acariciado el acero. Buena suerte en tu búsqueda, Jacob. Y, si no terminas de encontrarle, podría buscar un sitio para ti, aquí, donde puedas encajar. Que la suerte y el favor de los dioses te acompañen.

Crotón desapareció ante la mirada de los guardias. El colaborador de Jacob se dirigió a él una última vez.

—Ve con cuidado, hermano, y que la paz sea contigo —susurró el centinela.

Con una sonrisa cómplice, Jacob dejó el *ludus* satisfecho. Su siguiente destino era la casa de Josefo, cerca del Foro Romano. Mientras caminaba, meditaba sobre todo el camino que había recorrido, reforzando su convicción de que estaba en la senda correcta.

Cada paso lo acercaba más al objetivo que buscaba.
Pensó en Juan y en Lucas.
Recordó a su madre y a su tío Simón.
Nada había sido en vano.
La comunidad cristiana, disimulada, seguía creciendo.
Sonrió.
No duraría mucho su sonrisa.

51

Año 33 d.C.
3793 הנש
786 AUC
-
Jerusalén

†

El combate comenzó con Giora bar Abban tomando la iniciativa, con movimientos rápidos y seguros, como un predador acechando a su presa sin dejar de reír burlonamente. Jacob se defendía con mucha dificultad. Sus movimientos eran hábiles, pero aún carecían de la experiencia y la fuerza que su liderazgo requería. Sin embargo, la ira y el orgullo herido le dieron una resistencia feroz que sorprendió a Bar Abban, aunque el sicario no dejaba de burlarse y sonreír ante cada uno de los movimientos de aquel joven aprendiz.

«No me tomes por un niño indefenso», pensó Jacob.

La lucha se intensificó. Giora bar Abban, quizá confiado por su experiencia, bajó momentáneamente su guardia ante el crío. Fue en ese preciso instante cuando Jacob, recordando el grito de su madre en su lapidación, realizó un golpe desesperado. La espada en sus manos giró en un arco imprevisto y, con un chirrido desgarrador, impactó contra la cara de Giora.

El líder sicario se tambaleó hacia atrás, llevando una mano a su rostro ensangrentado. Un corte profundo y diagonal cruzaba su mejilla, desde el pómulo hasta la mandíbula, un testimonio de la valentía y la peligrosidad del joven Jacob.

—¡Maldito insensato! —gruñó de dolor—. ¿Qué has hecho?

Los ojos de Jacob se abrieron en una mezcla de orgullo y realización.

—El culpable es mi padre, que me instó a que luchara contra un romano.

Gedeón y Bar Abban se dieron cuenta de que aquel chaval había aprendido demasiado pronto el arte de la ironía.

El silencio cayó sobre el patio, roto únicamente por los jadeos pesados de los dos combatientes y el murmullo atónito de los jóvenes observadores.

Giora bar Abban, dolorido pero aún firme, bajó su espada y se dirigió a Gedeón. Sus ojos brillaban con una mezcla de furia y respeto no declarado.

—Es más peligroso de lo que creía, Gedeón. Tu hijo tiene el furor de un león, pero necesita aprender el control. La herida sanará, pero que sirva como recordatorio de la necesidad de disciplina y respeto a sus superiores. El camino hacia la libertad de Judea requiere no solo pasión y fuerza, sino también el control de la mente y el espíritu.

—Tú le retaste, Giora —respondió orgulloso Gedeón—. Solo le marcabas, le tomaste como débil. No tuviste mucha sensatez. Nunca la tienes.

Giora sonrió con soberbia.

—Es bueno, Gedeón, muy bueno. Tan bueno que te traerá problemas en el futuro. Reza por que no me traiga problemas a mí, o acabará como su madre.

Hinchado de orgullo, Gedeón hizo caso omiso de las palabras de Bar Abban y, decidido, forjó el coraje de Jacob a golpes de espada.

Ambos, padre e hijo, salieron del cuartel a celebrarlo.

A medida que los días, semanas y meses pasaban, Jacob absorbía cada lección con empeño y dedicación. La tragedia que había marcado su infancia se transformaba en fortaleza y seguridad, alimentando su deseo de justicia y libertad. Gedeón veía en Jacob a un discípulo prometedor, alejado de las parábolas y profecías de un falso mesías que nunca se terminaron de cumplir, y, juntos, intentaron forjar un vínculo que trascendiera la mera relación de maestro y aprendiz.

Y así, bajo la guía de su padre, Jacob comenzó a transformarse de un niño marcado por la tragedia a un joven guerrero, listo para enfrentarse a los desafíos que les deparaba el destino. Unidos por un propósito común inquebrantable, emprendieron juntos un camino de resistencia y valentía en un mundo oprimido por el Imperio romano.

A través de los años, la cicatriz en la ceja de Jacob se convertiría en una parte integral de su ser, una huella física de su camino hacia convertirse en un guerrero y protector de su gente.

Y, en los momentos de duda, se aferraría a dos cosas. Por un lado, recordaría las palabras de Gedeón, guiándolo siempre hacia el equilibrio entre la ley de Moisés y el odio a los sicarios y a Roma. Por otro, honraría la memoria de su madre con lo único que le hacía recordar sus mejores tiempos con ella. Una pequeña moneda, insignificante, pero con gran valor sentimental.

Un pequeño leptón que en los momentos más oscuros brillaría con una luz especial.

La luz de la esperanza.

Para ello, necesitaría reencontrarse con su propósito.

Pero, antes de que llegara su momento, su acero probaría la sangre romana.

52

Año 71 d. C.
3831 הנש
824 AUC
-
Roma

Mientras los historiadores dibujaban con grandeza las hazañas del emperador y su hijo, en los dorados salones del palacio imperial en Roma, donde las sombras de la historia susurraban secretos del pasado, Tito y Berenice compartían una vida de complicidad y amor discreto, lejos de las miradas y murmullos de la sociedad. La complicidad en sus conversaciones, la chispa en sus miradas y la conexión profunda entre ambos creaban un ambiente de intimidad que solo ellos podían comprender.

Berenice, con su elegancia, carisma y madurez, iluminaba los días de Tito con su presencia y sabiduría. Su apoyo inquebrantable y su amor sincero eran un bálsamo para el alma de Tito, quien encontraba en ella la compañía perfecta para compartir sus pensamientos más íntimos y sus preocupaciones más profundas.

Por su parte, Tito ofrecía a Berenice su protección, su lealtad y su corazón. Juntos paseaban por los jardines del palacio disfrutando de la belleza de las flores y compartiendo risas y confidencias. En aquel remanso de paz dentro de la bulliciosa Roma, encontraron un refugio donde su amor podía florecer en libertad.

Aunque su unión estaba marcada por la necesidad de mantenerla en secreto debido a las convenciones sociales y las presiones políticas, Tito y Berenice encontraban consuelo y felicidad en los momentos que compartían a solas. En su pequeño mundo privado, construyeron un santuario de amor y complicidad donde sus almas podían encontrarse en perfecta armonía, desafiando todas las barreras que trataban de separarlos.

Sin embargo, no todo era tan idílico como pudiera parecer. Una silenciosa transformación se estaba desplegando. Berenice, con su ingenio y profundo entendimiento de la política romana, poco a poco comenzó a tejer su influencia en el lienzo de la toma de decisiones de Tito. No era mediante órdenes directas ni demandas apasionadas, sino a través de conversaciones aparentemente inocuas donde sus sugerencias fluían como el vino en los banquetes, suaves pero embriagadoras.

Tito, aunque inicialmente se mostraba reacio a cualquier forma de manipulación, encontraba cada vez más mérito en las palabras de Berenice. Sus sugerencias, presentadas con delicadeza, pero cargadas de intención, comenzaron a remodelar lentamente el enfoque del emperador en ciertas materias, desde asuntos de estado hasta cuestiones de alianzas y diplomacia.

Los consejeros y senadores notaron el cambio sutil pero indiscutible en las decisiones del emperador. Algunos murmuraban en los rincones más oscuros del foro o bajo la sombra de las columnas del Panteón, especulando sobre la influencia que Berenice supuestamente ejercía sobre Tito.

—El hijo del emperador, que una vez fue como un águila, decidido y directo en su vuelo, ahora parece navegar con la brisa que sopla desde el este —se comentaba entre senadores.

No obstante, Berenice, sabedora de las murmuraciones que su presencia y ascendencia sobre Tito generaban, mantenía su dignidad y gracia con un aplomo inquebrantable. Su relación con el hijo del emperador no se construía sobre la ambición de poder por sí mismo, sino a partir de una compleja mezcla de afecto, respeto mutuo y, sin duda, un entendimiento profundo de las dinámicas de poder de la corte romana.

Con cada decisión influenciada, cada política sutilmente ajustada, Berenice y Tito se aventuraban aún más en un terreno desconocido, uno lleno de promesas y peligros a partes iguales. La corte imperial, con sus lealtades cambiantes y sus juegos de poder, observaba con una mezcla de admiración y recelo la creciente influencia de Berenice, una muestra de que incluso los más poderosos podían encontrarse navegando en aguas moldeadas por manos invisibles.

Y así, entre los muros centenarios de Roma, la historia de Tito y Berenice se iba tejiendo como un tapiz de complejos patrones; un recordatorio de que el poder, ya sea obtenido por nacimiento, conquista o persuasión, siempre encontraba su camino en los corazones y mentes de aquellos dispuestos a ejercerlo.

A cualquier precio.

Por si fuera poco, en el corazón de Roma, el aire estaba cargado de murmullos y especulaciones. Unos rumoreaban un embrionario culto a un nuevo dios, Mitra, mientras que otros objetaban la pertinencia del hijo del emperador.

Tras el retorno triunfal de Tito de la Judea conquistada, su figura heroica, una vez celebrada por las masas, comenzaba a verse envuelta en un velo de dudas y cuestionamientos por su propio pueblo. No era la valentía ni la estrategia militar de Tito lo que suscitaba discusión entre los ciudadanos, sino la sombra de la ambición, un reflejo que parecía oscurecer sus laureles de victoria.

El Foro Romano, siempre un hervidero de actividad y conversaciones, se había convertido en el escenario principal donde los ciudadanos expresaban sus inquietudes.

—Ha regresado con el brillo de la gloria en sus ojos, pero ¿quién puede decir que no busca brillar más que el mismo Vespasiano? —se escuchaba comentar entre patricios.

Las preguntas pendían en el aire, cargadas de una suspicacia que crecía con cada rumor.

Las tabernas y las plazas estaban llenas de debates acalorados sobre el futuro de Roma bajo el liderazgo de la dinastía Flavia.

—Tito, ese hombre de conquistas, ¿mantendrá su lealtad al emperador o buscará reclamar el trono para sí mismo? —se preguntaban en voz alta los más veteranos, entre tragos de vino, sin poder disimular el temor a un periodo de tremenda inestabilidad, como había sucedido con los errores de Nerón y la pugna por la púrpura entre Galba, Otón, Vitelio y el propio Vespasiano.

No obstante, entre el tumulto de voces críticas, había quienes defendían vehementemente al sucesor.

—¿Acaso no es natural que un hijo siga los pasos de su padre y que aspire a superarlo en gloria? Roma necesita líderes fuertes, y Tito ha demostrado ser uno de ellos —replicaban los jóvenes optimistas, convencidos de la lealtad y virtudes de Tito.

—¿Tú qué piensas? —le preguntó uno de aquellos muchachos inquietos al recién llegado Jacob.

El amado por Dios, con su indumentaria griega, permaneció en silencio y se retiró.

Mientras tanto, Tito, plenamente consciente de las conversaciones que se tejían en torno a su persona, optaba por el silencio y la acción. Sabía que los rumores y las especulaciones eran, en parte, el precio de su éxito. Con la mirada puesta en el legado de su padre, Vespasiano, y en el bienestar del imperio, decidía cada día dar pasos firmes hacia la consolidación de su posición, no como un usurpador, sino como un digno sucesor y protector de Roma.

A medida que el tiempo pasaba, la habilidad de Tito para navegar las turbulentas aguas de la política romana se hacía más y más evidente, demostrando que su lealtad a su padre y a Roma estaba más allá de cualquier ambición personal. Sin embargo, en aquellos días de regreso y gloria, en las calles de la ciudad que controlaba el mundo conocido, el futuro parecía tan incierto como el vuelo de las aves sobre el foro, y solo el tiempo revelaría el verdadero carácter y destino del hijo de Vespasiano.

En uno de esos días de rumores y entregas a la pasión, el emperador César Vespasiano Augusto había convocado a su hijo Tito para celebrar una reunión en los salones del Palacio Imperial en Roma. Allí discutirían los siguientes pasos en la campaña militar en Judea y pondría a prueba, una vez más, la lealtad de su hijo. El sol poniente iluminaba la estancia proyectando sombras alargadas sobre los apuntes de Flavio Josefo y los mapas desplegados encima de la mesa, destacando el contorno de una fortaleza enclavada en una meseta rocosa: Masada.

—Heme aquí, padre. Heme aquí —saludó Tito con pleitesía.

—Tito, hijo mío —comenzó el emperador con voz grave y reflexiva—. Las fortalezas de Maqueronte y Masada se yerguen como bastiones inexpugnables en el desierto, desafiando nuestra presencia en Judea. Sus resistencias son legendarias y sus posiciones estratégicas son de gran importancia para la estabilidad de la región. ¿Qué opinas sobre emprender la conquista de estas fortalezas?

Tito, con la mirada fija en el mapa de Judea, meditó por un momento antes de responder.

—Padre, ambas fortalezas representan un desafío sin igual en nuestra campaña en Judea. ¿Tú que piensas, Josefo? Conoces la zona mejor que nadie.

Flavio Josefo se vio en la necesidad de tomar partido, una vez más, y continuar demostrando su lealtad al imperio. Era consciente de que la toma de ambas fortalezas supondría el fin definitivo de los que una vez fueron sus hermanos, pero no tenía alternativa.

—Sus terrenos áridos y escarpados ofrecen protección natural a sus defensores, y la resistencia de los ocupantes seguramente sea feroz. Sin embargo, su conquista enviaría un mensaje definitivo de la supremacía romana en la región y garantizaría vuestra autoridad sobre Judea.

Vespasiano asintió con gesto reflexivo comprendiendo la importancia estratégica y simbólica de ambas fortalezas en el panorama de la guerra en Judea.

—Entonces preparemos nuestras legiones para los asedios —declaró Vespasiano con voluntad—. Nuestras victorias allí serán el golpe decisivo que asegurará nuestra hegemonía en la zona y reafirmará el poder de Roma sobre toda la región.

Con la decisión tomada, el emperador y Tito pusieron en marcha los preparativos para la siguiente fase de la campaña militar, situando al legado Lucilio Baso, antiguo prefecto de la flota *Classis Ravennate*, al frente de la nueva provincia de Judea y otorgándole el mando de la legión X *Fretensis* para que se encaminara hacia Maqueronte y Masada con el firme propósito de conquistar las fortalezas, aniquilar a todos los usurpadores y asegurar la completa dominación romana en Judea.

Tiempo después, mientras la luna llena resplandecía sobre la ciudad bañando los antiguos edificios y las sinuosas calles con una luz plateada, Tito y Berenice se encontraban en una terraza privada del palacio, lejos del bullicio de la ciudad, disfrutando de la tranquilidad que solo la noche podía ofrecer.

Berenice, con su vestido de lino blanco, se acercó a Tito. Sus ojos radiaban una mezcla de admiración y anhelo. Él, con su porte noble y fuerte, la miraba con un deseo que pocas veces mostraba en público. Las suaves caricias de la brisa nocturna jugaban con el cabello de Berenice creando una atmósfera llena de magia.

—Esta noche es perfecta —susurró Tito tomando la mano de Berenice.

Ella asintió percibiendo el calor de su toque electrificar su piel.

—Nunca había visto la luna tan brillante —agregó ella intentando contener su excitación.

Decidieron pasear por la terraza, disfrutando del paisaje iluminado.

—Siempre sabes cómo hacerme sonreír —dijo Berenice acercándose aún más a él.

Tito, con su mirada fija en los ojos de Berenice, tomó un profundo aliento.

—Berenice, no hay lugar en el mundo donde prefiera estar que a tu lado.

Ella lo miró con ojos llenos de cariño y gratitud.

—Tú eres mi refugio, Tito. El único que entiende mi alma.

En un brusco movimiento, Tito rodeó la cintura de Berenice con sus brazos y la acercó a él. Sus corazones latían al unísono, creando una sinfonía de lujuria en la quietud de la noche.

Sin decir una palabra más, Tito inclinó su cabeza y rozó los labios de Berenice con los suyos. La dulzura de su contacto dio paso después a una oleada de fuego y una danza de lenguas en constante movimiento.

Las manos de Berenice encontraron el camino hacia el fuerte pecho de Tito.

El hijo del emperador la rodeó con sus brazos, sintiendo el calor de su cuerpo contra el suyo. Sus manos comenzaron a explorar con ternura, recorriendo su espalda, memorizando cada curva y cada gemido. Berenice, con los ojos cerrados y la respiración entrecortada, dejó que las sensaciones la envolvieran.

Era el principio del éxtasis.

Finalmente, Tito la levantó en sus brazos llevándola suavemente hacia un rincón más íntimo de la terraza, donde podían contemplar el futuro que les aguardaba. Berenice se desnudó frente él, sintiéndose completamente amada y deseada.

Él se desarmó por completo.

Giró bruscamente a Berenice en dirección contraria y la hizo mirar hacia la inmensidad de Roma mientras acercaba su miembro viril a sus glúteos y agarraba sus senos desde atrás.

Ella se revolvió y se encaró a su amante. Se mordió el labio y con un leve empujón le sentó en un banco de mármol.

Tito se encomendó a Príapo, dios del instinto sexual, y se dejó llevar por completo. Berenice se sentó sobre él y comenzó su vaivén mientras él se dejaba poseer por aquella mujer que le hacía sentirse vivo.

Los gemidos de Berenice se escucharon en los jardines del palacio.

Ella lo sabía.

No pensaba callar.

Él pidió más violencia.

Berenice no dejó de saltar sobre él salvajemente. Quería que todo el Palatino supiera que solo ella era capaz de llevar al hijo del emperador al orgasmo supremo.

Cuando el primer rayo de sol rompió con la oscuridad, Tito y Berenice yacían juntos, con sus cuerpos desnudos entrelazados en un abrazo que no conocía límites. La promesa de un nuevo día traía consigo el fortalecimiento de una pasión que no había dejado de crecer en la mágica noche de Roma.

Mientras tanto, ajena a la próxima invasión a Israel, Roma vibraba con la energía de su gente mientras el sol comenzaba su descenso, tiñendo de ámbar los majestuosos edificios y las amplias calles. En una de esas arterias de la ciudad, entre el bullicio y la mezcla de voces, una figura solitaria y taciturna deambulaba con aspecto de sombra errante.

Cneo Bíbulo, un antiguo legionario romano que había visto sus días de gloria en las legiones romanas, ahora se encontraba perdido en la rutina común de los ciudadanos. Había sido marcado de manera indeleble por aquella jornada fatídica en el asedio de Jerusalén. La pérdida de sus dedos y el enfrentamiento con aquel guerrero judío cuya valentía solo igualaba su destreza habían dejado una huella no solo en su cuerpo, sino también en su orgullo, ahora convertido en un resentimiento ardiente.

Su destierro de la milicia lo había hecho ir de un lado a otro, negándose a dedicar su vida a labrar tierras o vender animales. Su destino era la legión, pero ahora, sin poder sostener un *gladius* con su mano, estaba incapacitado.

Todo lo que había logrado en su vida se vio reducido a la nada, y su única compañía día y noche era el vino y un recuerdo que seguía ardiendo en su mente.

El rostro de Jacob.

53

Año 34 d. C.
3794 הנש
787 AUC
-
Jerusalén

†

El aire en Jerusalén estaba cargado de tensión, como si la propia ciudad contuviera la respiración ante el crisol de cambio y conflicto.

Saulo de Tarso, un joven fariseo con una determinación inquebrantable y una ferviente devoción a la ley de Moisés, se movía entre la multitud con una autoridad natural. Saulo se había granjeado la amistad del Sanedrín y de los zelotes y compartía con ellos el propósito de preservar la pureza de la fe judía y cualquier amenaza frente a ella. En especial, la doctrina cristiana, que se extendía rápidamente, debía ser eliminada sin piedad.

Aquel día, se dirigía hacia el tribunal del Sanedrín.

Al otro lado de la ciudad, Jacob sentía cómo Jerusalén latía con una intensidad a la que todavía intentaba acostumbrarse. En ese momento, con trece años, sus tristes días de niñez se habían convertido en un recuerdo distante, reemplazados por la dureza y el entrenamiento disciplinado que lo preparaban para ser un guerrero. El espíritu bélico parecía ser una constante en su vida, pero sus ojos no habían olvidado el dolor de la pérdida y la injusticia. Regresaba de otra ardua jornada de ejercicios cuando escuchó un murmullo creciente y exaltado que fluía de una plaza cercana.

La curiosidad lo impulsó a seguir el ruido.

Al llegar allí, tanto Saulo como Jacob vieron una multitud enfurecida y, en el centro de esta, a Esteban, un hombre lleno de sabiduría, fe y Espíritu Santo, siendo juzgado duramente, acusado de blasfemia contra Moisés y Dios, un delito que el Sanedrín nunca tomaba a la ligera.

«Esteban», pensó Jacob.

El ayudante de su tío Simón.

El hombre que habló en defensa de su madre años atrás.

Uno de los siete elegidos para servir a la comunidad en la distribución diaria, un hombre que osaba predicar con una pasión implacable sobre Jesús de Nazaret, proclamando la llegada del Reino de Dios. Pero, en aquel momento, esa misma pasión lo había llevado a un juicio feroz, acusado de blasfemia.

—Esteban —murmuró Saulo, el artífice de que fuera acusado.

Saulo observó con un frío interés desde una distancia que le permitía una visión privilegiada. Esteban, a pesar de las falsas acusaciones, se mantenía sereno, con un semblante que irradiaba una inexplicable paz.

Jacob encontró un lugar entre la multitud y sus ojos quedaron fijos en Esteban, observando cada movimiento, cada expresión. El joven guerrero sabía bien lo que era enfrentar la adversidad, pero la serenidad de Esteban lo impresionaba profundamente. A pesar de las acusaciones y los insultos, Esteban se mantuvo firme.

Le recordó a su madre.

Tan fuerte, tan valiente, tan lista.

Mientras Esteban se encontraba en el centro del tribunal, el sumo sacerdote le interrogó, pero él, inmutable, comenzó a hablar. Su voz resonaba con una calma firme, mientras que la furia del Sanedrín aumentaba con cada una de sus palabras. No podían soportar su valentía y la audacia con la que señalaba las faltas del pueblo elegido.

—Este hombre no deja de pronunciar herejías contra este lugar santo y la ley —acusó un miembro del consejo—. ¡Hemos oído que dice que ese Jesús de Nazaret destruirá este lugar y cambiará las costumbres que Moisés nos dejó!

Cuando le dieron la oportunidad de defenderse, Esteban habló con una valentía que muy pocos tenían. Su voz resonó con una convicción profunda, resaltando la resistencia constante del pueblo contra los profetas y la voz de Dios en tiempos de monarquía y narrando la historia de Israel, desde Abraham hasta Moisés.

—Hermanos y padres, escuchadme —proclamó Esteban con voz fuerte y clara—. El Dios de la gloria apareció a nuestro padre Abram cuando estaba en Mesopotamia, antes de habitar en Harán. «Vete de tu tierra y de tu parentela —le dijo— a la tierra que te mostraré».

Las palabras de Esteban eran como un torrente imparable.

—¡Hombres de dura cerviz! —continuó Esteban—. ¡Vosotros, que siempre resistís al Espíritu Santo! ¿Cuál de los profetas no persiguieron vuestros antepasados? Y ahora habéis traicionado y asesinado a Jesús, el Justo, al mismo de quien recibisteis la ley por disposición de ángeles y no la guardasteis.

La cólera en los rostros de los miembros del Sanedrín ardía con la intensidad de un fuego incontrolable. Al escuchar el vehemente discurso de Esteban, algunos se taparon los oídos mientras otros se desgarraban las vestiduras en un gesto de indignación extrema. Saulo, viendo la ira de sus compañeros y sintiendo su propio resentimiento agrandarse, no se opuso cuando la decisión fue tomada: Esteban debía morir.

Finalmente, sus corazones endurecidos no soportaron más.

—¡Blasfemia! —gritó uno de los líderes—. ¡Llevémoslo fuera de la ciudad y apedreémoslo!

Los miembros del Sanedrín gritaron con una furia ciega, se lanzaron sobre él junto a la enardecida multitud y arrastraron a Esteban fuera de la ciudad. Mientras lo conducían más allá de los muros sagrados de Jerusalén, una multitud se congregaba, impulsada por un fervor frenético, con piedras en las manos.

Saulo, aún distante pero observando atentamente, se colocó su manto y avanzó para mirar más de cerca. El menosprecio en sus ojos no mostraba titubeo. Jacob, movido por una mezcla de horror y una profunda admiración, los siguió a cierta distancia, incapaz de apartar la vista. Al llegar fuera de las murallas, vio a Esteban de pie, erguido, incluso mientras las piedras comenzaban a volar hacia él.

El ayudante de los apóstoles pensó en Miryam, la protegida de su benefactor Simón.

Allí mismo.

En el mismo lugar.

De la misma manera.

En su último aliento, Esteban levantó la vista al cielo.

—Veo los cielos abiertos y al Hijo del Hombre de pie a la diestra de Dios —exclamó con fervor.

Aquellas palabras solo intensificaron la furia de la multitud. Las piedras comenzaron a volar, golpeando su cuerpo con fuerza descomunal. Esteban cayó de rodillas bajo el peso del primer impacto. La sangre corría por su frente, pero su espíritu se mantenía inalterable. Jacob sintió un escalofrío recorrer su columna. Era la segunda vez que estaba ante una lapidación. El joven guerrero, acostumbrado a los gritos y la violencia, observó cómo Esteban, incluso en la agonía, mostraba una compasión inesperada.

—Jesús, recibe mi espíritu —clamó con su último aliento—. Señor, no les tomes en cuenta este pecado.

Con aquellas palabras, Esteban entregó su espíritu y cerró los ojos ante la injusticia de los hombres. Su cuerpo maltrecho se desplomó en el suelo. Su alma se elevó a otro reino. El primer mártir cristiano había sido modelado en la historia con su sacrificio.

Mientras la multitud se dispersaba, satisfecha de su brutal obra, dejando el cuerpo inerte de Esteban en el polvo fuera de la ciudad, Jacob permaneció un tiempo observando el cuerpo inerte de Esteban.

Levantó momentáneamente la vista.

Frente a él, el acusador.

Saulo le miró sin pestañear, sin que su firme determinación flaqueara. Para él, Esteban no era más que otra amenaza eliminada, otra maraña de herejía desarraigada. Pero las palabras del mártir, su serenidad y su perdón plantaron una semilla, aunque en ese momento Saulo no lo supiera.

Jacob y Saulo se miraron.

Saulo sabía que aquel joven era el hijo de Gedeón.

Jacob reconoció en Saulo al hombre que detuvo a Gedeón de matar a su tío Simón en Betania.

Saulo no apartó su mirada.

Jacob no era consciente de que tenía frente a él al delator cuyas acciones terminaron con la vida de su madre y de Esteban, el ayudante de su tío Simón.

Saulo recogió su manto y miró una vez más al hombre que había muerto con la cara brillando como un ángel. Para Saulo, este era un paso más en su misión de purificar la fe judía. Pero el sosiego y la luz en el rostro de Esteban, incluso en la muerte, comenzaron a erosionar una indiferencia que Saulo no reconocería sino hasta mucho más tarde.

Con un último vistazo a la escena, Saulo se retiró sin saber que su vida estaba destinada a cambiar drásticamente. La semilla del perdón y la firmeza en la fe que había presenciado en Esteban empezarían a germinar dentro de él, llevando eventualmente a su transformación en uno de los más fervientes defensores de aquel a quien intentó destruir.

Jacob observó cómo Saulo se perdía en la distancia.

Después, volvió a observar a Esteban.

Había sido testigo de las ejecuciones de la primera mártir y el primer mártir cristianos amparadas bajo la ley. Pero, de nuevo, algo se había removido dentro de él. La escena que presenció no desaparecería de su mente, sino que quedaría grabada en lo más profundo de su interior como una cicatriz, recordándole muchos años después el poder de la fe y la valentía. Pero en su día a día, en los días que siguieron, el adolescente Jacob retomaría su entrenamiento como guerrero.

Jerusalén, una ciudad que había sido escenario de tantos momentos significativos, guardó otro recuerdo trascendental: el sacrificio de Esteban y el inicio del viaje interno de Saulo de Tarso hacia el que se convertiría en el apóstol Pablo.

En el eco de las piedras y las últimas palabras de Esteban, estaba el germen del cambio que ninguna fuerza podía detener.

También en el corazón de Jacob.

54

Año 72 d. C.
3832 הנש
825 AUC
-
Roma

Las animadas calles de Roma pasaban a su alrededor en un borrón de actividad mientras se dirigía hacia el foro. A pesar de las dificultades que presentaba la búsqueda del cronista del imperio por parte de un supuesto griego, Jacob no se desanimó.

Finalmente, la imponente estructura del Foro Romano emergió ante él y, con ello, la promesa de nuevas pistas y posibilidades. La búsqueda de Jacob estaba en marcha, alimentada por su espíritu indomable y la fe en que cada paso lo llevaría más cerca de la verdad y de la justicia que su corazón anhelaba.

A pocos pasos del lugar caminaba Cneo Bíbulo. Dos años habían pasado desde aquel fatídico encuentro, y Cneo, lleno de resentimiento, había alimentado su deseo de venganza durante aquel tiempo tras regresar a Roma. Su vida diaria se había convertido en una frustración constante por la falta de dirección y propósito y solo deseaba que llegara el momento de iniciar su más que probable estéril búsqueda mientras cumplía sus deberes en la metrópolis y rendía culto desmedido a la diosa Fortuna para que le concediera un único deseo: volver a Jerusalén.

Aquella mañana, mientras recorría las bulliciosas calles de Roma, su mirada se encontró con una figura familiar. Vestido con reminiscencias griegas, un rostro conocido caminaba escudriñando la zona, como si buscara a alguien, con el mismo aire de determinación que lo había caracterizado aquella primera y única vez que se enfrentó a él.

Sus ojos se estrecharon y su corazón comenzó a latir con fuerza. La oportunidad de resolver su deuda no podría haber sido más clara. No había olvidado los rasgos de su rostro.

Era imposible.

Quería tomarse la venganza por su propia mano, pero no carecía de inteligencia. Estando en su mejor momento, fue desarmado por aquel judío junto a otros tres compañeros de legión.

Ya no era el mismo guerrero.

No era el mismo hombre.

Decidió hacerlo por la vía legal.

Jacob no era un ciudadano de Roma.

No merecía juicio.

Solo debía dar testimonio.

Sin perder un segundo, Cneo dio gracias a la diosa Fortuna y avanzó rápidamente acercándose a una cohorte urbana, un grupo de soldados romanos dedicados a mantener el orden en la ciudad, que custodiaba un paso en el foro.

Se dirigió al mayor de todos ellos.

—Salve, necesito hablar con el pretor de inmediato —inquirió Cneo con urgencia—. He visto a un enemigo del imperio, un zelote en las calles de Roma. ¡Debemos actuar de inmediato!

El vetusto soldado romano reconoció al antiguo legionario y, sorprendido por la urgencia de sus palabras, lo guió a la presencia del pretor. El magistrado, conocido por su firmeza y justicia implacables, observó a Cneo con interés mientras se le acercaba.

—¿Quién eres y qué información traes? —preguntó con autoridad mientras ojeaba unos documentos.

—Mi nombre es Cneo Bíbulo, antiguo legionario de Roma —comenzó con excitación—. Fui herido en un enfrentamiento con un zelote en Jerusalén durante el asedio del legado Tito. Hoy he visto a ese mismo hombre deambulando por nuestras calles. Su nombre es Jacob, hijo de Gedeón.

—¿Tienes pruebas de tu militancia? —preguntó el pretor.

Cneo quedó aturdido por la pregunta. No sabía qué contestar ni cómo demostrar su lealtad a Roma.

Comenzó a sudar.

—XV *Apollinaris*.

Cneo se giró sorprendido. El centurión le había reconocido. Con una mirada, agradeció su intervención. El pretor le interrogó con la mirada exigiendo una explicación.

—También fui legionario en la XV *Apollinaris*, señor. Cumplí los veinticinco años al servicio de la legión tras la conquista de Jerusalén y me retiré el año pasado. Vendí los terrenos, ahorré los sestercios y decidí continuar haciendo lo que más me apasiona, estar al servicio de Roma. No tengo ningún interés en liderar una granja.

El pretor se levantó.

—Ojalá hubiera más romanos con tu misma devoción —premió el pretor.

La confirmación del centurión e información del acusador le habían convencido y alarmado al mismo tiempo. No podía permitirse ningún error.

—¿Un zelote?, ¿estás seguro de lo que dices, Cneo? La acusación que traes es grave, y no tomamos a la ligera las denuncias falsas —recordó el pretor.

—Es él, estoy seguro —insistió Cneo—. Nunca olvidaría su rostro o la manera en que me desarmó. Esta es mi oportunidad de redimirme ante el imperio. Debemos capturarlo antes de que sea demasiado tarde.

El pretor, viendo la convicción y la seguridad en la historia de Cneo, amparada por la breve declaración del centurión, decidió actuar rápidamente. Emitió órdenes para la rápida captura de Jacob. La cohorte urbana fue desplegada y cada esquina y callejón fueron vigilados con detenimiento mientras buscaban al hombre denunciado, cercando el Foro Romano.

Jacob, aún inconsciente del nuevo peligro que lo acechaba, se hallaba sumergido en la vasta red del Foro Romano tratando de localizar a Josefo. Pero no pasó mucho tiempo antes de que la red de la cohorte urbana lo alcanzara.

—¡Ahí está! —gritó Cneo desencajado—. ¡Ese hombre es un zelote, conocido por sus actos de rebeldía contra el imperio!

Jacob, descolocado, percibió el peligro e intentó mezclarse hábilmente con la multitud, pero sus esfuerzos fueron en vano. La patrulla romana le acorraló rápidamente, creando una barrera imposible de cruzar. Cneo se abrió paso entre ellos, con una mirada llena de odio en su rostro.

—Dicen que escapaste de Jerusalén —pronunció el soldado veterano—. No hay escapatoria esta vez. Jacob, hijo de Gedeón, ya has causado demasiado alboroto. Sabes qué te espera ahora.

Cercado por todas partes, Jacob no tuvo otra opción que someterse. Se mantuvo en pie con una dignidad impresionante a pesar de que lamentaba no haber llegado a tiempo a localizar al cronista romano.

El más joven e impulsivo de los romanos le empujó y Jacob cayó al suelo. Acto seguido, otro soldado le amordazó.

Jacob se encontraba de rodillas en el suelo, con las manos atadas y la cohorte urbana al completo a su alrededor. En medio de todo el alboroto, Cneo se jactó de la hazaña recordando sus tiempos de hombría y soberbia.

—¡Hemos capturado a un zelote! —gritó en mitad del foro—. ¡Un asesino de niños, violador de mujeres y enemigo del imperio!

A su alrededor, las mujeres se llevaban las manos a la cabeza por el miedo provocado por tales acusaciones, otros concurrentes mantenían la misma mirada fría que poseían los verdugos, como si trataran de dejar claro que Roma no iba a mostrar piedad alguna. Al fin y al cabo, aquel criminal había sido capturado.

Mientras se preparaban para llevar a cabo su traslado al pretor, un joven exaltado se acercó para propinar una patada en el estómago de Jacob, tumbándole de golpe. Un segundo joven intentó lo mismo, pero, en ese preciso instante, el longevo soldado romano se interpuso entre Jacob y su ejecutor. Le agarró del cuello y lanzó varios pasos atrás.

Todos callaron.

Con gesto decidido, levantó la mano en señal de detenerse. Sus compañeros se miraron entre sí con sorpresa, sin entender por qué su camarada se oponía al escarmiento de un enemigo del imperio.

—No podemos hacer esto. No es correcto. Su futuro lo decide el pretor.

Su voz rasgada acrecentó la tensión que invadía el lugar. Los demás dudaron, sin saber cómo reaccionar ante la completa devoción a la ley romana de su compañero.

El hombre que estaba tirado en el suelo era, al fin y al cabo, un zelote.

El soldado miró a Jacob, quien lo observaba con incredulidad y gratitud en sus ojos. Le ayudó a ponerse en pie. Sin decir una palabra más, el romano desvió la mirada indicando al resto de la cohorte urbana que se retirara. A regañadientes, soltaron a Jacob y se marcharon junto a Cneo, dejando al prisionero y al maduro soldado solos en el lugar del castigo frustrado.

El tumulto se desvaneció.

Jacob tuvo la esperanza.

¿Era uno de ellos?

¿Un seguidor de Cristo?

Un cristiano.

El romano se acercó al prisionero y le ayudó a levantarse. Jacob sintió un escalofrío recorrer su cuerpo. La presencia de aquel soldado que podría compartir su fe le dio una extraña sensación de esperanza. A pesar de estar en lados opuestos de la contienda, en ese momento supo que aún tenía una oportunidad de cumplir su misión.

Jacob, con el pie, dibujó un pez en la arena a sus pies.

El soldado romano, mirándolo fijamente a los ojos, no necesitó pronunciar palabra. De un puntapié, el antiguo legionario borró el bosquejo en la arena y empujó a Jacob en dirección a la patrulla romana, que estaba a punto de llegar a la comandancia del pretor.

Jacob, ingenuo, se equivocó.

—Cneo, ¿es este el zelote que te atacó en Jerusalén? —comenzó el magistrado sin perder el tiempo.

—Sí, es él —respondió mirando a Jacob sediento de sangre—. No tengo ninguna duda.

De nuevo frente al pretor, con el acusado ya presente, Cneo hizo una declaración detallada de su enfrentamiento anterior y de la pérdida que había sufrido.

—Este hombre es un peligro para el orden y la paz de Roma. Permitid que su castigo sirva de ejemplo para todos aquellos que se atrevan a desafiar la autoridad del imperio.

Su testimonio, lleno de fervor y amargura, no dejó ninguna duda en la mente del pretor sobre la rebelión de Jacob. El antiguo zelote le miró con compasión, a pesar de que su recuerdo estuviera teñido de sangre. El magistrado romano, observando a Jacob con una mezcla de desconfianza y malos presagios, interrogó al acusado con la frialdad característica de la justicia romana.

—¿Qué haces en Roma?

—Busco a un amigo —contestó sin más Jacob.

—¿Qué amigo? —insistió el pretor.

—Uno de hace mucho tiempo.

El pretor comenzó a perder la paciencia.

—Jacob, se te acusa de ser un zelote. ¡Por Júpiter! ¿Qué hace un zelote en Roma? —La agresividad del pretor iba *in crescendo.*

—Buscar a un amigo —insistió Jacob.

—¿Ese amigo es zelote? —La conversación subió de tono.

—No, no lo es. Ni yo tampoco, ya no.

El pretor sospechaba que aquel interrogatorio no le llevaría a ninguna parte. Decidió acelerar el proceso.

—Jacob, no solo se te acusa de ser un zelote, sino también de atacar a un legionario romano —pronunció el pretor con frialdad—. ¿Qué tienes que decir en tu defensa?

Jacob, levantando la mirada con una calma que solo la convicción más profunda puede otorgar, se dirigió al antiguo legionario.

—Me alegro de que sigas con vida, Cneo Bíbulo.

Cneo lo interpretó como una ofensa.

—Me alegro de verdad.

—¡Escoria! —gritó el antiguo legionario que se abalanzó sobre él.

El vetusto y experimentado soldado fue el que frenó en seco la acometida de Cneo.

Se puso delante de Jacob, y Cneo, tan experimentado como el propio miembro de la cohorte urbana, se estrelló contra su armadura y cayó al suelo. Dos años sin ejercicio físico y el vino le habían desmejorado.

—¡Basta! —gritó el pretor que, impaciente por dar resolución a la disputa, repitió de nuevo—. ¿Qué tienes que decir en tu defensa?

Jacob miró al pretor. Respiró profundamente y, con calma, confesó decidido.

—No reniego de mis acciones del pasado. Si bien es verdad que dejé la lucha armada hace tiempo, si haber luchado por la justicia y la verdad y defender a ciudadanos inocentes en tiempo de guerra es sinónimo de culpabilidad, entonces soy culpable y no me arrepiento de mis actos. Si mi destino es ser juzgado aquí, entonces aceptaré lo que venga.

El pretor le miró sorprendido tratando de dilucidar si las palabras de aquel hombre estaban impregnadas de soberbia o de serenidad.

Los miembros de la cohorte urbana fruncieron el ceño, dubitativos.

Cneo sonrió con desfachatez.

Jacob miró hacia arriba siendo consciente de que su camino llegaba a su fin.

Aun así, no flaqueó.

Recordó las palabras de Lucas.

«Estoy donde tengo que estar».

Cerró los ojos.

Estaba seguro de que *abbá* tenía un plan.

55

Año 50 d. C.
3810 הנש
803 AUC
-
Antioquía

Al caer la tarde, y tras largos viajes, el apóstol Pablo de Tarso finalmente llegó a las puertas de la legendaria Antioquía, una joya del Imperio romano.

La ciudad, situada cerca del río Orontes y rodeada por colinas verdes, le ofrecía un primer vistazo de su esplendor. La brisa marina que llegaba desde el puerto fluvial refrescaba el aire cálido del verano.

Al cruzar las majestuosas puertas, Pablo se vio inmerso en una mezcla vibrante de culturas. La calle principal, una vía ancha pavimentada con piedras brillantes, estaba flanqueada por altas columnas de mármol. La organización urbanística de la ciudad era impresionante, reflejando la planificación avanzada desde la época de su fundador.

Las tiendas y mercados a ambos lados de la avenida estaban llenos de actividad. Comerciantes y compradores se movían en una danza constante, ofreciendo y examinando productos provenientes de los rincones más apartados del imperio y más allá; desde especias exóticas y sedas brillantes de Oriente hasta aceite de oliva y vinos del Mediterráneo, los aromas y colores creaban una atmósfera casi mágica.

El ágora, o plaza central, era un hervidero de actividad. Pablo observó a los oradores públicos en sus pedestales de piedra, atrapando la atención de los transeúntes con relatos de filosofía, política y comercio. En el centro de la plaza, una fuente monumental surtía agua cristalina en medio de estatuas de dioses y héroes mitológicos, testimonio del arte exquisito y la sofisticación de sus habitantes.

La diversidad cultural de Antioquía era su mayor fortaleza. Griegos, romanos, judíos, sirios y muchos otros convivían intercambiando no solo bienes, sino también ideas y creencias. Los templos dedicados a numerosos dioses, desde Zeus hasta Baal, salpicaban la ciudad, y las sinagogas y primeras comunidades cristianas comenzaban a encontrar su lugar en este mosaico religioso.

Fue en este crisol de diversidad y fervor espiritual donde Pablo de Tarso, anteriormente conocido como Saulo desde su conversión en el camino a Damasco, continuaba su misión de predicar el evangelio de Cristo.

Pablo había llegado a Antioquía acompañado por Bernabé, una figura inspiradora y firme en la comunidad cristiana.

Bernabé, un hombre alto y de porte imponente, era conocido por su sabiduría y su generosidad. Su nombre, que significaba «hijo de consolación», no podía ser más adecuado. Desde que había abrazado la fe cristiana, dedicó su vida a apoyar y guiar a los nuevos creyentes. Sus ojos emitían una calma reconfortante, y su voz, cuando hablaba, infundía confianza y seguridad.

Tras la conversión de Pablo, fue Bernabé quien lo introdujo a la comunidad cristiana en Jerusalén. Muchos allí temían a Pablo debido a su pasado como perseguidor de cristianos, pero Bernabé habló en su favor con pasión y convicción. La sinceridad en la voz de Bernabé, combinada con el testimonio de Pablo, desarmó las dudas. Gracias a él, Pablo fue aceptado y comenzó a trabajar estrechamente con los otros apóstoles.

Los caminos de Bernabé y Pablo se cruzaron de nuevo cuando las noticias sobre el crecimiento de la comunidad cristiana en Antioquía llegaron a Jerusalén. Bernabé fue enviado a evaluar la situación y prestar apoyo. Al llegar, vio con sus propios ojos el fervor y la devoción de los nuevos creyentes. Supo inmediatamente que necesitaba ayuda, y solo una persona vino a su mente: Pablo. El de Tarso, motivado por la confianza de Bernabé, no dudó en unirse a él.

Tras haber fundado varias comunidades y haber llevado la palabra de Cristo a numerosos rincones del Imperio romano, Pablo ahora buscaba consolidar y expandir su enseñanza. Su objetivo en Antioquía era fortalecer junto a Bernabé la creciente comunidad de creyentes y asegurarse de que el mensaje de Cristo resonara con claridad y convicción, tal y como le llegó a él en su momento.

Pero, lejos de fortalecer la comunidad, fue testigo del primer cisma entre los cristianos.

El apóstol Pedro llegó un día para integrarse sin reservas con los creyentes gentiles a los que enseñaba Pablo, compartiendo comidas y aceptando su hospitalidad. Su comportamiento reflejaba la visión de una comunidad unificada en Cristo, sin las barreras de la ley mosaica.

Sin embargo, aquel frágil equilibrio se perturbó con la llegada de algunos hombres enviados por Santiago, el líder de la creciente comunidad cristiana en Jerusalén. Aquellos hombres, defensores estrictos de las tradiciones judaicas, desaprobaron las interacciones de Pedro con los gentiles. Sintiéndose presionado por aquellos visitantes y temiendo la posible repercusión, Pedro comenzó a retirarse paulatinamente de las comidas con los creyentes gentiles, creando una división visible dentro de la comunidad.

Pablo, quien estaba profundamente comprometido con la idea de una igualdad radical en Cristo, observaba aquella situación con creciente disgusto. La retirada de Pedro no solo socavaba su enseñanza, sino que también corría el riesgo de fracturar la joven comunidad de creyentes. Finalmente, el momento llegó en una reunión comunitaria, donde la tensión era más que palpable.

Pablo se levantó y, con voz firme y mirada penetrante, se dirigió a Pedro delante de todos.

—Pedro, si tú, siendo judío, vives como los gentiles y no como judío, ¿cómo puedes obligar a los gentiles a vivir como judíos? No es justo que te apartes de aquellos a quienes has aceptado como hermanos solo porque algunos hombres de Jerusalén te juzgan. Nosotros mismos, aunque somos judíos por naturaleza y no pecadores de entre los gentiles, sabemos que el hombre no es justificado por las obras de la ley, sino por la fe en Jesús.

La sala quedó en un silencio impactante.

La voz de Pablo resonaba con la convicción de alguien que había visto su vida transformada por esa misma fe. La confrontación pública de dos líderes prominentes era un asunto grave. Pedro, visiblemente afectado por la declaración de Pablo, bajó la cabeza en señal de reflexión. Comprendió que su comportamiento había enviado un mensaje equivocado y se dio cuenta de que su temor al juicio de los hombres de Jerusalén había comprometido la unidad por la cual Jesús había muerto.

Después de un tenso y doloroso silencio, Pedro levantó la mirada hacia Pablo, con su rostro marcado por el arrepentimiento, y le dio la razón a este, reconociendo haber actuado con hipocresía y haber perdido de vista lo que realmente era importante.

Al fin y al cabo, para Jesús no había ni judíos ni gentiles.

Con aquella declaración y su posterior disculpa, Pedro no solo reafirmaba su compromiso con el mensaje inclusivo de Cristo, sino que también restauraba la paz dentro de la comunidad de Antioquía.

Los allí presentes jamás olvidarían aquel encuentro.

En especial, uno de ellos.

Un joven médico de origen griego, que había oído hablar de Pablo y su apasionada predicación y, siendo un hombre de curiosidad e intelecto, sintió la atracción de conocerle personalmente.

No había dejado de escribir ni una sola de las palabras que se habían pronunciado aquella jornada.

Pedro se dispuso a partir de la ciudad, mientras que Pablo se retiró a una pequeña casa en Antioquía, rodeado de un grupo de nuevos creyentes. La luz cálida de las lámparas de aceite proyectaba sombras danzantes en las paredes, creando un ambiente íntimo. Los ojos expectantes de los seguidores estaban fijos en Pablo. Habían escuchado fragmentos de su extraordinaria transformación, pero ahora ansiaban conocer toda la historia de cómo el gran perseguidor de cristianos se había convertido en su ferviente defensor.

Pablo, con una mirada llena de reflexión y serenidad, comenzó a hablar.

—Sé que muchos de vosotros habéis oído que fui un cruel perseguidor de los seguidores de Jesús de Nazaret. Yo mismo puedo recordar con vívida claridad los días de mi oscuridad, cuando estaba resuelto a destruir a las comunidades de fieles que crecían con tanta fuerza y fe. Los perseguía hasta las ciudades más distantes, convencido de que estaba defendiendo la pureza de nuestra fe.

Hizo una pausa mientras sus ojos parpadeaban con recuerdos lejanos, no todos ellos buenos.

—Pero fue en mi camino hacia Damasco donde mi vida cambió para siempre. Llevaba conmigo cartas del sumo sacerdote, autorizándome a detener y encarcelar a cualquier seguidor del Camino que encontrara. Mi corazón estaba lleno de ira. Estábamos ya cerca de Damasco —continuó Pablo—, cuando, de repente, una intensa luz del cielo brilló a mi alrededor. Era más brillante que el sol de mediodía y mis ojos no pudieron soportarla. Me caí al suelo y, mientras estaba ahí, escuché una voz que me llamaba por mi nombre. «Saulo, Saulo, ¿por qué me persigues?».

La voz de Pablo tembló ligeramente al recordar el impacto de aquellas palabras.

—Pregunté: «¿Quién eres, Señor?», y la voz me respondió: «Yo soy Jesús, a quien tú persigues. Levántate, entra en la ciudad y se te dirá lo que debes hacer».

La sala quedó en un tenso silencio. Todos los creyentes se encontraban absortos en la narración de Pablo, deseosos de saber más.

—Mis acompañantes vieron la luz, pero no comprendieron la voz —continuó Pablo—. Me levanté del suelo, pero, cuando abrí los ojos, no podía ver nada. La luz del Señor me había cegado y tuve que ser llevado de la mano hasta Damasco. Tres días pasé sin ver ni comer ni beber. En esos días, sumergido en la oscuridad, oré y reflexioné en lo que había ocurrido. Fue entonces cuando el Señor envió a un discípulo llamado Ananías, quien vino a mí como enviado de Dios. Ananías me dijo: «Hermano Saulo, el Señor Jesús, que se te apareció en el camino, me ha enviado para que recobres la vista y seas lleno del Espíritu Santo».

Pablo hizo una pausa, recordando el alivio y la paz que lo inundaron en ese momento.

—Al instante, algo como escamas cayeron de mis ojos, y recobré la vista. Fui bautizado inmediatamente y comí para recuperar mis fuerzas. Desde ese momento, mi vida dejó de ser la misma. Jesús me llamó a ser su siervo, a llevar su nombre ante los gentiles, los reyes y los hijos de Israel.

Pablo miró a su audiencia notando la mezcla de asombro y admiración en sus rostros. Aquel cambio radical, de perseguidor a ferviente apóstol, nunca dejó de asombrar a los creyentes.

—Entendí entonces que todas mis acciones previas, aunque bien intencionadas, estaban erradas. Dios, en su infinita misericordia, me mostró la verdadera luz. Desde ese día, he dedicado mi vida a predicar el Evangelio de nuestro Señor Jesucristo. Y, aunque he enfrentado muchos peligros y sufrimientos, la gracia del Señor siempre ha sido suficiente para sostenerme.

Pablo hizo una pausa, su voz vibrando con convicción y pasión. Repasó con la mirada el rostro de cada uno de los allí presentes.

—Dios puede transformar incluso las vidas más obstinadas y endurecidas, así como lo hizo con la mía. Os imploro que nunca subestiméis el poder del amor y la redención de Cristo. Estemos siempre preparados para compartir este amor y ser testigos vivos de su gracia.

La casa en Antioquía se llenó de un silencio reverente mientras los discípulos absorbían las palabras de Pablo. Sus testimonios y enseñanzas no solo ofrecían una lección de transformación y redención, sino que también reforzaban su propia fe y su misión de llevar la palabra de Cristo a todas las naciones.

Pablo terminó su relato con una oración silenciosa en su corazón, agradeciendo a Dios por el milagro de su conversión y pidiendo fuerza para continuar su misión. Aquella noche, bajo la luz tenue de las lámparas, la comunidad de creyentes en Antioquía se sintió más unida y fortalecida, inspirados por el increíble viaje de fe de Pablo de Tarso.

La noche siguiente, mientras los discípulos compartían una comida en el hogar de un médico griego convertido, de aspecto tranquilo y reflexivo, surgió una discusión interesante. Aquel médico, que hacía las veces de cronista improvisado, observaba atentamente mientras Pedro y Bernabé conversaban con otros líderes de la comunidad.

—Nos llaman «los del Camino» —dijo uno de los discípulos refiriéndose al término que se usaba inicialmente para describir a los seguidores de Jesús—. Pero somos más que eso, somos una familia unida por Cristo.

Bernabé, con espíritu conciliador, sonrió y asintió.

—Es cierto. Cristo es el centro de nuestra fe. ¿Pero cómo podemos expresar esto de otra manera para que todos lo entiendan?

En ese momento, un joven griego llamado Jasón, conocido por su pasión por Jesús y la historia de Israel, sugirió:

—¿Por qué no nos llamamos cristianos? Así como los seguidores de Herodes son «herodianos», nosotros podríamos ser «cristianos», seguidores de Cristo.

Un silencio reflexivo cayó sobre el grupo. Todos se miraron unos a otros. El médico griego no perdió detalle. Pablo, con su voz profunda y serena, rompió el silencio.

—Cristianos..., seguidores de Cristo. Captura la esencia de lo que somos y a quién seguimos.

El médico, sabiendo la importancia de este momento, decidió registrarlo en su relato. Era consciente del poder de las palabras y cómo podían moldear la historia. Comprendió que había sido testigo de un hito. El término «cristiano» no solo nombraba a una comunidad; cimentaba una identidad nueva y poderosa.

Así lo escribió: «Y en Antioquía, los discípulos fueron llamados cristianos por primera vez».

Χριστιανούς.

Acto seguido, el joven médico llegó junto a Pablo. El médico había escuchado relatos sobre el poder transformador del mensaje de Jesús y su vocación como médico le había enseñado a valorar no solo la curación del cuerpo, sino también del espíritu. Pablo le recibió con una sonrisa amable pero inquisitiva.

—Gracias por tu hospitalidad —dijo el de Tarso—. Soy Pablo. ¿Cómo puedo ayudarte?

—Soy Lucas, médico griego y seguidor del Camino. He oído hablar mucho de ti y de tu dedicación a predicar el Evangelio de Cristo. Me gustaría aprender más y, si es posible, ofrecer mis habilidades para apoyar tu misión.

Pablo miró a Lucas con profundo interés. Había oído de otros discípulos sobre un médico viajero que mostraba una notable comprensión tanto de la fe como de la ciencia de la medicina.

—Es un placer conocerte, Lucas. Ya has hecho mucho ofreciendo tu hogar para darnos cobijo. Nuestra labor no es fácil y necesita de soldados fuertes, tanto en espíritu como en mente. Cuéntame más sobre ti, y veremos cómo podemos trabajar juntos.

Lucas tomó asiento y comenzó a relatar su vida. Habló de sus estudios en medicina, de su práctica en diversas ciudades y de cómo su búsqueda de la verdad y la compasión lo había llevado a la búsqueda del Camino. Mientras hablaba, Pablo veía en él no solo un erudito, sino un alma en busca de propósito y paz.

Una semana después de su primer encuentro, Pablo invitó a Lucas a unirse a él y a Bernabé en sus viajes misioneros. Juntos, emprendieron un camino que los llevaría a través de Asia Menor y más allá. A lo largo del viaje, Lucas no solo asistía a los enfermos y necesitados, sino que también registraba meticulosamente los sermones de Pablo, las conversiones y los milagros que presenciaban.

En una noche tranquila, bajo un cielo estrellado, mientras acampaban en un pequeño valle, Pablo y Lucas se sentaron junto al fuego. Pablo, con una mirada cargada de gratitud, rompió el silencio.

—Lucas, tu presencia ha sido un verdadero regalo para nuestra misión. No solo has sanado cuerpos, sino que tu registro de estos eventos llevará luz a muchos en los años por venir.

—Gracias, Pablo —respondió Lucas con humildad—. Ha sido una bendición caminar a tu lado y aprender tanto. Creo que nuestras historias y las de aquellos que encontramos son cruciales. Quiero documentar no solo las palabras, sino el corazón y el alma de lo que vivimos.

Así, mientras la llama del fuego crepitaba y el viento susurraba entre los árboles, comenzó a formarse una alianza y una amistad que perduraría más allá de su tiempo. Lucas comenzó a recoger con dedicación los relatos que conformarían su crónica, inmortalizando el viaje épico y espiritual de Pablo y otros seguidores de Cristo.

Antioquía, con su mezcla de culturas y creencias, había dado a luz una identidad que perduraría por milenios, y cada creyente sería portador del mensaje de Cristo, llevándolo hasta los confines de la tierra.

El encuentro entre Pablo y Lucas, más allá de una reunión de un fervoroso apóstol y un médico curioso, se convirtió en uno de los pilares del mensaje de Jesús. Sus caminos entrelazados llevaron el mensaje de esperanza y redención a nuevas tierras y corazones, encendiendo fuegos de fe que iluminarían siglos.

Aunque una petición, en uno de sus cruciales viajes, cambiaría la vida del griego Lucas para siempre.

56

Año 72 d. C.
3832 הנש
825 AUC
-
Roma

El aire en los pasillos oscuros del Tullianum, la antigua y temida prisión de Roma, era denso y casi irrespirable.

Los calabozos de aquel lúgubre recinto eran testigos de innumerables historias de traición, ambición y desesperación que acechaban en las sombras de la Ciudad Eterna. Entre sus lúgubres muros, las cadenas y grilletes resonaban como un lamento constante mientras los prisioneros esperaban su cruel destino, sabiendo que la tortura y la muerte eran las únicas salidas posibles.

Jacob, encadenado de manos y pies, fue escoltado a través de los estrechos corredores por un par de guardias que no ocultaban su desprecio por los reclusos. Aquellos romanos no podían evitar taparse la nariz con sus *focalia*, pañuelos que protegían sus cuellos de los roces de las armaduras. La humedad impregnaba los muros de piedra y el aire estaba cargado de un olor nauseabundo, una mezcla repugnante de excrementos humanos, sudor y el moho que crecía sin control en las paredes abandonadas. Los gritos y gemidos de prisioneros resonaban como lamentos espectrales, creando una sinfonía de sufrimiento que calaba hasta los huesos.

—Bienvenido al Tullianum, judío. Aquí nadie escapa de su destino —fueron sus palabras de bienvenida a aquel horrible lugar.

La condición de la prisión era espantosa. Mientras Jacob avanzaba, sus pies se sumergían en charcos de agua estancada mezclada con inmundicias. Las ratas, enormes y famélicas, corrían libremente por los pasadizos, atraídas por la suciedad y la carne en descomposición. Los rincones oscuros envolvían a los condenados apiñados que apenas se movían, con sus cuerpos emaciados y cubiertos de llagas y los ojos vacíos reflejando una resignación total a su destino.

Algunos murmuraban en la oscuridad, hablando con dioses o demonios. Otros simplemente sollozaban, y unos pocos permanecían en un silencio perpetuo, incapaces de recordar lo que una vez significó esperanza. Las voces retumbaban sutiles, resonando por las paredes como lamentos de almas atrapadas entre la vida y la muerte.

Un tétrico agujero se presentaba para recibir a Jacob. La humedad y las piedras mohosas eran todo lo que distinguía su nuevo «hogar». Los guardias, sin mostrar ningún rastro de simpatía, lo empujaron dentro, y Jacob cayó en un pozo cuyo golpe hizo eco en el vacío.

—Disfruta de tu estancia, zelote.

Los ojos de Jacob necesitaron un momento para adaptarse a la penumbra. Los hedores que impregnaban la celda casi lo hicieron desmayarse, pero su determinación le permitía seguir adelante. Se dejó caer en el suelo inmundo, percibiendo el frío húmedo que traspasaba hasta sus huesos. Recordó las palabras de su madre, Miryam, las enseñanzas de su tío Simón y las palabras de su amigo Lucas. Aquella era otra prueba más, un calvario del cual sacaría la fuerza para mantener viva su fe y su propósito.

Al girar ligeramente su cabeza, vio a otros prisioneros encadenados como él, pero sus rostros esculpidos en sufrimiento y cansancio apenas parecían humanos. Con voz lo suficientemente baja para no atraer a los guardias, uno de los prisioneros, un hombre con barba desgreñada, le susurró.

—¿Zelote?

Jacob se mantuvo en silencio. El prisionero mayor esbozó una sonrisa irónica.

—No sé quién eres, amigo, pero ya no quedan zelotes —insistió el hombre de la barba—. Murieron hace tiempo en Jerusalén.

La voz de aquel hombre le resultó familiar. No pudo reconocer su cara ante la escasez de luz, pero Jacob estaba seguro de que había escuchado esa voz anteriormente.

—¿Cómo sabes eso? —preguntó Jacob con intención.

El hombre se tomó su tiempo para contestar, dudando entre lamentar o saborear su respuesta.

—Porque yo mismo formé parte de aquel sueño utópico.

Jacob no pudo contener la curiosidad.

—¿Quién eres, guerrero?

—Mi nombre es Yohanan ben Leví, de Giscala.

—¿Yohanan? ¡Estás vivo!

El zelote se sobresaltó ante aquel grito de alegría.

—¿Quién… quién eres? —preguntó asustado.

—¡Soy Jacob, hijo de Gedeón!

Mientras Jacob esperaba un encuentro reconfortante, se enfrentó a un hombre que le recibió tan duro como una roca.

—¡Vaya! El traidor de Jerusalén —gritó el preso con desprecio.

Jacob se contuvo. No supo cómo reaccionar. Yohanan le salvó la vida cuando Bar Giora estuvo a punto de ajusticiarle en el asedio de Jerusalén. Gracias a él, pudo reencontrarse con su padre. Pero de alguna manera Yohanan sobrevivió al asedio del templo y fue hecho prisionero. Bar Giora había sido decapitado, pero la pena para el zelote de Giscala era el olvido.

Jacob no pudo ocultar su júbilo, pero el guerrero de Giscala que encontró en aquella prisión estaba desprovisto totalmente de esperanza.

—No estabas en tu puesto... —musitó Yohanan.

—La caída de la ciudad era inevitable... —se excusó Jacob.

—¿Salvaste a aquel hombre? —recordó el zelote.

—Salvé a unos cuantos hermanos y hermanas. A él también.

—¿Mereció la pena? —preguntó con menosprecio.

Aquella pregunta le recordó a Gedeón.

—Cada gota de mi sangre.

Yohanan se tomó un respiro. Algo rondó su cabeza, un pensamiento que provocó que desatara su ira. Los demás prisioneros escuchaban con atención. Aquella disputa era el único entretenimiento para sus miserables vidas.

—¡No era el momento para divisiones, Jacob! Jerusalén debía ser un símbolo de unidad contra nuestros opresores, no un crisol de creencias que nos separaran desde dentro. Nuestra lucha era contra Roma y necesitábamos que cada corazón y cada espada estuvieran enfocados en nuestro enemigo común, no distraídos por promesas de salvación.

—Mis intenciones no eran sembrar división, sino ofrecer consuelo a aquellos que lo necesitaban. La fe en Jesús me ha dado fuerza, y creo que puede hacer lo mismo por otros, incluso en estos momentos desesperados.

—Lo que nos unía en Jerusalén era nuestra determinación de resistir, de defender nuestra libertad hasta el último aliento. Nadie podía prohibirte que siguieras tu corazón, Jacob, pero deberías haber considerado el impacto de tus acciones en la cohesión de nuestro pueblo. Debíamos permanecer unidos —concluyó un reflexivo Yohanan.

Cada uno se quedó en su rincón con sus pensamientos perturbados por la complejidad de su situación. Yohanan de Giscala ponderaba el precio de la unidad y la disciplina en tiempos de asedio. Mientras tanto, Jacob, en silencio, se refugió en su fe, un faro interno en medio de la oscuridad. Ambos hombres, cada uno a su manera, se preparaban para los días inciertos que los esperaban, sostenidos por la fortaleza de sus convicciones en el crepúsculo de Roma.

Las noches y los días en el Tullianum se desdibujaban en una continuidad dolorosa. La ausencia de luz natural y el constante goteo de la humedad hacían que el tiempo perdiera su significado. La comida, si es que podía llamarse así, era un caldo aguado casi sin nutrientes, apenas una sombra de la subsistencia. Cada sorbo amargo de ese líquido recordaba la crueldad del imperio y la dureza de su prisión.

Los sueños de Jacob eran invadidos por la incertidumbre, pero, cada mañana, despertaba recordando las palabras de Jesús sobre la constancia.

«El que persevere hasta el final se salvará».

En el Tullianum, donde la vida y la muerte coqueteaban con la desesperanza, esa pequeña chispa de fe era su única aliada.

De vez en cuando, brotaba del suelo, casi de manera milagrosa, un chorro de agua.

«Un manantial subterráneo», dedujo Jacob.

Ante la sorpresa del propio Yohanan, el amado por Dios interpretó que aquella manifestación líquida no era muy común.

Debía aprovecharla.

Aquellos pequeños brotes esporádicos no solo calmaban la sed de los reos. Jacob los utilizó para bautizar a los que poco a poco se dejaron seducir por las palabras de Jacob, que compartía el Evangelio de Jesús con los carentes de fe cada día.

Era una mañana gris en Roma, con un cielo nublado que presagiaba lluvia. El viento soplaba suavemente acariciando las antiguas piedras y las murallas que parecían guardar los secretos de milenios. En su residencia, Flavio Josefo revisaba sus documentos y notas reflexionando sobre la rica pero tumultuosa historia que había dedicado su vida a escribir. No obstante, algo más pesado que los pergaminos que sostenía ocupaba sus pensamientos.

Desde hacía un par de días, Flavio Josefo no había dejado de escuchar en el foro información sobre un nuevo preso en el Tullianum. Un tal Jacob, hijo de Gedeón. Había escuchado rumores sobre las terribles acciones de aquel hombre contra los romanos durante los días oscuros del sitio de Jerusalén y, sobre todo, cómo había sido capturado en el corazón de Roma.

Cneo Bíbulo había hecho bien su trabajo.

Las calumnias diseminadas entre los ciudadanos romanos le hacían alimentar el poco ego que no perdió en Israel.

Por otro lado, desde el Tullianum llegaban rumores mucho más peligrosos.

Al parecer, el nuevo prisionero había realizado un milagro y, tras hacer brotar un manantial en el suelo de la prisión, estaba bautizando a los reos en su dogma y trataba de cristianizar a los carceleros.

Aunque inicialmente dudó de ambos relatos por considerarlos meras leyendas populares, con la revelación de Yohanan de Giscala aún fresca en su mente, Josefo decidió salir de dudas y mirar cara a cara a aquel fascinante guerrero.

«Como cronista de nuestro tiempo, la curiosidad es una de mis obligaciones», se convencía Flavio Josefo.

Esa misma tarde, envió un mensajero al césar con una simple pero significativa orden: solicitar una audiencia cara a cara con el preso Jacob para descubrir las verdaderas intenciones de un zelote en la ciudad de Rómulo y Remo.

Al menos, esa sería su coartada.

En uno de esos interminables días para Jacob, entre sermón y sermón y ante la pasividad del guerrero de Giscala, que se había dado por vencido ante la perseverancia de Jacob de difundir las palabras de Jesús de Nazaret, resonaron nuevamente los pasos de los guardias.

Abrieron la única puerta de la celda común.

—Jacob, hijo de Gedeón, tienes visita.

Con gran esfuerzo, Jacob se levantó, tambaleándose ligeramente antes de reencontrar su equilibrio.

Una visita no era común en el Tullianum.

Y, mucho menos, dos visitas realizadas por la misma persona en la misma semana.

—Que vaya bien, traidor... —musitó Yohanan desde sus tinieblas.

Mientras escoltaban a Jacob por los oscuros pasillos hacia una pequeña sala iluminada por antorchas, su mente intentaba imaginar quién podría haber venido.

Al entrar, su corazón dio un vuelco. Frente a él, con una expresión solemne y preocupada, estaba Flavio Josefo. El historiador lo miró con tristeza en sus ojos, pero también con una determinación que rivalizaba con la suya.

—Vine tan pronto como pude. Hay mucho de que hablar.

Jacob sonrió.

Dios continuaba con su plan.

57

Año 58 d. C.
3818 הנש
811 AUC
-
Tróade

†

La luna llena se elevaba en el cielo estrellado iluminando suavemente la región de Tróade, lugar que una vez fue testigo de la grandeza de Troya.

El bullicio del puerto de la ciudad costera de Sigeo se desvanecía en la noche dejando espacio para la calma y la reflexión en la habitación donde Pablo de Tarso y Lucas, su fiel compañero, se encontraban reunidos con varios de los nuevos discípulos y colaboradores cercanos.

Sin embargo, una sombra oscurecía el espíritu valiente y el corazón de Pablo de Tarso, un hombre comprometido con la causa que le había llevado a lo largo y ancho del mundo conocido.

Habían transcurrido siete años desde que Pablo de Tarso, con el corazón lleno de coraje y fe, zarpó desde el puerto de Antioquía junto a Bernabé y Lucas, llevando consigo el mensaje y la esperanza de un nuevo mundo.

La primera parada, la isla de Chipre, se erguía en el horizonte como una joya resplandeciente en las aguas del Mediterráneo. Lucas recordaba cómo sus palmeras mecían sus hojas al ritmo del viento marino y las ciudades rebosaban de vida, mercados bulliciosos y eco de voces en múltiples lenguas.

En Salamina, Pablo y Lucas pasearon por las amplias calles empedradas, llenas de comerciantes que venían e iban, llevando consigo las riquezas del mundo conocido. Visitaron las sinagogas y hablaron de Jesús, el Mesías, el Salvador. Sus palabras encendían corazones y despertaban mentes adormecidas por la rutina de la vida diaria.

La luz de la fe brillaba en los ojos de los conversos, pero el viaje de Pablo no estaría exento de desafíos. En Pafos, se encontraron con Sergio Paulo, un romano de gran influencia, líder de la región y ávido buscador de la verdad. Terminó creyendo en el mensaje de Pablo y se convirtió en seguidor de Cristo. La noticia se esparció rápidamente y pronto, en cada rincón de Pafos, se hablaba de los prodigios realizados por el apóstol.

En la ciudad de Perge, bajo la sombra imponente del monte Taurus, Pablo predicó fervorosamente en las sinagogas y plazas. Con el paso del tiempo, su predicación comenzó a atraer tanto el favor de muchos como la ira de otros. Los líderes religiosos veían en él una amenaza a su autoridad, y pronto empezaron a conspirar para acallarlo.

Pero Pablo no era fácil de intimidar. Su misión lo llevó más allá de Perge, hacia Antioquía de Pisidia, Iconio, Listra y Derbe. En Listra, fue apedreado y dado por muerto, pero los creyentes se reunieron a su alrededor, rezando y clamando por su vida. Milagrosamente, Pablo se levantó, con sus heridas reflejando una prueba viviente de su resiliencia y del poder de Dios.

Así, Pablo de Tarso siguió su camino, uniendo culturas, rompiendo barreras y sembrando la palabra de Cristo en tierras fértiles y corazones hambrientos.

Cada ciudad una batalla, cada converso una victoria.

Sin embargo, Roma, la majestuosa y poderosa capital del Imperio romano, resonaba como un destino inevitable para Pablo. Era un lugar donde la cultura, la política y el comercio se entrelazaban en una red compleja y vibrante. Pero, para el apóstol de los gentiles, la ciudad de Rómulo y Remo representaba el corazón del mundo conocido, el centro donde el Evangelio de Cristo necesitaba resonar con mayor fuerza.

El problema radicaba en las noticias sobre la creciente amenaza del excéntrico emperador Nerón, que hacía que la misión fuera aún más peligrosa. Pero, a pesar de todo, mientras los hermanos discutían sobre sus futuros planes, la determinación en los ojos de Pablo era inconfundible, pues el Señor le había mostrado que debía predicar en Roma, así como lo había hecho en otras ciudades. Pablo no temía las cadenas ni la muerte. Lo único que temía era no cumplir la misión que Cristo le había encomendado.

Pablo asintió en cada intento de disuasión reconociendo la preocupación genuina en la voz de sus ayudantes, pero había una tranquilidad cautivadora en su semblante.

Prisca, una mujer cuyo carisma había trascendido a las expectativas de las primeras comunidades cristianas y se había convertido en todo un referente para las nuevas creyentes, apeló a la paciencia de Pablo.

—Haz una pausa y reflexiona, Pablo. No hemos terminado nuestra obra aquí. Muchas almas todavía necesitan escuchar el mensaje del Evangelio.

Pablo la miró con agradecimiento y amor fraternal. Confiaría su vida a aquella mujer, pero su propósito estaba más allá de cualquier consejo.

—Prisca, nuestra obra nunca estará completamente terminada en este mundo. Hay siempre más almas a las que alcanzar. Pero Roma... Roma es el centro del imperio. Si el Evangelio puede arraigar allí, su mensaje puede esparcirse como nunca antes.

Había un murmullo en la sala mientras los demás discurrían sobre las implicaciones de tal viaje. La tensión entre el deseo de proteger a su amado mentor y la aceptación de su llamado divino era más que evidente.

Finalmente, Pablo se levantó.

—Hermanos y hermanas, recordad las palabras del Señor: «No temas, sino habla, y no calles» —dijo firmemente—. Mi espíritu arde con un propósito que trasciende el miedo y la lógica humana. Debo ir a Roma y llevar la luz de Cristo incluso a la sombra del imperio. Pero antes me espera Jerusalén. He de hablar con Santiago una última vez.

La declaración de Pablo afectó profundamente a cada uno de los presentes. Las noticias que llegaban desde Judea tampoco auguraban una cálida bienvenida. El Sanedrín cargaba duramente contra la comunidad de creyentes de Santiago, y la hermandad liderada por el hermano de Jesús acusaba a Pablo de hacer apostatar a los judíos de Moisés. Comprendían que su líder se dirigía hacia un gran peligro, pero también sabían que la propagación del Evangelio era su única y verdadera prioridad.

El viaje hacia Jerusalén no sería fácil ni seguro. Mientras Pablo se preparaba, tuvo que enfrentarse a numerosos intentos por parte de Prisca de disuadirlo. Sin embargo, su resolución se mantuvo firme.

A través de mares traicioneros y caminos ásperos, Pablo marchó, acompañado por algunos de sus colaboradores más fieles, entre ellos, Timoteo y Lucas, el médico y cronista. Durante las paradas intermedias en diversas ciudades, Pablo se dedicó a predicar incansablemente, fortaleciendo las comunidades cristianas y preparándolas para los desafíos venideros. Cada sermón era un mezcla de ánimo y advertencia, instando a los creyentes a mantener su fe firme a pesar de las adversidades.

Finalmente, Pablo y su grupo llegaron a las afueras de Jerusalén desde Cesarea. La magnificencia de la ciudad y su abrumadora presencia eran evidentes. Mientras se acercaban, Timoteo se volvió hacia Pablo.

—Hemos llegado, Pablo. Jerusalén se presenta ante nosotros. ¿Estás listo para lo que pueda venir?

—Siempre lo he estado, Timoteo —respondió Pablo con una leve sonrisa—. Jerusalén es solo otro campo misionero. Aquí, como en cualquier otro lugar, el Evangelio debe ser proclamado.

—Te ruego, amigo Pablo, que no entres en la ciudad —le imploró Lucas.

—¿Por qué afliges mi corazón si sabes, querido Lucas, que estoy dispuesto a morir en Jerusalén en nombre de Jesús? —respondió con vehemencia Pablo.

Se hizo un silencio incómodo.

No había vuelta atrás.

—Entonces, hágase la voluntad del Señor —terminó zanjando la conversación el griego.

El crepúsculo anunciaba su presencia sobre el horizonte mientras el de Tarso observaba la ciudad de Jerusalén desde la distancia. Con cada paso que había dado hacia la ciudad, el peso de su misión se había hecho más tangible. Sabía que su llegada significaba enfrentar los peores peligros, pero también una oportunidad sin igual de propagar su interpretación del Evangelio.

Antes de acceder definitivamente a la ciudad, Pablo se dispuso a descansar en su modesta tienda de campaña, rodeado por algunos de sus discípulos más cercanos, conscientes de la mirada pensativa de Pablo, que denotaba que algo pesaba en su corazón.

En un momento de sosiego, Pablo le pidió al médico griego que le siguiera.

Cuando se apartaron lo suficiente para evitar escuchas indiscretas, Pablo miró fijamente a Lucas y le llamó por su nombre.

—Lucas, necesito pedirte algo muy importante —dijo Pablo con la gravedad de la situación reflejada en su voz.

Lucas observó detenidamente a su amigo. Juntos, habían recorrido demasiados kilómetros como para saber que el plan que pergeñaba Pablo en su mente podía cambiar el curso de su historia.

La historia de ambos.

«Hágase la voluntad del Señor», pensó de nuevo.

Y la voluntad del Señor se presentó en las palabras de Pablo de Tarso, el apóstol de los gentiles.

58

Año 72 d.C.
3832 הנש
825 AUC
-
Roma

En el Tullianum, donde la esperanza parecía algo de otro mundo, las palabras de Josefo resonaron como un eco de salvación.

Josefo, normalmente seguro y compuesto, mostraba una expresión de inseguridad e inquietud. No sabía cómo se comportaría aquel guerrero zelote, hijo de Gedeón.

—He escuchado que fuiste tú quien facilitó la liberación de mis padres durante el asedio de Jerusalén —comenzó nervioso Josefo— y que lo hiciste a través de complejas negociaciones con Simón bar Giora. ¿Es eso cierto?

Jacob tomó un respiro profundo mientras sus recuerdos afloraban con intensidad.

—Es cierto, Flavio —respondió con modestia—. Durante esos días oscuros, entendí que debía hacer lo correcto. Tus padres eran inocentes de todo cuanto los acusaban.

Josefo miró fijamente de arriba abajo a aquel hombre con gratitud y respeto.

—Gracias, Jacob. Mis padres terminaron falleciendo en el asedio, como tantos otros. Pero al menos tú les hiciste justicia.

Jacob lamentó escuchar la noticia. Se perdió demasiado en aquel sinsentido. Todos perdieron a alguien.

—¿Cómo están nuestros hermanos, Josefo?, ¿qué queda de la tierra prometida?

—El emperador ha ordenado arrasar Maqueronte y Masada. Y, después, la nada —se sinceró Josefo.

Jacob quedó pensativo.

—Masada es más que un refugio contra Roma —explicó Jacob con pesar ante el inminente ataque—; es el último bastión de un pueblo que no desea otra cosa que vivir según sus propias leyes y en libertad. Y está liderado por sicarios.

—Pero se avecina su caída ante la maquinaria de guerra de un imperio implacable. Bloquearán cualquier esperanza de escape sometiéndolos a un asedio interminable. Ya sucedió en Jerusalén.

Jacob recordó vívidamente la determinación de los defensores, la pericia de sus tácticas improvisadas y la creciente desesperación ante su inevitable destino.

—Sí... Nuestros hermanos respondieron con unidad y fuerza —continuó Jacob—, puño y espíritu contra piedra y hierro. Pero no solo luchábamos contra los romanos, sino también contra el hambre, la sed y el muro interno del miedo y la duda.

—También luchabais entre vosotros —apuntó Josefo con cierta inquina hacia los movimientos fanáticos.

Jacob miró a Josefo en silencio. Nadie sabría nunca quién sería más responsable de la caída de Jerusalén, si las disputas internas o la ambición de Roma.

—Eso es cierto. Y es lo que sucederá en Masada... Judíos inocentes perecerán por culpa de los sicarios. Como siempre ha sido —dijo en clara referencia a su madre.

Josefo, cuya propia historia era un tejido de lealtades complejas y transiciones ideológicas, estaba interesado en el relato de aquel superviviente de Jerusalén. La luz tenue de una antorcha parpadeante iluminaba sus rostros. Josefo, siempre ávido de conocimiento, se inclinó ligeramente hacia delante con la intención de no perder ni una palabra del relato de Jacob.

—Jacob, he escuchado que has estado compartiendo las palabras de un credo antiguo, uno que habla de amor y redención a través de un hombre que fue conocido como Jesús de Nazaret. ¿Es esto verdad?

—¿Cómo lo sabes?

—De un tiempo a esta parte Roma se está llenando de seguidores de Mitra y adeptos de ese Jesús. Me intriga mucho la figura central de vuestra fe. Se dice que fue un maestro y fue crucificado en Judea. ¿Podrías decirme más sobre él y por qué lo consideráis divino?

—Jesús fue más que un maestro para nosotros. Fue el hijo de Dios, enviado para salvar a la humanidad de sus pecados. Su vida fue una de enseñanzas de amor y misericordia, y, aunque fue crucificado, nosotros le vimos resucitar y ascender al cielo mostrando que la muerte no tiene dominio final sobre quienes creen en él.

Josefo no era ajeno a las historias que se contaban sobre aquel Jesús, pero, como cronista, tener a un testigo directo frente a él le resultaba tremendamente inspirador, aunque no compartiera credo ni creyera en la divinidad de aquel hombre.

—Eso es mucho decir, Jacob, sobre todo viniendo de donde vienes. ¿Y cómo se propagó esta creencia? —volvió a preguntar el cronista—. ¿No es acaso un salto de fe considerable aceptar la divinidad de un mortal?

—Lo es, sin duda. Pero muchos de nosotros hemos experimentado transformaciones personales a través de su mensaje. Además, los apóstoles, quienes fueron sus seguidores directos, viajaron extensamente, compartiendo sus enseñanzas y llevando a cabo obras que ellos atribuyeron a su poder divino. Incluso después de su muerte, se han reportado muchas curaciones y milagros en su nombre.

—Es cuando menos interesante. Y, en cuanto a la ley judía, ¿cómo concilias tus creencias con las tradiciones de nuestros, perdón, vuestros ancestros?

Jacob captó el lapsus. Estaba frente a un cronista romano, cierto, pero también tenía a un mercenario, cuya culpa y arrepentimiento le recordó a Judas. Y entonces una pregunta le sobrevino a Jacob. «Si Judas fue necesario..., ¿Josefo es necesario?».

Y recordó las palabras de Jesús, transcritas por Lucas.

«No juzguéis, y no seréis juzgados; no condenéis, y no seréis condenados; perdonad, y seréis perdonados».

—Jesús enseñó que venía no a abolir la ley, sino a cumplirla plenamente. Muchos de nosotros, incluyendo a los gentiles que se han unido a nuestra fe, seguimos prácticas judías, aunque interpretamos algunas de las leyes de manera diferente, poniendo un mayor énfasis en la intención y el espíritu más que en la letra estricta.

Josefo conocía la historia de Jerusalén en su perspectiva narrativa de desafío y tragedia. La perspectiva de Jacob prometía una interpretación profundamente personal y, posiblemente, transformadora, pues para aquel antiguo guerrero zelote el Mesías prometido ya había caminado entre los hombres.

—Los zelotes y los sicarios luchaban por la libertad de Israel, por el derecho a vivir según sus leyes y tradiciones —continuó Jacob—, y, aunque compartía su amor por nuestra tierra y nuestro pueblo, encontré en las palabras de Jesús un camino hacia una libertad diferente. Una libertad del alma, una paz interior que ni las cadenas romanas ni la muerte misma podrían arrebatar.

Aquella era una historia no solo de resistencia contra un enemigo externo, sino de una lucha interna por mantener viva la llama de una esperanza que trascendía los confines mortales de todo Israel. Josefo, observador agudo de las corrientes filosóficas y religiosas de su tiempo, reconoció la profundidad de la fe de Jacob.

—En el final —continuó Jacob—, cuando Jerusalén cayó y el futuro parecía vacío de esperanza, fue la fe en la palabra de Jesús lo que sostuvo mi espíritu. Aunque mi camino divergía del de mis hermanos zelotes, compartíamos una determinación común: vivir y, si fuera necesario, morir siendo fieles a lo que más profundamente creíamos.

Mientras escuchaba meticulosamente el testimonio de Jacob, Josefo se dio cuenta de que aquella era, para el propio Jacob, una historia crucial en la compleja trama de la resistencia judía. Era un recordatorio de que, incluso en los momentos más oscuros de la historia, había individuos cuyas decisiones estaban guiadas por un llamado a una paz y una reconciliación más profundas, principios que al parecer Jesús de Nazaret había predicado en un mundo no menos turbulento. Sin embargo, para él y para el imperio, Jesús de Nazaret no representaba más que uno de tantos profetas insignificantes de Israel.

—Había una serenidad en Él, una presencia que calmaba el tumulto de la multitud —insistió Jacob—. Su voz era suave pero firme, hablando con una autoridad que no venía de los libros, sino de algo más profundo. Había un aire de santidad en su presencia. Y, cuando nuestros ojos se encontraron, sentí que podía ver directamente dentro de mi alma.

—¿Qué dijo ese Jesús que resonó tanto en ti? —preguntó Josefo.

—Habló del Reino de Dios, de amor y compasión, de perdonar incluso a nuestros enemigos. Pero lo que me marcó fue cuando me levantó siendo un niño en sus brazos y dijo: «Dejad que los niños vengan a mí, y no se lo impidáis; porque de ellos es el Reino de los Cielos». En ese momento, sentí una conexión especial, como si sus palabras fueran dirigidas directamente a mí.

Josefo, movido por la sinceridad en los ojos de Jacob, continuó preguntando.

—Y ¿qué pasó después?, ¿cómo evolucionó tu relación con él y con sus seguidores?

—Mi padre, Gedeón, creía que la libertad solo podía lograrse a través de la lucha y la sangre. Me raptó de la protección de mi tío y de mi madre intentando alejarme de las enseñanzas de Jesús. Él desapareció y ella fue asesinada. Fueron tiempos difíciles, pero, a través de todo, la semilla de la fe que Jesús plantó en mí nunca dejó de crecer.

—Jesús era un hombre sabio, ¿verdad? —preguntó Josefo.

—Si es que es correcto llamarlo hombre... Pues realizó milagros impactantes.

Josefo le miró con una mezcla de curiosidad, incredulidad y compasión.

—¿Y tú, Jacob? —preguntó aún más curioso Josefo—. ¿Haces milagros?

—¿Yo? —preguntó extrañado Jacob.

—De repente brota agua del suelo del Tullianum... Eso dicen...

—Brota agua, es cierto. Supongo que será un manantial subterráneo que ha encontrado su camino —respondió con humildad—. Será cosa de Dios. Yo solo utilizo esa agua para bautizar a los arrepentidos.

Josefo esperaba una respuesta más grandilocuente, pero tenía ante él a un hombre sencillo, firme pero modesto.

—¿Y cómo terminaste aquí, en Roma, en esta prisión? —preguntó extrañado el cronista.

Se hizo un silencio dramático. Jacob eligió bien las palabras. Solo tenía una oportunidad.

—Eres capaz de cambiar la historia. Te buscaba a ti.

Flavio Josefo, conmovido por la confesión de Jacob, extendió una mano sobre la de él.

—Jacob, en otro momento podría haberte recompensado por lo que hiciste con mis padres, pero no tengo la potestad ni la autoridad para sacarte de aquí.

Jacob sonrió. Aquel apóstata no había entendido nada.

—No es mi intención salir de aquí. Estoy donde tengo que estar.

—¿Entonces? —preguntó Josefo dubitativo.

—Eres capaz de cambiar la historia con tu pluma.

Jacob mantuvo la mirada.

Josefo levantó una ceja, incrédulo.

Terminó de descifrar el acertijo en su cabeza.

Tragó saliva.

—¿Estás diciendo que arriesgas tu vida por intentar convencer a un traidor apóstata, según algunos, para que mantenga vivo el recuerdo de tu dios?

—Así es, hermano.

Aquel «hermano» se clavó como una corona de espinas en el corazón de Josefo. La penumbra del Tullianum solía engullir el ánimo de aquellos que se encontraban en su interior, pero Flavio Josefo, sentado frente a Jacob, era uno de los pocos que lograba encontrar algún tipo de luz en ese lugar tenebroso. Aquel hombre, amparado en su extraña creencia, le había perdonado sus pecados.

Josefo había pasado mucho tiempo escuchando el emotivo relato de Jacob sobre su encuentro con Jesús. Sin embargo, la realidad política y las restricciones impuestas por sus benefactores romanos pesaban sobre él como una sombra aún más oscura. Miró a Jacob con una expresión de tristeza. Escogió con cautela cada una de sus palabras.

—Jacob, tu historia es poderosa y profundamente conmovedora. La fe que has mostrado, incluso en las circunstancias más difíciles, es admirable. Sin embargo —titubeó con nerviosismo—, hay algo que debo decirte antes de continuar.

Jacob, sentándose más erguido, percibió la gravedad en el tono de Josefo. La esperanza en sus ojos dio paso a una sombra de preocupación.

—¿Qué sucede, Flavio? ¿Hay algún problema con mi relato? —titubeó Jacob.

—Tu relato es el problema, Jacob. Sobre todo debido a la situación en la que vivimos. —Josefo suspiró—. Las crónicas que escribo son supervisadas por las autoridades romanas. Y tú bien sabes que su actitud hacia los seguidores de Jesús es, cuando menos, de desconfianza y hostilidad, por mucho que se amparen en la libertad de credo.

Las palabras de Josefo golpearon a Jacob como un mazazo. La sorpresa se dibujó en su rostro seguida de una profunda tristeza.

—¿Quieres decir que no... no podrás incluir a Jesús en tu crónica? —preguntó Jacob con voz temblorosa.

Josefo bajó la mirada, incapaz de sostener la expresión desolada de Jacob.

—No puedo garantizar que, si menciono a Jesús, el texto se mantenga intacto en mis escritos. Los censores romanos revisarán las crónicas y no permitirán que se publique nada que pueda fomentar la desobediencia civil o fortalecer movimientos que ven como una amenaza.

Jacob sintió un nudo en la garganta, una mezcla de rabia y desesperanza acumulándose en su pecho.

—Pero, Flavio, la verdad debe contarse —insistió tercamente Jacob—. Jesús fue una figura transformadora, no solo para nosotros, sino para todos los que le llegaron a conocer. Su mensaje de amor y paz es lo que más necesita el mundo en estos tiempos.

—Es tu verdad, Jacob. No la mía. No digo que no merezcas ese favor después de salvar a mis padres. Sin embargo, mi papel es muy complicado —se sinceró Josefo—. Estoy tratando de dejar un registro lo más fidedigno posible de nuestra historia, pero también debo ser consciente de las restricciones bajo las cuales trabajo. Si incluyera todas las verdades sin filtros, mi trabajo podría ser destruido y yo mismo podría enfrentarme a consecuencias severas.

Hubo una pausa en la conversación, un silencio pesado lleno de pensamientos y emociones que no necesitaban palabras.

—Entiendo tus limitaciones, Flavio. Pero te pido que encuentres una manera, aunque sea mínima, de dejar una pista sobre Jesús. Su historia y sus enseñanzas deben sobrevivir, aunque sea a través de pequeñas referencias. Los cristianos se encargarán de mantener viva la llama.

Josefo, tocado por la tenacidad y la fe de Jacob, dejó escapar un leve suspiro y asintió.

—En realidad, Jacob, no sé si quiero que eso suceda, pero mereces que haga todo lo posible. Buscaré una manera de entrelazar la esencia de su existencia en mis escritos sin levantar sospechas. Quizá una referencia velada, una mención discreta. Pero has de saber que, para Roma, aquel Jesús no representó, representa ni representará nada.

Jacob, a pesar de la decepción inicial, encontró esperanza en las palabras de Josefo. Sabía que el historiador haría lo que estuviera en su poder para preservar, aunque fuera de forma atenuada, el legado de Jesús.

—Agradezco tu sinceridad y tu esfuerzo, Flavio. Aun así, creo que la verdad siempre encontrará un camino. Tengo un último ruego para ti...

Josefo asintió con la cabeza.

—Dime...

—Ambos sabemos lo que sucederá en Masada. Te pido por favor que honres a tus hermanos judíos —suplicó Jacob.

Josefo miró a Jacob con respeto y admiración. En ese oscuro calabozo del Tullianum, ambos entendieron que la lucha por la verdad no siempre se libraba con espadas y escudos, sino a menudo con palabras, acciones y la voluntad indomable de quienes creen en un mundo mejor.

La luz de la antorcha continuó su danza parpadeante. El eco de una historia de esperanza y redención reverberaba en la oscuridad del Tullianum, el lugar donde una chispa de fe seguía ardiendo, a pesar de todo.

Josefo miró a su alrededor. Era más que evidente el disgusto dibujado en su rostro.

—Jacob, sabes…

Jacob le interrumpió con una extraordinaria serenidad.

—Lo sé, hermano. Sé lo que va a suceder.

Josefo asintió.

—*Lehitraot* —se despidió Jacob.

Josefo sonrió levemente, bajó la mirada y abandonó aquel inmundo lugar.

Y así, aunque las sombras de la censura romana se cernían sobre ellos, una pequeña luz de esperanza y fe brillaba con más fuerza que nunca, llevada por las historias y los corazones de aquellos dispuestos a mantenerla viva.

Pero la vida, en aquel momento, dependía de dos personas.

Una pareja cincelada por la ambición.

La vida dependía de Tito, pero, sobre todo, de Berenice.

59

Año 58 d. C.
3818 הנש
811 AUC
-
Jerusalén

†

La bruma matutina acariciaba suavemente las colinas de Judea mientras la ciudad de Jerusalén se desperezaba al inicio de un nuevo día. Sus murallas, testigos de gloria y sufrimiento, reflejaban las primeras luces del amanecer.

A las afueras de la ciudad, en el camino que la unía a Emaús, un hombre observaba la ciudad con una mirada de profunda reflexión. Era Pablo de Tarso, el incansable apóstol de los gentiles, que había regresado a Jerusalén en una misión de reconciliación y, quizá, en busca de paz.

Su compañero Lucas inclinó la cabeza en señal de atención, percibiendo la seriedad del momento, ante la petición de Pablo.

—Lo que sea, Pablo. ¿Qué necesitas?

—Necesito que hagas algo en Jerusalén. Debes cumplir con dos encargos fundamentales. —Pablo hizo una pausa, como si ponderara cada palabra cuidadosamente antes de proseguir—. Para ello, debes encontrar a Jacob, hijo de Gedeón. Es amigo de Rufo y Alejandro, hijos de Simón de Cirene. Jacob fue un seguidor ferviente del Señor y debería ser un pilar de la comunidad cristiana en Jerusalén frente a Santiago. Necesito que lo entrevistes para obtener información valiosa para tu evangelio. Su testimonio es vital para que toda esa primera cosecha de almas sea comprendida plenamente por las generaciones futuras.

Lucas, observando la seriedad en los ojos de Pablo, asintió con respeto y humildad. La última vez que estuvieron juntos en Jerusalén, Pablo fue perseguido por algunos judíos.

—Y, segundo —prosiguió Pablo mientras su voz temblaba fruto del remordimiento—, debes pedir perdón al propio Jacob en mi nombre. Muchos años atrás, cuando aún era Saulo, causé un dolor profundo a su familia. Su madre fue una de las muchas víctimas de mis persecuciones orquestadas por los zelotes y el Sanedrín. Así como lo fue Esteban, que parecía guardar algún tipo de conexión con él. Debo disculparme por aquellos terribles sufrimientos que causé.

—¿Por qué no lo haces tú mismo? —preguntó extrañado Lucas.

—En primer lugar, porque no sé dónde puedo encontrarle. Y, en segundo lugar, porque no creo que tenga demasiado tiempo en Jerusalén y mi propósito es otro, Lucas. Tengo que firmar la paz con la dinastía de Jesús. Si tengo que enfrentarme a la organización de Santiago y al propio Sanedrín, solo me quedará apelar al césar.

—Discúlpame, Pablo, pero no lo entiendo...

Pablo le explicó que, por nacimiento, era ciudadano romano, un estatus privilegiado que podría jugar un papel crucial en los días venideros.

—¿Estás diciendo que si te detiene el Sanedrín vas a pedir ser juzgado por Nerón en Roma? —preguntó el griego con estupefacción.

—Así es.

Entre ellos surgió un incómodo silencio.

—Te lo ruego, Lucas. Busca a Jacob...

Lucas miró a Pablo condescendiente.

—Pablo, si te apresan y te conducen a Roma, quiero estar a tu lado. No te vamos a dejar solo. Tu historia debe ser contada hasta el final.

Pablo le devolvió la mirada con eterna gratitud sabiendo que, por mucho que intentara convencer a aquel griego testarudo, haría todo lo posible por acabar su crónica y, también, encontrar a Jacob cuando llegara el momento.

—Entonces, Lucas, quédate a mi lado, sígueme y, cuando el Señor me reclame en su Reino, vuelve a Jerusalén y cumple la última voluntad de este humilde servidor de Jesús.

La prudencia en el rostro de Lucas se suavizó ante la carga emocional que Pablo mostraba y asintió, comprendiendo la importancia de la tarea que se le encomendaba.

—Entiendo, Pablo. Haré esto por ti y por el Señor, si tanto te pesa ese pasado. Pero no olvides nunca que tu transformación es un testimonio poderoso de la gracia de Dios. Haré lo que sea necesario para llevar tu mensaje a Jacob y pedirle perdón en tu nombre cuando llegue el momento.

Pablo asintió con gratitud, sintiendo un peso aliviado de su corazón.

—Confío en ti, Lucas. Esta misión es de la mayor importancia para mí. Haz lo que debas y que la luz de la verdad y el perdón guíen tus pasos.

Con un abrazo con sabor a despedida, Pablo y Lucas se separaron, cada uno sumergido en sus propios pensamientos y oraciones por el futuro de la encomienda, para preparar sus cosas aquella misma mañana sabiendo la urgencia y la importancia de la misión.

En la quietud de la mañana, la promesa de perdón y reconciliación se elevaba como una estrella en el firmamento, iluminando el camino hacia un futuro cargado de esperanza.

En aquel amanecer, Lucas de Antioquía acompañaría a Pablo de Tarso a encontrarse con Santiago y los ancianos para difundir el mensaje de Jesús.

Pablo, vestido con una simple túnica, se movía entre la multitud sintiendo una mezcla de nostalgia y aprensión. Había pasado años viajando por todo el Imperio romano, presentando y predicando a Jesús entre los gentiles, y ahora regresaba a la tierra que lo había visto nacer como un devoto fariseo.

Como apóstol de Cristo, se dirigió hacia la casa de Santiago, el líder de la comunidad cristiana en Jerusalén, que, a pesar de compartir nombre, nada tenía que ver con el hijo de Zebedeo y con el hijo de Alfeo, apóstoles de Jesús. La vivienda estaba situada en una parte tranquila de la ciudad, sus paredes de piedra y techos de tejas contrastaban con el bullicio de los mercados cercanos. Santiago, el hermano de Jesús, era una figura respetada que había mantenido la paz entre los judíos cristianos y las autoridades del templo. Pablo llegó con una ofrenda recolectada de los grupos gentiles de creyentes como muestra de unidad y apoyo para la comunidad en Jerusalén.

Pero no fue suficiente.

Al cruzar el umbral, Pablo, Lucas y Timoteo fueron recibidos por miradas inquisitivas y gestos tensos. Santiago estaba allí, con su porte sereno pero firme, listo para lo que claramente era una conversación crucial para la unidad de la comunidad cristiana.

Santiago se levantó y extendió las manos en señal de bienvenida.

—Pablo, hermano, me alegra verte sano y salvo después de tus largos viajes —dijo con un tono cortés aunque distante.

Pablo asintió.

—Gracias, Santiago. Es bueno estar de vuelta en Jerusalén, aunque debo admitir que la ciudad ha cambiado mucho desde mi última visita.

La pequeña sala estaba llena de líderes de la iglesia primitiva, muchos de los cuales miraban a Pablo con una mezcla de curiosidad y cautela. Entre ellos se encontraban Juan, testigo del ministerio de Jesús y uno de los pilares del cristianismo naciente. Todos sentían la complejidad de la situación; esta reunión no solo definiría el futuro de la comunidad en Jerusalén, sino potencialmente el destino del movimiento cristiano en su totalidad.

Santiago, conocido como «el Justo», fue el primero en hablar.

—Pablo, hemos oído muchas cosas sobre tus misiones entre los gentiles —su voz serena llenó la estancia—. Nos alegramos de saber que el mensaje de Cristo está llegando a tantas personas. Sin embargo, hay preocupaciones entre los hermanos aquí en Jerusalén. Se dice que enseñas a los judíos que viven entre los gentiles a apartarse de las tradiciones de nuestros padres, a no circuncidar a sus hijos ni a seguir nuestras costumbres.

Pablo, que había anticipado este enfrentamiento, respiró hondo antes de responder. Miró a Juan, al fondo de la habitación. Su rostro reflejaba desacuerdo con las palabras de Santiago.

—Santiago, hermanos, conozco esas preocupaciones y entiendo de dónde provienen. Mi mensaje ha sido siempre el de la salvación a través de la gracia de Jesús, no por las obras de la ley. No estoy aquí para destruir nuestras tradiciones, sino para mostrar que, en Cristo, tanto judíos como gentiles son uno solo.

La respuesta de Pablo fue recibida con un murmullo de discusión entre los presentes. Lucas aprovechó para apuntar torpemente lo que allí sucedía. Juan miró al griego con curiosidad. Aquel gentil estaba dando testimonio de lo que sucedía en aquel hogar.

—Pablo, nadie aquí cuestiona tus intenciones o tu dedicación al Evangelio —replicó Santiago—. Sin embargo, también debemos ser conscientes de las sensibilidades de nuestros hermanos en la fe. Sabes bien lo difícil que ha sido mantener la unidad en esta ciudad.

Pablo inclinó la cabeza, desafiando las palabras del Justo, del que esperaba un liderazgo mucho más cercano a lo que él consideraba el verdadero mensaje de Jesús.

—He visto de primera mano cómo el Espíritu Santo trabaja en los corazones de los gentiles. Ellos no conocen nuestra ley, pero han recibido el Espíritu, igual que nosotros. ¿Cómo podemos pedirles que sigan una ley que nunca les fue dada?

De nuevo, un murmullo generalizado saturó la estancia. Santiago se mordió los labios, pues no sabía cómo rebatirle. Juan guardó silencio, observando al llamativo gentil que continuaba escribiendo. El Justo levantó la mano para pedir silencio.

—Pablo, hay una propuesta. Para mostrar que no estás en contra de nuestra ley, se te pide participar en un ritual de purificación con otros cuatro hombres que han hecho un voto. De esta manera, nuestros hermanos verán que no desprecias nuestra fe y nuestras costumbres.

La estancia quedó en silencio mientras Pablo pensaba sobre los pormenores de aquella petición. Sabía que aceptar no solo significaba un gesto de paz, sino también someterse a una antigua tradición que había encontrado obsoleta en su experiencia de la gracia.

Finalmente, asintió.

—Lo haré. Participaré en el ritual. No por obligación, sino por amor a mis hermanos, por la unidad de la comunidad.

Timoteo y Lucas le miraron con preocupación.

El ambiente en la sala se relajó palpablemente. Santiago sonrió, agradecido por la disposición de Pablo a buscar la reconciliación.

—Gracias, Pablo. Que este acto sea el inicio de una mayor comprensión y unidad entre todos nosotros.

Aquella noche, Pablo durmió poco. Su corazón estaba inquieto, no por miedo ni resentimiento, sino por un profundo anhelo de ver a los seguidores de Jesús unidos en su misión. Sabía que los desafíos no habían terminado, pero su fe en el Cristo resucitado y en la promesa de salvación era más firme que nunca.

El aire de la noche estaba cargado de un extraño silencio. El apóstol Juan, el último de los doce apóstoles originales, miraba fijamente por una ventana abierta mientras la brisa jugueteaba suavemente con su barba algo encanecida.

Tomó una decisión.

Se presentó en la habitación de Pablo.

A su lado, el evangelista Lucas, preocupado y ansioso, terminaba de escribir las palabras de su venerado amigo y mentor.

—Eres Juan Zebedeo, ¿verdad? —preguntó Timoteo.

Juan asintió.

—Pablo está decidido a ir al templo —dijo Lucas con voz grave y profunda.

—Santiago piensa que es un gesto necesario para calmar a los judíos que lo ven con sospecha, pero temo que el precio será demasiado alto —confesó Juan.

—Juan —continuó Lucas, elocuente en su preocupación—, Pablo confía en que su presencia en el templo puede ayudar a reconciliar a los judíos y cristianos. Él cree que este acto mostrará respeto por nuestras tradiciones.

Juan asintió lentamente.

—Lo sé, Lucas. Y respeto el valor de Pablo. Pero, insisto, el templo es un lugar sagrado para muchos, y las tensiones en la ciudad están al borde del estallido.

Pablo permanecía en silencio. Lucas se acercó a Juan.

—Entonces ¿qué sugieres que hagamos? ¿Cómo podemos evitar que Pablo vaya sin parecer cobarde o irrespetuoso de vuestras propias raíces?

El apóstol Juan fijó su mirada en Pablo y su rostro se suavizó momentáneamente, mostrando un destello de la compasión que lo había hecho tan querido entre los seguidores de Cristo. Pablo, con su semblante sereno pero decidido, había escuchado atentamente las palabras de Juan antes de pronunciarse.

—Lucas, Juan, entiendo vuestras preocupaciones y valoro vuestros consejos. Pero debo hacer esto por la unidad de nuestros hermanos. Si no muestro mi respeto por la ley, todo lo que he trabajado podría desmoronarse.

Fue entonces cuando Juan dio un paso adelante mientras sus ojos brillaban con intensidad.

—Pablo, recuerda las palabras del maestro: «Sed astutos como serpientes y sencillos como palomas». No dudo de tu valor, pero este no es el momento de ser mártir. Permítenos encontrar una solución alternativa.

Pablo observó a Juan, viendo en sus ojos la misma sabiduría que provenía de haber caminado junto a Jesús. Hubo un silencio pesado mientras consideraba sus palabras.

—Encuentra otro modo de mostrar tu respeto —imploró Timoteo—. Un acto de humildad en otro contexto podría ser igual de poderoso sin ponerte en peligro inmediato.

La lucha interna de Pablo era evidente en su rostro. Sabía que había verdad en las palabras de sus amigos, pero también sentía una gran responsabilidad de cumplir con sus compromisos.

—Es la voluntad del Señor.

Juan y Lucas se miraron tomando plena conciencia de que nada podría cambiar el parecer de Pablo.

A la mañana siguiente, el apóstol de los gentiles fue acompañado por cuatro hombres que también cumplían un voto similar. Los ojos de Pablo observaban cada detalle, cada rincón de aquel lugar sagrado que solía conocer tan bien en su juventud.

Lucas y Timoteo le seguían de cerca.

Algunos ancianos se sumaron a la procesión, pero ni rastro de Santiago el Justo o Juan.

Sin embargo, no todos los ojos parpadeaban con buenas intenciones. Algunos sicarios habían oído de su llegada y, reconociéndolo en el templo, comenzaron a murmurar. Rápidamente, los cuchicheos se transformaron en gritos acusadores.

—¡Este es el hombre que enseña a todos contra nuestro pueblo, nuestra ley y este lugar! ¡Además, ha traído griegos al templo y ha profanado este lugar santo!

Ante aquella acusación, el ambiente se volvió eléctrico, lleno de tensión. Pablo trató de localizar al dueño de aquella voz tan reconocible.

Entre la multitud, se alzaba Giora bar Abban, sonriendo.

Él le había acusado públicamente.

La multitud, repleta de fervor y reprobación, se abalanzó sobre Pablo. Lucas, Timoteo y los demás trataron inútilmente de proteger a Pablo. Lo arrastraron fuera del templo, cerrando las puertas tras ellos. Comenzaron a llover sobre él golpes y maldiciones a partes iguales. Cada impacto era una muestra evidente del odio y el miedo acumulados contra su manera de predicar.

En medio del caos, se escucharon las trompetas de una cohorte romana estacionada en la fortaleza Antonia, que vigilaba obstinada el templo. El tribuno romano, Claudio Lisias, emergió de entre la multitud con sus soldados, quienes se abrieron paso y sacaron a Pablo, herido pero consciente, con el fin de evitar que los judíos tomaran represalias sin tener en cuenta a las autoridades romanas. Mientras Bar Abban desaparecía entre las sombras evitando el contacto con los romanos, Pablo fue encadenado y llevado a la fortaleza para ser interrogado.

Lucas, Timoteo y los demás, permanecieron en los alrededores de la fortaleza con el fin de conocer algún detalle sobre el futuro nada claro de su compañero.

Desde la fortaleza Antonia, el de Tarso pudo ver la ciudad que tanto amaba y que había pretendido cambiar con su mensaje. Sus pensamientos volaban entre la incredulidad, la tristeza y la esperanza. Sabía que su destino estaba ahora en manos de una Roma pragmática y poco interesada en las disputas religiosas de Judea, pero su fe en Cristo y su misión permanecían inquebrantables.

Para él, el plan de Dios seguía su curso.

Apelaría al césar.

El día se acercaba a su fin y las lámparas de Jerusalén comenzaban a encenderse, proyectando sombras y luces que bailaban en las paredes de piedra. La ciudad, en su complejidad y diversidad, seguía siendo el crisol de culturas e ideologías, un lugar sagrado y conflictivo a la vez.

Timoteo instó a Lucas a que volviera al campamento con el fin de poner en conocimiento de todos qué había sucedido con Pablo, Santiago, el Sanedrín y el ejército romano. Por otro lado, de ese modo el cronista estaría a salvo. Los griegos no estarían bien vistos cerca del templo.

Lucas se deslizó torpemente por la parte nueva de la ciudad, sumido en pensamientos que solo le conducían a la angustia y al pesimismo.

Un golpe en su hombro le sacó de su ensimismamiento.

Escuchó el sonido de una pequeña moneda al caer al suelo.

—Te pido disculpas... —le dijo Lucas en arameo con su marcado acento griego.

Un hombre fornido se agachó y recogió su preciado tesoro para después erguirse frente a Lucas.

—Vigila por dónde vas, gentil.

Tras sus palabras, aquel hombre musculado con una cicatriz en la ceja continuó su camino jugando con su moneda, y

Lucas se encaminó de nuevo al campamento a las afueras de la ciudad.

Y, en medio de aquella vasta maraña, Pablo de Tarso, encarcelado pero no silenciado, se preparaba para enfrentar lo que el destino y su fe le depararan.

En aquel momento, Lucas desconocía por completo cómo el augurio de Pablo se cumpliría y cómo encontraría su final en Roma.

También ignoraba cómo años después el círculo se cerraría mediante el encuentro con Jacob, hijo de Gedeón, que cambiaría su crónica y su vida entera para siempre.

El hombre de la pequeña moneda en el suelo.

Así de perfecto era el plan de Dios.

60

Año 72 d. C.
3832 הנש
825 AUC
-
Roma

El sol se elevaba lentamente sobre la majestuosa ciudad de Roma bañando los edificios y las calles empedradas en una luz dorada. Las fachadas de mármol brillaban y la actividad comenzaba a intensificarse con el nuevo día.

El esplendor de la Domus Flavia, residencia imperial en el monte Palatino, brillaba con un resplandor glorioso bajo la luz del sol romano. Erigida por el emperador Vespasiano y ampliada por su hijo Tito, la casa no solo era un símbolo del poder y la grandeza de los Flavios, sino también una maravilla arquitectónica que resonaba con la historia y la magnificencia de Roma.

Los muros exteriores de la Domus Flavia eran de un mármol blanco inmaculado, labrado con intrincados relieves que narraban las victorias militares del imperio y las divinidades protectoras. Columnas corintias adornaban la entrada, elevándose con gracia y elegancia. Las flores talladas en sus capiteles recordaban la flora y la fauna del imperio, mientras que las cabezas de medusa esculpidas en la parte superior parecían custodiar la entrada contra cualquier presencia maligna.

Al cruzar el umbral, el atrio, un vasto espacio abierto flanqueado por otras columnas, ofrecía una vista majestuosa hacia los jardines interiores. El suelo, decorado con mosaicos opulentos, exhibía patrones geométricos y escenas de la mitología romana en tonos de azul, verde y dorado, cada pieza finamente colocada para crear la ilusión de movimiento y vida. Una gran piscina central reflejaba la magnificencia de las estructuras circundantes.

El jardín central estaba flanqueado por columnas y porticados, centro neurálgico de la Domus Flavia. Plantas exóticas, traídas de todos los rincones del imperio, florecían a su alrededor, llenando el aire con una fragancia embriagadora. Fuentes de mármol con figuras de ninfas y dioses vertían agua en delicados arroyos que corrían sobre lechos de guijarros pulidos.

La sala del trono, la más imponente de todas, se alzaba con techos elevados y techados con frescos que narraban la fundación de Roma y las hazañas de los emperadores Flavios. Tito, sentado en un diván de mármol y oro, contemplaba en mitad de una discusión uno de aquellos frescos, absorto por un momento en la representación del dios Marte, armado y listo para la batalla. Chispas doradas parecían moverse bajo la luz, como si los dioses estuvieran vigilando desde lo alto.

Tito, ocupando bajo designios de su padre el lugar del cuestor y ejerciendo como prefecto del pretorio, razonaba acaloradamente con los miembros del Senado sobre el curso de acción que seguir sobre todas aquellas historias, nacidas en Egipto, acerca de la hipotética divinidad de su padre Vespasiano, así como los posibles incentivos a los historiadores sobre aquel asunto crucial que afectaba al imperio. Mientras las voces se alzaban y las opiniones divergían, Berenice entró intrépida en la estancia con paso decidido.

Sin decir una palabra, Berenice se acercó a Tito y le susurró al oído, compartiendo un consejo o una observación que solo ellos dos podían comprender. Tito la escuchó atentamente, con su semblante reflejando una mezcla de sorpresa y consideración. A medida que Berenice continuaba con sus palabras, hubo un cambio sutil en la expresión de Tito, como si estuviera reflexionando sobre un nuevo punto de vista que ella le ofrecía.

Finalmente, Tito se levantó de su asiento y anunció una decisión que sorprendió a todos en la sala: apoyar y fomentar las habladurías sobre la divinidad del emperador y dotar de cuantías económicas a los escritores del imperio con el fin de desprestigiar a los emperadores anteriores y dignificar la labor de Vespasiano y del propio Tito.

Los miembros del Senado miraban asombrados mientras Tito explicaba su razonamiento, que incorporaba elementos que reflejaban la influencia de Berenice en su pensamiento. El héroe de Judea se estaba alejando demasiado pronto, día a día, de la figura que rechazó la corona de la victoria por no creerse merecedor de tales honores.

La mirada orgullosa y confiada de Berenice hacia Tito revelaba que, una vez más, había logrado guiar sutilmente sus decisiones hacia un camino que consideraba más sabio y beneficioso para el imperio.

Su imperio.

A partir de ese momento, quedó claro para todos los presentes que Berenice no solo ocupaba un lugar especial en el corazón de Tito, a pesar de la desaprobación del pueblo, sino que también ejercía una influencia significativa en sus decisiones políticas y estratégicas.

Jacob estaba a punto de comprobarlo.

Mientras los senadores abandonaban la sala del trono, la luz natural filtrada a través de las claraboyas de alabastro bañaba la sala en un resplandor etéreo, creando un juego de sombras y luces que se movían al compás de la brisa. Tito, más relajado, esperaba con paciencia la llegada de Flavio Josefo. Sabía que las palabras del historiador podrían jugar un papel crucial en la comprensión y el manejo de los asuntos de Judea, un territorio siempre al borde de la rebelión.

Llamado por Tito, sabía que las preguntas sobre Jacob serían exhaustivas y quizá peligrosas. El hijo del emperador no regalaba un permiso sin recibir nada a cambio. Sin embargo, estaba dispuesto a enfrentar la inquisitiva mirada de Tito con la verdad y la dignidad que merecía Jacob, aunque sin arriesgar su cuello.

El silencio en la Domus Flavia se quebró con el largo eco de sus pasos sobre el suelo de mármol y la mirada fija del futuro emperador, que se sentaba en un trono elevado, rodeado de asesores y legionarios.

El historiador, vestido con una túnica de lino blanco que contrastaba con su barba oscura y su mirada sabia, hizo una reverencia adecuada. Tito saludó con su porte soberano y su mirada penetrante.

—Josefo, te he llamado aquí porque necesito entender mejor al preso zelote llamado Jacob —comenzó su discurso Tito—. Un hombre cuyo coraje desafiante ante su encarcelamiento y su discurso sobre un tal Jesús de Nazaret han causado un furor silencioso incluso entre nuestras filas. Quiero saber quién es y por qué merece tal devoción.

Josefo inclinó la cabeza respetuosamente antes de hablar, consciente de la importancia de cada palabra.

—Salve, césar Tito. Jacob, hijo de Gedeón, es conocido entre los suyos por su fe inquebrantable y su valentía. Proviene de Jerusalén y desde joven mostró una inteligencia y una devoción extraordinarias. Su padre, Gedeón, era un herrero y líder zelote.

—¿Presentó resistencia en el asedio?

—Todos ellos. Gedeón murió durante nuestro ataque. Su madre, Miryam, fue una seguidora ferviente de Jesús de Nazaret, murió lapidada por el Sanedrín. Su tío Simón era uno de los apóstoles más cercanos a Jesús. Nunca más se supo de él. Estos lazos lo vincularon a la doctrina zelota y a la fe cristiana desde muy temprano.

Tito asintió y miró con burla a sus asesores. Aquella mezcla solo podría engendrar a un demente.

—Pero... —depositó de nuevo sus ojos fijos en Josefo esperando a que continuara—, ¿qué hizo al tal Jacob tan notable?, ¿qué le diferencia de otros seguidores de ese Jesús? ¿Es verdad que hace brotar agua del suelo?

Josefo meditó desdibujar la realidad, pero era tal la convicción de Jacob que de nada serviría maquillar la verdad que portaba el prisionero zelote.

—Lo que hizo destacar a Jacob, mi señor, fue su formación como guerrero. Luchó en el asedio de Jerusalén, pero algo le sucedió. Fue capaz de combinar su valentía sin igual con una fe profunda. Durante el sitio a la ciudad, demostró una astucia extraordinaria al negociar la liberación de mis padres, desafiando directamente el peligro y las adversidades entre los suyos. Y no, no hace milagros. Al parecer ha brotado un manantial subterráneo.

Hubo un leve murmullo entre los asesores de Tito, impresionados por las palabras de Josefo. Tito, sin embargo, lamentaba que aquel hombre se hubiera escapado de su asedio a Jerusalén. Mantuvo su mirada fija y su expresión impenetrable.

—Entonces, según tú, Josefo, ¿por qué crees que un zelote dejaría la lucha armada para seguir a un hombre que pregonaba la paz?

—Jacob cree que la verdad es más importante que la vida misma. Su fe en Jesús, su amor por su Dios y su compromiso con sus enseñanzas son tan profundos que prefiere enfrentar la muerte antes que traicionar sus convicciones —Josefo pronunciaba cada palabra con énfasis—. Su sacrificio, piensa él, puede servir como testimonio para iluminar el camino de otros en la oscuridad.

Tito se reclinó en su trono contemplando las palabras de Josefo. La historia de Jacob presentaba un tipo de valentía que, aunque ideológicamente opuesta, era difícil de no respetar.

—He visto hombres grandes caer ante amenazas menores —dijo Tito—. ¿Qué le hizo tan fuerte?

—La creencia en algo más grande y trascendente que su propia existencia. Para Jacob, morir por su fe puede llegar a ser un acto de amor y esperanza. No creo que sea una sumisión a la muerte, sino una afirmación de vida eterna y propósito. Los mártires, como él, inspiran con su ejemplo y sus historias tienen como objetivo trascender el tiempo, tocando corazones y mentes más allá de cualquier frontera.

El silencio llenó la sala mientras Tito medía las palabras de Josefo. Había esperado una imagen más clara, tal vez más simple, pero en cambio encontró una profundidad que le hacía reflexionar sobre la naturaleza misma del poder y la resistencia.

—Gracias, Josefo —terminó Tito—. No creo que su religión sea un problema para el imperio, pero, definitivamente, Jacob y aquellos como él, los zelotes, pueden ser peligrosos para el orden que mantenemos. Sobre todo si la gente continúa creyendo que realiza milagros con el agua. Traedlo ante mí.

Josefo inclinó la cabeza nuevamente y, tras el gentil saludo, procedió a abandonar el lugar.

Berenice, con gesto grave, se acercó a Tito, quien se encontraba contemplando un mapa estratégico de la región. Con voz suave pero firme, Berenice recordó a Tito la historia de Herodes Agripa y cómo su falta de acción ante ciertas amenazas le había costado caro al imperio.

—Tito, amor mío, recuerda a mi hermano Herodes Agripa y cómo su indecisión y debilidad llevaron al caos en Judea.

No podemos permitir que la insubordinación se propague sin consecuencias —susurró Berenice con intención.

—¿Por qué tanto odio, querida?

—Por culpa de los seguidores de ese Jesús y por culpa de la revuelta judía de zelotes y sicarios estuve a punto de perderlo todo. En realidad, lo perdí todo, menos a ti, mi amor. Ese Jacob representa ambas cosas, todo cuanto odio. Mi hermano no condenó a Pablo, el apóstol de Tarso, y le permitió llegar hasta Roma. Ya sabes lo que tuvo que hacer Nerón.

—Sí, Nerón supo qué hacer con ellos, pero aquel escarmiento no fue suficiente, por lo que veo. Mi padre no le otorga demasiada importancia. Está más preocupado expulsando filósofos de la ciudad. No podemos condenar a ese hombre porque adore a otro dios. Tenemos libertad de culto.

Berenice respiró y continuó con su pulso.

—Entonces condénale por zelote. Tienes un testigo, arruinó la vida de un legionario de tu ejército. Burló a Roma y se burló de ti. Debes escribir tu nombre con letras de oro en la historia, y el mío junto al tuyo.

Tito la miró, reflexivo, mientras las palabras de Berenice resonaban en su mente. Recordaba las consecuencias devastadoras de las indecisiones en el pasado y sabía que debía actuar con firmeza en momentos de desafío.

Tenía que ser más implacable que Nerón.

Más, incluso, que su padre el emperador Vespasiano.

Después de un momento de silencio tenso, Tito asintió lentamente dándose cuenta de la gravedad de la situación. Con una expresión seria, señaló hacia el exterior indicando que la sentencia debía ser llevada a cabo.

Berenice asintió con aprobación, reconociendo la credulidad de Tito. Aunque su corazón se resistía a la crueldad de la decisión, sabía que, en aquel momento, la autoridad y la disciplina debían prevalecer para mantener el orden en el imperio.

Y así, con la sombra de la debilidad de Herodes Agripa, la insuficiencia de Nerón y la ignorancia de Vespasiano acechando en su mente, Tito tomó la decisión con la firmeza de un líder decidido a mantener el control en un mundo de complejas intrigas y desafíos.

61

Año 72 d. C.
3832 הנש
825 AUC
-
Roma

Al día siguiente, el Foro Romano se había convertido en el escenario de un juicio que atraía a numerosos espectadores. La noticia de que Jacob, un ferviente seguidor de Jesús, sería condenado por su pertenencia a los zelotes había corrido rápidamente por las calles empedradas y las colinas circundantes.

La luz de una lámpara de aceite se filtraba apenas por las pequeñas rendijas de la celda en el Tullianum, dejando entrar un tenue resplandor que apenas iluminaba los rostros demacrados de los prisioneros. La humedad y la penumbra del lugar parecían tragarse cualquier esperanza, pero Jacob esperaba con la cabeza en alto, consciente de que llevaría su cruz con dignidad. El clamor de las cadenas y el eco de pasos retumbaron a lo largo del corredor antes de que aparecieran los guardias romanos acompañados por un funcionario de aspecto severo. El corazón de Jacob latía con fuerza, pero su rostro permanecía sereno, reflejando la paz interior.

—Jacob, el césar Tito, prefecto del pretorio, ha decidido tu suerte. Serás llevado ante él para escuchar tu sentencia.

Los guardias hicieron desfilar a Jacob por los oscuros pasillos del Tullianum, llevándolo a través del Foro Romano hasta la Domus Flavia. Habían permitido, en caso excepcional, que un contubernio escoltara al peligroso reo. Dos legionarios marchaban delante de la formación, apartando a los transeúntes, abriendo camino. Cuatro rodeaban al reo con cierta laxitud permitiendo algún que otro golpe de la rabiosa ciudadanía. Otros dos cerraban la comitiva, lamentando lo embarazoso de aquella escolta, mientras Cneo saboreaba cada instante.

La multitud, ansiosa y curiosa, se había congregado alrededor del foro gritando, insultando y escupiendo a aquel hombre que, según las autoridades romanas, era un zelote que había asesinado a multitud de romanos. Jacob, con cadenas en las muñecas, recibía impactos de alimentos podridos en su rostro y en su cuerpo. Los escoltas del contubernio dejaban hacer mientras le arrastraban hasta el centro de la sala del trono. Su rostro, aunque marcado por la fatiga y el sufrimiento, reflejaba una calma y una resolución que desafiaban las circunstancias.

En la sala del trono, Tito estaba acompañado por su amante Berenice, el tribuno Tiberio Julio Alejandro, su hombre de confianza en el asedio a Jerusalén, su cronista Josefo, dos centuriones pretorianos y un grupo de pretorianos que formaba una muralla infranqueable entre ellos. No había ni rastro del resplandor etéreo que momentos atrás bañaba la sala con luz natural.

Finalmente, llegaron a la sala Jacob con el contubernio. Dos pretorianos abrieron la puerta.

—*Ecce homo* —dijo uno de los miembros de la cohorte.

Allí estaba el hombre.

Tito le miró en silencio.

Observó cada gota de sangre que aún recorría sus brazos.

Le repugnó que aquel líquido ensuciara su pavimento.

Josefo reprobó en su interior el linchamiento que sabía estaba a punto de ocurrir.

El silencio se hizo eterno.

El reo miraba al suelo.

Pero no se trataba de un gesto de reverencia o humillación.

A pesar de la flagelación, Jacob se mantenía con una entereza casi sobrehumana.

—Juega con él, amor mío —le susurró al oído Berenice a Tito.

Tito, algo libidinoso ante el aliento de su amante en su oreja, sonrió.

—Jacob, te encuentras aquí acusado de desobedecer y desafiar la autoridad del Imperio romano —comenzó Tito con severidad—. Tienes una última oportunidad para salvarte. Recuerda que el imperio es magnánimo con aquellos que reconocen sus errores y se someten a sus leyes. Reniega de tu Dios y de ese Jesús de Nazaret y podrás vivir.

Jacob levantó la vista hacia Tito. No había incertidumbre en su respuesta. Sabía que Tito estaba divirtiéndose con él, pero era consciente de que no saldría de allí con vida. No estaban condenando a un feligrés. Estaban sentenciando a un guerrero zelote.

—No me estás juzgando, Tito. No soy ciudadano romano, no tengo ese derecho. Así que prefiero abrazar la muerte antes que renegar de mi Dios. Mi fe no puede ser comprada ni quebrada por el miedo a tus amenazas de muerte.

Un murmullo recorrió la sala. La respuesta de Jacob no era inesperada, pero la valentía en su rostro impresionó incluso a algunos de sus enemigos.

Tito frunció el ceño sin ocultar su evidente decepción. Esperaba que quizá, frente a la cuestión de la vida o la muerte, Jacob cediera, aunque no sirviera para nada. Pero aquel antiguo guerrero le estaba retando y su decisión no debía verse como debilidad ante los ojos de Roma.

—Zelote insolente. ¿No sabes que tengo todo el poder sobre ti? —dijo con arrogancia Tito.

—No tendrías ninguna autoridad sobre mí si no te la hubieran dado de lo alto. Por eso el que me ha entregado a ti tiene un pecado mayor.

Jacob citaba a Jesús mientras Tito se removía en su asiento, cada vez más nervioso frente a la templanza de Jacob. Tiberio Julio Alejandro le puso una mano sobre su hombro tratando de calmarle.

—Porque no hay árbol bueno que dé fruto malo ni árbol malo que dé fruto bueno —continuó Jacob sin ceder—; por ello, cada árbol se conoce por su fruto; porque no se recogen higos de las zarzas ni se vendimian racimos de los espinos. El hombre bueno saca el bien de la bondad que atesora en su corazón, y el que es malo de la maldad saca el mal; porque de lo que rebosa el corazón habla la boca.

Tito agotó su paciencia. Inquieto en su asiento, se revolvió para dar la orden.

—Flageladle.

Al oír aquella palabra, los cuatro legionarios que rodearon a Jacob le despojaron de su túnica inmediatamente.

Enseguida, uno de los pretorianos que vigilaba la puerta principal se acercó con un *flagrum*, el temido látigo con varias cadenas finas de hierro capaces de doblegar a cualquiera.

O casi cualquiera.

Un par de legionarios torcieron el gesto.

El veterano se adelantó, intuyendo el desprecio de los jóvenes, y asió el flagelo con determinación.

Miró a Tito esperando instrucción.

El césar le miró con gratitud ante la determinación del experimentado legionario.

—Tú empieza —le dijo sin empatía.

Jacob cerró los ojos.

El legionario alzó el brazo.

—*Unus* —comenzó a contar.

El látigo rasgó la espalda de Jacob provocando las primeras laceraciones. Jacob apretó los dientes y aguantó los primeros golpes. No emitió sonido alguno. Las sacudidas se sucedieron una tras otra.

—*Quinque.*

Cada fina cadena de hierro golpeaba con pesos que provocaban constantes traumatismos una y otra vez. Jacob continuó con los ojos cerrados. Los allí presentes deseaban ver al zelote flaquear. La flagelación siguió su diabólico curso.

—*Septem.*

El veterano romano se esforzaba todo lo que podía. Era Tito quien observaba la excelencia de su trabajo con rostro hierático. El látigo golpeaba con escarnio y precisión.

—*Novem.*

El sonido de los impactos en la espalda de Jacob provocó que más de uno sintiera un pequeño escalofrío. Jacob comenzó a sangrar copiosamente.

—*Tredecim.*

No pudo más. El grito retumbó en toda la sala del trono. El látigo golpeó en heridas ya abiertas y carne desgarrada. Jacob no tenía nada que demostrar. Cayó de rodillas.

Dos legionarios se acercaron y le obligaron a ponerse de nuevo en pie.

Se apartaron rápidamente.

—*Quindecim.*

Un nuevo grito de dolor provocó que Jacob hincara de nuevo sus rodillas en el mármol. Los legionarios se acercaron para auparle de nuevo, pero el veterano, tirando de experiencia, los detuvo. Continuaría la flagelación así.

Golpe tras golpe.

—*Duodeviginti.*

Las cadenas de hierro golpeaban también las costillas del reo en aquella posición. Las manos de Josefo comenzaron a temblar. Sabía que la flagelación judía constaba de treinta y nueve latigazos, pero la romana podía ser ilimitada.

—*Viginti duo.*

Berenice apartó la mirada. Su estómago estaba revuelto. Jacob tuvo que apoyar sus manos en el suelo. Pensó en Jesús, en su resistencia, en su fortaleza, en su determinación.

—*Undetriginta.*

Tito respiró profundamente. No quería que acabaran con la vida del reo sin que el pueblo gozara del espectáculo.

Jacob yacía en el suelo empapado de su propia sangre.

—¡Alto! —gritó Tito desde su asiento.

La sala quedó en silencio. Tan solo los gemidos de Jacob rasgaban el mutismo provocado por la masacre.

—¿Tienes algo que decir? —reclamó Tito.

No hubo respuesta.

—¡Te estoy hablando a ti, zelote! —gritó desencajado Tito.

Jacob trató de levantarse torpemente, aún con las ataduras y la espalda salvajemente lacerada.

Ríos de sangre corrían por su espalda, sus brazos y sus piernas, desembocando en el mármol romano.

Cuando se sostuvo en pie, mientras trataba de mantener el equilibrio, alzó con esfuerzo la mirada y sus ojos se clavaron en el rostro de Tito.

—*Dominus me Missit* —le dijo en latín al hijo del emperador—, *consumatum est.*

Tito quedó perplejo por un momento. ¿Le enviaba su Señor? ¿Qué se había cumplido?

Dirigió su mirada, dubitativa, hacia Tiberio Julio Alejandro. Le forzó a hablar.

—César, no veo ni a un zelote ni a un asesino ante nosotros —susurró Tiberio con prudencia—. Veo a un hombre arrepentido que se inclinó al camino de su fe. El único testimonio que tenemos de él es de un legionario que perdió cuatro dedos, pero él mismo confesó que este hombre dejó escapar a medio contubernio en aquel ataque. Mostró clemencia, les permitió vivir. En caso de tener alguna duda, se debería favorecer al acusado, pero, si vas a sentenciarlo a muerte, sugiero la decapitación, tan rápida como efectiva.

Era cierto que la libertad de credo le suponía un eximente, pero la pertenencia a los zelotes ya había sido condenada por todo el pueblo romano.

Y aquel encuentro no era un juicio.

Jacob no era ciudadano romano.

Era un divertimento.

Un escarnio.

El propio Jacob era consciente de aquel circo romano.

El hijo del emperador no podía flaquear.

El pueblo quería sangre.

Tito miró a su concubina.

—No puedo lanzarle por la Tarpeya, no es un líder —cuchicheó Tito—. Podía arrojarle por las Gemonías, pero se acabaría el espectáculo demasiado pronto.

Berenice miró a Jacob con indiferencia.

Con un gesto impregnado de soberbia, y con el fin de demostrar a todos una vez más que era capaz de manipular al césar a su antojo, utilizó a Jacob como títere. Contestó a su amado mirando desafiante a los ojos a Tiberio Julio Alejandro.

—Entonces crucifícale... —sugirió Berenice.

Tiberio Julio Alejandro le devolvió la mirada con pavor. Aquella mujer era capaz de cualquier cosa.

—Aquel Jesús al que reza murió en la cruz, ¿verdad? —continuó la manipuladora—. Haz tú lo mismo. Crucifícale.

Berenice recordó la resolución de Poncio Pilatos. Afortunadamente, ni tenía un juicio ni a parte del pueblo en contra frente a él.

Tito miró a Tiberio. Este negó con la cabeza. No estaba de acuerdo con el ensañamiento.

El césar se tomó unos momentos antes de pronunciar su sentencia.

Una sonrisa diabólica se dibujó en su rostro.

Josefo lo vio venir.

—Jacob, hijo de Gedeón. Tu pasado, aunque admirable en su valentía, te condena —dijo Tito con una mezcla de respeto y desaprobación—. Por tu desafío al imperio como zelote, te sentencio a morir por crucifixión. Que tu destino sirva de lección a todos aquellos que se atrevan a desafiar la ley y el poder de Roma.

La sentencia fue recibida con un silencio sobrecogedor. Josefo no dejaba de temblar. Jacob, sin embargo, permanecía sereno. Dirigió sus ojos hacia Berenice. Ella aguantó la mirada todo lo que pudo, hasta que Jacob sonrió.

En su rostro no había odio ni rencor.

Solo misericordia.

Berenice sintió un escalofrío.

Aquel hombre la estaba perdonando con la mirada.

Y, por un momento, la concubina del césar se arrepintió.

62

Año 72 d. C.
3832 הנש
825 AUC
-
Roma

La mañana en Roma se desplegaba con el esplendor habitual. Sin embargo, era el último amanecer que Jacob vería.

Las palabras de Tito aún resonaban en la sala, manteniendo una gran tensión. Flavio Josefo, que había conseguido asistir a la condena gracias a su posición, miraba a Jacob con un profundo dolor en sus ojos. Sabía que el destino de su compatriota estaba sellado y cualquier intento de intervención solo empeoraría las cosas.

Era la palabra de un césar.

Jacob, con un peso invisible sobre sus hombros, miró al hijo del emperador y luego a la guardia romana que esperaba sus órdenes.

Con un breve gesto de Tito, los legionarios se acercaron y comenzaron a llevarse al reo fuera del palacio, hacia el lugar de la ejecución. Su caminar, aunque pesado por las cadenas, tenía una dignidad que nadie pudo ignorar.

Tito observó desde la distancia, pensativo, al hombre que había permanecido firme en su fe hasta el amargo final. Aunque Roma había sentenciado a Jacob con la intención de sofocar la rebelión y la disidencia, no pudo evitar sentir una chispa de admiración por la valentía y la devoción de aquel hombre.

Aquel día, las calles empedradas resonaban con el murmullo de una multitud ansiosa por presenciar la ejecución de un hombre cuyo pasado y fe inquebrantable habían desafiado el poder del imperio.

A medida que se acercaba a la Porta Esquilina, el lugar de la crucifixión a las afueras de Roma, una ligera brisa pareció acariciar su rostro trayendo consigo un consuelo invisible.

Jacob, con las manos atadas y escoltado por guardias romanos, caminaba con una nobleza serena. El peso de las cadenas no era comparable con el peso de la cruz que le esperaba, pero sus pasos eran firmes, sostenidos por una fe que nadie quebraría jamás.

A lo largo del camino, algunos curiosos miraban con indiferencia, mientras que otros susurraban entre sí, sorprendidos por la tranquilidad de aquel hombre que caminaba hacia la muerte con la espalda empapada en sangre.

Unos le vituperaban.

Otros, en silencio, murmuraban las hazañas épicas del zelote que sobrevivió a Jerusalén.

Alguno que otro rezaba en silencio por su alma.

Incluso había quien se acercaba con el fin de descargar las injusticias de su realidad diaria sobre el condenado a muerte. Mientras Cneo gozaba de aquella exhibición, Flavio Josefo, acompañando al contubernio, se zafó de más de un agresor con empujones.

Cuando se quiso dar cuenta, el cronista romano escuchó cómo Jacob murmuraba en arameo. Se acercó discretamente para ver qué susurraba el condenado.

Era uno de los salmos de David.

—... en verdes praderas me hace recostar; me conduce hacia fuentes tranquilas y repara mis fuerzas; me guía por el sendero justo, por el honor de su nombre. Aunque camine por cañadas oscuras, nada temo, porque tú vas conmigo...

Josefo tembló ante aquellas palabras. Términos que tiempo atrás él también había pronunciado.

Pero el judío ya era otra persona.

Un ciudadano romano.

El camino tortuoso prosiguió.

En mitad de uno de los atropellos de algún desalmado, aprovechó para acercarse a Jacob con su mirada llena de tristeza y respeto.

—Jacob, tu mensaje no será olvidado —dijo Josefo en arameo para que los romanos ignoraran sus palabras—. Me encargaré de que el mundo lo conozca, aunque sea a través de susurros.

Jacob sonrió levemente apreciando las palabras de su amigo, que trataban de proporcionarle algo de alivio.

—Gracias, Yosef. La verdad siempre encuentra su camino. Honra a tus hermanos de Masada y continúa contando las historias de nuestros tiempos.

Finalmente, llegaron al lugar de la ejecución.

Algunas cruces de madera tosca se erguían imponentes exponiendo los restos de sus víctimas. Otras yacían en el suelo esperando a sus próximos inquilinos. Los legionarios, con movimientos prácticos y sin emoción, prepararon a Jacob para su destino final.

A ninguno le gustaba la deshonra de tener que acompañar a un reo a la cruz.

El sol brillaba intensamente, envuelto en un luminoso cielo azul.

Aquellos romanos, con manos hábiles y frías, le desnudaron dejando su espalda en carne viva al descubierto y le colocaron sobre la cruz que yacía sobre el suelo.

El primer clavo provocó la contractura de algunos músculos y destrozó el nervio mediano de su muñeca izquierda, lo que provocó que Jacob gritara inhumanamente.

El segundo clavo no fue menos doloroso.

Su muñeca desgarrada comenzó a derramar sangre, que salpicó la sandalia del romano que estaba junto a él.

—*Mea culpa* —se excusó el ejecutor.

Con cada golpe de martillo que reverberaba en el aire, Jacob trataba de musitar oraciones y palabras de perdón. Sus ojos se alzaron al cielo mientras los clavos atravesaban los metatarsianos de sus pies y un dolor agudo, insoportable, no dejaba de recorrer su cuerpo. Cada susurro era una declaración silenciosa de fe y esperanza, un testimonio de su amor inquebrantable por Dios.

A medida que levantaban la cruz y la hincaban en su correspondiente agujero, los gritos de la multitud se intensificaron. Algunos vitoreaban, otros observaban en silencio y algunos mostraban un respeto inadvertido por la valentía del hombre moribundo.

—*Alea iacta est* —dijo uno de los legionarios.

No había marcha atrás.

A pesar del sufrimiento, Jacob, suspendido entre el cielo y la tierra, mantuvo su mirada hacia arriba, buscando consuelo en su fe inflexible.

—Padre, perdónalos, porque no saben lo que hacen —emuló Jacob a su maestro y al propio Esteban—. Que mi sufrimiento sirva para glorificarte.

Mientras el dolor consumía sus sentidos, una paz profunda envolvía su espíritu. Sabía que su sacrificio no sería en vano, que su testimonio viviría en los corazones de aquellos que compartían su fe y en los relatos que serían contados por generaciones.

Flavio Josefo observaba cada momento con el corazón lleno de compasión y admiración. Sabía que las historias verdaderas y poderosas, las que debían ser contadas, se forjaban en momentos como aquellos.

Historias que, por desgracia, no podían ser contadas con la objetividad necesaria, pues la historia era escrita por los vencedores.

Para aquel judío, la muerte en la cruz representaba el extremo del deshonor y la eliminación de la humanidad del individuo. No solo era una muerte físicamente tortuosa, sino también una profunda humillación social. Incapaz de apartar la vista, era testigo de cómo Jacob ejercía una presión intolerable en las heridas de muñecas y pies al elevarse para respirar, mientras que el fracaso en sostenerse daba como resultado una incapacidad para inhalar adecuadamente.

El hombre que salvó a sus padres estaba desangrándose, deshidratándose y asfixiándose.

Dedicó una plegaria silenciosa por aquel crucificado.

Gran parte de la multitud, que llevaba bastante tiempo frente al crucificado, comenzó a dispersarse tras saciarse, pero el traidor judío permaneció allí, observando hasta el último aliento de Jacob. Sabía que en la muerte de ese hombre se encontraba un sacrificio antiguo como el tiempo, una promesa de esperanza y redención que trascendería incluso las crueles y oscuras fauces del Imperio romano.

Mientras el sol se desplazaba lentamente por el cielo, las sombras alargadas marcaban el paso del tiempo. Jacob, aunque consumido por el dolor, mantenía su espíritu alto. Sabía que su sacrificio tenía un propósito más grande, uno que trascendía la muerte.

Al menos, su corona había dejado de tener espinas.

Jacob, con la voz debilitada por el dolor, volvió a mirar hacia el cielo despejado.

En mitad de la angustia, su alma buscaba la luz celestial como ramas de olivo.

Olivos.

Tan perfectos.

Tan presentes en la entrada triunfal de su maestro.

Recordó las vistas de su amada Jerusalén.

El monte.

Los olivos.

El olor a aceitunas.

Las vistas del templo.

Rememoró las carreras por Getsemaní con Rufo y Alejandro, de chiquillos.

Pensó en su padre, Gedeón, abrazando la misericordia y el arrepentimiento antes de morir frente a él.

Agradeció a Lucas, a quien debía salvar, por terminar convirtiéndose en su salvador.

Recordó a las mujeres que acompañaron al maestro, tan importantes, tan poco recordadas.

Dedicó un pensamiento a la mujer con nombre de aurora, Eos, y a su hija Sofía.

Visualizó a los doce, con sus fortalezas y sus debilidades.

Añoró a su tío Simón, el padre que siempre quiso y nunca pudo tener.

Evocó a su madre Miryam.

Tan lista, tan fuerte, tan valiente.

Tan bella.

Rememoró a Jesús.

El hombre, el Dios.

Su cándida sonrisa, su generosidad, su paz.

Revivió momentáneamente su versión más joven, más inocente, más infantil.

Cómo le cambió la vida una mordedura de serpiente.

Y repasando su vida en un instante se sintió en paz.

Relajó la mente y la vista, pero, en un determinado momento, su mirada se fijó en Josefo quien, a cierta distancia, no le había abandonado.

Estaba allí, como él mismo estuvo frente a Jesús en la cruz.

El cronista sostuvo aquella mirada como pudo.

Asintió.

Aquel leve y significativo gesto insufló a Jacob de una calma extrema.

Y entonces comprendió que su *telos*, su propósito, se había consumado.

Ahora Josefo salvaría la palabra de Dios.

Jacob dirigió su mirada al cielo pronunciando palabras por última vez.

—Jesús, todo se ha cumplido.

Y, con esas palabras, Jacob dedicó su último pensamiento a la sonrisa imperturbable de su madre.

Exhaló por última vez y entregó su espíritu.

El silencio cayó sobre la colina, un silencio de los pocos que quedaban presentes cargado de respeto y asombro.

Flavio Josefo, con lágrimas en los ojos, se retiró finalmente de la escena, decidido a cumplir la promesa que le había hecho a Jacob.

Mantener vivo el nombre de Jesús de Nazaret.

Al final del día, mientras el sol descendía y la oscuridad envolvía Roma, aquel lugar se convirtió en un recordatorio silencioso de una fe que no podía ser doblegada ni silenciada.

En sus últimos momentos, Jacob encontró la paz eterna en su sacrificio sabiendo que había vivido y muerto firme en sus convicciones y que su luz brillaría eternamente en el corazón de aquellos con los que compartió el camino.

El camino de la luz.

63

Año 29 d. C.
3789 הנש
782 AUC
-
Jerusalén

†

Era un día de primavera en Judea, y los rayos del sol jugueteaban despreocupadamente en la ciudad como niños escapados de la rigurosidad de la escuela. Las risas y carreras de los más pequeños creaban una sinfonía de inocencia y alegría en las plazas y calles de Jerusalén.

Sin embargo, el destino parecía haber tejido su hilo más oscuro en la vida de la familia de Gedeón, cuyos cimientos ya estaban resquebrajados por los conflictos políticos y las turbulencias de los últimos tiempos. En medio de su dividido hogar, un niño de ocho años yacía pálido y delirante en su lecho, con la marca de una serpiente grabada en su piel como un estigma venenoso de mal augurio.

El zelote Simón sostenía el brazo hinchado de su sobrino mientras su conciencia se debatía entre la medicina tradicional y la extraña sabiduría de un curandero del que todo el mundo hablaba.

—Gedeón —clamó Simón con una voz quebrada por la preocupación—, es evidente que la ayuda de la medicina no ha servido para nada. Hablan de un curandero que ha salvado a muchos con sus oraciones.

El líder zelote, plantado en su racionalidad y recelo, contemplaba a su hijo con preocupación.

—Ningún charlatán pondrá sus manos sobre mi hijo —replicó con voz tan firme como el acero de su espada—. La medicina de nuestro médico debe ser suficiente; las supersticiones no tienen cabida bajo mi techo.

Simón miró a su hermano con frustración. La rigidez de Gedeón frente a la mística de la curación le dejaba perplejo y le llenaba de ira, no por la metodología, sino porque, si él mismo fuera padre, atravesaría el mismo Sheol, la morada de los muertos, para salvar a aquel pequeño.

—¿Preferirías ver a tu hijo muerto antes que permitir que el método de ese tal Jesús de Nazaret tenga la oportunidad de sanarle?

—¿De Nazaret puede salir algo bueno? —preguntó Gedeón con ironía.

La tensión entre los dos hermanos era tan palpable que parecía una cuerda tirante amenazando con romperse bajo la presión de un argumento ancestral: la lucha entre la razón y la fe a la desesperada.

Jacob, presa del veneno, se retorcía entre fiebres, ajeno a la batalla ideológica que sus familiares libraban por su vida.

Miryam, la madre del muchacho, una mujer joven y de pocas palabras pero de convicción, movida por el amor a su hijo, intervino desde el umbral de la puerta.

—¿Acaso importa más vuestra orgullosa disputa que la vida de nuestro hijo? —les reprochó mientras sus ojos se llenaban de lágrimas—. Si hay una chispa de esperanza, sea en la medicina o en la plegaria, ¿no es nuestro deber como padres, como familia, buscarla?

El reto de su esposa golpeó la hombría de Gedeón con fuerza, pero, lejos de colocar a su mujer en el lugar que le correspondía, su expresión se suavizó y su postura se relajó. Volvió la vista hacia su hijo y en la palidez que se extendía por las facciones jóvenes de Jacob encontró la respuesta a su dilema.

—Vayamos entonces —le dijo finalmente a Simón extendiendo un brazo en gesto de rendición—. Veamos a ese curandero. Que Yavé nos asista en esta hora oscura.

El sol aún no había alcanzado su cenit cuando Gedeón, Miryam y Simón, con la premura abrasando sus talones, atravesaron los serpenteantes senderos polvorientos hasta la puerta del agua, que los conducía fuera de Jerusalén. El líder zelote sostenía en sus brazos a su hijo Jacob, cuyo cuerpo se retorcía levemente bajo los efectos del veneno que amenazaba con robar su joven vida. Susurrando plegarias apenas audibles, Simón buscaba al sanador de quien todos hablaban, el hombre llamado Jesús, cuyas obras de compasión ya se habían tejido en el tapiz del pueblo como hilos de pura luz.

Los aldeanos, al ver a Gedeón pasar con el niño en brazos, señalaban hacia las colinas donde Jesús había sido visto por última vez enseñando a la multitud. Tanto él como Simón, cargado de desesperación, y Miryam, colmada de fe, siguieron las indicaciones, cada paso guiado por la esperanza y cada aliento rogando una oración.

Finalmente, en una ladera que miraba hacia el valle del Cedrón, donde se hallaba el manantial de Gihón, encontraron al hombre que buscaban. Sin embargo, lo que hallaron allí fue muy diferente al sanador que esperaban encontrar.

En medio de una algarabía infantil, Jesús de Nazaret, cuya reputación por el amor a los despreciados y olvidados aumentaba con cada amanecer, se encontraba en la sencillez de su día a la vera de un camino donde los niños jugaban. Se había quitado las sandalias y sonreía ampliamente al ser recibido por una ola de alegría pura e infantil y, sumergido en el juego, levantaba en el aire a los niños uno por uno, girando con ellos en una danza que hacía olvidar cualquier preocupación.

Los discípulos, celosos de su maestro y de su tiempo, observaban con una mezcla de impaciencia y desconcierto.

Gedeón se preguntó, sarcástico, si aquel hombre era el líder que todos esperaban que liberara a Israel del yugo romano.

Al acercarse Gedeón, Miryam y Simón, la pequeña aglomeración se abrió para permitirles paso tras observar la preocupación marcada en los rostros de aquella familia.

Jesús, al ver a Gedeón acercarse, interrumpió sus enseñanzas y sus juegos y se adelantó para encontrarse con él. Los ojos del maestro, llenos de una calma que parecía emanar de una fuente infinita, se posaron sobre el niño. A pesar de la predisposición del Nazareno, Gedeón se negó a pedir auxilio a aquel hombre.

—Rabí —intercedió Simón luchando por mantener la compostura ante la figura que emitía una presencia tan tranquila y poderosa—, por favor, te pido que sanes a mi sobrino, pues ha sido mordido por una serpiente y temo que no le quede mucho tiempo.

Jesús asintió con serena autoridad y se acercó a Jacob, cuyos ojos estaban cerrados y sus labios murmuraban delirios inducidos por la fiebre. Miró a Simón y a la madre del niño, Miryam, que no podía articular palabra, presa del miedo y de la fe.

Jesús miró al cielo.

—*Abbá...*

Parecía que Jesús pedía permiso a su Padre para sanar a aquel crío. Con una mano suave pero firme, Jesús tocó el sitio de la mordedura, cerró los ojos y murmuró palabras suaves que nadie pudo oír.

Los presentes observaban en silencio, reteniendo el aliento. Una paz inexplicable descendió sobre ellos, y el aire pareció vibrar con la cercanía de lo divino.

De repente y de forma gradual, Jacob cesó su agitación y se quedó quieto. Su frente estaba todavía perlada por el sudor de la fiebre. Jesús abrió los ojos y no dirigió su mirada a Gedeón, sino a Simón, dibujando en su rostro una suave sonrisa adornando sus labios.

Volvió el rostro a Jacob, quien le miraba con extrañeza y atención.

—La fe de tu madre y tu tío te ha traído aquí —dijo Jesús a Jacob—. Levántate y, si lo deseas, regresa a tu casa y no temas más; estás sanado. Aunque también te puedes quedar a jugar con nosotros.

El asombro se diseminó entre la multitud como un fuego salvaje en la estepa. Murmullos de admiración y asombro rodearon al muchacho sanado mientras se ponía en pie, pues su cuerpo ya no estaba marcado por las señales de la aflicción.

Gedeón estaba asombrado, pero su orgullo le impedía pronunciar cualquier palabra de agradecimiento. Miryam, cuyo rostro era ahora un cuadro de gratitud y alivio, se arrodilló ante Jesús, besando sus pies con ojos húmedos reflejando una gratitud inmensurable.

—Rabí —exclamó la señora—, ¡tus obras superan la razón! Permítenos honrarte, permítenos…

Pero Jesús la interrumpió antes de que siguiera y amablemente la alzó frente a Él.

—Miryam, ve y que tu fe se mantenga fuerte, y ten misericordia con las madres de Jerusalén. Lo que has presenciado no es obra mía, sino de mi Padre, que me ha enviado. Y algún día, Miryam, tú también serás enviada. —Jesús se giró y acariciando el cabello del crío le llamó por su nombre—. Y tú, pequeño Jacob, ¿cuántos años tienes?

El niño estaba absorto, ensimismado y sin recordar muy bien qué había pasado. De repente sintió algo que salió del cuerpo de Jesús y entró en él. Después, solo paz. Paz y sorpresa, pues aquel hombre sabía su nombre.

—Tengo ocho años...

—¡Vaya! —dijo Jesús con júbilo a sus discípulos—, aquí tenemos a un Santiago de ocho añitos.

Jacob, ya recuperado y lleno de vida, corrió al amparo de su tío. Con él a su lado, Simón notó que el milagro de la curación se había convertido en una llama que ardería por siempre en su corazón, iluminando su naciente fe y guiando sus pasos por todos los días venideros.

Jesús, que notó la lumbre en su interior, se acercó a él y, posando su mano sobre su hombro, terminó de desajustar al zelote.

—Simón Cananeo, deja la espada y sígueme.

El zelote quedó en silencio, asombrado.

Gedeón sintió celos.

La primera opción de su primogénito fue su tío Simón.

También la de aquel Jesús de Nazaret.

El galileo, como si fuera capaz de leer los pensamientos, miró a Gedeón.

Aguantó la mirada de aquellos ojos color miel. Esperó a que el Nazareno pronunciara palabra. Sin embargo, el carpintero forzó el silencio, tan cómodo para Él. Gedeón, incómodo en la mudez, frunció el ceño y tomó la palabra.

—¿Qué le pides a aquellos que quieren seguirte?

—Te pido, Gedeón ben Ananías, lo que le pido a todos. Vende todo cuanto tienes y distribúyelo entre los pobres y tendrás un tesoro en los Cielos. Luego, ven y sígueme.

Pero Gedeón, cuando escuchó lo que le dijo Jesús, enfureció, porque sus propiedades estaban al servicio de un movimiento político radical que pretendía derrocar a Roma. Cuando Jesús vio que Gedeón empezaba a irritarse, se dirigió a los allí presentes con franqueza.

—¡Qué difícil es para los que tienen riquezas seguir al Hijo del Hombre! En verdad os digo que es más fácil que un camello pase por el ojo de una aguja que el que un rico entre en el Reino de Dios.

Crispado, Gedeón decidió marcharse de aquel lugar. Con la mirada, instó a su mujer y a su hermano a que partieran con premura, pero su familia ya había tomado una decisión. No había orden que los moviera de allí, junto a Jesús de Nazaret.

El galileo se dirigió de nuevo a Gedeón condescendiente.

—Gedeón, vuelve tu espada a su lugar, porque todos los que tomen la espada a espada perecerán.

Gedeón escupió en el suelo y se marchó, convencido de que el Mesías, el descendiente del rey David, aún estaba por venir.

—El que tenga oídos, que oiga... —susurró el Nazareno en forma de lamento.

De nuevo los niños, que reconocían en Jesús a un amigo y cómplice de sus juegos, interrumpieron la invitación y le rodearon con vítores y risas, cada uno ansioso por compartir un momento con este hombre cuya presencia misma era una caricia para el corazón. En esa hora sin tiempos, Jesús era simplemente otro niño en sus festividades, libre del peso del mundo más allá de las colinas y los olivares.

Fue en medio de esta escena vivaz y despreocupada que un extranjero con tez oscura y sus hijos llegaron al lugar, con sus cuerpos cansados del largo camino que atravesaba Judea. Deteniendo su paso, el padre observó cómo aquel hombre, a quien había escuchado en susurros de esperanza y profecías, se mezclaba con la inocencia de los pequeños como uno más.

Intrigado por el contraste de la majestuosidad que se esperaría de un maestro con la humildad que ahora presenciaba, el extranjero decidió acercarse. Los niños, al ver a aquel hombre de piel oscura, acudieron a Jesús, tirando de su túnica, invitándose a unirse a su juego.

Pedro, con su habitual ímpetu, se adelantó con la intención de disuadir a los niños que se acercaban.

—Ahora no, pequeños, el maestro tiene cosas importantes que hacer.

—¡Rufo, Alejandro! Dejad tranquilo a ese hombre —gritó el extranjero.

Pero Jesús, sentándose en la verde hierba con los brazos abiertos, los detuvo con una suave pero firme ordenanza.

—Pedro, Simón, dejad que los niños vengan a mí y no se lo impidáis —pronunció con una mirada serena pero aleccionadora—, porque de ellos es el Reino de los Cielos.

El extranjero quedó boquiabierto. Jesús le había llamado por su nombre. Y mientras los niños, al escuchar sus palabras, corrieron hacia Jesús con alegría desenfrenada y risas que brotaban como un manantial en primavera. Se agolparon a su alrededor, algunos abrazándole, otros sentándose a sus pies escuchando atentos, y un pequeño que jugueteaba con las borlas de su manto; todos querían estar cerca del hombre que acogía a todos sin distinción.

Los discípulos intercambiaron miradas perplejas, sin comprender del todo. Juan, el más joven, disfrutaba a cierta distancia del regocijo compartido. Judas Iscariote se había sumado a los pasatiempos con un par de pequeños. Mateo recogía a un crío que había salido rodando y le sacudía el polvo. Santiago el Mayor, por alusión directa al niño que acababa de sanar, alzó la voz con humildad.

—Maestro, queremos saber. ¿Qué pueden enseñarnos estos pequeños?

—Vienen a ti con manos vacías... Sin saber qué es la fe —añadió Bartolomé.

Santiago propinó un codazo a Bartolomé por su impertinente comentario. Jesús se levantó y acogió a Jacob, el niño recién sanado, y acariciando su cabeza les respondió.

—En verdad os digo que quien no reciba el Reino de Dios como un niño no entrará en él. Estos pequeños, en su sencillez y humildad, en su capacidad de maravillarse y en su plena confianza, poseen el corazón que todos deberíamos buscar.

Luego, alzó a Jacob en sus brazos y lo miró a los ojos, como quien ve el amanecer de un nuevo día.

—Quien se haga pequeño como este niño es el mayor en el Reino de los Cielos. Y cualquiera que reciba a uno de estos niños en mi nombre a mí me recibe.

Jacob fue presa de un amor infinito que no había sentido jamás en su corta existencia. El silencio se posó sobre el grupo y en el aire reposaba una nueva comprensión. Los apóstoles, hombres acostumbrados a buscar grandes signos y milagros, comenzaron a entender la grandeza que residía en la pura aceptación y la entrega desinteresada de los menores entre ellos.

Los discípulos que se habían mostrado algo reacios se acercaron entonces, uniendo sus voces a las de los niños en conversaciones simples y alegres juegos. Al presenciar a los menores regocijados y aceptados, vieron reflejado el rostro de lo divino en la espontaneidad y la autenticidad de los niños y en el espacio sagrado que Jesús siempre guardaba para los humildes y puros de corazón.

El Nazareno, con la risa aún adornando su rostro y el polvo de la tierra santificando sus cabellos, se aproximó al extranjero.

—¡*Shabat Shalom*, Simón! Ven y juega con nosotros —instó Jesús con una voz que era a la vez una bienvenida y una bendición—. Hoy tenemos a varios Simones y Santiagos y en el Reino de mi *abbá* no hay extranjeros, solo hermanos y hermanas.

Simón de Cirene, tomado por sorpresa tanto por la invitación como por ser conocido por su nombre, vaciló solo un instante antes de verse impulsado por un deseo más allá de cualquier duda. Allí, en aquel momento de espontaneidad sagrada, dejó a un lado su bagaje y tomó las manos de los niños permitiéndose ser guiado en su juego.

Los pequeños se abalanzaron contra el Nazareno, que perdió el equilibrio y cayó de espaldas sobre la arena. Los apóstoles se sobresaltaron y corrieron para socorrerle, pero encontraron al maestro envuelto en una carcajada tratando de zafarse pícaramente de los niños. Les hizo cosquillas y algunos se rindieron ante el Nazareno, pero al final le fallaron las fuerzas y cayó rendido de cansancio y de alegría. Se le veía feliz y los discípulos le dejaron hacer.

El de Cirene, avergonzado por la responsabilidad de sus hijos en la caída del Nazareno, se acercó y los chavales se echaron a un lado. Agarró fuertemente la mano del Hijo del Hombre y lo levantó. Jesús se sacudió las ropas de polvo aún con la sonrisa en la cara y miró a aquel hombre con compasión para dedicarle una sincera mirada de gratitud.

—Gracias por tu ayuda, Simón Cireneo, por esta y por las veces que están por venir.

Aquel extranjero no entendió las palabras de Jesús, pero no hizo falta. No en aquel momento.

A medida que el sol emprendía su descenso y lo lúdico dio lugar al cansancio, así los niños se acurrucaron en el regazo de sus padres y se dispersaron hacia sus hogares. Jesús y Simón el Zelote, ahora sentados y recuperando el aliento, comenzaron a conversar. Hablaron de muchas cosas: de la vida, del propósito y del amor, ese amor que Jesús predicaba y que se extendía más allá de las fronteras visibles e invisibles. Miryam y su hijo Jacob escuchaban boquiabiertos.

—Padre, he aquí a tu hijo —pronunció Jesús dirigiéndose a Simón y Jacob—. Hijo, he aquí a tu padre.

Jacob no entendió lo que Jesús quería decir con aquellas palabras, pero siempre había deseado tener un padre como su tío Simón. Su madre Miryam también lo había deseado en innumerables ocasiones.

Simón, el nuevo apóstol, cuyo corazón latía por Jacob y en aquel momento había sido tocado por la profundidad de aquel maestro, estaba dispuesto a dejar aquel encuentro con una perspectiva renovada, sin acero, con un entendimiento más dulce de la divinidad entretejida en lo cotidiano.

Y Jesús, con la mirada siempre puesta en el horizonte de los días venideros, sabía que aquel juego había sido más que un simple recreo. Había sido un encuentro de almas, el presagio de una comunión futura y la afirmación de que, incluso en los tiempos más oscuros, la luz podía ser encontrada en la risa y la sencillez de un juego entre niños.

Aunque aquellos niños crecieran.

Y antes de que Simón, Miryam y el pequeño de ocho años completamente sanado emprendieran el camino de vuelta a casa, Jesús se dirigió al niño. Cuando estuvo a su altura, se arrodilló y puso ambas manos sobre sus hombros:

—El Señor que formó Israel y que te creó, Jacob, te dice: no temas, que te he redimido, te he llamado por tu nombre, tú eres mío. Cuando cruces las aguas, yo estaré contigo, la corriente no te anegará; cuando pases por el fuego, no te quemarás, la llama no te abrasará. Porque yo, el Señor, soy tu Dios.

Jacob miró profundamente a los ojos de color miel del Nazareno sin entender una sola palabra. Solo sentía paz y tranquilidad y una profunda admiración por aquel hombre de sonrisa sincera.

Una ligera brisa comenzó a despertar.

—No entiendo, señor…

—Tranquilo, hijo. —Jesús se apartó sus cabellos de la cara—. Cuando las tinieblas inunden tu camino, yo seré tu luz. Y en verdad te digo que llegará el día, Jacob, en el que tú salvarás la palabra de mi Padre. Pero ahora ríe, juega, llora y sueña. Nos volveremos a ver pronto. *Shalom!*

Y, besando su frente y deseándoles paz a todos los demás, Jesús marchó con sus discípulos.

La tarde cedía paso a la sombra de la noche en una jornada donde Jesús de Nazaret les enseñó, tanto a niños como a adultos, que cada día estaba lleno de momentos de santidad y que cada alma era un templo digno de atención y amor.

En la simplicidad de esa tarde, el Reino de los Cielos se reveló no a través de prodigios, sino en el risueño juego de unos niños en los brazos de Jesús de Nazaret.

Y un niño de ocho años, sin esperarlo, recibió una aspiración celestial.

Un *telos*.

Aunque ese niño tardaría varios años en conocer a un griego que le enseñaría el verdadero significado de la palabra: «propósito».

Pero Dios tenía un plan.

Epílogo

Año 79 d. C.
3839 הנש
832 AUC
-
Lebadea

El sol de la mañana de Beocia estaba a punto de bañar las faldas repletas de cipreses, olivos y viñedos del monte Parnaso, cultivados con la misma diligencia que en tiempos de los héroes homéricos, proporcionando a la región no solo sustento, sino también una conexión palpable con su glorioso pasado.

Un aroma mediterráneo impregnaba una humilde habitación en Lebadea, cuyos muros estaban revestidos de estantes llenos de pergaminos que susurraban historias de antaño.

Lucas estaba sentado ante su *scriptorium* con el suave rascar del papiro bajo su pluma de caña como único sonido en la estancia. En el aire flotaba un olor cargado a tinta y papel desgastado por el tiempo y el retrato de María de Nazaret era testigo de cómo una lámpara de aceite aún proyectaba largas y vacilantes sombras contra las paredes.

Concentrado, aquel griego transcribía cuidadosamente las historias y enseñanzas de Jesús, el Hijo del Hombre. Todas aquellas revelaciones espirituales que le habían sido manifestadas, así como los recuerdos del tiempo que pasó al lado de Pablo, el de Tarso, los cuales fluyeron sin esfuerzo desde su corazón hasta el papel.

A lo largo de los años, había recopilado aquellos relatos, los que de una u otra manera reconstruían la extraordinaria vida del Nazareno, tejiendo un tapiz de fe, esperanza y amor incondicional. Mientras escribía, deseaba que sus palabras llevaran el mensaje de salvación a incontables generaciones, un legado de fe que perdurara a través de los siglos, como hicieran Heródoto, Tucídides o Jenofonte.

O Marcos.

O Mateo.

Quizá el propio Juan.

> Y los sacó hasta cerca de Betania y, levantando sus manos, los bendijo. Y, mientras los bendecía, se separó de ellos y fue llevado hacia el Cielo. Ellos se postraron ante Él y se volvieron a Jerusalén con gran alegría; y estaban siempre en el templo bendiciendo a Dios.

Finalmente, cuando su mano escribió la última palabra, una sensación de profunda paz se apoderó de él. Lo había logrado. Había hecho una crónica de la vida y las enseñanzas de Jesús de Nazaret asegurándose de que el mundo supiera los acontecimientos milagrosos que se habían desarrollado en ese tiempo y lugar tan distantes. También había cumplido su promesa, no desvelaría las fuentes tan importantes que le acompañaron en la huida del asedio de Jerusalén, por mucho que le hubiera gustado rendir un sentido homenaje al hombre que obró el milagro.

Evitó los episodios de Betania y situó al grupo en Jerusalén, en el Alto Aposento.

Al fin y al cabo, el mensaje sería el mismo.

Quedó en silencio.

Su sosiego fue quebrado por el suave arrullo de una paloma desde fuera de su ventana. No fue sino un aviso de lo que estaba a punto de acontecer. Allí, a través de la estrecha ventana, los rayos de luz de la mañana comenzaron a invadir la habitación. Un rayo concreto, más brillante y dorado que los demás, encontró su camino a través del enrejado de la ventana, atravesando la cámara con una presencia casi tangible.

Aquel singular rayo de luz celestial serpenteaba por el aire, con partículas de polvo brillando en su interior como diminutas estrellas nacidas del mismísimo aliento de Dios. Se movió con un propósito, con dirección divina, hasta que se posó en el leptón que Lucas guardaba con devoción. Una ofrenda que había sellado un respeto y una amistad inmortales. El rayo iluminó el pequeño sol de ocho rayos acuñado en ella haciendo que el bronce desgastado brillara con un esplendor inaudito.

«El error es no empezar por si se acaba».

El corazón del griego comenzó a latir con profundo agradecimiento, porque sabía que aquello era una señal, una respuesta divina a su indecisión. Como si estuviera guiada por una fuerza invisible, su mano tomó la pluma una vez más.

Y, con el corazón y el alma llenos de gratitud, Lucas tomó una decisión que uniría para siempre los hilos del destino y la fe. Decidió incluir una dedicatoria al comienzo de su Evangelio, un reconocimiento para saldar la deuda que tenía con alguien cuyo coraje le había salvado la vida cuando todo parecía perdido.

> Puesto que muchos han emprendido la tarea de componer un relato de los hechos que se han cumplido entre nosotros, como nos los transmitieron los que fueron desde el principio testigos oculares y servidores de la palabra, también yo he resuelto escribírtelos por su orden, excelente...

Dudó unos instantes. Una reconfortante sonrisa apareció en su rostro, pues encontró la palabra correcta. Solo Lucas sabría a quién haría referencia, sin quebrantar la promesa que hizo: no desvelar el nombre del zelote reconvertido.

Él era el «amado por Dios», θεόφιλος.

> ... Teófilo, después de investigarlo todo diligentemente desde el principio, para que conozcas la solidez de las enseñanzas que has recibido.

Al mismo tiempo en que escribía las últimas palabras del pasaje, el rayo sagrado de luz comenzó a apagarse. La habitación volvió al tenue resplandor de la lámpara de aceite, esperando a que el sol saliera por completo.

Pero el recuerdo de esa luz divina nunca se apagaría en el corazón de Lucas.

Mientras levantaba el pergamino que contenía el Evangelio completo de la mesa, una sensación de plenitud invadió al «médico amado», como gustaba llamarle Pablo, el de Tarso. Su apasionada labor había llegado a buen término, su testimonio del poder duradero de la fe y la influencia transformadora del hombre que nunca llegó a conocer, el Hijo del Hombre.

Y, mientras contemplaba una vez más las palabras que llevarían el mensaje de esperanza al mundo, supo que aquel era solo el comienzo de un viaje extraordinario, uno que resonaría en el tiempo y tocaría los corazones de innumerables almas, gracias al espíritu inquebrantable de un individuo que perdió la fe y, gracias a Dios, volvió a encontrarla.

Un niño que fue amigo de Jesús de Nazaret.

Un hijo que defendió el honor de su madre.

Un pecador que se ganó el cariño de *Abbá*.
Un guerrero que salvaguardó el Evangelio de Lucas.
Un héroe cuyo nombre significa «Dios guarde o proteja».
Un mártir llamado Jacob.

Nota del autor

Diccionario de la lengua española:

fe

Del lat. *fides.*

1. f. Conjunto de creencias de una religión.

2. f. Conjunto de creencias de alguien, de un grupo o de una multitud de personas.

3. f. Confianza, buen concepto que se tiene de alguien o de algo. *Tener fe en el médico.*

4. f. Creencia que se da a algo por la autoridad de quien lo dice o por la fama pública.

5. f. Palabra que se da o promesa que se hace a alguien con cierta solemnidad o publicidad.

6. f. Seguridad, aseveración de que algo es cierto. *El escribano da fe.*

7. f. Documento que certifica la verdad de algo. Fe de soltería, de bautismo.
8. f. fidelidad (lealtad). Guardar la fe conyugal.
9. f. Rel. En el cristianismo, virtud teologal que consiste en el asentimiento a la revelación de Dios, propuesta por la Iglesia.

Quién es quién en *Te he llamado por tu nombre*

Bar Abban (Barrabás). Los últimos años de Barrabás, el criminal notorio elegido por la multitud para ser liberado en lugar de Jesús según los Evangelios, no están documentados en las Escrituras ni en fuentes históricas confiables. Barrabás es descrito como un insurrecto y un asesino involucrado en una rebelión contra la autoridad romana. Su liberación es vista como un acto de conmoción y contraste en los relatos de la crucifixión de Jesús. Después de que fuera puesto en libertad por el procurador romano Poncio Pilatos, no se sabe con certeza qué ocurrió con él, pues no hay registros bíblicos o históricos que sigan su vida más allá de este punto. Las teorías son meramente especulativas y, en ausencia de evidencia concreta, Barrabás permanece como una figura cuyo impacto resalta únicamente debido a ese singular momento de la pasión de Cristo.

Berenice de Cilicia. Miembro de la dinastía herodiana y hermana del rey Herodes Agripa II, vivió unos últimos años llenos de drama y controversia en el contexto de la agitación en el Imperio romano y en Judea. Famosa por sus relaciones con figuras poderosas, pasó un tiempo significativo en Roma, donde fue amante del emperador Tito. Su relación provocó habladurías y oposición política, y, aunque Tito se convirtió en emperador en el 79 d. C., la presión social lo llevó a abandonarla a pesar de su profunda conexión. Tras esta separación, Berenice regresó posiblemente a Judea y vivió en relativa intimidad. Sus últimos años no están documentados, pero dejó atrás un legado de intriga política y amoríos que fascinó a contemporáneos y posteriores cronistas.

Gedeón ben Ananías. Es un personaje ficticio que no quiere creer y, por lo tanto, representa el odio, la frustración y la incapacidad de ver todo aquello que tiene frente a él.

Herodes Agripa II. Tras la caída de Jerusalén y la destrucción del templo en el 70 d. C., se trasladó a Roma, donde pasó sus últimos años en la corte imperial bajo la protección de los emperadores Vespasiano y Tito. Murió alrededor del año 93 o 100 d. C., sin dejar herederos, marcando el final de la influencia política de la familia herodiana en la región.

Jacob bar Gedeón. Es un personaje ficticio, que representa muchas cosas, la mayoría de ellas personales y privadas. La más importante, la pérdida de la fe y el regreso a la luz. Es una figura que pretende reflejar a muchos de nosotros en nuestra relación con la fe, en cualquiera de sus acepciones.

Juan bar Zebedeo. El apóstol Juan, uno de los doce discípulos de Jesús, se refugió en la isla de Patmos en los últimos años de su vida debido a la persecución de los cristianos bajo el

Imperio romano, a oponerse a la idolatría de la Diana y reconocer al emperador Domiciano Señor y Dios. Durante su exilio en Patmos, es ampliamente aceptado que Juan tuvo visiones que lo inspiraron a escribir el libro del Apocalipsis, uno de los textos más enigmáticos del Nuevo Testamento, aunque hay quienes dudan de que el apóstol Juan sea el mismo Juan autor del Evangelio, el Apocalipsis y las Epístolas joánicas. Posteriormente, se cree que regresó a Éfeso, donde continuó su ministerio y escribió las tres epístolas que llevan su nombre, centradas en el amor y la verdad cristiana. Juan murió a una edad avanzada, siendo posiblemente el único de los apóstoles que no sufrió el martirio, y su legado perdura a través de sus escritos, que han tenido un impacto profundo en la teología cristiana.

Judas Iscariote. Poco se sabe con certeza sobre sus primeros años y origen. El apellido «Iscariote» sugiere que podría haber venido de Kerioth, una ciudad en Judea, lo que lo habría diferenciado de la mayoría de los otros apóstoles, que eran galileos. Fue honrado con la responsabilidad de ser el tesorero del grupo, encargándose de la bolsa común de dinero que se utilizaba para sus necesidades y para ayudar a los pobres. Los Evangelios narran que Judas se dirigió a los principales sacerdotes y les ofreció entregar a Jesús a cambio de treinta piezas de plata. Se cree que fue motivado por una combinación de avaricia, desilusión y quizá algunos aspectos de la política y las expectativas mesiánicas no satisfechas. El acto de Judas ha sido debatido durante siglos. Algunos ven a Judas como un simple traidor motivado por la codicia, mientras que otros han intentado comprender su papel en un contexto más amplio de los eventos que llevaron a la crucifixión de Jesús. Sin embargo, para muchos cristianos, Judas representa la traición y el peligro de perder la fe. En ciertos textos y tradiciones gnósticas, Judas es retratado de manera diferente, a veces como un colaborador necesario en el plan divino de la redención. El Evangelio de Judas, un texto gnóstico descubierto en el siglo XX, sugiere que Judas actuó por mandato de Jesús y fue un aliado en la realización del propósito divino.

LONGINO DE CESAREA. El centurión Longinos es un personaje mencionado en los evangelios como el soldado romano que estuvo presente en la crucifixión de Jesús de Nazaret. Según la tradición cristiana, Longinos fue quien perforó el costado de Jesús con una lanza mientras estaba en la cruz. Después de presenciar la muerte de Jesús, Longinos se convirtió al cristianismo, creyendo en su divinidad. Se dice que, después de la resurrección de Jesús, Longinos abandonó el ejército romano y se convirtió en un misionero cristiano, predicando el evangelio en tierras lejanas. Longinos es considerado un santo por algunas confesiones cristianas y su historia ha sido objeto de veneración en la Iglesia católica y ortodoxa. Su acto de fe al reconocer a Jesús como el Hijo de Dios a pesar de su ejecución ha sido un tema recurrente en el arte y la tradición cristiana.

LUCAS EVANGELISTA. Los últimos años de la vida del evangelista Lucas, autor (con alguna oposición) del Evangelio de Lucas y del libro de los Hechos de los Apóstoles, están envueltos en misterio y leyenda debido a la escasez de registros históricos específicos. Se sabe que Lucas, un médico y compañero cercano del apóstol Pablo, acompañó a este en varios de sus viajes misioneros, brindándole apoyo y documentando los primeros años del cristianismo. Lucas continuó predicando y difundiendo el mensaje cristiano después del martirio de Pablo. Al parecer, Lucas habría muerto a una avanzada edad, posiblemente en Beocia, Grecia. Su legado ofrece una perspectiva detallada y compasiva de la vida y enseñanzas de Jesús, así como del crecimiento de la Iglesia primitiva. Su evangelio es conocido por el Evangelio de la misericordia. Sus restos mortuorios, objeto de veneración, se encuentran en la basílica de Santa Justina en Padua desde el siglo XII, salvo su cabeza, que se ubica como reliquia en la catedral de San Vito en Praga desde 1354.

MARÍA DE NAZARET. A pesar de que la última vez que se menciona a María es tras la ascensión de Jesús en Hechos 1, 12-26, según la tradición católica, los últimos años de la Virgen María tras la resurrección y ascensión de Jesús fueron marcados por su vida en la casa del apóstol Juan en Éfeso. Se dice que María dedicó sus años finales a fortalecer la comunidad cristiana, compartiendo su sabiduría y amor con los seguidores de Jesús. Se cree que María fue elevada al cielo en cuerpo y alma al final de su vida terrenal, un evento que ha sido celebrado como la Asunción de la Virgen María por la Iglesia católica. Aunque no hay relatos detallados en la Biblia sobre este periodo, la figura de María como madre de Jesús y discípula fiel ha sido venerada a lo largo de la historia cristiana por su papel en la historia de la salvación.

MIRYAM BAR CALEF. Del hebreo מירם (María), la madre de Jacob está inspirada en las mujeres más importantes de mi vida, así como en la mujer que aparece en el Evangelio de Lucas 24, 1-10:

> 1El primer día de la semana, de madrugada, las mujeres
> fueron al sepulcro llevando los aromas que habían preparado.
> 2Encontraron corrida la piedra del sepulcro. 3Y, entrando,
> no encontraron el cuerpo del Señor Jesús. 4Mientras estaban
> desconcertadas por esto, se les presentaron dos hombres con
> vestidos refulgentes. 5Ellas quedaron despavoridas y con las
> caras mirando al suelo y ellos les dijeron: «¿Por qué buscáis
> entre los muertos al que vive? 6No está aquí. Ha resucitado.

Recordad cómo os habló estando todavía en Galilea, [7]cuando dijo que el Hijo del Hombre tiene que ser entregado en manos de hombres pecadores, ser crucificado y al tercer día resucitar». [8]Y recordaron sus palabras. [9]Habiendo vuelto del sepulcro, anunciaron todo esto a los Once y a todos los demás. [10]Eran María la Magdalena, Juana y María (Miryam), la madre de Santiago (Jacob).

Pablo de Tarso. Saulo de Tarso, más conocido como Pablo de Tarso, nació aproximadamente en el año 5 d. C. en la ciudad helenística de Tarso, ubicada en la provincia de Cilicia, en lo que hoy es Turquía. Por nacimiento, era ciudadano romano, un estatus privilegiado que jugaría un papel crucial en su vida y en su labor misionera. Las enseñanzas de Pablo, aunque influyentes, no estuvieron exentas de controversia. Fue arrestado en Jerusalén bajo cargos de sedición y creación de disturbios. Como ciudadano romano, apeló al César y fue enviado a Roma para ser juzgado. Se cree que fue decapitado en Roma durante la persecución de los cristianos bajo el emperador Nerón, alrededor del año 64 d. C. Su teología, plasmada en sus epístolas, forma una parte crucial del Nuevo Testamento y ha moldeado la doctrina cristiana a través de los siglos. Pablo de Tarso no solo fue un misionero incansable y un teólogo brillante, sino también un pionero que rompió barreras culturales y religiosas. Sus restos se veneran en la Basílica San Pablo Extramuros, en Roma.

Simón bar Giora. Fue un líder militar y político judío que desempeñó un papel destacado durante la primera guerra judeo-romana entre los años 66-73 d. C. Simón emergió como uno de los líderes rebeldes contra el dominio romano en Judea. Se unió a la revuelta judía contra Roma y lideró con éxito algunas campañas militares contra las fuerzas romanas. Su liderazgo en la resistencia judía lo llevó a ser proclamado como el «Príncipe y Redentor de Israel» por sus seguidores. Sin embargo, su brutalidad y despotismo también generaron controversias entre las facciones judías. Simón fue finalmente derrotado por las fuerzas romanas lideradas por Tito Flavio Vespasiano durante la caída de Jerusalén en el año 70 d. C. Después de su captura, Simón bar Giora fue llevado a Roma, donde fue exhibido en un desfile triunfal antes de ser ejecutado. Su vida y liderazgo en la revuelta judía de ese periodo han sido documentados en fuentes históricas y literarias de la época.

Simón el Cananeo. El apóstol Simón, conocido comúnmente como Simón el Zelote, fue uno de los doce apóstoles de Jesús según los Evangelios. El título «Zelote» apunta a que en algún momento de su vida fue miembro del grupo político-religioso judío de los zelotes, conocidos por su resistencia activa contra la ocupación romana. Poco se sabe con certeza sobre la vida y el ministerio de Simón el Zelote aparte de su inclusión en la lista de los apóstoles de Jesús. Como apóstol, se unió a Jesús en su predicación, milagros y enseñanzas durante su ministerio terrenal. Después de la muerte de Jesús, Simón y los otros apóstoles continuaron difundiendo el evangelio. Según tradiciones posteriores, se cree que Simón llevó el evangelio a regiones como Egipto y Persia, donde finalmente sufrió el martirio. Aunque la información sobre Simón el Zelote es limitada, su dedicación a seguir a Jesús y difundir su mensaje ha dejado una huella duradera en la historia del cristianismo.

Simón de Cirene. Los últimos años de Simón, el hombre mencionado en el Nuevo Testamento que fue obligado a llevar la cruz de Jesús camino al Gólgota, están envueltos en misterio y no se detallan en las Escrituras. Según la tradición cristiana, Simón provenía de Cirene, una ciudad en la actual Libia. Aunque no hay relatos confirmados sobre su vida posterior, algunas tradiciones sugieren que se convirtió al cristianismo y que el acto de portar la cruz tuvo un profundo impacto en él y su familia. Se menciona a sus hijos, Alejandro y Rufo, en el Evangelio de Marcos, llevándolos a ser considerados figuras importantes en la comunidad cristiana primitiva. Sin información específica sobre su muerte, el legado de Simón de Cirene perdura principalmente a través de este momento crucial en la pasión de Cristo, simbolizando el inesperado papel que él y otros pueden desempeñar en la historia sagrada.

Tito Flavio Vespasiano. Tito, quien se convirtió en emperador romano en 79 d. C., vivió unos últimos años relativamente cortos pero marcados por significativos eventos. Ascendiendo al trono tras la muerte de su padre Vespasiano, Tito es conocido por su gestión eficaz de varios desastres que golpearon al imperio, incluyendo la erupción del monte Vesubio en 79 d. C. que destruyó Pompeya y Herculano, y un devastador incendio en Roma en 80 d. C. A lo largo de su reinado, Tito consolidó su reputación como un emperador benevolente y filial, en contraste con su juventud polémica. Su relación con Berenice, la hermana del rey Herodes Agripa II, generó gran controversia, y, aunque profundamente afectado por sus sentimientos, la presión social lo llevó a separarse de ella. Tito murió inesperadamente en 81 d. C., posiblemente por causas naturales o envenenamiento, a los cuarenta y un años, tras solo dos años en el poder, dejando un legado de competencia administrativa y humanidad que fue apreciado por sus contemporáneos y honrado por su hermano y sucesor, Domiciano.

Yohanán de Giscala. También conocido como Juan de Giscala, fue un líder militar y político judío durante la primera guerra judía contra el Imperio romano en el siglo I d. C. Originalmente un líder de la facción zelote en Galilea, se convirtió en una figura prominente durante el asedio romano de

Jerusalén. Jugó un papel clave en la defensa de la ciudad antes de ser capturado por los romanos. Aunque su destino exacto es incierto, se cree que fue llevado a Roma como prisionero después de la caída de Jerusalén en el año 70 d. C.

Yosef ben Matityahu / Flavio Josefo. Bajo la protección de Vespasiano y sus sucesores, se dedicó a escribir sus obras más importantes, incluyendo *La Guerra de los Judíos*, *Antigüedades judías*, *Autobiografía* y *Contra Apión*, con el objetivo de narrar y defender la historia y la cultura judía. Aunque la exactitud de los detalles de su vida en estos años y la fecha exacta de su muerte alrededor del año 100 d. C. son inciertas, su legado perdura a través de sus escritos, que siguen siendo vitales para el estudio de la historia judía y romana del primer siglo, aunque su papel al cambiar de bando en la guerra ha sido controvertido entre los estudiosos y los judíos posteriores, algunos de los cuales lo vieron como un traidor.

Tras
Te he llamado por tu nombre

Final de Maqueronte

Aunque Flavio Josefo no proporciona un relato tan detallado sobre el final de Maqueronte como lo hace sobre Masada, se sabe que esta fortaleza también jugó un papel crucial durante las Guerras Judías.

Maqueronte, una de las fortalezas más impresionantes construidas por el rey Herodes el Grande, se alzaba majestuosa sobre una montaña en la región de Perea, al este del Mar Muerto. En el año 72 d. C., en los turbulentos años que siguieron a la destrucción del Templo de Jerusalén por los romanos, Maqueronte fue un refugio para los zelotes, un grupo de judíos que continuaban su resistencia contra las fuerzas imperiales.

El asedio de Maqueronte fue dirigido por el general Lucilio Baso, encargado de sofocar la revuelta judía en la región. Los defensores de la fortaleza, aunque valientes y resueltos, se enfrentaban a un ejército romano disciplinado y bien equipado. Durante semanas, los romanos trabajaron incansablemente para construir rampas y torres de asedio que finalmente les permitieron acercarse a las imponentes murallas de Maqueronte.

Las defensas de Maqueronte cedieron y los romanos irrumpieron en la fortaleza. A pesar de la resistencia mostrada por los zelotes, la superioridad numérica y técnica de los romanos prevaleció. La fortaleza cayó, y los defensores fueron en su mayoría masacrados o capturados.

Con la caída de Maqueronte, otro baluarte de la resistencia judía fue destruido, marcando un paso más en la implacable campaña romana para pacificar Judea.

Final de Masada

En *La Guerra de los Judíos*, Flavio Josefo describe el dramático y trágico final de Masada, la última fortaleza de los zelotes judíos en su resistencia contra el Imperio romano.

La formidable fortaleza de Masada, situada en una meseta inaccesible junto al Mar Muerto, casi parecía inexpugnable debido a su ubicación elevada y defensas robustas. En el año 73 d. C., los romanos, con el objetivo de sofocar la última resistencia judía, comenzaron un asedio bajo el mando del gobernador Flavio Silva. Con su usual disciplina e ingenio militar, construyeron una rampa de asedio masiva para superar las murallas naturales de Masada, utilizando madera y escombros para crear una estructura que les permitiera acercar sus máquinas de guerra a las murallas de la fortaleza.

Según Josefo, cuando la rampa estuvo completa y la brecha en la muralla era inminente, Eleazar ben Ya'ir, líder de los defensores zelotes, convocó a los hombres de Masada y les dirigió un discurso apasionado e influyente. En su alocución, Eleazar argumentó que era mejor morir libres que vivir como esclavos bajo el yugo romano. Sabían que una resistencia abierta solo llevaría a la masacre y humillación.

Eleazar persuadió a los asediados para que eligieran la muerte voluntaria antes que la captura y esclavitud. «Defendámonos de las ofensas de nuestros enemigos, pero sobre todo del mal que nos estorba y, siendo nosotros propios jueces, hagamos un uso valeroso de la libertad final», dijo Eleazar, según relata Josefo.

La dramática resolución fue adoptada: los hombres matarían a sus propias familias para protegerlas del sufrimiento y luego se quitarían la vida. Se seleccionaron a diez hombres por sorteo para llevar a cabo este acto final de misericordia. Una vez que hubieron completado la tarea, uno de ellos fue elegido para acabar con los nueve restantes antes de suicidarse él mismo.

La escena, relatada por Josefo a través de las palabras de dos mujeres que sobrevivieron escondiéndose junto a cinco niños, es desgarradora y el mayor testimonio del trágico sacrificio.

Cuando los romanos finalmente derribaron las puertas y entraron en la fortaleza de madrugada, estaban preparados para enfrentarse a una feroz resistencia. Sin embargo, hallaron un espeluznante silencio y montones de cadáveres. La visión de los cuerpos dispuestos ordenadamente y la fortaleza en silencio conmocionó a los soldados romanos más allá de lo que cualquier resistencia armada podría haber hecho.

Según Josefo, aproximadamente 960 hombres, mujeres y niños perecieron en Masada, entregando sus vidas en un último acto de desafío contra el Imperio romano. Eleazar ben Ya'ir y los defensores de Masada escogieron la muerte antes que la esclavitud, y su sacrificio se convirtió en un símbolo duradero de la lucha por la libertad y el orgullo nacional.

El Muro de las Lamentaciones

En el año 70 d. C., Jerusalén estaba sitiada bajo la orden de Tito, general del Imperio romano. Este conflicto fue el clímax de las tensiones entre los romanos y los judíos, las cuales se habían ido acumulando durante décadas de ocupación y resistencia. La culminación de este asedio fue la devastadora destrucción del Segundo Templo, el corazón simbólico y espiritual del pueblo judío.

El asedio fue brutal. La mayoría de las estructuras fueron reducidas a escombros, y el Segundo Templo, una joya arquitectónica y espiritual, sucumbió a la destrucción.

Sin embargo, por razones que han sido objeto de debate a lo largo de los siglos, una parte del muro occidental del recinto del templo permaneció en pie. Algunos relatos sugieren que Tito, en un momento de estrategia política quizá influenciado por consejeros, decidió no demolerlo completamente. Se acepta como válido que dejó el muro como un recordatorio intencionado del poder romano sobre el pueblo judío, un vestigio de su conquista triunfal.

Sin embargo, otra perspectiva apunta a que la parte del muro que sobrevivió fue lo suficientemente robusta y profunda como para resistir los embates más directos del asedio. Construido con enormes bloques de piedra caliza, el muro occidental había sido diseñado para soportar el paso del tiempo y las eventualidades, mostrando la maestría arquitectónica de los ingenieros de Herodes.

A medida que los años se convirtieron en décadas, y estas en siglos, el Muro de las Lamentaciones adquirió un profundo significado para los judíos de todo el mundo. Representaba no solo una conexión tangible con su pasado glorioso, sino también la resiliencia y la esperanza persistente de un pueblo disperso pero no derrotado. En un mundo cambiante, el muro se mantuvo como un símbolo de unidad y resistencia espiritual frente a la adversidad.

Así, el Muro de las Lamentaciones, a través de su supervivencia fortuita o deliberada, se convirtió en un símbolo perdurable de fe y resistencia. Su presencia mística en la ciudad de Jerusalén sigue siendo un recordatorio solemne de las pruebas del pasado, un refugio espiritual para el presente y una inspiración de esperanza para el futuro. Así, el muro no es solo una reliquia de piedra, sino un puente entre la historia y la nueva vida que sigue floreciendo en el pueblo judío.

Datos de interés

Muerte de Jesús de Nazaret

Una de las principales justificaciones para situar la crucifixión de Jesucristo en el año 30 d. C. en lugar del año 33 se basa en la conjunción de datos históricos y astronómicos relacionados con la celebración de la Pascua judía y los relatos evangélicos.

Según los Evangelios, la crucifixión ocurrió durante la Pascua, y la investigación astronómica sugiere que, en el año 30 d. C., la Pascua cayó en un viernes (14 de Nisán), lo que coincide con los registros bíblicos de que Jesús fue crucificado el día previo al *shabbat*.

Además, las referencias históricas acerca del gobernante Poncio Pilatos, quien fue prefecto de Judea desde el año 26 hasta el 36 d. C., y las tradiciones relacionadas con la duración del ministerio público de Jesús, que se estima en unos tres años, corroboran esta fecha.

Por tanto, al cruzar estos datos, se obtiene una mayor congruencia para la crucifixión en el año 30 d. C., reforzando esta hipótesis histórica.

Nacimiento de Jesús de Nazaret

Por otro lado, Jesús de Nazaret no podría haber nacido en el año 1 d. C. debido a la incompatibilidad con los datos históricos y cronológicos disponibles.

Uno de los puntos clave es que los Evangelios de Mateo y Lucas indican que Jesús nació durante el reinado de Herodes el Grande. Herodes murió en el año 4 a. C., lo que establece un límite anterior para el nacimiento de Jesús.

Además, los relatos de Mateo sobre la visita de los Magos y la orden de Herodes de asesinar a los niños menores de dos años en Belén (visto por la mayor parte de investigadores como parte de una narración ficticia) sugieren que Jesús nació al menos unos dos años antes de la muerte de Herodes.

Otro dato relevante es la estimación de Lucas de que Jesús tenía «cerca de treinta años» al comienzo de su ministerio, que se sitúa en el año 15 del reinado de Tiberio César (aproximadamente en el 29 d. C.), lo que apuntaría a un nacimiento alrededor del 5 o 6 a. C. Estas evidencias históricas y cronológicas hacen inviable que Jesús haya nacido en el año 1 d. C.

Incompatibilidades en el relato de Lucas

Por otra parte, el Evangelio de Lucas presenta ciertas incompatibilidades y desafíos cronológicos respecto al nacimiento de Jesús.

Lucas menciona que Jesús nació durante un censo ordenado por Quirino, gobernador de Siria, censo que históricamente se sabe ocurrió en el año 6 d. C., después del derrocamiento de Herodes Arquelao y mucho después de la muerte de Herodes el Grande en 4 a. C.

Este desajuste temporal crea una notable discrepancia, ya que Jesús no podría haber nacido tanto durante el reinado de Herodes como durante el censo de Quirino.

Además, Lucas sitúa el comienzo del ministerio de Jesús en el año 15 del reinado de Tiberio (aproximadamente 29 d. C.), afirmando que tenía «unos treinta años» en ese momento, lo cual sería problemático si el censo refiriera al 6 d. C., porque implicaría que Jesús tendría menos de treinta años.

Pasajes exclusivos en el Evangelio de Lucas

El Evangelio de Lucas se distingue por numerosos pasajes y enseñanzas únicas que no se encuentran en los demás evangelios. A continuación, se presenta un resumen de todos estos pasajes exclusivos:

Infancia de Jesús y Juan el Bautista

1. Anuncio del nacimiento de Juan el Bautista a Zacarías: Gabriel se aparece a Zacarías en el templo y le anuncia que su esposa Isabel dará a luz a Juan, un profeta lleno del Espíritu Santo (Lucas 1, 5-25).
2. Anuncio del nacimiento de Jesús a María: Gabriel anuncia a María que ella concebirá por obra del Espíritu Santo y dará a luz a Jesús, el Hijo del Altísimo (Lucas 1, 26-38).

3. El Magníficat de María: María visita a su prima Isabel y proclama un cántico de alabanza a Dios, celebrando su misericordia (Lucas 1, 46-56).
4. Nacimiento de Juan el Bautista y el cántico de Zacarías: Juan nace y Zacarías, lleno del Espíritu Santo, proclama el *Benedictus*, profetizando sobre el futuro de Juan y la venida del Mesías (Lucas 1, 57-80).
5. Nacimiento de Jesús y visita de los pastores: pastores visitan a Jesús recién nacido en Belén después de ser informados por ángeles sobre su nacimiento (Lucas 2, 1-20).
6. Presentación de Jesús en el templo y los encuentros con Simeón y Ana: Simeón y Ana profetizan sobre Jesús durante su presentación en el templo (Lucas 2, 22-40).
7. Jesús a los doce años en el templo: en la Pascua, Jesús se queda en el templo, discutiendo con los maestros y mostrando sabiduría (Lucas 2, 41-52).

Parábolas y Enseñanzas de Jesús

1. Parábola del buen samaritano: Jesús ilustra quién es el prójimo en una parábola donde un samaritano muestra compasión a un hombre herido (Lucas 10, 25-37).
2. Parábola del amigo inoportuno: Jesús cuenta una parábola sobre la importancia de la perseverancia en la oración (Lucas 11, 5-8).
3. Parábola del rico insensato: una advertencia sobre los peligros de acumular riquezas terrenales ignorando la riqueza espiritual (Lucas 12, 16-21).
4. Parábola del sirviente fiel y el infiel: Jesús insta a estar preparados y fieles a la voluntad del Señor en todo momento (Lucas 12, 35-48).
5. Parábola de la higuera estéril: una parábola que enfatiza la necesidad del arrepentimiento (Lucas 13, 6-9).

6. Curación de la mujer encorvada: Jesús sana a una mujer que había estado encorvada por dieciocho años (Lucas 13, 10-17).
7. Parábola del gran banquete: Jesús ilustra el reino de Dios como un banquete al que muchos inicialmente invitados rechazaron asistir (Lucas 14, 15-24).
8. Parábola de la moneda perdida: una mujer busca diligentemente una moneda perdida, simbolizando la alegría en el cielo por un pecador que se arrepiente (Lucas 15, 8-10).
9. Parábola del hijo pródigo: un joven malgasta su herencia, pero es recibido con amor y perdón por su padre al regresar (Lucas 15, 11-32).
10. Parábola del administrador astuto: un administrador astuto prepara su futuro con previsión, una lección sobre el uso de recursos para el reino de Dios (Lucas 16, 1-9).
11. Parábola del rico y Lázaro: un rico y un mendigo llamado Lázaro mueren; Lázaro es consolado en el seno de Abraham mientras el rico sufre, enseñando sobre la justicia divina (Lucas 16, 19-31).
12. Curación de los diez leprosos: Jesús sana a diez leprosos, pero solo uno, un samaritano, regresa para agradecerle (Lucas 17, 11-19).
13. Parábola del juez injusto: una viuda persistente consigue justicia de un juez injusto, enseñando sobre la perseverancia en la oración (Lucas 18, 1-8).
14. Parábola del fariseo y el publicano: dos hombres oran en el templo; el publicano, humilde y arrepentido, es justificado (Lucas 18, 9-14).
15. Encuentro con Zaqueo: Jesús se encuentra con Zaqueo, un recaudador de impuestos, y le ofrece la salvación, mostrando su misión de buscar y salvar lo perdido (Lucas 19, 1-10).

16. Jesús ante Herodes: Pilatos envía a Jesús a Herodes, quien se alegra de verlo porque había escuchado mucho sobre Jesús y esperaba observar algún milagro realizado por él. Herodes le hace muchas preguntas a Jesús, pero Jesús no le responde en absoluto (Lucas 23, 6-12).
17. Disputa sobre quién es el mayor y la enseñanza sobre el servicio: durante la Última Cena, surge una disputa entre los discípulos sobre quién de ellos debe ser considerado el mayor. Jesús les enseña que, en su Reino, la grandeza se mide por la humildad y el servicio, y se pone a sí mismo como ejemplo de quien sirve a los demás (Lucas 22, 24-27).

Este resumen abarca los eventos, parábolas y enseñanzas exclusivas del Evangelio de Lucas, destacando su énfasis en la misericordia, el perdón y el alcance universal del mensaje de Jesús, así como su preocupación por los marginados y los necesitados.

Jesús de Nazaret en fuentes no cristianas

Testimonio Flaviano

El Testimonio Flaviano es uno de los textos más debatidos y analizados dentro del estudio del cristianismo primitivo y de las referencias históricas a Jesús de Nazaret. Este pasaje aparece en la obra *Antigüedades judías* del historiador judío Flavio Josefo, específicamente en el libro 18, capítulo 3, párrafo 3. Existen diversas versiones y traducciones de este pasaje y ha sido objeto de intensos debates entre historiadores y estudiosos tanto por su contenido como por su autenticidad.

En su forma más comúnmente conocida, el Testimonio Flaviano dice así:

> Por aquel tiempo apareció Jesús, un hombre sabio, si es lícito llamarlo hombre. Porque fue autor de hechos asombrosos y maestro de personas que reciben la verdad con placer.

> Atrajo a muchos judíos y también a muchos de los gentiles. Este fue el Cristo. Y cuando Pilatos, debido a una acusación hecha por los principales entre nosotros, lo condenó a la cruz, aquellos que lo habían amado desde el principio no dejaron de hacerlo. Porque se les apareció vivo al tercer día, habiendo predicho esto y muchas otras maravillas acerca de él los profetas divinos. Y hasta el día de hoy persiste el grupo de cristianos, quienes así se llamaron por él.

Evidentemente, para la elaboración de esta novela me he amparado en los argumentos a favor de la autenticidad del texto en cuestión:

1. Testimonio contemporáneo: Flavio Josefo vivió alrededor de los años 37 y 100 d. C., lo cual lo ubica cronológicamente cerca de los eventos que describe. Como historiador judío, habría tenido acceso a fuentes y testimonios contemporáneos sobre Jesús.
2. Uso de idioma y estilo: el estilo del pasaje es consistente con otras partes de las *Antigüedades judías*. Aunque este argumento no es concluyente, sí sugiere que, al menos en parte, el texto podría ser original de Josefo.
3. Omnipresencia: todos los códices o manuscritos de la obra de Josefo incluyen el pasaje en cuestión; por lo que, para sostener la idea de que este texto fue falsificado, tendríamos que asumir que todas las copias de los escritos de Josefo estaban controladas por cristianos y fueron alteradas de manera uniforme.
4. Referencias externas: algunos padres de la Iglesia primitiva, como Eusebio (*Hist. Eccl.*, I, xi; *cf. Dem. Ev.*, III, v), Sozomeno (*Hist. Eccl.*, I, i), Nicéforo (*Hist. Eccl.*, I, 39), Isidoro de Pelusium (*Ep.* IV, 225), san Jerónimo (*Catal. Script. Eccles.* XIII), Ambrosio, Casiodoro, etc., citan el Testimonio Flaviano en sus pro-

pios escritos, lo cual demuestra que este texto ya existía en manuscritos antiguos.

El Testimonio Flaviano continúa siendo un recurso valioso y controvertido para comprender la percepción histórica de Jesús fuera del Nuevo Testamento. Tanto si se acepta en su totalidad como si se considera adulterado, proporciona una perspectiva única sobre cómo un historiador judío del siglo I pudo haber visto a la figura central del cristianismo. Su estudio profundiza en la complejidad de la transmisión de textos antiguos y la interacción entre diferentes tradiciones religiosas y culturales en la antigüedad.

La controversia sobre su autenticidad subraya la importancia de la crítica textual y la historiografía en el estudio de textos de la Antigüedad, así como la influencia que las creencias y perspectivas de los copistas pueden tener sobre las obras que preservaron para la posteridad.

Testimonio de Tácito

El historiador romano Tácito, uno de los más importantes del Imperio romano, proporciona uno de los testimonios no cristianos más sólidos acerca de la existencia de Jesús de Nazaret.

En su obra *Anales*, escrita alrededor del año 116 d. C., encontramos una referencia explícita a Cristo y al surgimiento del cristianismo.

Este pasaje se encuentra en *Anales* (15.44), donde Tácito describe las acciones del emperador Nerón y la persecución de los cristianos tras el gran incendio de Roma en el año 64 d. C. y dice lo siguiente:

> Nerón arrojó la culpa [del incendio] sobre un grupo odiado por sus abominaciones, llamados cristianos por el popula-

cho. Christus, de quien el nombre tiene su origen, sufrió la pena capital durante el reinado de Tiberio, a manos de uno de nuestros procuradores, Poncio Pilatos, y una superstición perniciosa, reprimida momentáneamente, volvió a estallar no solo en Judea, el primer foco de esta maldad, sino incluso en Roma, donde todas las cosas atroces y vergonzosas de todas partes del mundo encuentran su centro y se convierten en populares.

Los puntos clave del testimonio de Tácito son:

1. Menosprecio de los cristianos: en el texto, Tácito se refiere a los cristianos con evidente desprecio, describiéndolos como un grupo «odiado por sus abominaciones». Esto indica que Tácito no tenía ninguna simpatía por los cristianos, lo que refuerza la idea de que sus comentarios sobre Cristo no eran propagandísticos, sino históricos.
2. Referencias a Jesús y Pilatos: Tácito menciona directamente a «Christus» (Cristo), afirmando que fue ejecutado durante el gobierno de Tiberio por Poncio Pilatos. Esta mención ofrece una confirmación externa y no bíblica del relato evangélico sobre la crucifixión de Jesús.
3. Superstición extensa: Tácito se refiere al cristianismo como una «superstición perniciosa» que, después de haber sido temporalmente reprimida, resurgió y se extendió desde Judea hasta Roma. Este testimonio indica la rápida expansión del cristianismo en las primeras décadas de su existencia.

El valor del testimonio de Tácito radica en varios aspectos:

1. Independencia y credibilidad: como autor romano ajeno a las tradiciones judía y cristiana, Tácito proporcio-

na una perspectiva externa e independiente sobre la figura de Jesús. Sus opiniones no están contaminadas por los sesgos religiosos de las fuentes cristianas.

2. Precisión histórica: Tácito es considerado uno de los historiadores romanos más precisos y críticos. Su labor historiográfica se caracteriza por un riguroso método de investigación, lo que otorga mayor credibilidad a sus menciones de personajes y eventos históricos.
3. Confirmación de cronología: la referencia al gobierno de Tiberio y a Poncio Pilatos coincide con la cronología de los Evangelios, proporcionando una verificación adicional desde una fuente no cristiana sobre los tiempos y contextos del ministerio y ejecución de Jesús.

El testimonio de Tácito sobre Jesús de Nazaret es una pieza clave en la historiografía del cristianismo temprano. Aporta una confirmación independiente desde una fuente romana sobre la existencia de Jesús y su ejecución bajo el mandato de Poncio Pilatos durante el reinado de Tiberio. Este pasaje nos proporciona una perspectiva valiosa sobre cómo un historiador romano veía no solo la figura de Jesús, sino también la expansión y la percepción del cristianismo en los primeros siglos de nuestra era.

Más allá de su contenido específico, este testimonio destaca la importancia de las fuentes externas ajenas al cristianismo en la reconstrucción histórica de los eventos que rodearon los inicios de una de las religiones más influyentes del mundo.

Jesús en el Talmud

El Talmud de Babilonia es uno de los textos centrales del judaísmo rabínico, compuesto de comentarios y discusiones rabínicas que abarcan la Torá y otros aspectos de la ley judía y la vida diaria. Aunque no es un documento histórico en el sentido estricto del término, contiene referencias a personajes y eventos de la antigüedad, entre ellos, la figura de Jesús de Nazaret (conocido a menudo como «Yeshu» en los textos talmúdicos). Sin embargo, estas menciones son muy polémicas y han sido objeto de extensos debates y análisis.

Las referencias a Jesús en el Talmud no son directas y claras; a menudo son fragmentarias y crípticas y necesitan ser interpretadas dentro de su contexto histórico y religioso. Aquí exploramos algunas de las menciones más relevantes.

Uno de los pasajes más citados que se interpreta como una referencia a Jesús se encuentra en Sanhedrín 43a:

> En la víspera de la Pascua, Yeshu fue colgado. Durante cuarenta días antes de la ejecución, un heraldo fue proclamando: «Yeshu va a ser apedreado por practicar la hechicería y por atraer y descarriar a Israel. Cualquiera que pueda decir algo en su defensa, que venga y lo declare». Pero, como no se encontró en su defensa nada que se dijera, fue colgado en la víspera de la Pascua.

Este pasaje menciona la ejecución de «Yeshu» en la víspera de la Pascua, coincidiendo con el relato de la crucifixión de Jesús en los Evangelios. Además, la acusación de «hechicería» y «descarriar a Israel» refuerza los conflictos descritos entre Jesús y las autoridades religiosas de su tiempo.

Jesús según Mara bar-Serapión

Mara bar-Serapión fue un filósofo sirio que vivió, dependiendo de las fuentes, entre el año 73 y el 200 d. C. Escribió a su hijo desde prisión una carta, que es particularmente interesante para los estudiosos del cristianismo temprano porque menciona a Jesús, aunque no lo nombra explícitamente, en un contexto que también incluye figuras históricas notables como Sócrates y Pitágoras.

La carta de Mara bar-Serapión es conservada en un manuscrito del siglo VII y se dirige a su hijo Serapión. En ella, Mara proporciona consejos sobre cuestiones morales y filosóficas, utilizando ejemplos de sabios y figuras ilustres de la historia que sufrieron persecución y muerte por enseñar la verdad o por sus principios.

El pasaje relevante de la carta dice lo siguiente:

> ¿Qué ventaja obtuvieron los atenienses al matar a Sócrates? El hambre y la peste vinieron sobre ellos como un juicio por su crimen. ¿Qué ventaja obtuvieron los hombres de Samos al quemar a Pitágoras? En un momento, su tierra fue cubierta de arena. ¿Qué ventaja obtuvieron los judíos al ejecutar a su sabio rey? Justo después de ello, su reino fue abolido. Dios vengó con justicia a estos tres sabios: los atenienses murieron de hambre, los habitantes de Samo quedaron cubiertos por el mar, los judíos despojados y hechos vivir en completa dispersión. Pero Sócrates no está muerto, él vive en las enseñanzas de Platón; Pitágoras no está muerto, él vive en la estatua de Hera; ni el sabio rey está muerto, Él vive en las enseñanzas que dio.

Si analizamos con profundidad el pasaje, encontraremos que:

1. Identificación del «sabio rey»: la mayoría de los estudiosos coinciden en que el «sabio rey» mencionado es Jesús de Nazaret. Aunque la carta no menciona a Jesús por su nombre, la referencia al «sabio rey» de los judíos encaja bien con las descripciones de Jesús en el contexto histórico y religioso de la época.

2. Consecuencias históricas: Mara bar-Serapión sostiene que la ejecución de estas tres figuras sabias (Sócrates, Pitágoras y Jesús) llevó a desastrosas consecuencias para quienes las perpetraron. Esto se alinea con la creencia de que actos injustos contra personas justas traen retribuciones divinas o históricas.
3. Perpetuidad de sus enseñanzas: al igual que con Sócrates y Pitágoras, Mara bar-Serapión argumenta que, aunque estas figuras fueron ejecutadas, sus enseñanzas y su influencia perduran. Esta observación resalta el impacto duradero de Jesús y su mensaje, similar al de otros grandes pensadores y maestros de la humanidad.

En esta epístola encontramos datos de importancia histórica suficiente:

1. Una fuente no cristiana: la carta de Mara bar-Serapión es valiosa porque proviene de un autor pagano que no tenía intereses en promover la narrativa cristiana. Esto añade una capa de neutralidad y credibilidad histórica a la referencia sobre Jesús. Aunque debemos apuntar la posibilidad de que pudiera ser alterada, ya que está conservada en un manuscrito del siglo VII.
2. Paralelismo y percepción: al crear un paralelismo entre Jesús y otros grandes filósofos como Sócrates y Pitágoras, Mara bar-Serapión indica que Jesús era visto como una figura de sabiduría y enseñanza profunda incluso fuera de los círculos cristianos. Este reconocimiento implícito de la relevancia de Jesús sugiere que su impacto trascendió las fronteras religiosas y culturales de su tiempo.
3. Consecuencias para los judíos: la carta menciona la destrucción del reino judío, interpretada como una consecuencia de la ejecución de su «sabio rey». Esto

> pudiera ser una referencia a la caída de Jerusalén y el templo en 70 d. C. Esta visión conecta la historia política de Judea con eventos relacionados con Jesús, subrayando su importancia en el contexto más amplio de la historia judía.

Por lo tanto, de no haber sufrido alteración, la carta de Mara bar-Serapión ofrece una evidencia interesante y única sobre la existencia y el impacto de Jesús de Nazaret desde la perspectiva de un filósofo pagano del siglo I o II d. C. Al situar a Jesús junto a figuras prominentes como Sócrates y Pitágoras, Mara bar-Serapión no solo confirma la existencia de Jesús, sino también su profunda influencia y el reconocimiento de su sabiduría, que perduró más allá de su ejecución.

Este testimonio no cristiano complementa otras fuentes históricas y religiosas, ayudando a escribir una crónica más completa de cómo Jesús era visto por distintas culturas y tradiciones. La carta de Mara bar-Serapión subraya que la figura de Jesús y su impacto eran lo suficientemente significativos como para ser mencionados junto a los gigantes del pensamiento filosófico y moral de la Antigüedad. Esto reafirma aún más la centralidad de Jesús en los grandes acontecimientos y cambios de su época.

Breve origen del cristianismo

El surgimiento del cristianismo en el primer siglo de nuestra era representa un fenómeno histórico y religioso de una magnitud sin precedentes. Desde sus inicios humildes en el seno de una pequeña provincia del Imperio romano, esta fe se expandió rápidamente, atravesando barreras culturales, geográficas y sociales, hasta convertirse en una de las religiones predominantes del mundo.

El cristianismo surgió en Judea, una provincia marginal del Imperio romano, en un momento de gran agitación política y religiosa. La ocupación romana y la carga de impuestos habían generado un clima de descontento generalizado entre los judíos. Además, había una diversidad significativa de prácticas y creencias dentro del judaísmo, que incluía saduceos, fariseos, esenios y zelotes, cada uno con distintas visiones del papel de la ley, la pureza y la esperanza mesiánica.

En este ambiente cargado de expectativas apocalípticas y anhelos de liberación política y espiritual, apareció la figura clave del cristianismo, Jesús de Nazaret. Aunque los detalles de su vida y ministerio se encuentran principalmente en los textos del Nuevo Testamento, el consenso académico sugiere que fue un predicador itinerante y carismático que enseñaba sobre la venida del Reino de Dios.

Las enseñanzas de Jesús, tal como se presentan en los Evangelios, se centraban en el amor a Dios y al prójimo, la justicia, la misericordia y el perdón. Desafiaban las estructuras sociales y religiosas establecidas y ofrecían una visión radical de inclusividad; su mensaje estaba dirigido tanto a los marginados como a los poderosos.

Jesús también realizaba actos que sus seguidores consideraban milagros, curaciones y exorcismos, fortaleciendo así su autoridad y atrayendo a una multitud creciente de seguidores. Con el tiempo, sus enseñanzas y acciones provocaron la ira de las autoridades religiosas, que vieron en él una amenaza a su poder, y de las autoridades romanas, que temieron un levantamiento.

El punto de inflexión definitivo ocurrió con su arresto, juicio y crucifixión en Jerusalén alrededor del año 30 d. C. La crucifixión de Jesús, una forma de ejecución reservada para los criminales más despreciados, parecía significar el fin de su movimiento. Sin embargo, los Evangelios relatan que, al tercer día después de su muerte, Jesús resucitó y se apareció a sus seguidores.

La resurrección, más allá de ser un hecho teológico, llevó a una profunda transformación entre sus discípulos. Este evento fue interpretado como la validación definitiva de la identidad divina de Jesús y de su mensaje, impulsando a sus seguidores a divulgar sus enseñanzas con una renovada convicción y fervor.

Tras la resurrección, los seguidores de Jesús se organizaron en comunidades que inicialmente se vieron a sí mismas como una continuación del judaísmo. Se reunían para orar, compartir enseñanzas y participar en la «Cena del Señor», un rito en memoria de Jesús. El apóstol Pedro, junto con Santiago y Juan, emergieron como líderes de la comunidad cristiana primitiva en Jerusalén.

Un evento crucial para la expansión del cristianismo fue Pentecostés, cuando los discípulos, según el libro de los Hechos, recibieron al Espíritu Santo. Este fenómeno los llenó de valor y capacidad para predicar en diversos idiomas, iniciando así la misión evangelizadora que llevaría el mensaje cristiano más allá de Judea.

Entre los primeros misioneros, Pablo de Tarso (Saulo) es una figura prominente. Originalmente un perseguidor de los cristianos, Pablo tuvo una experiencia de conversión mientras viajaba a Damasco. Convencido de que Jesús se le había aparecido, se dedicó a predicar el evangelio, particularmente entre los gentiles (no judíos).

Pablo argumentaba que la salvación a través de Jesús estaba disponible para todos, independientemente de las leyes judías, lo que permitió que el cristianismo se separara del judaísmo y se convirtiera en un movimiento universal. Sus epístolas a diversas comunidades cristianas tempranas, que forman una parte significativa del Nuevo Testamento, proporcionaron una base teológica que facilitó la expansión y consolidación del cristianismo.

La expansión del cristianismo fue notablemente rápida. Antioquía, Éfeso, Corinto, Roma y muchas otras ciudades importantes del Imperio romano vieron crecer sus comunidades cristianas. Estos primeros cristianos, a menudo, se enfrentaron a persecuciones tanto de las autoridades judías como de las romanas. Los primeros siglos del cristianismo estuvieron marcados por martirios y sufrimiento, pero también por una fuerte cohesión comunitaria y espiritual.

Durante este periodo, la adaptación de los valores y rituales cristianos al contexto cultural helenístico y su capacidad para ofrecer respuestas a las profundas cuestiones existenciales dieron al cristianismo un atractivo distintivo que superó las barreras étnicas y sociales.

El cristianismo surgió en un contexto de agitación política y religiosa y se construyó sobre las enseñanzas radicales de Jesús de Nazaret. La creencia en su resurrección dio a sus seguidores una fuerza y convicción extraordinarias. A través de la predicación de figuras clave como Pedro y Pablo, y gracias a su capacidad para adaptarse y responder a las necesidades espirituales de una amplia variedad de personas, el cristianismo se expandió rápidamente. Las persecuciones solo fortalecieron su cohesión y sentido de identidad, hasta que finalmente, en el siglo IV, el cristianismo niceno se consolidó como la religión oficial del Imperio romano bajo el emperador Teodosio con el Edicto de Tesalónica de 380.

Agradecimientos

A todos los que nunca perdisteis la fe en mí, incluso cuando yo la había perdido. Entre ellos:

A vosotros, lectores. Siempre estáis en la mente de quienes fabricamos historias. No lo olvidéis nunca, porque nunca os olvidaremos.

A los libreros, que nos ubicáis, nos recomendáis y alargáis la vida de nuestros libros como si fueran vuestros.

A todo el equipo de Penguin Random House. En especial a los comerciales, que defendéis cada historia como si fuera vuestra; a Nacho García Benavente, ilustrador, por tu pincel, puño y letra; a Yolanda Artola, la diseñadora, por saber captar como nadie una idea y plasmarla de manera brillante en la portada de este libro; a las correctoras Silvia García y Lara Moyano, por estar pendientes de cada detalle; y a Ana Lozano, Juan Díaz y Núria Cabutí, porque queréis que esté con vosotros. Porque quiero estar en vuestro equipo.

A J. J. Benítez, Antonio Piñero, Franco Zeffirelli, Mel Gibson y Dallas Jenkins, a quienes os entregué horas y horas de mi vida para disfrutar de vuestras versiones de Jesús de Nazaret, fuentes inagotables de motivación.

A Paula Vega y a todo el equipo español de *The Chosen*, por el cariño, la cercanía y la capacidad de comunicar la espiritualidad de una manera diferente.

A Jorge Manuel Rodríguez Almenar y a todos los miembros del Centro Español de Sindonología, por inspirarme durante años en todo lo relacionado con la Sábana Santa.

A Antonio Miguel Ortiz Hernández (director de comunicación y contenidos) y Antonio Francisco Moya Ramos (CEO) de ArtiSplendore y The Mystery Man, por vuestra amabilidad y gentileza.

A José Carlos Sanjuán y Monforte, lugarteniente de España Occidental de la Orden de Caballería del Santo Sepulcro de Jerusalén, por la humildad con la que desempeñas tu encomiable labor y por recibirme en vuestra casa con tanta hospitalidad.

A mis compañeros miembros de la comitiva de portadores de la Ofrenda Nacional en la Catedral de Santiago el 25 de julio del 2023: Juan Moure, Mariano Llovo, Gabriel Calvo, Amando Camino y Marcos Soto, por aquel momento de fraternidad.

A José Luis Viña, por tu entrega desinteresada y por hacer que las cosas siempre salgan mejor cuando tú estás presente.

A Ariel Seiferheld, por enseñarnos tu Israel con tanta pasión y convicción.

A Fr. Manuel Domínguez Lama, franciscano en Jerusalén, por bautizarnos en el Jordán, por rezar por nosotros y por ayudarme tanto en esta obra. Es abrumador tu conocimiento de las Sagradas Escrituras.

A Juan Carrión y a todo el equipo de FEDER (Federación Española de Enfermedades Raras), por su infatigable labor en el movimiento asociativo.

A Paco Lobatón y a todo el equipo de QSDGlobal (Fundación Europea por las Personas Desaparecidas), porque os seguiré mientras viva.

A Paloma Gómez Borrero, por tu devoción infinita. Creo que estarías orgullosa de este libro. Te lo preguntaré en el Cielo.

A Alejandro Requeijo, por la pasión que le pones a todo y, especialmente, por tu humildad.

A Adela Cano, porque «habelas, hailas».

A Alicia Beltrán, por proporcionarme un ambiente armónico para poder escribir.

A Ferrán Marín, porque, después de mi mujer y de mi editor, eres la persona que más se ha preocupado por mi libro. Gracias eternas. Siempre nos quedará Nelly Bly.

A Carlos Goñi y Laura Benito, porque supisteis esperar y porque me enseñasteis que también en la amistad el error no es acabar, el error es no empezar por si se acaba. Y, gracias a Dios, no se acaba.

A Diego Chapinal y familia, porque da igual la distancia. Vuestro amor es infinito.

A Gonzalo Abadía y familia, porque, al final, lo habéis conseguido. Solo nos falta un *spin-off*.

A Rubén Díaz Alcalde, mi *sensei*, porque mi espiritualidad también comenzó contigo.

A Lara Aranda, por bordar durante años con tu hilo de honestidad la verdadera amistad.

A Mamen Marqueño, por ponerme en valor siempre con tanto cariño frente a cualquiera.

A José Manuel Querol y Aurora Antolín, por cada abrazo cargado de cariño, por ayudarme a escribir mejor y por las charlas enriquecedoras sobre el arte, la historia y la literatura.

A José Antonio Lorente y Begoña Remón, por estar siempre pendientes de nosotros y por vuestro cariño infinito.

A Fernando Andrés y Marta García, porque os considero «socios» y amigos de por vida.

A Juan Tranche, mi *frater*, por entregarme tu tiempo para hacer Roma más grande. Por las segundas oportunidades.

A Dani Flaco y Marta Naharro, porque ni siquiera la distancia puede menguar el cariño y la admiración que os tengo.

A Gonzalo Albert, mi editor, por tener la asombrosa capacidad de creer hasta el final. Porque cuando te dije «Quiero escribir sobre Jesús de Nazaret» no me llamaste loco e insensato. Porque te apasionas con cada historia como si fuera tuya. Y es que, en realidad, también son tuyas. Tú las haces mejores. Tú nos haces mejores.

A Enrique Villa, por sembrar la semilla de Jerusalén en mí tantos años atrás.

A Rubén Fernández y Olaya Taboada, *por acollerme na vosa irmandade, porque non podería haber mellores padriños. Polos viños, polas xuntanzas e polas apertas. (Na vosa lingua, a do amor).*

A Víctor Parrado, por regalarme tu tiempo en los buenos momentos y, sobre todo, en los malos. Porque siempre estás.

A Tamara, por tu perseverante entrega a los tuyos.

A Ricardo Correia, por tu cortesía, tu amabilidad y tu cuidado ilimitado de mi familia.

A Aïnhoa, mi hermana, porque incluso desde la distancia eres capaz de sanar a cualquiera.

A Manolo, por saber sacarle partido a las pequeñas cosas. Compartimos el amor por la música, pero el mar… marcho, que *teño* que marchar.

A mi padre, Juan Carlos, por estar siempre a mi lado cuando más lo necesito.

A Loreto Nofuentes, por estar siempre ahí, sin quejas, sin condiciones.

A Finuca, por compartir tu fe sin miedo y por la ternura y el amor que transmites con cada abrazo.

A mi madre, Guadalupe, por tu valentía, esfuerzo y resiliencia. Por darme la vida de nuevo cada vez que te veo sonreír. Por cada vela a san Esteban.

A Aurora y Sofía, porque no me imagino la vida sin vosotras a mi lado. Porque os adoro desde que os conocí y cada día es mejor y más fácil cuando estáis junto a mí. Porque sois cariñosas, porque adoro vuestras pulseras y dibujos, porque me atrevo a vestir de rosa y morado gracias a vosotras y porque vuestros «te quiero, Cacho» antes de irnos a la cama son imprescindibles, como vosotras. Este libro es un pedacito de lo mucho que os quiero.

A Patricia, la mujer de mi vida, porque cuando perdí la fe en mí, llegaste tú. Porque cuando me descarrié, me enseñaste el camino. Porque cuando mi propósito se tornó oscuro, me iluminaste con tu luz, y mi fe llegó junto a ti. Porque me hiciste mejor e hiciste este libro mejor. Porque juntos cimentamos lo más bonito que se puede construir: una familia. Y por ser tan inspiradora, tan profesional, tan guerrera, tan brillante. Te amo × 999.

A Luca, porque quiero que sepas que este libro surgió en Jerusalén, con tu madre junto a mí. Porque lo pensé con vosotros durmiendo a mi lado. Porque lo escribí contigo en brazos. Porque lo terminé pensando en que algún día lo leerías. Porque nos sonríes, porque existes. Porque eres mi propósito y nuestra bendición.

— Luz y Camino —

«Para viajar lejos no hay mejor nave que un libro».

EMILY DICKINSON

Gracias por tu lectura de este libro.

En **penguinlibros.club** encontrarás las mejores recomendaciones de lectura.

Únete a nuestra comunidad y viaja con nosotros.

JERUSALÉN AÑO 70
AVANCE LEGiONES ROMANAS
ATAQUE CON CATAPULTAS Y PiEDRAS
1 . TERCERA MURALLA
2 . TEMPLO
3 . FORTALEZA ANTONiA
4 . SEGUNDA MURALLA
5 . PRIMERA MURALLA
6 . PALACiO ASMONEO
7 . PALACiO DE HERODES
8 . CiUDAD ALTA
9 . HiPÓDROMO ROMANO
10 . CiUDAD BAJA
11 . VALLE DE HiNÓN
12 . ESTANQUE DE SiLOÉ
13 . TÚNEL DE EZEQUÍAS
14 . VALLE DEL CEDRÓN
15 . MONTE DE LOS OLiVOS (GETSEMANÍ)
16 . CiUDAD NUEVA
17 . ESTANQUE DE BETESDA
18 . LEGiÓN V MACEDONICA
19 . LEGiÓN XII FULMiNATA
20 . LEGiÓN XV APOLLiNARiS
21 . LEGiÓN X FRETENSiS